新 潮 文 庫

禁　色

三島由紀夫著

新 潮 社 版

719

禁_き_ん

色_じ_き

第一章　発端

　康子《やすこ》は遊びに来るたびに馴《な》れ、庭さきの籐椅子《とういす》に休んでいた俊輔《しゅんすけ》の膝《ひざ》の上へ、平気で腰を下ろすようなことをするまでになった。このことは俊輔を欣《よろこ》ばせた。

　恰《あた》かも夏である。午前中俊輔は訪客を断っていた。気が向けばその時間に仕事をする。仕事をする興の動かないときは、手紙を書いたり、庭の木蔭《こかげ》に籐の寝椅子を出させて、これに横たわって書物を読んだり、読みさしの書物を膝に伏せて無為にすごしたり、鈴を鳴らして婢《はしため》を呼んで茶を運ばせたり、何かの加減で前夜の睡眠が足りないときは、膝かけの毛布を胸まで引き上げて、しばらくのあいだまどろんだりした。すでに還暦を五つ超えた齢《よわい》であるのに、彼は趣味と名のつくほどのものを持っていない。別段そういう主義を奉じているのではない。俊輔には趣味性の条件となるような、自分自身および他人に対する客観的な関係の認識が欠けていたのである。この極端な客観性の欠如、あらゆる外界と内面に対するまことに不手際《ふてぎわ》な痙攣《けいれん》的な関係、これらが彼の老来の作品にまでたえずもたらしている新鮮さとみずみずしさは、同時にその作品から犠牲を要求した。即《すなわ》ち人物の性格の衝突によっておこるが如《ごと》き劇的事件や、諧《かい》謔《ぎゃく》的な描写や、性格そのものの造型的な追求や、環境と人物との相剋《そうこく》などの、真の小説的要素を犠牲に供することを要求したのである。そこで二三のきわめて吝嗇《りんしょく》な批評家は、今以《もっ》て彼を率直に文豪と呼ぶことを躊躇《ちゅうちょ》していた。

康子が腰を下ろしているのは、籐の寝椅子にながながと伸ばした俊輔の毛布に包まれた足の上である。それは重かった。俊輔は何か好色な冗談を言おうかと思った。が、黙っていた。ものものしい蟬《せみ》の声がこの沈黙を深めた。

俊輔の右膝には非時《ときじく》におこる神経痛の発作があった。発作の前には深部に靄《もや》のような痛みの予感がある。老いて脆《もろ》くなった膝蓋骨《しつがいこつ》は、少女の温かい肉の重みに永く耐えていることはおぼつかない。しかしかすかに増してくる痛みをこらえている俊輔の表情に、一種狡猾《こうかつ》な快感がうかんでいた。

ようやく俊輔がこう言った。

「どうも膝が痛いんだよ、康子ちゃん。足を今横のほうへ退《ど》けるからそこへ掛けておくれ」

康子は一瞬生真面目《きまじめ》な目のいろで、気づかわしげに俊輔の顔を眺《なが》めた。俊輔は笑っていた。康子は彼を蔑《さげす》んだ。

老作家にはこの蔑みがわかったのである。身を起して、康子の肩をうしろから抱いた。女の顎《あご》に手をかけて、顔を仰向かせて、唇《くちびる》に接吻《せっぷん》した。義務のようにこれだけのことを大いそぎで片附《かたづ》けると、急激な痛みを右膝に感じた彼は、またもとのごとく横たわった。顔をあげてあたりを見廻《みまわ》すことのできたときには、すでに康子の姿はない。

その後一週間、康子からの音沙汰《おとさた》はなかった。俊輔は散歩がてら康子の家を訪ねた。彼女は二三の学校友達と一緒に伊豆半島の南端にちかい或《あ》る海浜の温泉地へ旅に出ていた。その宿の名をメモに書きとめて帰宅すると、早速俊輔は旅立ちの仕度をした。折柄《おりから》かさねて促されている原稿の仕事があった。これを俊輔は、急に思い立った盛夏の一人旅の口実にした。

暑さを憚《はばか》って早朝に出発する汽車を選んだのに、彼の白麻の背広の背はすでに汗ばんだ。魔法罎《まほうびん》に詰めた熱い番茶を呑《の》んだ。竹のような乾いた細い手をかくしに入れて、見送りに来た大出版社の社員から手渡された、全集の内容見本をつれづれに読んだ。此度《このたび》の檜《ひのき》俊輔全集は、彼の三度目の全集であった。最初の全集は、彼がまだ四十五歳の年に編まれたのである。

『あのころも俺《おれ》は』と俊輔は考えた。『世間でもはや安定と完全と、ある意味では先の見えた円熟との権化《ごんげ》と考えていた作品の堆積《たいせき》をよそに、こんな愚行に耽《ふけ》っていた記憶がある。愚行には何の意味もない。愚行と俺の作品とは無縁であり、愚行と俺の精神、俺の思想との間も無縁だ。俺の作品は断じて愚行ではないのだ。(傍点は往々、作者の抱懐するイロニイの表白である。)だからまた、俺は自分の愚行に、思想の弁護を借りないという矜《ほこ》りがあった。思想を純粋ならしめるために、俺は自分の演ずる愚行から、思想を形成するに足るような精神の作用を閉め出してしまった。と謂《い》って肉欲《にくよく》だけが動機であったのではない。俺の愚行は、精神にも肉体にも拘《かか》ずり合わない、途方もない抽象性をもっていて、それが俺をおびやかす遣口《やりくち》は、非人間的としか言いようのないものだった。そして今もそうだ。六十六歳の今もそうだ。……』

彼は苦笑いをうかべながら、内容見本の表紙に刷られている彼自身の肖像写真をつくづく眺めた。

それは醜いとしか言いようのない一人の老人の写真であった。尤《もっと》も世間で精神美と呼ばれるようないかがわしい美点を見つけ出すことは、さして困難ではなかったろう。広い額、削《そ》ぎとられたような貧しい頬《ほお》、貪欲《どんよく》さをあらわす広い唇、意志的な顎、すべての造作に、精神が携わった永い労働の跡が歴然としていた。しかしそれは精神によって築かれた顔というよりは、むしろ精神によって蝕《むしば》まれた顔である。この顔には精神性の或る過剰が、精神性の或る過度の露出があった。恥部を露《あら》わに語っている顔が醜いように、俊輔の醜さには、恥部を隠す力を失った精神の衰えた裸体のような、一種直視の憚られるものがあったのである。

近代の知的享楽《きょうらく》に毒せられ、人間的興味を個性への興味に置きかえ、美の観念から普遍性を拭《ぬぐ》い去り、この強盗はだしの暴行によって倫理と美の媾合《こうごう》を絶ち切った天晴《あっぱ》れな連中が、俊輔の風貌《ふうぼう》を美しいと言ったからとて、それは彼らの御勝手である。

とまれこの老醜の風貌を麗々しく掲げた表紙の裏に、十数人の知名の士が書きつらねている広告文のかずかずは、表紙の写真と異様な対照を示していた。これら精神界の達人たち、必要な場所へはどこへでもあらわれて命ぜられたとおりの歌を高らかに歌う禿頭《とくとう》の鸚鵡《おうむ》の群は、口をそろえて俊輔の作品の名状しがたい不安の美を謳《うた》っていた。たとえば名声ある一批評家は、檜文学の研究家としても高名だったが、その二十巻にわたる全作品を次のように概括していたのである。

「驟雨《しゅうう》のようにわれわれの心魂にふり注ぐこの夥《おびただ》しい作品は、真情によって書かれ、不信によって残された。檜氏は自分に不信の才能がなかったら、書くそばから作品は破棄せられ、このような死屍《しし》累々《るいるい》のさまを衆人の面前にさらすことはなかっただろうと述懐している。

檜俊輔氏の作品には、不測の、不安の、不吉の、――不幸の、不倫の、不軌の、――あらゆる負数の美が描かれている。一時代が背景となるときは必ずその頽唐期《たいとうき》が背景に用いられ、一個の恋愛が素材となるときは必ずその失望と倦怠《けんたい》の姿に力点が置かれている。いつも健康な旺盛な姿で描かれているのは、熱帯の一都会に猖獗《しょうけつ》する疫《えき》病《びょう》のように人の心に猖獗する孤独だけである。およそ人間的な烈《はげ》しい憎悪《ぞうお》、嫉妬《しっと》、怨《えん》恨《こん》、情熱の種々相は、氏の関知しないところであるかのようだ。それにもかかわらず、情熱の死屍が保つ一脈の温かみは、その生ける燃焼の時よりも、却《かえ》って生の本質的な価値について多くを語るのである。

不感のうちに鋭敏な感覚のおののきが、不倫のうちに危殆《きたい》に瀕《ひん》した倫理感が、不感のうちに雄々しい動揺が立ち現われる。この逆説的ななりゆきを辿《たど》るために、何と巧みに編み出された文体であろう！　いわば新古今《しんこきん》風な、ロココ風なこの文体、言葉の真の意味における『人工的』な文体、思想の衣裳《いしょう》でも主題の仮面でもないところの、ただ衣裳のための衣裳の文体、そこにはいわゆる裸の文体と対蹠《たいせき》的なもの、パルテノンの破風《はふ》に見られる運命の女神像や、パイオニオス作のニケ像に纏綿《てんめん》するあの美しい衣類の襞《ひだ》に似たものがあるのである。流れる襞、飛翔《ひしょう》する襞、それは啻《ただ》に肉体の動きに照応しこれに従属した流線の集合ではなく、それ自体流動し、それ自体天翔《あまが》ける襞なのである。……」

読みすすむうちに俊輔は焦躁《しょうそう》の微笑を口もとにうかべた。こう呟《つぶや》いた。『まるで分っちゃいない。まるで見当外れだ。絵空事の、綺麗事《きれいごと》の追悼文にすぎないじゃないか。二十年も附合っていながら何という阿呆《あほう》だ』

彼は二等車のひろい窓の眺めに目を転じた。海が見える。漁船が帆をかかげて沖へ向っていた。多くの目にさらされていることを意識しているかのように、その十分に風を孕《はら》まない白い帆布は、帆柱にしなだれかかり、ものうげな媚態《びたい》を示していた。そのとき帆柱の下方でほんの一瞬鋭い光りを放ったものがある。忽《たちま》ち汽車は夏の午前の日ざしに明るい幹を並べている赤松の林を擦過してトンネルへ入った。

『あれは、あの一瞬の閃光《せんこう》は、もしかすると鏡の反射ではなかったかしらん』と俊輔は考えた。『漁船にいたのは女の漁師ではなかったかしらん。彼女は化粧の最中ではなかったか。その日に灼《や》けた男まさりの掌《て》のなかで、手鏡が彼女の秘密を売るかのように、たまたま過ぎた列車の乗客に、合図の流し目を送ったのではなかったか』

この詩的な空想は、女漁師の顔かたちへ移って行った。するとその顔は康子の顔であった。老いた芸術家は、汗ばんだ瘦軀《そうく》を慄《ふる》わせた。

……あれこそ康子ではなかったか？

「およそ人間的な烈しい憎悪、嫉妬、怨恨、情熱の種々相は、氏の関知しないところであるかのようだ」

**

嘘《うそ》である！　嘘である！　嘘である！

芸術家が真情を偽わるように強《し》いられる成行は、社会人がそう強いられる成行と、恰《あた》かも対蹠的であると謂《い》っていい。芸術家は顕《あら》わすために偽わり、社会人は隠すために偽わるのである。

素朴《そぼく》で恬淡《てんたん》な告白をいさぎよしとしなかった別の結果として、檜俊輔は社会科学と芸術との一致をたくらむ一派からも、その無思想をなじられていたが、ヴォードビルの踊子が裾《すそ》をひるがえして太腿《ふともも》をちらつかせるように、作品の結末に「明るい未来」をちらつかせることを以《もっ》て、思想の存在を認定されるような莫《ば》迦《か》らしい八百長《やおちょう》に、彼が耳を貸さなかったのは理《ことわり》であった。とはいうものの俊輔の生活と芸術に関する考え方には、もともと思想の不《ふ》妊《にん》を招来せねばやまぬ何かがあった。

われわれが思想と呼んでいるものは、事前に生れるのではなく、事後に生れるのである。まずそれは偶然と衝動によって犯した一つの行為の、弁護人として登場する。

弁護人はその行為に意味と理論を与え、偶然を必然に、衝動を意志に置きかえる。思想は電信柱にぶつかった盲人の怪我《けが》を治しはしないが、少くとも怪我の原因を盲目のせいではなく電信柱のせいにする力をもっている。一つ一つの行為にのこらず事後の理論がつけられると、理論は体系となり、彼、行為の主体はありとあらゆる行為の蓋《がい》然《ぜん》性にすぎなくなる。彼は思想を持った。彼が紙屑《かみくず》を街路に投げた。彼はおのが思想によって紙屑を街路に投げたのである。こうして思想の持主は、自分の力で無限に押しひろげることができると信じている思想の牢獄《ろうごく》の囚《とら》われ人《びと》となるのである。

俊輔は愚行を思想から峻別《しゅんべつ》した。その結果彼の愚行は報いられる由《よし》もない罪になった。作品からたえず閉め出されている愚行の亡霊が、夜毎《よごと》夜毎彼の眠りをおびやかした。三度とも失敗に終った結婚は何一つ作中にその片鱗《へんりん》を窺《うかが》わせてはいなかった。青年時代このかた俊輔の生活は、蹉跌《さてつ》の連続、誤算と失敗の連鎖であった。

憎悪に関知しない？　嘘である！　嫉妬に関知しない？　嘘である！

その作品に漂う玲瓏《れいろう》たる諦念《ていねん》とうらはらに、俊輔の生活はたえず憎み、たえず妬《ねた》んでいた。三度の結婚の蹉跌、それよりも十数回の変愛のぶざまな結着、……女に対する絶ちがたい憎悪に悩まされつづけたこの老作家が、ただの一度もこの種の憎悪を作品の飾りに用いなかったことは、いかなる謙虚、いかなる傲慢《ごうまん》の仕業《しわざ》であろう。

彼の幾多の作品に登場する女は、男はおろか女の読者にさえ、歯痒《はがゆ》く感じられるほどに清浄であった。或《あ》る物好きな比較文学論者は、それらの女主人公を、エドガア・A・ポオの描いた超自然的な女主人公と比較した。すなわち、リジイア、ベレニス、モレラ、アフロディテ侯爵《こうしゃく》夫人などと比べたのである。彼女たちはむしろ大理石の肉をもっていた。その疲れやすい恋情は、午後の光線が彫刻のそこかしこに投げ与えるかりそめの影のようなものであった。俊輔は自作の女主人公たちに感性を賦与《あた》えることを怖《おそ》れていた。

或るお人好《ひとよ》しの批評家が俊輔を斥《さ》して永遠のフェミニストと呼んだのはとんだ御愛嬌《おあいきょう》である。

最初の妻は泥棒《どろぼう》であった。冬外套《がいとう》一着、靴《くつ》三足、間着《あいぎ》の洋服地二着分、ツァイスの写真機、これだけを二年間の結婚生活のひまつぶしに巧妙に盗んで売った。家を出てゆくときは宝石類を半襟《はんえり》と帯揚げに縫い込んで行った。俊輔の家は素封家であったのである。

二度目の妻は狂人だった。眠っているあいだに良人《おっと》が自分を殺すという固定観念の虜《とりこ》になって、不眠が募り、ヒステリー症状が昂進《こうしん》した。ある日俊輔が外出先からかえると異臭を嗅《か》いだ。妻が戸口に立ちはだかって室内へ良人を入れない。

「入れておくれ。妙な匂《にお》いがするじゃないか」

「今はだめ。とても面白《おもしろ》いことをやってるの」

「なんだ」

「あなたしょっちゅうお出かけになるのは浮気《うわき》をしてるんでしょう。私、あなたの女の着物を剝《は》いで来たから、今それを焼いているところなの。とてもいい気持」

押して入ると、波斯絨毯《ペルシャじゅうたん》の上に真赤に炎《も》えた石炭が点々と置かれて燻《くすぶ》っている。妻は再びストーヴの傍《かたわ》らへ行って、しとやかな落着き払った態度で、片手で袂《たもと》をおさえながら、炎《も》えている石炭を小さいシャベルにすくいとって絨毯の上へ撒《ま》いた。俊輔は狼狽《ろうばい》して彼女を止めた。するとおそろしい力で反抗した。捕えられた猛禽《もうきん》が力の限り羽搏《はばた》こうとしているように反抗した。全身の筋肉が固くなっていた。


三度目の妻は死ぬまで彼の妻であった。この多淫《たいん》の女はあらゆる種類の良人の苦悩を俊輔に味《あじわ》わせた。その苦悩の最初の朝のことを俊輔はまざまざと覚えている。

俊輔の仕事は事の後がもっとも捗《はかど》る。そこで晩の九時ごろ一旦《いったん》妻と寝に就く。やがて妻を寝室に残して、俊輔は二階の書斎へ上り、早朝三時か四時まで仕事をして、今度は書斎の小さなベッドで眠る。この日課は厳密に守られ、前夜から朝の十時ごろまで、俊輔は妻と顔を合せない。

ある夏の深夜のこと、彼にままならぬ情意が動いて、妻の眠りをおどろかそうかと考えた。が、仕事に対する強靭《きょうじん》な意志力がこの悪戯《いたずら》ごころを抑制した。その朝、彼は己れを鞭打《むちう》つために五時ちかくまで充実した仕事をした。睡気《ねむけ》がさめてしまった。妻はまだ眠っているに相違ない。足音を忍ばせて階下へ降りた。寝室の戸をあけた。妻の姿はない。

この瞬間、俊輔にはこれが当然の成行のような気持がした。それは多分こう反省した結果である。俊輔は、自分があれほどまでに偏執的に日課を守ろうとしてきたのは、こんな結果を予測し、それを怖《おそ》れていたからにすぎないと反省したのである。しかし動揺はすぐに治まった。妻はいつものようにシュミーズの上に黒天鵞絨《ビロード》のガウンを引っかけて厠《かわや》へでも立ったにちがいない。彼は待った。妻はかえって来ない。

不安にかられた俊輔は階下の厠がある方へ廊下を歩き出した。すると厨《くりや》の窓の下で、調理机に肱《ひじ》をついてじっとしている黒いガウンの姿の妻が見られた。まだ暁闇《ぎょうあん》である。そのおぼろげな黒い姿は、椅子《いす》に掛けているのか、ひざまずいているのかも判然としない。俊輔は廊下を遮《さえぎ》る厚い緞子《どんす》の帷《とばり》のかげに身を隠して窺《うかが》った。

そのとき厨口から四五間隔たった裏木戸のきしむ音がした。つづいて低い口笛の歌声がきこえた。丁度牛乳配達の来るべき時刻である。

ほうぼうの庭で孤独な犬たちが吠《ほ》えている。牛乳配達は運動靴を穿《は》いている。裏木戸から厨までの夜前の雨に濡《ぬ》れた、甃《いしだたみ》を、彼の労働にほてった体は、青いポロ・シャツのあらわな腕に触れる濡れた八つ手の葉や、足の裏にしみ入る石の冷たさに、快く弾みながら来るのであろう。彼の口笛にさえた響きがあるのは、彼の若い唇《くちびる》の朝の爽《さわ》やかさのためであろう。

妻は立上った。厨口の戸を開け放った。暁闇の中に暗い人影が立ち、その笑っている白い歯と青いポロ・シャツがおぼろげに見えた。朝風が入って来て帷の裾《すそ》の重い撚《より》糸《いと》の房をかすかに揺《ゆす》った。

「御苦労さま」

妻がそう言った。二本の牛乳の罎《びん》を彼女はうけとった。罎のこすれあう音、その罎と指環《ゆびわ》の白金のこすれあう音がひめやかにひびいた。

「奥さん、御《ご》褒美《ほうび》を下さいな」

いけ図々《ずうずう》しい甘ったるさで若者がこう言った。

「今日はだめよ」と妻は言った。

「今日でなくてもいい。明日の昼間は?」

「明日もだめ」

「なんだ。十日に一度なんて、ほかに浮気の筋があるんでしょう」

「大きな声を立てちゃだめだったら」

「明後日は？」

「あさってならね」——妻はこの「あさって」という一言を、こわれやすい瀬戸物をそっと棚《たな》に置くような勿体《もったい》ぶった調子で言った。「あさっての夕方だったら、旦那《だんな》様は座談会でお出かけだからいいことよ」

「五時でいい？」

「五時でいいわ」

妻は一度閉めた戸をあけた。若者は帰ろうとしなかった。指で柱を二度三度すずろに叩《たた》いた。

「今はだめなんですか？」

「何を言い出すのよ。二階に旦ツクがいるんですよ。非常識なことを言う人はきらい」

「だから接吻《せっぷん》だけ」

「こんなところでいやよ。もし見られたら百年目じゃないの」

「ねえ接吻だけ」

「うるさい小僧だね。接吻だけよ」

戸をうしろ手に閉めて若者は厨口に立っていた。妻は寝室用の兎《うさぎ》の毛のついたスリッパのまま厨口に下り立った。

二人は立ったまま、薔薇《ばら》と添木《そえぎ》のように相擁していた。妻の黒天鵞絨のガウンの背中から腰にかけて波のような動きが屢〻《しばしば》伝わった。男の手がガウンの紐《ひも》を外した。妻は首を振って拒んだ。二人は無言のいさかいをした。今までこちらへ背を向けていたのは妻であったが、今では男が背を向けていた。妻のひらかれたガウンの前はこちらに向いていた。ガウンの下には何も着ていない。若者はせまい厨口にひざまずいた。

この暁闇の中に佇《たたず》んでいる妻の裸身ほど白いものを、俊輔《しゅんすけ》は生れてから見たことがない。その白いものは佇んでいるというよりも、むしろ漂っていた。盲人の手のようなその手の動きが、ひざまずいている若者の髪をさぐっていた。

このとき、かがやいたり、また曇ったり、みひらかれたり、また半眼に閉ざされたりしていた妻の目は、何を見ていたのであろう。棚に並んでいる琺瑯引《ほうろうびき》の鍋《なべ》だとか、冷蔵庫だとか、食器戸棚だとか、窓にうつるかわたれ時の樹木の眺《なが》めだとか、柱に掛けられた日めくりだとか、一日の活動を前に寝しずまっている兵営のような厨の親しみのある静寂は、妻の目に何ものをも宿さなかったにちがいない。その目は確かに何ものかを、この帷の一部にもあれ、何ものかを明瞭《めいりょう》に見ていた。しかもそれと気づいているかのように、窺っている俊輔の目のほうは一度たりと見ようとしなかった。

『あれは決して良人のほうを見ないように躾《しつ》けられた目だ』

俊輔は戦慄《せんりつ》を以《もっ》てそう考えた。するとその場へ突然出てゆこうとした心はやりは拭《ぬぐ》い去られた。彼は黙ることのほかに復讐《ふくしゅう》を知らない男だった。

やがて戸を排して若者が出て行った。庭は白みかけていた。俊輔は忍び足で二階へ立去った。

いかにも紳士的なこの作家は、私生活の鬱憤《うっぷん》の唯一《ゆいいつ》の捌《は》け口《ぐち》を、日によっては数頁《ページ》にもわたる仏蘭西《フランス》語の日記をつけることに見出だしていたが、（彼は外遊はしなかったが、仏蘭西語に堪能《たんのう》であった。ユイスマンの「伽藍《がらん》」「彼方《かなた》」「途上」の三部作、ロオデンバッハの「死都ブリュウジュ」などは、彼の手を俟《ま》ってはじめて見事な日本語に移された）、この日記がもし彼の死後に公開されれば、彼の作品そのものと評価を争うことになるかもしれない。彼の作品に欠けている凡《あら》ゆる要素が日記の各頁に躍動していたが、それらをそのまま作品に移すことは、生《なま》の真実を憎む俊輔の態度に背くことであった。天稟《てんぴん》のどんな部分も、自《おのずか》ら流露する部分は贋《にせ》ものだという確信を彼は抱いていた。それにもかかわらずその作品が客観性を欠いていた原因は、彼が拠《よ》ったこのような創作態度の、頑《かたく》なに失した主観的固執にあったのである。生の真実を憎むあまりに、それとあまりに対蹠《たいせき》的に照応した、いわば生身《なまみ》の裸体から鋳型をとられた彫像のごときものが彼の作品だった。

書斎へかえるなり俊輔は日記の記入に没頭した。暁闇のあいびきの苦しい記述に没頭した。自分自身にさえ二度と読めないように力《つと》めているのかと思われるほど乱雑をきわめた書体である。書棚に積まれた過去数十年の日記と同様に、今年の日記もまた、頁のおのおのを女に対する呪詛《じゅそ》が充《み》たしていた。これほどの呪詛が利《き》かなかったのは、要するに呪《のろ》い手《て》が女でなくて男だったためであろう。

日記というよりは、断片と箴言《しんげん》のほうが多くの部分を占めるこの手記のなかから、次のような断章を引用するのは容易な方法である。左は彼の青年時代の一日の日記である。

「女は子供のほかに何ものも生むことができない。男は子供のほかの凡ゆるものを生むことができる。創造と生殖と繁殖は全く男性の能力であり、女の受胎は育児の一部分にすぎない。これは言い古された真理だ。(因《ちな》みに俊輔は子供を持たなかった。半ばは主義として)

女の嫉妬《しっと》は創造の能力に対する嫉妬である。男の子を生んだ女は、これを育てることに、男性の創造の能力に対する甘い復讐の喜びを味わう。女は創造を妨げることに生甲斐《いきがい》を味わう。贅沢《ぜいたく》と消費の欲望は、破壊の欲望である。いたるところで女性的本能が勝利を占める。はじめ資本主義は男性の原理であり、生産の原理であった。ついで女性の原理が資本主義を蝕《むしば》んだ。資本主義は奢侈《しゃし》的消費の原理にうつりかわり、やがてこのヘレナのおかげで戦争がはじまった。遠い将来には共産主義も女性に滅ぼされるだろう。

　女はいたるところに生存していて、夜のように君臨している。その習性の下劣さは、ほとんど崇高なほどである。女はあらゆる価値を感性の泥沼に引きずり下ろしてしまう。女は主義というものを全く理解しない。『何々主義的』というところまではわかるが、『何々主義』というものはわからない。主義ばかりではない。独創性がないから、雰囲気《ふんいき》をさえ理解しない。わかるのは匂いだけだ。彼女は豚のように嗅ぐ。香水は女の嗅覚《きゅうかく》に対する教育的見地から男性の発明したものだ。そのおかげで男は女に嗅がれることから免《まぬか》れる。

　女のもつ性的魅力、媚態《びたい》の本能、あらゆる性的牽引《けんいん》の才能は、女の無用であることの証拠である。有用なものは媚態を要しない。男が女に惹《ひ》かれねばならぬことは何という損失であろう。男の精神性に加えられた何という汚辱であろう。女には精神というものはないのであり、感性があるだけだ。崇高な感性なんていうのは、噴飯物《ふんぱんもの》の矛盾であって、出世したさなだむしというに等しい。母性がときどき展開してみせるびっくりするほどの崇高さも、実は精神と何の係累《けいるい》もないものだ。単なる生物学的現象にすぎず、動物の母性に見られる犠牲的愛情と何ら質的な差異のないものだ。精神の特徴と目すべきは、人間を他の哺乳《ほにゅう》動物から分つところの質的差異以外にはないからである」

質的差異、……それよりもむしろ人類固有の仮構の能力と呼ぶべきかもしれないところのこの特徴……、日記に挟《はさ》まれた二十五歳の俊輔の写真の面影《おもかげ》に宿っているものも、それであった。醜いながら若い俊輔の容貌《ようぼう》の醜さは、どちらかというと人工的な醜さであった。それは自分を醜いと信じようと日々力《つと》めている人の醜さだった。

その年の日記の一部には、折角本文を仏蘭西語で書いた甲斐もない怪《け》しからん楽書が随所に見られた。簡単な女陰の絵の上に、大まかに消印の×を書きなぐったものが二三あった。彼は女陰を呪詛していた。

いかな俊輔も嫁の来手がないところからやむをえず泥棒や狂人の女を選んで娶《めと》ったというわけではない。世間にはこの有為な青年に思いを寄せる「精神的な」女たちもいたのである。ところが精神的女性という手合は、女の化物であって、女ではなかった。俊輔が恋し裏切られる女は、彼の唯一の長所でもあり唯一の美でもあるところの精神性を、頑として理解しない女に限られていた。そしてそれこそは本当の女、正真正銘の女であったのである。俊輔は美しい女をしか嘗《かつ》て愛さず、己れの美に自足し、精神性によって何ら補われる必要を認めないメッサリイヌをしか愛さなかった。

俊輔は三年前に喪《うしな》った三度目の妻の美しい面ざしを心にうかべた。五十歳の妻は、その半ばに充たない年齢の若い恋人と心中したのである。彼女が死んだ理由はわかっていた。俊輔と一緒に送る醜い老後を怖れたのである。

情死死体は犬吠岬《いぬぼうさき》に打ち上げられた。怒濤《どとう》が二人の屍《しかばね》を高い巌《いわお》の上へ置いた。これを運び下ろす作業は困難を極めた。漁夫たちは腰に縄《なわ》をつないで、轟《とどろ》く波頭が白い霧をまきちらす岩から岩へと伝わった。

二人の屍を引離すのがまた容易ではなかった。二つの肉体は溶解し合っており、濡れた和紙のような二人の皮膚はほとんど共有の皮膚のように思われた。強《し》いて引き離された妻の亡骸《なきがら》が、俊輔の希望で、茶毘《だび》に附せられる前に東京へ送られた。葬儀は盛大に営まれ、儀が果てて出棺の時刻が迫った。老いた良人《おっと》は、余人を入れぬ一室に運ばせた柩《ひつぎ》に別れを告げた。百合《ゆり》と石竹の花に埋もれたおそろしく厖大《ぼうだい》な死顔の、半ば透明になった生え際《はぎわ》に、青く透かして見られる毛根が並んでいた。この極度に醜悪な顔を俊輔はおそれげもなくつくづく眺めた。そしてその顔の悪意を感じた。良人をもはや苦しめなくなった今では、その顔は美しくある必要がなくなったので、醜くなったにすぎぬのではあるまいか？

彼は秘蔵の河内《かわち》打《うち》の若女《わかおんな》の能面を死顔に被《かぶ》せた。それを押しつけるように被せたので、水死者の顔は熟《う》れ切った果実のように能面の下に押し潰《つぶ》された。――俊輔のこの行為は誰《だれ》にも知られることなしに、ほぼ一時間のちには火に包まれて跡方を失った。

俊輔は悲しみと憎しみとのこもごもの追憶のうちにその喪《も》をすごした。最初の苦しみの原因であった夏の一日の暁闇を思い出すと、この記憶の新鮮な苦しみは、妻がまだそこらに生きていることを信じさせずには措《お》かないように思われた。十指にあまる恋敵《こいがたき》、彼らの図々しい若さ、彼らの憎むべき美貌、……俊輔は嫉妬のあまり一人の青年をステッキで乱打して、妻に別れ話を持ちかけられた。彼は妻に詫《わ》び、青年には洋服一着を誂《あつら》えてやった。この青年がのちに華北で戦死したとき、俊輔は狂喜して永い喜びの日記を書き、それから憑《つ》かれたように街へ一人で出た。街は出征軍人と見送り人の群衆に賑《にぎ》わっていた。美しい許婚《いいなずけ》に送られている一兵士を囲む一団に加わって、彼は紙の国旗をたのしげに振った。折柄《おりから》とおりかかったカメラマンに見つけられた俊輔の、旗を振っている大きな写真が新聞に出た。誰が知っていたろう？　この風変りな作家の振っていた旗は、憎むべき青年が殺された祝福すべき土地へ、これから殺されにゆく兵士を祝福する旗だったことを。

＊＊＊

檜俊輔《ひのきしゅんすけ》はI駅から康子《やすこ》のいる海岸まで一時間半の行程のバスの車内でも、これらの暗い乱れがちな記憶を追った。

『そうして戦争が終った』と彼は考えた。『戦後二年目の初秋に妻が心中した。各一流紙は礼節を保って、心臓病と報道した。ごく一部の友人だけがこの秘密を知った。喪が明けると、俺《おれ》はすぐ或《あ》る元伯爵《はくしゃく》の夫人に眷恋《けんれん》した。生涯《しょうがい》に十何度目かのこの恋は一見成就《じょうじゅ》しそうに思われた。いざという場に良人《おっと》があらわれて、三万円を強請《ゆす》った。元伯爵の副業は美人局《つつもたせ》であったのだ』

バスが甚《はなは》しく揺れて彼を強《し》いて笑わせた。美人局の挿話《そうわ》は滑稽《こっけい》であった。しかもこの記憶の可笑《おか》しさは、彼をして、ふと不安にかられる思いをさせた。

『俺はもう若い時分のように女を烈《はげ》しく憎むことができないのではないか』

彼は康子を考えた。今年の五月箱根で知り合って以来何ともなしにたびたび俊輔を訪れるこの十九歳の女客の上を考えた。年老いた作家の枯れた胸板は波打った。

五月半ば、中強羅《なかごうら》の宿で俊輔が仕事をしていたとき、同宿の少女が女中を介して彼に署名を頼んできた。俊輔は彼の著書を携えて挨拶《あいさつ》に来かかる少女に、宿の庭はずれでたまたま会った。大そう美しい夕方であったので、彼は散歩に出て、石段を昇ってかえって来て、康子に会ったのである。

「あなたですか」と俊輔はたずねた。

「はい。瀬川と申します。どうぞよろしく」

康子は石竹いろの子供っぽい服を着ている。手足はしなやかに長く、すこし長すぎるようにさえ思われる。その腿《もも》は緊《しま》った川魚の肉のように、雌黄《しおう》を沈めた白晳《はくせき》の肌《はだ》いろである。それが短いスカートの裾から窺《うかが》われるのである。俊輔は十七八歳と見当をつけた。眉《まゆ》のあたりにだけ時折老成《ませ》た表情が漂うのを見れば、二十歳か二十一ぐらいのようにも思われる。下駄《げた》を穿《は》いていたので、その清潔な踵《かかと》がよく見えた。踵はつつましく小さく硬くて、小鳥の踵のようである。

「お部屋はどこですか」

「奥の離れでございます」

「道理であまりお見かけしませんな。お一人かね」

「ええ、今日は一人でございます」

彼女は軽い肋膜《ろくまく》のあとの保養に来ていたのである。俊輔にとってうれしかったことは、康子が小説をただの「お話」として読む能力しか持たない少女だったことである。附添の老婢《ろうひ》は所用で一両日東京へかえっていた。

彼女をそのまま部屋へ帯同して、署名をしてやって返すべき本であったが、俊輔は明日とりに来るようにと言って本をうけとると、そのまま庭前の不恰好《ぶかっこう》なベンチに腰を下した。二人はそこでいろいろ話をしたが、寡黙《かもく》な老人と行儀のよい少女の間で捗《はかど》るような話題はなかったのである。いつから来たか、家族はどうか、病気はもうよいのか、などと俊輔はたずね、少女はその多くを無言の微笑で答えた。

こういうわけで庭が薄暮に包まれるのは大そう早すぎたように思われた。正面の明星ヶ岳と右方の楯山《たてやま》の柔和な山容も、暗くなるにつれて躙《にじ》り寄るような力で見る人の心に迫った。これらの山の間に小田原の海が沈んでいた。薄暮の空とその窄《せま》い海景との定かならぬ境界に丁度夕星のように見えていたものは、規則正しい点滅の具合で灯台とわかった。女中が食事をしらせに来たので、二人は別れた。

あくる朝、康子は老婢と一緒に東京から届けられた菓子を持って俊輔の部屋を訪れ、すでに署名をおわった二冊の本を持ち返った。老婢が一人で喋《しゃべ》っていたので、俊輔と康子はまことに快い沈黙を許された。俊輔は康子がかえると、ふいに思い立って永い散歩をした。彼はあえぎながら苛々《いらいら》した早足で坂を上った。どこまでも行ける、まだ疲れはしない、俺だってこんなに歩ける、と考えたかったのである。やがてとある草地の木かげに辿《たど》りついて、倒れるようにそこに横たわると、たまたま傍《かたわ》らの叢《くさむら》から大きな雉子《きじ》が飛び立った。俊輔は愕《おどろ》き、そして度を越した疲労から生れた浮わついた快活さに心が躍るのを感じた。

こんな気持は久しぶりだぞ、何年ぶりだろう、と俊輔は考えた。

「こんな気持」を作り上げたのが半ば以上自分の力であることを「こんな気持」をでっち上げるためにわざわざ企てられた不自然な苦しい散歩であったことを、俊輔は忘れていた。そしてこの忘却ですら、年寄くさい或るわざとらしさの仕業《しわざ》であったかもしれないのである。

＊＊＊

康子のいる町へむかうバス道路は、幾度となく海のほとりへ出た。断崖《だんがい》の上から夏の海が火を放っているさまが鳥瞰《ちょうかん》される。その透明な見えない焔《ほのお》は海の面《おもて》を灼《や》き、海は沈静な苦痛、彫金を施される貴金属の苦痛に似たものをうかべていた。

正午にはまだ間《ま》があった。空《す》いているバスの二三の乗客は土地の人ばかりであったが、彼らは竹の皮をあけてお菜《かず》を分ち合って握り飯を喰《た》べた。俊輔は殆《ほとん》ど空腹というものを感じたことがない。考え事をしながら食事をすませる結果、彼はよく今しがた食事をしたことを忘れてしまい、理由のわからない満腹に愕くことがあった。彼の内臓も彼の精神と同様に、日常生活なんかそっちのけであった。

Ｋ町役場の終点の二つ手前がＫ公園前という停留所である。そこでは誰も降りない。バス道路は、山腹から海浜にわたる約千町歩の広大な公園を貫ぬいて、それをあたかも山を中心とする部分と海を中心とする部分とに分っていた。風にさわいでいる深い木叢《こむら》のあいだに、俊輔は人一人いない深閑とした遊園地を、そのかなたに藍《あい》いろの琺《ほう》瑯《ろう》の一線を断続させている海のながめを、灼《や》けた砂地に動かない影を落している鞦韆《ぶらんこ》のいくつかを瞥見《べっけん》した。真夏の午前のしんとした広大な公園は、何故《なぜ》かしら俊輔の心を魅した。

バスは錯雑した小さな町の一角に到着した。町役場には人気《ひとけ》がなく、ひらかれた窓から何も置かれていない円卓のニスが白い光沢を放っているのが見えた。宿の出迎えの数人がお辞儀をした。荷物を託した俊輔は神社のわきの石段を、かれらの案内に従ってゆるゆると登った。海から来る風のために暑さは殆ど感じられない。蟬《せみ》の声が暑い音の毛織物のように頭上に垂れてくるのが鬱陶《うっとう》しいだけである。段の半ばで俊輔は帽を脱いで小憩した。脚下の小さな港内に緑いろの小さな蒸汽船が憩《やす》んでいて、思い出したように蒸汽のはぜる音を揚げている。それがふと熄《や》んでしまう。するとこの単純すぎる曲線をもった沈静な湾《いりうみ》を、追っても追ってもかえってくる蠅《はえ》のように、追えども追いやれぬ憂愁の無数の羽音が忽《たちま》ち充《み》たしてしまうように思われた。

「いい眺《なが》めだね」

俊輔はこうした考えを外《そ》らすようにこう言った。一向にいい眺めではない。

「宿の眺めはもっとよろしゅうございます、先生」

「そうか」

この老作家の人となりが重厚に見える原因は、揶揄《やゆ》や皮肉の情熱を億劫《おっくう》がる彼の怠惰に在った。軽く見せることが彼には重苦しかった。

宿の最上の部屋に落着いた俊輔は、道すがら何度も何気なく口に出そうとして出しかねていた（それというのも何気なさが失われるのを怖《おそ》れてだったが）質問を女中にした。

「瀬川さんというお嬢さんは来ているの」

「はい、いらっしゃいます」

老作家の心は乱れて次の質問を永引かせた。

「友達と一緒に来ているの？」

「はい、四五日前から菊の間《ま》に」

「部屋に今いるかしらね。私はあの人のお父さんの友達なんだ」

「只今《ただいま》、K公園へお出かけでございます」

「友達とかい？」

「はい、お友達と」

女中は「皆様と」とは言わなかった。こうした場合、友達の人数だとか、男友達か女の友達かということなどを、恬淡《てんたん》に問うすべを知らない俊輔は疑惑にかられた。その友達は男であり、その人数はもしや一人ではあるまいか？　このような当然の疑惑が、今の今まで彼の心に影さえ射《さ》して来なかったのは何事なのか？　愚行は一定の秩序を保ち、その愚行の結末に達するまで、ありうべき賢明な考察を残らず抑圧しながら進んでゆくものであろうか？

勧誘というよりはむしろ命令にちかい宿の懸命な接待に強《し》いられて、入浴と中食をすませるあいだ、終始老作家は静心《しずごころ》なかった。ようやく一人になった俊輔は昂奮《こうふん》のあまり立ちつ居つした。苦しみがとうとう彼を駆って、お世辞にも紳士的とはいえない行動に促した。菊の間へ秘《ひそ》かに入った。部屋は整頓《せいとん》されていた。次の間の洋服簞笥《だんす》をあけてみたとき、俊輔は男物の白いズボンと、白いポプリンのワイシャツを見た。それは康子のチロル風なアップリケをつけた白麻のワンピースと並んで懸っていた。目を転じて鏡台を見ると、ポマードとチックが、白粉《おしろい》や棒紅やクリームの傍らに並んでいた。俊輔は部屋を出た。自室へ帰ってベルを鳴らした。現われた女中に命じて、自動車を傭《やと》わせた。背広に着かえているうちに車が訪れた。彼はK公園へ車を遣《や》った。

運転手にしばらく待つようにと言い置くと、俊輔はあいかわらず深閑とした公園の門をくぐった。自然石でアーチを組んだ新らしい門である。このあたりからは海が見えない。黒ずんだ緑の葉に覆《おお》われた樹々の重い梢《こずえ》は、風に遠い潮騒《しおさい》のような響を立ててさやいでいる。

老作家は二人が毎日泳ぎにゆくという砂浜を志した。遊園地へ出た。檻《おり》の影を明瞭《めいりょう》に背に浴びて狸《たぬき》がうずくまってまどろんでいる小動物園の一角へ出た。放し飼の柵《さく》の中では、こんもりとした二本の楓《かえで》が寄り添うている股《また》のところに、暑気を避けて一疋《ぴき》の黒兎がまどろんでいる。草深い石段を下りてゆくと、夥《おびただ》しい木叢の彼方に海がひろがった。目路《めじ》の限り遠い梢をゆるがし、やがてそれが俊輔の額のところまで来るあいだ、風は梢から梢へすばやく伝わって来る見えない小動物のように思われる。時として大まかな風がすぎるときには、それは見えない大きな獣がふざけているかのようであった。これらすべての上に、たじろがない日光が遍満し、たじろがない蟬《せみ》の声が漲《みなぎ》っていた。

砂浜へ行くにはどの道を下りればよいのであろうか？

はるか下方に松の聚落《しゅうらく》が見られたが、草深い石段はそこへ向って迂回《うかい》してゆくように思われた。俊輔は木洩《こも》れ陽《び》を浴び、草の烈しい反射に照らされて、ようやく全身が汗ばむのを感じていた。石段は迂回した。彼は断崖の下の窄《せま》い廊下のような砂浜の一端に辿《たど》りついた。

しかしそこにも人影はなかった。老いた作家は疲れ果てて石のひとつに腰を下ろした。

彼をここまで導いて来たのは怒りであった。多大の名声と、宗教的尊崇と、多忙な雑事と、雑駁《ざっぱく》な交遊と、たえずこれらの有毒な要素に囲まれて暮しながら、彼の生活は概して逃避を要しなかった。最上の逃避の方法は、相手に出来るだけ近づくことである。檜俊輔はおどろくばかり広い交友範囲に、恰《あた》かも名優の演技が数千の観衆の一人一人に彼を自分だけに身近な存在と感じさせてしまうような、一見遠近法を無視した巧みな技術を以《もっ》て臨んでいた。いかなる讃嘆《さんたん》も嘲罵《ちょうば》もこの名優を傷つけえない。彼は何一つ聴いちゃいないからだ。……今のように自分が傷つけられる予測におののき、傷つけられたいと烈しく希《のぞ》んでいるときだけに、俊輔は彼一流の逃避を要した。つまり傷をはっきりとこの身にうけてしまう結着を必要としたのである。

しかし今、異様なほど近くにゆらめいている広大な海は、俊輔を癒《いや》すように思われた。海は岩の間をいくたびか狡智《こうち》のようにすばしこくやって来て、彼を浸し、彼の存在へ流れ入り、その青で彼の内部を忽ち染め上げ、……又しても彼の中から退いてゆくのである。

このとき青い海水の只中に一つの水脈《みお》が現われ、白い波頭のような繊細な飛沫《ひまつ》が上った。その水脈はまっしぐらにこなたの岸へむかって近づいた。浅瀬に達したとき、遊泳者は崩れようとする波の中に立上った。一瞬彼の体は飛沫に掻《か》き消され、また何事もなげに立現われた。強靭《きょうじん》な足で海水を蹴《け》ちらしながら歩いて来る。

それは愕《おどろ》くべく美しい青年である。希臘《ギリシャ》古典期の彫像よりも、むしろペロポンネソス派青銅彫像作家の制作にかかるアポロンのような、一種もどかしい温柔な美にあふれたその肉体は、気高く立てた頸《くび》、なだらかな肩、ゆるやかな広い胸郭、優雅な丸みを帯びた腕、俄《にわ》かに細まった清潔な充実した胴、剣《つるぎ》のように雄々しく締った脚をもっていた。波打際《なみうちぎわ》に立止ったその青年は、岩角に打ちつけたらしい左の肘《ひじ》をしらべるために、やや身を捩《よじ》って右手と顔を、左手の肱《ひじ》のほうへうつむけた。すると足もとをのがれてゆく余波《なごり》の反射が、そのうつむいた横顔を、俄かに喜色をうかべたかのように明るませた。俊敏な細い眉《まゆ》、深い憂《うれ》わしい目、やや厚味を帯びた初々《ういうい》しい唇《くちびる》、これらが彼の稀《まれ》な横顔の意匠であった。そして見事な鼻梁《びりょう》は、その引締った頰《ほお》と共に、青年の顔立ちに、気高さと飢えのほかはまだ何も知らない或る純潔な野性の印象を与えていた。それはさらに、暗い無感動な眼差《まなざし》、白い強烈な歯、すずろに振られる腕のものうさ、躍動する身のこなしなどと相俟《あいま》って、この若い美しい狼《おおかみ》の習性を際立たせていた。そうだ、その面差《おもざし》は狼の美貌《びぼう》であった。

とはいうもののその肩のやさしい丸み、その胸のあまりに露《あら》わな無垢《むく》、その唇のあでやかさ、……これらの部分にはふしぎな言い難《がた》い甘さがあったのである。ウォルタア・ペイタアが十三世紀の美しい物語「アミスとアミール」について言ったあの「文芸復興期の早期の甘さ」、のちに想像を絶した壮大で神秘で強靭《きょうじん》な展開の兆《きざし》となったあの、「早期の甘さ」に類したものが、この青年の肉体の微妙な線のうちに香気を放っているように思われた。

……檜俊輔は世の美しい青年の悉《ことごと》くを憎んでいた。しかし美は無理無体に彼を黙らせた。一つには美と幸福とを忽ち結びつけて考える悪癖があったので、彼の憎悪《ぞうお》を黙らせたのはこの青年の完璧《かんぺき》な美ではなくてこの青年が持っているものと思量される完璧な幸福であったのかもしれない。

青年はちらと俊輔のほうを眺めたが、意に介しない様子で岩蔭《いわかげ》にかくれた。やがて出て来た姿は、白いワイシャツと素直な紺サージのズボンであった。彼は口笛を吹きながら俊輔が今来た石段を上り出した。俊輔も同じ石段をあとから上って行った。青年はふりむいてもう一度ちらりとこの老作家を見た。夏の太陽をまともにうけた睫《まつげ》の影のせいもあったが、その瞳《ひとみ》は大そう暗く、俊輔は裸かであったときあれほど晃《て》りかがやいていた青年が、今は少くとも幸福の影を失ってしまったのを訝《いぶ》かった。

青年は径《みち》を曲った。ともすると径は見失われる。疲れはてた老作家は径の入口まで辿りつくとそこへ入ってまで青年の跡をつける余力がなかった。しかし径の奥にあるらしい草地のあたりで、さっきの青年の明るい潑溂《はつらつ》たる声音《こわね》がきこえた。

「まだ昼寝？　呆《あき》れたな。君が眠っているあいだに、僕は沖のほうまで泳いで来たんだよ。さあ起きなさい。そろそろかえろう」

一人の少女が木の間がくれに立ち上り、細いしなやかな手を高々とあげてのびをするのが、意外な目近に見えた。彼女の青い子供っぽい洋服の背中の釦《ボタン》が二つ三つ外れていたので、それをはめてやっている青年の姿がはじめて見えた。少女はこの無作法な草の上の昼寝のおかげで裾《すそ》についた花粉や土をはたこうとして、手をうしろに廻したときに横顔を示した。それは康子であった。

俊輔は全身の力を失って石段に腰を下ろした。彼は煙草《たばこ》をとり出して吸った。讃美の念と嫉妬《しっと》と敗北感との異様な混淆《こんこう》を味わったのは、このやきもちの手だれにとって珍らしいことではなかったが、この場合俊輔の心は康子よりもむしろあの世に稀な美しい青年の上へ膠着《こうちゃく》していたのである。

完全な青年、完全な外面の美の具現であること、この醜貌の作家の青年時代の夢は、そこにだけ懸っていたが、この夢は人前には押し隠され、そればかりか彼自身によって罵《ののし》られていた。精神の青春、精神性における青年時代、それは青年から「青年らしさ」を見る見る喪《うしな》わせる毒素のような観念である。俊輔の青年時代は青年でありたいという熾烈《しれつ》な願いの下《もと》に送られた。何という愚かしさであろう。何故《なぜ》なら青年時代はわれわれをさまざまな願望と絶望で苦しめるが、少くともまだそうした苦痛を青年特有の苦悩にすぎないとは考えていない。しかるに俊輔の青年時代はそれを考えることに終始した。彼は己れの観念、思想、いわゆる「文学上の青春」のすべてのうちに何一つ永続的なもの、普遍的なもの、一般的なもの、不快なあいまいな、いわば浪漫主義的な永遠性を持ったものを許さなかった。一方彼の愚行は莫迦莫迦《ばかばか》しい瞬時の試みであった。そのころ彼の内心の唯一《ゆいいつ》の希《のぞ》みは、自分の苦痛を青年らしく完全無欠な正当な苦痛と考える能力が授けられる幸福だけに懸っていた。またそれは自分の喜びを正当な喜びと考える能力なのである。つまり人生に必須《ひっす》な能力なのである。

『今度という今度は俺《おれ》も安心して敗《ま》けられるな』と俊輔は考えた。『あれこそは青年のあらゆる美の持主であり、人生の日向《ひなた》の住人であり、芸術などという毒に決して染まらず、女を愛し女に愛されるように生れついた男だ。あれなら安心して手を引ける。むしろ俺は進んで譲りわたそう。美と永いこと戦って来た生涯《しょうがい》だったが、そろそろ最後の和解の握手を美ととり交わしてもいいころだ。天がそのためにあの二人を俺の面前に送ったのかもしれない』

恋人同士は二人では通れぬ小径を、もつれ合って後先しながら近づいたが、さきに俊輔に気づいたのは康子であった。老作家と康子は顔を見合わせた。彼の目は苦しんでいたが、口もとは笑っていた。康子は蒼《あお》ざめて目を伏せた。伏せたままこう訊《き》いた。

「お仕事にいらっしゃいましたの？」

「そうですよ。今日からね」

青年は訝《いぶ》かしげに俊輔を眺めた。康子がこう紹介した。

「こちらお友達。悠《ゆう》ちゃんと申します」

「南です。悠一と申します」

俊輔の名をきいても青年は大しておどろかなかった。

『前から俺のことを康子からきいていたのかな』と俊輔は考えた。『それで一向おどろかないのかしら。三度も出した俺の全集なんぞ見向きもせず、それで従って俺の名前を知らないのだとすると、俺にはもっと楽しいのだが……』

三人はしかし深閑とした公園の石段を上りながら、この観光地のひどいさびれ方などについて当りさわりのない話をした。俊輔は十分寛容であり、面白可笑《おもしろおか》しい通人らしく振舞うことができる人ではないが、それでも十分上機嫌《じょうきげん》であった。三人は彼が雇った自動車で宿へ帰った。

晩の食事は三人で揃《そろ》ってとった。それは悠一の提案であった。食後二組はおのおの部屋へ引きとった。ややあって悠一が一人でその浴衣《ゆかた》の長身を俊輔の部屋へあらわした。

「入ってもよろしいですか。お仕事ですか」

彼は襖《ふすま》の外から声をかけた。

「お入りなさい」

「今康《やっ》ちゃんのお風呂《ふろ》がとても永くて、退屈なものですから」

彼はこう言訳をした。しかしその暗い瞳《ひとみ》には憂いの色が昼よりも深まり、俊輔は作家の直感で打ち明け話があることを察した。

しばらく埒《らち》のない話をしていると、青年が早く言ってしまわねばと焦慮している様はますます露わになった。漸《ようや》くにしてこう言った。

「こちらに当分御滞在ですか？」

「予定はね」

「僕《ぼく》、出来れば今晩の十時の船か、明日の朝のバスでかえりたいんです。本当は今晩中にとにかくここを発《た》ちたいんです」

俊輔は大そうおどろいてこう訊《たず》ねた。

「康子さんはどうなるの」

「それでお話に上ったんです。康《やっ》ちゃんを預かっていただけませんか。本当は先生が康ちゃんと結婚して下さればと思います」

「何か勘ちがいの遠慮をしておいでですね」

「そうじゃありません。僕はもう今晩もここへ泊るのは耐えられません」

「何故また」

青年は真率な、むしろ冷たい口調で言った。

「先生ならわかっていただけると思いますが、僕は女を愛せないんです。わかりますか。僕の体は女を愛することもできるけれど、僕の感情はただ精神的なものにすぎないんです。僕は生れてから、女をほしいと思ったことがなかったんです。女を前に置いて、欲望を感じたことがなかったんです。それだのに僕は自分をだまし、何も知らない女の子をだましたんです」

俊輔の目に複雑な色が動いた。彼の素質はこうした問題に感性上の共鳴を覚えることができない。俊輔の素質的傾向は概《おおむ》ね正常であった。そこでこう訊いた。

「それであなたは何を愛するの？」

「僕ですか」——青年の頰は羞恥《しゅうち》に紅潮した。「僕は男の子をしか愛さないんです」

「この問題を」と俊輔は言った。「康子さんに打明けたことはありますか」

「ありません」

「打明けてはいけません。どんなことがあっても打明けてはいけません。女に知らせていいことと、知らせてよくないこととありますからね。私はそういう問題については知識が足りないが、女に打明けないほうが有利な部類に入るようだな。康子さんみたいにあなたを好きな少女があらわれたら、どうせいつかは結婚するんだから結婚なすったらいい。結婚生活というものをもっと些細《ささい》な好加減《いいかげん》なものとお考えなさい。好加減なものだからこそ、安心して神聖と呼べるんですな」

俊輔はやがて悪魔のように上機嫌になった。そして三度も全集を出した芸術家にふさわしい世を憚《はばか》るひそひそ声で、青年の顔を見据《みす》えながらこう言った。

「それでここ三晩、あなた方は何ともなかったの」

「ええ」

「そいつはいい。女というものはそうやって教育するもんだ」――俊輔は大声で朗《ほが》らかに笑ったが、彼がこんな大声で笑うところを見たことのある友人は一人もない。

「私が永い経験から言うことですが、女には決して快楽を教えてはならない。快楽という奴《やつ》は男性の悲劇的な発明であって、それだけでよろしいのです」

俊輔の目は殆《ほとん》ど恍惚《こうこつ》たる慈愛の色をうかべていた。

「あなた方はきっと私の考える理想的な夫婦の生活を送る人ですよ」と彼は言い添えたが、「幸福な」とは言わなかった。しかしこの結婚が女にそれほど完璧な不幸をもたらしうることは、俊輔にとって考えるだに素晴らしいことである。悠一の助力を借りれば、彼は百人の無垢な女を尼寺へ送ることもできそうに思われた。こうしてこの老作家は生れてはじめて彼自身の本質的な情熱を見出《みいだ》した。

第二章　鏡の契約

「僕《ぼく》にはできません」と悠一《ゆういち》は絶望して言ったが、そのつぶらな目には涙が光っていた。こんな忠告に甘んじるくらいなら、誰《だれ》が俊輔《しゅんすけ》のような赤の他人にこれほど面伏《おもぶせ》な告白を敢《あえ》てしたろう。俊輔の結婚の勧奨は、彼には残酷なものに思われた。

打明けてしまったあとではもう後悔が兆《きざ》しているが、今しがたまでの打明けたいという衝動の狂おしさは論外であった。何事もなかった三晩の苦しさが悠一を爆発させたのである。康子《やすこ》は決して挑《いど》まない。挑まれたら打明けようもあったのであるが、潮《しお》騒《さい》に充《み》たされた闇《やみ》のなか、風が時折ゆする萌黄《もえぎ》いろの蚊帳《かや》のなかで、じっと天井を見つめたまま息をひそめている傍《かたわ》らの少女の寝姿ほど、悠一の心をずたずたに切りさいなんだ存在は嘗《かつ》てなかった。二人は怖《おそ》ろしい疲労のはてに眠りに落ちた。このまま苦しい覚醒《かくせい》をつづけていれば、生きている限り二度と眠ることはできなくなるだろうと惧《おそ》れたのである。

開け放たれた窓、星空、蒸汽船のかぼそい汽笛、……永いこと康子と悠一は、寝返りを打ちもやらず目をさましていた。喋《しゃべ》らない。動かない。ほんの一言でも言葉を交わすことが、ほんの一寸でも身を動かすことが、不測の事態を惹《ひ》き起すような気がしたのである。正直のところ、二人は同じ行為を、同じ事態を、要するに一つのものを待ちあぐねていたのであるが、康子が羞恥《しゅうち》におののいているそのおそらく数百倍の烈《はげ》しさで、悠一は恥じ入っており、死を希《ねが》っていた。かすかに汗ばみ、真黒な瞳《ひとみ》をみひらき、手を胸にあて、身じろぎもせずに横たわっている傍らの少女は、悠一にとっては死だった。もし彼女が一寸でもこちらへ寄って来たら、それこそは死だった。おめおめと康子に誘われてここまで来てしまった自分を彼は大そう憎んだ。

今なら死ねる、と彼は何度となく考えた。すぐ起き上ってあの石段を駈《か》け下りて海に臨む断崖《だんがい》の上へ駈けて行けばいい。

死を思うと、その刹那《せつな》、彼にはすべてが可能のような気がした。彼は可能に酔った。それが快活さを齎《もた》らした。いつわりの欠伸《あくび》にまぎらして、ああ眠いと大声で言った。これをよいしおに康子に背を向けて、身を丸くして眠りを装った。しばらくして康子の小さな愛らしい咳《せき》がきこえたので、まだ彼女は眠れないでいることがわかった。今では彼には次のように訊《き》く勇気ができた。

「眠れないの?」

「いいえ」と低く流れる水のような声で康子が言った。こうして二人は互いに眠りを装って、相手をだまし了《おお》せるつもりでいながら、いつかしら自分がだまされて眠りに落ちた。彼は神が彼を殺してよいという許しを天使に与える幸福な夢を見て大そう泣いた。泣声も涙も現実には洩《も》れなかった。そこで悠一は自分にまだ虚栄心がたっぷり残っているのを感じて安心した。

すでに思春期このかた七年というもの、悠一は肉慾《にくよく》を真向から憎んでいた。彼は純潔に身を持した。数学とスポーツ、幾何学と微積分と走高跳《ハイ・ジャンプ》と水泳に熱中すること。この希臘《ギリシャ》風な選択は、別段意識された選択ではなかったが、数学はある程度彼の頭脳を透明に、競技はある程度彼の精力を抽象化した。とはいえ競技部の部屋で下級生が汗にまみれたシャツを脱ぐとき、あたりにただよう若者の肉の香りは彼を悩ました。悠一は再び戸外へとび出して、薄暮のフィールドの草生の上に、うつぶせに伏して硬い夏草に顔をおしあてた。こうして欲情の静まるのを待ったのである。野球部員が練習をしている乾燥したバットの打つ球音《たまおと》が、色を失った夕空に反響して、グラウンドの方角からきこえた。悠一は自分の裸かの肩に崩れおちてくるものがあるのを感じた。それはバス・タオルだった。真白な粗い糸目の棘《とげ》が彼の肌《はだ》を火のように刺した。

「どうしたんですか。風邪を引きますよ」

悠一は顔をあげた。するとすでに制服を身に着けたさきほどの下級生が、制帽の庇《ひさし》のかげに暗い笑顔をうつむけて立っていた。

悠一はつっけんどんに有難うと言いざま立上った。バス・タオルを肩に羽織《はお》って、部屋のほうへかえろうとして、彼は下級生の目が自分の肩を追っているのを感じた。しかし振向かない。純潔の奇妙な論理によって、悠一はこの少年が彼を愛していることを察知していた結果、この少年を愛してはならないと心に決めていたのである。もし、女を決して愛することができないくせに女をばかり愛したいと切望している自分が彼を愛したとしたら、彼は男でありながら女に、いいしれぬ醜悪な不感の存在に、変貌《へんぼう》してしまいはせぬだろうか？　愛が相手を、愛したくもないものに変えてしまいはせぬだろうか？

――これらの悠一の告白には、未《いま》だ現実に移されない初々《ういうい》しい欲望が、現実そのものを蝕《むし》ばんでゆく消息が語られていた。彼はいつの日か現実と出会うであろうか？　彼が現実と出会を遂ぐべき場所で、すでに彼の欲望が、先まわりをして現実を蝕ばんでゆく以上、現実は永遠に仮構に姿を変え、欲望の命ずる形をとる他《ほか》はない。彼は彼の欲したものに決して会わず、行く先々で彼自身の欲望にしか会わないだろう。俊輔は三晩の苦しい無為の告白にすら、この青年の欲望の歯車のむなしい廻転《かいてん》をきくような気がした。

しかしながらこれこそは芸術の典型、芸術の創造する現実の雛型《ひながた》ではなかろうか？悠一が彼の欲望を彼の現実とするためには、ひとまず彼の欲望か現実かそのいずれかが死なねばならぬ。この世にはその二つがのほほんと併存することはわかっているが、芸術はまず敢《あえ》て存在の掟《おきて》を犯さねばならぬ。なぜなら芸術それ自らが存在しなければならないからである。

檜俊輔《ひのきしゅんすけ》の全作品は、恥ずべきことに、現実に対する復讐《ふくしゅう》の企てを第一歩から放棄していた。従って彼の作品は現実ではなかったのである。彼の欲望はやすやすと現実に触れ、そのおぞましさに唇《くちびる》を嚙《か》んで作品に引き籠《こも》った。そしてただひっきりなしの彼の愚行が、欲望と現実との間を行きつ戻りつして、不実な文使いの役割をつとめたのである。その比《たぐ》いなく華麗な装飾風の文体は、要するに現実の意匠にすぎず、現実が彼の欲望を蝕ばみつくした虫喰《むしく》いの奇抜な文様《もんよう》にすぎなかった。もっと忌憚《きたん》なく言ってしまえば、彼の芸術は、彼の三度《みたび》の全集は存在しなかった。なぜならそれは一度《いちど》たりと存在の掟を犯したことがなかったからである。

この老作家がもはや創造に携わる膂力《りょりょく》を失い、厳密な造型の作業に倦《あ》き、過去の作品の美的な註釈を唯一《ゆいいつ》の仕事とするにいたった今、悠一のような青年が彼の前に現われたのは何たる皮肉であろう！

悠一はこの老作家のもたなかった凡《あら》ゆる青年の資格を持っていたが、それと同時に、この老作家がいつも仮定の形で望んでいた最上の幸福を持っていた。つまり女を愛さなかったのである。この矛盾した理想の形姿、もし望ましい青年の資格をもっていたら女を愛することがあれほどの不幸の連鎖ではなかっただろう俊輔の生涯《しょうがい》に、もはやそれを不幸としか感じることのできない俊輔の観念を継ぎ合わせた存在、彼の青春の夢と老年の悔恨との混血した存在、それが悠一だったのである。もし俊輔が悠一のような若者であったら、女を愛することはどれほどの幸福であったろう！　又もし俊輔が悠一のように女を愛さなかったとしたら、というよりは女を愛さずにすんで来たと仮定したら、彼の生涯はどれほどの幸福であったろう！――こうして悠一は俊輔の観念、彼の芸術作品に化身したのである。

あらゆる文体は形容詞の部分から古くなると謂《い》われている。つまり形容詞は肉体なのである。青春なのである。悠一は形容詞そのものだとさえ俊輔は考えた。

この老作家は、取調べの刑事のような薄笑いをうかべて、机に肱《ひじ》をつき、浴衣《ゆかた》の片《かた》膝《ひざ》を立てて悠一の告白をきいていた。ききおわると無感動に繰り返した。

「大丈夫です。結婚おしなさい」

「だって欲しもしないものと、どうして結婚なんかできるんです」

「冗談じゃない。人間は丸太ン棒とだって、冷蔵庫とだって結婚できますよ。結婚というやつは人間の発明ですからね、人間にできることの領分にある仕事だから、欲望なんぞ要りません。少くともここ一世紀、人間は欲望によって行動することを忘れております。相手を薪《まき》ざっぽうだと思いなさい、座蒲団《ざぶとん》だと思いなさい、肉屋の軒に下った牛肉の塊《かたま》りだと思いなさい、必ず君にはいつわりの欲望が奮起して相手を喜ばすことができますよ。尤《もっと》もさっきも言ったように女に快楽を教えることは百害あって一利ありませんがね。ただ大事なことは返す返すも相手に精神を認めてはいけません。こちらにも精神の滓《かす》でさえ残していてはいけません。いいですか、相手を物質としか考えなくてはいけません。これは私が永い苦い経験から云《い》うことで、風呂《ふろ》に入るときに腕時計を外して入るように、女に向うときは精神を外していないと、忽《たちま》ち銹《さ》びて使いものにならなくなりますよ。それをやらなかったので、私は無数の時計を失《な》くして、一生、時計の製造に追い立てられる始末になったのです。銹時計が二十個集まったので、今度全集というやつを出しました。読んでいますか」

「いいえ、まだ」——青年は頰《ほお》を赧《あか》らめた。「しかし先生の仰言《おっしゃ》ることはわかるような気がします。僕はしょっちゅう考えるんです、何故《なぜ》僕は一度でも女を欲したことがないのだろうと。女に対する僕の精神的な愛を欺瞞《ぎまん》だと考えるたびに、僕は精神そのものを欺瞞と考える考え方に傾きました。今でも僕はしょっちゅう考えるんです。何故僕は皆と同じではないんだろう、何故友人たちには僕のような肉慾と精神の乖離《かいり》がないんだろうと」

「みんな同じです。人間はみんな同じです」と老作家は声を高めた。「しかしそう思わないのが青年の特権ですよ」

「でも僕だけはちがうんです」

「それでよろしい。私は君のその確信に縋《すが》って若返ろうと思うんだよ」

とこの狡猾《こうかつ》な老人は言った。

一方、悠一は悠一で、彼自身の秘密の素質、彼自身がいつもその醜さに苛《さいな》まれている素質について、俊輔が興味ばかりか憧憬《しょうけい》をさえ寄せているのに困惑していた。しかし生れてはじめて秘密を打ち明けたこの相手に今や秘密の凡《すべ》てを売り渡すことに、悠一は自分自身に対する背信の喜び、憎むべき主人にこき使われている苗売りがたまたま好もしい客に行き会ってありたけの苗を捨値で売ってしまうような裏切りの喜びをも感じたのである。

彼は手みじかに康子と自分との関わり合いを説明した。

彼の父は康子の父と古い親友だった。大学では悠一の父は工科をえらび、技術者出のお傭《やと》い重役として菊井財閥の子会社の社長をつとめて死んだのである。昭和十九年の夏のことである。康子の父は経済学部を出て某百貨店につとめ、現にそこの専務である。父親同士の古い盟約によって、悠一は二十二歳に達したこの新年に康子と婚約した。彼の冷ややかさは康子を絶望させた。俊輔のところへたびたびやって来た日は、彼を誘い出そうとして果さなかった時である。この夏、ようやくのことで、彼女は悠一と二人きりでK町への旅をもつにいたった。

康子は彼の意中の人が他にあるのだろうと忖度《そんたく》して月並に悩んでいた。これは許婚《いいなずけ》につきものの疑惑であったが、悠一は康子を愛していたという他はない。

彼は今或《あ》る私立大学へ通っていた。慢性腎炎《じんえん》の母親と女中と三人ぐらしの、健全な没落家庭に在って、彼のつつましい孝心が、母親の悩みの種子《たね》だった。母親の知っている範囲でもこの美青年に思いを寄せている女は許婚以外にも数多いのに、彼がまちがい一つ仕出かさないのを、彼女は自分の病身に対する思い遣《や》りと経済的な顧慮からだと考えていた。

「私はそんな貧乏性にあんたを育てたつもりはないよ」とこの気さくな母親は言った。「お父さまが生きていらしたらどんなにお嘆きだろう。お父さまは大学時代から女遊びに夜も日もなかったんだから。そのおかげで年配におなりになってからは、あれだけ落着きなすって私が助かったんだよ。あんたみたいに若いときに固い人は、却《かえ》って年配になってから康子さんの苦労が思いやられるよ。お父さま譲りの女蕩《おんなたら》しの顔をしているくせに案外ね。お母さんにしてみれば一日も早く孫の顔を見たいだけなんだが、康子さんがいやならさっさと婚約を破棄するなりして、好きな人を自分で選んで連れて来たらいいでしょう。この人と決めるまでの目移りは、へまな真似《まね》さえしておくれでなければ、十人や二十人は結構ですよ。ただお母さんもこの病気でいつぽっくり行くかわからないから、少しも早く結婚式へ漕《こ》ぎつけてね。男は堂々とやらなくちゃいけませんよ。お小遣いの心配なら、痩《や》せても枯れても、喰《た》べるに困らないだけのものはあるんだからね。今月はいつもの二倍上げるから、学校の本なんか買うんじゃないよ」

彼はその金でダンスを習った。ダンスは徒《いたず》らに巧みになった。しかしこの甚《はなは》だ芸術的なダンスは、好色な準備運動に他ならぬところの今様《いまよう》の実用的ダンスと比べると、いわば円滑に動きすぎる機械の寂寥《せきりょう》を帯びていた。そのこころもちうつむいた彼の姿勢は、見る者の目に、彼の美貌の内側にたえず圧殺されている行動のエネルギーのけはいを感じさせた。彼はダンスの競技会に出場して三等をとった。

三等の賞金は二千円であったが、彼は母がまだ七十万円あると称している銀行通帳に母のために入れようとして、預入残高のとんでもない計算違いを発見した。尿に蛋《たん》白《ぱく》がまじるたびに時折寝つくようになってから、母は通帳の管理をのんびりした老嬢の女中のきよに委《ゆだ》ねていたのである。母に残高をきかれるたびに、この律儀《りちぎ》な女は通帳の上段と下段をわざわざ算盤《そろばん》で足し算をして報告していた。つまり新らしい通帳に代って以来いつまで経《た》っても七十万円だったのである。悠一がしらべるとすでに三十五万になっていた。証券収入は月々二万ほどあったが、これはこのごろの不況でたよりにならない。生活費と彼の学費と母の療養費と万一の入院費用のために、早速この窄《せま》からぬ家を売らねばならない。

この発見はしかし大そう悠一を喜ばせた。何かにつけて結婚の義務に思いのつながる彼は、おかげで三人ようよう住めるだけの窄い家へ引移れば、結婚を回避できると考えたのである。彼は進んで財産の管理を引受けた。この俗悪な仕事を、学校での経済学の勉強の実際的な活用だと強弁しながら、家計簿にまで好んで首をつっこむ息子を見ると、彼の母は悲しんだ。事実悠一のこんな仕打には、先程述べたような母の気さくな煽動《せんどう》に対して、文句を言わせない仕事をしているのだという押しの強さがほのみえたので、ある時など彼女は何気なしに、「学生のうちから家計簿に興味をもつなんて、本当に変態だよ」と言ったのである。悠一の顔ははげしく歪《ゆが》んだ。この口惜《くや》しまぎれの一言が息子を奮起させるに足る反応を示したことに、母親は満足だったが、彼女の言葉のどの部分がそれほど息子を傷つけたかは知らなかった。怒りが悠一を日頃《ひごろ》の窮屈すぎるたしなみから解放した。彼は母親が息子にもっているロマンチックな空想に土足をかけるべき時機が来たと感じた。これはその空想が彼にとっても望みのない空想であり、母親の希望が彼の絶望に対する侮辱のように感じられたためである。

彼はこう言った。

「結婚なんかとんでもありません。この家を売らなくちゃならないんです」――こんな経済的な逼迫《ひっぱく》の発見は、息子のやさしい思いやりから、今まで隠されていたものである。

「冗談を仰言《おっしゃ》い。まだ七十万も貯金があるのに」

「三十五万を欠けていますよ」

「計算ちがいをしたね。それともあなたがごまかしたの？」

腎臓病が徐々に彼女の理性に蛋白をまぜていた。こんな悠一の勝ち誇った証言は、却って彼女を駆って、可愛《かわい》らしい陰謀に熱中させた。康子の持参金と悠一が卒業後康子の父の百貨店につとめる約束とをあてに、一方では結婚をいそぎ、一方では多少の無理を犯しながらこの家を維持してゆこうと言い出したのである。この家に息子夫婦と住むことは彼女の永い念願であったので、もともと心のやさしい悠一はこれを察すると、却って結婚をいそがなければならない羽目に陥った。すると今度は自恃《じじ》の念が彼の味方に立った。たとえ彼が康子と結婚するにしても、（この仮定をしぶしぶ立てるとき彼は自分の不幸を誇張して感じた）、家計の危機が持参金で救われたことはすぐばれるだろう。そうしたら自分は真情からではなく、卑《いや》しい打算から結婚したと思われよう。おのれに些《いささ》かの卑しさもゆるすことのできないこの純潔な青年は、せめて親孝行という純粋な動機から結婚する成行をのぞんでいたが、愛にとってはむしろこの方がもっと不純な動機だったろう。

「どうすればいちばん君の期待に沿えるか」と老いた作家は言った。「ひとつわれわれで考えてみようじゃないか。結婚生活の無意味については私が保証します。したがって君は何の責任も良心の咎《とが》めもなしに結婚できる。病気のお母さまのためにも結婚は早いほうがいい。ところでお金だが……」

「ああ、そんなつもりで申上げたのじゃありません」

「でも私はこんな風に聴いていましたよ。持参金目当の結婚を君が怖《おそ》れる理由は、そういう卑俗な外観を覆《おお》うほどの愛情を、どのみち奥さんに注ぐことができないという自信のなさにあるんでしょう。君はいずれは不本意ながら入った結婚生活を裏切るようになる成行を希《のぞ》んでいるんでしょう。大体において打算は愛によって償われると考えるのが青年の確信ですね。計算高い男ほど自分の純粋さにどこかでよりかかっているものです。君の不安はそのよりどころがあいまいなところから生れるのでしょう。持参金なんか将来の手切金のために貯金してお置きなさい。そんな金は有難《ありがた》がるには及びません。さっきのお話だと四五十万もあれば、今のお家も維持できるし、そこへ奥さんを迎えることもできそうですが、失礼だがそれだけのことなら私にお委《まか》せなさい。お母様には内緒にしておけばいいことだからね」

悠一の顔のむかうところに、たまたま漆黒の鏡台があった。丸い鏡面はその前を通った人の裾《すそ》に煽《あお》られたか、やや仰向きの角度をもって悠一の顔をまともに映していた。話しながら自分の顔が自分を時折見据《みす》えるようにするのを悠一は感じた。

俊輔がせっかちに言葉を継いだ。

「御承知のとおり私は行きずりの人に四五十万の金を投げ与えるような酔狂のできる金持じゃない。君にそれだけのことをしてあげたいと思うのは簡単な理由だ。二つ理由がある。……」――彼は面映《おもは》ゆげにためらった。「一つは君が世にも美しい青年だということだ。若いころ、私は君のようでありたかった。もう一つは君が女を愛さないということだ。私は今もそうありたい。しかし生れつきは仕方がない。私は君に啓示を見た。おねがいだ。私の青春をもう一度裏返しに生きてもらいたい。平たく言えば、私の息子になって私の仇《あだ》を討ってもらいたい。君は一人息子で養子にはなれない。しかし私の精神上の、（ああ、これは禁句だ！）、息子になってもらいたい。迷い児《まご》になった愚行のかずかずを、私に代って弔《とむら》ってもらいたい。そのためなら、私はいくらでも金を費《つか》う。もともと老後の幸福のために貯《た》めた金ではないのだ。その代り私のために君の秘密を誰《だれ》にも打明けないでもらいたい。私が会ってくれという女には会ってもらいたい。君を一ト目見て恋さないような女がいたらお目にかかりたいよ。女に対しては君はどのみち欲望がないのだ。欲望をもった男の素振は私が逐一教えてあげる。欲望をもちながら、女を徒《あだ》に死なせる男の冷ややかさを教えてあげる。どうか指図どおりに動いてもらいたい。欲望のないことを見破られるって？　それは私の術策に委して下さい。私は君の秘密を見破られないために凡ゆる奇手を弄《ろう》する。君も今後、万が一夫婦生活に安住を見出したりする成行にならないように、男同士の愛を実地に渉猟してもらいたい。そのためには及ばずながら、私が機会をみつけてあげる。しかしこいつは女たちの世界には絶対に洩《も》れないようにしてもらいたい。舞台と楽屋を混同しないことだ。私は君を女たちの世界に案内する。私がいつも道化役を演じて来たこの香水と脂粉で塗り立てた書割《かきわり》の前へ案内する。君は女に指一本触れぬドン・ジュアンを演ずるのだ。昔から舞台の上では、いかな場末のドン・ジュアンでも、床入りまでは演じはしない。心配御無用。舞台裏のからくりにかけては、私は年期を入れている」

老いた芸術家はほとんど本音に到達していた。彼は一つの未だ書かれない作品の目論見《もくろみ》を語っていたのである。それにしても真情の羞《は》じらいは隠されていた。この気違いじみた五十万円の慈善興行は、彼のおそらく最後の恋、出不精な老人を夏のさかりに伊豆半島の南端にまで駆り立てた恋、そして又してもみじめな愚行に、憐《あわ》れむべき失意に終った恋、この十何度目かの莫迦々々《ばかばか》しく抒情《じょじょう》的な恋に捧《ささ》げられた供養だったのである。彼は計らずも康子《やすこ》を愛した。この誤謬《ごびゅう》を犯させこの屈辱を味わせた報いに、康子はどうあっても、愛のない良人《おっと》を愛する妻にならねばならぬ。彼女と悠一の結婚は、俊輔の意志を虜《とりこ》にした一種の兇暴《きょうぼう》な倫理であった。彼らは結婚せねばならなかったのである。それにしても、還暦をこえながら、自分の意志を見張る力をいまだに自分の内部に見出すことの出来ない不幸な作家が、また犯すかもしれぬ愚行を根絶やしにするために費やす金を、美のために捨てる金だと考えること以上の不実な陶酔があるだろうか？　ともすると俊輔はこの結婚によって康子に彼が間接にもたらす罪を、その罪が彼の心を苛《さい》なむ快い苦痛を、待ち設けたのではなかろうか？　これまで不幸にして一度たりとも罪を犯す側に立たなかった俊輔《しゅんすけ》である。

そのあいだ悠一は灯下の鏡のなかから自分を見つめている一人の美しい青年の面差《おもざし》に気をとられていた。その深い憂《うれ》わしい目は俊敏な眉《まゆ》の下からじっと彼のほうへ瞠《みひら》かれていた。

南悠一はその美しさに神秘を味わった。これほど青春の精気に充《み》ち、これほど男らしい彫琢《ちょうたく》の深みを帯び、これほど青銅のような不幸の美しい質量をもった青年の顔が、彼なのであった。今まで悠一は自分の美を意識することに嫌悪《けんお》を感じ、愛する少年たちの絶えず拒んでいるかのような彼岸の美に絶望を感じていた。男性一般の慣習に従って、悠一は自分を美しいと感ずることを自ら禁じた。しかし今目前の老人の熱情的な讃辞《さんじ》が彼の耳に注がれるにつれ、この芸術的な毒、この言葉の有効な毒は、永きに亘《わた》ったその禁を解いたのである。彼は今や自分を美しいと感じることを自分に許した。

そのとき、悠一はこれほど美しい彼自身をはじめて見たのである。小さな丸い鏡面の中からは、見知らぬ絶美の青年の顔が立ち現われ、その男らしい唇《くちびる》は白い歯列を露《あら》わして思わず笑った。

悠一は俊輔の醱酵《はっこう》と腐敗をかさねた復讐《ふくしゅう》の熱情を解しなかった。とはいうもののこの奇異な性急の申し出は答を迫っていた。

「返事はどうなの？　私と契約を結んでくれますか。私の補助を受け入れてくれますか」

「まだわかりません。僕《ぼく》には今、自分にもよくわからないことが起りそうな予感がするんです」

美しい青年は夢見がちにこう言った。

「今すぐでなくてもよござんす。私の提案をうけ入れる気持になったら、電報でただ、承知の旨《むね》を伝えて下さい。私はすぐさっきの約束を実行しようし、披露宴《ひろうえん》ではテーブル・スピーチをやらせて貰《もら》う。その上で私の指図どおりに動いて貰う。いいでしょう。君には決して迷惑がかからぬばかりか、女蕩《たら》しの良人という美名を奉《たてまつ》られることになるんだ」

「もし結婚するとなれば……」

「そうなれば是非とも私が必要だ」

とこの自信たっぷりの老人はやり返した。

「悠《ゆう》ちゃんはこちら？」

唐紙《からかみ》のそとから康子《やすこ》がこう言った。

「お入りなさい」

と俊輔が言った。康子は唐紙をあけて、そぞろにふりむいた悠一と顔を合わせた。彼女はそこに魅するような若者の微笑の美しさを見た。意識が悠一の微笑を変えていた。今ほどこの青年が光りを放つような美を湛《たた》えている刹那《せつな》はなかった。彼女はまぶしそうに目《ま》ばたきした。そして感動した女の例に倣《なら》って、心ならずも「幸福の予感を感じ」たのである。

康子は浴室で髪を洗ったので、いずれ俊輔の部屋へ話しに行っている悠一を、洗い髪のまま誘いには行きかねた。窓にもたれて彼女は髪を乾かした。夕ぐれにO島の港を発《た》ち、K町に立ち寄って、明日のしらじら明けに月島桟橋《さんばし》へ到着する定期船が港へ入って来た。髪を梳《す》きながら、彼女は水のおもてに灯《ひ》を零《こぼ》しながら港内へ入ってくる船を眺《なが》めた。K町は絃歌《げんか》の声が乏しかった。そこで入港の都度上甲板の拡声器が夏空にひろげる流行歌のレコード音楽がつぶさにきこえた。桟橋には宿の案内人の提灯《ちょうちん》がむらがっていた。やがて接岸作業の鋭い呼笛が、夜気をつんざいて、不安な鳥の叫びのように彼女の耳に届いた。

康子は洗った髪が急速に乾いてゆく冷ややかさを感じた。顳顬《こめかみ》に貼《は》りついた後れ毛の数本は、自分のものではない冷たい草の葉が触れているように思われた。自分の髪に手を触れるのが何かしら怖ろしい。この乾いてゆく髪の手ざわりのなかには、爽やかな死があった。

『悠ちゃんは何を思い悩んでいるのか、わたくしにはわからない』と康子は考えた。『もし打ち明けられた悩みが死ぬべきものなら、一緒に死ぬことなんか何でもないのに。わざわざここへ悠ちゃんを誘い出した気持のなかには、瞭《あき》らかにそういう決心もあったのに』

そうしてしばらくの間、彼女は髪の手入れをしながら、幾多の思念の上にさまよった。突然悠一が今居るのは俊輔の部屋ではなく、どこか彼女の知らない場所だという不吉な考えにとらわれた。康子は立上った。小走りに廊下を駈《か》けた。声をかけて唐紙をあけたとき、あの美しい微笑にぶつかったのである。彼女が幸福の予感を感じたのは自然であった。

「お話中?」

と康子がきいた。その心持小首をかしげた媚態《びたい》が明瞭《めいりょう》に自分のものではないと感じた老作家は顔をそむけた。彼は康子の七十歳を想像した。

部屋にはぎごちない空気が漂った。そういう時によく人がするように、悠一は時計を見た。やがて九時だった。

このとき床の間の卓上電話が鳴りひびいた。三人は匕首を刺されたように電話のほうをふりむいた。誰も手を出さない。

俊輔が受話器をとりあげた。すぐ悠一のほうへ目じらせした。東京の自宅から悠一に長距離電話がかかったのである。彼が帳場の電話へ出るために部屋を出ると、俊輔と二人きりになるのを惧《おそ》れた康子もこれに従った。

ややあって二人はかえってきた。悠一の目は落着きを失《な》くしていた。問わず語りにせっかちにこう言った。

「母がどうも萎縮腎《いしゅくじん》の疑いがあるんです。心臓がいくらか弱っているし、やたらに咽《の》喉《ど》が渇《かわ》くんだそうです。入院させるにしても、させないにしても、とにかく即刻帰ってくれというんです」――昂奮《こうふん》が彼に、ふだんなら口にのぼせそうもない報告を取り次がせた。

「そうして一日中、何とか悠一がお嫁さんをもらうのを見てから死にたい、と言いつづけてるんだそうです。病人ってまるで子供ですね」

言いながら彼は自分が結婚の決心をしつつあることを感じた。それは俊輔にも直感された。俊輔の目には暗い喜びが泛《うか》んだ。

「ともかくすぐ帰ってあげなければね」

「今なら十時の船に間に合うわ。あたくしも一緒にかえるわ」

康子はそう言うなり、荷造りのために部屋へ駈けかえった。彼女の足取には歓喜があった。

『母親の愛情って全く大へんなもんだ』とその醜さのためについぞ実母に愛されなかった俊輔は考えた。『彼女は自分の腎臓の力で息子の危機を救ったじゃないか。今夜中にかえりたいという悠一ののぞみは遂げられたじゃないか』

こう考えている彼の前に、悠一は思いに沈んでいた。そのうつむいた細い眉、凛々《りり》しい流線の影になった睫《まつげ》を見ると、俊輔は軽い戦慄《せんりつ》を感じた。今夜は全くへんな晩だ、と老いた作家は心に独言した。母思いの青年の心配を逆に刺戟《しげき》するような念の押し方はつつしもう。大丈夫、この若者は俺《おれ》の意のままになるだろう。

十時の出帆には危うく間に合った。一等船室は満員であったので、八人相部屋の二等の和室が二人に宛《あて》がわれた。これをきいた俊輔は、悠一の肩を叩《たた》いて、今夜の安眠が保証されたねとからかった。二人が乗船して間《ま》もなく梯子《タラップ》が引上げられた。埠頭《ふとう》にはカンテラを下げた白い下着だけの男が二三人甲板の女に卑猥《ひわい》な冗談を浴びせていた。女は金切声を張り上げてやりかえした。康子と悠一はこのやりとりに圧倒されて、微笑を含みながら、船が俊輔から遠ざかるに委せた。こうして徐々に船と桟橋とのあいだには、油のように万遍なく光がちらばっている幅びろの寡黙《かもく》な水面がひろがった。そしてその粛然とした水面は、なおも生きもののように見る見るひろがった。

老いた作家の右膝《みぎひざ》は夜の潮風のために些《いささ》か痛んだ。神経痛の発作の痛苦が彼の唯一《ゆいいつ》の情熱であった月日もある。彼はそれらの月日を憎んだ。今では軽々《けいけい》に憎まない。この右膝の陰険な痛みは、時折彼の人知れぬ情熱の隠れ家となったのである。彼は宿の番頭の提灯を先立てて宿へかえった。

一週間後、俊輔は帰京匆々《そうそう》、悠一の承諾の電報をうけとった。

第三章　孝行息子の結婚

挙式の日取は九月下旬の吉日である。式の二三日前、結婚すればもう一人きりで食事をする機会などあるまいと考えた悠一《ゆういち》は、ふだん一人で食事にゆくことなんかなかったくせに、むしろ仕残した思いつきを実行する決心で街へ出て、裏通りのとある西洋料理屋の二階で晩餐《ばんさん》をとった。この五十万円の小富豪はそれくらいの贅沢《ぜいたく》をする資格はあったのである。

五時であった。食事の時刻にはやや早かった。店はまだ閑散で、給仕たちは眠たげだった。

彼は日没前の残暑の漂っている街の雑沓《ざっとう》を見下ろした。街路の半分は大そう明るく、向うの洋品店の日覆《ひおい》のかげには、飾窓の奥までさし入った日ざしがある。日ざしは盗みとろうとする手のように、帯留らしい翡翠《ひすい》の緑に迫っている。その沈静に何事もなく煌《きら》めいている飾窓の奥の一点の緑は、運ばれる料理を待つあいだの悠一の目をしばしば射た。この孤独な青年は渇《かわ》きをおぼえて水をしきりに飲んだ。不安だったのである。

男を愛する人たちも、大多数は結婚して父親になるという、ざらにある実例を悠一は知らなかった。その多くが不本意ながら、おのれの特異な本能を、むしろ結婚生活の福祉に役立てている事実を知らなかった。かれらは細君一人で女という有難迷惑《ありがためいわく》な御馳走《ごちそう》には嘔吐《おうと》を催おすほど満腹している結果、よその女に手を出すことは絶無と言っていい。世の愛妻家といわれる男たちの中にはこの種族が少なくないのである。子供でもできれば、彼らは父親というよりはむしろ母親になる。浮気者《うわきもの》の良人《おっと》に苦しめられた女は、二度目の結婚の相手をこの種族に求めればよいのである。彼らの結婚生活は、一種の幸福な、安穏な、無刺戟《むしげき》な、そして根本的に怖《おそ》ろしい自己冒瀆《ぼうとく》であった。

この種族の良人の最後のよりどころは、自分が要するに常住坐臥《ざが》、「人間的なもの」人間的な生活の細部《デテイル》に、冷笑を以《もっ》て君臨しているという自恃《じじ》の念だった。女にとってはこれほど残酷な良人は夢想もできまい。

　これらの機微を解するには年齢と経験が要る筈《はず》だった。またこうした生活に耐えるにはそれだけの調教が要る筈だった。悠一は二十二歳だった。それのみならず彼の気違いじみた庇護者《ひごしゃ》は、年甲斐《としがい》もなく、観念だけに熱中していた。悠一は少くとも彼を凛乎《りんこ》と見せていたところのあの悲劇的な意志を失った。彼はどうでもいいような気がした。

　料理が運ばれるのが遅すぎるように思われたので、彼は何気なく壁のほうへふりむこうとした。すると彼の横顔に今まで釘《くぎ》づけにされていた視線のあったことが感じられた。今しがたまで悠一の頬《ほお》に蛾《が》のようにひっそりとまっていたその視線は、彼がふりむくと瞬時にして飛び翔《た》った。壁際《かべぎわ》には十九か二十歳《はたち》のすんなりした色白の給仕《ガルソン》が一人立っていた。

　その胸の上に小粋《こいき》な金釦《きんボタン》が二列に弓なりに並んでいた。うしろにまわした手の指で軽く壁を叩《たた》くようにしながら、この直立不動の姿勢を面映《おもは》ゆがっている様子がみえるのは、さほど年期を入れていない証拠である。髪は漆黒の光を放っている。そしてやや倦《だる》そうな下半身のしなやかさが、小造りの顔立ちの、男雛《おびな》のような唇《くちびる》のあどけなさと照応している。その腰の線は少年の腿《もも》の純潔な流線を示していた。悠一はおのが欲情のただよいを如実に感じた。

奥から呼ばれて給仕《ガルソン》は立去った。

悠一は煙草《たばこ》を喫《の》んだ。召集令状をうけとった男が、入隊までの時間をどんな風に享《きょう》楽《らく》し尽そうかと心を砕き、結局何もしないですぎてしまうように、快楽にははじめから無期限の前提と倦怠《けんたい》の危惧《きぐ》とが必要なのだ。今まで何十回となく見すごされた機会と同様に、この欲情も亦跡方《またあとかた》を失うだろうと悠一は予感した。磨《みが》き立てられたナイフに落ちた煙草の灰を吹き散らした。灰は卓上の一輪挿《いちりんざし》の薔薇《ばら》にふりかかった。

スープが運ばれてきた。ナプキンを垂れた左腕に銀の容器を擁して近づいて来るのは先刻の給仕である。蓋《ふた》をあけた容器を彼が悠一の皿《さら》の上へ深くさし出したとき、その夥《おびただ》しい湯気に鼓舞されて、悠一は顔をあげて給仕の顔をまともに見た。それは意外な近くにあった。悠一は微笑した。給仕も白い八重歯を瞥見《べっけん》させて、ほんの一瞬この青年の微笑に応《こた》えた。やがて給仕は立去ると、悠一は黙々とスープを湛《たた》えた深皿の上へうつむいた。

――この意味のありそうな、またなさそうな小さい挿話《そうわ》は、ありありと彼の脳裡《のうり》に残っていた。何故《なぜ》かというとこの挿話はのちに明瞭《めいりょう》な意味を帯びたのである。

結婚披露宴《ひろうえん》は東京会館の別館で行われた。金屏風《きんびょうぶ》の前には型通りに新郎新婦が並んでいた。独身の俊輔《しゅんすけ》はもとより仲人《なこうど》役をつとめるに適しない。彼はいわば名誉ある珍客として出席したのである。控室で老作家が煙草を吹かしていると、モーニングと裾《すそ》模様《もよう》の在《あ》り来《きた》りな一組が控室へ入って来た。しかし裾模様の女のまことに気品のある物腰といくらか冷たい細面《ほそおもて》の美しさは、この控室の並居る夫人たちの中にも比べるものを見なかった。彼女は決して笑わない澄んだ瞳《ひとみ》で、あたりを無感動に眺《なが》めまわした。

彼女はいつぞや元伯爵《はくしゃく》の良人《おっと》と美人局《つつもたせ》を演じて俊輔から三万円を捲《ま》き上げた女である。そう思って見るとその無感動を装った一瞥《いちべつ》は、新らしい獲物を物色しているようでもある。手にははめないキッドの白手袋を両の掌《て》でしごくようにしながら妻により添うている恰幅《かっぷく》のよい良人も、漁色家の自信ありげな流し目とはちがった落着きのない渇望《かつぼう》の視線をあちこちへめぐらしていた。この夫婦にはまるで落下傘《らっかさん》で蛮地へ下りて来た探険家という趣きがあった。誇りと恐怖とのこのような滑稽《こっけい》な混合は、戦前の貴族にはたえて見られなかったものである。

鏑木《かぶらぎ》元伯爵は俊輔を見出《みいだ》して手をさしのべた。顎《あご》を引いて、悪党らしい白い片手で上着の釦をいじくりながら、少し首をかしげて、満面に笑みを湛えて「ごきげんよう」と言ったのである。財産税このかたスノッブどもに濫用《らんよう》され出したこの挨拶《あいさつ》を、殊更《ことさら》に避けてまわるのは中産階級のつまらぬ片意地であった。悪事が彼のノオブルな図々《ずうずう》しさを保証するにいたったので、彼のその「ごきげんよう」をきくときは誰《だれ》しもいかにも自然な印象を与えられたのである。要するにスノッブは慈善のおかげで辛《かろ》うじて人間らしくなくなり、貴族は悪事のおかげで辛《かろ》うじて人間らしくなるのである。

それにしても鏑木の風貌《ふうぼう》には、或《あ》る名状しがたいいやなものが感じられた。拭《ふ》いても拭いてもとれない衣類の汚点のようなもの、刻印のようなもの、いいしれぬ不快な柔弱さと図太さとの混淆《こんこう》、無理に搾《しぼ》り出しているような凄味《すごみ》のある声、そしていかにも完全に計画されつくしたような自然さ。……

俊輔は怒りに駆られた。鏑木のあの女性的で紳士的な脅迫《ゆすり》の遣口《やりくち》を思い出したのである。今更彼は、鏑木からねんごろな挨拶でねぎらわれる義理はなかった。

老作家は硬い会釈《えしゃく》をした。すぐこんな会釈の子供っぽさに気づいて修正を心掛けた。彼は長椅子《ながいす》から立上った。鏑木は黒エナメルの靴《くつ》の上にスパッツを穿《は》いている。立上った俊輔を見ると、彼は磨き立てた床の上を舞踏のような足取で軽やかに二歩後退した。と思う間に、彼はほかの顔見知りの夫人と久闊《きゅうかつ》の挨拶をはじめていた。俊輔は立上った体の持って行き場所を失った。鏑木夫人がまっすぐに歩いて来て俊輔を窓ぎわに導いた。概して面倒な挨拶はしない女である。彼女は規則正しい波のような裾捌《すそさば》きで活発《かっぱつ》に歩いた。

俊輔は室内の灯火が硝子《ガラス》の上にそっくり映っている薄暮の窓の前に立った鏑木夫人が、いまだに小皺《こじわ》ひとつ目立たない美しい肌《はだ》をしているのにおどろいたが、夫人の才能はいつも自分にふさわしい照明の角度と光度を一瞬にして選んだのである。彼女もまた過去の話題には触れなかった。この夫婦はてんで恐縮して見せなければ相手のほうが恐縮するという心理学を利用していた。

「御元気で結構でございますわ。こういう席では宅のほうが檜《ひのき》さんよりずっと年寄に見えますわ」

「私も早く年をとりたいね」と六十六歳の作家は言った。「いまだに若気のあやまちが多くてね」

「いやらしいおじいさんね。まだ色気がおありになるの？」

「あなたのほうは？」

「失礼ね、あたくしはまだこれからよ。今日のお婿《むこ》さんだってあんな子供みたいなお嬢さんとおままごとみたいな結婚式をあげる前に、あたくしのところへ二三ヶ月教えを乞《こ》いに来たらいいんだわ」

「南君の花婿ぶりはいかがです？」

老いた芸術家のやや黄ばんだ血管に汚れた目は、このさりげない質問を投げかけながら、注意深く女の表情を見戍《みまも》った。その頰のほんの微《かす》かな動揺、その眸《ひとみ》の仄《ほの》かなかがやきを見出しさえすれば、彼は機を逸せずしてこれをとらえ、拡大し、敷衍《ふえん》し、炎《も》え上らせ、抗しがたい情熱にまで育てあげてしまう自信があった。概して小説家というものはそうであるが、他人の情熱に対しては莫迦《ばか》に手際のよい人種である。

「あの人の顔を見たのは今日がはじめてなの。噂《うわさ》はきいていましたけれど、ききしにまさる美青年だわ。あんな青年がつまらない世間しらずのお嬢さんと二十二かそこらで結婚するなんて、これ以上無味乾燥なロマンスがどこにあるでしょう。あたくし何だかこうしているとだんだん腹が立って来そうよ」

「他《ほか》のお客は彼のことを何と言っています」

「そこらじゅうお婿さんの噂ばっかりですわ。康子《やすこ》さんの同級生たちがやきもちを焼いてあらさがしをやっていたけれど、『私ああいうタイプの男の人きらいよ』というほかに難癖のつけようがないの。それにお婿さんのあの微笑の美しさは何と言ったらいいでしょう。若さがそのへんに匂《にお》うような微笑だわ」

「それをそのまんまテーブル・スピーチでお喋《しゃべ》りになったらいかがです。案外効《き》き目があるかもしれませんよ。この結婚は別段時花《はやり》の恋愛結婚じゃあないからね」

「だってそういう触れ込みじゃありませんか」

「嘘《うそ》ですよ。いわばもう一段崇高な結婚です。これは孝行息子の結婚なんです」

俊輔は控室の一隅《いちぐう》の安楽椅子のほうを目でさし示した。坐っているのは悠一の母親である。やや浮腫《むく》んだ顔に厚目に塗られた白粉《おしろい》は、この日頃《ひごろ》は快活な初老の女の年齢をわからなくしていた。懸命に笑おうとしているが、その浮腫んだ頬は笑いを掣肘《せいちゅう》している。ひきつった重たい笑いが、頬のあたりにたえず沈澱《ちんでん》している。それにもかかわらず彼女は生涯《しょうがい》の最後の幸福の瞬間にいるのである。幸福とはさても醜いものだ、と俊輔は考えた。そのとき母親はダイヤの古風な指環《ゆびわ》をはめた指で腰のあたりを擦《さす》るような身振をした。おそらく尿意を訴えたのである。附添《つきそ》っていた藤色御召《ふじいろおめし》の中年女が顔をさし出して何事か囁《ささや》いた。その女に手をひかれて母親は椅子を立つと、来客に万遍なく会釈を投げながら、人ごみをよぎって厠《かわや》のある廊下へ出ようとする。

この浮腫んだ顔を目近に見たとき、三度目の妻の死顔を思い出した俊輔は戦慄《せんりつ》した。

「今どきめずらしい美談だことね」

鏑木夫人は冷ややかな口調で言った。

「いつか悠一君に会わせましょうか?」

「新婚匆々《そうそう》はむつかしいでしょうね」

「なに新婚旅行からかえりさえすれば」

「約束なさる? 一度ゆっくりあのお婿さんとは話してみたいわ」

「あなたは結婚について偏見はないんですか」

「どうせ他人様《ひとさま》の結婚ですもの。あたくしの結婚だって、あたくしにとっては他人の結婚なの。あたくしの知ったことじゃないの」

とこの冷徹な女は答えた。

世話役が食卓の仕度が整ったことを一同に告げた。ほぼ百人の客はゆっくりと渦《うず》を巻きながら別室の広間へ移った。俊輔はメインテーブルの主賓の席へ列《つら》なった。悠一の美しい目のなかに式のはじめからくりかえし閃《ひら》めく不安の色を、席の角度で見ることができないのを、老いた作家は大そう残念に思った。見る人が見ればこの花聟《はなむこ》の暗い瞳《ひとみ》は、今宵《こよい》のもっとも美しい景物の一つであった筈《はず》だ。

宴は遅滞なく進行した。宴半ばで、慣例に従って、花嫁花聟は拍手を浴びながら退席した。仲人の夫妻がこの大人しい子供っぽい新夫婦の世話に手を焼いていた。悠一は旅行服に着かえるときに、うまくネクタイを結ぶことができなくて何度も結び直した。

仲人と悠一は入口に待たせてある車の前で、まだ仕度のすまない康子が出て来るのを待っていた。仲人の元大臣は葉巻をとり出して悠一にもすすめた。若い花聟は馴《な》れない葉巻に火をつけて街路を見まわした。

迎えの自動車の車内で康子を待っているには、まだふさわしくない気候であり微醺《びくん》である。二人は傍《かたわ》らをとおりすぎる自動車の前灯が車体にたえず光りの反映を流している艶《つや》やかな新車に凭《もた》れて、言葉すくなに話をした。お母さんのことは心配するな、留守中は責任をもつからと仲人が言った。父の旧友の一人のこの親身な言葉を悠一はうれしく聞いた。彼の心はひどく冷え切っているかと思えば、ひどく感傷的にもなっていたのである。

このとき向い側のビルから一人の痩《や》せぎすの外人があらわれた。彼は卵いろの背広に派手な蝶《ちょう》ネクタイを締めていた。歩道に接して置かれている自分の車らしい新型のフォードに鍵《かぎ》を宛《あて》がった。すると彼のうしろから足早に日本人の少年があらわれて石段の中途に立止ってあたりを見まわした。すんなりした仕立のダブルの格子《こうし》の背広を着ている。ネクタイは夜目にも鮮やかな檸檬《レモン》いろである。ビルの前灯の下で髪油が水を浴びたように輝やいている。悠一はこれを見て大そうおどろいた。この間の給仕《ガルソン》だったのである。

外人が少年をせき立てた。少年は軽快な物馴れた足取で助手席へ駈《か》け込んだ。つづいて外人は左側のハンドルの前に腰を下ろすと音高く扉《とびら》を閉めた。車は忽《たちま》ち滑らかな速力を得て走り去った。

「どうしたの？　顔いろがわるいね」

仲人がそう言った。

「ええ、葉巻に馴れないもんですから、一寸《ちょっと》吸ったら気持がわるくなっちゃったんです」

「それはいけないね。お返しなさい。私が没収する」

仲人は銀鍍金《めっき》の葉巻型の容器に、火のついた葉巻を入れると、音をたてて蓋を密閉した。その音に悠一は再びおびやかされた。とこうするうちにスーツの旅行着に着かえた康子が、白い笹縁《ささべり》の手袋をはめながら、見送り人たちに囲まれて入口に姿を現わした。

二人は東京駅まで車で行き七時半の沼津行に乗って熱海《あたみ》へ直行した。康子のほとんど放心状態にちかい幸福そうな様子は悠一を不安にした。彼のやさしい心はいつも愛を容《い》れられるだけの広さがある筈だったが、今の窄《すぼ》められた心は、およそそういう感動の流体を容れるのにふさわしくなっていた。彼の心は角ばった観念でいっぱいになった倉庫のように暗かった。康子がよみあぐねた娯楽雑誌を彼に手渡した。目次の一行に嫉妬《しっと》という活字が太々と在ったので、彼にははじめて自分の暗い動揺にそれらしい名目をつけることができた。彼の不快は嫉妬から来るらしかった。

誰に？

そうして思いうかべたのは先刻の給仕の少年である。新婚旅行の汽車のなかで、花嫁をさしおいて、行きずりに見た少年に嫉妬している自分を感ずると、彼は気味がわるくなるのだった。自分が不定形の、人間の形をしていない生物のように思われるのだった。

悠一はシートの背に頭を凭《もた》れて、やや遠くから康子のうつむきがちな顔を眺めた。これを男の子と思うことはできないかしらん。この眉《まゆ》は？　目は？　鼻は？　唇は？彼は何枚もデッサンをとりそこなう画家のように舌打ちした。ついに彼は目をつぶって、康子を男と思い込もうと念じた。しかしこの想像力の不道徳は、目の前の美しい少女を、女よりももっと愛しにくいものに、ますます愛しがたい醜悪な映像に似せるのであった。

第四章　夕まぐれに見た遠火事の効能

十月はじめの或《あ》る暮れ方、悠一《ゆういち》は夕食後書斎にこもった。彼はあたりを見まわした。学生らしい簡素な書斎である。独り者の思考が、見えない彫像のように純潔に彳《たたず》んでいる。家じゅうでこの部屋だけがまだ妻帯していない。ここでだけ、不幸な青年の呼吸はのびやかになった。

インキ壺《つぼ》、鋏《はさみ》、筆立、ナイフ、字引、こうしたものが電気スタンドの灯火の下できらきらと煌《きら》めきだす時刻を彼は愛した。物象は孤独である。これらの団欒《まどい》のなかにいるとき、彼は世間で家庭の団欒と呼んでいる平和はこういうものではあるまいかと朧《おぼ》ろげに察する。インキ壺にとって鋏がそうであるような、お互いの孤立した存在理由を、まだ形を成さない行為にそなえて、何もいわずに見戍《みま》り合うこと。その団欒のきこえない透明な笑い。その団欒の連帯保証の唯一《ゆいいつ》の資格。……

この資格という言葉が泛《うか》んでくると、彼の心はすぐさま痛んだ。今の南家の見かけの平和が、彼に対する非難のように思われた。幸い萎縮腎《いしゅくじん》にもならず入院を免《まぬ》かれた母親の日毎《ひごと》の笑顔、康子《やすこ》がひねもすうかべている靄《もや》のような微笑、この安息、……みんなが眠っており、彼一人が目ざめていた。彼は眠りつづけている家族と暮しているような気味わるさを味わった。みんなの肩を叩《たた》いて目をさましてやりたいような気がした。しかしそれをやったら……。なるほど母も康子もきよも目をさますだろう。そしてその瞬間から彼らは悠一を憎むだろう。一人だけ目をさましているということは何という背信だ。夜番はしかし、背信によって護《まも》るのである。眠りを裏切ることによって眠りを護る。ああ、真実を、眠っている側に置きつづけるためのこの人間的な警戒。悠一は夜番の激怒を感じた。この人間的な役割に激怒を感じた。

試験の季節はまだやって来ない。ノートを一応点検すればいい。経済学史、財政学、統計学、等々の彼のノートには、丹念な美しい細字が並んでいた。友人たちは彼のノートの正確さにおどろいていたが、この正確さは機械のそれだった。機械の身振が、朝、秋の日ざしのさし入る教室の中で、さやさやと音を立てている数百のペンの運動の中で、わけても悠一のペンに際立《きわだ》っていた。その感情のない筆記がほとんど速記に似通っていたのは、彼がおよそ思考というものを機械的な克己の手段にしか用立てなかった報いである。

今日彼は結婚後はじめて学校へ出たのだった。学校はほどよい遁《のが》れ場所であった。

家へかえった。俊輔《しゅんすけ》から電話があった。電話口で老作家の枯れた明るい高声がこう言った。

「やあ、しばらく。元気かね。きょうまで遠慮して電話をしなかったんだ。明日晩飯を喰《く》いに家へ来ませんか。お揃《そろ》いでと言いたいんだが、その後の様子もききたいから、君一人でね。奥さんには私のところへ行くと言わないほうがいい。さっき奥さんが出て来て、しあさっての日曜にお揃いで挨拶《あいさつ》に来るという話だったが、そのときは君は結婚後はじめて来たような顔をしていればいい。明日は、そうだね五時ごろやって来たまえ。君に引合わせたい人も来るからね」

この電話を思い出すと、悠一は今見ているノートの紙面を、しぶとい大きな蛾《が》がころげまわるような心地がした。ノートを閉じた。彼は呟《つぶや》いた。『また女だ』そう呟くと、それだけでひどく疲れたような気がした。

悠一は子供のように夜を怖《おそ》れた。今夜は少くとも義務観念から釈放されてよい筈《はず》の一夜である。この一夜を、一人でのびのびと寝床に横たわり、昨日まで繰り返した義務の御褒美《ごほうび》の安息を貪《むさぼ》ろう。純潔な、乱れないシーツの上で目をさまそう。これこそ最上の御褒美だ。ところが皮肉なことに、今夜の彼を、そうした安息を許さない欲情が窺《うかが》っていた。欲情は汀《みぎわ》の水のように、彼の暗い内部の周辺を舐《な》めては退《しりぞ》き、退いてはまた忍びやかにそこへ近づいた。

奇態な、欲情のない行為の数々。氷のような官能の遊びの数々。悠一の初夜は、欲情の懸命の模写であった。この見事な模写は未経験な買手の目をあざむいた。つまり模写は成功を見たのである。

俊輔は悠一に避妊《ひにん》の手続をことこまかに教えはしたが、悠一はその手続が、彼の心をつくして築きつつある幻を妨げるのを惧《おそ》れて放擲《ほうてき》した。理性は子供の出来ることを避けるようにと命じているのに、もし目前の行為が失敗したらという屈辱の恐怖に比べると、そんなさきざきのことはどうでもいいように思われた。次の夜にはまた、一種の迷信から、初夜の成功があの手続を踏まなかったおかげだと考えられて、それを踏むことによって生ずるかもしれない蹉跌《さてつ》をおそれて、初夜と同様の盲目な行為を重ねたのである。第二夜はいわば、成功した模写の忠実な二重の模写となった。

終始冷たい心で切り抜けた冒険の夜々を思い出すと、悠一は戦慄《せんりつ》した。熱海《あたみ》のホテルでの、花嫁花聟《はなむこ》が同じ恐怖にとらわれていたふしぎな初夜。康子が浴室にいるあいだ、彼はおちつきのない様子で露台に出た。夜の中でホテルの犬が吠《ほ》えていた。眼下の駅前の灯《ひ》の夥《おびただ》しいあたりに、ダンスホールがあって、その音楽がつぶさにきこえる。目を凝らすと窓の中の黒い人影が、音楽につれて動き、音楽が止ると止る。それが止るたびに、悠一は動悸《どうき》が早まるのを感じた。俊輔の言葉を護符を念ずるように諳誦《あんしょう》した。

『相手を薪《まき》ざっぽうだと思いなさい、座蒲団《ざぶとん》だと思いなさい、肉屋の軒に下った牛肉の塊《かたま》りと思いなさい』

悠一は荒々しくネクタイを抜きとって、露台の鉄の欄干をそれで鞭《むち》のように打据《うちす》えた。何かしら力のこもった行為が必要だったのである。

さて灯を消したとき、彼は想像力の放恣《ほうし》にたようった。模写はもっとも独創的な行為である。模写に携わっているそのあいだ、悠一は自分が何ものをも手本にしていないことを感じていた。本能は人を凡庸な独創に酔わせるが、本能にそむいた苦しい独創の意識は彼を酔わせなかった。『こんなことをやった奴《やつ》は、あとにも先にも一人もいない。僕《ぼく》一人なんだ。僕が何もかも自分で考えて創《つく》り出して行かなくちゃならない。一刻一刻が僕の独創の命令を待ってじっと息をひそめている。見ろ！　僕の意志が又しても本能に勝ってゆく冷ややかな景色を。この荒涼たる風景の只中《ただなか》から、女の歓《よろこ》びが小さな埃《ほこり》っぽい旋《つむ》じ風《かぜ》のように吹きおこるさまを』

……とまれかくまれ、悠一の寝床には、もう一人の美しい雄《おす》がなければならなかった。彼の鏡が、女との間に介在しなければならなかった。その助けを借りずには、成功は覚束《おぼつか》なかった。彼は目をつぶって女を抱いた。そのとき悠一は自分の肉体を思い描いていたのである。

暗室の内の二人はこうして徐々に四人になった。というのは、実在の悠一と少年に変容した康子との媾《まぐわ》いが、女を愛することができると想像された仮構の悠一と実在の康子との媾いと、同時に進行する必要があったからである。この二重の錯覚からは、時折夢みがちな歓喜が迸《ほとばし》った。それが忽《たちま》ちはてしれない倦怠《けんたい》に移った。悠一は幾度か、放課後の母校の人影一つない広い運動場の空白を幻に見た。彼は陶酔にむかって身を投げた。この一瞬の自殺のおかげで行為が終った。しかし明る日から、自殺が彼の習慣になったのである。

不自然な疲労と嘔吐《おうと》が、明る日の二人の旅程を奪った。二人は海へ傾いている嶮《けわ》しい斜面の町を降りた。悠一は自分があらゆる他人の前に幸福を演じつつあるのを感じた。

二人は岸壁へ出て三分間五円の備附《そなえつけ》の望遠鏡を戯《たわむ》れにのぞいた。海は晴れていた。右方の岬《みさき》の頂きの錦ケ浦《にしきがうら》公園の東屋《あずまや》が、午前の日光に明るんでいるのがよく見えた。二人連れの影が東屋をよぎって芒《すすき》の叢《くさむら》の光りに融《と》け入《い》った。又別の一組の影が東屋に入って来て寄り添った。その二人の影は一つになった。左方へ眼鏡を転ずると、迂《う》回《かい》する石畳の緩やかな坂を、点々と幾組かが登ってゆく。石畳に印しているその一組々々の影がくっきりとみえた。悠一は自分の足もとにも同じ影を見ていくらか安心した。

「みんなあたくしたちとおんなじね」

康子がそう言った。望遠鏡から離れた彼女は堤防に凭《よ》って軽い眩暈《めまい》の額を海風にさらしていた。しかしこのとき、妻の確信を嫉視《しっし》した悠一は黙っていた。

……悠一は不快な物思いから覚めて窓を見た。高台の窓は、下方の電車通りやバラックの市街の彼方《かなた》に工場地帯の煙突が林立する地平線を遠望させた。晴れた日には、その地平線は煙のためにほんの一二寸もちあげられているように見えた。夜はまた夜業のためか、それとも僅《わず》かなネオンの反映のためか、そのあたりの空の裾《すそ》が、うすく臙脂《えんじ》を刷《は》いていることが屢々《しばしば》あった。

しかし今夜の紅《くれな》いはそれとはちがっていた。空の裾はかなり露《あら》わに酩酊《めいてい》していた。月がまだ上っていなかったので、稀《うす》い星あかりの下ではその酩酊がよく目立った。のみならずこの遠い紅いは旗めいていた。杏子《あんず》いろの不安な濁りを帯びて、それは風に奮い立っているふしぎな旗のようにみえた。

悠一にはそれが火事だとわかった。

そういえば火のまわりには白い煙の翳《かげ》りがあった。

美青年の目は欲情に潤《うる》んだ。彼の肉はものうげにひしめいた。何故《なぜ》ともしれず、もうここにじっとしていることができないと感じた。彼は椅子《いす》から立上った。駈《か》け出さねばならぬ。磨滅せねばならぬ。玄関へ出て学生服の上に軽い濃紺の間《あい》コートのバンドを締めた。急に必要な参考書を思い出したのでそれを探しにゆくと康子に言い置いた。

彼は坂を下りて、安手なバラックが乏しい灯を洩《も》らしている電車通りで電車を待った。何の宛《あて》もないが都心を志そうと考えたのである。やがて明るすぎる都電が街角のカーヴからよろめくような恰好《かっこう》で現われた。座席は空《あ》いていず、坐れない十二三人の乗客は、窓辺にもたれたり吊革《つりかわ》にぶら下ったりして散らばっていた。要するに程のよい混み方である。悠一は窓に凭ってほてる頰《ほお》を夜風に向けた。地平線の遠火事はここからは見られなかった。あれは果して火事だったのだろうか？　それとももっと兇悪《きょうあく》な、不吉な事件の火明りであったのだろうか？

悠一の隣りの窓には人がいなかった。次の停留所で乗ってきた二人の男がそこに凭りかかった。彼らは悠一の背中をしか見ない。何の気なしに悠一は後目《しりめ》に二人を窺《うかが》った。

一人は古背広を改造した鼠《ねずみ》いろのジャンパアを着た四十ちかい商人風の男である。耳のうしろに小さい引きつりがある。髪だけをいやらしいほど油で光らせて丹念に櫛《くし》を入れてある。そのくせ面長《おもなが》の土いろの頬を、疎《まば》らに伸びかけた鬚《ひげ》が雑草のように覆《おお》っている。もう一人は小《こ》柄《がら》な茶色の背広を着た勤め人風の男である。顔が鼠を思わせる。しかし大そう色白で、むしろ蒼白《そうはく》と謂《い》ったほうが庶幾《ちか》い。海老茶《えびちゃ》いろのまがいものの鼈甲《べっこう》の眼鏡が、なおのことこの白けた顔色を強調している。この方《ほう》は年齢がわからなかった。二人は低いひめやかな声で話した。その声には云《い》うに云われぬ粘ついた親愛感と、秘密を愉《たの》しんで舌舐《したな》めずりするような響があった。会話は容赦なく悠一の耳に届いた。

「これからどちらへ」

と背広の男がきいた。

「近ごろ男旱《ひで》りでさ。男が欲しさに、この時刻になるとぶらぶら歩きさ」

商人風の男はそう答えた。

「今日はH公園ですか？」

「人ぎきがわるい。パークと仰言《おっしゃ》いなね」

「へへ、失礼しました。好《い》い子が出ますか？」

「たまにはね。時間は今時分が丁度よござんすよ。おそくなると外《がい》ばっかりでね」

「ずいぶん行かないな。私も行ってみようかな。今日はだめだけど」

「あなたや私なら商売人に白い眼《め》で見られないですみますよ。これがもっと若くて美《び》貌《ぼう》だと、商売の邪魔をしに来たと思われるもの」


　車輪の軋《きし》りが会話を中断した。悠一の胸は好奇心に波立った。しかしはじめて見出《みい》だしたこの同類の醜さは、彼の自恃《じじ》の念を傷つけた。永いあいだ育てて来た人外《にんがい》の懊《おう》悩《のう》に、かれらの醜さはぴったりしていた。『これに比べれば』と悠一は考えた。『檜《ひのき》さんの顔には年輪がある。少くとも男らしい醜さがある』

　電車が都心へむかう乗換場所の停留所に着いた。ジャンパアの男が連れと別れて降り口に立った。悠一はそのあとについて電車を降りた。好奇心というよりは自分に対する義務感がそうさせたのである。

　そこの十字路はやや繁華な街角である。彼はジャンパアの男となるたけ離れて電車を待った。彼がその店先で待っている果実店は、明るすぎる電灯の下に秋の豊かな果実が堆《うずたか》い。葡萄《ぶどう》がある。くすんだ粉《こ》をふいたその紫は、隣りの富有柿《ふゆうがき》の秋の日光のような光沢と相映じている。梨《なし》がある。早場物の青い蜜柑《みかん》がある。林檎《りんご》がある。しかし果実の堆積《たいせき》は死体のように冷ややかであった。

ジャンパアの男はこちらを振向いた。目が合ったので、悠一のほうでさりげなく外した。むこうの執拗《しつよう》な蠅《はえ》のような視線は悠一を離れなかった。『この男と一緒に寝る宿命があるのだろうか。僕にはもはや選択の余地はないのだろうか』彼は戦慄を以《もっ》てそう考えた。この戦慄には饐《す》えたような不潔な甘味があった。

電車が来たので悠一はさっさと乗り込んだ。さっきの会話をきいていた時は多分顔を見られなかったろう。同類と思われてはならない。しかしジャンパアの男の目には欲情が燃えていた。混んだ電車のなかで、男は爪先立《つまさきだ》って悠一の横顔を探していた。完全な横顔、若い狼《おおかみ》の精悍《せいかん》な横顔、理想の横顔……。しかるに悠一は濃紺のトレンチコートの広い背を向けて、「秋の行楽はN温泉へ」と書いてある紅葉をえがいた広告を見上げていた。広告は皆それだった。温泉、ホテル、簡易御宿泊、御休憩にどうぞ、ロマンスルームの設備あり、最高の設備最低の料金……。一つの広告には、壁に映る裸婦の影と、ゆるやかに煙をあげる灰皿《はいざら》の煙草《たばこ》が描かれ、「この秋の夜の思い出は当ホテルで」と書いてある。それらの広告は悠一に苦痛を与えた。この社会が畢竟《ひっきょう》するに、異性愛の原理、あの退屈で永遠な多数決原理で動いていることを、否応《いやおう》なしに味わわされるからである。

やがて都心へ出た電車は、退け時《ひどき》をすでにすぎたビルディングの窓明りのあいだを走った。人通りは少く、街路樹は暗い。公園の黒々と静まり返っている木叢《こむら》が見えだした。公園前の停留所である。悠一が先へ降りた。幸い降りる人が多かった。例の男は殿《しんが》りである。悠一は電車通りをほかの乗客と一緒によぎって、公園と反対側にある角店《かどみせ》の小さな書店へ入った。雑誌を拾い読みするふりをして、公園のほうを窺った。男は歩道に面した公園の便所の前でうろうろしていた。瞭《あき》らかに悠一を探していたのである。

男がしばらくして便所へ入ったのを見届けると、悠一は書店を出て、無数の自動車の潮流を横切って、足早に電車通りを渡った。便所の前は木蔭《こかげ》になって暗い。しかしそのあたりに、忍び足の雑沓《ざっとう》と謂ったようなもの、隠密な賑《にぎ》わいと謂ったようなもの、或る見えない会合の行われていそうな気配があった。それはたとえば一般の宴会であれば、窓や門扉《もんぴ》を固く閉ざしていながら、忍び音《ね》に洩れる音楽だとか、食器の触れ合う音だとか、酒罎《さかびん》の栓《せん》を抜く音だとかが、仄《ほの》かにきこえて来ることでそれと知られるようなものである。ところがそこは汚臭の漂う便所なのであった。そして悠一のまわりに人影はなかった。

彼は便所の湿った仄暗い灯下へ入った。斯道《このみち》の人が「事務所」と呼んでいる所以《ゆえん》のもの、――この種の事務所の著名なものは東京に四、五個所《かしょ》存在するが――、事務的な黙契が、書類の代りに目くばせが、タイプの代りに小さな身振が、電話の代りに暗号が交換されるこの仄暗い沈黙の事務所の日常が悠一の目に映った。と謂って何を見たというのでもない。そこにはこの時刻にしてはやや多すぎる人数の十人足らずの男が、そっと目を見交わしていたのである。

彼らは一せいに悠一の顔を見た。その刹那《せつな》多くの眼は輝やき、多くの眼は嫉視した。美青年はそれらの眼に八つ裂きにされるような恐怖に慄《ふる》えた。彼はたじたじとした。しかし男たちの動きには一種の秩序があった。互いに牽制し合う力に引かれて、その動きから一定以上の速度が省かれているかのようである。彼らはもつれた藻《も》が水のなかで徐々にほぐれるかのように動いた。

悠一は便所のわきの出口から公園の八つ手の繁みの中へのがれた。すると眼前の散歩道のところどころに煙草の火が光っていた。

昼間や日暮れ前にこうした公園の裏手の小径《こみち》を腕を組んでそぞろあるく恋人同士は、数時間後の同じ小径が、全く別の使途に供せられていることを夢にも知らない。いわば公園はその顔かたちを変えるのである。昼間は覆《おお》われている顔の異様な半面が顕現するのだ。人間どもの饗宴の場所が夜半時《やはんとき》いたって妖魔《ようま》どもの饗宴のために譲りわた

される あの沙翁《さおう》劇の終幕のように、昼間何気なくオフィスの恋人たちが腰を下ろして話し合った見晴らし台は、夜になると「檜舞台」と呼ばれるようになり、遠足の小学生たちが遅れまいとして合わない足幅を跳び上りながら登った小暗《おぐら》い石段は、「男の花道」とその名を代え、公園裏手の長い木下道は、「一見道路《いっけんどうろ》」と名称を代える。それらはすべて夜の呼名である。別段取締の法律もないのでほったらかしている所轄《しょかつ》の警官たちは、こうした呼名をよく知っている。倫敦《ロンドン》でも巴里《パリ》でも殊更《ことさら》公園がこうした使途に充《あ》てられるのは、実際上の便宜に依《よ》ることは勿論《もちろん》だが、多数決原理の象徴のようなこの公共の場所が少数者の利益をも潤《うる》おしているのは、皮肉で恵み深い現象である。H公園は大正期その一劃《いっかく》に練兵場があった時分から、この種族の集り場所として著名であった。

さて悠一《ゆういち》は彼自身それと知らずにいる「一見道路《いっけん》」の一端に立っていた。彼はその道路を逆行した。同類は木かげに立ち、あるいは水族館の魚のような澱《よど》んだ歩度で歩いていた。

この渇望《かつぼう》の、選択の、追求の、欣求《ごんぐ》の、嘆息の、夢想の、彷徨《ほうこう》の、習慣の麻薬によっていやまさる情念の、美学に関する業病によって醜貌に化した肉慾《にくよく》の群は、互いに仄暗い街灯のあかりをたよりに、じっと悲しげな凝視の視線を交わしてさまよっていた。夜のなかにひらかれた幾多の渇《かわ》いた眼が、みつめあいながら流動していたのである。小径の折れるところでこすれあう腕、ふれあう肩、肩ごしの眼、梢《こずえ》をわたる夜風のそよぎ、ゆるやかに往《い》ったり来たりしながら又同じところをすれちがうときに鋭く投げられる検査の視線、……木の間を洩《も》れる月光とも灯火ともつかぬものが斑《まだ》らに明るませている草むらのいたるところに、虫が鳴いていた。虫の音と、闇《やみ》のあちこちに点滅する煙草の火が、この情念の息づまる沈黙を深めていた。時折公園の内外《うちそと》を疾走する自動車の前灯は、木立の影を大きく動揺させた。それが木かげに彳《たたず》んでいる今まで見えなかった男の影を、つかのま大まかに泛《うか》ばせたりした。『これがみんな僕の同類だ』と悠一は歩きながら考えた。『階級も職業も年齢も美醜もさまざまながら、たった一つの情念で、いわば恥部で結ばれ合ったお仲間だ。何という紐帯《じゅうたい》！　この男たちは今さら一緒に寝る必要はない。生れながらにわれわれは一緒に寝ているのだ。憎み合いながら、嫉《ねた》み合いながら、蔑《さげす》み合いながら、そしてまた温ため合うために、ほんの少し愛し合いながら。あそこを行くあの男の歩き方はどうだ。全身でしなをつくり、肩を交互にせばめ、大きな尻《しり》を振り、首をゆらゆらさせ、いわば蛇行《だこう》を思わせるあの歩み。あれが親子よりも兄弟よりも妻よりももっと身近な僕の同類なんだ！』――絶望は安息の一種である。美青年の憂鬱《ゆううつ》は少し軽くなった。というのは、これほど数多い同類の中に、自分以上の美貌を見出さなかったからである。『それにしてもさっきのジャンパアの男はどうしたろう。便所の中にあのときまだいたのかどうか、あわてて逃げてしまった僕の目は見のがした。そこらあたりの木かげに彳んでいるのは彼ではないのか？』

彼は迷信的な恐怖、あの男と会ったが最後あの男と寝なければならぬという迷信的な恐怖が立ちかえるのを感じた。自分を元気づけるために煙草に火をつけた。と、近づいて来た一人の青年が、火のついていない、恐らくはわざと火をもみ消した煙草をさし出してこう言った。

「すみませんが、火を」

二十四五歳の灰色の仕立のよいダブルを着た青年である。形のよいソフト、趣味のよいネクタイ……。悠一は黙って煙草をさし出した。青年は面長《おもなが》な整った顔をさし出した。その顔をつくづく見たときに、悠一は戦慄した。青年の静脈の浮き上った手と、眼尻の深い皺《しわ》は、四十歳をはるかに超えた男のものだった。眉毛《まゆげ》は眉墨で丹念に修正され、ドーランが薄い仮面のように、その衰えた皮膚を隠していた。長すぎる睫《まつげ》も生来のものではなさそうである。

老青年はつぶらな目をあげて何か悠一に話しかけようとした。しかし悠一は背を向けて歩きだした。相手をいたわって、逃げ足にならぬように、できるだけゆっくりと彼が歩きだしたとき、今までつけて来たらしい男たちは身をひるがえした。四五人ではきかない。かれらははなれればなれにさりげなく歩を転じた。その一人に悠一ははっきりとジャンパアの男を見た。思わず足を早めた。しかし無言の讃美者《さんびしゃ》たちは後になり先になりしながらこの美青年の横顔を窺《うかが》おうとしてついてきた。

例の石段のところまで来たときに、地理にもうとく、その夜の呼名も知らない悠一は、石段を上れば逃げ場所が見つかるかと考えた。月光が石段の上辺を水のように照らしていた。彼が昇りかけたとき、たまたま口笛を吹きながら降りてきた人影がある。白いすんなりしたスウェーターの少年である。悠一はその顔を見た。例のレストランの給仕《ガルソン》であった。

「あ、兄さん」

彼は悠一のほうへ思わず手をさしのべてこう言った。不規則な排列の石が少年をよろめかせた。悠一がそのしなやかな充実した胴を支えた。この演劇的な出会は彼を感動させた。

「憶《おぼ》えてますか」と少年が言った。

「憶えてるよ」と悠一は言った。彼は結婚披露宴《ひろうえん》の日に見たあの苦い情景の記憶を嚥《の》み下《くだ》した。二人の手は握り合った。悠一は少年が小指にはめている指環《ゆびわ》の棘《とげ》を掌《て》に感じた。ゆくりなくも学校時代に彼の裸かの肩へ投げかけられたタオルの鋭利な糸の感触を思い出した。二人は手をつないだまま公園の外へ走り出た。悠一の胸ははげしく波立った。いつのまにか腕を組んでいる少年を引きずって、時折しのびやかな恋人同士が歩いている夜の閑散な歩道を駈《か》けた。

「どうしてそんなに駈けるんですか」

息をはずませながら少年がそう言った。悠一は顔をあからめて立止った。

「こわいことなんかありませんよ。兄さんはまだ馴《な》れていないんですね」

と少年は重ねて言った。

二人がそれからあやしげな了解をもったホテルの一室ですごした三時間は、悠一にとって熱い瀑布《ばくふ》のように感じられた。彼はあらゆる人工的な羈絆《きはん》を脱して、彼の魂が裸かになったこの三時間に酔いしれた。肉体が裸かになることの快楽がどれほどのことがあろうか。魂が重い着物を脱ぎすてて裸かになったこの瞬間は、悠一の官能のよろこびに、殆《ほとん》ど肉体の住《すま》う余地もないほどの、澄明なはげしさを加えたのである。

しかしこの場を正確に判定すれば、悠一が少年を買ったというよりも、むしろ少年が悠一を買ったのであった。もしくは巧者な売手が拙劣な買手を買ったのであった。給仕《ガルソン》の巧みさは悠一をして壮烈な身振をさせた。窓の帷《とばり》を透かすネオンサインの反映は火事のようである。この焔《ほのお》の反映のなかに一対の楯《たて》、悠一の見事な男らしい胸が泛《うか》び上った。たまたま夜の時ならぬ冷気が彼のアレルギー体質を刺戟《しげき》したので、その胸の数個所には、蕁麻疹《じんましん》の紅《あか》い丘斑《きゅうはん》が現われた。少年は嘆声をあげ、その斑《まだ》らのひとつひとつに接吻《せっぷん》した。

――寝台に腰かけてパンツを穿《は》きながら給仕はこう訊《き》いた。

「今度いつ会える？」

明日、悠一は俊輔と約束があった。

「あさってがいい。公園じゃないほうがいいな」

「そりゃそうですよ。僕《ぼく》たちはもうそんな必要はないもの。僕ほんとに子供の時から憧《あこが》れてきた人に今晩はじめて会えたと思いましたよ。兄さんみたいにきれいな人見たことがない。まるで神さまみたいですね。ね。おねがいだから、僕を捨てないでね」

少年はそのしなやかな頸筋《くびすじ》を悠一の肩へすりつけた。悠一は指さきでその頸筋を撫《な》でながら目を閉じた。このとき彼は自分がこの最初の相手をやがて捨てるだろうという予感を娯《たの》しんだ。

「あさっての九時に、店がひけたらすぐ行きます。この近くにそういう人ばっかり集まる喫茶店があるんです。倶楽部《クラブ》みたいなもんだけど、ふつうの人も何も知らないで入って来て珈琲《コーヒー》を飲んでるんですよ。だから兄さん来たって大丈夫。今、地図を書いてあげる」

彼はズボンのポケットから手帖《てちょう》を出して来て鉛筆のさきを舐《な》めながら下手な地図を書いた。少年の項《うなじ》に小さな旋《つむ》じがあるのを悠一は見た。

「はい。すぐわかるところでしょう。あ、それから僕の名前ね、英《えい》ちゃんというんです。兄さんは？」

「悠《ゆう》ちゃんだよ」

「いい名前ですね」

このお世辞に悠一は少しいやな気がした。彼は少年のほうが自分よりもずっと落着いているのにおどろいた。

——街角で二人は別れた。悠一は丁度間に合った赤電車で家へかえった。母も康子も行先をたずねなかった。康子の傍《かたわ》らの寝床に寝《やす》みながら、悠一ははじめて安息を感じた。彼はもはや何ものかを免《まぬ》かれていた。奇妙な悪意のよろこびに駆られて、彼は自分を、愉《たの》しい休日を終えて又日《ひ》毎《ごと》の仕事にかえって来た娼婦《しょうふ》になぞらえた。

ところがこの戯《たわむ》れの寓喩《ぐうゆ》には、彼がなおざりに考えている以上の深い意味があった。康子というつつましい無力な妻が、のちになって良人《おっと》に与えるにいたった不測の影響の、それは最初の浸潤、というよりはまだ浸潤の予感のようなものを物語っていたのである。

『あの少年の傍らに横たえた僕の肉体に比べると』と悠一は考えた。『今康子の傍らに横たえている僕の肉体はなんと廉《やす》いことだ。康子が僕に身を委《まか》すのではなく、むしろ僕が康子に身を委すのだが、それも無代《ただ》でだ。僕は「無報酬の娼婦」だ』

こんな自堕落な考えは、以前のようには彼を苦しめずに、どちらかというと、彼を愉しませた。疲労から彼はやすやすと眠りに落ちた。怠けものの娼婦のように。

第五章　済度の手はじめ

あくる日俊輔《しゅんすけ》の家へあらわれた悠一《ゆういち》の満ち足りた幸福そうな笑顔は、まっさきに俊輔を、次に悠一に会わせるために招いてあった女客を不安にさせた。おのおのが悠一の上に、この青年にもっとも似合うと思われた不幸の縞柄《しまがら》を予期していたからである。

これは二人の思いちがいというべきだった。この青年の美貌《びぼう》は普遍的な美なのであった。彼には似合わぬ縞柄とてはないのであった。鏑木《かぶらぎ》夫人は女のすばやい品定めの一《いち》瞥《べつ》で、このことをすぐさま見てとった。『この青年には幸福さえ似合うんだわ』と夫人は思った。幸福を着こなすことのできる青年は、黒い背広を着こなすことのできる青年と同様に、今時《いまどき》貴重な存在というべきである。

悠一は夫人が披露宴《ひろうえん》に出席してくれたことの礼を言った。その自然な作法の快さが、若い男にならば誰《だれ》にでも馴《な》れ馴れしい夫人をして、早速親しげな厭味《いやみ》を言わせた。彼の笑顔は額《ひたい》から「新婚」という札《ふだ》をひらひらぶら下げているようであり、家を出るときそんなお札は剝《は》がして来ないと、目先が利《き》かないで電車か自動車にぶつかる惧《おそ》れがあると忠告したのである。彼が何の反撥《はんぱつ》も示さずに素直な笑顔のままこれに応《こた》えているのを見て、老作家はわが目を疑った。その俊輔の困惑した顔付には、詐欺《さぎ》にかかったと知りながら体面をつくろう男の愚かしさがあらわれていた。悠一ははじめていささかこの御大層な老人を軽蔑《けいべつ》した。そればかりか、五十万円の詐欺犯人のよろこびを空想して愉《たの》しんだ。こうして三人の食卓は、軽い番狂わせのおかげで予期しない活気を呈した。

檜《ひのき》俊輔は古くからの崇拝者の一人に腕のよい料理人を持っていた。その庖丁《ほうちょう》の冴《さ》えは、俊輔の父が蒐集《しゅうしゅう》した陶器にふさわしい嘉肴《かこう》を盛った。俊輔自身は生来の無趣味から、皿《さら》や料理にむつかしい好みがあるわけではなかったが、懇望にほだされて、人を招くときは彼の手を借りるならわしである。木津聿斎《きずいっさい》の門に入って懐石料理を習得したこの京都の織物問屋の次男坊は、今宵《こよい》の食卓のために次のような献立を作ったのである。懐石料理で「八寸」と呼ばれる前菜の組肴《くみざかな》は、松葉松露や百合根《ゆりね》の木の芽焼や岐阜《ぎふ》の知人から到来の蜂屋柿《はちやがき》や大徳寺の浜納豆や蟹《かに》の更紗焼《さらさやき》の取合せであったが、小鳥の摺流《すりなが》しに隠し芥子《からし》の赤味噌《あかみそ》の汁《しる》のあとには、高雅な宋《そう》赤絵の牡丹文《ぼたんあや》の大皿に、鯒《こち》の河豚《ふぐ》作りの作身《つくりみ》が供された。焼物は落鮎《おちあゆ》の付焼、向付《むこうづけ》は初茸《はつたけ》の青和《あおあえ》と赤貝の白和《しらあえ》の盛合せ、煮物は鯛豆腐《たいどうふ》に漬《つけ》わらび、壺《つぼ》は茜草《あかねぐさ》の熱浸《あつびた》しであった。食後には森八の起上り小法師《こぼし》、ひとつひとつ桜紙に包まれたあの白と桃いろの小さな人形の菓子が出された。しかしこれらあらゆる珍味佳肴も、悠一の若い舌には何の感動をも齎《もた》らさなかった。彼はオムレツを喰《た》べたがっていたのである。

「こういう御馳走《ごちそう》は悠一君には気の毒だね」

とその無造作な食慾《しょくよく》を見戍《みまも》りながら俊輔が言った。君の好物は何かとたずねられた悠一は、考えたままを答えたが、このオムレツという気取らない一語の返事が、鏑木夫人の心に触れた。

自分の快活さに自分でだまされて、悠一はいつかしら女を愛さないことを忘れていた。固定観念の実現は、往々その固定観念を癒《い》やすものである。癒やされるのは観念であって、決して観念の原因ではない。しかしこのいつわりの快癒《かいゆ》が、彼にはじめて仮説に酔う自由を許したのであった。

『もし僕《ぼく》の言ったことがみんな嘘《うそ》で……』と美青年は多少好《い》い気《き》な明朗さを以《もっ》て考えた。『……事実僕が康子《やすこ》を愛していて、金の算段に困ったあげく、このお人好しの小説家を相手に一ト狂言打ったのだと仮定したら、僕は今どれほど快い立場にいることだろう。僕は鼻をうごめかし、自分の快適な別荘のような幸福が、悪意の墓地の上に建てられていることを誇るだろう。僕は生れてくる子供たちに、食堂の床下に埋もれている古い人骨の話をきかせてやるだろう』

今では悠一は告白というものに免《まぬ》かれがたいあの過度の誠実を自分に恥じていた。昨夜の三時間が彼の誠実さの実質を変えたのであった。

俊輔が夫人の盃《さかずき》に酒を注《つ》いだ。酒は溢《あふ》れて彼女の漆の羽織にこぼれた。

悠一が上着のポケットからすばやくとり出した手巾《ハンカチ》でこれを拭《ふ》いた。瞬時にひらめいた手巾のまばゆい白さは、その場に清潔な緊張をもたらした。

俊輔は自分の老いた手が何故《なぜ》慄《ふる》えたかを考えた。あのとき彼は悠一の横顔へばかり目をやる夫人に嫉妬《しっと》をよびさまされていたのである。こんな愚かな私情のために事壊しになってはならず、俊輔自身の感情は死んでいなければならないのに、悠一の思いがけない朗らかさが、又してもこの老作家を迷わせた。彼はまたこうも反省した。俺《おれ》が発見し感動したものがこの青年の美だというのはいつわりで、ただ俺は彼の不幸を愛したにすぎぬのかしらん……。

夫人は夫人で、悠一の心づかいのこまやかさに感動した。大ていの男の親切を自分に気があるからだと速断しがちな彼女も、悠一の親切にだけは純粋さをみとめざるをえなかったのである。

悠一はといえば、彼は咄嗟《とっさ》の間《ま》に手巾をとりだした自分の軽やかな判断にきまりのわるい思いをしていた。彼は自分を軽薄だと思った。それというのも、再び酔いから醒《さ》めつつあった彼の関心は、自分の言動を媚態《びたい》ととられることを怖《おそ》れる点にあったからである。反省癖がやがて彼をしていつもの不幸な彼自身と和解させた。その瞳《ひとみ》はいつものように暗くなった。これを見た俊輔は、見馴れたものを見た喜びで安堵《あんど》した。それればかりか、先程からの青年の明朗さが、みんな俊輔の意を体して巧《たく》まれた偽装だったとさえ思われて、今の悠一を見る彼の眼差《まなざし》には、一種の感謝といたわりがあった。

元はといえばこれらのさまざまな誤差も、鏑木夫人が招かれた時間より一時間も早く檜家を訪れたことから生れたのである。俊輔が悠一の報告を訊《き》きただすためにとっておいたこの一時間を、彼女はいつものぞんきな流儀で、「退屈だったので何となく早く伺った」という挨拶《あいさつ》で事もなげに侵略してしまった。

二三日たって夫人は俊輔に手紙をよこした。次のような一行が受取人を頬笑《ほおえ》ませた。

『とにかくあの青年には優雅というものがあります』

これは上流育ちの女が「野性」に払っているあの尊敬とは方角がちがうようであった。悠一は弱々しいかしら？　と俊輔は考えた。決してそうではない。すると夫人が優雅という言葉で伝えたがっているものは、悠一がまず女に与えるあの「慇懃《いんぎん》な無関心」の印象に対する抗議であるようにも思われた。

現に悠一が女のそばを離れて俊輔と二人きりになるときには、目に見えてくつろぐのが感じられた。永らくしゃっちょこばった若い崇拝者ばかり見馴れている俊輔には、これがうれしかった。俊輔ならむしろこのほうを優雅と呼んだであろう。

鏑木夫人と悠一の帰宅の時間が来た時、俊輔は悠一に貸す約束をした本を書斎へ一緒に探しに行こうと申し出て、一瞬まごついている悠一に目くばせした。これは礼を失することなしに青年を女客から引き離すのに好都合な術策であった。何故かというと鏑木夫人はついぞ本というものを読まなかったからである。

窓外に泰山木《たいさんぼく》の鎧《よろい》のような固い葉叢《はむら》が覆《おお》いかぶさっている七坪の書庫は、老作家がかつて憎悪《ぞうお》にみちた日記と寛容にあふれた作品とを書きつづけてきた二階の書斎の隣りにあった。書庫には滅多に人を入れない。

導かれるままに美青年が何気なく、この埃《ほこり》と金箔《きんぱく》と揉革《もみがわ》と黴《かび》の匂《にお》いの只中《ただなか》へ入ってゆくと、俊輔は彼自身の蒐集といえる唯一《ゆいいつ》のもの、この数万《すまん》のいかめしい蔵書の顔が羞恥《しゅうち》に赤らむのを見るのであった。生命の前に、この耀《かがや》かしい肉の芸術品の前に、多くの書物は己れの虚《むな》しい装いを恥じていた。彼の全集の特製本は三方金のまばゆさを失っていなかったが、その裁断された上質紙の集積に塗られた金は、ほとんど人の顔かたちを映したのである。彼は青年が全集の一冊をとりあげるとき、頁《ページ》の累積《るいせき》に影を宿した若々しい顔のおかげで、収められた作品の死臭が潔《きよ》められるような心地がした。

「君は日本の中世で、欧羅巴《ヨーロッパ》の中世の聖母崇拝に相当するものを知っていますか」と俊輔は話しかけた。否定の返事はわかっていたので、彼はかまわずに言葉をつづけた。

「稚児《ちご》崇拝だよ。稚児が宴会の上席を占め、主君の盃を真先にいただいたこの時代の、面白《おもしろ》い秘本の写しがあるんだ」——俊輔は手もとの棚《たな》から薄い和綴《わとじ》の写本をとりあげて悠一に示した。「叡山《えいざん》文庫のなかにある奴《やつ》を、人にたのんで写してもらったんだがね」

悠一は表紙の「児灌頂」という字を読みかねて老作家にたずねた。

「ちごかんじょう、と読みます。この一冊が児灌頂《ちごかんじょう》の部分と弘児聖教秘伝の部分に分れているが、弘児聖教秘伝の題の下に恵心述なんて書いてあるのはもちろん真赤な嘘だ。時代もちがう。むしろ君に読んでもらいたいのは、弘児聖教秘伝のほうの不可思議な愛撫《あいぶ》の儀式を詳述した部分なんだが、（何という精妙な術語だろう！　愛される少年の具は「法性《ほっしょう》の花」とよばれ、愛する男の具は「無明《むみょう》の火」とよばれている）、理解してもらいたいのは、児灌頂のこういう思想だ」

彼は老いた苛々《いらいら》した指のうごきで頁を繰り、その一行を読んできかせた。

『……汝《なんじ》の身は深位《しんに》の薩埵《さった》、往古の如来なり。此の界に来て一切衆生《いっさいしゅじょう》を度す』

「汝というのは」と俊輔は解説した。「この呼びかけの相手は稚児なんだよ。『汝今日よりのちは本名の下に丸という字を加えて某《なにがし》丸と称すべし』という命名の儀式のあとで、こういう神秘的な讃美《さんび》と訓誡《くんかい》の決り文句を誦《しょう》するならわしだった。ところで……」――俊輔の笑いは皮肉な色を帯びた。「……君の済度の手はじめはどうだろう。成功しそうかね」

悠一には咄嗟《とっさ》に何事かわかりかねた。

「あの女は気に入った男と見ると、一週間のうちに物にしてしまうという噂《うわさ》の主だ。ほんとうだよ。実例は無数にある。ところで面白いのは、気に入らない男でも彼女を求める男なら、一週間のうちに必ずものになりそうなすれすれのところまで行くんだ。しかし最後の土壇場《どたんば》に何かしら怖ろしい仕掛がある。私はそれに引っかかった。君のあの女に対する一寸《ちょっと》した幻想を破らないためにそれは言うまい。まあ一週間待ってみることだ。一週間たったら君にあの女の危機が訪れる。君はそいつをうまく逃げて、(もちろん私もお手助けするが)、さらに一週間遷延《せんえん》する。女が放《ほう》り出さない程度にじらす方法はいくらもある。さらに一週間のばす。君はあの女の上に怖ろしい権力をもつようになる。つまり君はあの女を、私に代って済度するんだ」

「だって他人《ひと》の奥さんなんでしょう」と悠一が無邪気にたずねた。

「ところが彼女もそう言ってるんだ。私は他人の奥さんだと広言している。亭主《ていしゅ》とは別れるけしきもないが、しかし浮気《うわき》も止《や》まないんだ。あの女の悪癖は、浮気をするということなのか、あんな亭主にいつまでもくっついているということなのか、そのどっちが彼女の悪癖だか第三者には見分けがつかない」

悠一がこの皮肉に笑ったので、俊輔は今日はばかに嬉《うれ》しそうな笑い方をするじゃないかとからかった。結婚の首尾がよかったので、女を好きになったのじゃあるまいね、と疑り深い老人は詮索した。悠一は事の次第をのべた。俊輔は驚嘆した。

二人が階下の日本間へ下りてゆくと、鏑木《かぶらぎ》夫人は所在なげに煙草《たばこ》を吸っていた。煙草を指に挟《はさ》んで考え事をしている。煙草をもったほうの手をもう一方の掌《て》で包むようにしながら、彼女は今しがたまで見ていた若い大きな手のことを考える。彼はスポーツの話をした。水泳と走高跳《ハイ・ジャンプ》の話を。どちらも孤独なスポーツだ。孤独というのが当らないなら、どちらも一人でやれるスポーツだ。何だってこの青年はそんなスポーツを選んだのだろう。それならダンスは？……突然鏑木夫人は嫉妬を感じた。康子《やすこ》のことを考えたのである。そこで強《し》いて悠一の幻想を、彼の孤独のなかへ閉じこめた。

『あの人にはどこか群を離れた狼《おおかみ》のようなところがある。それにしては反逆児らしくはないが、きっとあの人の内面的なエネルギーは反抗や反逆に適しないのだろう。あの人は何に適するのだろう。何か強烈な、深い、巨大で真暗な無駄事《むだごと》に適するのだろう。あの人の朗らかな透明な笑いの底には、錘《おもり》のように憂鬱《ゆううつ》の金《きん》が沈んでいる。あの朴訥《ぼくとつ》な厚い、農家の椅子《いす》のような安定感をもったあの掌。（あれに腰かけてみたい）……あの細身の剣のような眉《まゆ》。……ダブルの濃紺の背広がよく似合う。身を撚《ひね》る時の、危険を感じて聴耳を立てる時の、しなやかで鋭利な狼の身振。……そのういういしい酩酊《めいてい》。彼がもう呑《の》めないというしるしに、盃の上へ手を伏せて、顔を斜めにうつむけて酔ったふりをしてみせたとき、彼のつややかな髪がすぐ目の前にあった。私は手をのばしてその髪を鷲《わし》づかみにしたいという兇暴《きょうぼう》な出来心を感じた。彼の髪油で私の手がべたつくのをねがった。私の手はふと前へ出そうになった……』

その彼女が、降りて来た二人のほうへ、習い性になった倦《だる》そうな視線をあげた。卓の上には葡萄《ぶどう》を盛った大皿と、半ば空になった珈琲茶碗《コーヒーぢゃわん》があるだけだった。「遅かったわね」とか、「家まで送って来て頂戴《ちょうだい》」とか、すべてこれらの類《たぐ》いの言葉を、彼女の自恃《じじ》は発しなかった。そこで黙って二人を迎えたのである。

悠一はこの噂に蝕《むしば》まれた女のまことの孤独の姿を見た。彼は何故かしら夫人が彼自身とそっくりだと感じた。すばやい手つきで煙草を灰皿にもみ消して、手提鞄《てさげかばん》の中の鏡をちょっと覗《のぞ》いて、彼女は立上った。悠一はそのあとに従った。

夫人の遣口《やりくち》は悠一をびっくりさせた。彼女はついぞ悠一に口を利かなくなった。勝手に車をとめて、勝手に銀座へ走らせて、勝手にとある酒場へ彼を連れ込んで、彼をウェイトレスたちと遊ばせて、勝手な時間に立上って、彼の家のちかくまで車で送った。

酒場で、大ぜいの女たちの間に埋もれている彼を、彼女はわざと遠くのほうからじっと見るのだった。こういう場所に馴れない悠一は、あまつさえ着馴れない背広を着ているので、上着の袖口《そでぐち》の中へ隠れてしまいがちなワイシャツの白い袖口を、ときどき快活に引っぱりだす。それを見ているのが、鏑木夫人には大そうたのしかった。

椅子のあいだの窄《せま》い空間で、夫人は悠一とはじめて踊った。流しの楽人が酒場の片《かた》隅《すみ》の棕櫚《しゅろ》のかげで奏《かな》でていた。椅子の間を縫うダンス、酔漢のとめどもない高笑いと煙草の煙の間を縫うダンス、……夫人は悠一の項《うなじ》に指を触れた。その指に新鮮な硬《こわ》い夏草のような剃《そ》り跡《あと》がさわった。彼女は目をあげた。悠一の目はあらぬ方を眺《なが》めていた。夫人は感動した。女がひざまずかないことには決してその女を見ようともしないこの傲岸《ごうがん》な目は、彼女が永らく探しあぐねていたものである。

しかしそれから一週間、夫人からの音沙汰《おとさた》はなかった。二三日あとであの「優雅な」礼状に接したとはいうものの、この目算外れを悠一からきいた俊輔は狼狽《ろうばい》した。しかし八日目に、悠一は夫人の分厚な手紙をうけとった。

第六章　女たるの不如意《ふにょい》

鏑木《かぶらぎ》夫人は傍《かたわ》らの良人《おっと》を見た。

十年来ただの一度も臥床《ふしど》を共にしない良人である。彼が何をしているのか誰《だれ》も知らない。夫人も敢《あえ》て知ろうとしない。

鏑木家の収入は、良人の怠惰と悪事から自然に生れてくる。良人は競馬協会の理事である。天然記念物保護委員会の委員である。海蛇《うつぼ》で以《もっ》て袋物用の揉革《もみがわ》を製造する東洋海産株式会社の会長である。或《あ》る洋裁学校の名目上の校長である。かたわらひそかにドル買をやっていた。小遣が不足すると、俊輔《しゅんすけ》のような無害なお人好《ひとよ》しを相手に、紳士的な遣口《やりくち》で悪事を働らいた。尤《もっと》もこのほうはスポーツに庶幾《ちか》い。加之《のみならず》元伯爵《はくしゃく》は妻の情人となった外人から、応分の慰藉《いしゃ》料を請求した。醜聞をおそれた或るバイヤーの如《ごと》きは、請求を俟《ま》たないで二十万円を投げ出した。

この夫婦を結びつけている愛情は、夫婦愛の模範的なもの、つまり共犯の愛情だったのである。夫人にとっても、良人に対する肉感的な憎悪《ぞうお》はすでに昔語りであった。肉感の色あせた透明な今の憎悪は、共犯同士を結びつける解きがたい紐帯《じゅうたい》でしかなかった。悪事がたえず二人を孤独にしたので、空気のようにやたらと永《なが》保ちのする同棲《どうせい》が必要だった。とはいえ二人はお互いに心の底から離別をのぞんでいたが、いまだに離れられないのは、両方で離れたいと思っていたからに他《ほか》ならない。元来離婚が成立するのは、どちらか一方が離れたくない場合に限られている。

鏑木元伯爵はいつも磨《みが》き立てた血色のよい頰《ほお》をしていた。その手入れのよすぎる顔と口髭《くちひげ》とは、却《かえ》って人工的な不潔さの印象を与えた。眠たげな二重瞼《ふたえまぶた》の瞳《ひとみ》は落着きなく動いた。頰がときどき水のおもてを風がわたるようにひきつるので、まっ白な手で滑らかな頰の肉をつまみあげてみる癖がある。知人とは冷ややかな粘っこいお喋《しゃべ》りをする。あまり昵懇《じっこん》でない人間にむかうと、とりつく島がないほど気取った。

鏑木夫人はまた良人を見た。それは悪い習慣である。決して良人の顔を見るのではない。彼女は考え事をするたびに、退屈に襲われるたびに、嫌悪《けんお》に見舞われるたびに、病人が自分の瘦《や》せた手を眺《なが》めるようにふと良人を眺めてしまうにすぎない。しかしこれを見た或る唐変木《とうへんぼく》は、彼女がいまだに良人に惚《ほ》れているというまことしやかな噂《うわさ》をふりまいた。

そこは工業倶楽部《クラブ》の大舞踏室につづく控えの間である。月例の慈善舞踏会がほぼ五百人の会衆を集めていた。この贋《にせ》の豪奢《ごうしゃ》にならって、鏑木夫人は黒のシフォン・ベルベットの夜会服の胸に贋造《がんぞう》真珠の頸飾《くびかざり》を懸けていた。

夫人はこの舞踏会に悠一《ゆういち》夫婦を招いてあったのである。二枚の切符を同封した部厚な手紙の中身は、十数枚の白紙であったが、悠一はどんな顔つきであの白紙の手紙を読んだことだろう。夫人が一度書いて火にくべた情熱的な手紙と同じ枚数の、白紙を封入したいわれは知らずに。

鏑木夫人は猛々《たけだけ》しい女だった。女の不如意《ふにょい》というものを嘗《かつ》て信じなかった。悖徳《はいとく》の懈《け》怠《たい》はただちに彼女を不幸にみちびくと予言されたサドの小説「ジュリエット」のヒロインのように、夫人は悠一とさあらぬ時をすごしたあの晩から、自分が何かを怠けているような気がしてならなかった。あとで彼女は腹立たしくさえ思うのであった。あんな退屈な青年と何時間かをすごしたのは時間の浪費だったと。そればかりか自分の怠けごころの理由をこれにこじつけて、悠一には魅力が欠けているからだと決めてしまった。こう考えることは一応の自由をもたらしたが、もはやその目にこの世のどんな男も魅力を失ってみえるのを知って驚嘆した。

恋をするとわれわれは人間がこうも無防禦《むぼうぎょ》なものであるかが身にしみて、今までそれと知らずに暮して来た日常生活に戦慄《せんりつ》するのである。恋のおかげで堅人《かたじん》になる人がままあるのはこのためである。

鏑木夫人が世間一般の例でいうと母親の年齢にさしかかっていたことのあらわれか、彼女が悠一の中に直感したのは、母親と息子の間の愛をはばむような或る禁忌だった。悠一のことを思い出そうとして、夫人は世の母親が死んだ息子のことを思い出すのはかくもあらんと思われるような調子で、それを思い出した。これらの兆《きざし》は夫人の直感が美青年の不遜《ふそん》な目のなかに何らかの不可能を見つけ出して、その不可能を愛しはじめた兆候ではなかろうか？

ものをいうときに不平を呟《つぶや》くような形になる悠一の唇《くちびる》のういういしさを、男の夢などついぞ見ないことを矜《ほこ》りにしていた夫人が、夢にさえ見たのである。この夢占《ゆめうら》は身の不幸を予感させた。はじめて彼女が身を護《まも》ることの必要を感じたのであった。

どんな男とも一週間以内に慇懃《いんぎん》を通ずるという伝説の、例外の恩恵が悠一に与えられたのには、これ以上の種も仕掛もなかった。夫人は忘れようと思い、会うまいと思った。出さないつもりで、戯《たわむ》れに長文の手紙を書いた。笑いながらそれを書いた。冗談半分の口説き文句を書きつらねた。読み返すうちに彼女の手は慄《ふる》えて来た。読み返すのが怖くなって、燐寸《マッチ》を擦ってこれに火を移した。火は思いのほかに募ったので、窓をあわただしくあけて、雨が降りしきっている庭へ投げやった。

燃えている手紙がおちたのは軒下の乾いた土と雨落《あまおち》の水たまりとの丁度堺《さかい》のところである。手紙はまだしばらく燃えていた。それがひどく永い間のような気がした。夫人は何気なしに髪に手をやった。見ると指さきに白いものがついている。火の粉の微細な灰が髪を後悔のように染めていたのである。

……鏑木夫人は雨かと思って目をあげた。楽師交代のあいだ音楽が止《や》んだために、床の上を動いてくる大ぜいの跫音《あしおと》が雨のようにきこえたのである。開け放たれた露台に通ずる出入口からは、星空と高層建築のまばらに灯《ひ》のついた窓とから成る凡庸な都会の夜景がみえるにすぎない。夜気をそれだけ導き入れているのに、踊りと酔いにほてった多くの婦人たちの裸かの白い肩は、物に動じない様子でなめらかに往来《ゆきき》していた。

「南君だな。南君の夫婦が来たよ」

鏑木がこう言った。夫人は雑沓《ざっとう》している入口の閾際《しきいぎわ》に立って控えの間を見渡している悠一と康子《やすこ》を見た。

「私がおよびしたのよ」と彼女は言った。康子が先に立って人ごみを分けて鏑木夫人の卓へ近づいた。これを迎える夫人の心は安らかであった。この前康子なしに悠一を見ていたとき、不在の康子に嫉妬《しっと》を感じた夫人が、今は康子のそばに悠一を見ることで、心の安息を得られるとはどうしたことか？

彼女はほとんど悠一のほうを見ない。康子を傍《かたわ》らの椅子《いす》にみちびいて、その艶《あで》やかな装いを褒《ほ》めそやした。

父の百貨店の仕入部で舶来の生地《きじ》を格安に手に入れた康子は、秋の夜会のための衣《い》裳《しょう》を夙《つと》に誂《あつら》えていた。夜会服は象牙《ぞうげ》いろのタフタである。タフタの強《こわ》い冷たい量感を活《い》かした寛闊《かんかつ》な裾《すそ》のひろがりには、光の加減でたえず流れてみえるような木目《モレ》が、その沈静な銀いろの、死んだ切れ長の瞳をみひらいていた。色どりは胸につけられたカトレアであった。薄紫の花びらに囲まれた仄《ほの》かな黄いろと淡紅と紫の唇弁《しんべん》は、蘭《らん》科植物特有のあの媚態《びたい》と羞恥《しゅうち》に関する魅《まど》わすような詭弁《きべん》と謂《い》った様子をしていた。印度《インド》産の小さな堅果を黄金《きん》の鎖でつらねた頸飾からも、ふかぶかと肱《ひじ》まで隠れるラヴェンダア色の手袋からも、胸もとの蘭からも、雨後の空気のように爽《さわ》やかな香水の匂《にお》いが立ち迷っていた。

悠一はただの一度も夫人が自分を見ないのにおどろいた。彼は伯爵に挨拶《あいさつ》した。伯爵は日本人にしてはやや稀《うす》い瞳のいろで、悠一を閲兵でもするように見て会釈《えしゃく》をした。

音楽がはじまった。その卓には椅子が足りなかった。空いている椅子を、よその卓の若い人がもって行ってしまったのだった。誰かが立たねばならない。当然悠一が立ったまま、鏑木のすすめるハイボールを呑《の》んだ。女二人はクレーム・ド・カカオを注《つ》ぎ合った。

音楽は暗い舞踏室から溢《あふ》れ出て、霧のように廊下や控えの間に瀰漫《びまん》して、人々の会話を通じにくくさせていた。四人はわずかのあいだ黙った。突然鏑木夫人が立上った。

「お一人だけ立っていらっしゃるの、お気の毒だわ。あたくしたち踊りましょうか」

鏑木伯爵はものうそうに首を振った。彼は妻がそんなことをいうのに愕《おどろ》いていた。舞踏会へ来てもついぞ夫婦で踊ったことはなかったからである。

夫人のこの誘いは一応明らかに良人へ向けられたものだったが、悠一は良人のあまりに当然のことのような拒絶を見ていると、その拒絶を夫人が予想していないことはありえないという程度の察しはついた。礼儀に叶《かな》うためには、すぐさま彼が夫人に申込むべきではあるまいか。夫人が彼と踊りたがっていることは明白なのである。

彼は戸惑いして康子を見た。康子がその場に礼儀正しい子供っぽい判断を下してこう言った。

「わるいわ。あたくしたちが踊りましょう」

康子は鏑木夫人に目礼して、手提《てさげ》を椅子に置いて立上った。このとき悠一は夫人の立上ったあとの椅子の背を何気なく両手で摑《つか》んでいた。そこで再び腰を下ろした夫人の背は、彼の指さきをかすかに押した。悠一の指はちょっとのあいだ、このあらわな背中と椅子の背とのあいだにはさまれた。

康子はこれを見なかった。二人は人ごみを分けて踊りに出た。

「鏑木さんの奥さんはこのごろお変りになったわ。あんな静かな方じゃなかったことよ」

康子がこう言った。悠一は黙っていた。

彼はいつぞやの酒場でのように、夫人が遠くから彼の踊っている姿を護衛のようにじっと無表情に見戍《みまも》っていることを知っていた。

胸もとの蘭が壊れぬように大そう康子が気をつかっていたので、二人はやや体を離して踊った。康子はそれをすまなく思い、悠一はこの邪魔物を多としていた。しかしひとたびこの高価な花を自分の胸で押しつぶす男の喜びを想像すると、この想像上の情熱は俄《にわ》かに彼の心を暗くした。情熱のない行為は、かほどささやかな浪費でさえ、人から見れば吝嗇《りんしょく》や礼節と見える擬態の下《もと》に、つつしまねばならぬものであろうか。情熱なしにこの花を押しつぶすことが、いかなる道徳に照らして不正であろうか。

……そう思ううちに二人の胸のあいだに麗々しく咲き誇っているこの嵩《かさ》ばった花を押しつぶしてやろうという殺風景な企ては、彼の義務に変貌《へんぼう》した。

踊りの群の中央の部分は大そう混んでいる。多くの恋人同士が少しでも体を密着させようとして、お互にほどよい口実を与えるために、ますます密集して来るのである。悠一はシャッセの折に、泳ぎ手が胸で水を切るように康子の花の上を胸で切るようにした。康子の体が神経質に動いたのは、蘭を惜しがっているのである。良人に強く抱かれて踊るよりは蘭が壊れないほうを大事と考えるこの当然の女ごころが、悠一を気楽にした。むこうがそのつもりなら悠一は悠一で、我儘《わがまま》な情熱家の良人を演ずればよかった。たまたま急調子の音楽だったので、この不幸な狂おしい考えで頭のいっぱいになっている青年は、妻を発作的に強く抱きしめた。康子は抵抗するひまがない。蘭は無惨《むざん》に破れて歪《ゆが》んでしまった。

しかしいろんな点で悠一の気まぐれはいい結果をもたらした。ややあって康子が幸福を感じだしたのは言うまでもない。彼女はやさしく良人を睨《にら》んだ。そればかりか、勲章を見せにゆく兵士のように、この潰《つぶ》れた花を見せびらかしに、少女の足取でもとの卓へいそいで帰った。おや最初の一回でカトレアが台なしになってしまったのねと揶揄《やゆ》されたかったのである。

卓へかえると鏑木夫婦のまわりには知人が四五人談笑していた。伯爵が欠伸《あくび》をしながら黙って呑んでいた。康子の思惑に相違して、鏑木夫人は目ざとく胸もとの潰れた蘭を見ても、何も言わなかった。

彼女は婦人用の長めの煙草《たばこ》を吹かしながら、康子の胸にうなだれているこの圧殺された蘭をしみじみと見た。

夫人と踊るなり早速悠一は素直な調子で心配そうにこう訊《き》いた。

「切符をありがとうございました。何も書いてなかったんで、家内と二人で来たんです。それでよかったんですか」

鏑木夫人は質問を外した。

「家内なんて、まあおどろいた。まだそんな言葉はお似合いにならないわ。なぜ『康子』と仰言《おっしゃ》らないの」

康子の名を悠一の前で呼び捨てにするこの最初の機会を夫人がのがさなかったのはいかなる偶然によるのか？

悠一のダンスが巧みなばかりでなく、この上もなく軽やかで素直なダンスであることを、夫人は改めて発見した。瞬間毎《ごと》に彼女が美しいと思う彼の青年らしい傲岸《ごうがん》は、夫人の幻影にすぎぬのであろうか。それともこの素直さは傲慢と一つものなのであろうか。

『世のつねの男は本文で女を惹《ひ》きつけるのに』と彼女は考えた。『この青年は余白で惹きつける。どこでこうした秘術を授かったことだろう』

やがて悠一が、手紙が白紙ばかりであった理由をたずねたが、その何の疑念もない天真の問いざまは、夫人をして些《いささ》か思わせぶりな技巧でないこともなかった白紙の手紙を今さら恥かしく思い出させた。

「何でもないの。ただあたくし筆不精だから。……たしかにあのときあなたに言いたいことが十二、三枚分《ぶん》はあったのよ」

悠一はこのさりげない返答ではぐらかされたような気持がした。

悠一がこだわっていたのは、むしろ手紙が八日目に届いたことであったが、俊輔《しゅんすけ》の言った一週間の期限は、彼に試験の及落を聯想《れんそう》させたのである。七日目が何事もなく暮れてゆくと、彼の自尊心は大そう痛んだ。俊輔の煽動《せんどう》によって得られた自信がくつがえされるように思われた。相手を愛していないことは確実なのに、これほど相手に愛されたいとねがう心持ははじめてである。その日彼はほとんど鏑木夫人を愛しているのではないかと疑ったほどである。

白紙の手紙は彼を訝《いぶか》らせた。鏑木夫人が何故《なぜ》ともしれず康子なしに悠一を見ることに怖《おそ》れを抱いて、(というのも、悠一が康子を愛しているという仮定の下に、彼の気をそこなう結果を怖れて)同封した二枚の切符は、さらに彼を訝らせた。俊輔に電話をかけると、この献身の域にまで達した好奇心の持主は、踊れもしない舞踏会へ出かけることを約束した。

俊輔はまだ来ていなかったろうか？

二人が席にかえると、すでにボオイが空いた椅子の数脚をもって来ていて、俊輔を央《なか》に十人ちかい男女が屯《たむろ》していた。俊輔は悠一《ゆういち》にむかって微笑した。それは友の微笑だった。

鏑木《かぶらぎ》夫人は俊輔の姿を見て大そうおどろいたが、俊輔を知るほどの人たちは、おどろくばかりか、早くもさまざまの取沙汰《とりざた》をしていたのである。檜《ひのき》俊輔がこの月例舞踏会へあらわれたのは最初のことである。こんな場違いを老作家に犯させたのは誰の力であろう。しかしかような臆測《おくそく》は素人《しろうと》考えというべきだった。場違いに敏感な才能は小説家に必須《ひっす》な才能であるのに、この種の才能を生活の中に持ち込むことを俊輔は忌避していたからである。

康子が馴《な》れない洋酒の酔い心地から、悠一に関するこんな素破抜《すっぱぬ》きを無邪気にやり出した。

「悠ちゃんはこのごろお洒落《しゃれ》になってよ。櫛《くし》を買ってきて、いつも内ポケットに入れているの。一日に何べん髪を梳《す》くか知れないの。早く禿《は》げやしないかと思って心配だわ」

一同は康子の感化をおだてあげたが、何の気なしに笑っていた悠一はふと額を翳《かげ》らせた。櫛を買ったことさえが、彼には無意識についた習性のはじまりだった。大学で退屈な講義をきいている最中にも、われしらず櫛で髪を調えていることが屢〻《しばしば》ある。

今の大ぜいの前で云《い》われた康子の言葉で、はじめて彼は自分が櫛を内ポケットにひそませるようになった変化に気づいたのである。犬がよその家から骨を持ちかえるように、この些細《ささい》な櫛の習性こそ、彼があの社会から我家へもちかえった最初のものであることに気づいたのである。

とはいえ新婚匆々《そうそう》の良人《おっと》の変化を康子が悉《ことごと》く自分に結びつけて考えたのは当然である。何気ない絵の中の数十の点を結んでゆくと絵の意味を一変するような別の映像が忽然《こつぜん》とうかびあがる遊戯があるが、たまたま最初の数点を結んでみたところで、無意味な三角や四角ができるにすぎない。康子が愚かだったということはできない。

悠一の放心を見かねた俊輔が小声で言った。

「どうしたの。恋に悩んでいると謂《い》った風情《ふぜい》だね」

悠一が立上って廊下へ出たので、俊輔はさりげなくこれに従った。俊輔がこう言った。

「鏑木夫人の目のうるみ方に君は気がついたかい。おどろいたことにあの女が精神的になってしまった。おそらく精神などと縁を持ったのは生れてはじめてだろう。それというのも、恋のふしぎな補足作用で、君が全く精神をもたないことの反作用が現われたんだ。私にも少しずつわかって来たが、君は女を精神的には愛せると思っているが、それは嘘《うそ》だ。人間にはそんな器用な手褄《てづま》は出来はしない。君は女を肉体的にも精神的にも愛せないのだ。君は自然の美が人間に君臨するのと同じやり方で、つまり精神の完全な不在によって女に君臨するんだ」

——俊輔はこのとき心ならずも彼が悠一を俊輔の精神の傀儡《かいらい》としか見ていないのに気づかなかった。もっとも彼一流の芸術的な讃美《さんび》の下にではあるが。——「人間は誰《だれ》でも自分の歯の立たないものがいちばん好きだからね。女だってそうだ。きょうの鏑木夫人は恋のおかげで彼女自身の肉体的魅力なんかすっかり忘れてしまったような顔をしているよ。こいつは昨日まで、どんな男よりも彼女にとって忘れ難《がた》いものだったんだ」

「でも一週間はとうにすぎましたね」

「例外の恩恵だよ。私の見た最初の例外ですね。第一あの女は自分の恋を隠すことができない。彼女がさっき椅子《いす》においてあった佐賀錦《さがにしき》の孔雀《くじゃく》の刺繡《ししゅう》のついた自分のオペラ・バッグを、君と二人で席へ戻って来てテーブルの上に置いたのを見ましたか？　テーブルの上を細心に、用心ぶかく検《あらた》め見ながら、彼女はそれを置いたのだ。それにもかかわらず、彼女はそれを平然と卓上に滾《こぼ》れたビールの水溜《みずたま》りの中に置いたのだ。

大体あの女が舞踏会なんかで昂奮《こうふん》する女だと思ったら大まちがいだよ」

さらに俊輔は煙草《たばこ》を悠一にすすめて言葉をつづけた。

「こいつは永くかかりそうだね。当分君は安全だし、誘いをかけられてどこへ行ったって安全だ。第一君には、結婚していてしかも新婚匆々だという一応の安全保障がある。しかし君を安全にしておくのは私の本意じゃない。待っていたまえ。もう一人紹介するから」

俊輔はあたりを見まわした。十数年前、康子と同じような成行で、俊輔を斥《しりぞ》けて結婚した穂高恭子を探したのである。

悠一はふと他人の目で俊輔を眺《なが》めた。この若さと華美の世界の只中《ただなか》に、一人の死人が立って何ものかを物色している姿のように俊輔は見えた。

俊輔の頰《ほお》には錆《さ》びた鉛のような色が沈澱《ちんでん》していた。その瞳《ひとみ》は澄明さを失い、黒ずんだ唇から覗《のぞ》かれる整いすぎた入歯の白皙《はくせき》は、廃墟《はいきょ》に残っている白い壁のように異様に鮮明である。しかし悠一の感想は俊輔のものでもあった。俊輔は己れを知っていた。悠一を見たとき、彼は実生活の上で生きながら柩《ひつぎ》に入ることを決心していたからである。制作に携わっているとき世界があのように明澄《めいちょう》に人事があのように明晰《めいせき》に見えたのは、他《ほか》でもないそれらの瞬間に彼は死んでいたからだ。俊輔の愚行のかずかずは死人がいくたびか実生活に蘇《よみがえ》ろうとした不手際《ふてぎわ》の報いにすぎない。作品に於《お》けるがように、彼は悠一の肉体に彼の精神を住まわせた以上、あの陰鬱《いんうつ》な嫉妬《しっと》や怨恨《えんこん》からの快癒《かいゆ》を決心していたのである。彼は十全の蘇りを欲した。要するに死人としてこの世に蘇ればよいのだ。

死人の目で見たときに、現世はいかに澄明にその機構を露《あら》わすことか！ 他人の恋情はいかにあやまりなく透視できることか！ この偏見のない自在の中で、世界はいかに小さな硝子《ガラス》の機械に変貌することか！

……しかしこの老醜の死人の中にも時として自ら課した縛《いまし》めにあきたらぬものが動くのだった。現《げん》に七日のあいだ悠一に何事もなかったときいたとき、彼は蹉跌《さてつ》の危惧《きぐ》と当ての外れた狼狽《ろうばい》の裏側に、或《あ》る微《かす》かな快さを感じたのである。これはさきほど鏑木夫人の表情に紛《まご》う方ない恋情を見出《みいだ》したとき俊輔の心を襲った或る不快な痛みと、同じ根から出たものだった。

俊輔は恭子の姿を見出した。たまたま或る出版社の社長夫妻が俊輔をつかまえてした鄭重《ていちょう》な挨拶《あいさつ》が、恭子のほうへゆこうとしていた彼を遮《さまた》げた。

余興の福引の賞品が山と積んである机のかたわらで、外人の白髪の老紳士と、快活な泡立《あわだ》つような立話を交しているシナ服の美しい女が恭子である。笑うたびに唇が波紋のように白い歯のまわりに柔らかにひろがったり窄《すぼ》まったりする。シナ服は白地に竜の地紋を浮き出したサテンである。襟《えり》の留金と釦《ボタン》は金《きん》、引きずった裾《すそ》に隠見する舞踏靴《ぐつ》も金無垢《きんむく》である。翡翠《ひすい》の耳飾が一点の緑を揺らしている。

俊輔は近づこうとして、また夜会服の中年女につかまって遮げられた。彼女はしきりと芸術的なお話を持ちかけたが、無礼なほどないがしろに扱って切り抜けた俊輔が立去ってゆく彼女の後姿を見送ると、その砥石《といし》のような不健康な色をした平べったい裸の背中に、白粉《おしろい》にまぶされた灰いろの貝殻骨《かいがらぼね》が並んでいた。芸術というやつはどうしてこうも醜さに口実を与えるのだろう、それも天下御免の口実を、と俊輔は思った。

不安そうに悠一が近づいて来た。俊輔は恭子が外人とまだ立話をつづけているのを見ると、そちらを目で指し示しながら悠一に囁《ささや》いた。

「あの女だ。きれいで軽快で派手な貞女なんだが、ちかごろ御主人とうまく行っていないそうで、ほかのグループと一緒に来ていると他からきいた。君も奥さん同伴でなしに一人で来ていると紹介するから、そのつもりでね。君はあの女と五曲続けて踊らなくちゃいけない。それより多くても少くてもいけない。踊りおわって別れるときに、実は女房《にょうぼう》も来ていたんだが正直にそれを云うとこんなに踊っていただけないだろうと思って嘘をついたと済まなそうに言いたまえ。できるだけ情趣をこめてね。女は君を許すし、君の印象は神秘的なものになるだろう。それからあの女にはお世辞を少しぐらい言ってもいいが、いちばん効果的なお世辞は笑顔が美しいと言ってやることだ。女学校を出たてのころは笑うと歯茎が出てしまうので可笑《おか》しかったが、その後十数年訓練を重ねて、どんなに大笑いをしても歯茎が見えないように修養を積んだのだ。翡翠の耳飾は褒《ほ》めてやるといい。衿首《えりくび》の肌《はだ》の白さとの映り具合が得意なのだ。それからエロティックなお世辞はあんまり言わぬがいい。彼女は清潔な男が好きなんだ。それというのも彼女はお乳房《ちち》が小さいからだ。あの立派な胸は細工物だよ。スポンジで作ったパットにきまっている。人目をあざむくということは美しいものの礼儀なんだろうね」

外人が他の外人の一団と話しだしたので、俊輔がそばへ寄って悠一を恭子に引合せた。

「南君です。前から紹介してくれとたのまれていたんですが機会がなくってね。まだ学生です。尤《もっと》も奥さん持ちですがね、気の毒に」

「あら、ほんとう？　こんなにお若くて？　ちかごろは皆さんお早いのね」

俊輔は、結婚前から紹介をたのまれていたので、今南君に怨《うら》まれていたところであるが、この人は結婚一週間前に秋のシーズンの最初のこのパーティーであなたをはじめて見たんだそうだ、という話をした。

「そうすると」と恭子が言い澱《よど》んでいるあいだに、悠一は俊輔の横顔を窺《うかが》った。彼は今日この舞踏会へはじめて来たのである。「……そうすると、まだ御新婚三週間なのね。あの日のパーティーは暑うございましたわ」

「それであなたをはじめて見て」と俊輔は独断的な口調で言った。「この人が子供らしい野望を起したんです。結婚する前に何とかしてあの人と五曲つづけてダンスを踊りたいってね。ねえ、そうだろう、君。赤くならなくてもいいよ。そうしたら思い残すことなしに結婚できるというわけだ。結局望みを遂げずに許婚《いいなずけ》と結婚しました。しかしまだ思い切れなくて私を責めるんだ。私がうっかりあなたを知っていると云《い》ったものだから。……今日はあなた、そのために彼は奥さんを連れずに一人でここへ来たんですよ。望みを叶《かな》えてやって下さいますか？　五曲つづけて踊って下されば気が済むのです」

「お安い御用ですわ」——恭子は感情の翳《かげ》りをみせない闊達《かったつ》な調子で諾《うけが》った。「お人ちがいでなければいいけれど」

「さあ、悠一君踊って来たまえ」

控えの間のほうを気にしながら俊輔がせき立てた。二人は舞踏室の薄明のなかへ歩み入った。

控えの間の一角の卓で知人の家族に引止められた俊輔は、三つ四つの卓を隔てた鏑《かぶら》木《ぎ》夫妻の卓がまともに眺められる位置に椅子《いす》を占めた。折しも外人に送られて舞踏室から卓へかえってきた鏑木夫人が、康子《やすこ》に目礼して向い合せの椅子に坐るのが眺められたが、その不幸な二人の女の絵すがたは、遠目に見れば物語の風情《ふぜい》を帯びたのである。康子の胸にすでにカトレアはない。黒衣の女と象牙《ぞうげ》いろの女は、所在なげに目を見交わして黙っていた。一対の牌《はい》のように。

窓の外から眺める他人の不幸は、窓の中で見るそれよりも美しい。不幸はめったに窓枠《まどわく》をこえてまでわれわれにとびかかってくるものではないからである。……集まる人々を音楽の専制が支配し、その秩序が動かしていた。音楽は深い疲労に似た感情でたゆみなく人々を動かした。この音楽の流れの中に、音楽も犯すことのできない一種の真空の窓があって、その窓をとおして康子と鏑木夫人を見ていると俊輔は思った。

俊輔の今いる卓では十七八の少年少女が映画の話をしていた。もと特攻隊にいた長男はシックな背広を着て、自動車のエンジンはいかに飛行機のエンジンとちがうかという話を許婚としていた、母親は古毛布を染めかえて洒落《しゃ》れた買物袋を拵《こしら》える注文をうけつけている天才的な未亡人の話を友達としていた。友達というのは戦争で一人息子を亡《な》くしてこのかた心霊学に凝っている元財閥の夫人である。一家の主人はビールをしつこく俊輔にすすめながら、こうくり返した。

「いかがでしょう。私共の家族は小説になりませんかしら。これをそのまんま細大もらさず描写していただいたら。……ごらんのとおり家内はじめ変り者ぞろいでございますから」

俊輔は微笑して、この循環質の一家を眺めた。残念ながら家長の自慢は当っていなかった。よくそういう一家があるものである。お互いにこれっぽちも変ったところが見出せないので、仕方なしに一家そろって探偵《たんてい》小説を耽読《たんどく》して健康さの飢えを癒《い》やしている家族が。

老作家にはしかし持場があった。そろそろ鏑木夫妻の卓へかえらねばならない。あまり永く席を外しては、悠一との共謀を疑われるであろう。

彼がその卓へ近づくと、たまたま康子と鏑木夫人はよその男から踊りを申込まれて立上った。俊輔は一人とりのこされている鏑木の傍《かたわ》らに腰かけた。

どこへ行っていたと鏑木は訊《たず》ねるでもない。彼は俊輔に黙ってハイボールをすすめると、こう言った。

「南君はどちらへおいでですか」

「さあ、さっき廊下で見かけたようでしたが」

鏑木は卓上に手を組んで、立てた二本の人差指の指先をじっと見た。

「そうですか」

「ねえ、見て下さいませ。別に震えてはおりますまいね」

自分の手を目で指し示しながら鏑木がこう言った。

俊輔は答えずに時計を見た。五曲のためには二十分あまりかかる勘定である。さきほどの廊下の時間も入れてほぼ三十分は、新婚匆々《そうそう》最初に良人《おっと》と踊りに来た若い女にとっては決して耐えるに易《やす》い時間ではない。

一曲がおわって鏑木夫人と康子は卓へかえって来た。二人とも心なしか顔いろが蒼《あお》い。二人とも自分たちの見たものから不快な判断を迫られて、それをお互いに言わずにいるために、言葉寡《すく》なになっていたのである。

康子は今しがた二度まで良人が親しげに踊っていたシナ服の女のことを考えた。踊りながら笑いかけたが、気がつかなかったものか、悠一は笑顔を返さなかった。

許婚時代康子がたえず苛《さいな》まれた「悠一に他の女がありはせぬか」という猜疑《さいぎ》の念は、結婚と共に一旦《いったん》氷解した。むしろこういうほうが当っている。彼女は新たに獲た論理の力で、これを自《みずか》ら氷解せしめたのである。

……所在なさに康子はラヴェンダア色の手袋を脱いでまたはめた。手袋をはめるとき、人はおのずから物思いの目つきになる。……

そうだ。彼女は新たに獲た論理の力で疑問を解いたのであった。かつて悠一のK町での憂鬱《ゆううつ》な様子から不安と不吉な予想をさえ抱《いだ》いた康子であったが、結婚後それを思い返すと、彼女は何事もおのが責《せめ》に帰する初心《うぶ》な少女の自負も手伝って、彼が眠られないほど思い悩んでいたのは彼女が進んで許そうとしなかったせいだったと決めてしまった。そう思ってみれば、悠一にとって無限に苦しいものであった何事もなかったあの三晩は、彼が康子を愛しているという最初の明証になったのである。あのとき悠一は欲望と闘っていたのにちがいない。

並々ならぬ自尊心の強いこの青年は、はねつけられるのを怖《おそ》れてじっとしていたのにちがいない。身を固くして、石のように押し黙っている初心な少女に、とうとう三晩も手を出せなかったということ以上に、悠一の純潔さを証明するものはないことが、康子にははっきりわかり、許婚時代の悠一に他の女があるのではないかと考えた過去の稚《おさ》ない疑いを、今は嘲笑《ちょうしょう》したり蔑《さげす》んだりしてたのしむ権利を克《か》ち得たように思ったのである。

里帰りは幸福そのものであった。悠一は康子の両親の目にますます好もしい保守的な青年として映ったので、この女客向きの有為な美青年の将来は、父の百貨店で堅固に保証された。親孝行で、純潔で、その上申分のないことに世間体を尊重する気風さえ見られたからである。

式後学校へはじめて出た日に、夕食後の悠一の遅い帰宅がはじまったのは、彼の言訳によれば悪友に奢《おご》らされたからであり、経験の深い姑《しゅうとめ》の教えを俟《ま》つまでもなく、康子は新婚匆々の良人の友人との附合《つきあい》とはそういうものであることを聞知《ぶんち》していた。

……康子はラヴェンダア色の手袋を又しても脱いだ。急に不安に襲われたのである。彼女は目の前に、丁度鏡の中の自分を見るように、同じような焦躁《しょうそう》の目つきをしている鏑木夫人を見ることが怖《こわ》かった。康子の不安は夫人の故《ゆえ》しれぬ憂鬱が伝染《うつ》ったものではないか？この夫人に何かしら親愛の感を抱くのはそのためかしら？やがて二人はそれぞれ申込をうけて踊りに立った。

康子は悠一がなおも同じシナ服の女と踊りつづけているのを見た。今度は笑いかけずに、目を外《そ》らした。

鏑木夫人も同じものを見た。夫人はその女と面識がない。贋《にせ》の真珠の頸飾《くびかざり》にその一端があらわれているように、夫人の嘲笑好きな精神は、「慈善」という大それた名目に嫌悪《けんお》を感じてこの舞踏会へ今まで出ることがなかったので、幹事の一人である恭子を知る機会もなかったのである。

悠一は約束の五曲を踊りおわった。

恭子は自分たちのグループの卓へ彼を伴って紹介した。妻が来ていないという嘘《うそ》の白状を何時《いつ》してよいか決心がつかないので、その落着かない様子は目に余るほどだったが、たまたまさっき鏑木夫妻の卓へ来た学友の快活な青年が、そこへやって来て悠一の顔を見ると、次のような一言で結末を与えてしまった。

「やあ、奥さんをほったらかしといて悪いやつだな。康子さんはさっきからむこうのテーブルでひとりぼっちだよ」

悠一は恭子の顔を見た。恭子も悠一を見て、すぐ目を転じた。

「はやく行っておあげあそばせ、お可哀《かわい》そうよ」と恭子が言った。この勧告は、理性も失わず礼儀にも叶ったもので、悠一は恥ずかしさのあまり真赧《まっか》になった。廉恥心《れんちしん》が情熱の代用をなす場合が屢々《しばしば》ある。美青年は自分でもおどろくほどの勇気で立上って恭子の傍《かたわ》らへ身を寄せた。話があるからと言って彼女を壁際に導いた。恭子は冷たい怒りを目のいろに湛《たた》えていたが、もし悠一が自分の動作のはげしさが語っている情熱の質量に気づいていたら、この美しい女がおのれの意志からではない憑《つ》かれたような様子で椅子から立上って彼に従った理由が呑《の》み込めたろう。悠一は持ち前の暗い瞳《ひとみ》がますます真情の印象を深める申分のない思いやつれた風情でこう言った。

「嘘をついて申訳ありません。でも仕方がなかったんです。本当のことを言ったら、五つもつづけて踊って下さるまいと思ったからです」

恭子はこの青年の中に宿る正真正銘の純潔さに目をみはった。女らしい犠牲にまで達した寛恕《かんじょ》の心に自《みずか》ら涙ぐんで、彼女は大いそぎで悠一を恕《ゆる》したが、彼が妻の待っている卓へいそぐ後姿を見ているうちに、この感じやすい女は、彼のうしろ姿の上着の微細な皺《しわ》までも諳《そら》んじてしまった。

悠一はもとの場所に、ひどく陽気になって男たちと冗談を言っている鏑木夫人と、詮方《せんかた》なげにこれに調子を合わせている悲しげな康子と、帰り仕度をしている俊輔《しゅんすけ》とを見た。俊輔がこの人たちの前で恭子に会う羽目になることを避けねばならない。そこで老作家は戻《もど》ってくる悠一の姿を目にとめるなり、帰りを急いだのである。

悠一がその場の気まずさに、階段のところまで俊輔を送ってゆこうと申出た。

俊輔は恭子の様子をきいて屈託なげに笑った。悠一の肩を叩《たた》いてこう言った。

「今晩は男の子と遊ぶのはやめたまえ。奥さんの機嫌直しに、君の例の義務が必要な晩だからね。恭子とは数日中にまたどこかで、君と全く偶然に会わせよう。そのときは連絡をとるからね」

老作家は若々しい握手をした。一人で緋《ひ》いろの絨毯《じゅうたん》を敷いた階段を中央玄関へ下りてくる途《みち》すがら、何気なくポケットに入れた指が傷ついた。オパールの古風なネクタイ・ピンである。さきほど悠一夫妻を同乗させるために南家へ立寄ったとき、夫妻はすでに出たあとだったが、悠一の母が客間へこの高名な客を招じ入れ、お礼心に亡夫の形見を贈ったのである。

この時代おくれの贈物を俊輔が気持よく受けたので、あとで彼女が悠一に言うであろう母親らしい言草も俊輔には想像できた。

「あれだけのものをあげておけば、あなたも肩身のひろい御附合ができるからね」

老作家は指を見た。一滴の血が涸《か》れ果てた指先に宝玉のように凝っている。こうした色を自分の肉体の上に見るのは久しいことだ。あんな腎臓《じんぞう》病の年寄でも、女とあれば必ずいつかこの身を刺す羽目になる念入りなめぐりあわせに彼は愕《おどろ》いた。

第七章　登場

その店では南悠一《みなみゆういち》は住所も身分も不問に附されたまま、「悠ちゃん」と呼ばれていた。「英ちゃん」が稚拙な地図を書いて彼と待合わせた店である。

有楽町の一角にあるルドンというこの凡庸な喫茶店は、戦後に開店していつかしらその道の人たちの倶楽部《クラブ》になったが、何も知らない客も連れ立って入って来て、珈琲《コーヒー》を飲んで、何も知らないまま出て行くのだった。

店主は二代前の混血を経た四十恰好《しじゅうかっこう》の小粋《こいき》な男である。みんながこの商売上手をルディーと呼び慣わしている。悠一も店へ来て三度目からは彼をルディーと呼んだ。英ちゃんがそう呼ぶのを真似《まね》たのである。

彼は銀座界隈《かいわい》では二十年からの古顔であった。戦前西銀座にもっていたブルウスという店では、女の子のほかに美しい給仕の少年が二三いたので、男色家はそのころからルディーの店にしばしば寄りついた。斯道《このみち》の人たちは同類を嗅《か》ぎわけることに動物的天稟《てんぴん》をもっているが、蟻《あり》が砂糖につくように、少しでもこうした雰囲気《ふんいき》の醸成に役立つ場所は見のがすことはない。

信じ難《がた》いことだが、ルディーは終戦後までこの道の秘密の社会が存在することを知らずにいたのであった。彼には女房《にょうぼう》子があり、そのほかの対象に対する愛情は、彼個人の偏奇な病気にすぎないと考えていたのである。彼はただ自分の趣味に則《のっと》って美少年を店に置いているつもりでいたが、終戦匆々《そうそう》彼が有楽町にルドンをひらくと、五六人の給仕に一応見られる顔を揃《そろ》えたので、店はこの社会の人気の的になり、はては一種の倶楽部となるにいたった。

これを知るとルディーは商略を練った。この社会の人たちは孤独を温ため合いたいために、この店へ一度来ればもはやこの店から決定的に離れることはできないのを見抜いたのである。彼は客を二種類に分けた。若くて魅力もあり彼らが来ることで繁昌《はんじょう》の一助にもなる磁力をもった客たちと、鷹揚《おうよう》で金満家で店へ馬鹿金《ばかがね》を落してゆく磁力に引かされた客たちと。ルディーは前者を後者におとりもちするためにも忙しく働らいたが、名目上は客の一人である青年が、上客の一人にホテルへ誘われてホテルの玄関前から逃げてかえってきたとき、尤《もっと》もこの青年は店には古い馴染《なじみ》ではあったが、ルディーが次のような啖呵《たんか》を切ったのを或《あ》る日目のあたり見た悠一は驚嘆した。

「よくもルディーの顔をつぶしておくれだね。ふん、いいよ、そんならもう金輪際《こんりんざい》いい人を世話してやらないからいいよ」

ルディーは毎朝メイキャップに二時間かかるということだった。彼もまた男色家特有の「人に顔をじろじろ見られて困った」という罪のない吹聴癖《ふいちょうへき》をもっており、顔を見た男はみんなルディーに気のある男色家だと決めてかかっていたが、幼稚園の生徒だって街中で彼を見れば愕《おどろ》いて振向いただろうと思われる。この四十男はサーカスのような背広を着ており、自慢のコールマン髭《ひげ》はあわてて剃《そ》った日には左右の太さや向きがちがっていたのである。

連中はおおむね日没時から集まった。店の奥の拡声器がたえずダンス・レコードをかけていた。秘密の話題が一般のお客の耳に入らない要心である。いつも一番奥の椅《い》子《す》に陣取っているルディーは、金づかいの派手な常華客《じょうとくい》の場合は、そこからすぐ立ってカウンタアへ伝票を見に行って、店主自ら鞠躬如《きっきゅうじょ》として「御勘定」を報告に行くのであった。この宮中礼法がとられる場合は、勘定は伝票の二倍になっているものと覚悟してよかった。

客たちは扉《とびら》をあけて入ってくる人があるたびに、一せいにそちらを見た。入ってきた男は一瞬のうちに視線の放射を浴びる。かねて探し求めていた理想が夜の街路へひらかれたその硝子張《ガラスばり》の扉から、突如として現実の姿を現わさないと誰《だれ》が保証できよう。

しかし多くの場合、視線の放射はたちまち色褪《いろあ》せて不満げに畳まれた。鑑定は最初の一瞬でおわったのである。何も知らないで入って行った若い客は、もしあのレコードの騒音がなくて、卓ごとに囁《ささや》かれている自分の品定めの言葉をきいたら、度胆《どぎも》を抜かれることであろう。連中はこう言っているのである。「なんだ、大したことはない」――「あんなのなら、どこにでもころがっていらあ」――「鼻が小さいや、お道具もさぞ小さいんでしょう」――「受け口が気に喰《く》わない」――「ネクタイがちょっといい趣味だね」――「しかし要するに性的魅力が全然ゼロだ」

夜毎《よごと》にこの観客席は、いつか奇蹟《きせき》の顕現が見られるにちがいない空虚な夜の街路の舞台へむかっていた。宗教的と謂《い》っても大差のないもの、この奇蹟待望の敬虔《けいけん》な雰囲気は、今日ではなまじな教会よりも男色倶楽部の煙草《たばこ》の靄《もや》のなかで、もっと素朴《そぼく》な直接的な形で味われるのである。硝子扉のむこうにひろがっているのは、彼らの観念上の社会、彼らの秩序に則って考えられた大都会であった。羅馬《ローマ》に通ずる幾多の道のように、無数の見えない道が、星のように夜空に点在する美少年の一人一人からここの倶楽部へ通っているように思われる。

エリスに依《よ》れば女は男性の力には眩惑《げんわく》されるが、男性の美については定見を持たず、むしろ盲目にちかいほど鈍感な点で、正常な男が男性の美についてもっている鑑識眼と大差がない由《よし》である。男性固有の美について敏感なのは男色家に限られており、希臘《ギリシャ》彫刻の男性美の大系がはじめて美学の上に確立されるには、男色家ヴィンケルマンを待つ要があったのである。はじめ正常な少年も、ひとたび男色家の熱烈な讃美《さんび》に会うと（女はこれほど肉感的な讃美を男に与えることはできない）、夢みがちなナルシスに変貌《へんぼう》する。彼は讃美の対象となったおのれの美を敷衍《ふえん》して、男性一般の美学上の理想を樹《た》て、一人前の男色家となるにいたるのである。先天的な男色家はこれに反して幼年時代から理想を抱懐する。彼の理想は、肉感と観念の未分化なあのまことの天使、いわばアレキサンドリヤ風の醇化《じゅんか》をくぐって宗教的な官能性を完成した東方神学の理想に似ているのである。

「英ちゃん」と待合わせた悠一が、午後九時の店のさかりの時刻に、蝦茶《えびちゃ》のネクタイを締め濃紺のトレンチコートの襟《えり》を立ててその店へ入って行った瞬間は、一種の奇蹟の示現であった。彼自身が知らないうちに、この一瞬で彼は覇権《はけん》を確立したのである。悠一の登場はのちのちまでもルドンの語り草になった。

その晩、英ちゃんは店を早目に退《ひ》いて、ルドンへとび込んで来るなり仲間の若者たちにこう言った。

「僕《ぼく》おとといの晩パークですばらしいのに会ったんだよ。その晩ちょんの間《ま》をやったけど、あんなきれいな人見たことないな。もうじき来るよ。悠ちゃんと云《い》うんだよ」

「どんな顔？」

と自分ほどの美少年はないと思っている「オアシスの君《きみ》ちゃん」という子が咎《とが》め立《だて》するような口調で言った。彼はもとダンスホール・オアシスのボオイであった。外人に作ってもらった草いろのダブルを着ている。

「どんな顔って、男らしい彫りの深い顔ね。目が鋭くて歯が白くてキリッとしていて、横顔なんかとても精悍《せいかん》だよ。そうして又体がいいの。きっとスポーツマンなんだね」

「英ちゃん、入れあげて身を落すんじゃないよ。ちょんの間でいくつやったの」

「三つだよ」

「おどろいた、ちょんの間で三つなんてあんまりきかないね。今にサナトリウムへ行く始末になるよ」

「だって相手がとても強いんだもの。その床入りのよさ！」

彼は両手を合わせて、その手の甲へ頬《ほお》を傾けてしなを作った。拡声器がたまたまコンガをやりだしたので、彼は腰をはね上げる猥雑《わいざつ》な踊りの一こまを踊った。

「え、英ちゃんが喰われたの？」と聴耳を立てていたルディーが言った。「その子が来るんだって？ どんな子？」

「いやだねえ、助平じじいはすぐそれだから」

「いい子だったらジンフューズぐらい奢《おご》ってやるよ」とルディーが口笛を吹きながらうそぶいた。

「ジンフューズ一杯でたらし込もうというんだからね。リツ屋はほんとうにいやあね」

と君ちゃんが言った。

リツ屋という言葉はこの社会の隠語の一つである。金銭目当に身を売るという意味が、時としてこのように吝嗇《りんしょく》の意味に転化して用いられる。リツは蓋《けだ》し率である。

店はこのとき、時刻も頃合《ころあい》であったので、お互いに顔見知りの男色家たちでいっぱいだった。もしそこへ並のお客が入って来ても、女客が一人もいないのを偶然と思うばかりで、何の異常な兆候を発見することもなかったろう。老人がいる。イラン人のバイヤーがいる。その他《ほか》にも外人が二三いる。中年男がいる。同年輩の青年同士のむつまじげな一組がいる。この一組は煙草に火をつけるとき、お互いに一口吸ってから交換した。

兆候というべきものもないではなかった。男色家の顔立には一種拭《ぬぐ》いがたい寂寥《せきりょう》があるといわれている。また彼らの視線には媚態《びたい》と冷たい検査の視線とが二つながら共在している。即《すなわ》ち女は異性にむけられる媚態の眼差《まなざし》と同性に向けられる検査の眼差とを使いわけるのが、男色家にあっては同時に相手に注がれるのである。

イラン人の卓へ君ちゃんと英ちゃんが招かれた。ルディーが耳打ちをされた結果である。

「そら御座敷だよ」——ルディーが二人の背中を押した。君ちゃんがさんざんすねながら、「へんいただけない外《がい》だよ」と呟《つぶや》きながら、卓へつくと、「この男日本語ができるのかしらね」とふつうの声で英ちゃんにきいた。

「出来そうもない顔をしているね」

「案外わからないよ。この間みたいなことがあるからね」

この間、二人は外人の前へ出て、乾盃《かんぱい》をするときに、「ハロー・ダーリング、この唐変木《とうへんぼく》」「ハロー・ダーリング、この助平じじい」と和やかに合唱した。すると外人は笑いながら、「助平ボオイズ、助平じじいと話が合いそうだね」と言ったのである。

英ちゃんは大そう落着かない。彼の目は何度となく夜の街路を透かしている入口の扉のほうへ向けられる。精悍と憂鬱《ゆううつ》とのたぐいまれな合金に彫られたあの横顔を、少年はむかし集めていた外国の貨幣の一つに見たことがあるような気がした。彼は物語を生きたのかと疑った。

そのとき若々しい力が硝子扉を押しあけた。截《た》ちたての夜気がさわやかに倒れ込んだ。一同は一せいに視線をあげて、扉のほうを見戍《みまも》った。

第八章　感性の密林

……一般的な美は最初の丁半に勝ったのであった。

悠一《ゆういち》は肉慾《にくよく》の視線のなかを泳いで行った。女が男たちの間をとおるときに感ずるような、一瞬のうちに着ているものの最後の一枚までも脱がせてしまうあの視線である。物馴《ものな》れた品隲《ひんしつ》の眼差はおおむね誤《あや》またない。かつて俊輔《しゅんすけ》が海辺の飛沫《ひまつ》のなかに見たゆるやかな広い胸郭、俄《にわ》かに細まった清潔な充実した胴、長いのびのびとした堅固な脚、そのたぐいなく純潔な若者の裸像の肩に、細身の雄々しい眉《まゆ》や暗鬱《あんうつ》な目やまことの少年の唇《くちびる》や白い秩序正しい歯列から成る美しい青年の首を置いてみれば、その目に見える部分と見えざる部分とのありうべき調和の美は、いわば黄金分割の比例のような動かしがたいものに思われた。完全な首は完全な裸体に続いていなければならず、美の断片は美しい復原図の予感なのである。……さすがの口やかましいルドンの批評家たちも沈黙を守っていた。連れに対する、あるいは侍《はべ》らせた店の少年に対する遠慮から、この名状しがたい讃美《さんび》の心持を口に出すことを憚《はばか》ったのである。しかしこれらの目は、過ぎし日に愛撫《あいぶ》した幾多の若者のなかで最も美しいものの幻を、目前にえがき出された悠一の裸像のそばへ拉《らっ》し来《きた》った。そこには幻の若者たちの定かならぬ裸形や、それらの肉の温かみ、それらの肉の放った薫《かお》り、それらの声、それらの接吻《せっぷん》が漂った。しかも彼等の幻は、悠一の裸像のかたわらに置かれると、忽《たちま》ち羞《はじ》らいを残して消え去った。彼等の美は個性の域を脱していないのに、悠一の美は個性を蹂躙《じゅうりん》して耀《かがや》いていたからである。

彼は奥まった暗い壁に凭《よ》りかかり、腕組みをして黙って坐《すわ》った。幾多の視線の重みを感じて伏目になった。そこでその美貌《びぼう》には、ういういしい聯隊《れんたい》旗手のような風情《ふぜい》が添えられた。

外人の卓を後ろめたげに離れた英ちゃんが、悠一のそばへ来て彼の肩へ身をすりつけた。坐れよと悠一が言った。二人は向い合わせに坐って、目の遣場《やりば》に困惑した。菓子が運ばれた。悠一は大きなショートケーキを少しもきどらずに大口をあけて頰張《ほおば》った。苺《いちご》とクリームはその真白な歯列に轢《ひ》かれた。見ている少年は自分の体が吸いこまれてゆくような快感を味わった。

「英ちゃん、マスターに紹介ぐらいするもんだよ」とルディーが言った。仕方なしに少年は悠一をルディーに紹介した。

「どうぞよろしくね。これからもちょいちょいいらっしゃいますね。皆さんいい方ばっかりなんですよ」と猫撫《ねこな》で声《ごえ》で店主が言った。

ややあって英ちゃんが手洗に立つと、たまたまそのとき、奥の勘定台のところへまで勘定を払いに来た派手な身装《みなり》の中年の客がある。顔にいいしれぬ子供らしさ、幽閉された子供らしさが泛《うか》んでいる。とりわけ瞼《まぶた》のふくらみや頰のあたりに乳臭が濃い。むくんでいるのかなと悠一は思った。中年の客は酩酊《めいてい》を装っていた。しかし悠一を見る目の生々《なまなま》しい欲望の鮮明さが、この拙劣な芝居を裏切っていた。彼は壁につかまろうとして悠一の肩に手を落した。

「あ、これは失礼」

客はこう言いざますぐ手を離した。しかしこの言葉と、手を離す動作とのあいだに、ほんの一瞬のたゆたい、そう云《い》ってよければ一種の模索があった。この言葉と動作との僅少《きんしょう》の不快なずれが、美青年の肩に軽いしこりのように残った。客はもう一度ふりむいて、逃げてゆく狐《きつね》のように悠一の顔をちらと見かえりながら立去った。

手洗からかえった少年にありのままを話すと、英ちゃんはおどろいてこう言った。

「え？　もう？　早いなあ。悠ちゃんはあの男に番をかけられたんですよ」

悠一は悠一で、この取り澄ました店が例の公園とすこしも変らないスピーディーな手続をもっていることに驚嘆した。

そのとき秀麗な一人の外人と腕を組んで、色の浅黒い笑窪《えくぼ》のある小柄《こがら》な青年が店へ入って来た。青年のほうは近ごろ世に出たバレエ・ダンサアで、外人はその師たる仏国人《ふっこくじん》である。彼らは終戦直後知り合った。青年の今日の声名はその師に負うところ大だった。この金髪の陽気なフランス人は、数年来二十歳年下の友と同棲《どうせい》をつづけて来たのであったが、彼は酒に酔うと突拍子もない十八番《おはこ》をおっぱじめるという噂《うわさ》だった。即《すなわ》ち屋根に上って卵を生んでみせるのだった。この金髪の雞《にわとり》は、軒下で笊《ざる》をもってうけとめる役目を弟子に言いつけると、招いてあった客たちを月明の庭に案内し、梯子《はしご》をかけて雞の身振で屋根へ上った。尻《しり》をまくり、羽搏《はばた》きをし、奇声を発した。すると卵が一つ笊の中へ落ちて来た。また羽搏きをし、奇声を発した。二つ目の卵が落ちた。ついに四つの卵が落ち、客はお腹《なか》を抱えて笑ったり、手を叩《たた》いて讃嘆したりした末に、宴が果てて玄関先まで送りに出た主人役のズボンの裾《すそ》から、生み忘れた五つ目の卵が石段に落ちて割れるのを見るのだった。この雞の直腸は五個の雞卵《けいらん》を隠すことができたのである。ちょっとやそっとの経歴でこんな凄芸《すごげい》ができるものではない。

この話をきいた悠一は大いに笑った。笑ったあとで、彼は咎《とが》められたように沈黙した。それから少年にこう訊《たず》ねた。

「あの外人とバレエ・ダンサアは何年つづいているって？」

「足掛け四年ですってさ」

「四年」

悠一は自分と卓を隔てた少年との間に、こころみに四年の歳月を置いてみた。その四年のあいだに一昨夜と同じ歓喜が決して繰り返されないという確実な予感は、何と説明すべきであろうか？

男の肉体は明るい平野の起伏のように、一望の下《もと》に隈《くま》なく見渡されるものだった。それは女の肉体のように散歩の都度あたらしく見出《みいだ》される小さな泉の驚異や、奥へゆくほど見事な晶化の見られる鉱石の洞穴《どうけつ》をもってはいなかった。単なる外面であり、純粋な可視の美の体現だった。最初の熱烈な好奇心に愛と欲情の凡《すべ》てが賭《か》けられ、その後の愛情は精神の中へ埋没するか、ほかの肉体の上へ軽やかに辷《すべ》ってゆくかしかなかった。まだたった一度の経験があるばかりなのに、次のような類推の権利をはやくも悠一は自分の中に感じるのであった。

『もし最初の夜にしか僕《ぼく》の十全な愛の発露が見られぬとすれば、その拙劣な模倣の繰り返しは、僕自身と相手とを二人ながら裏切ることに他《ほか》ならない。相手の誠実で僕の誠実を量ってはならない。その逆であるべきだ。おそらく僕の誠実は、次々とかわる相手との最初の夜を無限に連続させた形をとるだろうし、僕の変らぬ愛といえば、無数の初夜の喜びのなかに共通する経糸《たていと》、誰《だれ》に向っても変らない強烈な侮蔑《ぶべつ》に似た一度きりの愛に他ならぬだろう』

美青年は康子《やすこ》に対する人工的な愛と、この愛とを比べてみた。どちらの愛も彼を憩《やす》ませず、急《せ》き立てた。彼は孤独に襲われた。

英ちゃんは悠一が黙ってしまったので、向い側の卓の同年輩の青年の一組をぼんやり眺《なが》めていた。かれらは身を凭《もた》せ合って坐っていた。自分たちの繋《つな》がりのはかなさをたえず感じて、肩を触れ手を触れあいながら、辛《かろ》うじてこの不安に抵抗しているようにかれらは見えた。明日の死を予感した戦友同士のような友情がかれらの紐帯《じゅうたい》であるらしかった。たまりかねたように、一方が相手の頸筋《くびすじ》に接吻した。やがていそがしげに二人は出て行った。さわやかな項《うなじ》の剃《そ》り跡《あと》をならべて。

格子《こうし》縞《じま》のダブルの背広に檸檬《レモン》いろのネクタイを締めた英ちゃんは、口をうすくあけてこれを見送った。その眉にも瞼にも男雛《おびな》のような唇にも、悠一の唇は一度隈《くま》なく触れたのであった。彼は見てしまった。見るという行為は何という残酷さだ。少年の体の隅々《すみずみ》までが、その背中の小さな黒子《ほくろ》までが、悠一にとって未知のものではなかった。この単純な美しい部屋の構造を、一度入ったきりで彼はおぼえてしまったのである。あそこには花瓶《かびん》が、あそこには本棚《ほんだな》がある。その部屋の朽ちはてるまで、花瓶と本棚が同じ場所を動かぬことは確実なのである。

少年は彼の冷たい眼差を見てとった。卓の下で彼の手をじっと握った。悠一は残酷な気持にかられて、その手を外した。この残酷さには多少意識したところがあった。悠一は残酷な気持にかられて、その手を外した。この残酷さには多少意識したところがあった。悠一は妻に対する強いられた後ろ暗い薄情をもてあましていた悠一は、かねて愛する者の権利である晴れやかな酷薄さに憧《あこが》れていたからである。……すると少年の目に涙がのぼってきた。

「悠ちゃんが今どんな気持だか僕わかるんだよ」と彼は言った。「もう僕に倦《あ》きちゃったんでしょう」

悠一はあわてて否定したが、英ちゃんは年上の友よりも段ちがいの経験に物を言わせるように、老成した断定的な口調でつづけた。

「ううん、今悠ちゃんが入って来たときから、僕にはわかったよ。でも仕方がないんだ。この道の人たちは、どうしてだか、ほとんどワン・ステップなんだもの。僕も馴れてるから諦《あき》らめるよ。……でも悠ちゃんだけは一生お兄さんになってほしかったけど、僕が最初のお相手だったということを一生自慢できるからいいや。……僕のこと、でも忘れないでね」

悠一はこの甘ったれた哀訴にいたく心を動かされた。

彼の目にも涙が泛んだ。彼は卓の下でもう一度少年の手を探りあててやさしく握った。

このとき扉《とびら》があいて三人の外人が入って来た。その一人の顔に悠一は見おぼえがあった。結婚披露宴《ひろうえん》の折に向い側のビルからあらわれた瘦《や》せぎすの外人である。背広は変っているが、やはり水玉模様の蝶《ちょう》ネクタイを締めている。彼は鷹《たか》のような目で店内を見まわした。微醺《びくん》を帯びているらしい。両掌《りょうて》をあざやかに拍《う》って連呼した。

「英ちゃん！　英ちゃん！」

快い潤《うるお》いのある声は壁に響いた。

少年は顔を見られぬようにうつむいた。それから職業的な老成ぶった舌打ちをした。

「ちぇっ！　今夜は僕はここへ来ないと言ってあるのに」

ルディーが空色の上着の裾をひらめかせながら卓の上にのしかかり、押しつけるような低声《こごえ》で英ちゃんに言った。

「英ちゃん。行きなさいよ。旦那《だんな》じゃないか」

その場の空気はみじめなものであった。ルディーの声にこもる押しつけがましい哀訴が一層このみじめさを引立てた。悠一は今しがたの自分の涙を恥じた。少年はルディーをちらりと見ると、投げつけるような身振で立上った。

決定的な瞬間というものは、心の傷に対して医薬のように働らく場合がある。悠一は何の苦しみもなしに今英ちゃんを見ていられる自分自身に矜《ほこ》らしさを感じた。少年と悠一の視線は不器用にぶつかった。せめて別離の瞬間を巧みに修正しようとして、二人の視線はもう一度焦点を合わそうと試みたが徒《あだ》であった。少年は立去った。あらぬ方へ目を移していた悠一は、そこに彼のほうへウィンクしている一人の若者の美しい眼《め》を見出だした。彼の心は何の障礙《しょうがい》もしらずに、蝶のようにやすやすとその眼へ移った。

若者は向う側の壁に凭れていた。ダンゲリーズを穿《は》き、紺のコーデュロイの上着を着ている。粗い編目の臙脂《えんじ》のネクタイを締めている。年恰好《としかっこう》は悠一の一つ二つ年下である。流れるような眉の線や豊かな髪の波立ちは、その顔立に物語風な味わいを添えていた。トランプのジャックのような憂《うれ》わしい瞳《ひとみ》がまたたいて、悠一のほうへ目くばせをしたのである。

「あの人は誰《だれ》ですか」

「ああ滋《しげ》ちゃんでしょう。中野のほうの乾物屋の息子さんなんですよ。ちょっときれいな子でしょう。呼びましょうか」

とルディーが言った。ルディーの合図で、庶民的な王子は軽快に椅子《いす》を立った。たまたま悠一が煙草をとりだしたのを目ざとく見て、もの馴れた手つきで擦った燐寸《マッチ》の火を掌のなかに保ちながら歩いて来るので、その火影《ほかげ》に透かされた掌は、瑪瑙《めのう》のように明るんだ。しかしそれは父親の労働の遺伝を思わせる大きな正直な掌であった。

⁂

この店を訪れる客の立場の転位はまことに微妙であった。二日目から悠一は「悠ちゃん」と呼ばれた。ルディーは彼を客というよりは大事な親友のように扱った。悠一が現われた明る日からルドンの客は俄《にわ》かにふえ、申合せたようにこの新顔の噂《うわさ》が囁《ささや》かれていたからである。

三日目には、又一つ悠一の声名を高める事件が起った。滋ちゃんが坊主頭《ぼうずあたま》になって店へあらわれたのである。昨夜悠一が臥床《ふしど》を共にしてくれたうれしさから、その豊かな美しい髪は、悠一への心中立てに惜しげもなく切られたのである。

これらの伊達《だて》な噂の数々は、その道の社会へ迅速《じんそく》に伝わった。秘密結社の特性上、噂は外部へ一歩も歩み出すことはなかったが、ひとたびこの社会の内部へ入れば、そのおどろくべき噂の伝播力《でんぱりょく》の前には、閨房《けいぼう》の秘事というものすらありえなかった。何《な》故《ぜ》かといえば日頃《ひごろ》の話題の九割までが、自他の閨房の露骨な報告で占められていたからである。

悠一は見聞がひろまるにつれ、この社会の思いがけない広大さにおどろいた。この社会は昼間の社会の中では隠《かく》れ蓑《みの》を着て佇《たたず》んでいた。友情だとか、同志愛だとか、博愛だとか、師弟愛だとか、共同経営だとか、助手だとか、マネージャアだとか、書生だとか、親分子分だとか、兄弟だとか、従兄弟《いとこ》同士だとか、伯父甥《おい》だとか、秘書だとか、鞄《かばん》持ちだとか、運転手だとか、……それからまた種々雑多の職務や地位、社長だとか、俳優だとか、歌手だとか、作家だとか、画家だとか、音楽家だとか、勿体《もったい》ぶった大学教授だとか、会社員だとか、学生だとか、男の世界のありとあらゆる隠れ蓑を着て佇んでいた。

自分たちの至福の世界の到来をねがい、共同の呪《のろ》われた利害で結ばれ、かれらは一つの単純な公理を夢みていた。即《すなわ》ち男は男を愛するものだという公理が、男は女を愛するものだという古い公理をくつがえす日を夢みていたのである。かれらの忍耐強さに匹敵するものとては、猶太《ユダヤ》民族以外に考えられない。一個の辱《はずか》しめられた観念に対する異常な執着の度合においても、この種族は猶太人に似ているのであった。この種族の感情は戦時には熱狂的な英雄主義を生み、戦後には頽廃《たいはい》の代表者たるひそかな矜りを抱いて、混乱につけ込んで、その亀裂《きれつ》の土に暗いささやかな菫《すみれ》の叢《くさむら》を育てたのである。

この男ばかりの世界には、しかし或《あ》る巨大な女の影が投影していた。悉《ことごと》くがこの見えない女の影におびえ、あるものはこの影に挑戦《ちょうせん》し、あるものは諦観《ていかん》し、あるものは抵抗のあげくに敗北し、あるものははじめから阿《おもね》った。悠一は自分がその例外者であることを信じた。次には例外者であることを祈った。次には例外者であろうとこれ努めた。せめて奇怪な影の影響を、とるにたらぬ些事《さじ》の上にとどめようと努力した。たとえば頻繁《ひんぱん》に鏡を見、街角の硝子《ガラス》窓に映る自分の姿にもふりむかずにいられない小さな習慣とか、劇場へゆけば用ありげに幕間《まくあい》の廊下を丹念に歩きまわる些細な癖とか、……これらは勿論《もちろん》正常な青年にもありがちな習性だからである。

ある日悠一は、劇場の廊下で、その道の名高い一人でありながらすでに妻帯している歌手の姿を見た。彼は男らしい風貌と容姿をもち、多忙な職業のかたわら、自宅のリングでボクシングに凝ったりしているので、その甘い歌声にかてて加えて、女の子たちに騒がれる条件の揃《そろ》った男である。今も彼は四五人の令嬢風の女に賑《にぎ》やかに囲まれていたが、たまたまわきから声をかけた同じ年恰好の紳士はどうやら学校友達でもあるらしく、歌手は乱暴にその手を引っつかんで握手をすると、（まるでそれは喧嘩《けんか》を吹っかけているように見えた）、右手を大ぶりに振って相手の肩をいやというほど叩《たた》いた。謹厳そうな相手の痩せっぽちの紳士は少しよろめいた。令嬢たちは顔を見合わせ、お上品に笑いをこらえた。

この情景は見ている悠一の心を刺した。以前公園で見た全身でしなをつくり肩を交互にせばめ大きな尻《しり》を振って歩いていた同類と対蹠《たいせき》的なもの、正反対なために却《かえ》って焙《あぶ》り出しのように隠された相似形がうかび上ってくる或るもの、悠一の中にも見出される不快な或るものに触られたような気がしたのである。唯心論者《ゆいしんろんじゃ》だったら、それを宿命と呼んだろう。女たちに対する歌手のむなしい人工のコケトリー、全生活を賭《か》け末梢《まっしょう》神経の隙《すき》のない緊張の努力を傾けたその涙ぐましいほど懸命な「男性」の演技には、見るに耐えない辛《つら》さがあったのである。

……その後「悠ちゃん」はたえず番をかけられた。即ち慇懃《いんぎん》を迫られた。

数日にして早くも伝わった彼の名を聞き慕って、はるばる青森から上京したロマンチックな中年の商人もあった。ある外人はルディーを通じて、洋服三つ揃と外套《がいとう》と靴《くつ》と時計の提供を申出た。一夜の契《ちぎ》りのためには過分な申出である。悠一は肯《がえ》んじなかった。ある男は悠一の隣りの椅子がたまたま空《あ》くと、酩酊を装ってこれに掛け、帽子の前庇《まえびさし》を目深《まぶか》に下ろした。肱《ひじ》を肱掛の上に甚《はなは》だしくひろげた。その肱は悠一の脇腹《わきばら》を意味ありげに幾度かつついた。

悠一は我家へかえるのに迂路《うろ》をとおらなければならない事が屢〻《しばしば》あった。ひそかにつけてくる者があったからである。

しかしまだ彼は学生だということが知られているばかりで、身分も経歴も、ましてやすでに細君のあることも、氏素性《うじすじょう》も住居の番地も、誰一人知っている者はなかった。そこでこの美青年の存在は、ほどなく神秘の匂《にお》いを湛《たた》えるにいたった。ある日のこと、ルドンへ出入りの男色家専門の手相見が、――貧相なもじりを着た年寄だったが――、彼の掌をと見こう見しながら、こう言った。

「あなたはどうも両天秤《りょうてんびん》でさあ。宮本武蔵《むさし》の二刀流でさあ。どこかよそで女を泣かしておいて、しらん顔をしてここへおいでになってるのじゃないですか」

悠一は軽い戦慄《せんりつ》に襲われた。彼は自分の神秘の或る軽さを、安っぽさを目《ま》のあたりに見るのであった。彼の神秘には生活の額縁が欠けているだけだった。

……それもその筈《はず》だった。ルドンを中心とする世界には、熱帯地方のような生活、つまり流謫《るたく》にひとしい植民地官吏のような生活しかなかった。要するに、この世界には感性のその日暮しが、感性の暴力的な秩序があるだけだった。（しかもそれこそこ、、、の種族の政治的運命だったとしたら、誰が抵抗できよう！）

そこは異様な粘着力のある植物が密生したいわば感性の密林だったのである。

その密林のなかで道を見失った男は、瘴癘《しょうれい》の気に蝕《むしば》まれ、はては一個の醜悪な感性のお化けになった。誰も嗤《わら》えない。程度の差こそあれ、男色の世界では、否応《いやおう》なしに人間を感性の泥沼《どろぬま》に引きずりおろすふしぎな力に抵抗し了《おお》せている男はいないのである。たとえば抵抗のよすがとして、多忙な実業や、知的探究や、芸術や、男の世界のさまざまな精神の上部構造にすがりつこうと試みながら、一人として、部屋の床《ゆか》にひたひたと浸水してくる感性の氾濫《はんらん》に抗しうる人はなく、自分の身がどこかでこの沼水とつながりをもっていることを忘れ去ることのできる人もなかった。同類同士の湿った親近感から、誰一人決定的に手の切れる人はなかった。何度も脱出は試みられた。しかしとどのつまりは、又してもこの湿った握手に、粘ついた目くばせに還《かえ》って来るほかはないのである。本質的に家庭をもつ能力のないこの男たちが、わずかに家庭の灯火《ともしび》らしいものを見出《みい》だすのは、「君も同類だ」と語っている仄暗《ほのぐら》い目のなかにだけであった。

或る日悠一は、朝はやくはじまった講義が終ると次に聴くべき午後の講義とのあいまに、大学の庭の噴水のかたわらを歩いていた。幾何学的な散歩路が芝生のあいだを縦横にめぐっていた。噴水は秋の落莫《らくばく》たる気配が感じられる木立を背景に、風の向きがかわるにつれて、風下へしなだれかかって芝生を濡《ぬ》らした。この中空《なかぞら》に漂っている扇は、時折要《かなめ》の外れるほどにひろがるのであった。曇った空の下に並んでいる講堂のモザイックの壁面には、時折門外《もんそと》をとおる老衰した都内電車の響が谺《こだま》を返した。

何やらん親疎の厳しい弁別が、この青年のたえず感じている孤独に、少くとも公的な意味を附するかのように、彼は大学ではノートの貸借をする少数の石部《いしべ》金吉《きんきち》以外に友を求めようとしなかった。こうした石頭の友のあいだでは、悠一の美しい妻が羨《うらやま》しがられ、妻帯しても彼の浮気《うわき》が治まるかどうかという議論が真面目《まじめ》に論ぜられていた。それは半ばは肯綮《こうけい》を射た議論のようでもあるが、悠一は女蕩《おんなたら》しだと思われていたのである。

従って美青年がだしぬけに「悠ちゃん」と呼ばれたとき、彼は本名を呼ばれたお尋ね者のように動悸《どうき》を速めた。

呼んだのは、折柄《おりから》薄日のさしてきた散歩路《みち》のかたわらの、蔦《つた》をからませた石のベンチに腰かけている学生である。膝《ひざ》にひろげた浩瀚《こうかん》な電気工学の原書の上にうつむいていたこの学生は、呼ばれるまで悠一の視野に入っていなかった。

悠一は立止ってから後悔した。自分の名ではないようなふりをすればよかったのである。「悠ちゃん」と学生はもう一度呼んで立上った。ズボンの埃《ほこり》を両手で念入りにはたいた。丸顔の快活ないきいきとした顔立の若者である。ズボンの筋が、毎晩慎重に寝押しをするとみえて、切って立てたように真直《まっすぐ》に立っている。ズボンを引上げてバンドを締め直したとき、上着のあいだから眩《まば》ゆい純白のワイシャツの大まかな皺《しわ》が瞥見《べっけん》された。

「僕《ぼく》ですか？」と仕方なしに悠一がきいた。

「ええ。僕、ルドンでお目にかかった鈴木です」

悠一はもう一度その顔をあらためて見た。思い出せない。

「お忘れでしょう。あんまり悠ちゃんにウィンクする子が多いから。旦那と一緒に来た子までこっそりウィンクするんだからなあ。でも僕はまだウィンクはしていませんよ」

「何の用」

「何の用だなんて、悠ちゃんにも似合わねえ。野暮だなあ。これからちょっと遊びませんか」

「遊ぶって？」

「わからねえかなあ」

二人の青年の体は徐々に近づいた。

「だってまだ真昼間じゃないか」

「昼間でも平《へい》ちゃらなところがいくらもありますよ」

「そりゃあ男と女ならばね」

「そうじゃないんです。僕、案内しますよ」

「……でも、今持ち合せがないんだ」

「僕が持ちますよ。悠ちゃんと遊んでもらえれば光栄だもの」

――悠一はその日の午後の講義を放擲《ほうてき》した。どこで稼《かせ》いでくるのか、年下の学生はタクシーを奢《おご》った。車は青山高樹町界隈《たかぎちょうかいわい》の、荒涼とした焼跡の屋敷町にさしかかった。鈴木は石の塀《へい》ばかり焼残った門内に、新らしい木造の仮建築の屋根が垣間見《かいまみ》られる草香《くさか》という家の前で停車を命じた。門にはくぐり戸のついた古材の扉がひたと閉ざされている。呼鈴《よびりん》を鳴らすと、鈴木は何故ともなく襟《えり》もとのホックを外し、悠一をかえり見て微笑した。

ややあって小刻みな庭下駄《にわげた》の音が門扉《もんぴ》に近づいた。男とも女ともつかぬ声が誰何《すいか》した。鈴木です、あけて下さいと学生が言い入れた。くぐり戸があいて、真紅のジャンパアを着た中年の男が二人を出迎えた。

庭の眺めは奇妙なものだった。渡り廊下で母屋《おもや》と隔てられた離れ屋へは飛び石づたいに行くことができたが、庭木はあらかた失われ、泉水は涸《か》れ、あたかも荒野の部分図のように、ところきらわず秋草が生い茂っていた。草のあいだに焼趾《やけあと》の礎《いしずえ》がしらじらと在った。二人の学生は木の香の新らしい四畳半の離れへ上った。

「お風呂《ふろ》をお沸かしいたしますか」

「いや、結構」と学生がすまして言った。

「御酒《ごしゅ》を上りますか」

「いや、結構」

「では」と男は意味ありげに嫣然《えんぜん》として言った。「お床をおとりいたしましょう。お若い方はどうもとかく床いそぎで」

二人は蒲団《ふとん》が敷かれるまで次の間の二畳で待った。二人とも物を言わない。学生が煙草をすすめた。悠一が喫《の》むと答えた。すると鈴木は口に二本の煙草をくわえて火を点じ、一本を悠一にわたして微笑した。この学生の悪落着きのなかに却って無邪気な子供らしさが垣間見られるのを悠一は感じた。

遠雷のような響がした。昼日中、隣室の雨戸が閉められたのである。招ぜられて二人が閨《ねや》へ入ると、枕許《まくらもと》には行灯《あんどん》に灯《ひ》が点ぜられ、襖《ふすま》のそとで、どうぞごゆっくりと挨拶《あいさつ》をして遠ざかってゆく男の跫音《あしおと》が渡り廊下にきこえた。薄日がさしているらしいその渡り廊下の板がきしむ音は、昼間の音である。

学生は胸もとの釦《ボタン》を外し、掛蒲団の上に肱をついて煙草を吹かしていた。跫音が遠ざかると若い猟犬のようにはね起きた。彼は悠一よりやや背丈が低い。ぼんやり立っている悠一の頸《くび》にとびかかって接吻《せっぷん》した。学生同士はものの五六分も立ったまま接吻した。悠一が鈴木の釦を外した胸もとへ手をさし入れた。胸の鼓動がいちじるしく高い。二人は身を離すと、お互いに背を向けたまま、着ているものをあらあらしく脱いだ。

……裸の若者は抱きあったまま、坂を雪崩《なだ》れおちてゆく都電の響や、時ならぬ雞鳴《けいめい》を深夜のように聞いた。

しかし雨戸の隙間からは一条の西日が埃を舞わせ、木目《もくめ》の中心に凝固した樹脂の部分が、日光を鮮血の色に透かした。一条の細い光線は、床の間の花器に湛《たた》えた汚れた水のおもてにさし入っていた。悠一は学生の髪に顔を埋《うず》めた。油をつけない髪のヘアー・ローションの香りが快《よ》かったのである。学生は悠一の胸に顔を埋めていた。その瞑《つぶ》っている眼尻からは、仄明りに涙の痕《あと》が光っていた。

夢うつつに消防自動車のサイレンを悠一はきいた。遠のいたサイレンは又うけつがれた。つづいて三台がどこかへ向ったのである。

『また火事だ』と彼は曖昧《あいまい》な思考を追った。

『はじめて公園へ行ったあの日のように。……大都会にはいつもどこかに火事がある。そしていつもどこかに罪悪がある。罪悪を火で焼き滅ぼす困難を諦《あき》めた神が、おそらく罪悪と火とを等分に配分したのだ。おかげで罪は決して火に焼かれず、無辜《むこ》は火に焼かれる蓋然《がいぜん》性を負うことになった。保険会社が繁昌《はんじょう》する所以《ゆえん》だ。しかし僕の罪が、火に決して焼かれないほど純粋なものになるためには、僕の無辜がまず火をくぐる必要があるのではなかろうか？　僕の康子《やすこ》に対する完全な無辜……。かつて僕は康子のために、生れ変りたいとねがったではないか？　今は？』

午後四時に学生同士は渋谷駅頭で握手を交わして別れた。いささかも相手を征服したという感じをお互いに抱《いだ》きえないで。

家へかえると康子がこう言った。

「めずらしく早いおかえりだわ。今晩はずっと家にいらっしゃるでしょう」

悠一は、いると答えた。しかしその晩、彼は妻を伴って活動写真を見に出かけた。

椅子は窄《せま》かった。彼の肩に凭れかけた康子は、ふと顔を離して、聴耳を立てる犬のような聡明《そうめい》な目になった。

「いい匂いだこと。ヘアー・ローションをつけていらっしゃるのね」

悠一は否定しようとしたが、気がついて、いそいでそうだと答えた。しかし康子はそれが良人《おっと》の匂いではないことを感じたように思われた。……しかしそれにしても、それは別段、女の匂いではなかった。

第九章　嫉妬《しっと》

『すばらしい掘り出し物だ』と俊輔《しゅんすけ》は日記に書いた。『こんなお誂《あつら》え向《む》きの活人形《いきにんぎょう》が見つかろうとは！　悠一《ゆういち》は実に美しい。それだけでは何ものでもない。その上に彼は倫理に対して不感症である。あらゆる青年を抹香《まっこう》くさくしてしまうあの内省という持薬ももたず、たえて自分の行動に責任をもつこともない。あの青年の倫理は要するに《何もしない》ということだった。そこで何かをやりだしたら、彼には倫理が要《い》らなくなった。この青年は放射性物質のように磨滅《まめつ》する。私が永いこと探しあぐねていたものは実にこれなのだ。悠一はいわゆる近代的苦悩なんかを信じていない』

俊輔は慈善舞踏会の数日後、恭子と悠一を全く偶然に会わせる手筈《てはず》を整えた。彼は悠一からルドンの話をきいていた。夕刻にそこで待ち合わせることを申し出たのは俊輔のほうである。

檜《ひのき》俊輔はその日の午後いやいやながらの講演をした。全集の出版元の慫慂《しょうよう》に負けたのである。秋の最初の寒さの感じられる午後だったので、背中に真綿を入れた老作家の鬱陶《うっとう》しい洋服姿は、講演の世話人たちを怖気《おじけ》づかせた。俊輔はカシミヤの手袋をはめたまま演壇に立った。これという理由があるのではない。若い小生意気な世話人が、手袋を脱ぎわすれて出ようとした俊輔にその旨《むね》を注意したので、いやがらせのためにわざとはめたまま出たのである。

堂に充《み》つる聴衆はほぼ二千であった。俊輔は聴衆というものを軽蔑《けいべつ》していた。講演会の聴衆には近代写真術のもっている迷蒙《めいもう》と同様の迷蒙があるのである。隙《すき》をねらうやり方、不用意をねらうやり方、「自然さ」の尊重、生地《きじ》の信仰、日常性の過大評価、逸話趣味、そういうがらくたな材料から成り立った人間をしか信じない迷蒙である。写真師は「どうぞお楽に」とか、「話していて下さい」とか、「笑って下さい」とか要求する。聴衆も同じことを要求し、素顔と本音に執着するのであった。推敲《すいこう》を重ねた文章にこもる以上の本音が、日常匆卒《そうそつ》のあいだの不用意な言動にあらわれるという近代心理学の探偵《たんてい》趣味を俊輔は蔑《さげす》んだ。

彼は好奇心の無数の視線のまえにそのお馴染《なじみ》の顔をさらした。個性が美よりも上にあることをつゆ疑わないこれら知的大衆の前では、俊輔は何らの負け目《ひめ》をも感じない。いかにも気のなさそうな調子で草稿の皺《しわ》をひろげながら、重し代りに切子《きりこ》硝子《ガラス》の水差を置いた。水はにじんで、草稿のインクは美しい藍《あい》を流した。彼は海を聯想《れんそう》した。すると何故《なぜ》かしら眼前の真黒な二千の聴衆のなかには悠一や康子《やすこ》や恭子や鏑木《かぶらぎ》夫人がひそみかくれているような心地がした。俊輔がかれらを愛したのも、かれらが決して講演会へなど出て来ない人種だからであったが。「本当の美とは人を黙らせるものであります」と老作家は無気力な口調で口を切った。「そういう信仰が滅びなかった時代には、批評にもおのずから職域があった。批評は美を模倣することに尽きたのであります。(俊輔はカシミヤの手袋で、模写の手つきをして空中を撫《な》でた)つまり批評は、美と同様に、人を黙らせることを最後の目的とした。これは目的というよりは、むしろ無目的であります。美によらずして沈黙を招来するのが批評の方法になった。そこでたよられたのは論理の力であります。批評の方法としての論理は、美のように有無を云《い》わせぬ力で、相手の沈黙を強要せねばならない。そしてその沈黙の効果は、批評の結果として、今たしかにそこに美が存在したと錯覚させるほどのものでなければならない。いわば美の代位の空間が形づくられなければならない。そこではじめて批評が創造に役立ちえたのであります」

老いた芸術家は場内を見まわして、欠伸《あくび》をしている不埒《ふらち》な青年を三人発見した。あの若々しい欠伸の口のほうが俺《おれ》の言葉をうまく呑《の》み込《こ》むかもしれないと彼は思った。

「しかるに、美が人を黙らせるという信仰は、いつかしら過去のものとなるにいたりました。もはや美は人を黙らせず、たとえ美が宴《うたげ》の只中《ただなか》を通り抜けても、人々はお喋《しゃべ》りをやめないようになる。京都へいらした方は、竜安寺《りょうあんじ》の石庭を必ずや御覧になった筈でありますが、あの庭は決して難問ではない、ただの美であります。人を黙らせる庭であります。ところが滑稽《こっけい》なことに、御庭拝見にまかり出る近代人は黙るだけで満足しない。何か一言なかるべからずというので、俳句をひねり出すようなしかめ面《つら》になる。美が饒舌《じょうぜつ》を強要するようになった。美の前へ出ると、何か大いそぎで感想をのべる義務を感じるようになった。美をいそいで換価する必要を感じるようになった。換価しなければ危険である。美は爆発物のように、所有の困難なものになった。というよりは、沈黙を以《もっ》て美を所有する能力、この捨身を要する崇高な能力が失われたのであります。

　ここに批評時代がはじまりました。批評は美の模倣をではなく、換価を職分とするようになった。創造と反対の方向へ批評が力を添えるようになった。むかし美の従者であった批評が、今度は美の株式仲買人になった。美の執達吏になった。すなわち美が人を黙らせるという信仰が衰退に向うにつれ、批評は悲しむべき代位の主権を美に代って振わなければならなくなった。美すら人を黙らせない。いわんや批評をや、というわけであります。こうして今日の饒舌に饒舌をかけあわせた、耳を聾《ろう》するばかりの悪時代がはじまりました。美はいたるところで人々を喋らせます。おしまいには、この饒舌のために美が人工的に（というのはおかしな表現ですが）増殖されるにいたる。美の大量生産がはじまるのであります。そして批評は、自分たちと本質的には同じところから生れているこれら数限りない贋物《にせもの》の美にむかって、罵詈《ばり》雑言《ぞうごん》をあびせかけるようになりました……」

……しかし会果ててのち、悠一と待合せた俊輔が日暮れどきのルドンへ入って行ったとき、このそわそわした孤独な老人の入来《じゅらい》を見た客たちは、一瞥《いちべつ》で以て目をそむけてしまった。悠一の登場の時と同様に皆は黙ったのであるが、美ばかりではなく、無関心も人を黙らせるものであった。尤《もっと》もこれは一向強《し》いられた沈黙ではない。

しかし老人が、奥の椅子《いす》で若者たちと話している悠一に親しげに会釈《えしゃく》をして、彼を招いてやや離れた卓に向いあって腰を下ろすと、一同の目はただならぬ関心を示した。二言三言話してから、暫時《ざんじ》席を離れて、また俊輔の前に戻《もど》って来た悠一がこう言った。

「みんなが僕《ぼく》を先生のお稚児《ちご》さんだと思って見ていますよ。訊《き》かれたから、僕もそうだと言っておきました。だってそのほうが先生もこの店へおいでになり易《やす》いでしょう。小説家だったらこの店にきっと興味が湧《わ》くだろうと僕も思うんです」

俊輔は大そう愕《おどろ》いたが、その場の成行に委《まか》せて、悠一の軽率を咎《とが》めなかった。

「君が私のお稚児さんだとすれば、私はどんな態度をとればいいのかね」

「そうですね。黙って幸福そうにしていらっしゃればいいでしょうね」

「私が幸福そうにね」

それは奇怪なことであった。死人の俊輔が幸福を演ずるとは！　老作家は強いられたこの場違い、演出家がはからずも逆に強いられたこの演技に当惑した。彼は却《かえ》って渋面を作ろうとした。しかし難かしかった。俊輔は滑稽《こっけい》を感じて、すぐさまこの座興を諦《あき》らめた。そのとき自分がいつのまにか幸福そうな表情をうかべているのに気づかなかった。

この心の軽やかさには、ほどよい説明が見当らなかったので、俊輔はいつもながらの職業的な好奇心のおかげだろうと考えた。すでに制作の力を喪《うしな》った老作家は、このいつわりの情熱を自分に恥じた。ここ十年、何度か潮《うしお》のようにこうした衝動が訪れながら、筆をとる段になると、筆は一行も進まなかったので、彼はこの不渡小切手のような霊感を呪《のろ》っていた。若い日に彼の一挙一動につきまとったあの病気のような芸術的衝動は、今ではただみのりのない好奇心の飢えにあとを止《とど》めるにすぎなかった。

『悠一は何という美しさだろう！』と老作家は、又しても席を外した彼を遠目に眺《なが》めながら考えた。『あの四五人の美少年の中でも彼一人が際立《きわだ》っている。美というものは手を触れたら火傷《やけど》をするようなものだ。彼のおかげで火傷をする男色家がさぞ多いことだろう。……しかしこの異様な世界へ、彼は衝動によって入った。その動機はいかにも美しいものにふさわしい。俺はといえば、俺はただ依然として、見るためにここにいる。間諜《かんちょう》の肩身の窄《せま》さが俺にはわかる。間諜は欲望によって行動してはならない。それだけの理由で、彼のどんな愛国的行為も本質的に卑劣なものになるのだ』

悠一をとりかこむ三人の少年は、仲のよい雛妓《おしゃく》が半襟《はんえり》を見せあうように、その背広の胸から新しいネクタイをつまみ出して見せ競べていた。電気蓄音器はあいかわらず騒々しい舞踏曲を掛けていた。男たちがほかの世界よりもう少し親密で、もう少し頻《ひん》繁《ぱん》に手や肩を触れあうほかには、これと謂《い》って特徴のない風景である。

何も知らない老作家はこう考えた。

『なるほど男色というものは、純潔な快楽に基調を置くものらしい。男色絵《なんしょくえ》のあの眩《まば》ゆいような奇矯《ききょう》な歪曲《わいきょく》は、純潔の苦悩の表現なのにちがいない。男同士はいかにしても汚《けが》れ合えず、相手を汚し合えない絶望にかられて、あんないたましい愛の姿態を演ずるにちがいない』

そのとき、彼の前で、やや緊張をおびた情景が展開した。

悠一が二人の外人の卓へ招《よ》ばれたのである。卓はあたかも俊輔の卓と淡水魚を泳がせた衝立《ついたて》代りの水槽《すいそう》で以て隔てられている。水槽には藻《も》の叢《くさむら》を透かす緑いろの電灯が仕込まれている。頭の禿《は》げた外人の横顔には光の加減でこの波紋が映った。もう一人はずっと年若の秘書らしい外人である。年長の外人は日本語が全く出来ないので、秘書がいちいち悠一に通訳をした。

俊輔の耳には年長の外人の格調の正しいボストン風の英語も、秘書のあやつる巧みな日本語も、悠一の言葉少ない返答もことごとくきこえた。

まず老外人が悠一に麦酒《ビール》をすすめ、しきりにその若々しさと美しさを褒《ほ》めそやした。この美辞麗句の通訳は珍奇であった。俊輔は聴耳を立てた。話のあらすじが徐々に分《ぶん》明《みょう》になった。

老外人は貿易商である。彼は日本の若い美しい青年の友を求めている。これを物色することが秘書の務めになった。秘書は数人の若者を主人に推薦したが気に入られない。実はこの店へも数回来たのである。しかし今夜はじめて理想的な青年を見出《みい》だした。いやなものなら当分精神的交際だけでもよいが、附合《つきあ》ってはくれまいか、という申出である。

俊輔は原語と訳語との間にある奇妙なずれに気がついた。主格や目的格が故意にぼかされ、決して不忠実というのではないが、一種の甘い媚《こ》びるような廻《まわ》りくどさのある通訳ぶりに気がついた。若い秘書は独乙《ドイツ》系の精悍《せいかん》な横顔をもっていた。薄い唇《くちびる》から鋭い口笛のような澄んだ乾いた日本語を発音した。俊輔は脚下《あしもと》を見ておどろいた。若い秘書の両足が悠一の左の足首をじっとはさんでいたのである。この何喰《なにく》わぬ顔のコケトリーは老外人には感づかれない様子であった。

ようやく老作家は事の経緯が納得が行った。通訳の用件には嘘《うそ》がなかったが、秘書は主人より一足お先に悠一の歓心を得ようとこれ力《つと》めていたのである。

このとき俊輔を襲った云《い》うに云われぬ重苦しい感情を何と名付けるべきであろうか？ 俊輔はうつむいている悠一の睫《まつげ》の影を瞥見した。寝顔のさぞ美しかろうと思われる長い睫がたちまち動いて、青年は俊輔のほうへ微笑を含んだ一瞥を与えた。俊輔は戦慄《せんりつ》した。又してもさらに倍加した得体のしれない憂鬱《ゆううつ》が彼を襲った。『嫉妬《しっと》ではなかろうか』と彼は自問自答した。『この胸苦しさと、燠《おき》のようにくすぶる感情は』

彼はずっと昔淫蕩《いんとう》な妻が昧爽《まいそう》の厨口《くりやぐち》で示した不貞の場面を見たときに彼を苦しめた感情をつぶさに思いうかべた。同じ胸苦しさであり、出口のない感情である。この感情の中では、おのれの醜さだけが、全世界の思想とでも引きかえにする価値のある唯《ゆい》一《いつ》のよりどころ、唯一の愛玩物《あいがんぶつ》になるのである。

それは嫉妬だった。羞恥《しゅうち》と憤怒のためにこの死人の頰《ほお》は紅潮した。鋭い声で、「勘定」と呼んだ。彼は立上った。

「まああのじじいが嫉妬の焰《ほのお》をもやしたよ」と君《きみ》ちゃんが滋《しげ》ちゃんに囁《ささや》いた。「悠ちゃんも物好きだね。あんなじじいと何年連れ添って来たんだか」

「この店へまで悠ちゃんを追っかけて来たんだね」と滋ちゃんが一種の敵意をこめて合槌《あいづち》を打った。「ほんとにふてぶてしいじじいだよ。今度来たら帚《ほうき》を立ててやろうかしら」

「でもリツになりそうなじいさんだな」

「何の商売だろう。小金はもっていそうだね」

「おおかた町会のおえらがただよ」

扉口《とぐち》で俊輔は、立上って彼のあとに黙ってついてくる悠一の気配を感じた。路上に出ると俊輔は伸びをした。両手でかわるがわる肩を叩《たた》いた。

「肩が凝ったんですか」

悠一が物に動じない爽《さわ》やかな声で云ったので、老人は内心を見透かされたような心地がした。

「君も今にこうなるよ。羞恥心がだんだん奥へ入ってゆくのだ。若い人たちの羞恥は、肌《はだ》を真赤にする。われわれは肉で、さらに骨ではずかしがる。私の骨がはにかんでいるのだ。その道の人と思われたもんだから」

二人は雑沓《ざっとう》をしばらく肩を並べて歩いた。

「先生は若さがおきらいなんですね」

突然悠一がそう言った。それは俊輔の予想しない言葉である。

「どうして?」と訝《いぶ》かしげに反問した。「きらいなら私が何だって老軀《ろうく》に鞭打《むちう》ってこんなところへまで出て来るね」

「でも先生は若さがおきらいだ」

悠一はさらに断定的にそう言った。

「美しくない若さはね。若さが美しいというのはつまらぬ語呂《ごろ》合せだ。私の若さは醜くかったんだ。それは君には想像も及ばないことだ。私は生れ変りたいと思いつづけて青年時代をすごしたからな」

「僕もです」

と悠一がうつむいたままふと言った。

「それを言ってはいけない。それを言うと、君はまあいわば禁忌《タブー》を犯すことになるんだ。君は決してそう言ってはならない宿命を選んだんだ。……それはそうと、急に出て来てしまってさっきの外人に悪くはなかったかな」

「いや、別に」

大そう恬淡《てんたん》に美青年は答えた。

七時にちかかった。戦後の店じまいの早い街の雑沓はこの時刻がたけなわである。霧の深い夕暮であったので、やや遠い店の眺めは銅版画のように見えた。夕方の街の匂《にお》いが敏感に鼻孔をくすぐった。匂いが一年中でもっとも精緻《せいち》に感じられる季節である。果実やネルや新刊書や夕刊や厨房《ちゅうぼう》や珈琲《コーヒー》や靴墨《くつずみ》やガソリンや漬物《つけもの》の匂いが、入りまじって街のなりわいの半透明なおぼろげな絵図面をうかばせた。高架線の響が二人の会話を奪った。

「あそこに靴屋があるだろう」と老作家が明るい飾窓を指さして言った。「贅沢《ぜいたく》な靴屋だ。桐屋《きりや》というんだ。あの店で恭子の注文の舞踏靴が今日の夕方までに出来上っている。恭子は七時にとりにくる。君はその時刻に、店を出たり入ったりして、男の靴を物色していたまえ。恭子はわりに時間の正確な女だ。やって来たら、びっくりしたようにやあと言いたまえ。それから女をお茶に誘いたまえ。あとはむこうでよろしくやってくれる」

「先生は？」

「むこうの小さな店でお茶を喫《の》んでいるよ」

と老作家は言った。この老人が青春に対してもっている奇妙なけちけちした偏見に悠一は当惑した。彼の青春の貧しさのほどが推量された。女の来る時刻を調べあるいているときの俊輔の頬によみがえっていたであろう卑小な若さの醜さを、しかし悠一はもはや無縁のものと考えることはできなかった。それは彼の強《し》いられた半面だった。おまけに悠一には、鏡への異常な親炙《しんしゃ》のおかげで、いつの場合も自分の美を勘定に入れることを忘れない習性が既《すで》にそなわっていたのである。

第十章　嘘《うそ》の偶然とまことの偶然

その日一日、穂高恭子は青竹色《シャートルーズ》の舞踏靴《ぐつ》のほかに考えることが何もなかった。彼女にはこの世で重要なものが何一つなかったのである。誰《だれ》しも恭子を見ると、軽さの宿命とも謂《い》うべきものを感じた。鹹湖《かんこ》に身を投げた人がわれにもあらず浮身をして助かってしまうように、恭子には、どうやってみても自分の感情の底へ降りてゆけない焦躁感《しょうそうかん》に似た朗らかさがあった。その陽気さは本心からのものであるのに、強《し》いられた陽気さの趣きがあったのもそのためである。

恭子は熱に浮かされたようにみえる時がしばしばあったが、こうしたいつわりの情熱を焚《た》きつけている良人《おっと》の冷静な手つきを、いつも人はその背後に読むような気がした。実によく仕込まれた犬、或《あ》る習慣の力にすぎない知恵の集積、そういう印象が彼女の生来の美しさをさえ、何か丹念に手をかけて作られた植物の美しさのように見せた。

恭子の良人は、彼女の真摯《しんし》の皆無に疲れたのである。妻を燃え立たせるために凡《あら》ゆる愛撫《あいぶ》の技術をつくし、妻を真剣にさせるためにしたくもない浮気《うわき》をしでかした。恭子はよく泣いた。しかし彼女の涙は驟雨《しゅうう》であった。まじめな話をはじめると、恭子はくすぐられたように笑った。さりとて彼女には、女らしさを代償としてあがなわれるあの機智《きち》や諧謔《かいぎゃく》の過剰もなかった。

恭子は朝寝床のなかで素晴らしい思いつきを十あまりうかべ、夕方になると一つ二つおぼえていればよいほうであった。座敷の掛軸をとりかえるという思いつきが、こうして十日も遷延《せんえん》された。というのは、たまたま記憶に残った思いつきが一つの屈託に固まるまで待つほかはなかったからである。

その二重瞼《ふたえまぶた》の片ほうは、何かの加減で三重になった。それを見ると良人は怖《こわ》いと思う。妻が何を考えているのでもないことが、そういう瞬間にはっきりするからである。

……その日恭子は、里から連れてきた古い女中をお供にして近くの町へ買物に行き、午後は良人の従姉妹《いとこ》が二人来たのでその相手をした。従姉妹たちはピアノを奏《かな》で、恭子はそのあいだ聴かずにいて、おわると拍手をしてさんざんお世辞を言った。彼女たちはそれから銀座ではどこの西洋菓子が廉《やす》くておいしいかとか、弗《ドル》で買ったこの腕時計を銀座の或る店では三倍の値で売っていたとかいう話をした。冬仕度の生地《きじ》の話が出、それから流行の小説の話が出た。小説のほうが洋服地より廉いのは、それを着てあることができないから当り前だという尤《もっと》もな議論が出た。恭子はその間《かん》、舞踏靴のことばかり考えていたが、この放心状態は、これを感づいた従姉妹たちに、恋をしているにちがいないと誤解された。しかし恭子が舞踏靴への恋以上の恋ができたかどうかは疑問である。

こうしたわけで、俊輔《しゅんすけ》の期待に反して、恭子は先達《せんだっ》ての舞踏会で彼女に只《ただ》ならぬ風《ふ》情《ぜい》を示した美青年のことはきれいに忘れていた。

靴屋へ入りがけに悠一《ゆういち》と顔を合わせた恭子は、靴を早く見るほうに心がいそいでいたので、この偶然にもさしておどろかず、通り一遍の挨拶《あいさつ》しかしなかった。悠一は自分の立場のものほしげな卑《いや》しさにぞっとした。帰ろうとした。が、今度は、怒りが彼をしてその場を立去りにくくさせた。彼はその女を憎んだ。俊輔の情熱がこのとき彼に乗り憑《うつ》っていた証拠には、悠一は俊輔を憎むことを忘れていたのである。飾窓を裏側から眺《なが》めながら、青年は虚勢の口笛を吹いた。口笛は嚠喨《りゅうりょう》と不吉に響いた。靴を穿《は》いてためしている女のうしろ姿に目を走らせると、彼に暗い闘志が生れた。『よし！僕《ぼく》はきっとこの女を不幸にしてみせるぞ』

青竹色《シャートルーズ》の舞踏靴の出来栄《できばえ》は、幸い恭子の御意《ぎょい》に叶《かな》った。店員をして品物を包ませた。恭子の瘧《おこり》が漸《ようや》くにして落ちたのである。

彼女はふりむいて微笑した。そこにはじめて一人の美しい青年の姿を見出《みい》だした。今宵《こよい》恭子の幸福は越度《おちど》のない献立表を見るように思われた。そこで彼女は飛躍をした。昵懇《じっこん》でない男をこちらからお茶に誘うようなことは恭子の流儀にはないことである。しかし彼女は悠一の傍《かたわ》らへ寄って、やすやすとこう言った。

「お茶でもお喫《の》みにならない？」

悠一は素直にうなずいた。七時をすぎるとすでに閉めてしまう店が甚《はなは》だ多い。俊輔のいる店はまだ晃々《こうこう》と灯《ひと》している。その前をとおりかかった恭子がそこへ立寄ろうとしたので、悠一があわてて遮《さえぎ》った。二人はそれから二軒ほど、すでに帷《とばり》を下ろした店の前をむなしく過ぎて、遅仕舞らしい一軒をみつけて立寄った。

一隅《いちぐう》の卓に落ちつくと、恭子はぞんざいにレエスの手袋を脱ぎすてた。彼女の目もとは火照《ほて》っていた。悠一をしげしげと見てこう言った。

「奥様はお元気？」

「ええ」

「今日もおひとり？」

「ええ」

「わかった。この店で奥様とお待合せなんでしょう。その時間まであたくしがお相手をすればよろしいのね」

「僕ほんとうにひとりですよ。ちょっと先輩の事務所に用事があって出て来たんです」

「そう」――恭子は語調に警戒を解いた。「あれ以来お目にかかれなかったわね」

恭子は徐々に思い起した。あのときこの青年の体が、獣のように威厳にみちた様子で女の体を暗い壁際《かべぎわ》へ押しやったことを。彼女の寛恕《かんじょ》を乞《こ》う彼の眼《め》の烈《はげ》しさが、むしろ野望の眼差《まなざし》のようにみえたことを。やや長い揉上《もみあ》げ、肉感的な頰《ほお》、不平を呟《つぶや》きかけてやめたような若者らしい初心《うぶ》な唇《くちびる》。……もう少しで彼の的確な記憶が蘇《よみがえ》る筈《はず》だった。彼女は小さな詭計《きけい》を案じた。灰皿《はいざら》をこちら側へ引寄せて置いたのである。そこで吸殻《すいがら》を捨てるときに青年の頭は彼女の目近《まぢか》に若い牡牛の頭のように動いた。恭子はその髪のポマードの匂《にお》いをかいだ。若々しさの疼《うず》く匂いである。この匂いだった！　この匂いはあの舞踏会の日から一度ならず、夢の中でまで匂ったのである。

夢の中のその匂いは、或る朝、醒《さ》めてのちも執拗《しつよう》に恭子にまとわりついた。都心に買物があったので、良人が外務省に出勤して一時間ほどのあと、まだ遅い勤め人で混雑しているバスに乗った。彼女は強いポマードの匂いをかいだ。彼女の胸はさわいだ。しかしその青年の横顔をさしのぞいたとき、夢の中のポマードと同じ薫《かお》りを漂わせながらも、似ても似つかない横顔に失望した。彼女はそのポマードの名を知らない。が、たびたび同じ匂いは、混んだ電車や店のなかでどこからともなく漂って、彼女に故《ゆえ》しれぬ切なさを味わせた。

……そうである。この匂いである。恭子は別の目つきで悠一をまじまじと見た。この青年の上に彼女の支配を企らんでいる危険な権能、王笏《おうしゃく》のような眩《まば》ゆい権能を見出だしたのである。

ところでまことに軽躁《けいそう》なこの女は、男という男が当然なもののように身につけているこの権能を滑稽《こっけい》に感じた。どんな醜い男にもどんな美しい男にも共通のもの、この欲望という大義名分の愚かしさ。たとえばそこらの安っぽい好色小説を読まない男はなく、少年期のおわりごろからそういう小説の主題を固定観念にしてしまわない男はない。即《すなわ》ち、『男の目の中に欲望を見出だす時ほど、女がおのれの幸福に酔う時はない』というあの因襲的な主題である。

『この青年の若さは、何という在《あ》り来《きた》りな若さでしょう』と、まだ自分の若さに十分自恃《じじ》の念を抱いている恭子は考えた。『どこにでもある若さだわ。欲望と誠実を混同するのにいちばんふさわしい年齢であることを自分で知っている若さだわ』

恭子のこうした誤解に符節を合して、悠一の目はやや疲れたような熱情の潤《うる》みを湛《たた》えていた。目がそれでも生来の暗さを忘れないので、それを見ていると、暗渠《あんきょ》を矢のように流れている烈《はげ》しい水音をきく心地がする。

「あれからどこかでお踊りになった？」

「いいや、踊りません」

「奥様はダンスがおきらいなの？」

「好きなほうですね」

何という雑音だろう！　この店は本当は大へん静かなのだ。それにもかかわらず、まざり低いレコードの音や靴音や皿の音や客の時たま立てる笑い声や電話のベルが、まざり合って苛立《いらだ》たしく誇張されてきこえる。悪意を以《もっ》てのように、雑音が二人の滞《とどこお》りがちな会話に楔《くさび》を打ち込むのである。恭子は悠一と水の中で話し合っているような気がした。

近づこうとする心には、相手の心が遠くみえる。いつも屈託のない恭子が、これほど彼女を欲しているかにみえる青年と自分の間に横たわる距離を意識しだした。私の話が届いているのかしらんと彼女は思った。テーブルが広すぎるせいかと思われた。

恭子はわれしらず感情を誇張した。

「一度踊ってしまったら、あたくしにはもう用がないという顔をしていらっしゃるのね」

悠一は辛《つら》そうな表情をした。この種の臨機応変が、ほとんど工《たく》みのあとを感じさせない演技が、彼の第二の天性となったについては、無言の師である鏡の力に拠《よ》るところが多かった。鏡は彼の美貌《びぼう》のさまざまな角度や陰影が物語る多様の感情の表現について彼を陶冶《とうや》した。ようやく美は、意識によって悠一自身から独立し、自在に駆使されうるようになったのである。

それかあらぬか、女を前にして、悠一は結婚前に康子に感じたような気づまりを感じることがたえてなくなった。むしろこの頃《ごろ》では女に対するほうが自由のほとんど肉感的な味わいに酔うことができた。透明な抽象的な肉感、ハイジャンプや水泳が嘗《かつ》て彼を魅したところの肉感である。最大の敵である欲望に縛られていないこの自由を抱《いだ》いて、彼は自分の存在を、万能の精巧な機械のように感じた。

恭子は自分の附合《つきあい》の範囲の知人の噂《うわさ》でお茶を濁すために、その何人かの名をあげた。悠一は一人も知らない。それが恭子にはほとんど奇蹟《きせき》に思えた。恭子の観念では、彼女と附合のある人たちの間でしか、ロマンスというものは起りえないのであり、それらの組合せも、あらかた予想できるものだった。つまり八百長《やおちょう》のロマンスしか信じなかったのである。が、とうとう悠一の知っている名前が現われた。

「清浦さんの玲《れい》ちゃん御存知？　三四年前にお亡《な》くなりになった」

「ええ、従姉《いとこ》です」

「まあ、それじゃあなた、御親戚《ごしんせき》やなんかでは悠ちゃんとお呼ばれになっていらっしゃるのじゃなくて？」

悠一はぎくりとした。しかし平然と微笑した。

「そうです」

「あなたが悠ちゃんだったの」

恭子があまり大胆にみつめるので、彼はきまりのわるい思いをした。恭子の説明はこうである。玲子は恭子の級友で無二の親友である。玲子は死の前に日記を恭子に託した。死の数日前まで病床で書かれた日記である。永患《ながわずら》いの憐《あわ》れな女には、時たま見舞に来る若い従弟《いとこ》の顔を見ることが唯一《ゆいいつ》の生甲斐《いきがい》だったのである。

この気まぐれなたまさかの来訪者に彼女は恋した。接吻《せっぷん》をねがいながら、彼が感染することを考えて慄然《りつぜん》として已《や》んだ。玲子の良人《おっと》は妻を自分の宿痾《しゅくあ》に感染させておいて、死んだのである。彼女は告白を試みながら果さなかった。あるときは咳《せき》の発作が、あるときは自制が告白の機会を奪った。彼女は十八歳の若い従弟のうちに、丁度病室から眺める庭の日を浴びた若樹《わかぎ》のような、あらゆる生の耀《かが》やきを、死と病気のあらゆる反対物を認めた。健康と、朗らかな笑いと、白い美しい歯と、悲哀や苦悩の皆無と、無邪気さと、青春の射るような眩《まば》ゆさとを認めたのである。彼女は愛の告白が、彼の眉《まゆ》に同情を、もし彼にも愛が芽生えたとしたらその頰に悲哀と苦悩を刻むだろうと危惧《きぐ》した。彼女はむしろ従弟の精悍な横顔に、無関心にちかい若々しい気まぐれをしか見出さぬままに死にたかったのである。毎日の日記の冒頭が、「悠ちゃん」という呼びかけではじまっていた。彼女は彼がある日持って来た小さな林檎《りんご》に彼の頭文字を刻みつけて枕《まくら》の下に隠した。また玲子は悠一の写真をねだった。彼ははにかんで断った。

……恭子にとっても「悠一」の名よりも「悠ちゃん」の名のほうが親しみ深かったのは理《ことわり》である。のみならず玲子の死後恭子の空想が育てたこの呼名に、彼女は前以て恋していた。

聴手の悠一は銀鍍金《めっき》の匙《さじ》を玩具《おもちゃ》にしながら、心ひそかに愕《おどろ》いていた。十以上も年上の病床の従姉が自分を恋していたことを今はじめて知ったのである。それればかりか、彼をえがいた従姉のデッサンの不正確さにおどろいた。当時彼は、異様なあてどない肉慾《にくよく》の重さに喘《あえ》いでいた。彼は殆《ほと》んど従姉の遠からぬ死を羨《うら》やんでいたのである。『あのときの僕に玲子を欺《だま》そうという気があった筈がない』と悠一は考えた。『ただ自分の内面をさらけ出すのがいやさにああしていただけだ。しかも玲子は僕を単純な明るい少年と誤解し、僕は僕で玲子の恋に気づかずにいた。誰しも他人に対する誤解を唯一の生甲斐に生きているのだ。……』――つまりいささか驕慢《きょうまん》の美徳に染まったこの青年は、彼が恭子に示しているいつわりの媚態《びたい》を、外面それ自体の誠実さだと考えたかったのである。

恭子は年をとった女がよくそうするように、すこし身をそらして悠一を見た。すでにして彼女は恋していた。恭子の浮薄な心のうごきも、もとはと言えば、自分の感情に対する或る謙遜《けんそん》な不信から生れたものかもしれなかったので、死んだ玲子の情熱の証人を目前に見ると、彼女は何かしら自分の感情に確信をもつことができたのである。

恭子はのみならず誤算を犯した。悠一の心は以前から彼女のほうへ近づいている。そこで彼女はあと半歩踏み出せば足りると思った。

「今度どこかでゆっくりお話したいわ。電話をさしあげてもいいこと?」

しかし悠一は一日のどの時間も、家にいると決っている時間はなかった。彼のほうから電話をかけると言った。ところが恭子もしじゅう家をあけていた。彼女はこうして次のあいびきの約束を今から決めねばならない成行を喜んだ。

恭子は手帖《てちょう》をあけた。絹の紐《ひも》でつながっている繊細なよく尖《とが》らした鉛筆を手にとった。彼女には予定がたくさんあった。悠一のためにその中のいちばん割《さ》きにくい時間を割くことが恭子のひそかな満足になった。彼女は良人と揃《そろ》って出なければならない外相官邸の或る外国名士の招待会の日附の上を鉛筆のさきで軽く叩《たた》いた。悠一と今度逢うためには、何か秘密と冒険の要素が加わるべきである。

悠一は承引した。女はますます甘ったれて、今夜は家まで送って来てほしいと言った。青年が渋ると、その困った顔を見たかったから言っただけだという。そうかと思えば、遠い山脈の尾根を見るような目つきで、彼の肩のあたりをじっと眺めたりした。話しかけられたさにしばらく黙り、またひとりで喋《しゃべ》りだしては孤独を感じた。とうとう恭子は、卑屈な物言いを怖《おそ》れなくなった。

「奥様はお仕合せね。あなたはきっと大へんな奥様孝行なのね」

そう言いおわると、疲れ果てたように椅子《いす》の上で体をずらせた。狩の収穫の死んだ雉子《きじ》の姿をそれが思わせた。

恭子は急に心はやりを感じた。今晩家に来て彼女を待っている筈の客に会うまいと思ったのである。家へ断りの電話をかけに立上った。

電話はすぐ通じた。声が遠い。女中の言葉がよくききとれない。会話を遮《さえぎ》っているのは、電話のなかに降っている雨の音らしい。彼女は一枚硝子《ガラス》の大きな窓に目をやった。雨である。生憎《あいにく》と雨具の用意がない。彼女は果敢な気持になった。もとのところへ帰ろうとした恭子が見たのは、悠一の隣りへ椅子を引寄せて話している中年の女である。恭子は二人からやや椅子を離して坐った。悠一が中年の女を紹介した。

「こちら、鏑木《かぶらぎ》さんです」

女同士は一目で相手の敵意を見抜いた。この偶然はまったく俊輔の計算外にあることながら、鏑木夫人はさきほどからやや離れた一隅で二人をじっと眺めていたのである。

「あたくし待合せの時刻よりすこし早く来ていたのよ。お話がすむまでと思って御遠慮しておりましたの。御免あそばせ」

と鏑木夫人が言った。この瞬間、丁度若すぎる化粧が老いを目立たせるように、夫人はこんな小娘のような嘘《うそ》をつくことで、自分の年齢を目立たせてしまった。恭子はこの年齢の醜さを見て安堵《あんど》した。心の裕《ゆと》りが夫人の嘘を見抜かせた。彼女は悠一のほうへ片目で笑ってみせた。

鏑木夫人ほどの人が、十歳《とお》も若い女の軽蔑《けいべつ》の目くばせに気づかなかったのは、その場の嫉妬《しっと》が彼女の矜《ほこ》りを失わせていたからである。恭子がこう言った。

「ついお喋りをしてしまって御免あそばせ。あたくしもう失礼いたしますわ。悠ちゃんタクシーを拾って下さらない。雨なのよ」

「雨ですって？」

はじめて二人称で恭子から「悠ちゃん」と呼ばれたので面喰《めんくら》って、彼は雨がふりだしたのを大事件のようにおどろいてみせた。

入口を出ると、すぐ媚《こ》び寄ってくるタクシーがあったので、彼は店内へ合図した。彼女は恭子は夫人に挨拶をして立上った。悠一が見送って、雨のなかで手をふった。彼女は何の言葉も残さずに立去った。

悠一は鏑木夫人の前へ来て黙って坐った。濡《ぬ》れた髪は海草のように彼の額に貼《は》りついていた。そのとき傍《かたわ》らの椅子に恭子の忘れ物を見た青年は、すばやくそれを抱《かか》えて出てゆきそうな一瞬の烈しい姿勢を見せた。車で行ったのを忘れたのである。この反射的な情熱は鏑木夫人を絶望させた。

「お忘れものなの？」

彼女は強《し》いて笑いながら言った。

「ええ、靴なんです」

二人とも恭子の忘れ物を、ただの一足の靴だとしか考えていない。その実恭子が置き忘れたのは、悠一に会うまで今日一日の彼女の生活の唯一の関心事であった或《あ》るものだったのである。

「追っかけていらしったらいいわ。まだ間に合うわ」

鏑木夫人は今度ははっきりいやがらせとわかる苦《にが》い笑い方をしてこう言った。

悠一は黙っていた。女も黙っていたが、このほうの沈黙には敗北の翳《かげ》がまざまざと拡《ひろ》がった。こう言った声は大そう激していて、ほとんど泣かんばかりであった。

「怒ったの？　ごめんなさい。ああいうことを言うのは、あたくしの悪い性分なの」

言いながら夫人は言葉とうらはらに、自分の恋がえがいてみせる無数の不吉な予感の一つにしがみついていた。即ち悠一が明日必ずやこの忘れ物を恭子に届け、鏑木夫人の嘘について釈明するだろうという予感である。

「ううん、別に怒ってなんかいませんよ」

悠一は晴間《はれま》のような気持のよい笑顔をみせた。鏑木夫人がこの笑顔にどれほど力づけられたかは、悠一の想像も及ばぬところである。向日葵《ひまわり》のようなその若者の笑顔に誘われて、夫人は幸福の頂きへとたちまち登った。

「あたくしお詫《わ》びに何かあなたに上げたいと思うの。ここを出ないこと？」

「いいんですよ、お詫びなんて。それに雨が降ってるし……」

それは時雨《しぐれ》だった。雨が霽《は》れたのは、夜のことで遠目にはわからなかったが、たまたま出て行った微醺《びくん》の男たちが、「おお、止《や》んだ、止んだ」と扉口《とぐち》のところで叫んだのである。雨宿りのために立寄った客は、晴れた夜の空気に身をさらすために、再びいそがしげに出て行った。夫人が促すので、悠一は忘れ物の包みを提《さ》げてこれに従った。雨後の風は寒かった。彼は濃紺のトレンチコートの襟《えり》を立てた。

今では夫人は今日悠一と会えたことの偶然の幸福のほうを誇張して考えた。あの日以来彼女は嫉妬と闘った。もともと夫人には男まさりな感情の硬さがあったのだが、それが今日まで二度と悠一に誘いをかけまいとした決心の支えになった。彼女は一人で出歩くようになった。一人で活動写真を見、一人で食事をし、一人でお茶を喫んだ。一人でいると却《かえ》って自分の感情から自由になるような気がしたのである。

とはいえ、鏑木夫人はいたるところへ追いかけて来る悠一の傲岸《ごうがん》な侮蔑の視線を感じた。その視線はこう言っていた。『ひざまずけ！　はやく僕《ぼく》の前にひざまずけ！』

……或る日、彼女はひとりで劇場へ行った。幕間《まくあい》というと、化粧室の鏡の前は惨状を呈する。鏡の前に女たちの顔がひしめきあうのである。われがちに頬をつき出し、唇をつきだし、額をつきだし、眉をつき出す。頬紅を、口紅を、眉墨を引くために、ほつれ毛を整えるために、今朝苦心して巻いたカールが戻《もど》ってしまっていはせぬかと確かめるために。ある女は臆面《おくめん》もなく歯をむき出す。ある女は白粉《おしろい》にむせて顔を歪《ゆが》めている。……その鏡面を絵に描《か》けば、虐殺《ぎゃくさつ》される女たちの瀕死《ひんし》の叫びが、画面からきこえてくるにちがいない。……鏑木夫人はそれら同性たちのいたましい競争のあいだで、自分一人の顔が、白くて冷たくて硬いのを見た。『ひざまずけ！ ひざまずけ！』……彼女の狩りはまざまざと血を流した。

しかし今、夫人は屈服の甘味に酔い、――笑止にもこの甘味を自分の狡智《こうち》の賜物《たまもの》のようにさえ感じながら――、雨に濡れた自動車のあとさきを横切って街路を渡った。街路樹の黄ばんだ闊《ひろ》い落葉は、雨のために幹に貼りついて、蛾《が》のように羽搏《はばた》いていた。風が出て来たのである。夫人ははじめて檜家《ひのきけ》で悠一と会った夜のように、黙ったまま、とある仕立屋へ立寄った。店員たちは夫人に恭《うやうや》しい態度を示した。冬の生地《きじ》を出させて、悠一の肩へあてがった。こうするとき、彼をあからさまに眺めることができたのである。

「ふしぎね、あなたはどんな柄《がら》でも似合う」

彼女は次々と彼の胸もとへ生地を宛《あて》がってはこう言った。悠一は店員たちの目にさぞ馬鹿《ばか》みたいに見えているだろう自分を想像して憂鬱《ゆううつ》になった。一つの生地を選んで夫人が寸法をとらしめた。老練な主人はこの青年の理想的な寸法におどろいた。

悠一は俊輔のことを考えて落着かない。老人はまだあの店で辛抱づよく待ちつづけているにちがいない。と云《い》って鏑木夫人に今晩俊輔を会わすのは不得策である。しかも夫人はこれからどこへ行くと言いだすかわからない。……次第に悠一は俊輔の助力を必要と感じぬほどに、丁度いやいや強《し》いられた課業に興味を抱きはじめる小学生のように、女たちを相手の非人間的な遊戯の面白《おもしろ》さに惑溺《わくでき》しだした。つまり俊輔がこの青年をとじこめた木馬は、いわば「自然」の暴力の模倣に他《ほか》ならぬこの怖るべき機械は、みごとに動きはじめたのである。二人の女のなかに募ってゆく火を見ると、これ以上火勢が強まるか弱まるかは、彼の自負に関《かか》わりのある問題になった。悠一の冷ややかな熱中がはじまった。断乎《だんこ》として情に負けない自信が彼にはあった。洋服を作ってくれることで、一寸《ちょっと》した月並な「与える喜び」に酔っている女の顔を、彼は猿《さる》のようだと思って眺《なが》めた。正直のところ、どんな美人も女である限りこの青年には猿としか見えなかったのである。

鏑木夫人は笑うことで敗れ、黙ることで敗れ、喋《しゃべ》ることで敗れ、贈物をすることで敗れ、時々盗むように彼の横顔を見つめることで敗れ、朗らかさを装うことで敗れ、憂鬱を衒《てら》うことで敗れていた。近いうちにこの決して泣かない女が、涙で敗れることにもなるにちがいない。……悠一が上着を乱暴に着るときに、内かくしから櫛《くし》を落した。悠一よりも仕立屋よりも先に、夫人がすばやく身を傾けてこれを拾った。拾ってから、彼女は自分自身のこのへり下り方におどろいた。

「どうも」

「大きな櫛ね。使いよさそうね」

鏑木夫人は持主の手にかえす前に、二度三度あらあらしく自分の髪を梳《す》いた。梳く櫛に引かれる髪は、女の目をやや引きつらせ、その眼尻《めじり》にはりつめた潤《うる》みを光らせた。

夫人と酒場へ行って別れてから、悠一が俊輔《しゅんすけ》の待っている店を訪れると、そこは既《すで》に閉まっていた。有楽町のルドンは終電車まで開店している。ルドンへ行くと、俊輔が待っていた。悠一は縷々《るる》と説明した。俊輔は哄笑《こうしょう》した。

「靴《くつ》は家へもってかえって、むこうから言ってくるまで知らぬふりをしていればいい。恭子は明日にでも君のところへ電話をかけてよこすだろう。恭子とのあいびきの約束は、十月二十九日だね。まだ一週間ある。その前にもう一度どこかで会って、靴を返して、今夜の弁解と詫《わ》びをいうがいい。恭子は利口な女だから、鏑木夫人の嘘なんか、すぐ見破ったにちがいないよ。それからそのときに、……」

俊輔は言葉を切った。名刺入から名刺を出して、簡単な紹介を書いた。その筆跡には微《かす》かな慄《ふる》えがあった。悠一はこの老い衰えた手から、母親の蒼《あお》ざめてややむくんだ手を聯想した。不本意な結婚や悪徳や虚偽や詐術《さじゅつ》に対する情熱をこの青年の中に目ざめさせ、そのほうへと彼を駆り立てたのは他ならぬこの二つの手である。死と身近な、死と黙契を結んでいるこの二つの手である。悠一には自分に憑《つ》いている力が、冥府《めいふ》の力ではないかと疑われた。

「京橋のNビルの三階に」と作家は名刺を手渡しながら言った。「舶来の女物の小粋《こいき》な手巾《ハンカチ》を売っている店がある。この名刺をもってゆけば日本人にも売ってくれる。そこで手巾の同じ柄を半ダース買うんだ。いいかね。その二枚を詫びのしるしに恭子に進呈したまえ。のこりの四枚は今度鏑木夫人に会うときに、夫人に進呈したまえ。今度みたいな都合のいい偶然はめったになかろうから、恭子と夫人と君と三人がどこかで顔を合わす機会は私が作る。そのときさっと手巾がものを言うよ。それから、死んだ妻の瑪瑙《めのう》の耳飾りが家にある。今度それを君にあげよう。その耳飾りの使い方はあとで教えてあげる。――まあ、見ていたまえ。二人の女は、相手がそれぞれ君と関係があって自分とだけないのだと信じるようになる。君の奥さんも一枚加えるのだ。そのうちに君の奥さんも、君の浮気《うわき》の相手を二人の女だと信じるようになる。そうなれば占《し》めたもんだ。君の実生活の自由もよほど拡がるだろう」

その時刻のルドンは、この社会の暗い賑《にぎ》わいが今しもたけなわな様を示していた。奥の椅子《いす》には若者たちがとめどもない猥談《わいだん》に笑い興じていたが、もし女の話題が出ようものなら、聴手は一様に眉《まゆ》をひそめてそっぽを向いた。ルディーは一日おきに彼の年少の恋人が来る午後十一時の約束の時間を待ちかねて、あくびを嚙《か》み殺しながら、扉口のほうを何度も見た。誘われて俊輔も欠伸《あくび》をした。この欠伸は明らかにルディーの欠伸とはちがっていた。むしろ痼疾《こしつ》というべき欠伸である。口をつぐむときに入歯がかち合った。彼は自分の肉体の内部に暗く響くこの物質的な音をいたく怖れた。彼の肉体を内側から物質が犯してゆく不吉な響をきくような気がしたのである。肉体はもともと物質であり、入歯のかち合う音は、肉体の本質のあからさまな啓示に他ならない。

『俺《おれ》の肉体ですら既に俺とは他人だ』と俊輔は考えた。『ましてや俺の精神は』

彼は悠一の美しい横顔をぬすみ見た。

『しかし俺の精神の形態はこんなにも美しい』

***

悠一の帰宅の遅い日があまり頻繁《ひんぱん》なので、康子《やすこ》は良人《おっと》の上にいろんな疑惑の素描をえがき重ねることに疲れてしまった。彼女は簡単に良人を信じようと決めてしまい、そう決めた上で、今度は心おきなく苦しんだ。

康子の見る悠一の性格にはいいしれぬ謎《なぞ》があって、むしろ彼の明るい半面と結びつきがちなその謎は、解くに易《やさ》しいものではなかった。或る朝彼は新聞の漫画を見て大声で笑っていたが、康子がのぞきに行くと、そのさほど可笑《おか》しくもない漫画が彼にとってなぜ可笑しいかという説明をしはじめた悠一が、「おとといね……」と言い出しかけて口をつぐんだのである。彼はうっかりルドンの話題を家庭の食卓に乗せようとしたのであった。

若い良人はともすると大そうふさいで大そう苦しんでいるようにみえることがある。康子は彼の苦しみを頒《わか》ちたいと考えたが、次の瞬間に、悠一は菓子の喰《た》べすぎで胃が痛いのだと告白したりした。

良人の目はしじゅう何かに憧《あこが》れているようで、康子はあやまって彼の詩人の本能を信じようとしたくらいであった。世間並の噂話《うわさばなし》や醜聞に対する彼の潔癖はひどかった。里の両親たちの好意的な目利《めきき》にもかかわらず、彼には奇妙な社会的偏見がありそうに思われた。思想を抱いている男は、女の目にはもともと神秘的に見えるものである。

女は死んでも「青大将は俺の大好物だ」なんぞと言えないように出来ているからである。

或《あ》る時こういうことがあった。

悠一は学校へ行っていて留守である。姑《しゅうとめ》は午睡をし、きよは買物に出ている。午後二時ごろ、康子は縁先で編物をしていた。冬の用意に悠一のジャケツを編んでいたのである。

玄関のベルが鳴った。康子は立って、三和土《たたき》に降りて鍵《かぎ》を外した。ボストンバッグを提《さ》げた学生が客である。見おぼえがない。学生は人なつこく笑って会釈《えしゃく》をして、あけられた扉《とびら》をうしろ手に閉めた。こう言った。

「御主人と同じ学校のもので、アルバイトをやってます。むこうの石鹼《せっけん》のいいのがありますが、いかがですか」

「石鹼でしたら、只今《ただいま》間に合っております」

「まあそう仰言《おっしゃ》らずに見て下さい。見て下されぱきっと欲しくなりますから」

学生は背をむけて、許しも乞わずに式台に腰かけた。黒サージの背や腰が古びて光っている。ボストンバッグをあけて見本をとりだした。けばけばしい包装の石鹼である。

康子は重ねて、要らないと言った。主人の帰宅を俟《ま》たねばわからぬと言った。学生は無意味な剽軽《ひょうきん》な笑い方をした。見本の一つをさし出して康子に匂《にお》いをかがせた。康子はうけとって嗅《か》ごうとした。このとき学生がその手を握った。康子は叫ぶ前に身を起して相手の目を見据《みす》えた。相手は笑ったまままたじろがない。叫ぼうとしたときに口をふさがれた。康子は大いに抗《あらが》った。

たまたま悠一が帰宅した。休講のためである。玄関のベルを鳴らそうとしたときに、只《ただ》ならぬ気配を感じた。外光に馴《な》れた目には、薄暗がりにうねっている錯雑したものの姿が、咄嗟《とっさ》には見てとれない。一点白い光りがある。抵抗して、全身を以《もっ》て遁《のが》れようとしながら、悠一の帰宅を喜び迎えている瞠《みひら》いた康子の目である。康子は力を得てはねかえした。学生も忽《たちま》ち身を離して立上った。悠一を見た。その横を擦りぬけて逃げようとして、腕をとられた。悠一はその腕を摑《つか》んで前庭へ引きずった。忽ちその顎《あご》を拳《こぶし》で打った。学生は躑躅《つつじ》の植込みの中に仰向けに倒れた。更に進んでその両頰を乱打した。……

この事件は康子にとっては記念すべき事件である。その夜悠一は在宅し、彼の身も心も康子を護《まも》っていた。康子が彼の愛を十全に信じたとて何の不思議があろう。悠一が康子を護ったのは、妻を愛していたからである。悠一が安寧秩序《あんねいちつじょ》を護ったのは、家庭を愛していたからである。

この膂力《りょりょく》の強いたのもしい良人は、母の前でさえ功を誇らなかった。いずくんぞ知らん、彼は自分が膂力をふるうにいたった私《ひそ》かな理由について忸怩《じくじ》たるものがあったのである。理由は二つあった。一つはあの学生が美しかったからである。二つは、、、、、――悠一にとってこれ以上云《い》い難《がた》い理由はあるまいが――、あの学生が女を欲したという事実の辛《つら》い直視を悠一が強いられたからである。

……さて、十月、康子は月経を見なかった。

第十一章　家　常　茶　飯

十一月十日、悠一《ゆういち》は大学のかえりに郊外電車の或《あ》る駅で妻と待合わせた。行先が行先なので、背広で登校したのである。

二人は悠一の母の主治医の紹介によって、或る高名な婦人科医の自宅を訪ねようとしていた。この初老の婦人科部長は、週日の四日は大学病院へ通勤し、水曜金曜は在宅した。自宅にも設備の整った診察室がある由《よし》である。

悠一は妻に附添《つきそ》ってそこへ行く役割を、実は何度か躊躇《ちゅうちょ》を以《もっ》て考えていた。附添人は里の母親でもあるべきである。康子《やすこ》は甘えて彼の附添を望んだ。強《し》いて拒む理由が彼にはなかった。

博士の閑雅な洋館の前には自動車が停《とま》っていた。悠一と康子は煖炉《だんろ》のある仄暗《ほのぐら》いホールで順番を待った。

その朝は霜が下り、その日は殊《こと》に寒い日である。すでに煖炉の火は焚《た》かれ、床に敷かれた白熊《しろくま》の毛皮は、火にちかい部分がかすかに匂《にお》っていた。卓上の七宝《しっぽう》の大花瓶《おおかびん》には、溢《あふ》れるばかりの黄菊が盛られている。部屋は大そう暗いので、暗緑の七宝の肌《はだ》に煖炉の焔《ほのお》がこまやかに映っている。

ホールの椅子《いす》には先客が四人いた。供をつれた中年の婦人と、母親に附添われた若い婦人とである。中年女は今美容院から出て来たばかりのような髪の下に、厚化粧の動かない顔を持っていた。この白粉《おしろい》に閉じこめられた顔は、一度笑えば肌に亀裂《きれつ》を走らせそうに思われた。小さな目は白粉の壁のうしろから窺《うかが》っていた。青貝ちらしの漆の着物といい、帯といい羽織といい、ダイヤの嵩高《かさだか》な指環《ゆびわ》といい、あたりに漂う香水の薫《かお》りといい、いささか豪奢《ごうしゃ》という通念ででっちあげられた仮装のような気味があった。女は膝《ひざ》の上にライフをひろげていた。細かい活字の説明のところは故《こと》さらに目を近づけて唇《くちびる》を動かして読んだ。時折蜘蛛《くも》の巣でも払うような手つきで、ありもしない後れ毛を払う癖がある。お供の女中はうしろの小さな椅子に控え、女主人に話しかけられると、一生懸命な目色で「はい」と言う。

もう一組のほうは、この二人を多少蔑《さげす》んだ視線でときどきちらりと見る。娘は紫の大柄《おおがら》の矢絣《やがすり》を、母親は滝縞《たきじま》の御召《おめし》を着ている。奥さんともお嬢さんともつかぬ娘は、何度か白いやわらかい肱《ひじ》をあらわして、仔狐《こぎつね》のような拳《こぶし》をもたげて、外側に向けてはめている小さい金いろの腕時計を見た。

康子は何も見ず何も聞かない。瞳《ひとみ》は煖炉の瓦斯《ガス》の焔に凝らしているが、それを見ているというのではない。数日前から突如として襲って来た頭痛と吐気と微熱と眩暈《めまい》と動悸《どうき》のほかに彼女の関心事はなさそうである。夥《おびただ》しい症状のなかに沈潜しているその顔つきは、餌箱《えさばこ》のなかに鼻をうずめている兎《うさぎ》のように、きまじめで、しかも無邪気に見えた。

先客の二組がすんで、康子の番が来たとき、彼女は診察室まで悠一がついて来てくれるようにとせがんだ。二人は消毒薬の匂いが漂う廊下を通った。廊下に立ち迷っていた隙間風《すきまかぜ》の冷たさが康子を戦慄《せんりつ》させた。

「どうぞ」と落着いた教授風の声が中から呼んだ。

博士は肖像画のような様子で椅子にこちら向きに掛けていた。消毒液に浸しつけて白っぽく乾いた、いわば抽象的な感じの骨ばった手で、二人の坐るべき場所を示した。悠一が紹介者の名をあげて挨拶《あいさつ》した。

机上に並べられた歯医者の器具のような光ったものは、掻爬《そうは》に用いられる鉗子《かんし》のたぐいである。しかし部屋に入ってまず目につくのは、独特の残酷な形をした検診台であった。それはいかにも畸形《きけい》な不自然な形をしていた。ふつうよりは高めの寝台の下半身の部分が跳ね上っており、その斜め左右へ跳ね上った両端に革のスリッパがとりつけられていたのである。

悠一は先客のあの乙《おつ》にすました中年女と若い女がたった今この機械の上で軽業《かるわざ》のような恰好《かっこう》をしてみせたのだと考えた。その奇矯《ききょう》な寝台は、「宿命」の形をしているのかもしれない。何故《なぜ》ならこの形態の前には、ダイヤの指環も香水も青貝ちらしの漆の着物も紫の矢絣もすべて徒《あだ》であり、何ら抵抗の力をもたないからである。その鉄の寝台の帯びている冷たい猥褻《わいせつ》さを、やがてそこに据《す》えられる筈《はず》の康子の姿にあてはめてみた悠一はぞっとした。彼は自分がその寝台に似ていると感じたのである。康子はわざと検診台から目をそらして坐っていた。

症状の報告にはいくらか悠一が口ぞえをした。博士が彼に目じらせした。彼は康子をのこして診察室を出て、ホールへかえった。ホールには人の姿がない。安楽椅子に掛けた。落着かない。肱掛椅子に掛けた。やはり落着かない。検診台に仰向けになっている康子の姿態を想像することからのがれられない。

悠一は炉棚《ろだな》に肱をついた。今朝着いてすでに学校で読んでしまった二通の手紙を内かくしからとり出して読み返した。一通は恭子の手紙である。一通は鏑木《かぶらぎ》夫人の手紙である。内容もほぼ相似た二通が、たまたま同じ朝に届いたのである。

あれ以来悠一は恭子に三度、鏑木夫人に二度会っていた。おのおのの最近の一度は共通している。というのは俊輔《しゅんすけ》の差金《さしがね》で、又しても恭子と夫人が悠一を央《なか》にして会わねばならぬ機会が作られたからである。

悠一はまず恭子の手紙を読み返した。行間に憤怒の調子があふれている。それが書体に男のような強さを与えていた。

「あなたは私をからかっていらっしゃる」と恭子は書いていた。「欺《だま》していらっしゃると考えるよりも、まだそう考えるほうが助かります。靴《くつ》をお返し下さったとき、あなたはめずらしい手巾《ハンカチ》を二枚下さいました。私はうれしくて、その二枚をかわるがわる洗って、いつも手提《てさげ》に入れて使っておりました。でも先日鏑木さんに又お目にかかったとき、あの方もおなじ手巾を使っておいでになりました。私共はおたがいにすぐそれに気がつきましたが、黙っていました。女は同性の持物には目が早いのです。それに手巾は、ダースか半ダースで買うものですわ。あなたはあの方に四枚あたくしに二枚下すったのか、あの方にも二枚、他《ほか》の誰《だれ》かしれない方に二枚お上げになったのね。でも手巾のことはさほどには思っておりません。これから申上げることは一等申し難《にく》いことで、この間鏑木さんとあなたと三人偶然御一緒になったとき以来、（鏑木さんとぶつかるのは、いつかの靴を買った日以来二度目ですわ。妙な偶然ね。）私が食事も進まぬほどに苦しんでいる事柄《ことがら》でございます。

この前外務省の会をすっぽかしてあなたとお目にかかったとき、河豚《ふぐ》料理の店の座敷で、あなたは私の煙草《たばこ》に火をつけて下さるために、ポケットからライターをお出しになろうとして、畳に瑪瑙《めのう》の耳飾りの片方をお落しになりました。『まあ、奥さまのイヤリング？』と私は咄嗟《とっさ》に申しました。あなたは『ええ』と軽く口のなかで仰言《おっしゃ》りながら、しまっておしまいになりました。私はそんな発見をすぐ口に出した軽率さやはしたなさを後悔いたしました。なぜと申せ、私がああ申しました口調には、明らかに嫉妬《しっと》のこもっていることが、私自身にもわかったからでございます。

それだけに鏑木さんに二度目にお目にかかった節、あの方のお耳に例の瑪瑙の耳飾りを見たときの私のおどろきはいかほどでございましょう。それ以来私は人前も憚《はばか》らず口をつぐんでしまい、あなたをお困らせいたしました。今この手紙をさし上げる決心をするまでに、私は大そう苦しみました。手袋やコンパクトならまだしものこと、耳飾りの片方が殿方のポケットに入っていたというのは、容易ならぬことに思われます。私はおよそつまらないことを気にかけない性格が、人の称讃《しょうさん》の的にさえなっていた女でございますのに、今度ばかりはどうしてこんなにまで心を苛《さい》なまれるのかわかりません。少しでも早く私の子供らしい疑いを治して下さいませ。愛情とは申さなくても友情さえお持ちなら、あらぬ疑いにかられている女の苦しみを、お見すごしにはなるまいと思って、これを書いております。手紙がお手もとに届き次第、お電話をいただけましてて? 私お電話をいただくまで、毎日頭痛を口実に在宅いたします」

鏑木夫人の手紙は、

「この間のような手巾のお悪戯《いた》は悪趣味よ。私すぐ暗算しました。私に四枚、恭子さんに四枚、すると一打《ダース》にはまだ四枚ある筈。奥様にお上げになったと思いたいけれど、あなたのことだからわからないわ。

でも手巾のことで恭子さんがすっかり元気が失《な》くなったのでお気の毒に思いました。恭子さんっていい方ね。世界中で悠ちゃんに愛されているのは御自分一人だと思っていらした夢が崩れたのね。

先達《せんだつ》ては高価なものをありがとう。少し型が古風だけれど、あの瑪瑙はいい石ね。おかげでみんなが耳飾りをほめてくれるついでに、耳の形もほめてくれるようになりました。洋服のお返しに下すったのなら、あなたもずいぶん古風な方ね。あなたみたいな人は、貰《もら》いっぱなしにしたほうが女に喜ばれてよ。

仕立上りはもう二三日でしょうね。新調を召した日にあたくしに見せて頂戴《ちょうだい》。ネクタイも選ばせて頂戴ね。

二伸、先日以来、私何の理由もないのに、恭子さんに対して自信がつきました。何故でしょう。あなたは御迷惑かもしれないけれど、私この将棋には何だか勝味のありそうな予感がしております」

『この二通を比べて読めばすぐわかるが』と悠一は心に独言した。『自信のなさそうな恭子のほうに自信があって、自信ありげな夫人のほうに自信がない。恭子は疑惑を隠さないが、夫人は疑惑を隠しているさまが歴然と見てとれる。檜《ひのき》さんの言ったとおりだ。恭子は夫人と僕《ぼく》との間に、夫人は恭子と僕との間に、関係のあることをそろそろ確信しだしている。自分の体にだけ触れてもらえないのを苦しんでいるんだ』

この大理石のような青年が手を触れた唯一《ゆいいつ》の女体には、このとき初老の男の、乾燥したリゾールくさい冷静な二本の指が、草花を移し植えるときに土にさし込まれる庭師の指のように刺《さ》っていた。乾燥したもう一つの掌《て》は外側から内部の質量を測った。鵞鳥《がちょう》の卵大の生命の根が、温かい土の内部に触れた。博士はついで、華奢《きゃしゃ》な花壇用シャベルをとりあげるように、クスコー氏子宮鏡を看護婦の手からうけとった。……診察がすんだ。博士は手をすすぎながら、顔だけ患者のほうへ向けて、彼の天職の人間的な微笑にあふれてこう言った。

「おめでとうございます」

訝《いぶか》しそうに康子が黙っていると、婦人科部長は看護婦に命じて悠一を呼ばせた。悠一が入って来た。博士が重ねて言った。

「おめでとう。奥さんは姙娠二ヶ月です。御結婚当初に受胎されたわけですね。母体は健康だし、万事正常です。御安心下さい。それから食慾《しょくよく》がなくても、ともかく無理をして召上ることですな。召上らないと便秘になりがちですし、便秘になると毒素がたまってよろしくありません。それから毎日注射をいたしましょう。葡萄糖《ぶどうとう》にヴィタミンB_1をまぜましてね。悪阻《つわり》のいろんな症状は御心配ありません。なるたけ安静に。……」――それから悠一に軽い目くばせをして、あの方《ほう》は一向かまいません、とつけ加えた。

「とにかくおめでとう」――博士はつくづく二人を見比べて言った。「優生学の御手本のような御夫婦だ。優生学は人類の未来に希望をもたせる唯一の学問ですな。御二人のお子さんを拝見するのがたのしみだ」

康子は落着いていた。何かしら神秘的な落着きである。悠一はういういしい良人《おっと》がそうするように、妻の母胎のあたりを不審げに眺《なが》めた。このとき異様な幻が彼の身をわななかせた。妻が腹のところに鏡を抱いており、鏡の中から悠一自身の顔がじっと悠一を見上げたような気がしたのである。

それは鏡ではなかった。窓の西日がたまたま彼女の真珠いろのスカートに届いて、そこを明るませていたにすぎない。悠一のこの恐怖は、妻に病気をうつした良人が感じる恐怖と似たものであった。

『おめでとうございます』――彼は帰るさ、何度となくくりかえされるその祝辞を幻に聴いた。今までにも無数に繰り返され、今後も無数に繰り返されるだろうその祝辞のうつろな響きに、彼は連禱《れんとう》の暗い折返《リフレイン》を聴くような気がした。彼の耳が聴いていたのは、祝辞ではなくて無数の呪詛《じゅそ》の呟《つぶや》きだったと謂《い》っていい。

欲望がないのに子供が生れる。欲望のみから生れた不義の児《こ》には或る反抗の美しさが現われるものだが、欲望なしに生れる子は、どんな不吉な目鼻立ちをしているだろう。人工受精でさえ、その精子は女を欲した男のそれだ。優生学、欲望を度外視した社会改良思想、タイル張りの浴室のような明るい思想、悠一は婦人科部長の甲羅《こうら》を経た美しい白髪を憎んだ。社会に対して悠一が持っている素直で健全な観念は、彼の特殊な欲望が社会に在って現実感を持たないことを唯一の支えにしていたからである。

幸福な夫婦は西日のなかに募って来た風を避けて、外套《がいとう》の襟《えり》を立てて身を倚《よ》せ合って歩いた。康子が悠一の腕に腕をさし入れたので、組んだ腕の温か味は幾重の布地をとおして通い合った。今では二人の心を隔てているものは何だったろう。心は肉体を持たないので、腕を組むようすがもなかった。康子も悠一も互いの心が名状しがたい訴えを叫び出す刹那《せつな》を怖《おそ》れた。女らしい軽率さで、康子のほうがこのお互いの禁忌を犯してしまった。

「ねえ、あたくし喜んでよろしいの?」

悠一はそう言っている妻の顔を正視するに耐えなかった。大声で快活に、康子を見ずに、「何をいうのさ。おめでとう」と叫べばよかった。しかしこの時たまたま近づいて来た物影が彼を黙らせた。

郊外の住宅街は人通りが甚《はなは》だ少ない。礫《こいし》の多い白い路上に、屋根屋根の凹凸《おうとつ》の影が、はるかかなたに斜めに上っている黒白の踏切のところまでつづいている。やって来るのはスピッツ犬を連れたスウェーターを着た少年である。その色白な顔の半面は西日に照らされて光沢を帯びた茜色《あかねいろ》に染まっていたが、近づくにつれてその半面が赤紫の火傷《やけど》の痕《あと》におおわれているのがわかった。少年は目を伏せてすれちがい、悠一の聯想《れんそう》は幾度か彼の欲望の刻々にあらわれた遠火事の火の色に、消防自動車のサイレンに思いいたった。彼はさらに優生学という言葉のいまわしさを思い起した。漸《ようや》くにしてこう言った。

「喜んでいいさ。おめでとう」

康子はうら若い良人の祝辞にこもる紛《まぎ》れもない不本意な響に絶望した。

＊
＊＊

……悠一の行為は埋もれていた。神妙な慈善家の行為のように埋もれていた。しかし陰徳を施した慈善家の自己満足の薄い微笑は、この美青年の口辺には泛《うか》ばなかった。彼の若さは表向きの社会での行為の皆無に苦しんだ。努力を要せずして淳風《じゅんぷう》美俗の権化《ごんげ》となっている以上の退屈さがあるだろうか。努力なしに道徳的でありうるやりきれなさから、彼は道徳を憎むように女を憎む術《すべ》を学んだ。むかし彼が素直な羨望《せんぼう》の目で眺めやった愛し合う若い男女を、今は暗い射るような嫉妬《しっと》の目で見た。彼は時あって自分が強《し》いられている沈黙の量におどろいた。夜の社会の行為については、美しい不動の彫像のように大理石の沈黙を守っていたが、それは「美」が強いられる義務のような作用を悠一の上に及ぼした。つまり完全な彫像がそうであるように、彼は様式に縛られていたのである。

康子の妊娠は、たちまち里の瀬川家のよろこびにみちた訪問やら会食やらで、南家の生活を賑《にぎわ》わせた。その晩も外出をしたそうな顔つきで落着かない悠一の様子に母親は気を揉《も》んだ。「何が不満なんでしょう」と彼女が言うのであった。「こんな気立のいいきれいなお嫁さんがいて、最初の子供が出来たというお慶《よろこ》びの席だというのに」――悠一がむしろ朗らかにちっとも不満ではないと答えたので、気のいい母親は息子に皮肉を言われているような気がした。「どうしたというんでしょう。結婚前はめったに遊びにも出ないで親を心配させた子が、結婚してから却《かえ》って遊び歩くようになったのは。いいえ、あなたのせいではありません。きっと悪い友達が多くなったんです。だってあの子の友達は家へはちっとも顔を見せないじゃありませんか」――康子の里に気をかねて、いつも彼女は康子の前で、愛する息子を半ばは非難し半ばは弁護するのであった。

いうまでもなく息子の幸福は、この気さくな母親の関心の大半を占めていた。他人の幸福について考えるときに、われわれはしらずしらず他人に託して自分の幸福の成就の別な形を夢みているもので、それが却って自分の幸福について考えるよりも、人を利己的にすることはありうることである。新婚匆々《そうそう》の悠一の放埒《ほうらつ》な生活を、何か康子に越度《おちど》があるからだと考えた彼女の疑惑は、この妊娠の吉報で一応晴れた。「これからはきっと悠一は落着きますよ」と康子にも言うのであった。「あの子も今度はいよいよ父親になるんだからね」

彼女の腎臓《じんぞう》は小康を得ていたが、ここのところいろんな心労が又しても彼女に死にたい思いをさせた。ところがそういうときにはまたお誂《あつら》えむきに病気が来てくれない。彼女を苦しめているのは康子の不幸よりも、母親の当然なエゴイズムによって息子の不幸であったが、明らかに孝行の動機に基《もと》づいているこの結婚が悠一にとっては不本意な結婚ではなかったかという疑いが、なかんずく母親の悩みと悔恨の種子《たね》になった。

家の中で何か破局が起きない前《さき》に納め役を買って出なければならないと考えた母親は、嫁には悠一のだらしなさが里へきこえぬようにやさしく言い含め、悠一にはそれとなくやさしく問い訊《ただ》した。

「何か人に言えない心配事か色恋沙汰《ざた》があるのなら、私にだけは話してごらん。大丈夫、康子にだって言やしないから。このままで行ったら何か怖《おそ》ろしいいやな事が起りそうな予感がするからね」

康子の姙娠に先立って言われたこの言葉は、悠一の目に母親を巫女《みこ》のように見せた。家庭というものはどこかに必ず何らかの不幸を孕《はら》んでいるものだ。帆船を航路の上に押しすすめる順風は、それを破滅にみちびく暴風と本質的には同じ風である。家庭や家族は順風のような中和された不幸に押されて動いてゆくもので、家族をえがいた多くの名画には、華押《かおう》のように、ひそんだ不幸が手落ちなく一隅《いちぐう》に書き込まれている。この意味で、ともすると自分の家庭は健全な家庭の部類に入るのかもしれないと悠一は楽天的な気持のときには思うのであった。

南家の財産管理はあいかわらず悠一の手に委《ゆだ》ねられていた。俊輔の五十万円の寄附行為を夢にも知らない母親は、いつまでも持参金のことで瀬川家に肩身のせまい思いをしていたが、いずくんぞ知らん、その三十万円ほどの持参金には一文も手をつけられていなかった。ふしぎと悠一には理財の才があった。高等学校の先輩に銀行員がいて、その男の浮貸資金のために悠一が預けた俊輔の二十万円は、月々一万二千円の利息をもたらした。現在この種の投資は危険な投資の内に入らない。

たまたま康子の学校友達で昨年若い母親になったのが、小児麻痺《しょうにまひ》で子供を喪《な》くした報《し》らせがあった。この報らせをきいたときの悠一の嬉《うれ》しげな様子は、弔問に出かけようとした康子の足を重たくさせた。美しいが暗い揶揄《やゆ》を仄《ほの》めかせた良人の目は、それごらんと言っているように思われた。

人の不幸は何程かわれわれの幸福である。激しい恋愛の時々刻々の移りゆきではこの公式が一等純粋な形をとるが、それにしても康子の抒情的《じょじょう》な頭は、良人の心に慰藉《いしゃ》を与えるものは不幸のほかにはないのではないかと疑った。悠一の幸福の考え方には世にも投げやりな調子があった。彼は永続的な幸福というものを、信じてもいず、心ひそかに怖れているようにも思われた。永持ちのしそうなものを見ると彼は恐怖を抱いたのである。

或《あ》る日夫婦は康子の父の百貨店へ買物に出かけたが、四階の乳母車売場の前で康子がかなり永いこと立止った。悠一は興なげに妻を促した。促すために彼がとった彼女の肱《ひじ》には、軽い片意地の力があった。彼はそのとき自分をちらりと見上げた妻の目のなかに、怒りの色がうかぶのを見ぬふりをした。かえりのバスで、康子はまた彼女にしなだれかかってくる隣りの嬰児《えいじ》をしきりとあやした。汚れた涎《よだれ》かけをしたこの貧しい嬰児は、一向可愛《かわい》らしい顔つきをしていたわけではない。

「子供って可愛いわね」

その母親が下車すると、康子は媚態《びたい》に近いほど首をかしげて、悠一にこう言った。

「気が早いんだね。生れるのは夏だっていうのに」

康子はまた黙ったが、その目に滲《にじ》んだのは今度は涙であった。こんなお先走りな母性愛の発露を見ては、悠一のような良人でなくても、からかいたくなるのが当然だったろう。まして康子のこの種の感情の流露には、自然さが欠けており、そればかりか微《かす》かな誇張があった。ありていに云うと、この誇張には非難の調子があったのである。

或る晩、康子がはげしい頭痛を訴えて床につき、悠一も外出をさしひかえた。嘔気《はきけ》に加えて心悸《しんき》昂進《こうしん》が見られたので、医者が来るまで、きよが冷水の湿布で病人の胸を冷やした。息子の慰め役にまわった悠一の母が言うのであった。

「心配することはないよ。あなたを生んだときの私の悪阻《つわり》と来たらものすごかった。その上私は根が悪食《あくじき》なんだろうか。葡萄酒《ぶどうしゅ》の罎《びん》をあけていて、急にあの茸《きのこ》みたいなコルクの栓《せん》が喰《た》べたくなって困ったもんだよ」――医者が手当をすませてかえるとすでに十時ちかかったので、康子の寝室には悠一と二人だけ残った。草いろの頰《ほお》によみがえった血の色は、彼女をいつもよりも新鮮に見せ、蒲団《ふとん》の上にものうげにさし出された白い腕は、遮光《しゃこう》された灯影にあでやかであった。

「苦しかったわ。でも子供のためだと思うと、こんな苦しさなんか何でもなくってよ」

こう言った妻は、悠一の額へ手をあげて、そこに垂れた髪を弄《もてあそ》んだ。悠一はなすに委《まか》せた。このとき思いがけない残酷なやさしさが生れて、彼の唇《くちびる》はまだ熱の残る康子の唇に押しあてられた。どんな女も告白を余儀なくされる切ない口調でこう訊《たず》ねた。

「本当に子供がほしいの？　言ってごらん、君にはまだ母性愛なんか早すぎるよ。何を言いたいのか言ってごらん」

　康子のいたみつかれた目は、待ちかねていたように涙を流した。感情の或る種の詭《き》計《けい》の告白に当って、女が示す放恣《ほうし》な陶酔の涙ほど、人の心をうごかすものはない。

「子供ができれば……」と康子はとぎれとぎれに言った。「子供さえできれば、あなたも康子を捨てていらっしゃらないと思うからだわ」

　悠一が堕胎を考えるにいたったのはこの時である。

＊＊＊

　世間では檜俊輔《ひのきしゅんすけ》の若返りとその昔にかわる服装の派手ごのみに瞠目《どうもく》しだした。もともと俊輔の老来の作品はみずみずしかった。それは優れた芸術家の晩年にあらわれるみずみずしさというよりは、晩年にいたるまで熟し切らない部分の宿痾《しゅくあ》のような腐敗したみずみずしさである。厳密な意味での若返りは彼にはありえず、あればそれはむしろ彼の死であったが、生活に関してまるきり造型力をもたなかったこの人が、この種の造型力の結晶である何らの美的な趣味をもたないことのあらわれか、近ごろの彼の服装には若向きの流行の影響の歴然たるものがあった。作品制作上の美学と生活上の趣味とが一致を見るのがわが国の通例である。俊輔のこんな思い切ったちぐはぐは、それがルドンの風俗の影響とも知らない世間をして、少しばかりこの老芸術家の正気を疑わせるにいたるのだった。

のみならず俊輔の生活には、いいしれぬ神出鬼没の色彩が加わり、かねて軽妙洒脱《しゃだつ》に遠かったその言動には、贋《にせ》ものの軽妙、むしろ軽躁《けいそう》にちかいものが窺《うかが》われるようになったのである。若返りの人工的な苦痛を、人はその軽躁さのなかに好んで読んだ。彼の全集の売行はよく、彼の精神状態に関する奇妙な出来立ての伝説は売行を促した。どんな慧敏《けいびん》な批評家も、どんな洞察力《どうさつりょく》に秀《ひい》でた友人も、俊輔のこの種の変化の真の原因を見抜かなかった。原因は単純だった。俊輔は「思想」を抱くにいたったのである。

夏の浜辺の繁吹《しぶき》のなかに現われた青年の姿を見たあの日から、生れてはじめて、老いた作家に一つの「思想」が宿った。彼は彼自身を苦しめた青春という雑駁《ざっぱく》な力、あらゆる集中と秩序とを不可能にする最も怠惰な活力、たえて創造には力を貸さず消耗と自己破壊にだけ役立つところの厖大《ぼうだい》な無気力、この活々《いきいき》とした弱さ、この過剰という病気に、それ自身ではもつことのできない力と強さとを賦与《あた》えようとしたのである。この生の病気を癒《いや》して、鋼鉄のような死の健康を与えること。これは芸術作品の上に俊輔がたえず夢みて来た理想の具現であった。

芸術作品には存在の二重性がある、というのが彼の意見だった。発掘された古代の蓮《はす》の種子《たね》が花咲くように、永続的な生命をもつと称される作品は、あらゆる時代あらゆる国々の心によみがえる。古代の作品に触れるときに、空間芸術にまれ時間芸術にまれ、その作品のもつ空間や時間の中に囚《とら》われの身となっている間のわれわれの生は、少くともそれ以外の部分の現在の生を停止乃至《ないし》は放棄している。われわれはもう一つの生を生きる。ところがこのもう一つの生を生きるために費される内的時間は、すでに計量され解決されたものである。われわれが様式とよぶものがそれである。一つの作品の強《し》いる驚異がいかほどのものであり、それ以後の人生の見方を変えてしまうほどのものであろうと、われわれは無意識のうちにも様式を通じて驚いたのであり、爾《じ》後《ご》の変化は様式を通じた影響にすぎない。ところが人生経験や人生の影響には様式の欠けているのが常である。芸術作品はこれに様式を着せ、いわば人生の既製服を提供しようとするものだという自然派の考え方には俊輔は屈しなかった。様式は芸術の生れながらの宿命である。作品による内的経験と人生経験とは、様式の有無によって次元を異にしているものと考えなくてはならぬ。しかし人生経験のうちで作品による内的経験にもっともちかいものが唯一《ただ》つある。それは何かというと、死の与える感動である。われわれは死を経験することができない。しかしその感動はしばしば経験する。死の想念、家族の死、愛する者の死において経験する。つまり死とは生の唯一《ゆいいつ》の様式なのである。

芸術作品の感動がわれわれにあのように強く生を意識させるのは、それが死の感動だからではあるまいか。俊輔の東方的な夢想はともすると死に傾いた。東洋では死のほうが生よりも数倍いきいきとしている。俊輔が考える芸術作品とは、一種の精錬された死、生をして先験的なものに触れさせる唯一の力であった。

内的な存在としては生であり、客観的な存在としては死あるいは虚無に他《ほか》ならぬこと、かかる存在の二重性は、芸術作品をして無限に自然の美へ近づかせるのである。彼の確信によれば、芸術作品は自然同様に断じて「精神」を持っていてはならなかった。いわんや思想をや！　精神の不在によって精神を証明し、思想の不在によって思想を証明し、生の不在によって生を証明する。それこそは芸術作品の逆説的な使命である。ひいては美の使命であり性格である。

それでは創造の作用は、自然の創造力の模倣にすぎぬのではなかろうか？　この疑問に対して俊輔は辛辣《しんらつ》な答を用意していた。

自然は生れるものであり、創《つく》られるものではない。創造は自然をしておのが出生を疑わせるための作用である。創造はつまり自然の方法だから、というのが彼の答であった。

そうだ、俊輔は方法に化身した。彼が悠一の上にねがったものは、この美青年の自然の青春を芸術作品として錬り直し、青春のあらゆる弱さを死のように強大なものに変え、彼が周囲に及ぼす諸力を自然力のような破壊の力、何ら人間的なものを含まない無機質の力に変えてしまうことであった。

悠一の存在は、宛然《さながら》制作中の作品のように、昼も夜も老作家の心を離れなかった。そのうちにたとい電話でなりと、彼の朗らかな若者らしい声を聴かない日は、その一日が曇った不愉快な一日のように思われるまでになった。悠一の黄金《きん》の重みと明るさに充《み》ちた声は、丁度雲間を洩《も》れる一条の光りの箭《や》のように、この老いた魂の荒蕪《こうぶ》の地にふりそそぎ、その荒れ果てた雑草や石のたたずまいを明るませ、そこをいかほどかでも住むに適した場所にしたのである。

しばしば悠一との連絡場所に使われるルドンで、依然として俊輔は「その道の人間」を装っていた。彼は隠語に通じ、微妙な目くばせの意味に精通した。或る小さな思いがけないロマンスが彼を喜ばせた。一人の陰気な顔立の若者がこの醜い老人への恋を打明けたのである。彼の異常ななかにも異常な傾向は、六十歳以上の男にばかり愛着を感じるのであった。

俊輔はその道の少年たちを引き連れて、そこかしこの喫茶店や西洋料理屋に姿を現わすようになった。少年から成人に移ってゆく微妙な年齢の推移に、夕空のような刻々の色調の変化があることに、俊輔は気づいていた。成人することは、美しさの日没である。十八歳から二十五歳まで、愛される者の美は微妙に姿を変えた。夕映えの最初の兆《きざし》、雲という雲が果実のようにみずみずしく色づく時刻は、十八歳から二十歳にいたる少年の頰の色や、しなやかな頸筋《くびすじ》や、剃《そ》り上げた衿元《えりもと》の新鮮な青さや、少女のそれに似た唇を象徴していた。やがて夕映えがたけなわに達し、雲はいろとりどりに燃えさかり、空が狂おしい歓喜の表情をうかべる時刻は、二十歳から二十三歳にいたる青春の花ざかりの年齢を意味した。このとき、眼差《まなざし》はやや猛々《たけだけ》しく、頰は引締り、口もとは男の意志を漸くあらわに示しながら、なおその頰に燃えのこる羞《はじ》らいの色や、その眉《まゆ》の流線のやさしさに、少年の脆《もろ》い瞬間の美の面影《おもかげ》が見られるのである。最後に炎《も》えつきた雲が厳しい相貌《そうぼう》を帯び、落日が残んの火の髪をふりたてて沈む時刻は、その目はまだ無垢《むく》なきらめきを宿しながら、その頰には男性の悲劇的な意志の険しさが立ちまさる二十四五歳の青年の美をあらわしていた。

俊輔は正直のところ、取巻きの少年たちのそれぞれの美しさをみとめながら、そのどの一人からも肉感的な愛情をそそられなかった。愛さない女たちに囲まれている悠一の気持はこうもあろうかと老いた作家は思った。しかし決して肉感というのではないが、悠一を思うときだけ、何かしらこの老人の心はときめいた。そこにいない悠一の名を彼が口にのぼす。すると少年たちの目には一種の思い出の歓喜と悲しみがうかんでくる。俊輔が問い訊《ただ》すと、どの少年も悠一と関係があり、多くても二度三度とはつづかずに捨てられていたのである。

悠一から電話がかかった。明日訪問してよいかという電話である。折柄疼《おりからうず》いていた冬の最初の俊輔の神経痛は、この電話のおかげでたちどころに癒《い》えた。

あくる日はまことに穏やかな小春日和《こはるびより》で、俊輔は居間の広縁の日だまりにいて「チャイルド・ハロルド」をしばらく読んだ。バイロンはいつも俊輔を笑わせた。そのうちに来客が四五人あった。悠一の来訪を婢《はしため》が知らせた。彼は面倒な事件を引受けた弁護士のような渋面を作って来客に言いわけをした。二階の書斎に通されている新らしい「重大な」客が、まだ学生の身分の何ら才能のあるわけでもない青年であろうとは、そこにいた人たちのどの一人の想像も及ばなかった。

書斎には琉球染《りゅうきゅうぞめ》の続き模様の五枚のクッションを置き並べた出窓兼用の長椅子《ながいす》があった。窓の三方を囲む飾棚《かざりだな》に古陶の蒐集《しゅうしゅう》が雑然と置かれ、一つの区切にはまことに美しい古拙な俑《よう》があった。この蒐集に何の秩序も系列も見られないのは、単にそれらが悉《ことごと》く貰《もら》い物だったからである。

悠一は鏑木《かぶらぎ》夫人から贈られた新調の服を着て出窓に居たが、窓をとおしてくる初冬の白湯《さゆ》のような日光は、その漆黒の髪のうねりを輝やかせていた。彼はこの部屋に季節の花がないのに気附《きづ》いた。生きているものの気配はどこにもない。黒大理石の置時計が沈鬱《ちんうつ》に時を運んでいるばかりである。美青年は手もとの机上の古い革表紙の原書に手を伸ばした。マクミラン版ペイタア全集の「ミセレィニアス・スタディース」の一篇《いっぺん》「ピカルディーのアポロ」のところどころに俊輔の引いた傍線があった。その傍《かたわ》らには古びた上下巻の往生要集と、大版のオーブレエ・ビアズレエの画集が積まれていた。

俊輔を迎えて立上る悠一の姿を出窓の前にみとめたとき、老いた芸術家はほとんど戦慄《せんりつ》した。彼の心が今たしかにこの美青年を愛していると感じたのである。ルドンに於《お》ける演技が、いつか俊輔自身をあざむいて、(丁度悠一が自分の演技にあざむかれて屢〻《しばしば》女を愛していると感じたように)、ありうべからざる錯覚を強いたものだろうか？

彼はすこし眩《まぶ》しそうに目《ま》ばたきした。悠一の傍らに掛けてすぐ言い出したことは、そこでやや唐突な感じを与えた。彼はきのうまで神経痛が痛んだが、気候の加減かして今日は痛まない、これはまるで右膝《みぎひざ》に晴雨計をぶらさげているようなもので、雪のふる日なんぞは朝からわかるのだ、と言ったのである。

青年が話の継穂に困っていると、老作家は彼の洋服を褒《ほ》めた。贈り主の名を聞いてこう言った。

「ふん、あの女は私から以前三万円強請《ゆす》ったんだ。それで君が洋服を作ってもらえば、私の帳尻《ちょうじり》はうまく合うよ。今度は御褒美《ごほうび》に接吻《せっぷん》ぐらいしてやり給えな」

人生に唾《つば》を吐きかけることを忘れない彼の常習的なこんな物言いは、悠一が久しく人生に対して抱いていた怖れに、いつもよく効く医薬であった。

「それで君の用というのは？」

「康子のことなんです」

「妊娠したことはもう聴いたが……」

「ええ、それが……」——青年は言い淀《よど》んだ。「それで御相談に上ったんです」

「堕胎《おろ》そうというの？」——この的確な質問は悠一の目をみはらせた。「何だってまた？　私は精神科の医者にきいてみたが、君みたいな傾向は遺伝性のものかどうかまだわかってはいないんだそうだ。そんなに怖《こわ》がる必要はありませんよ」

悠一は黙っていた。堕胎を考えついた真の理由が自分にもまだ呑《の》み込めていない。妻が本当に子供をのぞんでいたら、おそらくこういうことは思いつかなかったろう。妻ののぞむところが他にあることを知った恐怖が、当面の動機であることはまちがいがない。この恐怖から、悠一はおのれを解放したい。そのためにはまず妻を解放したい。懐胎は、出産は、縛ることである。解放を断念することである。……青年は半ば怒ったようにこう言った。

「そうじゃないんです。そのためではないんです」

「では何故《なぜ》？」――俊輔の冷静な質問は医師のようである。

「康子の幸福のために、そうするほうがいいと思ったからです」

「君は何を言うのだ」――老作家は顔をのけぞらせて笑い出した。「康子の幸福だって？　女の幸福だって？　君は女を愛しもしないくせに、女の幸福なんて考える資格があるのか」

「だからです。だから堕胎《おろ》さなくては。そうすれば二人のきずなは失《な》くなります。康子は別れようと思えばいつでも別れることができるでしょう。そのほうが結局あいつの幸福なんです」

「君のそんな感情は、思いやりなのか？　慈悲心なのか？　それともエゴイズムなのか？　気の弱りなのか？　呆《あき》れたもんだ。私は君からそんな凡庸な口説《くぜつ》を聴こうとは思わなかった」

老人は醜く昂奮《こうふん》していた。手はいつもよりも甚《はなは》だしく慄《ふる》え、その双の掌《て》を不安そうに揉《も》み合せた。殆《ほとん》ど脂肪を失った掌は、揉み合わされるとき、埃《ほこり》っぽい擦れるような音を立てた。彼はついで手もとの往生要集の頁《ページ》をいらいらと乱暴にめくって閉じた。

「私が言ったことをもう忘れてしまった。私は君にこう言ったよ。女を物質と思わなくてはいけない、女に決して精神を認めてはいけないと。私はそれで失敗したんだ。君が私と同じ躓《つまず》き方をするなんて思いも寄らない。女を愛さない君が！　君はその覚悟で結婚した筈《はず》だ。女の幸福なんて全く冗談じゃない。情が移った？　冗談じゃない。薪《まき》ざっぽうにどうして情が移るんだ。相手を薪ざっぽうと思ったおかげで君は結婚できたんじゃないか。いいかい、悠ちゃん」――この精神上の父親は、真剣に美しい息子を見つめた。老いた瞳《ひとみ》は半ば色あせて、それが力強くものを見ようとするとき、云《い》おうようないいたましい皺《しわ》を目もとに刻んだ。「君は人生を怖《おそ》れてはいけない。君には決して苦しみも不幸も来ないと確信していなくてはいけない。何の責任も義務も負わないことが美しいものの道徳なんだ。美は自分の不測の力の影響についていちいち責任を負っている暇がないんだ。美は幸福なんかについて考えている暇がないのだ。まして他人の幸福なんぞについて。……しかしそれだからこそ美は、そのために苦しんで死ぬ人をさえ幸福にする力をもっているんだ」

「先生が堕胎に反対なさるわけがわかって来ました。そんな解決では康子が苦しみ足りないとお思いなんですね。別れるにも別れられないところへあいつを追い込んでやるために子供が出来たほうがいいとお思いなんですね。今の苦しみでもう康子は十分だと思います。康子は僕《ぼく》の妻です。五十万円はお返しします」

「又しても君の矛盾撞着《どうちゃく》だ。康子が僕の妻ですという君が、彼女が別れやすいように骨折ってやるとはどういうことだ。君は未来を怖れている。逃げたがっている。康子の苦しみを一生傍《かたわ》らに見ることが怖いのだ」

「でも僕の苦しみはどうすればいいんです。僕は現に苦しいんです。僕はちっとも幸福ではないんです」

「君が罪だと思っているもの、そのために君が苦しみ後悔に責め立てられているもの、そんなものは何だ。悠ちゃん、活眼をひらきたまえ。君は絶対に無辜《むこ》なのだ。君は欲望によって行動したわけではないんだ。罪は欲望の調味料だよ。君は調味料だけ嘗《な》めて、そんな酸《す》っぱそうな顔をしているんだ。康子と別れて君がどうなりたいと思うんだね」

「自由になりたいんです。僕は本当をいうと、どうして自分が先生の仰言《おっしゃ》るとおりになっているのか自分でもよくわからないんです。僕は意志がない人間かと思うと淋《さび》しいんです」

この凡庸な無邪気な独り言は、迸《ほとばし》って、とうとう切実な叫びになった。青年はこう言ったのである。

「僕はなりたいんです。現実の存在になりたいんです」

俊輔は耳をすました。それは彼の芸術作品がはじめてあげた嘆きの声を聴くように思われた。悠一は暗鬱《あんうつ》に言い添えた。

「僕は秘密に疲れたんです」

……俊輔の作品がこのときはじめて口を利《き》いたのである。その激した美しい青年の声に、俊輔は鐘作りの疲労に充《み》ちた呟《つぶや》きが刻み上げた名鐘の律調を聴くような気がした。それにつづく悠一の子供らしい不平が俊輔を微笑《ほほえ》ませた。それはもはや彼の作品の声ではなかった。

「僕は美しいと云われたってちっとも嬉《うれ》しくないんです。みんなに面白《おもしろ》い愛嬌者《あいきょうもの》の悠ちゃんと云われるほうがずっと嬉しいんです」

「しかしね」——いかほどか俊輔の口調は穏和になった。「君の種族には現実の存在になれない運命があるらしいよ。その代り事芸術に関する限り、君の種族は現実に対する勇敢きわまる敵手になるのだ。この道の人たちは生れながらに『表現』の天職を担《にな》っているらしい。どうも私にはそう思われるのだ。表現という行為は、現実にまたがって、そいつに止《とど》めを刺し、その息の根を止める行為だ。そうしておいて、いつも表現は現実の遺産相続人になる。現実という奴《やつ》は、それに動かされるものによって逆に動かされ、それに支配されるものによって逆に支配されている。たとえば現実を動かし現実を支配する端的な現実の担当者は『民衆』だよ。ところが表現となると、これは動かしがたいものだ。金輪際《こんりんざい》動かしがたいものだ。その担当者が『芸術家』なのだ。表現だけが現実に現実らしさを与えることができるし、リアリティーは現実の中にはなく表現の中にだけある。現実は表現に比べればずっと抽象的だ。現実の世界には、人間、男、女、恋人同士、家庭、等々が雑居しているだけだ。表現の世界はこれに反して、人間性、男らしさ、女らしさ、恋人同士たるにふさわしい恋人同士、家庭をして家庭たらしめているもの、等々を代表している。表現は現実の核心をつかみ出すが現実に足をとられはしない。表現は蜻蛉《とんぼ》のように水のおもてに姿を映し、その水面すれすれに飛びちがい、いつのまにか水の上に産卵する。その幼虫は天空をかけめぐる日のために水中で育ち、水中の秘密に精通し、しかも水の世界を軽侮している。これこそは君たちの種族の使命なんだ。いつか君は多数決原理の悩みを私に訴えたことがあったね。私は君の悩みを今では信じない。愛し合う男と女のどこに独創的なものがあるのだ。近代社会では恋愛の動機に本能の占める部分がますます稀薄《きはく》になりつつある。慣習と模倣が最初の衝動にさえしみ込んでいる。何の模倣だと思う？　浅墓《あさはか》な芸術の模倣だ。多くの若い男女が愚かしくも、芸術にえがかれた恋愛にだけ本当の恋愛があって、自分たちの恋はその拙劣な模倣にすぎぬことを確信している。この間私は、その道の一人だという男性舞踊手の演ずる浪曼《ローマン》的なバレエを見た。彼の恋人役ほど、恋する男の情緒を見事に繊細に表現したものはなかった。ところで彼が恋しているのは目前の美しいバレリーナではなかったのだ。つまらない端役《はやく》でほんのわずかの間舞台に姿を見せる弟子の少年だったのだ。彼の演技があれまで見物を酔わせたのは、それが完全に人工的なものだったからだ。舞台の相手役の美しいバレリーナに彼が欲望を持たなかったからだ。さればこそ何も知らない見物の若い男女にとっては、彼の演ずる恋は、いわばこの世の恋愛の亀鑑《きかん》たりえたわけだね」

こんな俊輔の長広舌はかぎりなく、おかげでいつも若い悠一は、大事な人生上の問題に待ちぼけを喰《く》わされ、家を出てくるときは重要だと思ったものが、帰るさには些《さ》事《じ》としか思われぬほど、問題をはぐらかされてしまうのであった。

康子はともかく子供を望んでいる。母親は熱心に孫を望んでいる。康子の里はもとよりのことである。そして俊輔もそれを望んでいるのだ！　悠一が堕胎をいかに康子の幸福のために重要な行為だと考えたところで、第一彼女を納得させることがむつかしかろう。悪阻《つわり》がどんなにひどくなっても、ますます彼女は強くなり意地っ張りになるばかりだろう。

悠一は不幸へむかって敵も味方も雀躍《こおどり》しながら走ってゆくその足どりの賑《にぎ》やかさにめまいがした。大げさにも未来を見てしまった預言者の不幸に自分をなぞらえて憂鬱になった。その晩はルドンへ行って一人でたくさん呑んだ。自分の孤独を誇張して考えるうちに残忍な気持になり、少しも魅力のない少年と一緒に泊りに行った。酔ってふざけたふりをして、まだ上着も脱がない少年の頸筋《くびすじ》から背中へウィスキーを注《そそ》ぎ込んだが、それを冗談だと思おうとして、殊勝げに強《し》いて笑いながら、悠一の顔を卑屈にうかがっている少年の表情が彼をなおのこと憂鬱にした。少年の靴下《くつした》にかなりおきな穴があったのも、またひとつ加わる憂鬱の種子であった。

彼は泥酔《でいすい》して、手をふれないで眠ってしまった。夜半自分の大声におどろいて目をさました。夢のなかで俊輔を殺していたのである。悠一は冷汗を握っている自分の掌を、おそろしさに闇《やみ》のなかに透かしてみた。

第十二章　Gay Party

さんざん悩みながら悠一《ゆういち》の優柔不断は、とうとうそのままクリスマスまで歩いて来てしまったので、すでに堕胎の時期を逸してしまった。ある日おなじような憂鬱《ゆううつ》に責められた日に、鏑木《かぶらぎ》夫人にはじめて接吻《せっぷん》したが、この接吻は彼女を十年ほども若返らせた。クリスマスはどこでお過ごしになるの、と夫人が訊《き》いた。「やっぱりクリスマスの晩だけは女房《にょうぼう》に孝行しませんとね」――「おや、宅の主人はあたくしと一緒にクリスマスをすごしたことは一度もないのよ。今年も夫婦で別々にあそびにゆく始末でしょうよ」――一度接吻してしまうと、悠一は却《かえ》って夫人の節度の正しさに感じ入った。ふつうの女なら、その瞬間からやりきれない恋人気取がはじまるのに、夫人の愛情はこのときから却ってまじめな節度正しいものになり、日頃《ひごろ》の乱調子を抜け出していたからである。人の知らない彼女の質実な半面で恋されていると思うと、悠一はそのほうがよほど怖《おそ》ろしかった。

悠一のクリスマスの予定はほかにあった。大磯《おおいそ》の山の手の或《あ》る家でひらかれるGay Partyに招かれていたからである。ゲイとはアメリカン・スラングで男色家の意味である。

大磯のその家は、財産税のおかげで売却まで行かなくても維持費のつづかなくなった或る邸を、ジャッキーが昔の手蔓《てづる》を辿《たど》って借りているのである。持主の家族は、製紙会社の社長であった一家の主人が死んだのち、東京に手窄《てぜま》な家を借りてつつましく暮していたが、その自宅の三倍も大きく庭は十倍以上も大きい家作を時折訪ねるごとに、いつも来客でざわめいているのをふしぎに思うのであった。大磯駅を発車するかせぬかに夜はその客間の灯《ひ》が瞥見《べっけん》されたが、地方から東京へ来る客が、もとのお家にあかあかと灯がついているのを見て懐《なつか》しゅうございました、と言ったりした。あの派手な暮しは何だか一向にわからないよ、いつか寄ってみたときも宴会の用意で大へんだったわ、と未亡人は訝《いぶ》かしがった。要するに広大な芝生の庭から大磯の海を見渡すその邸の中で何が行われているのかさっぱりわからなかった。

ジャッキーの青年時代はまことに花々しく、その後彼の名声に匹敵する若者とては、悠一がようやくその二代目に擬せられるくらいのものだった。しかし時代がちがっていた。ジャッキー（と言い条、彼はれっきとした日本人であったが）は、その美貌《びぼう》をもとでに、当時なら三井三菱《みつびし》の高級社員も及ばない贅沢《ぜいたく》な欧羅巴《ヨーロッパ》周遊の旅を持ったのである。その英吉利《イギリス》人のパトロンとも数年で別れてしまった。日本にかえると、ジャッキーはしばらく関西にいた。当時のパトロンは印度《インド》の富豪であったが、この女ぎらいの青年を取巻く芦屋《あしや》社交界の貴婦人が三人あった。まことに気楽で軽快な美青年は、悠一が康子《やすこ》に対して果しているような義務をこの三人の庇護《ひご》者にかわるがわる果していた。印度人は胸を病んだ。ジャッキーはこの感傷的な大男をすげなく扱った。階下で若い恋人が今日も大ぜいの同類を集めて乱痴気さわぎをやっているあいだ、二階のサンルームで印度人は籐《とう》の寝椅子《ねいす》に横たわり、毛布を胸まで掛けて、聖書《バイブル》を読み読み泣いた。

戦時中ジャッキーは仏蘭西《フランス》大使館参事官の秘書であった。彼はスパイとまちがえられた。その私生活の神出鬼没が、公的な行動と誤解されたのである。

戦後ジャッキーは逸早《いちはや》く大磯の邸を手に入れると、馴染《なじみ》の外人を住まわせて経営の才をふるった。彼は今でも美しかった。女が髭《ひげ》を持っていないように、彼は年齢を持っていなかった。かてて加えてゲイの社会の陽物崇拝——それが彼等の唯一《ゆいいつ》の宗教であったが――は、ジャッキーのつきぬ生活力に讃嘆《さんたん》と敬意を吝《お》しまなかった。

その夕方、悠一はルドンにいた。彼はやや疲れていた。いつもより心もち蒼《あお》ざめたその頰《ほお》は、却って稜線《りょうせん》の正しい顔に心もとなげな味わいを添えた。悠ちゃんは今日すてきに潤《うる》んだ目をしていると英《えい》ちゃんが言った。海を眺《なが》め疲れた一等運転士の目のようだと彼は思った。

もとより悠一は妻帯を隠していた。この隠し事がとんだ岡焼沙汰《おかやきざた》の原因にもなったが、彼は歳末の街のざわめきを窓外に眺めながら、今日このごろの不安な日常を考えた。新婚当時のように、再《ま》た悠一は夜を怖れだした。妊娠このかた康子はしつこい間断のない愛情を、看護のような手落のない愛情を求めるようになったのである。その結果悠一は、以前にもそう考えたことがあったが、自分がまるで無報償の娼婦《しょうふ》のようだと考えざるを得なかった。

『僕は廉《やす》い。僕は献身的な玩具《がんぐ》だ』と彼は好んで自分をつまらないものに考えた。『男の意志をあれくらい廉値で買っている康子であれば、少しぐらいの不幸を忍ぶのは当然だ。それにしても僕は狡《ずる》い女中のように、僕自身に対して不忠実じゃないか』

事実悠一が愛する少年の傍《かたわ》らに横たえる肉体に比べると、妻の傍らに横たえる肉体は、はるかに安価なものであったが、この価値の倒錯は、人目には無上にお似合の美しい若夫婦の実質を、いつかしら或る冷めはてた売笑の関係、無償の売淫《ばいいん》の関係に導いていた。その静かな人目に隠された緩慢な病毒が間断なく悠一を蝕《むし》ばんでいる以上、はてはこのおままごとの小さな輪、この人形じみた夫婦関係の輪の外側に在るときも、彼が蝕まれていないと誰《だれ》が保証しようか?

たとえば今まで彼はゲイの社会ではおのれの理想に忠実だった。年下の彼好みの少年としか決して契《ちぎ》りを結ばない。この忠実さには、もちろん康子との閨房《けいぼう》にかかわる不忠実の反動があったであろう。もともと悠一は已れに忠実であろうとしてこの社会を知ったのである。しかし一方、彼の弱さと俊輔《しゅんすけ》のふしぎな意志とが、悠一の已れに対する不忠実を強《し》いている。俊輔はそれが美ひいては芸術の宿命だと謂《い》うのである。

悠一の顔立は、これを見る外人の十中八九の心を惑わした。外人ぎらいの彼は悉《ことごと》く拒んだ。ある外人の如《ごと》きは、怒り猛《たけ》ってルドンの二階の窓の一枚硝子《ガラス》を打ち破り、ある一人は憂鬱症に陥って、同棲《どうせい》していた少年の手頸《てくび》を故《ゆえ》もなく傷つけた。外人目当のリツ稼《かせ》ぎを常習としている手合は、こうしたわけで悠一を大いに尊敬した。かれらは自分の生活の糧《かて》を、犯さずして土足にかけてくれる存在に、一種被虐《ひぎゃく》的な敬意と親愛の情を抱いたのである。何故《なぜ》かといえば、われわれは自分の生活の糧に対する無害な復讐《ふくしゅう》を夢みない日はないからである。

とはいえ悠一は持ち前のやさしさから、相手の心を傷つけずに拒めるようにと骨折った。彼が希《のぞ》まず、彼を希んでいるこれらの憐《あわ》れな存在を見るときの悠一は、憐れな妻を見るときの目で見ているとわれながら思った。憐憫《れんびん》や同情の動機は、人に軽蔑《けいべつ》のまじった献身をゆるし、この献身のなかに、却って或るのびのびとした屈託のないコケトリーを芽生えさせる。孤児院を訪れる老婦人の母性的なやさしさのうちに、年老いた安心し切ったコケトリーが窺《うかが》われるようなものである。

……一台の高級車が街の雑沓《ざっとう》を縫って来てルドンの前に停《とま》った。もう一台がこれに続いて停った。オアシスの君《きみ》ちゃんが、自慢のピルエットを一廻転《ひとかいてん》やりながら、入って来る三人の外人をお得意の可愛《かわい》らしい色目で迎えた。ジャッキーのパーティーへゆく同勢は、外人を含めて、悠一はじめ十人であった。

悠一を見る三人の外人の目には、微《かす》かな期待と焦慮があった。今夜ジャッキーの家で彼と臥床《ふしど》を共にするのは誰だろうか？

十人は二台の車に分乗した。ルディーが車の窓からジャッキーへの贈物を託した。それは柊《ひいらぎ》の葉で飾り立てた三鞭酒《シャンパン》の一罎《ひとびん》であった。

＊＊＊

大磯までは二時間たらずの行程である。車は相前後して京浜第二国道を走破すると、大船へむかう旧東海道の自動車路を走った。少年たちははしゃいでいた。一人のちゃっかり屋の少年は、かえりにもらうべきリッツを入れる空《から》のボストンバッグを膝《ひざ》に抱《かか》えていた。悠一は外人の隣りに坐らなかった。助手台に坐った年若な金髪の男は、むさぼるようにバックミラーをみつめていた。そこに悠一の顔を認めたのである。

闌干《らんかん》たる星空だった。青磁いろの冬の夜空に、降らずに凍った無数の雪片のような星がきらめいていた。車内はラジエイタアのために温かい。悠一は一度関係のある隣りのお喋《しゃべ》りの少年の口から、助手台の金髪の男が日本に来た当座、どこでおぼえたものか快楽の絶頂時に、「天国！ 天国！」と叫ぶので相手が失笑《ふきだ》してしまった、という話をきいた。このありそうな小咄《こばなし》は悠一を大そう笑わせたが、たまたまバックミラーの瞳《ひとみ》と彼の瞳が出会うと、その青い目はウィンクをして、薄い唇《くちびる》を鏡面に近づけてそこに接吻した。悠一はおどろいた。唇形《なり》の鏡面のかすかな曇りは、臙脂《えんじ》いろをしていたからである。

到着は九時である。車廻しにはすでに三台の高級車が止っていた。忙《せわ》しげな人影が音楽の洩《も》れる窓にうごいていた。風は大そう寒かったので、下り立った少年たちは、床屋へ行き立てのまっ青な衿《えり》をすくめた。

ジャッキーは新来の客を玄関へ出迎えた。悠一のさし出した冬薔薇《ばら》の花束に頰ずりをし、大きな猫目石《ねこめいし》を入れた指環《ゆびわ》の右手で外人と派手な握手をした。彼はしたたかに酔っていた。そうしてみんなが、昼間家の店で漬物《つけもの》を売っている少年までが、メリー・クリスマス・ツウ・ユウと言い合った。その瞬間少年たちは外国にいるような気持になったし、すでにこの道の少年で愛人に伴《ともな》われて外国へ行った数も多かった。新聞に「国境を超えた義俠心《ぎきょうしん》、ハウスボオイ留学生に」などという見出しで報ぜられる美談は概《おおむ》ねこれである。

玄関につづくほぼ二十畳の広間は、中央のクリスマス・ツリーに点ぜられた豆電球の蠟燭《ろうそく》のほかに明りらしい明りを持たない。長時間レコードの舞踏曲がその樹間に架けられた拡声器から響いている。広間には先客の二十人ほどが踊っている。

実にこの晩、ベテレヘムで無垢《むく》な嬰児《みどりご》が無原罪の母胎から生れたのである。ここに踊っている男たちは、「義《ただ》しき人」ヨセフのように降誕祭を祝っていた。つまり今夜生れた嬰児について、自分たちが無答責であることを祝っていた。

男同士のダンス、この並々ならぬ冗談、踊っているそれらの顔には、自分たちは何ものかに強いられてこうやっているのではなく、単なる冗談からこうしているのだという反抗的な微笑がうかんでいた。かれらは踊りながら笑った。魂を殺す笑い。街の踊り場で仲好《なかよ》く踊っている男女の姿には、流露した衝動の自由さが見られるのに、男同士が腕をからめあって踊るさまには、衝動に強いられた暗い縛《いまし》めの感じがあった。どうして男同士は心ならずも愛し合っている様子をしなければならないのだろう。何だってこの種の愛は、衝動にあわてて宿命の暗い味わいを添えないことには成立たないのだろう。……舞踏曲は急調子のルムバになった。かれらの踊りははげしくなり、淫蕩《いんとう》になった。まるで自分たちを強いているのは音楽だけだという様子をするために、一組は唇を合わせたまま倒れるまで無限に廻転していた。

先に来ていた英ちゃんが、肥《ふと》った小男の外人の腕のなかから悠一に目くばせした。少年は半ば笑い、半ば眉《まゆ》をしかめていた。踊りながらこの肥った踊り手がひっきりなしに少年の耳朶《みみたぶ》を嚙《か》み、眉墨で描いた髭で以《もっ》てたえず少年の頰を汚したからである。

そこに悠一は彼が最初にえがいた観念の帰結を見た。というよりはその観念のあますところのない実現を、具体化を見た。英ちゃんの唇と歯は依然として美しく、汚れた頰は言おうようなく愛らしかったが、その美にはもはやほんのわずかの抽象性も見られなかった。彼の細い腰は毛むくじゃらな手の下でうねっていた。悠一は無感動に目を外《そ》らした。

奥の煖炉《だんろ》をかこむ長椅子やディヴァンの上に、酩酊《めいてい》と愛撫《あいぶ》の塊《かたま》りがものうい囁《ささや》きや忍び笑いを洩らしながら横たわっていた。見たところ、暗い大きな珊瑚《さんご》の一塊のようである。そうではない。少くとも七八人の男たちが、体のどこかしらを触れ合ってつながっていたのである。ある二人は肩を組み、その背は別の男の愛撫に委《ゆだ》ねられ、次の一人は隣りの腿《もも》の上に自分の腿をのしかからせて、しかも自分の左手は左隣の男の胸もとに委ねていた。そこには夕靄《ゆうもや》のような、低く甘くゆすぶる愛撫と囁きの漂いがあった。足もとの絨毯《じゅうたん》に坐った一人の謹厳な紳士は、純金のカフスボタンのカフスを袖口《そでぐち》から露《あら》わして、目の前のディヴァンの上で三人の男に触られている少年の靴下《くつした》を脱がせた片足に、じっと顔をおしあてて接吻していた。少年は蹠《あしうら》を接吻されて、急に嬌声《きょうせい》を発してくすぐったがり、そののけぞった体の動揺は、たちまち一同の上に波及した。しかし他の人たちは動ずるけしきもなく、海底に住むけもののように黙って澱《よど》んでいるだけであった。

ジャッキーがそばへ来て、カクテルを悠一にすすめて言った。

「賑《にぎ》やかなパーティーで僕《ぼく》どんなに嬉《うれ》しいか知れやしない」と言葉遣いまで若づくりのこの多忙な主人役は言った。「ねえ、悠ちゃん。今晩ぜひあんたに会いたいという人が来るんだよ。昔からの知り合だから、あんまり邪慳《じゃけん》に扱わないでね。ポープという源氏名なんだよ」――こう言うあいだに彼は玄関口を見て目をかがやかせた。「そうら来た」

一人のひどく気取った紳士が、暗い戸口に姿を現わした。上着の釦《ボタン》をいじくっている片手ばかりが白く見えた。彼はいちいち捩子《ねじ》を巻いてから動きだすと調った人工的な歩き方でジャッキーと悠一のほうへ近づいた。踊りの一組が傍らをとおると、渋面をつくって顔をよけた。

「こちら通称ポープさん、こちら悠ちゃん」

ジャッキーの紹介にこたえて、ポープは白い片手を悠一のほうへさし出した。

「ごきげんよう」

悠一はまじまじとその不快な光沢に包まれた顔を眺めた。それは鏑木伯爵《はくしゃく》であった。

第十三章　慇《いん》　懃《ぎん》

ポープという鏑木信孝《かぶらぎのぶたか》の奇妙な愛称は、むかしアレグザンダア・ポープの詩を愛した彼自身の戯《たわむ》れの命名が、由来を知らない人たちの口からも呼ばれるようになったものである。信孝はジャッキーと古い友だちだった。二人は十数年前、神戸《こうべ》のオリエンタル・ホテルで出会って、二度三度一緒に泊った。

悠一《ゆういち》は大体この種のパーティーで思いがけない人に出会うという在《あ》り来《きた》りの楽屋落ちにはおどろかない修錬を積んでいた。この社会は外《そと》の社会の秩序を解体して、外の社会のアルファベットをばらばらにして、それをまた奇妙な排列に——たとえばCXMQAという風に——並べかえたり組みかえたりする奇術師の能力を、十八番《おはこ》にしていたからである。

しかし鏑木元伯爵《はくしゃく》の変身だけは、悠一にとっても意想外のものだったので、ポープのさし出す握手の手をしばらくはとりかねていたが、信孝のおどろきはそれにまさるものだった。彼は酔漢がものを見据《みす》えるような視線で美青年を見据えたままこう言った。

「あなたがねえ！　あなたがねえ！」

更にジャッキーをかえりみてこう言った。

「私としたことが、永年のカンが外れたのはこの人がはじめてだよ。第一この若さで奥さんのある人だし、はじめてこの人に会ったのが結婚式の席上なんだもの。あの悠一君が有名な悠ちゃんだとはねえ！」

「悠ちゃんに奥さんがあるんですって」とジャッキーは外人のような派手なおどろき

方をしてみせた。「へえ、こいつは初耳だ」

こうして悠一の秘密のひとつがやすやすと洩《も》れてしまった。旬日ならずして彼の妻帯していることはこの社会にもれなく伝わるだろう。彼は自分の住んでいる二つの世界がいつかしらお互いの秘密をひとつひとつ犯し合ってゆくその着実な速度に怖《おそ》れを抱いた。

悠一はこうした恐怖からのがれるよすがとして、今あらためて鏑木元伯爵を、ポープとして眺《なが》めかえてみようと努力した。

あの落着きのない渇望《かつぼう》の視線は、いつも美しい同類を探し求める探究慾《よく》に憑《つ》かれていたのだった。拭《ふ》いても拭いてもとれない衣類の汚点のように信孝の風貌《ふうぼう》に漂う或《あ》るいやなものは、あのいいしれぬ不快な柔弱さと図太さとの混淆《こんこう》は、無理に搾《しぼ》り出しているような凄味《すごみ》のある声は、いかにも完全に計画されつくしたような自然さは、すべてこれ、同類たるの刻印とその仮面の努力なのであった。悠一の記憶に残っていたあらゆる断片的な印象が、こうして忽《たちま》ち一定の脈絡を得て、一つの確たる典型になった。この社会独特の二つの作用、解体作用と収斂《しゅうれん》作用の、あとのほうが十全に働いたのである。鏑木信孝はお尋ね者が手術でその顔を変えるようにして、いつもおもてむきの顔の下に、人に知られたくない肖像画を巧みに隠して来たのであった。とりわけ貴族は韜晦《とうかい》に秀《ひい》でているものである。悪徳を隠す興味が悪徳を行う興味に先立つところに、信孝は貴族たるの幸福を見出《みいだ》していたと云《い》ってよかった。

信孝が悠一の背を押した。ジャッキーが二人を空いている長椅子《ながいす》に案内した。白い給仕服の五人の少年が人ごみを縫って洋酒の盃《さかずき》やカナッペの皿《さら》を運んでいた。その五人ともジャッキーの寵嬖《ちょうへい》である。不思議なことだった。五人のどれもがジャッキーとどこかしら似ており、従ってその五人は兄弟のように見えた。一人はジャッキーの目を、一人は鼻を、一人は唇《くちびる》を、一人はうしろ姿を、一人は額を相続していた。それらを組み合わせると若き日のジャッキーのならびない絵すがたが出来上った。

その絵すがたは炉《ろ》棚《だな》の上、贈られた花や柊《ひいらぎ》の葉や一対《いっつい》の絵蠟燭《えろうそく》に侍《かしず》かれて、見事な黄金の額縁に囲まれて、やや燻《くす》んだ絵具のために一そう官能的にみえる橄欖《オリーブ》色の裸像を泛《うか》ばせていた。ジャッキーが十九歳の春、彼を溺愛《できあい》していた英国人が彼をモデルにして手ずから描いたこの若きバッカス像は、悪戯《いたずら》っぽく笑って、右手に高く三鞭酒《シャンパン》の盃をかかげていた。額には常春藤《きづた》を、裸かの頸《くび》には緑のネクタイをしどけなく巻き、その左腕は腰かけた卓の上に、腰をわずかに覆《おお》う卓布の白い波を力づよく圧《おさ》えている櫂《かい》のように、その身の酩酊《めいてい》の黄金《きん》のような船体の重みを支えて撓《しな》っていた。

そのときレコードはサムバに変って、踊っている人たちは壁際《かべぎわ》に退《ひ》き、階段の上り口を覆う葡萄酒《ぶどうしゅ》色の天鵞絨《ビロード》の帷《とばり》にライトがあてられた。帷は甚《はなは》だしく揺れ、たちまち西班牙《スペイン》風の踊り子に扮《ふん》した半裸の少年の姿をあらわした。十八、九の艶冶《えんや》な細身に細腰の少年である。彼は猩々緋《しょうじょうひ》のターバンでその髪を、金糸で縫取りをした猩々緋の乳当でその胸を隠していた。彼は踊った。その清冽《せいれつ》な肉感は、女の肉の暗い優柔なたゆたいとは別なもの、簡潔な線と光りにみちたしなやかさとから成立っていて、見る者の心をとらえた。少年は踊りながら顔をのけぞらせ、顔を戻《もど》すついでに悠一のほうへそれとはっきりわかる色目を使った。悠一が片目をつぶってこれに応《こた》えた。そこで黙契が成立った。

信孝はこの目くばせを見のがさなかった。先程はじめて悠一をそれと知ってから、彼の心が包む全世界は悠一の占めるところとなった。世間態《せけんてい》を慮《おもんぱか》って銀座界隈《かいわい》の店に現われることのないポープは、最近いたるところで耳にする「悠ちゃん」という名から、ありふれたその道の美少年の中で、多少鉄中の錚々《そうそう》たるものを想像したにすぎなかった。半ばは好奇心からジャッキーに紹介を依頼した。それが悠一だったのである。

鏑木信孝は誘惑の天才であった。四十三歳の今日にいたるまで契《ちぎ》りを結んだ少年は、その数《かず》、千人に垂《なんな》んとしていた。彼を惹《ひ》きつけたものは何かというと、美が彼を惹きつけて漁色に走らせたということはできない。むしろ恐怖が、戦慄《せんりつ》が信孝をとりこにした。この道の快楽には、どこまでも一種の甘美な違和がつきまとい、西鶴《さいかく》のいみじくも書いたように、「野郎翫《もてあそ》びはちりかかる花のもとに、狼《おおかみ》が寝ているごとき」風情《ふぜい》があった。信孝はいつも新たな戦慄を求めていた。というよりは、新らしいものだけが彼を戦慄させるのであった。彼は美を精密に比較したり品隲《ひんしつ》したりしたおぼえがない。目前に愛している者の容色を、曾《かつ》て愛した者の容色と較《くら》べてみようとは決してしない。一条の光線のように、情念が或る時間を、或る空間を照らし出す。そのとき信孝は、われわれの定められた生の持続の外《そと》なる或る新鮮な裂け目が、丁度自殺者を誘う断崖《だんがい》のように、抗しがたく彼を誘うのを感じた。

『こいつは危ない』と心に独言した。『今までは悠一を、妻を溺愛している若い良人《おっと》として、世の常の街道の昧爽《まいそう》を脇目《わきめ》もふらずに走り出した若い奔馬としてしか見ていなかったので、その美しさを見ても安穏な気持でいられ、無謀にもその奔馬を自分の小径《こみち》へ引入れようとは思わなかったが、さっき突如として悠一をこの小径に発見したとき、俺《おれ》の心は震撼《しんかん》された。危険な稲妻《いなずま》だ。俺には覚えがある。昔はじめてこの道に入った若者を見たときに、同じ稲妻が俺の心をあからさまに照らし出した。俺は本気で惚《ほ》れてしまった。惚れようというときには予感でわかる。あれ以来二十年間というもの、同じ強さの稲妻は今日がはじめてだ。これに比べれば、ほかの千人に感じた稲妻なんぞ、線香花火みたいなものだったと断言できる。最初のときめき、最初の戦慄、それで勝負が決ってしまう。ともかく早急《さっきゅう》に俺はこの青年と寝なければならん』

とはいえ愛しながら観察する術《すべ》に長《た》けた彼の視線には透視する力があり、彼の言葉には読心術がひそんでいた。悠一を見た瞬間から、信孝はこのならびない美貌《びぼう》の若者を犯している精神的な毒を見抜いてしまった。

『ああ、すでにこの青年は、自分の美しさについてだけは弱くなっている。彼の弱点は美貌だ。美しさの力を意識してしまったことで、彼の背中には木の葉の跡が残ったのだ。こいつを狙《ねら》うことだ。――』

信孝は席を立って、テラスで酔をさましているジャッキーのところへ行った。そのひまに、さきほど車に同乗した金髪の外人と、別の初老の外人とが、相争って悠一にダンスを申込んだ。

手招きをするとジャッキーはすぐ入って来た。冷たい外気が信孝の衿《えり》を襲った。

「何か話があるの?」

「うん」

ジャッキーは昔の友を海を見晴らす中二階のバアへ伴《ともな》った。窓の外《はず》れの壁際にスタンドが設けられ、銀座のさる酒場でジャッキーが拾った実直な給仕が、腕をたくしあげてバアテンダーの役を勤めていた。左方の遠い岬《みさき》に点滅する灯台が眺《なが》められた。庭の枯木の梢《こずえ》が星空と海景を擁していた。窓は冷気と温気との挟撃《きょうげき》に会って、拭《ふ》くそばから又しても曇った。二人は戯れに婦人用のカクテル、エンジェルキッスを注文して呑《の》んだ。

「どう？　素晴らしいでしょう」

「きれいな子だね。あれだけのはちょっと見たことがない」

「外《がい》がみんなおどろいていますよ。それでいてまだ誰《だれ》も落した人がいないんだからね。殊《こと》に外人ぎらいらしくてね。あの子もあれで十人や二十人はいただいてるだろうけど、みんな年下の子ばっかりですからね」

「むつかしいところが一層魅力だな。このごろの子は不見転《みずてん》が多いからな」

「まあ、やってごらんなさい。とにかく此《こ》の道の猛者《もさ》連《れん》がみんな手こずって音《ね》を上げてるんだから。ポープの腕の見せどころだよ」

「訊《き》いておきたかったのは」と元伯爵は右手の指でつまんだカクテル・グラスを左手の掌《てのひら》に坐らせてしげしげと眺めながら言った。彼が何かを見ているときには、誰かに見られているような風情《ふぜい》があった。つまりいつも俳優と観客の一人二役を演じていた。

「……何と言おうか、あの子が自分の欲しないものに身を委《まか》せたことがあるかどうかということなんだ。それはつまり、……何と言おうか、自分の美に完全に身を委せたことがあるかどうかということなんだ。相手に対する愛情なり欲望なりがこれっぽちでもある限り、自分の美しさに純粋に身を委せたことにはならない道理だ。……君のいうところだと、あの子はあれだけの器量をもちながら、まだそういう経験がないんだね」

「僕《ぼく》のきいたところではね。尤《もっと》も奥さん持ちだというなら、奥さんとは義理で寝ているんでしょうよ」

信孝は目を落して、昔の友のこの一言で得た暗示をさぐった。物を考えているときも、彼は自分の思考の仕立のよさを人にじろじろ見られているかのように振舞った。陽気なジャッキーは彼がともかくも当ってみるようにとすすめ、明朝の十時迄《まで》に落ちるか落ちないかの賭《かけ》のために、酔に乗じてその小指の豪奢《ごうしゃ》な指環《ゆびわ》をポープの成功を条件に賭け、反対の側にはポープをして鏑木家蔵の室町初期の蒔絵硯箱《まきえすずりばこ》を賭けしめた。その高肉の蒔絵の艶麗《えんれい》さは、かつて鏑木家を訪れたとき以来ジャッキーの垂涎《すいぜん》措《お》くあたわぬものである。

二人は中二階から広間に下りた。いつのまにか悠一は先ほどの踊り子の少年と踊っていた。少年はすでに背広に着かえ、その咽喉元《のどもと》には可憐《かれん》な蝶《ちょう》ネクタイを結んでいる。信孝は自分の年齢を知っていた。男色家の地獄は女の地獄と同じ場所にある。それは即《すなわ》ち「老い」である。絶対に、神かけて、あの美青年が自分を愛するという奇蹟《きせき》は起らぬことを信孝は知っていた。それを思うと、彼の情熱ははじめから徒爾《とじ》たるを知悉《ちしつ》している理想主義者の情熱に無限に近づいた。誰が理想を愛しこそすれ、理想から愛されることを期待しよう。

悠一と少年は曲半ばに忽ち踊りをやめた。二人は葡萄酒色の帷に身を隠した。ポープが溜息《ためいき》を洩らしてこう言った。

「ああ！　二階へ行っちまった」

階上には随時に使用できる三四の小部屋があり、それぞれに寝台や寝椅子がさりげない調度のように置かれていたのである。

「一人や二人は目をおつぶんなさい、ポープ。あの若さなら大丈夫ですよ」

ジャッキーがそう慰めた。彼は一角の飾棚に目をやった。信孝から貰《もら》うべき硯箱をどこへ置こうかと考えたのである。

信孝は待っていた。一時間ほどして再び悠一が姿を現わしたのちも、機会はなかなか訪れない。夜が更《ふ》けた。人々は踊りに倦《う》んだ。しかしかわるがわるもえ上る燠《おき》のように、幾組かがいつも入れかわりに立ってまだ踊っていた。壁際の小さな椅子にジャッキーの寵嬖《ちょうへい》の一人があどけない寝顔を見せて居眠りをしていた。一人の外人がジャッキーに目くばせした。寛容な主人役は笑って頷《うなず》いた。外人は眠っている少年を軽々と抱きかかえ、中二階のドアの奥の帷のかげになった寝椅子の上まで運んで行った。眠ったふりをしている少年の唇はうすくひらかれ、その長い睫《まつげ》のかげにかくれた瞳《ひとみ》は、好奇心におののきながら、そっとこの屈強な運び手の胸を覗《うかが》っていた。シャツの隙《すき》からのぞいている金いろの胸毛を見ると、彼は大きな蜂《はち》に抱かれているような気がした。

信孝は機会を待っていた。集まる人たちのあらかたとは旧知の仲なので、一夜をすごす話題には事欠かない。しかし信孝は悠一を欲している。あらゆる甘美な、或《ある》いはみだらな想像が彼を苦しめる。ポープはしかも、その思い乱れた感情の一片だに表情にあらわさないでいる自信があった。

悠一の目がたまたま新来の客にとまった。その少年は午前二時すぎに外人たちと四五人で横浜から到着したのである。彼はツウ・トーン・コートの襟《えり》から緋色《ひいろ》と黒の縦《たて》縞《じま》のマフラーをのぞかせていた。笑った歯列は逞《たく》ましくて甚だ白い。髪は角刈のように刈り込んでいて、それが充実した彫りの深い顔立によく似合う。馴《な》れない手つきで煙草《たばこ》を吸うその指には、どぎつい頭文字の金無垢《きんむく》の指環をはめていた。

この野性の少年には、悠一の肉感的なものうい優雅と、相応ずるものがあるように思われた。悠一を彫刻の逸品とすると、この少年には出来そこないの彫刻の味わいがあった。しかもそれは模造品が似ている程度に、少なからず悠一と相似ていた。ナルシスは、その並々ならぬ誇りのために、却《かえ》って不出来な鏡を愛する場合がある。不出来な鏡は少くとも嫉妬《しっと》を免《まぬか》れしめる。

新来の一団は先客たちと驩《かん》を交えた。悠一と少年は並んで坐った。二人の若々しい目がのぞき合った。すでに了解が成立した。

しかし二人が手をつないで席を立とうとしたとき、一人の外人が悠一に踊りを申込んだ。悠一は拒まなかった。鏑木信孝はこの機を逸せず、少年の傍《かたわ》らに立寄って、踊りを申込んだ。踊りながらこう言った。

「俺を忘れたのかい、亮《りょう》ちゃん」

「忘れるもんですか、ポープさん」

「今でも俺の言うことをきいて損をしなかったことを憶《おぼ》えているかい」

「ポープさんの気前のいいのには頭が下ったよ。みんなあなたの気っぷに惚れるんだね」

「お世辞はよろしい。今日はどうだい」

「否《いな》やはありませんよ。あなたなら」

「但《ただ》し今すぐだよ」

「今すぐって……」

少年は眉《まゆ》を曇らせた。

「だって……そりゃあ」

「この前の倍やってもいいよ」

「うん、でも今でなくったって、朝までまだ時間がありますよ」

「意地でも今でないと、御座敷はかけないよ」

「だって先約は先約ですもの」

「一文にもならない先約じゃないか」

「僕だって惚れた相手には一身代注《つ》ぎ込む心意気はあるんですからね」

「一身代とは大きく出たね。よし、それじゃ三倍に千円足して一万円と張ろう。それをあとで貢《みつ》いだらいいじゃないか」

「一万円?」——少年の瞳がややゆらめいた。

「そんなに僕の思い出がよかったの?」

「よかったさ」

少年は虚勢のために大きな声を出した。

「酔ってるんでしょう。ポープさん、あんまり話が旨《うま》すぎますよ」

「君はよっぽど自分を安く値踏みしてるんだな、可哀《かわい》そうに、もっとプライドをもちたまえな。はい、手金で四千円だ。のこりの六千円はあとでやるから」

少年はパソドブルの性急なテンポに悩まされながら暗算した。四千円なら、まかりまちがってあとの六千円がふいになっても、決して悪い取引ではない。悠一はあとまわしにするとして、さてその場をどう切抜けるべきか。

悠一が少年の踊りのすむのを待って煙草を吹かしている姿が壁際に在った。片手の指は小刻みに壁を叩《たた》いている。これを横眼に見た信孝は、このみずみずしい青年の身を今し跳躍へ向わせようとしている衝動の美しさに目を見張った。

踊りがおわった。亮介《りょうすけ》が言訳をしようと考えて悠一に近寄ったのを、それと気づかない悠一は煙草を捨てて背を向けて先に立った。亮介はこれに従い、信孝は亮介のあとをつけた。階段をのぼるとき悠一がやさしく少年の肩に手をかけたので、いよいよ少年は切り出しにくい立場に立った。二階の小部屋の前まで来て悠一が扉《とびら》をあけたとき、信孝がすばやく少年の腕をとった。悠一は訝《いぶ》かしげに振向いた。信孝も少年も黙っているので、彼の眉目《びもく》は若々しい怒りに隈取《くまど》られた。

「何をなさるんです」

「この子とは約束があるんでね」

「だって僕が先じゃありませんか」

「この子は私のほうへ来る義理があるんだよ」

悠一は首を曲げて、強《し》いて笑おうとした。

「冗談はやめて下さいませんか」

「冗談だとお思いなら、この子にきいてごらんなさい。どっちの御座敷へ先に行く気か？」

悠一は少年の肩に手をかけた。その肩は慄《ふる》えていた。間の悪さを隠そうとして、少年の目は敵意のようなものを帯びて悠一を睨《にら》みながら、言葉だけはぎごちない甘さでこう言った。

「いいでしょう。あとにしてね」

悠一は少年を搏《う》とうとした。信孝が遮《さえぎ》った。

「まあ手荒なまねはよしましょう。今私がゆっくり話すから」

信孝が悠一の肩を抱いて小部屋へ入った。つづいて亮ちゃんが入ろうとすると、信孝はその面先《つらさき》に音高く扉を閉ざした。少年の罵声《ばせい》がきこえた。信孝はうしろ手に扉の懸金をすばやく下ろした。悠一を窓ぎわのディヴァンに坐らせ、煙草をすすめて、自分のとりだした一本にも火を点じた。少年が未練気にまだ扉を叩いていた。やがて扉を蹴《け》る音がして、それきり静まった。おそらく事態を察したのである。

小部屋は雰囲気に忠実であった。壁には牧草と花に埋もれて月光を浴びて眠っているエンデュミオンの画の活版刷がかかっていた。つけっぱなしの電気ストーヴ、卓上のコニャック、切子《きりこ》硝子《ガラス》の水差、電気蓄音器、ふだんはこの部屋を使っている外人がパーティーの晩だけ来客に開放するのである。

信孝は十枚のレコードを順ぐりに廻《まわ》す電気蓄音器のスイッチを入れた。落着き払って二つの杯にコニャックを注いだ。悠一はつと立って部屋を出ようとした。ポープが深いやさしい目色でじっと青年を見詰めて遮った。この眼差《まなざし》には異常な力があった。悠一は不可解な好奇心に縛《いま》しめられてそのまま坐った。

「安心なさい。私は別にあの子を欲しいわけじゃない。あの子に金をやって、納得ずくであなたの邪魔をしたんだ。そうでもしなければ、君とゆっくり話す折が出来はしない。金でどうにもなる子は急《せ》くことはありませんよ」

正直のところ悠一の欲望は、さきほど少年を搏とうとしたそのときから足早に衰えていたのである。しかし信孝の前にそれを是認する気持にはなれない。彼は捕われた若い間諜《かんちょう》のように黙っていた。

「話といったって」とポープは続けて言った。「別段固苦しい話じゃない。君と一度しみじみ話し合いたいと思っただけだ。きいてくれますか。私はね、君をはじめて結婚式の日に見たときのことを思い出すよ」

鏑木信孝《かぶらぎのぶたか》のこれ以後の長い独白をありのままに写すことは、読者に鼻持ならない思いをさせるであろう。加之《のみならず》、それは裏表十二面にわたるダンス・レコードの伴奏を伴《ともな》っていた。信孝は自分の言葉の的確な効果を知っていた。手が愛撫《あいぶ》するに先立った言葉の愛撫。彼は己れを曠《むな》しゅうして悠一を映す一面の鏡に化身した。鏡面の背後に信孝自身の老いと欲求と巧緻《こうち》と智謀《ちぼう》を隠し了《おお》せた。

悠一は信孝がほとんど悠一の賛否も質《ただ》さない限りもしらぬ独白のあいだに、たびたび、温和な撫《な》でるような口調で以《もっ》て「もう倦《あ》きた？」とか、「退屈したら、そう言ってね。黙るから」とか、「こんな話はきらいかい？」とか謂《い》った類《たぐ》いの合の手を挿入《そうにゅう》するのを聴いた。はじめは弱々しく懇望しおもねるように、二度目は絶望的に押しつけがましく、三度目はもはや自信にみちて、訊《き》かぬさきから悠一の微笑を含んだ否定の表情を確信していたかのように。

悠一は退屈しない。決して退屈しない。何故《なぜ》かというと信孝の独白は、悠一のことしか語らなかったからである。

「君の眉《まゆ》は何という凛々《りり》しい爽《さわ》やかな眉だろう。私にいわせれば、君の眉は何かこう……何といおうか、若々しい清潔な決心というようなものをあらわしているんだ。(彼は比喩《ひゆ》に詰まると、じっと悠一の眉に見入ったまましばらく黙っていた。それは催眠術師の技巧であった。)……それにしても、この眉と深い憂鬱《ゆううつ》な目との調和は絶妙だな。目が君の運命をあらわしている。眉が君の決心をあらわしている。この二つの間に在るものは戦いだ。あらゆる青年が一人一人戦わねばならぬ戦いだ。つまり君の眉と目は、青春という戦場の一番美しい若い士官の眉と目なんだ。この眉と目に釣《つり》合《あ》う帽子は、おそらく希臘《ギリシャ》の兜《かぶと》しかない。何度君の美しさを夢に見たろう。何度君に話しかけたいと思ったろう。それでも君と会うと、少年のように言葉が咽喉《のど》に詰ってしまうのだ。確信を以《もっ》て言うが、君は私が過去三十年の間に見た美青年の中で一等美しい。比較に耐える青年はどこにもいない。そんな君が何だって亮ちゃんなんかを愛する気になるのだろう。鏡をよく見てみたまえ。君が他人に発見する美しさはみんな君の誤解と無知から来ているんだ。君が他人に発見したつもりの美しさはすべて既《すで》に君の姿に備わっていて、発見の余地はどこにもないんだ。君が他人を『愛する』なんて己れを知らなすぎる。生れながらに完璧《かんぺき》へ昇りつめてしまった君が」

信孝の顔は徐々に悠一の顔の目近《まぢか》に在った。彼のまことに大がかりな言葉は巧みな讒言《ざんげん》のように耳に媚《こ》びた。つまりなまじな阿諛《あゆ》が耳に媚びるその媚び方とは比倫を絶していたのである。

「君には名前なんか要らない」と元伯爵《はくしゃく》は断定的に言った。「名前を持った美しさなんか物の数ではない。悠一とか太郎とか次郎とかいう名前によりかかってはじめて喚《よ》び起される幻影なんぞにもはや欺《だま》される私じゃない。君が人生に持っている役割には名前が要らないのだ。何故って君は典型だからだ。君が舞台に上る。君の役名は『若者』というのだ。この役名を荷《にな》うことのできる役者はどこにもいない。みんな個性に、性格に、名前によりかかる。せいぜい演ずることができるのは、若者一郎、若者ジャン、若者ヨハネス、というところだ。ところが君の存在は溌溂《はつらつ》とした若者らしさの総称なんだ。君はあらゆる国々の神話と歴史と社会と時代精神の中に現われた可視の『若者』の代表なんだ。君は体現者だ。君がいなければあらゆる若者の青春は目に見えずに埋もれてゆくほかはない。君の眉には幾千万の若者の眉がなぞられている。君の唇は幾千万の若者の唇のデッサンの結実だ。君の胸も、君の腕も……」――信孝は青年の二つの腕を冬服の袖《そで》の上から軽く揉《も》んだ。「……君の腿《もも》も、君の掌《て》も」――彼は更にその肩を悠一の肩に押しつけて、じっと青年の横顔に瞳を凝らした。片腕を伸ばして卓上の灯《あか》りを消した。

「じっとしていたまえ。たのむから、しばらくそのままで。何という美しさ！　夜が明けて来たよ。空が白んで来た。君はそちら側の頰《ほお》に夜明けのぼんやりした光りの兆候を感じるだろう。ところが君のこちら側の頰はまだ夜だ。黎明《れいめい》と夜の堺《さかい》に君の完全な横顔が泛《うか》んでいるところだ。たのむから、じっとして」

信孝は美青年の横顔が、夜と昼との堺の純潔な時間によって見事に浮彫されるのを感じた。この瞬間的な彫刻は永遠のものになった。その横顔は時間に永遠の形態をもたらし、或《あ》る時間の完全な美を定着することによってそれ自身不朽のものになったのである。

窓の帷《とばり》は夙《つと》に上げられていた。硝子窓が漂白されてゆく風景を映し出した。この小部屋は海が妨げられずに眺められる位置にある。灯台は眠たげに瞬《また》いている。海の上には白濁した光りが暁闇《ぎょうあん》の空の険しい雲の堆積《たいせき》を支えている。庭の冬木立は夜の潮《うしお》から置き去りにされた漂流物のように、喪心《そうしん》した枝々を交わして居並んでいる。

悠一は深い眠たさに襲われた。酩酊《めいてい》とも睡気《ねむけ》ともつかぬ気持である。信孝の言葉がえがき出した画像は、鏡から抜け出して悠一の上に徐々に重なった。長椅子の背に凭《もた》れた悠一の髪にその髪が重なった。官能が官能に重複し、官能がただ官能をそそり立てた。この夢のような合体の感じを平易に説明することはできない。精神は精神の上にまどろみ、何ら官能の力を借りずに、悠一の精神は半ば既にそれと重複しつつあるもう一人の悠一の精神と交合した。悠一の額は悠一の額に触れ、美しい眉は美しい眉に触れた。その夢みがちに半ばひらいた青年の唇は、彼が思いえがいた彼自身の美しい唇にふさがれた。……

暁の最初の一閃《いっせん》が雲間を洩《も》れた。信孝は悠一の頬をはさんでいた両手を離した。すでに上着は傍《かたわ》らの椅子《いす》に脱ぎ捨ててある。空いた両手でいそがしくサスペンダアを肩から外すと、再びその手は悠一の頬をさしはさみ、そのとりすました唇は悠一の唇を再び捺《お》した。

――午前十時、ジャッキーはしぶしぶ信孝に秘蔵の猫目石《ねこめいし》の指環を譲った。

第十四章　独立独歩

年が改まった。悠一《ゆういち》は数え年二十三歳である。康子《やすこ》は二十歳である。

南家の新年は内輪に祝われた。本来めでたかるべき新年である。一つには康子の懐胎がある。二つには悠一の母が案外壮健で新らしい年を迎えたことである。しかしこの新年はどことなしに暗くよそよそしい。その種子《たね》は明らかに悠一が蒔《ま》いたものである。

彼の度重なる外泊と、もっと悪いことは、彼のいやまさる義務の懈怠《けたい》は、それが時には自分のしつこさのせいだと反省されつつも、康子を死なんばかりに苦しめた。友だちや親戚《しんせき》の家庭の噂《うわさ》をきくと、当節では良人《おっと》が一度でも外泊すれば里へ帰ってしまう細君が多いそうである。悠一は彼の持ち前と思われた心のやさしさをもどこかへ置き忘れ、幾度か無断で家を明けながら、母の忠告にも康子の哀訴にも耳を貸さない。ますます黙りがちになり、めったに白い歯も見せなくなった。

しかし悠一のこうした倨傲《きょごう》に、バイロン風な孤独を想像してはならない。彼の孤独は思想のしわざではなく、倨傲はいわば生活の必要に出たものである。非力な船長は押し黙って渋面をつくり、自分の乗っている船の難破を傍観しているほかはない。尤《もっと》もこの破滅の速度があまりに確実で秩序立っていたので、当の下手人《げしゅにん》の悠一にすら、すべての責は自分になくて単なる自壊作用としか思われない場合があった。

松過ぎに突然悠一が得体のしれない会社の会長秘書になると言い出したときは、母も康子もまともにとりあわないでいたが、会長夫妻が訪ねて来ると云うに及んで、母親は大そう狼狽《ろうばい》した。悠一はいたずら心からわざと会長の名を伏せておいたが、その日玄関に出迎えた母は、他《ほか》ならぬ鏑木《かぶらぎ》夫妻をそこに見出《みい》だして二度びっくりした。

その日は午前中小雪が降り、午後も曇りがちで大そう寒かった。元伯爵《はくしゃく》は座敷の瓦《ガ》斯《ス》ストーヴの前に、ストーヴと談判をはじめるような恰好《かっこう》で、まともにあぐらをかいて手をかざした。伯爵夫人ははしゃいでいた。この夫妻がこんなに仲好《よ》く見えたことは嘗《かつ》てなかった。二人は可笑《おか》しい話が出るたびに、顔を見合わせて笑ったのである。

康子は座敷へ挨拶《あいさつ》に出る廊下なかばで、この夫人の些《いさ》かけたたましい笑いをきいた。当然な直感から夫人が悠一を愛している一人であることに康子は夙《つと》に気づいていたが、娼婦にだけしか自然でないような不気味なほどの洞察力《どうさつりょく》で、悠一をかくも奔命に疲れさせている女は、鏑木夫人でもなければ恭子でもないことを見抜いていた。目に見えない第三の女がいるに相違ない。悠一がひたかくしにしているその女の顔を想像すると、康子はいつも嫉妬《しっと》よりも先に、神秘的な恐怖を味わうのであった。その結果康子は夫人の鋭い高笑いを耳にしても、少しも嫉妬を感じようとしない自分の平静さを、さして不思議なこととも思わずにすんだ。

康子は苦しみに疲れると、いつか苦痛の習慣に慣れてしまって、じっと聴耳を立てている聡明《そうめい》な小動物のようになった。里の父親に将来は世話になるべき悠一の上を慮《おもんぱか》って、これほどの苦しみを里へは一言半句も洩《も》らさない彼女の時代ばなれのした忍耐に悠一の母はほとほと感心した。この年端《としは》のゆかぬ嫁の健気《けなげ》さに、古風な貞女の鑑《かがみ》をあてはめた感心の仕方であったが、康子はいつかしら悠一の倨傲の裏に隠れている人知れぬ憂鬱《ゆううつ》を愛するようになっていたのである。二十やそこらの若い妻がそんな寛大さを身につけられるか疑問に思う人が多いであろう。しかし時がたつにつれ彼女は良人の不幸を確信しはじめ、自分に彼の不幸を癒《いや》す力のないことを、心にすまなく思うばかりか、彼に対して罪を犯しているとさえ思うようになったのである。良人の放蕩《ほうとう》が享楽《きょうらく》ではないという考え、それが彼の得体のしれない苦しみの表現に他ならぬという考え、この母性的な考えには大人ぶった感傷の誤算があった。悠一の苦痛は、快楽がそれにふさわしい名を与えられていないことの道徳的な苛責《かしゃく》に近く、子供らしい空想だが、もし自分が世間並の青年で女と浮気《うわき》をしたとしたら、早速たのしそうに妻に縷述《るじゅつ》してきかせるだろうに、と考えたりした。

『何かわからないものが、あの人を苦しめているんだわ』と彼女は考えた。『まさかに、革命をやろうとしているのではないだろうな。もし何かを愛して私を裏切っていらっしゃるなら、あんな昂然《こうぜん》とした憂鬱が、いつもお顔に漂っている筈《はず》はない。悠ちゃんは決して何ものをも愛してはおいでにならない。それは妻として私には本能的にわかる』

康子の考えは半ばは正しかった。悠一が少年たちを愛したということはできない。一家は座敷で賑《にぎ》やかに話したが、鏑木夫妻の必要以上の仲の好さが、悠一夫妻にもしらずしらず影響を及ぼして、まるでその生活に一点の翳《かげ》もない夫婦のように、悠一と康子は朗らかに談笑した。

悠一がまちがえて康子の呑《の》みかけの緑茶を呑んだ。みんなは話に夢中になっているので、この失錯には気がつかないように思われた。事実悠一自身も気がつかずに呑んだのである。康子だけが気づいて彼の腿《もも》を軽く押した。無言で卓上の彼の茶碗《ちゃわん》を指さして、頰笑《ほおえ》んだ。悠一もこれにこたえて若者らしく頭を搔《か》いた。

こんな無言劇は、鏑木夫人の目ざとい目だけは免《まぬ》かれることができなかった。夫人の今日の朗らかさは、悠一が良人の秘書になるというられしい期待にかかっており、ひいては先日来こんな都合のよい目論《もくろ》みの実現に乗気になった良人に対する感謝のやさしさにも由来していた。悠一が秘書になれば、夫人はどんなに頻繁《ひんぱん》に彼の顔を見ることができるだろう。良人が夫人のこんな提案をうけ入れたのにはいずれ何かの計算があるにちがいないが、そんなことは彼女の知ったことではない。

夫人は目の前に悠一と康子のこうしたほほえましい睦《むつ》み合いを見ると、それが人目に見えにくい些細《ささい》な場面であっただけに、却《かえ》って自分の恋の絶望的な性質に思い当ってしまった。二人は若くてどちらも美しく、悠一と恭子との例の問題でさえ、この仲の良い若夫婦ぶりを見ては、悠一のほんのスポーツだと思われだしたのである。とすれば、恭子よりもっと愛される資格に欠けた自分の位置は、彼女自身直視の勇気を到底もたない。

夫人が良人と必要以上に親密そうに見えたのには、もう一つ別な期待の力もあずかっていた。夫人は悠一に嫉妬を起させようと考えたのである。この考えにはずいぶん空想的な要素があったが、恭子と居合わせた苦しみの仕返しに、どこかの若い男と連れ立って悠一に見せつけてやるためには、夫人の恋は悠一の矜《ほこ》りを傷つけることを怖《おそ》れすぎていたのである。

夫人は良人の肩に白い糸屑《いとくず》を見出してそれをとった。信孝《のぶたか》がかえりみて、「何?」ときいた。それと知って、内心おどろいた。妻はもともとそんなことをする女ではない。

信孝は東洋海産という例の海蛇《うつぼ》で袋物をつくる会社で、自分の秘書に昔の執事を使っていた。この重宝な老人は、彼をいまだに会長と呼ばずに殿様と呼んでいたが、それが二ヶ月ほど前脳溢血《のういっけつ》で死んだのである。彼は後任を探していた。あるとき妻が何の気なしに悠一の名をあげると、信孝はアルバイトでもつとまる閑《ひま》な秘書役だからそれもよかろうというあいまいな返事をした。妻が良人の返事をためしているそのさりげない目色に、信孝は彼女の関心を見抜いてしまった。

計らずもこの布石は一ヶ月後に信孝の思惑《おもわく》を巧みに擬装させるための布石になった。新年匆々《そうそう》、彼は悠一を秘書にしようと自分から思い立ち、この目論見に妻を引込むときに、彼女本位の口ぶりで終始しながら、傍《かたわ》ら悠一の理財の才能をほめそやすことを怠らなかった。

「あの青年はあれでなかなかしっかりしているということだよ」と信孝が言った。

「先だって紹介された大友銀行の桑原君が彼の学校の先輩だそうだ。東洋海産が桑原君から浮貸をしてもらっている関係だが、悠一君のことを彼は大そうほめていたよ。むつかしい財産管理を、あの年で一人でやっているのだから、なかなかのもんだと云《い》っていた」

「それなら秘書にもって来いだわ」と夫人が言った。「もし渋るようだったら、南さんのお母様にも御無沙汰《ごぶさた》のお詫《わ》びかたがた、二人でお勧めに行ってもいいことね」

信孝は永年の軽々と蝶《ちょう》のようにとびまわる色事の習性を忘れ果て、ジャッキーのパーティーの晩以来、悠一なしには生きられぬようになったのである。悠一はその後も二度ばかり彼の求めに応じたが、一向信孝を愛している気配はなかった。信孝の思いはつのるばかりであった。悠一が外泊をいやがるので、二人は人目を憚《はばか》って、郊外のホテルを使った。信孝の御体裁屋なことは悠一を殆《ほとん》どおどろかせた。彼は悠一を迎えるために自分一人一二泊の予約を申入れ、たまたま『用談』で悠一が訪ねて来て夜おそくかえると、あとは彼一人用もないのに泊るのであった。悠一がかえったあとで、却ってこの中年の貴族はよるべない熱情に襲われた。彼はガウンのまま狭い室内を歩きまわって、ついには絨毯《じゅうたん》の上に倒れてころがったりした。小声で狂おしく百遍も悠一の名を呼んだ。悠一の喫《の》みのこした葡萄酒《ぶどうしゅ》を呑み、悠一の吸いのこした煙草《たばこ》に火を点じた。そのためにたとえば、菓子を悠一に半分喰《た》べさせて、歯型のついた残り半分を、皿《さら》の上にのこしておいてくれるように懇願したりした。

悠一の母は悠一の社会勉強のためにもどうかという鏑木信孝の申出を、このごろの息子のだらしのない生活に対するまじめな救済と考えたい気持になった。しかし何分にも学生の身分である。卒業後の就職も確定している事情にある。

「瀬川のお岳父《とう》さまの百貨店のことがありますからね」と母は悠一を見詰めながら、信孝にきかせる調子で言った。「瀬川のお岳父さまはあなたに勉強をしてもらいたいお気持なんだからね。こういうお話をおうけするには、お岳父さまに相談なさらなくてはいけない」

彼は母親の年と共に衰えた瞳《ひとみ》を見返した。この老人が未来を確信しているんだ！明日ぽっくり行くかもしれぬこの年寄が。……未来に何一つ確信をもっていないのは、却って青年のほうだと悠一は考えたが、老人は概して惰性によって未来を信じるのに、青年には年齢の惰性が欠けているだけのことである。

悠一は美しい眉《まゆ》をあげて、力強いしかし甚《はなは》だ子供っぽい抗議を述べ立てた。

「いいんです。僕《ぼく》は養子じゃないんだ」

康子はこの言葉で悠一の横顔に目をやった。康子に対する悠一の冷たさは、彼の傷つけられた矜りがなせるわざではなかったかと康子は思った。彼女が口添えをせねばならぬ番である。

「父にはあたくしから何とでも申せますわ。あなたのお好きなようにあそばせよ」

そこで悠一は勉強の邪魔にならぬ程度のお手伝いならやってみたいからと、かねて信孝と打合せた承諾の言葉をのべ、母親は悠一の教育方をくれぐれも信孝に頼み込んだ。この依頼はすこし念が入りすぎていたので、はたできく耳にはおかしくきこえるくらいであった。信孝ならさぞ見事な教育をこの大切な放蕩《ほうとう》息子に施してくれることであろう。

話がほぼ確定したので、鏑木信孝が一同を食事に誘った。母親は辞退したが、車で送り返すからという懇請に心を動かして、外出の仕度に立った。夕方になってまた雪がちらつき出したので、彼女はフランネルの腹巻の中に懐炉をひそかに入れて腎臓《じんぞう》を守った。

五人は信孝の乗って来たハイヤーで銀座に出て、銀座西八丁目の料理屋へ行った。食事がすむと信孝がダンスへ行こうと誘ったので、悠一の母までが怖いもの見たさにダンスホールへ行くことを拒まなかった。彼女はストリップを見たがったが、今夜のそのホールの余興にはそういう出し物は見られなかった。

悠一の母はつつましやかにダンサアの肌《はだ》もあらわな服をほめた。「きれいだこと、本当にお似合だ。その斜めに入った青の色が実によござんすよ」

悠一は久々に自分でもうまく説明のつかない凡庸な自由を五体に感じた。彼は俊輔《しゅんすけ》の存在を忘れていたことに気がついた。今度の秘書の件も、まして信孝との関係も、一切俊輔の耳には入れまいと心に決めた。この小さな決心は悠一を朗らかにさせ、彼とたまたま踊っていた鏑木夫人をして、「何があなたそんなにたのしいの」と訊《たず》ねさせたほどであった。若者は媚態《びたい》を声に含めて、女の目をきまじめに見ながら言った。

「わからないの？」

その瞬間は鏑木夫人を息もたえなんばかりに幸福な気持にさせた。

第十五章　なす術《すべ》もしらぬ日曜

春には遠いある日曜日に、悠一《ゆういち》は前夜一緒に泊った鏑木信孝《かぶらぎのぶたか》と午前十一時に神田駅改札口で別れた。

前夜、悠一と信孝は小さな諍《いさか》いをした。信孝が悠一の意向をきかずに予約したホテルの一室を、悠一が怒って解約させたのである。信孝がさんざっぱら御機嫌《ごきげん》をとって、結局青年を神田駅界隈《かいわい》の連れ込み宿へ伴《ともな》って、フリで泊った。馴染《なじみ》の待合に泊ることは憚《はばか》られたからである。

その一夜はみじめである。部屋がなかったので、まれに宴会に使われる殺風景な十畳間へ案内される。煖房《だんぼう》装置はなく、お寺の本堂のように寒い。コンクリートの建物の中の荒れた冷え切った和室である。二人は蛍《ほたる》ほどの残り火のある火鉢《ひばち》、吸殻《すいがら》の林立した火鉢を央《なか》にして、外套《がいとう》を肩から羽織り、お互いの気ぶっせいな顔を見ずにすむように、無遠慮な女中が埃《ほこり》を蹴立《けた》てて床をとっているその肥《ふと》った足のうごきをぼんやり眺《なが》めていた。

「まあ、いじわるね。そんなに見ないでよ」

すこし毛の赤い、頭の足りなそうな女中がそう言った。

宿の名は「観光ホテル」というのである。泊り客は、窓をあければ、こちらへ背を向けた隣りのダンスホールの楽屋とトイレットの窓を見ることができる。その窓を夜もすがら赤や青に染めなすネオン、窓の隙間《すきま》からしのび入って部屋をたえず凍らしている夜風、やぶれた壁紙。隣室の女二人男一人の酔客の筒抜けの嬌声《きょうせい》は朝の三時までつづき、朝は雨戸のない窓硝子《ガラス》からはやばやと訪れる。紙屑籠《かみくずかご》すらない。紙は長押《なげし》の中へでも捨てなければならない。皆が同じことを思いつくとみえて、長押の中は屑でいっぱいである。

雪もよいの曇った朝である。朝十時からダンスホールでかきならす練習のギターの干《ひ》われた音色がきこえる。寒さに追われて、宿を出ると悠一は足早に歩いた。追いついた信孝は息を切らしていた。

「会長」――青年が信孝をこう呼ぶ時には、親しみよりも軽侮の気持があった。「僕《ぼく》きょうは家へかえります。やっぱり帰らないとまずいんです」

「だってさっきは今日一日つきあうと言ったじゃないか」

悠一は美しい酔うような目をして冷然と言った。

「あんまりわがままをとおすとね、長続きしませんよ、お互いに」

ポープは悠一とすごす一夜は、愛する者の寝姿を眺め飽かず、一睡もしないのが常である。その朝も大そう顔色がわるい。あまつさえややむくんでいる。不承々々にこの青黒い顔がうなずいた。

信孝を乗せたタクシーが走り去ると、悠一はひとり埃っぽい雑沓《ざっとう》の中に残された。家へかえるには改札口を入ればよい。しかし青年は一旦《いったん》買った切符を破った。引返して駅の裏手の飲食店が軒をつらねている一劃《いっかく》へ歩を運んだ。呑《の》み屋はいずれも本日休業の札を下げてひっそりしている。中の目立たない一軒の戸を悠一が叩《たた》く。中から声がかかる。悠一は「僕だよ」という。「ああ、悠ちゃんか」という声がして、曇り硝子の引戸が開けられた。

せせまい店内に四、五人の男が、瓦斯《ガス》ストーヴを囲んで背を丸くしていたのが、一せいにふりむいて悠一を呼び迎えた。しかしかれらの目に新鮮なおどろきは見られない。すでに悠一は仲間内《うち》である。

店のあるじは四十がらみの針金のように痩《や》せた男である。首に碁盤縞《ごばんじま》のマフラーを巻き、羽織った外套の下からパジャマのズボンがみえる。抱えは若いお喋《しゃべ》りな三人である。それぞれ派手なスキー用のスウェーターを着ている。客はもじりを着た老人である。

「おお、寒い。何て寒い日だろう。あんなに日が当っているのに」

一同はこう言いながら、ようやく弱日《よろび》の斜めにあたりだした磨硝子《すり》の引戸のほうを見る。

「悠ちゃん、スキーへ行ったの？」

若い一人が訊《き》いた。

「ううん、行かない」

悠一は店へ入った瞬間から、この四、五人が今日の日曜をどこへ行く宛《あて》もなしに集まっているのを感じていた。男色家の日曜日はみじめである。その日一日はかれらの領分ではない昼の世界が、完全に主権を振っているのをかれらは感じる。劇場へ行っても、喫茶店へ行っても、動物園へ行っても、遊園地へ行っても、町を歩いても、よしんば郊外へ出掛けても、いたるところで多数決原理が誇りかに闊歩《かっぽ》していた。老夫婦、中年の夫婦、若夫婦、恋人同士、家族連れ、子供、子供、子供、子供、子供、その上呪《のろ》うべき乳母車というやつから成る行列である。歓呼しながら進む行進である。悠一にしてもその真似《まね》をして、康子《やすこ》と一緒に町を歩こうとおもえば、たやすくできる。しかし頭上のかがやく青空のいずくかに神の眼《め》があって、贋物は必定見破られる。

　悠一は思った。

『たとえば僕が本当に自分自身でありたいと思ったら、晴れた日曜日には、こうして僕自身を曇り硝子の牢獄《ろうごく》にとじこめてしまう他《ほか》はないんだ』

　ここに集まっている六人の同類は、もはやお互い同士にくさくさしている。淀《よど》んだ目を見交わさぬように気をつけながら、十年一日の話題にしがみついているほかはない。アメリカ映画の男優の噂《うわさ》だの、さる貴顕が同類だという風聞だの、のろけ話だの、昼日《ひ》中《なか》からもっと猥褻《わいせつ》な笑い話だのがその話題である。

　悠一はここにいたいのではない。しかしどこへも行きたくない。われわれの人生は少しはましだという方向へしばしば存気《ぞんき》に舵《かじ》をめぐらすが、その刹那《せつな》の満足には、「少しはましだ」というほどのことで自分の本心の不可能な熾烈《しれつ》な希望に汚辱を与えるよろこびもまじっている。だからこそさっきも悠一は、わざわざこんなところへ来るために、信孝をまいたのだと謂《い》っていい。

　家へかえれば康子の小羊のような目がじっと彼を見つめるであろう。『愛しています、愛しています』という一つおぼえのあの眼差《まなざし》。彼女の悪阻《つわり》は一月の末ごろ止《や》んだ。

乳房の鋭敏な痛みだけがまだ目ざめている。康子はこの痛みやすい敏感な紫いろの触角でもって外界と連絡を保っている昆虫《こんちゅう》を思わせた。十里四方の出来事をかぎつけかねないその乳房の鋭敏な痛みに、悠一は神秘的な恐怖を抱いた。

このごろ康子は足早に階段を下りたりすると、たちまちそのかすかな震動が乳房につたわって、鈍い痛みの澱《よど》むのを感じた。シュミーズに触れても痛い。ある夜悠一が抱こうとすると、痛みを訴えて彼を押しやった。この思いがけない拒否は、実に康子にとっても思いがけなく、本能が彼女にそそのかした微妙な復讐《ふくしゅう》とでもいうほかはなかった。

悠一が康子を憚《はばか》る気持は、徐々に複雑な、いわば逆説的なものになったのである。一人の女として妻を見れば、鏑木夫人よりも恭子よりもはるかに若く、また人を惹《ひ》きつける力をもっていることは疑いがない。客観的に考えるとき悠一の浮気《うわき》は不合理である。あまりに康子が自信をもっているのを見て不安になると、彼はたびたび故意に拙劣な仕方でほかの女との交渉をほのめかすが、それをきくときの康子の口辺には、笑止なと思っているらしい大人びた微笑があって、その落着きようが悠一の自尊心をひどく傷つけた。というのは悠一が女を愛さないことを知っているのは誰《だれ》よりも康子ではなかろうかという怖《おそ》れと負《ひ》け目《め》が、こうした場合、悠一をおびやかさずにはいなかったからである。そこで彼はふしぎなほど残酷で身勝手な理論を立てた。もし康子が、その良人《おっと》は女一般を愛さないという事実に直面するならば、はじめから欺《あざ》むかれていたことになって、救いがない。しかし妻だけを愛さない良人は世間に数多く、この場合、今愛されていないというその事実は、妻にとって、昔愛されていたという事実の逆の証跡にもなるであろう。康子だけを愛さないと知らせることこそ肝要である。ひいては康子への愛である。そのためには悠一は今少し放埒《ほうらつ》になる必要があり、妻と共寝をしないというそのことを、もっと堂々と、怖気《おじけ》づかずにできるようでなければならぬ。……

それでもなお悠一が康子を愛していたことは疑いがない。彼のかたわらで若い妻が眠りに落ちるのは、多くは良人が眠りに落ちたあとであったが、まれに疲れた日など康子が先に寝息を立てはじめると、悠一は安堵《あんど》してその美しい寝顔を眺めることができた。こういうときこそ自分がこの美しいものを所有しているというよろこびが胸に沁《し》み、何一つ傷つけたがらない殊勝な所有が、この世では許されていないことをふしぎに思った。

……「何を考えてるの、悠ちゃん」

抱えの一人がこう言った。ここの抱えの三人ともすでに悠一と関係がある。

「おおかたゆうべの色ごとでしょうよ」

老人が横からそう言った。更に引戸のほうへ目を転じて、

「おそいなあ、私のいろは。お互いにじらしたりじらされたりする年じゃないのに」

みんなは笑ったが、悠一はぞっとした。この六十いくつのもじりの老人は、やはり六十いくつの恋人《いろ》を待っていたのである。

悠一はここにいたくない。家へかえれば康子が彼を喜び迎えるだろう。恭子に電話をかければ、彼女はどこへでも飛んでくるだろう。鏑木家へ行けば、夫人の顔に苦しげなほどの喜色が漲《みなぎ》るだろう。信孝を引きとめておけば、今日一日、彼は悠一の歓心を買うためなら、銀座の真中で逆立ちでもしてみせるだろう。俊輔《しゅんすけ》に電話をかければ、――そうだ、この老人に悠一はしばらく会わない――、彼の老いた声は電話口で上《うわ》ずるだろう。……しかも悠一は、自分があらゆるものから遮断《しゃだん》されてここにいることを、一種の道徳的な義務だと考えざるをえないのである。

『自分自身になる』とは、これだけのことか。あの美しい当為は、これだけのことか。自分をいつわらないと云ったところで、いつわる自分は自分ではないのか。どこに誠実の根拠があるのだ。悠一が自分の外面の美のために、人の目に見えるだけの存在としての自分のために、彼自身のあらゆるものを委《ゆだ》ね捨てたあの瞬間にか？　それとも

何にむかっても孤立し、何にむかっても何一つ委ねない今のような瞬間にか？　彼が少年たちを愛する瞬間は後者にちかい。そうだ、自分自身とは海のようなものである。海の正確な深さとは何時《いつ》の深さをさすのか？　彼の自我が干潮のきわみに達した、あのゲイ・パーティーのあかつき時か？　それとも今のようなものうい満潮時、何もねがわず、何ものも余計なこうした時か？

彼は又しても俊輔に会いたくなった。信孝とのことをあのお人好《ひとよ》しの年寄に隠しておくだけでは物足りなくなり、今行って、彼にぬけぬけとした嘘《うそ》をつきたくなったのである。

⁂

この日、俊輔は午前中を読書に費した。「草根集《そうこんしゅう》」をよみ、「徹書記《てつしょき》物語」をよんだ。これらの著者正徹《しょうてつ》は、定家《ていか》の生れかわりだという伝説のある中世の僧侶《そうりょ》である。

俊輔は中世文学の多くのもの、世に著聞のものの中にも彼のわがままな評価がえりだした二、三の歌人、二、三の作品にいたく執着した。永福門院《えいふくもんいん》の幽邃《ゆうすい》な庭園のような、人間の全き不在を歌った抒景歌《じょけいか》や、家人中太の罪を着た若君がその父に首を斬《き》られる異常な諦念《ていねん》の物語、「硯破《すずりわり》」というお伽草子《とぎぞうし》は、かつてこの老作家の詩心を養った。

「徹書記物語」第二三条に、吉野山は何の国かと人がたずねたら、ただ花にはよしの紅葉《もみじ》には立田《たつた》をよむことと思いついて詠《よ》むばかりであって伊勢《いせ》か日向《ひゅうが》か存じませんと答えるがいい。どこの国との才覚は、おぼえて詮《せん》ないことで、おぼえようとしなくてもおのずからおぼえられれば、吉野は大和と知るのである。と書かれている。

『文字に誌《しる》された青春というものもこのようなものだ』と老作家は考えた。『花にはよしの紅葉にはたつ田、それ以外に青春の定義があろうか。青春以後の芸術家の半生は、青春の意味を訊《たず》ねることに費やされる。彼は青春の生国《しょうごく》を踏査《とうさ》する。それが何になろう。認識がすでに花と吉野との間の肉感的な調和をうち破り、吉野はその普遍的な意味を失って、地図上の一点、(またはすぎ去った時の上の一時期)、大和の国吉野というにすぎなくなる。……』

こんな徒《あだ》な考えに耽《ふけ》っているあいだ、俊輔がしらずしらず悠一を思いうかべていたことは、疑うに足りない。正徹の単純化された美しい一首、

　さしむかひ舟くるほどの川岸にむれたつ人のおなじ心よ

を読むときも岸頭に舟を待つ群衆《ぐんじゅ》の心が、近づいてくる一艘《そう》に純一に集まり結晶するその瞬間を、老作家はふしぎなときめきを以《もっ》て想像した。

この日曜には来客の予定が四、五人あった。老作家は自分の年不相応な愛想《あいそ》のよさに実は多分の軽蔑《けいべつ》のまじっていることを確かめたさに、こうした訪客を迎え入れたが、そういう感情の形で生きのこっている若さを確かめたいためもあった。全集は版を重ねていた。校訂を引受けた崇拝者たちがしばしば打合せにやって来る。それが何になろう。作品の全部が過誤であるものを、小さな誤植の訂正が何になろう。

俊輔は旅に出たい。こんな日曜日の累積《るいせき》は耐えがたい。悠一の永い無音《ぶいん》が、老いた作家をひどくみじめにした。京都へひとりで旅立とうなどと考えた。

いたく抒情的なこの悲しみ、悠一の無音によって中絶した作品の挫折《ざせつ》の悲しみ、こんな未完成の呻《うめ》きともいうべきものは、四十数年前の習作時代このかた、俊輔の忘れ果てていたものである。この呻きは青春の最も不手際《ふてぎわ》な部分、もっとも不快な下らない部分の蘇生《そせい》であった。ふとした中絶とは似てもつかない或《あ》る運命的な未完成、屈辱に充《み》ちた嗤《わら》うべき未完成、手をのばすごとに果実もろとも下枝《しずえ》は風に吹き上げられ、タンタロスの口に永遠に果実は与えられず渇《かわ》きは医《い》やされない未完成、そういう時代から或る日、——すでにそれさえ三十年以上昔である——、俊輔の中に芸術家が誕生した。彼から未完成の病《やまい》が去った。これに代って、完璧《かんぺき》さが彼をおびやかすようになった。完璧さが彼の痼疾《こしつ》になったのである。それは無傷の病気である。患部の皆無な病気である。病菌も熱も昂進《こうしん》する脈搏《みゃくはく》も頭痛も痙攣《けいれん》もない病気である。死ともっともよく似た病気である。

彼はこの病気を治すものが死のほかにないことを知っていた。彼の肉体の死に先立つ彼の制作の死のほかには。創造力の自然死が訪れ、彼は気むずかしくなり、同じ程度に晴朗になった。作品を書かなくなると、彼の額は俄《にわ》かに芸術的な皺《しわ》を刻み、その神経痛は浪曼《ローマン》的な痛みを膝《ひざ》にひきおこし、その胃は時たま芸術的な胃痛を味わった。そしてその髪がはじめて芸術家の白髪に変ったのである。

悠一に会ってこのかた、彼が夢想した作品は、完璧さの痼疾から癒《い》やされた完璧、生の病気から癒やされた死の健康を漲《みなぎ》らせているべきであった。それはあらゆるものからの快癒《かいゆ》であるべきであった。青春からの、老いらくからの、芸術からの、生活からの、年齢からの、世間智《せけんち》からの、はたまた、狂気からの。頽廃《たいはい》を以てする頽廃の克服、制作上の死を以てする死の克服、完璧を以てする完璧の克服、これら悉《ことごと》くを老作家は悠一の上に夢みたのである。

……そのとき突如として、ある青春の奇態な病気がよみがえり、未完成が、ぶざまな挫折が、制作半ばに俊輔を襲ったのであった。

これは何であろう。老作家はそれに名を与えることをためらった。それと名ざすことの怖ろしさが、彼をためらわせていたのである。実にこれこそ、恋の特質ではなかろうか？

悠一の面影《おもかげ》は終日終夜俊輔の心を離れなかった。彼は悩んだり、憎んだり、卑《いや》しい言葉のありたけでこの不実な青年を心に罵《ののし》り、そのあいだだけ、自分があんな若僧をはっきり軽蔑していることに安心した。悠一の精神性の皆無をほめそやしたその口で、同じ精神性の皆無を蔑《さげす》んだ。悠一の青くささと、好《い》い気《き》な色男気取と、我儘《わがまま》と、鼻持ならない己惚《うぬぼ》れと、発作的な誠実さと、気まぐれな純情可憐《かれん》と、あの涙と、そういう性格上のがらくたをのこらず拾い上げて笑ってみるが、さてそのどの一つとして俊輔自身の青春が持合わさなかったことに思いいたると、又しても暗澹《あんたん》たる嫉妬《しっと》に沈んだ。

彼が一度つかんだ悠一という青年の人柄《ひとがら》が、今ではあやめもわかぬ始末になった。この美青年について今まで何一つ知っていないことに思い当った。そうだ、何一つ知っていない！　そもそも彼が女を愛さないという証拠がどこにあるのだ。彼が少年を愛するという証拠がどこにあるのだ。俊輔は一度たりと現場に立会ったことはないではないか。しかし今更それが何であろう。悠一は現実の存在ではなかった筈《はず》ではないか。現実ならばその無意味なうつりかわりでわれらの目をあざむくこともあろう。そうでないものがどうして芸術家をあざむきえよう。

とはいえ悠一はおもむろに、――わけてもこのほどの無音《ぶいん》によって――、少くとも俊輔にとっては、あれほど悠一自身がなりたがっていたもの、即《すなわ》ち「現実の存在」になりかけていたのである。彼は今や俊輔の目交《まなかい》に、不たしかな、不実な、しかも現実の肉をもった美しい形姿をあらわした。夜半など、悠一が今この大都会のどこかで抱《いだ》いているものが、康子か恭子か鏑木夫人かそれとも名も知れぬ少年かと考えだすと、俊輔は二度と寝つかれない。そういうあくる日はルドンへゆく。しかし悠一は現われない。ルドンでたまたま悠一と顔を合わせることは、俊輔にとって不本意である。そのときもはや俊輔の羈《き》絆《はん》を離れた一人の青年の、よそよそしい会釈《えしゃく》をうけるだろうことが怖かったのである。

今日の日曜は殊《こと》に耐えがたかった。彼は書斎の窓から、雪もよいの庭の枯れてけば立った芝生を眺めた。その枯芝の色がかすかにあたたかく明るいので、そこに弱日《よろび》のさしているような錯覚に襲われる。瞳《ひとみ》を凝らす。やはり日射《ひざ》しはない。俊輔は徹書記物語を閉ざして、置いた。彼は何をのぞんでいるのか？　日射しをか？　雪降りをか？　皺だらけの手を寒そうに揉《も》んだ。また芝生を見下ろした。するとその落莫《らくばく》とした庭のおもてに、徐々に本当の弱日がにじんで来ていた。

彼は庭に下り立った。生きのこった一羽のしじみ蝶《ちょう》が、芝草の上をよろぼうていた。

庭下駄《にわげた》でこれを踏みにじった。庭の一角の榻《とん》に腰を下ろしたとき庭下駄の片方を外して裏を見た。鱗粉《りんぷん》が霜にまじってきらめいている。俊輔はさわやかな気持になった。

暗い縁先に人影があらわれた。

「旦那様《だんなさま》、お襟巻《えりまき》、お襟巻！」

古い婢《はしため》が無遠慮な大声で呼んで、腕に下げた灰いろの襟巻をかかげて振った。庭下駄をはいて庭へ下りて来ようとした。そのとき暗い屋内にひびく電話のベルをきいて、背を向けてそのほうへ駈《か》け去った。俊輔にもその断続する鈍いベルの音が幻聴のようにきこえた。彼の胸は動悸《どうき》をはやめた。幾度となく裏切られた幻ながら、今度こそは悠一の電話ではなかろうか？

＊＊＊

彼らはルドンで待合せた。神田駅から有楽町へ行って電車を降りた悠一は、日曜日の雑沓《ざっとう》を身軽に縫った。いたるところ男女が連れ立って歩いている。その男のほうには、一人として悠一ほどの美男がいない。女たちは悉く悠一をぬすみ見る。不謹慎な女はふりむいて見る。その瞬間女たちの心は傍《かたわ》らの恋人の存在を忘れている。悠一がそれを直感する瞬間は、女ぎらいの抽象的な幸福に酔うときである。

昼間のルドンは客種も世のつねの喫茶店とかわりがない。青年は坐《すわ》り馴《な》れた奥の椅《い》子《す》に掛けて、マフラーをとり外套《がいとう》をとった。瓦斯《ガス》ヒーターにその手をかざした。「悠ちゃん、しばらく来なかったね。きょうは誰とお待合せ？」とルディーが訊く。「お祖父様《じいさま》とだよ」と悠一が答えた。俊輔はまだ来ていず、向うの椅子には狐《きつね》のような顔をした女が、すこし汚れた鹿革《しかがわ》の手袋の指を組み合わせて、男とねんごろに話していた。

悠一が多少の待遠しさを感じているのは本当である。いわば教壇に悪戯《いたずら》を仕掛けた中学生が、教師が授業のために入って来るのをいつになく心せいて待つような気持である。

十分ほどして俊輔は来た。黒天鵞絨《ビロード》の襟のついたチェスタフィールド型の外套を着て、手にはピッグスキンのスーツケースを提《さ》げている。黙って悠一の前へ来て坐った。老人の眼は包むように美青年を見つめてかがやいた。その顔に云《い》おうようない愚かしさがうかんでいるのを悠一は見た。その筈《はず》である。俊輔の性懲《しょうこ》りもない心は、又しても愚行を企てていたのである。

珈琲《コーヒー》の湯気が二人の沈黙をゆるした。不器用に口を切り合う二人の言葉がぶつかった。この場合、却《かえ》って俊輔のほうが内気な青年のようであった。

悠一がこう言った。

「御無沙汰《ごぶさた》しました。そろそろ学年試験でいそがしかったんです。家の中もごたごたしていたし、それに……」

「まあいい、まあいい」

俊輔は即座にすべてをゆるしてしまった。

しばらく見ぬ間《ま》に、悠一は変っていた。彼の言葉は、ひとつひとつ大人の秘密を孕《はら》んでいた。むかし俊輔の前にあらわに示して憚《はばか》らなかった幾多の傷を、今は消毒した繃帯《ほうたい》で堅固に包んでいた。何の悩みももたない青年のように悠一は見えた。

『いくらでも嘘をつくがいい。この青年は告白の年齢を卒業したらしい。それでも年齢の誠実さは額にうかんでいる。告白の代りに嘘だけで押しとおせると信じている年相応の誠実さは』

俊輔はこう考えて、次々と訊問《じんもん》した。

「鏑木夫人はどうしてる」

「彼女のお膝下《ひざもと》に居るんですよ」と、どのみち秘書になった噂《うわさ》はきこえていると思った悠一が言った。「僕《ぼく》をそばに引きつけておかないとあの人は生きていられないんです。とうとう旦那様を籠絡《ろうらく》して、僕を旦那様の秘書に仕立てちゃったんです。そうすれば三日にあげず会えますからね」

「あの女も辛抱強くなったもんだな。そんなからめ手を使う女じゃなかったがね」

悠一は神経質に声を大にして反対した。

「でも、今のあの人はそうなんです」

「弁護するね。君も惚《ほ》れたんじゃあるまいね」

この見当外れに悠一は危うく失笑した。

しかしそれ以上、二人には話題がなかった。会えば話そうと思いつづけて来たことどもを、会った瞬間から忘れてしまう恋人同士によく似ていた。俊輔はおのずと性急な提案をもちだした。

「今晩私は京都へ発《た》つよ」

「そうですか」——悠一は興なげに彼のスーツケースを眺めやった。

「どうだい、私と一緒に来ないか」

「今晩ですか？」

美青年は目を見はった。

「君が電話をしてくれたときから、私は急に今晩発とうと決心したんだ。ごらん、今晩の二等の寝台を君の分と二枚とってある」

「だって、僕……」

「家へは電話でそう云ってやればいい。私が出て言訳をしてあげるよ。宿は駅前の洛《らく》陽《よう》ホテルだ。鏑木夫人にも一応知らせて、伯爵《はくしゃく》を丸め込んでもらうがいい。あの女は私なら信用する。今晩発つ時間まで私と附合《つきあ》ってもらいたい。君の好きなところへ連れて行こうよ」

「だって仕事が……」

「仕事もたまには放り出すがいいよ」

「でも試験が……」

「試験用の本は私が買う。二、三日の旅に一冊読めたらいいほうだよ。いいだろう、悠ちゃん。君の顔はすこし疲れている。旅がいちばんいい薬だ。京都でのんびりしようじゃないか」

悠一は又してもこのふしぎな強制の前に無力になった。しばらく考えて、承知した。その実、あわただしい旅立ちはあたかも彼の心がそれと知らずに求めていたものだった。それでなくてもこんななす術《すべ》もしらぬ日曜日は、ひそかに彼を何かの出発へ追いやっていた筈だったのである。

俊輔は二つの断りの電話をてきぱきとやってのけた。情熱が彼を日ごろの能力以上の存在にしたのである。夜行の発車まではまだ八時間ある。俊輔は待ちぼけを喰《く》わされた来客を思いうかべながら、悠一ののぞむままに、映画館やダンスホールや料亭《りょうてい》で時間をつぶした。悠一はこの老いた庇護者《ひごしゃ》を無視していたし、俊輔は俊輔で十分幸福であった。

二人は凡庸な都会の享楽《きょうらく》のひとさらえをやってのけると、微醺《びくん》の足もかるがると街を歩いた。悠一は俊輔の鞄《かばん》をもち、俊輔は息をはずませて若者のように大股《おおまた》に歩いた。

二人はおのがじし、今夜自分たちが帰るところをもたない自由に酔っていた。

「僕はきょうどうしても家へかえりたくなかったんです」と悠一がぽつりと言った。

「そういう日があるよ、若いうちは。どの人間も鼠《ねずみ》のように生活しているように見える日が。そうして自分がどうしても鼠の一疋《ぴき》でありたくない日が」

「そんな日にはどうすればいいのかな」

「とにかく時間を鼠のようにこりこり齧《かじ》るんだ。すると小さな穴があいて、逃げられないまでも、鼻ぐらいは突き出せる」

二人は新車を選んで停《と》めて、駅へと命じた。

第十六章　旅のあとさき

京都に着いた日の午後になると、俊輔《しゅんすけ》は車を雇って悠一《ゆういち》を醍醐寺《だいごじ》へ案内したが、車はやがて山科《やましな》盆地の冬田の間をすぎ、その近傍の監獄の囚人たちが道路工事に働らいているさまが、中世の暗い物語の絵巻を繰るように、窓外にまざまざと眺《なが》められ、ものめずらしげに車内をのぞこうとして首をのばす囚人の二、三も数えられた。その作業衣は北方の海の色を思わせる濃紺である。

「気の毒ですね」

人生の享楽《きょうらく》にだけ心を奪われている若者はこう言った。

「私は何も感じないね」と皮肉屋の老人は言った。「私のような年齢になると、自分があるなるかもしれないという想像力の恐怖を免除されるんだ。老年の幸福はこいつだよ。そればかりか、名声というものは変な作用をする。無数の見もしらない人間が私に貸のあるような顔をして押しよせる。つまり私は無数の種類の感情を期待される破目になる。そのなかの一つの感情の持合せでもなければ、人非人《にんぴにん》呼ばわりをされる始末になる。不幸には同情、貧困には慈善、幸運には祝福、恋愛には理解、つまり私という感情の銀行には、世間に流通している無数の兌換《だかん》紙幣の金《きん》準備がなければならんのだ。そうでないと銀行は信用をおとす。もう十分信用を落したから今は安心だがね」

車は醍醐寺の山門をくぐって三宝院の門前に停《とま》った。名高い枝垂桜《しだれざくら》のある四角い前庭を、四角い整理された冬、手入れを凝らした冬が、領している。この感じは、鸞鳳《らんほう》の二字を大書した衝立《ついたて》のある玄関を上って、庭につき出た日あたりのよい泉殿《いずみどの》の椅子《いす》へ案内されたとき、一そう深められた。庭は本当の冬の介入の余地がないほど、統御され、抽象化され、構成され、精密に計算された人工的な冬で充《み》たされていた。ひとつひとつの石のたたずまいにも、端麗な冬の形態が感じられたのである。中の島は姿のよい松に飾られ、庭の東南の小滝は凍っていた。南側をおおう人工の深山はあらかた常磐木《ときわぎ》だったが、そのためにこの季節にも、庭のながめが果てしれぬ叢林《そうりん》につづいているという印象は弱まらなかった。

管長が現われるまで待たされているあいだ、悠一はまた久々の俊輔の御講釈をきく光栄に浴したが、彼の説によると、京都の寺々の庭は、日本人の芸術に対する考え方のもっとも端的な宣言だというのである。というのは、この庭の結構にせよ、もっとも代表的な例は、桂《かつら》離宮の月見台の景観にせよ、その賞花亭《しょうかてい》の裏山の深山幽谷の模倣にせよ、極度の人工性が自然の巧みな模写のうちに、自然を裏切ろうと企てていることである。自然と芸術作品とのあいだには、世にも親しげな隠密の叛心《はんしん》があるのである。芸術作品が自然に対する謀叛《むほん》は、身をまかせた女の精神上の不貞に似ている。なよやかな深い不実が、多くは媚態《びたい》の形をとって、自然にもたれかかり自然をありのままに写そうと力《つと》めているかのように装っている。しかし自然の近似値を求める精神ほど人工的な精神はない筈《はず》である。精神は自然の物質、石や林泉のなかに身を隠す。そのとき物質は、どんな固い物質も、内側から精神に蝕《むしば》まれている。物質はかくて精神によって隅々《すみずみ》まで凌辱《りょうじょく》され、石や林泉は、その本来の物質の役割を去勢されて、庭をかたちづくる或《あ》る柔軟な目的のない精神の、永遠の奴隷《どれい》になるのである。幽閉された自然。これらの古くて名高い庭は、いわば芸術作品という目に見えない不実な女体に対する肉慾《にくよく》の絆《きずな》につながれて、その本来の殺伐な使命をわすれた男たちであり、われわれの目の前には、やむことのない憂鬱《ゆううつ》な結びつきが、その倦怠《けんたい》にみちた結婚生活が見えるのである。

管長がそのとき現われて、俊輔に久闊《きゅうかつ》を舒《の》べ、二人を別室へ案内すると、俊輔の懇望にまかせて、この密教の寺院に深く秘された一巻の草紙を見せてくれた。老作家はこれを悠一に見せたいと思ったのである。

奥書に元亨《げんこう》元年の日附《ひづけ》があるとおり、冬日のさしこむ畳の上にひろげられてゆく巻物は、後醍醐《ごだいご》帝の時代の秘本である。その名を稚児乃草子《ちごのそうし》というのであったが、悠一には読めない詞書《ことばがき》を、俊輔は眼鏡をかけてすらすらと読みだした。

「仁和寺《にんなじ》の開田の程にや世のおぼしいみじくきこえ給ふ貴僧おはしましけり。御歳《おんとし》たけたるままに三密の行法の薫修《くんじゅ》つもりて験徳ならびなくおはしけれども、なほもこのことをすて給はざりけり。童《わらべ》おほく侍《はべ》る中に、ことになつかしく添ひぶしにまゐる一人ぞありける。貴きも賤《いや》しきもさかりすぎたる御身なれば、はかばかしくこのわざも心にかなはぬことなれば、御心はやれども、月地《つき》にしんとう（浸透）の風情《ふぜい》にて、ただやまかたを越するばかりの箭《や》いろにてぞありける。此《この》童ほいなきことに思ひければ、夜々したためて、まづ中太といふ乳母子《めのとご》の男をよびて、ものをばはせさせてせられつつ……」

この素朴《そぼく》なあけすけな詞書につづいてあらわれる男色絵《なんしょくえ》は、ほほえましい稚拙な肉感を湛《たた》えていたが、好奇の眼《め》でそれらの一こま一こまに見入る悠一をよそに、俊輔の心は、中太という介添役の男の名から、あの「硯破《すずりわり》」の同じ家臣の名へ漂い移った。いたいけな若君が一家臣の罪を自ら進んで着て、死にいたるまで口を緘《かん》して語らないほどの心ばえには、筆を省いた草子の単純な叙述からも、何らかの契《ちぎ》りが想像されたのである。すると、「中太」とは、こうした役処の決った通り名であり、その名をきくだけでその時代の人が暗黙の微笑をうかべた存在ではなかろうか？

この学究的な疑問は、かえりの車中も俊輔の念頭を立去らなかったが、ホテルのロビイで思いがけなく鏑木《かぶらぎ》夫妻に会うに及んで、閑《ひま》ありげな思案は忽《たちま》ち吹き飛んでしまった。

「おおどろきになって？」

ミンクの半外套《はんがいとう》の夫人が手をさしのべてこう言った。そのうしろの椅子から信孝《のぶたか》が妙に落着き払った様子で立上った。ほんの一瞬間、大人たちはぎごちない素振りをした。悠一一人が自由を味わっていたが、このとき又しても美青年は自分の異常な力をのびのびと確信したからである。

俊輔はというと、咄嗟《とっさ》の間《ま》には夫妻の思惑《おもわく》がつかめなかった。彼はぼんやりしているときの常で大そうよそゆきの厳粛な顔をした。しかし小説家の職業的な洞察力《どうさつりょく》が、夫妻の第一印象から、次のようなふとした感想を引き出した。

『この夫婦がこんなに仲むつまじく見えるのははじめてだ。何かよほど親密な共謀をめぐらしているような感じだな』

事実、鏑木夫妻の仲はこのごろむつまじかった。悠一に関してお互い同士が相手を利用していると思っているすまなさからか、乃至《ないし》は感謝からか、夫人は良人《おっと》に、良人は夫人に前よりもやさしくなったのである。夫妻はばかに気が合うようになり、この泰然自若たる夫婦が、炬燵《こたつ》で向き合って新聞や雑誌を所在なげに読んでいる夜ふけなど、天井で何か物音がすると、同時に鋭敏に顔をおこして、たまたま顔を見合わすことになって、笑うのであった。

「あなたは最近なんだか神経過敏だよ」

「あなたこそそうですわ」

そう言ったのちも、二人はなおしばらく、故《ゆえ》しれぬ心の動揺を抑えきれずにいた。

もう一つの信じられない変化は、夫人が家庭的な女になったことだったが、悠一が会社との連絡のために鏑木家を訪ねる日には、彼に手製の菓子を御馳走《ごちそう》したり、手編みの靴下《くつした》を与えたりするために、夫人は家にいる必要があったのである。

信孝にとって夫人が編物をはじめたことは噴飯物の最たるもので、彼はおもしろがってわざわざ舶来の毛糸を沢山買ってかえり、どのみちそれで夫人が悠一のジャケツをでも編むだろうことを知っていながら、わざとお人よしの亭主を装って、妻が巻く毛糸の輪を両手で支えてやったりした。こうした時に信孝が感じていた満足の冷たさは比類がない。

鏑木夫人は自分の恋がこれほどあらわなものになりながら、なおその恋から何一つ得ていないことに気がつくと、すがすがしい気持になった。こんな夫婦の間柄《あいだがら》ではそのほうが不自然な筈であるが、彼女は恋の成就が立ちおくれていることについて良人に対する見栄《みえ》を傷つけられもしないのであった。

はじめのうち夫人の堅固な安心は、信孝を気味わるがらせたものであった。本当に悠一と夫人とは結ばれているのではないかと思われたのである。やがてこうした危惧《きぐ》は迷信にすぎないことがわかったが、いつになく恋心を良人に隠す夫人のやりくちが、——それはただまことの恋心だったために夫人は本能的に隠したにすぎないが、——同じ恋心をその無慙《むざん》な性質のためにひた隠しにせねばならない信孝の心の姉妹のように思われた。その結果、たびたび夫人と一緒に悠一の噂話《うわさばなし》をしたい危険な誘惑にとらわれたが、夫人があまり悠一の美貌《びぼう》をほめそやすと、却《かえ》って悠一の日常に対する数々の不安をそそられるので、妻の愛人を嫉視《しっし》する世のつねの良人のように、そんなときは悠一を悪しざまに云《あ》うことさえあった。

彼の突然の旅立ちをきくに及んで、この仲の良い夫婦は一そう結束を固くした。

「二人を追っかけて京都へ行ってみるかね」

と信孝が云《い》うのであった。ふしぎと夫人には、信孝がそう云うだろうことがわかっていた。二人は明る朝すぐ旅立った。

信孝夫妻はこうしたわけで、洛陽《らくよう》ホテルのロビイで俊輔と悠一に会ったのである。悠一は信孝の目の中に、或る卑屈な色がうかぶのを見た。この第一印象で、信孝の叱責《しっせき》ははなはだ権威のないものになった。

「一体君は秘書という役目をどんなもんだと思っているの？　秘書が失踪《しっそう》したので、会長が奥さん同伴で探しにゆくなんていう会社はどこにもないよ。気をつけたまえ」

――信孝はふと目を転じて俊輔を見たが、当りさわりのない社交的な微笑をうかべてこう言い添えた。「檜《ひのき》先生の誘惑がよほどお上手だったんだね」

鏑木夫人と俊輔はこもごも悠一を庇《かば》ったが、悠一は素直に詫《わ》びようともせずにちらりと冷たく信孝を眺めたので、信孝は怒りと不安とでつづく言葉が口から出なかった。

すでに夕食の時間であった。信孝が外で食事をしたがったが、皆は疲れていて底冷えの夜の市街へ出てゆく気にはならなかったので、六階の食堂で一つの卓を囲んだ。

鏑木夫人の男物の派手な格子《こうし》縞《じま》で作ったスーツは大そう似合い、それに旅の疲れが加わって申分なく美しく見えた。彼女はやや顔いろがわるかった。肌《はだ》が山梔《くちなし》の白さを帯びていた。幸福な感じは軽い酔いのようなもの、軽い病気のようなものである。信孝は妻の抒情《じょじょう》的な顔いろがそのせいだということを知っていた。

悠一は何かこの三人の大人が、悠一に関するかぎり、第一歩の常識を踏み外してあやしまない傾向をもっており、その点で悠一を無視してかかっているのを感じないわけにはゆかない。たとえば、苟《かりそ》めにも会社に籍を置いている青年を無断で旅へつれ出す俊輔も俊輔である。それを追って京都まで来ることを当然のことのように思っている鏑木夫妻も鏑木夫妻である。みんなが自分の行動の言訳を相手に押しつけているのだが、たとえば信孝は妻が来たいと云ったから来たにすぎないという逃げ口上の用意があるのだが、ここへ来ておのおのの口実は、もしひとたび冷静な目にかえったらその云おうようない不自然さをあらわにしてしまうであろう。この食卓でも四人が一枚のやぶれやすい蜘蛛《くも》の網を支えているように思われた。

四人はコアントロオを呑《の》んで少し酔った。悠一は信孝がひどく寛仁大度《かんじんたいど》を押し売りにするのでいやいや気がさした。俊輔の前で、何度となく自分の奥さん孝行を自讃《じさん》した上、悠一を秘書にしたのも妻のせいなら、こうして旅へ出るのも妻のせいだと吹聴《ふいちょう》する子供らしい虚栄心にいやいや気がさした。

俊輔の目にも、しかしこの莫迦《ばか》げた告白がありうることと思われた。冷たかった夫婦が、妻の浮気《うわき》を好餌《こうじ》にして、回春に役立てるのはありうることである。

鏑木夫人は悠一がきのうかけてよこした電話で大そう気をよくしていた。悠一の気まぐれな京都行の原因は、おそらく信孝から逃げ出したかったためであって、夫人から逃げ出したかったためではないと信じられた。

『この青年の気持はどうしてもつかめない。そのためにいつまでも新鮮だ。いつ見ても何という美しい目でしょう。何という若々しい微笑でしょう』

夫人はちがう土地で見る悠一に又しても新たにされる魅力を感じ、彼女の詩的な魂はこんな些細《ささい》な霊感にいたく搏《う》たれてしまった。ふしぎにも良人と一緒に悠一を見ていることが心の支えになる。このごろでは悠一と二人でさしむかいで話すことに喜びが感じられない。そういうとき彼女は不安になり心が苛立《いらだ》つばかりである。

つい先頃《さきごろ》まで外人バイヤーの専用であったこのホテルは煖房《だんぼう》がよくゆきとどき、一同は京都駅の前面の明るい賑《にぎ》わいを眺めおろす窓のそばで話し合ったが、悠一のシガレットケースが空なのを見てとると、手提《てさげ》から出した煙草《たばこ》の一箱を黙って青年のポケットに入れてやる夫人の仕種《しぐさ》を、俊輔は見ないふりをするのに骨を折った。ところが妻の一挙一動に気がつきながら公認しているのだと見せたいばかりに、

「奥さん、秘書に袖《そで》の下《した》を使っても御利益《ごりやく》がありませんよ」

などという信孝の見栄坊が、俊輔には片腹痛かった。

「何の目的もない旅行っていいものね」と夫人が言うのであった。「あしたはみんなでどこへ行きましょう」

俊輔はそういう夫人をじっと眺めていた。美しかったが、おそろしく魅力がなかった。

むかし彼女に恋して信孝にゆすられた俊輔は、この女が全く精神性をもたないところに恋したのであったが、今の夫人はあのころとちがって、自分の美しさをすっかり忘れていた。老作家は夫人が煙草を吸うのを見詰めていた。一本に火をつけた。二口三口吸って灰皿《はいざら》に置いた。するとその吸いかけの煙草をわすれて、また新らしい一本に火を点じた。その火はどちらも悠一がライターをさし出してつけたのである。

『この女はまるで醜い老嬢のやるようなへまをやっている』

と俊輔は思った。復讐《ふくしゅう》はすでに十分である。

その晩旅づかれの一同は、はやばやと寝に就く筈であったが、たまたま小さな事件が、みんなの睡気《ねむけ》ざましに役立ってしまった。事のおこりは俊輔と悠一の仲を疑った信孝が、今宵《こよい》の部屋割を、俊輔と信孝が一室に寝《やす》み、夫人と悠一が一室に寝むように、割り振ろうと提案したのである。

この不まじめな提案をするときの信孝の図々《ずうずう》しさは、俊輔に彼の昔の流儀を思い出させた。それは極道者の華族が身にそなわった無邪気さと、他人に対するおそろしい無関心との力を借りて、没義道《もぎどう》をはたらくときの宮廷風の流儀である。鏑木家は堂上華族の一門である。

「お話を久しぶりに伺えて実に嬉《うれ》しい」と信孝は言った。「今晩はこのまま寝るのは惜しいようだな。先生は殊《こと》に夜ふかしはお馴《な》れでしょう。バアは早く閉めちまうようだから、いかがです、部屋へお酒を運ばせて、もうしばらくやりませんか」――それから夫人のほうをふりむいて、「あなたも南君も眠そうだね。遠慮なしに先におやすみなさい。南君は僕の部屋で寝てかまわないよ。僕は先生のお部屋でしばらく御話を伺ってゆくからね。もしかしたら先生のお部屋へ泊めていただくかもしれないから、安心して眠りたまえ」

悠一は当然辞退し、俊輔は大そうおどろいた。青年は目じらせして俊輔の助力をたのんだ。これを目ざとく見た信孝は嫉妬《しっと》にかられた。

鏑木夫人はというと、良人からこういう扱いをうけるのには馴れていた。しかしこの場合は問題が別である。相手は眷恋《けんれん》の悠一である。すんでのところで彼女は怒って良人の非礼をそしろうとしたが、日ごろの望みが叶《かな》えられようとする誘惑に、打ち勝ってまでそうすることはできなかった。悠一に軽蔑《けいべつ》されたくない気持が彼女を苦しめた。今まで彼女をみちびいて来た力はこの崇高な感情だったが、今はじめてそれを捨てるべき機会が訪れ、それを捨てなければ、もう二度と自分一人の力でそういう機会を作ることはできないように思われた。この内心の戦いは時間にしてこそほんの数秒だったが、不本意なしかしうれしい決心をした気持は、まるで年余の永い戦いのあとのようであった。彼女は自分が愛する青年にむかって、娼婦《しょうふ》のようにやさしく笑っているのを感じた。

ところが悠一の目には、鏑木夫人がこのときほど心やすく、母性的にみえたことはなかったのである。彼は夫人がこう言うのをきいた。

「それがいいわ。おじいさん方はたのしくおやりあそばせ。あたくしはまた、寝不足の日は目の下に皺《しわ》ができるの。皺がもうそれ以上ふえようのない方は徹夜でも何でも御自由に」

悠一のほうをふりむいてこう言った。

「悠ちゃん。もうおやすみにならない？」

「ええ」

悠一は急に眠たくてたまらなそうな芝居をした。頰《ほお》を染めてするその芝居の拙《つた》なさに、鏑木夫人はうっとりした。

これらのやりとりは気味のわるいほど自然に運ばれたので、俊輔にも修正の余地がなかった。ただ俊輔には信孝の思惑《おもわく》がわからない。今の語調はいかにも夫人と悠一の間柄《あいだがら》が既定のものでもあるようで、それを殊更《ことさら》にみとめている信孝の気持がわからない。

俊輔は悠一の心持もわからないので、咄嗟《とっさ》の機転がうかばなかった。バアの安楽椅子に腰をすえたまま、信孝と話すべきさりげない話題をさがした。やがてこう言った。

「鏑木さんは、中太という名前の意味を御存知ないかね」

こう言いかけてから、例の秘本の性質に気がついて、俊輔は口をつぐんだ。こういう話題は悠一に累《るい》を及ぼすことになる。

「中太って何です」と半ば上の空で信孝が言った。「人の名前ですか」——すでにいちばん酒量をすごした信孝は酔っていた。「中太？　中太？　ああ、それは私の雅号ですよ」

このちゃらんぽらんな返事の偶然の効果は俊輔の目を見はらせた。

四人はようやく席を立って昇降機で三階へ下りた。昇降機はホテルの夜のなかをしずしずと降りた。

二組の客室は間に三室を隔てている。悠一は夫人と一緒に奥の三一五室へ入った。

二人は黙っていた。夫人が鍵《かぎ》をかけに立った。

悠一は上着を脱いでなおのこと手持無沙汰《ぶさた》になった。彼は檻《おり》のなかを歩く動物のように部屋を歩いていた。からっぽの抽斗《ひきだし》をひとつひとつあけてみた。お風呂《ふろ》にお入りにならない、と夫人が言った。お先にどうぞ、と悠一が言った。

夫人が浴槽《よくそう》にあるあいだに、扉《とびら》がノックされて、悠一があけに立つと、俊輔が入って来た。

「風呂を貸してもらいに来たよ。むこうの部屋のバスは故障なんだ」

「どうぞ」

俊輔は悠一の腕をとって低声《こごえ》できいた。

「一体君は気があるのかい？」

「僕はいやでたまらないんです」

バス・ルームから夫人の艶《つや》のある声が天井に反響して朗らかにうつろにひびいた。

「悠ちゃん。一しょにお入りにならない？」

「え？」

「鍵をあけておくわよ」

俊輔は悠一をおしのけて、浴室の扉のノッブをまわした。更衣室をとおりぬけて、奥の扉をかすかにひらいた。湯気の中で鏑木夫人の顔が蒼《あお》ざめた。

「お年に似合わなくてよ」

夫人が湯のおもてを軽く叩《たた》きながらこう言った。

「むかしあなたの旦那様《だんなさま》がこんな風にしてわれわれの寝室へ入って来たんだ」

俊輔がそう言った。

第十七章　心まかせ

鏑木《かぶらぎ》夫人はものに動じない女である。浴槽《よくそう》の石鹼《せっけん》の泡《あわ》の中からすっくと立った。またたきもせずに俊輔《しゅんすけ》を見つめて言った。

「入りたかったら入っていらしたらいいわ」

羞恥《しゅうち》の影もとどめないその裸身は、目前の老人を路傍の石ほどにもみとめていない。濡《ぬ》れた乳房は世にも無感動にかがやいている。年と共にみのり豊かに盈溢《えいいつ》した肉体の美しさにつかのま俊輔は目をうばわれたが、やがて形勢逆転して今自分が受けている無言の辱《はずか》しめに思いいたると、それ以上直視する勇気はなくなった。裸かになっている女のほうが平気なのに、見せられている老人のほうが、恥辱のために顔を赤らめる始末であった。一瞬老作家は、悠一《ゆういち》の苦しみの性質がわかるような気がした。

『到底俺《おれ》には復讐《ふくしゅう》の力さえなさそうだ。もう復讐の力もなくなったのだ』

俊輔はこの眩《まば》ゆい対峙《たいじ》のあとで、黙って浴室の扉《とびら》を又しめた。悠一はもとより入って来ない。灯《ひ》を消したせまい更衣室に孤《ひと》りになった。目をとじて明るい幻を見た。その幻を明るい湯の音が彩《いろど》った。立っているのが辛《つら》くなったので、と謂《い》って悠一のところへ帰るのもはずかしさに、わけのわからぬ不平を呟《つぶや》きながら蹲踞《そんきょ》した。夫人はなかなか風呂《ふろ》を出る気配がない。

やがて湯を上る水音がした。それは反響した。扉があらあらしくあけられて、その濡れた手が更衣室の灯《あか》りをつけた。犬のようにつくぼうていたのが俄《にわ》かに立上った俊輔を見ても、おどろかずにこう言った。

「まだそんなところにいらしたの?」

鏑木夫人はシュミーズを身につけ、俊輔が下男のように手つだった。

二人が部屋へかえると、青年はおとなしく煙草を吹かしながら窓にむかって、街の夜景を眺《なが》めている。振向いてこう言った。

「先生はもうお風呂から上ったんですか」

「ええ、そうよ」と夫人が答を引取った。

「ずいぶん早いんだなあ」

「あなた、どうぞ」——夫人はそっ気なくこう言った。「あたくしたち、むこうの部屋へ行っているわ」

悠一が入れかわりにバス・ルームへ行くと、夫人は俊輔を促して、信孝《のぶたか》の待っている俊輔の部屋へ行った。廊下で俊輔がこう言った。

「悠一君にまでそっけなくする必要はないじゃないか」

「どうせ一つ穴の貉《むじな》なんでしょ」

この子供らしい猜疑《さいぎ》は、俊輔を朗らかにした。まさかに俊輔が悠一を救ったとは気がつくまい。

伯爵《はくしゃく》は俊輔を待つ間を独り占いのトランプをひっくり返しながらすごしていた。夫人が入って来るのを見て一向無感動にこう言った。

「やあ、来たね」

それから三人でポーカアをやった。興が乗らない。風呂から上った悠一がかえってきた。湯上りの若者の肌《はだ》は大そう美しく、頬《ほお》は少年のように燃えていた。彼は夫人にむかって頰笑《ほおえ》みかけたが、その無垢《むく》な微笑に誘われて夫人の口辺は思わず弛《ゆる》んだ。しかし良人《おっと》を促して、立上った。

「今度はお風呂はあなたの番よ。やっぱりあたくしたちむこうの部屋で寝《やす》みましょう。檜《ひのき》さんと悠ちゃんはこちらでね」

この宣言には断乎《だんこ》たるところが窺《うかが》われたせいか、信孝は逆らわない。二組はおやすみなさいをお互いに言った。夫人は、二、三歩行って帰って来て、先程のそっけなさを後悔したように、悠一の手にやさしい握手をした。今夜この青年を斥《しりぞ》けたことで懲《こ》らしめは十分だと考えたからである。——こうして結局俊輔一人が甚《はなは》だ迷惑な籤《くじ》を引いた。既《すなわ》ち、彼一人は風呂へ入れなかったのである。

俊輔と悠一はおのおの寝台に上って灯を消した。

「さっきはどうもありがとう」

多少おどけた調子で、闇《やみ》の中から悠一がこう言った。俊輔は満足のあまり寝返りを一つ打った。俄《にわ》かにこの老骨に青年時代の友情の記憶、高等学校の寮生活の思い出がよみがえった。当時俊輔は抒情詩《じょじょうし》を書いていた！　抒情詩を書くことぐらいのほかに、当時の彼には犯すべき過失がなかったのである。

闇にきこえるこの老いた声音が詠嘆の響を帯びたのは当然である。

「悠ちゃん、私にはもう復讐の力がないんだ。あの女に復讐できるのは君だけだ」

闇の中から若々しい張りのある声がこう答えた。

「でもあの人は急にそっけなくなりましたね」

「大丈夫、君を見る目がそんなそっけなさを公然と裏切っている。却《かえ》っていい機会だ。ごたごた子供っぽい釈明をして君が甘えれば、彼女は前よりも君に夢中になるだろう。こう言いたまえな。あのじじいがはじめ僕《ぼく》とあなたを紹介しておきながら、いざ本当に親しくなると、やきもちをやいてうるさくて仕様がない。バス・ルームの事件も、あのじじいのやきもちにすぎないんです、とこう言いたまえ。それなら筋がとおっているよ」

「そう言います」

その声は大そう従順で、俊輔はきのう久々に会った時の尊大な悠一が、また昔の悠一に還《かえ》ってものを言っているのを感じた。勢に乗じて俊輔がこう言った。

「最近恭子がどうしているか知ってるかい」

「いいえ」

「怠けもの。君はまったく世話を焼かせるよ。恭子はさっさと新らしい恋人を作っちまったよ。誰《だれ》に会っても、悠ちゃんなんかすっかり忘れたと言っているそうだ。その男と一緒になるために、今の亭主《ていしゅ》と別れ話が持上っているという噂《うわさ》があるくらいだ」

俊輔は効果をうかがうために口をつぐんだ。効果は的確であった。美青年の自尊心は箆深《のぶか》く矢を刺された。それは血を流した。

しかし間もなく悠一が呟いたのは、若者らしい意地から出た心にもない言葉である。

「いいでしょう、それで幸福なら」

同時にこの己れに忠実な青年は、靴屋《くつや》の店頭で恭子に会ったときに、自分自身に対して立てたあの勇ましい誓を思い出さずにはいられない。

『よし！　僕はきっとこの女を不幸にしてみせるぞ』

逆説的な騎士は、女の不幸のために献身すべきおのが任務の懈怠《けたい》を悔いた。もう一つの危惧《きぐ》は半ば迷信的なもので、女に冷たくされると早速悠一は、自分の女ぎらいを見破られたからではないかと気をまわさざるをえないのである。

俊輔は悠一の口調に或《あ》る冷たい烈《はげ》しさを聴きとって安心した。さりげなく言った。

「しかし私の見るところでは、君を忘れることのできない焦躁《しょうそう》のあらわれにすぎないな。私がそう信じる理由もいくつかある。まあ東京へかえったら恭子に一度電話をかけてやりたまえ。万が一にも君が気分を壊すような結果は起きないよ」

悠一は答えなかったが、帰京匆々《そうそう》彼が恭子に電話をかけることはまちがいなしだと俊輔には思われた。

二人は黙った。悠一は眠ったふりをした。俊輔は今のみちたりた気持をどう表現してよいかわからなかったので、もう一度寝返りを打った。老いた骨はきしみ、寝台のスプリングもまたきしんだ。煖房《だんぼう》は適度であり、この世には欠けたものがなかった。俊輔はいつか険しい気持のときに考えた『悠一に恋を打明けよう』という試みが、いかに狂おしいものであるかに思いいたった。二人の間にこれ以上の何ものも要らないではないか?

扉をノックする者がある。両三度叩《たた》かれるに及んで、俊輔は大声できいた。

「どなたです」

「鏑木です」

「どうぞ」

俊輔も悠一も枕《まくら》もとの灯をつけた。白いワイシャツと焦茶《こげちゃ》のズボンの信孝が入って来た。多少わざとらしい快活さで信孝が言った。

「おやすみのところを申訳ありません。シガレットケースを忘れまして」

俊輔が半身を起して、部屋のあかりのスイッチを教えたので、信孝がこれを押した。飾りけのないホテルの一室、二つの寝台とナイトテーブルと鏡台と二、三脚の椅子《いす》と卓と机と衣裳簞笥《いしょうだんす》とのいわば抽象的な部屋の構造が明るく照らし出された。信孝は奇術師のような衒気《げんき》たっぷりな足取で部屋を横切った。卓上の鼈甲《べっこう》のシガレットケースをとりあげて、一度蓋《ふた》をあけて中身をあらため、鏡の前へゆき、下瞼《したまぶた》をつまんで、目が充血しているかどうかをしらべた。

「やあ、どうも失礼しました、おやすみなさい」

そうしてあかりを消して出て行った。

「あのシガレットケースはさっきからテーブルの上にあったかね」

と俊輔がきいた。

「さあ、僕は気がつきませんでした」

悠一が言った。

＊＊＊

京都から帰った悠一は、恭子のことを考えるたびに、心が不快に笹《ささ》くれ立った。俊輔が考えたとおりの筋道を辿《たど》って、この自信たっぷりの若者は電話をかけた。恭子はいつが都合がいいのわるいのとしばらくすねた。しかし悠一が電話を切ろうとすると、あわてて約束の場所と時間を言った。

試験が近づいていたので、悠一は経済学にかじりついていたが、昨年の試験に比べて、身の入らないことは呆《あき》れるばかりであった。彼は以前微積分に熱中していた時のような明晰《めいせき》な陶酔のよろこびを失っていた。半ばは現実にその身を触れ、半ばは現実を蔑視《べっし》する術《すべ》をまなんだ若者は、俊輔の影響下に、もはやあらゆる思想に口実だけを、あらゆる生活の中に生をむしばむ習慣の魔力だけを、好んで見出《みいだ》すようになっていたのである。俊輔を知って以来、悠一が見た成人の世界の悲惨は意外というほかはなかった。男の世界の表看板である地位と名誉と金の三位一体《さんみいったい》を掌《て》に収めている男たちが、それらを喪《うしな》いたくないことも勿論《もちろん》だが、折にふれて、いかにそれらを自ら卑《いや》しめているかは想像のほかである。俊輔が異教徒が踏絵を踏むように、やすやすと、というよりむしろ喜びと快楽の残忍な笑いに咳《せ》き込みながら、自分の名声を土足にかけてみせるありさまは、はじめ悠一をいたくおどろかせた。成人たちは獲得したもののために悩んでいた。事実世の成功の九割までは青春を代償に獲られたものだったからである。青春と成功の古典的な調和はわずかオリムピック競技の世界にだけ生残っていたが、それはまことに巧妙な禁慾《きんよく》の原理、即ち生理的な禁慾と社会的な禁慾の原理の上に、辛《かろ》うじて残されているのであった。

約束の日に悠一は十五分もおくれて恭子の待っている店へ行ったが、恭子はじれて店の前の鋪道《ほどう》に立って待っていた。いきなり悠一の腕を抓《つね》って、いじわると言った。

この月並な媚態《びたい》は悠一にとってひどく興ざめだったと云《い》わざるをえない。

その日は早春の凜乎《りんこ》とした好天気で、街のざわめきにも透明なものが感じられ、空気の肌ざわりはあたかも水晶のようである。悠一は紺の外套《がいとう》の下に学生服を着ていたので、マフラーを抜《ぬ》き出てその高い襟《えり》とカラアが見えた。恭子は肩を並べていると目《ま》のあたりに見えるその襟に、さわやかな剃《そ》り跡につづくカラアの白い一線に、早春の匂《にお》いを感じた。彼女の濃緑の外套は深いくびれを持ち、立てた襟の内側には紅鮭《べにざけ》いろのマフラーが波立っていたが、その頸《くび》に触れた部分に肌色の白粉《おしろい》がすこしついている。寒そうな小さい紅《あか》い口が可憐《かれん》である。

この軽やかな女は、悠一の無音《ぶいん》の咎《とが》め立てを一言もするではなかったので、彼は叱《しか》る筈《はず》の母親が黙っているときのような物足りなさに囚《とら》われた。月日を隔てたこの前のあいびきとのあいだに何の断絶感もないことは、はじめから恭子の情熱が一定の安全な軌道をとおっていた証拠のようで、悠一は気を悪くした。ところが恭子のような女の軽々しい見掛けこそ、韜晦《とうかい》にも克己にも役立つもので、見掛けの軽々しさにだまされているのは、実はいつでも彼女自身のほうなのである。

とある街角まで来ると、一台の新型のルノオが停《とま》っていて、運転台で煙草をくゆらしていた男が、ものぐさそうに内部《なか》から扉をあけはなした。悠一がためらっていると、恭子が促して車に乗せ、自分は悠一の隣りに坐った。口迅《くちど》に紹介して、こう言った。

「こちら従弟《いとこ》の啓《けい》ちゃん、こちらは並木さん」

並木という三十恰好《かっこう》の男は、運転台から首をめぐらして会釈《えしゃく》した。悠一は忽《たちま》ち従弟の役をふりあてられ、その上勝手に名前を変えられたが、恭子の臨機応変は今にはじまったことではなかった。直感で以《もっ》て悠一には、並木が恭子の噂の相手であることがわかったが、こんな立場は大そう気楽なものだったので、すんでのことで嫉妬《しっと》を忘れるところであった。

どこへ行くのかとも悠一が訊《き》かないので、恭子は腕をずらして、その手袋の手で、悠一の革手袋の指をそっと握った。耳に口を近づけて、こう言った。

「何を怒っているの？　きょうは横浜へあたくしの洋服地を買いに行って、かえりに御飯をたべてかえるのよ。あなたが怒ることはなくってよ。助手台にあたくしが坐らないので並木さんがお冠りなのがわかるでしょ。あたくし並木さんとはもう別れるつもりなの。あなたと一緒にゆくのはあたくしの示威運動なのよ」

「僕への示威運動でもあるんでしょう」

「いやな方。気をまわしたくなるのはあたくしよ。秘書の仕事はお忙しいんでしょ」

こんな思わせぶりなごたごたを詳述する必要はない。横浜まで京浜国道の三十分を、たえず恭子と悠一は囁《ささや》き合っており、並木はうしろの二人と一言も言葉を交わさなかった。つまり悠一は好《い》い気《き》な恋敵《こいがたき》役を演じたのである。

恭子は今日改めて、その軽さが邪魔をして、恋のできない女のように見えた。無駄《むだ》事《ごと》を喋《しゃべ》り、肝腎《かんじん》なことを言い残した。こんな軽薄の一得として、彼女は今日自分が感じている幸福の大きさを悠一にさとらせずにすんでしまった。世間では純真な女のこうした意識しない隠し立てを、手管などと誤り呼んでいる。恭子にとっては軽躁《けいそう》さは熱病のようなものであり、その譫言《うわごと》の中にだけ真実がきかれるのであった。都会のコケットのうちには羞恥のあまりコケットになってしまう例が多いのだが、恭子ももとはといえばこの例に洩《も》れない。悠一にあわないでいるあいだ、恭子はまた元の浮華軽《ふかけい》佻《ちょう》に後戻《あともど》りをした。その軽はずみは底がしれず、その生活にはまるっきり規矩《きく》がなかった。友人たちはいつも恭子の日常を面白《おもしろ》がって見物するのがならわしだったが、このたびの浮《うわ》っ調子《ちょうし》に、丁度蹠《あしうら》を灼《や》けた鉄板の上で灼かれて跳ねまわる人の軽佻に似たものを、嗅《か》ぎつけた人は一人もなかった。恭子は何も考えない。どんな小説もおしまいまで読みとおしたことはなく、三分の一まで読んですぐ結末の一頁《ページ》を読むのであった。物の言い方にはどこかだらしのないところがあり、腰かけるとすぐ足を組んだが、その脛《すね》はいつも退屈そうに揺れていた。たまに手紙を書いたりすれば、インキが指か着物かどこかしらについた。

恭子は恋心というものを知らないので、それを退屈とまちがえていた。悠一に会わない月日を、自分はこのごろどうしてこんなに退屈するのだろうと訝《いぶ》かりながら送っていた。インキが着物や指につくように、退屈がところを選ばないでついたのである。

鶴見《つるみ》をすぎて冷蔵会社の黄いろい倉庫のあいだに海がみえると、恭子は子供のような声をあげて、海ねと言った。臨港線の古めかしい気罐車《きかんしゃ》が貨車を引いて倉庫のあいだを横切って海の眺めを隠した。それはあたかも彼女の歓声の前を、二人の男のどちらも合槌《あいづち》を打たなかった黒い沈黙が煙をあげてすぎて行ったようである。早春の港の空はうすぼんやりした煤煙《ばいえん》と檣《ほばしら》の林で汚されていた。

今一台のルノオに同乗している二人の男に愛されているという確信は、恭子にとってゆるがぬものだった。もしかそれは幻想にすぎぬのではなかったか？

悠一は女の情熱を石のように見戍《みまも》っている自分の立場が、それ自体としては何のエネルギーをもたないので、愛してくれる女を幸福にしてやれない以上、不幸にしてやることがせめてもの思い遣《や》りであり精神的な贈物でもあると考える逆説に熱中した結果、何ものへむかってともしれぬ復讐の情熱を、仮りに目前の恭子へむけることに、露ほども道徳的苛責《かしゃく》を感じないでいた。道徳とは何事なのか？　たとえばただ相手が金持だというだけの理由で、金持の館《やかた》の窓に投石する貧民のしわざが不道徳だと云えるだろうか？　道徳とは理由づけを普遍化することによって理由を消滅させる或る創造的な作用ではあるまいか。たとえば今日なお親孝行は道徳的であるが、その理由が消滅しているために一そう道徳的なのである。

三人は横浜南京《ナンキン》街の一角に婦人服の生地《きじ》を商う小さな店の前で車を下りた。舶来物が安く手に入る店なので、恭子は春の服地を見立てるために来たのである。気に入った生地をつぎつぎと肩にあてがっては、鏡の前へゆく。更にそのまま並木と悠一の前に戻って来て、どう似合う？　と訊く。二人の青年は好加減《いいかげん》な意見をのべ、赤い生地を肩にかけて出てくると、さぞ牛にもてるでしょうなどとからかった。

恭子は二十着も生地をしらべあげて、気に入ったのが一つもなかったので、買わずに出て、近くの万華楼《ろう》という北京《ペキン》料理の料亭の二階へ上って、三人で早目の夕食をとった。話の途中で悠一の前にある皿をとってもらうために、

「悠ちゃん、おそれ入りますが、それを」

と恭子が思わず口走ったとき、悠一は反射的に並木の顔を窺《うかが》わずにはいられなかった。

この伊達《だて》な身装《みなり》の青年は、口のはじをすこし曲げて、大人っぽいシニカルな微笑を

その浅黒い顔にうかべたが、恭子と悠一を見比べると、そのまま巧みに話題を転じて、大学時代に悠一の大学との対校試合に出たことのある蹴球《しゅうきゅう》の話などをしたのである。

彼がはじめから恭子の嘘《うそ》に気がついていたことは明らかであり、しかも彼は二人を簡単に恕《ゆる》していた。恭子の緊張した表情は、そこで笑うべきものになった。のみならず、悠ちゃんおそれ入りますがそれを、と言った時の失言の調子には、すでに意識的な緊張があり、それが故意の失言であることを物語っていただけに、この置き去りにされたような彼女の真剣な表情は、殆《ほと》んどみじめなくらいであった。

『恭子はちっとも愛されていない』と悠一は考えた。すると女を愛さないこの青年の冷たい心は、彼女が愛されないという事実を援用して、自分が彼女を愛さないばかりか彼女の不幸をねがっている気持を、至当なものと思うばかりか、自分が手を下さないでもこの女が不幸であることに、多少の遺憾を覚えずにはいられなかった。

港を見わたすクリフサイド・ダンスホールで踊ったのち、三人は来たときと同じ席を占めて京浜国道を東京へむかったが、恭子は又してもひどくつまらない台詞《せりふ》を言った。

「今日のことお怒りにならないでね。並木さんはただのお友達なのよ」

悠一が黙っているので、恭子は自分がまだ信じられていないのかと考えて悲しんだ。

第十八章　見者《けんじゃ》の不幸

悠一《ゆういち》の試験がすんだ。すでに暦の上では春である。春先の突風が埃《ほこり》を舞い立たせ、街が黄いろい靄《もや》に包まれたように見える一日、悠一は前の日に信孝《のぶたか》に命ぜられていたとおり、午後、学校のかえりに鏑木《かぶらぎ》家に立寄った。

鏑木家へ行くには悠一の大学に近い駅の隣りの駅で下車するのである。従って悠一にとっては順路である。きょう鏑木夫人は良人《おっと》の会社の新事業に必要な許可書類を、「懇意な」要路の外人のオフィスへ取りにゆき、帰宅した上、家に待っている悠一をして、良人の会社へ届けさせる手筈《てはず》になっている。その許可書類は夫人の情意をつくした「尽力」で早く手に入ったものであり、ただ取りにゆくべき所定の時刻がわからぬままに、悠一が鏑木家で夫人の帰りを待つことになったのである。

行くと、夫人はまだ家にいる。約束の時間は午後三時と決ったのである。しかるにまだ一時である。

鏑木家は焼残った元の伯爵《はくしゃく》邸の執事の家である。堂上華族は多く東京に古格の邸《やしき》を持たない。鏑木家の先考は、明治時代に電気事業で大儲《おおもう》けをしたので、或《あ》る大名の下屋敷を買ってここに住み、一つの例外を作ったのである。戦後信孝は財産税支払のためにこれを処分した。地つづきの執事の家からその主人を追い出して貸家に住まわせ、人手にわたった母屋《おもや》との間にみずみずしい生垣《いけがき》の障壁を設けて、道に通じる屈折した小路《こうじ》の端に門をひらいた。

母屋は旅館を開業している。時には絃歌《げんか》の声をも忍ばねばならない。信孝がむかし家庭教師に手を引かれ、重いランドセルをその手に持たせ、身もかるがると学校からかえってくぐった門を、今は宿の送迎のハイヤーが遠出の芸妓《げいぎ》を運んで通り、馬車廻《まわ》しをめぐっていかめしい式台の玄関に彼女たちを下ろすのである。信孝が勉強部屋の柱に刻んだいたずら書はすでに削られた。彼が三十年前庭石のひとつの下に隠して忘れてしまった宝島の地図は、経木に色鉛筆で描いたものではあるが、すでに朽ちたにちがいない。

執事の家は七間あって、洋風の玄関の階上だけが八畳あまりの洋間になっている。そこが信孝の書斎兼客間である。その窓からは母屋の裏二階の配膳室がまともに見えるが、間もなく客室に使われるようになって、信孝の書斎へむかう窓に目隠しが貼《は》られた。

或る日彼はそこを客室に改造するために配膳棚《はいぜんだな》が壊される音をきいた。二階の大広間で宴会がひらかれるときは、その黒光りのする配膳棚が賑《にぎ》わった。金蒔絵《きんまきえ》の椀《わん》が整列し、お引きずりの上女中《かみ》たちがいそがしく出入りした。その棚が壊される音は、黒光りのする板に影をのこしていた過去の幾多の宴《うたげ》の賑わいが、剝離《はくり》される音である。沈澱《ちんでん》していた記憶の一部分が、根の深い歯を抜くように、血を流して剝《は》ぎとられる音である。

みじんも感傷味のない信孝は、椅子《いす》をずらせ机に足をのせて、それやれもっとやれ、と心の中で声援した。あの邸のすべてが青年時代の彼を苦しめたのである。男を愛することの秘密の上に、あの道徳的な邸がいつも耐えがたい重石《おもし》を載せていたのである。彼は何度父母の死を、邸の炎上をねがったか知れないが、なまじ空襲で焼けるよりは、むかし先考がむつかしい顔をして坐っていた座敷で、酔っぱらった芸妓が流行歌をうたっているこの冒瀆《ぼうとく》的な変化のほうが、よほど信孝の気に入った。

……執事の家に移ると、夫妻は家中を洋風に改造した。床の間に本棚を置き、襖《ふすま》を払って厚い緞子《どんす》の帷《とばり》を垂らした。母屋の洋家具を悉《ことごと》く移し、ロココ風の椅子テーブルを、畳に敷いた絨毯《じゅうたん》の上に並べたのである。そこで鏑木家は江戸時代の領事館のようにもみえ、らしゃめんの仮宅《かりたく》のようにもみえた。

悠一が立寄ると、夫人はスラックスを穿《は》き檸檬《レモン》いろのスウェーターの上に漆黒のカーディガンを羽織って、階下の居間のストーヴのかたわらに掛けていた。紅《あか》い爪先《つまさき》で維納《ウィーン》製のトランプを切っていた。そのクインはDである。そのジャックはBである。婢《はしため》が悠一の来訪を告げた。彼女の指はしびれ、トランプは糊《のり》をつけたように切りにくくなった。このごろでは悠一を立って迎えることが彼女にはできない。悠一が来るとき、彼女は背を向けている。青年が一ト《ト》まわりして目の前まで来ると、ようやく目をあげる勇気が出るのである。そこで又しても悠一は、何か本意《ほい》なげな、眠そうな様子で目をあげる彼女の、ものに襲われたような視線に会わねばならない。いつも青年は、気分が悪いんですか、とのっけから訊《き》こうとして止《よ》すのであった。

「三時の約束なのよ。まだ時間があるわ。お食事は？」

夫人がそう訊いたので、悠一はもうすんだと答えた。しばらく沈黙がある。縁側の硝子《ガラス》戸が苛立《いらだ》たしい音を立てて風に鳴った。その桟毎《さんごと》に溜《たま》っている埃が内側から見える。縁先にさしている日光までが、何かしら埃っぽいように思われる。

「こんな日に外へ出るのはいやあね。帰ったら髪を洗わなくちゃならない」

夫人はいきなり悠一の髪に指をさし入れた。

「まあこの埃！　ポマードをおつけになりすぎるからよ」

非難するようにこう言った調子は、悠一を去就に迷わせた。彼女は悠一を見るたびに彼からのがれたいと思うばかりで、もうほとんど会っていることの喜びは味わえない。何が悠一と自分を隔て、何が悠一と自分とを結びつける妨げをしているのか、想像もつかないのである。貞淑かしら？　笑わせてはいけない。夫人の側の純潔さかしら？　冗談も休み休み言うがいい。それとも悠一の側の純潔さか？　彼はすでに妻帯の身である。……さまざまに思いをめぐらしながら、鏑木夫人は女心のからくりも手つだって、事態の残酷な真実をもうすこしのところでつかみそこねていたのである。彼女がこれほど悠一を愛して倦《う》まないのは、必ずしも悠一が美しいからではなく、他《ほか》でもない、彼が夫人を愛さないからだったのである。

鏑木夫人が一週間で捨てた男たちは、少くとも精神か肉体のいずれかで、あるいはその双方で、彼女を愛した。それら各種各類の対象も、この二つの手がかりをもっていることは一様である。しかし悠一というこんな抽象的な恋人を前にしては、彼女は見馴《みな》れた手がかりをどこにも見つけることができず、暗黒の中に手さぐりするほかに術《すべ》がない。それはつかんだと思えばはや彼方《かなた》にあり、遠いと思えば近くにあって、夫人はあたかも谺《こだま》をたずね、水に映った月影を手にとろうとする人のようであった。ふとした加減で悠一に愛されていると思う瞬間もないではなかったが、云《い》おうようない幸福感に充《み》たされた彼女の心が、決して自分の求めているものは幸福などではないと知るのも、このような時であった。

洛陽《らくよう》ホテルの一夜の出来事にしても、あとから悠一の釈明をきいて、俊輔《しゅんすけ》の嫉妬《しっと》のしわざだと知ったときよりも、あれが俊輔の差金《さしがね》で悠一が片棒をかついだ莫迦《ばか》々《ば》々《か》しい茶番だと考えたときのほうが、まだしも夫人には耐えやすかったのである。この幸福におびえた心は、凶兆だけを愛するようになった。悠一に会うたびごとに、彼の目が憎悪《ぞうお》か侮蔑《ぶべつ》か卑《いや》しさをうかべているようにと祈ったが、いつもその目は澄明《ちょうめい》で濁りを知らないのに絶望した。

……埃をはらんだ風が、岩と蘇鉄《そてつ》と松ばかりの奇妙な小庭に吹きつのって、又しても硝子戸をわななかせた。

夫人は熱っぽい目で、鳴っている硝子戸にじっと見入った。

「空がまっ黄いろですね」と悠一が言った。

「春先の風はほんとうにいやあね。何もかもわからなくなってしまう」

すこし甲高《かんだか》い声で夫人がそう言った。

彼女が悠一のために作っておいた菓子を婢が運んで来た。悠一がこのプラム入りの温かいプディングを見る見るうちに平らげる子供らしさに、彼女は救われたような心地がした。自分の掌《てのひら》から餌《えさ》をたべるこの若い小鳥のなれなれしさ、硬い純潔な嘴《くちばし》が掌をつつく快い痛さ、こうして彼の喰《た》べているものが彼女の腿《もも》の肉であったらどんなによかろう！

「おいしかった」

悠一がそう言った。彼は身も蓋《ふた》もない無邪気さが媚態《びたい》に役立つことを知っていた。甘えるように夫人の両手をとった。お菓子のお礼としか言いようのない接吻《せっぷん》をしかけたのである。

夫人は目もとに皺《しわ》を刻んで、怖い顔つきになった。体をぎごちなく慄《ふる》わせてこう言った。

「いや、いや、苦しくなるから、いや」

一昔前の夫人が、今自分のしているような児戯に類する身振を見たら、彼女の癖の、乾いた高笑いで笑ったろうと思われる。ただの接吻にこれほど感情の養分があり、というよりは怖《おそ》るべき毒素があり、ほとんど本能的にそれを避けたい気持になることがありえようとは、夢想もしなかった事柄《ことがら》である。しかもお座なりの接吻を必死に拒んでいるこの不身持な女の真剣な顔つきを、彼女の冷静な恋人は、水槽《すいそう》の水に溺《おぼ》れようとする女の滑稽《こっけい》な苦悶《くもん》の表情を硝子ごしに眺《なが》める男のように、眺めやっていたのである。

悠一は尤《もっと》も、目前に自分の力のこんなはっきりした確証を見ることはきらいではなかった。むしろ彼は女の感じている陶酔の恐怖を嫉《ねた》んだ。このナルシスは、鏑木夫人がその練達な良人のようには、彼を彼自身の美しさに酔わせてくれないことが不満だったのである。

『何だって僕《ぼく》を』と悠一は焦慮した。『何だって僕を思うさま酔わせてくれないんだ。僕をいつまでこんなぶざまな孤独のままに放りっぱなしにしておくんだろう』

……夫人は少し離れた椅子に坐り直して目をつぶった。檸檬いろのスウェーターの胸は波立っている。硝子戸の鳴りつづけている音が、やや小皺が横に刻まれたその顳《こめ》顬《かみ》にいたくひびいた。悠一は彼女が急に三つ四つも老《ふ》けたような気がした。

こうして夢見心地を装いながら、鏑木夫人はわずか一時間のこの逢瀬《おうせ》をもてあましていたのである。何かが起るべきである。大地震とか大爆発とか、何かしら椿事《ちんじ》が今出来《しゅったい》して、二人を粉微塵《こなみじん》にしてくれるべきである。さもなければ、夫人はこうした苦しい逢瀬のあいだに、自分の体が動かしようのない苦しみのために、石に化してしまえばよいと思ったのである。

悠一がふと耳をすました。遠い物音に聴力を集中する若い獣の表情になった。

「なあに」

夫人が訊いた。悠一は答えない。

「何がきこえるの」

「いや、ちょっと。きこえたような気がしたんだけど」

「いやあね。退屈するとそんな手を使うのね」

「うそですよ。やあ、きこえた。消防自動車のサイレンだ。こんな日はよく燃えるだろうな」

「本当に。……門の前の道へ来るらしいわ。どこでしょうね」

二人はむなしく空を眺めたが、小庭の生垣のむこうには古びた母屋の旅館の裏二階が聳《そび》え立っているのを見るばかりである。

サイレンはけたたましく近づいて、風の中に乱打する警鐘の音を、風に撚《よ》られたようにもつれさせながら、忽《たちま》ちにして遠ざかった。又しても硝子戸の鳴る音だけがあとに残った。

夫人が着換えに立ったので、悠一はつれづれに、かすかな火照《ほて》りだけの感じられるストーヴの中を、突棒《ポーカア》でかきまわした。骨《こつ》をかきまわすような音がする。石炭がもえつきて、固い灰だけが残ったのである。

悠一は硝子戸をあけて、風の中に顔をさらした。

『なるほどこいつはいいや』と彼は思った。

『この凬は何も考える暇を与えない』

スラックスをスカートに穿《は》きかえた夫人が現われた。廊下の薄暗がりにその口紅だけが鮮やかにみえる。凬に顔をさらしている悠一を見ても何も言わない。そこらを片付《かた》《づ》けて、スプリングコートを片手にもって、簡単な合図をして出てゆくさまは、この青年と一年も同棲《どうせい》している女と謂《い》った様子である。こんな実質のない女房《にょうぼう》気取が、悠一には当てつけがましく思われた。彼は夫人を門のところまで送って出たが、外の道路にひらいている門から玄関につづく小径《こみち》のあいだに、もう一つ枝折戸《しおりど》様《よう》の小門がある。その左右はほぼ身長の高さの生垣である。生垣は埃にまみれて、その緑には力がない。

鏑木夫人は甃《いしだたみ》をつたう高い踵《かかと》の靴音《くつおと》を、枝折戸のむこうで止《や》めた。玄関のサンダルを穿いた悠一があとを追ったが、閉められた枝折戸が彼を遮《さえぎ》った。ふざけているのかと思って力ずくでこれを押した。夫人は惜しげもなくその檸檬いろのスウェーターの胸を、じかに枝折戸の竹の編目におしつけて、全身でこれを支えていた。その力に悪意のような真剣さが感じられたので、青年は身を引いた。こう訊《たず》ねた。

「どうしたの？」

「いいの。ここまででいいの。もっと送っていただくと、出てゆけないの」

横のほうへ行った彼女は生垣のむこうに立った。あたかも目から下を生垣が隠している。帽子を冠《かむ》っていない髪は風に波立ち、生垣の刈り込まれた葉末にからんだ。金いろの小蛇《こへび》のような華奢《きゃしゃ》な腕時計をはめた、白い手がうごいてこれを外した。

悠一も生垣を隔てて鏑木夫人の前に立った。彼は夫人より背丈が高い。生垣の上に軽く両腕を横たえ、その中に顔を埋めて夫人を見たので、彼の顔も眉目《びもく》を残して隠れている。風が又しても埃っぽい小径を通った。夫人の髪は乱れて頬《ほお》を覆《おお》い、悠一は目を伏せてこれを避けた。

『ただこうして、目を見交わそうとしている短いあいだをさえ、何かが私の邪魔をする』と夫人は思った。風が止んだ。二人は目の中をのぞき合った。鏑木夫人は悠一の瞳《ひとみ》から、いまさら何の感動を読みとろうとしていたのかわからなくなった。何もわからないものを、暗黒を愛していると彼女は思った。清澄な暗黒を。……悠一は悠一で、そうしている瞬間の些《いささ》かの感動に、自分のあらゆる不可知が懸っていること、彼の意識が見るもの以上のものを他人が彼の内に見出《みいだ》してやまないこと、その事実が再び還《かえ》って彼自身の意識を富ますことが、他人事《ひとごと》のように不安だったのである。

……ようやく鏑木夫人が笑い出した。それは二人を引離すための笑いである。努力を伴《ともな》った笑いである。

二時間もすれば帰ってくる筈のこの別離は、まるで決定的な別離のおさらいをしているようだと悠一は思った。中学時代によくあった教練の査閲や卒業式などのいかめしい予行演習を思い出した。総代は免状の入っていない空《から》の漆の盆をもって、うやうやしく校長の席から後《あと》ずさりをするのであった。

夫人を送り出すと、彼はストーヴの傍《かたわ》らに戻《もど》って、米国の流行雑誌をつれづれに読んだ。

夫人が出て間もなく、信孝から電話がかかった。悠一が夫人の外出を告げた。信孝は、彼の電話のそばにも誰《だれ》もいないので恣《ほしいまま》な会話ができると断りざま、すさまじい猫撫《ねこな》で声になって、「この間銀座を一緒に歩いていた若い男は何者だい？」とたずねたが、一面と向って言えば悠一が拗《す》ねる事柄、たとえばこうした浮気《うわき》の詰問《きつもん》は、いつも電話でする習わしだったのである。

悠一が答えて、こう言った。

「ただの友達ですよ。洋服地を見立ててくれと云うから、ついて行ってやったんです」

「ただの友達が小指をからませて歩くかね」

「……用は別にないんでしょう。電話、切るよ」

「待ってくれ、悠ちゃん、あやまるよ。君の声をきいたら、たまらなくなったんだ。これから車で会いに行くからね、いいかい、どこへも行かないで待っていたまえよ」

「…………」

「おい、返事しないのか」

「はい、お待ちしてます、会長」

そうして三十分後に信孝が帰って来た。

車中、信孝が思いうかべた過去数ヶ月の悠一の思い出には、蕪雑《ぶざつ》なところがすこしもなかった。いかなる贅沢《ぜいたく》にも華美にも一向おどろかず、しかも決して、わざとおどろくまいとしている貧しい虚栄は見られない。何もほしがらないので、すべてを与える気になるが、ついぞ感謝の色は窺《うかが》われない。たとえ長袖者流《ちょうしゅうしゃりゅう》の附合へ連れ出しても、この美しい青年の育ちのよさと衒《てら》い気《け》の皆無とは、人をして真価以上に買いかぶらせる。おまけに悠一は精神的に残酷だった。これが信孝の幻想を、必要以上につのらせた理由である。

そのかみあれほど韜晦《とうかい》に秀《ひい》で、毎日顔を合わしている夫人にすらついぞ尻尾《しっぽ》をつかませたことのないその成功に、人のわるい喜びを味わうのを事とした信孝が、慎重さを欠くにいたったのである。

……鏑木信孝は外套《がいとう》を着たまま、ずかずかと悠一のいる夫人の居間へ上って来た。いつまでも主人が外套を脱がないので、婢《はしため》は困って彼のうしろにぼんやりと立っていた。「そこで何を見物しようというんだね」といや味たっぷりに主人が言う。「お外套を」と婢がためらいながら言う。信孝は外套を乱暴に脱いで婢の手に投げわたし、声を大きくしてこう命じた。

「あっちへ行ってろ。用があったら呼ぶからよろしい」

彼は青年の肱《ひじ》を小突いて、帷《とばり》のかげへ導いて接吻した。いつもながら悠一の下唇《したくちびる》の丸みに触れると、彼は狂おしい気持になった。制服の胸の金釦《きんボタン》が、信孝のネクタイ留《どめ》にぶつかって、歯ぎしりのような音を立てた。

「二階へ行こう」

と信孝が言った。その腕をすりぬけながら、悠一は彼の顔を見つめて、笑いだした。

「好きだなあ」

しかし五分後に、二人は二階の鍵《かぎ》をかけた信孝の書斎にいたのである。

鏑木夫人が時間より早く帰宅したについては、何の偶然もはたらいていなかったと謂《い》っていい。早く悠一のもとへ帰りたいために、彼女はタクシイを探したが、それはすぐ見つかった。向うのオフィスにつくと、用件は忽《たちま》ち片附いた。あまつさえその「昵懇《じっこん》な」外人は、ついでがあるからお宅まで車でお送りしようと言った。その車は甚《はなは》だ疾《はや》い。門前でおろされて、彼女は家に立寄るようにすすめたが、急用の迫っていた外人は、再会を約して又車を行《や》ったのである。

ふとした出来心で（もっともそれは珍らしいことではないが）、夫人は庭へ入って、縁側から居間へ上った。そこにいる筈の悠一をおどろかそうと考えたのである。

婢が夫人を出迎えて、伯爵《はくしゃく》と悠一が二階の書斎で用談中のことを告げた。夫人はしかつめらしい用談に熱中している悠一を見たいと思った。出来うれば、夫人の見ていることに気がつかないで何事かに熱中している悠一の姿を見たいと思った。

愛するあまり自分の関与を消し去って、自分のいない場所にだけ相愛の幻影をえがこうとしたこの女は、彼女が姿をあらわすとき、一瞬にして崩壊する幸福の幻影が、彼女が姿を見せないときに正確に保っている永続的な形を、垣間見《かいまみ》たいとねがったのである。

夫人は足音をひそめて階段を上り、良人《おっと》の書斎の前に立った。見ると、差込になっている鍵が、鍵穴を外れて刺さっている。そのために扉《とびら》はほぼ一、二寸の隙間《すきま》を持っている。その扉に身を倚《よ》せて、室内を窺った。

こうして夫人は当然見るべきものを見たのである。

信孝と悠一が階下へ下りたとき、鏑木夫人の姿はなかった。卓上に書類が置かれ、風に飛ばされぬように、灰皿《はいざら》を重石《おもし》にしてある。灰皿には口紅のついた煙草《たばこ》が、殆《ほと》んど吸われずに揉《も》み消されている。婢は、夫人が帰ってしばらくして出て行ったようだと云うだけである。

二人は帰りを待ったが、なかなか帰って来ないので、街へあそびに行った。悠一は午後十時ごろ帰宅した。鏑木夫人は帰らなかった。

三日たった。

第十九章　わが相棒

面映《おもは》ゆさから、悠一《ゆういち》が鏑木《かぶらぎ》家を訪れずにいると、鏑木が何度となく電話をかけてよこすので、ある晩、彼はとうとう行った。

数日前、悠一と鏑木信孝《のぶたか》が階下へ下りて来て、夫人の姿を見出《みいだ》さなかったとき、信孝は大して気にもとめなかった。明くる日になっても還《かえ》らないので、はじめて気懸りが生れた。ただの外出ではない。行方をくらましたのに相違ない。しかもその失踪《しっそう》の原因と考えられることは一つしかない。

今夜、悠一の見る信孝は別人のようである。いたく憔悴《しょうすい》して、頰《ほお》にはついぞ見ない無精髭《ぶしょうひげ》がある。いつも血色のよい頰は、光沢を失って、弛《ゆる》んでみえる。

「まだ帰って来ないんですって？」――二階の書斎の長椅子《ながいす》の肱掛《ひじかけ》に腰かけて、煙草の一端を手の甲に叩《たた》きながら、悠一がこう言った。

「そうなんだ。……われわれは、見られたんだ」

この滑稽《こっけい》な荘重さが、日頃《ひごろ》の信孝にあまり似合わなかったので、悠一はわざと残酷に同感の意を表した。

「僕《ぼく》もそう思います」

「そうだろうね。そうとしか考えようがない」

実は、あのあと鍵《かぎ》が鍵穴を外れているのを見出して、悠一がまず直感したのはこのことだった。極度の羞《は》かしさが、それから数日のうちに、一種の解放感によって稀《うす》められた。そのうちに、自分が夫人に同情する理由もなく、羞かしがる理由もないと考える英雄的な冷静さに熱中しだした。

信孝が悠一の目に滑稽に見えたのはこのためである。信孝は「見られた」ことばかりを苦に病んで、憔悴しているように思われた。

「捜索願を出さないんですか？」

「それはまずい。心当りがないでもないんだ」

悠一はこのとき、信孝の目が潤《うる》んでいるのに気づいておどろいた。あまつさえ信孝はこう言った。

「……滅多な真似《まね》でもしてくれなけりゃいいが……」

一見柄《がら》にもなく感傷的にきこえるこの言葉は、悠一の心を貫ぬいた。この奇妙な夫婦の精神的和合を、かほどありありと示《し》してみせた一言はなかったのである。というのは、妻の悠一に対する恋情に夥《おびただ》しい共感を強いられていた心のみが、かくも親密な想像力を可能にする筈《はず》だったからである。その同じ心は、妻の精神的な不貞に対して、同じ強さで傷ついていた筈だった。他《ほか》ならぬその妻が、良人《おっと》の愛するものを愛しているという意識で、信孝は二重のコキューになり、しかも妻の恋情を以《もっ》て自分の恋情をますます掻《か》き立てられる苦悩を味わった。この心の傷を悠一は、今はじめて目《ま》のあたりにしたのである。

『これほどまでに、鏑木夫人は、鏑木伯爵《はくしゃく》にとって必要だったんだ』と悠一は考えた。それはおそらく青年の理解の外《そと》にあった。しかしこう考えることによって、悠一ははじめて信孝に対して、一瞬この上もなくやさしい気持になった。

伯爵は自分の愛するものの、かくもやさしい眼差《まなざし》を見ただろうか？

彼はうつむいていた。弱り切って、自信を失って、派手な部屋着の肥《ふと》り肉を椅子《いす》に埋めて、深くうつむいた頬を両手で支えていた。年のわりに饒多《じょうた》な髪が油で練り固められて光っているのが、無精髭だらけの顔の弛んだ皮膚と、不潔な対照を示していた。

彼は青年の目を見なかった。しかるに悠一は、彼の横皺《よこじわ》の入った項《うなじ》を見ていた。突然、はじめて公園へ行ったあの晩のこと、電車のなかで見た醜い同類の顔を思い出した。

一瞬のやさしさののち、美青年はそれがいちばん似合う残酷な冷たい眼差を取戻《とりもど》した。蜥蜴《とかげ》を打ち殺しているときの純潔な少年の眼差である。『この男に僕は、前よりももっともっと残酷になろう。そうなる必要があるんだ』と彼は思った。

伯爵は目前の冷たい愛人の存在も忘れて、ひたすら失踪したあの気の置けない「相棒」・永の年月《としつき》を一緒に暮した「共犯」の上を思って泣いていた。とりのこされて孤立した思いは、彼も悠一も同じであった。一枚の筏《いかだ》の上の二人の漂流者のように、二人は口もきかずに永いこといた。

悠一は口笛を吹いた。呼ばれた犬の身振で、信孝は顔をあげた。餌《えさ》の代りに、からかうような若者の微笑を見ただけである。

悠一は卓上のコニャックを杯に注《つ》いだ。杯をもって、窓のところへ行く。帷《とばり》をあける。母屋《おもや》の旅館は今夜大人数の宴会である。大広間の明りが、宿の常緑の庭樹や辛夷《こぶし》の花の上に夥しく落ちているのが見え、こんな邸町《やしきまち》の一角にふさわない絃歌《げんか》の声がかすかにきこえる。今夜は大そう暖かい。風は治まり、空は晴れている。悠一は五体に説明しがたい自由を感じた。放浪の旅にあって、身も心もすがすがしく、息もいつもより吐《つ》きやすく思われる旅人のようなこの自由に、彼は祝杯をあげたかった。

『無秩序万歳！』

＊＊＊

夫人の失踪《しっそう》が気にかからぬことを、青年は自分の心の冷たさのせいにしていたが、これはあてにならなかった。もしかすると一種の直感が、彼の不安を免除しているのかもしれなかった。

鏑木《かぶらぎ》家も夫人の里の烏丸《からすまる》家も、公家《くげ》の出である。十四世紀のころ、鏑木信伊は北朝に拠《よ》り、烏丸忠親《ただちか》は南朝に拠った。信伊は手褄《てづま》使いのような小手先の策謀に秀《ひい》で、忠親は情熱的で単純で大ざっぱな風を装う政治家気取を持っていた。両家はあたかも政治の陰陽両面を代表していた。前者は王朝時代の政治の忠実な継受者で、最悪の意味における芸術的政治の信奉者である。すなわち歌道に政治性のまつわって来たその時代に、彼は芸術愛好家の作品のありとあらゆる欠陥、美学上のあいまいさ、効果主義、情熱なき計算、弱者の神秘主義、見かけのごまかし、詐欺《さぎ》、道徳的不感症、等々をことごとく政治の領域に移したのである。鏑木信孝の、卑劣さを怖《おそ》れない精神、卑怯《ひきょう》であることを怖れない勇気は、主としてこの祖先の賜物《たまもの》だった。

これに反して、烏丸忠親の功利的な理想主義は、いつも自己矛盾に苦しんだ。彼は自己を直視しない情熱だけが、自己を実現してゆく力をもつに足ることを見抜いていた。その理想主義の政治学は、人をあざむくことによりも、彼自身をあざむくことに賭《か》けられた。のちに忠親は自刃《じじん》した。

今、信孝の縁つづきであり、夫人の大伯母でもある高齢のけだかい婦人が、京都鹿《しし》ケ谷《がたに》の古い尼院の門跡《もんぜき》をつとめていた。この老婦人の家系は、鏑木家と烏丸家との相反した性格の融和点のような歴史をもっていた。その小松家の代々は、非政治的な高僧、文学的な日記の著者、有職故実《ゆうそくこじつ》の権威、つまりいつの時代にも、新しい風俗に対する修正者や批判者の立場を守った人々から成立っていた。しかし今ではその家系も、年老いた門跡の歿後《ぼつご》には、跡を絶つにいたる筈であった。

鏑木信孝が夫人の出奔先をここと見定めて、失踪の翌々日すぐ電報を打ったのは当然である。悠一に来てもらったあの晩まで、電報の返事はなかった。二三日して来た返電にこういう趣旨のことが書いてある。夫人はここへは来ていない。しかし心あたりがあるから、わかったらすぐまた電報でしらせる、という思わせぶりの文句である。しかし同じころ、悠一の手もとには、その尼寺の住所をしるして、鏑木夫人の厚い書状が届いていた。彼は掌《て》の上で封書の重みをはかった。その重みは、声をひそめて、「私はここに生きていますよ」と言っているかのようであった。

手紙によると、あの怖《おそ》ろしい場面の直視は、夫人の生きる手がかりを失わせた。見るも忌《いま》わしいあの場面は、ただ羞恥《しゅうち》や恐怖でもって、覗《のぞ》いた者の胸をわななかせただけではない。彼女は人生に対する、彼女の介入の余地の皆無のしるしを見たのである。すでに洒落《しゃらく》な世渡りに馴《な》れ、生の怖るべき淵《ふち》を身もかるがると渡ってきた彼女が、ついにその淵を見たのである。足はすくんで、歩けない。鏑木夫人は自殺を考えた。

花にはまだ早い京都の郊外に身を寄せて、彼女は一人で長い散歩をした。春さきの風にそよいでいる大竹藪《おおたけやぶ》の景観が好きである。

『なんという徒《あだ》な、煩瑣《はんさ》な竹の夥《おびただ》しさだろう』と彼女は考えた。『そうして何という静けさでしょう』

その不幸な性格のいちばんの現れか、彼女は自分が死ぬためには、すでに死についてあまりに多く考えすぎたことを感じていた。こう感じだしたとき、人は死を免《まぬ》かれる。というのは、自殺はどんな高尚《こうしょう》なそれも低級なそれも、思考それ自体の自殺行為であり、およそ考えすぎなかった自殺というものは存在しない。

死ねないとなると、考えは逆転して、彼女を死なそうとした原因そのものが、今度は、彼女を生かそうとしている唯一《ゆいいつ》の原因のように思いなされ、今では悠一の美しさよりももっと劇《はげ》しく、彼の行為の醜さが、夫人を魅するにいたっていた。その結果、あのときほど、見られた悠一と見た彼女とが、同じ感情を、すなわち嘘《うそ》いつわりのない絶対的な羞恥を、頒《わ》け合っていると感じられたことはなかったとまで、平気で考え直すことさえできた。

あの行為の醜さは悠一の弱点だろうか？　そうではない。鏑木夫人のような女が弱さを愛することは考えられない。あれは悠一が彼女に対してもっている権力の、彼女の感受性に対するもっとも端的な挑戦《ちょうせん》でしかなかった。こうして夫人は、はじめおのれの情念と考えていたものが、さまざまな手きびしい試煉《しれん》を経て、意志に形を変えつつあるのに気づかなかった。私の愛にはもう片鱗《へんりん》のやさしさもない、と彼女は奇妙な反省をした。その鋼《はがね》のような感受性にとっては、悠一が怪物に近づけば近づくほど、それだけ愛する理由が増したのである。

次の個所《かしょ》に読みすすんだとき、悠一は皮肉な微笑を洩《も》らした。『なんて純真なんだろう。僕をばかに綺麗事《きれいごと》に見ていたあいだは、せい一杯自分をも清らかに見せかけていたあの人が、今度は僕と汚濁を競おうとしているんだ』と思ったのである。

この永々とつづく売春の告白におけるほど、夫人の情熱が母性的なものに近づいたことはなかった。悠一の罪にあやかりたさに、彼女は自分の罪の悉《ことごと》くを披瀝《ひれき》した。悠一の悪徳の高みに昇るために、自分の悪徳を丹念に積み上げてみせた。この青年との血縁関係を証明し、それによって息子を庇《かば》うために、進んで罪を着ようとする母親を宛《さなが》らに、彼女はおのが非行をあばき立て、しかもその告白が青年の心に与える影響を度外視している点で、ほとんど母性のエゴイズムにさえ達していた。ともすればこんな思い切った暴露によって金輪際《こんりんざい》自分が愛されないものになるほかには、愛される道がないと悟ったのであろうか？　われわれは嫁に苛酷《かこく》な姑《しゅうとめ》の振舞のなかに、もはや自分を愛さない息子に対して、ますます自分を愛されない存在に仕立てようとする絶望的な衝動を見ることが屢々《しばしば》ある。

鏑木夫人は戦争の前まで、いくらか浮気《うわき》な、しかし世間の噂《うわさ》よりもはるかに身持のいい、ありふれた貴婦人の一人でしかなかった。良人《おっと》がジャッキーと知り合って秘《ひそ》かにその道に深入りをし、良人のつとめを怠るようになったのちも、夫婦というものはそんな風にして相遠ざかるのだとしか思わなかった。戦争が倦怠《けんたい》からかれらを救った。夫妻は足手まといの子供を作らなかった先見の明を誇り合った。

妻の浮気を公認するというよりは、むしろそのかすような良人の素振は、このころ以来露骨になったが、ふとしたことから経験した二三の色事に、夫人はなんの歓《よろこ》びをも見出さない。なんの新たな感動をも味わわない。自分を淡白だときめてかかると、良人のあられもない心づかいはうるさく思われ、一方良人は、根掘り葉掘りその詳細を問《と》い質《ただ》して、自分が永きに亘《わた》って妻に植えつけた無感動が、すこしも揺《ゆる》がなかったのを知って喜んだ。この磐石《ばんじゃく》の無感動ほど、折紙附《おりがみつき》の貞節はなかったのである。

そのころ彼女の身辺には、いつも軽薄な取巻がついていた。それは女郎屋にいろんな型《タイプ》を代表する女がいるように、それぞれ、中年紳士や、事業家肌《はだ》の男や、芸術家肌の男や、青年層（この言葉の滑稽《こっけい》な響きよ！）を代表していた。かれらはこうして、戦争のただなかに在った明日《あす》を知らない無為の生活を代表した。

或《あ》る夏、志賀高原のホテルへ電報が来て、とりまきの青年の一人に召集令の下ったことがある。青年が出発する前夜、夫人は他の男たちに許さなかったものを彼に許した。愛していたからではない。こんな時こそ、その青年が個々の女をではなく、無記名の女を、女一般を必要としていることを知ったからである。そういう女の役だったら、彼女には演ずる自信があった。これが彼女の並の女とちがった点である。

朝の一番のバスに乗って、青年は発《た》たねばならない。そこでしらじらあけに二人は起きた。男は甲斐甲斐《かいがい》しく彼の荷物を作る夫人の姿におどろいた。『奥さんのこんな女房気取《にょうぼうきどり》って見たことがない』と彼は考えた。『僕の一夜が彼女を変えたんだな。征服したというのはこの感じだな』

出征の朝の当人の心持を、あまりまじめにとってはいけない。感傷と悲愴《ひそう》趣味とでいい気持になり、何をやっても意味ありげに見えるという自信から、どんな軽薄さも許されているような気がするのだ。こういう状態に置かれた若さは、中年男以上に満足しきったものになる。

給仕女が珈琲《コーヒー》をもって入ってくる。青年のやった莫迦莫迦《ばかばか》しいほど大枚《たいまい》の祝儀《しゅうぎ》が、夫人の眉《まゆ》をひそめさせた。

あまつさえ男はこう言った。

「奥さん、僕忘れてた、写真をもらうの」

「なんの写真？」

「君のだよ」

「何にするの」

「戦地へもって行くんだ」

鏑木夫人が笑い出した。とめどもない笑いである。笑いながら、彼女はフレンチドアを開け放った。昧爽《まいそう》の霧が渦巻《うずま》いて入って来た。兵隊の卵はパジャマの襟《えり》をそばだてて嚔《くさめ》をした。

「寒いなあ。閉めて下さい」

笑い声に腹を立てた命令口調が、今度は鏑木夫人を怒らせた。こんなことで寒くってどうするの、と彼女は言った。軍隊ってそんな甘いもんじゃなくってよ、そうも言った。追い立てるように洋服を着せて、玄関へせき立てた。写真どころか、急に機嫌《きげん》のわるくなった夫人を前に、おろおろしだした青年が求めたお別れの接吻《せっぷん》をも拒んだのである。

「ねえ、僕、手紙をさしあげてもいいですか？」

別れぎわに、見送り人たちを憚《はばか》って、耳もとで青年がこう言ったとき、彼女は笑って黙っていた。

――バスが霧の中にまぎれてしまうと、夫人は靴《くつ》をしとどに濡《ぬ》らす小径《こみち》づたいに丸池のボート置場の傍《かたわ》らまで下りた。朽ちたボートの一つを水が半ば浸していた。こういうところにも、戦争中の避暑地の、放心したようなさびれ方がある。蘆《あし》は霧のために蘆の幽霊のように見える。丸池は小さな湖水である。一面の霧の中で朝の光りを敏感に反射している一部だけが、空中に漂っている水面の幻のように思われる。

『愛さないで体を委《まか》すということが』と夫人は寝起きの顳顬《こめかみ》に熱っぽくからんで来る後《おく》れ毛《げ》をかいやりながら、考えた。『男にはあんなに易《やさ》しいのに、女にはどうして難しいのだろう。なぜそれを知ることが、娼婦《しょうふ》だけにゆるされているのだろう』――皮肉なことに、彼女は今、あの青年に対して突然湧《わ》き上った嫌悪《けんお》と可笑《おか》しさが、女給仕に彼が与えた多額のチップに由来するのに気がついた。『只《ただ》で体を委せたから、あんな精神的な粕《かす》だの虚栄心だのが残ったんだわ』と夫人は考え直した。『もし彼があのお金で私の体を買ったのだったら、私はもっと自由な気持で送り出して上げることができたにちがいない。それこそ前線基地の娼婦のような、身も心も男の最後の必要に明け渡す、確信にみちた自由な気持で！』

彼女は耳もとにかすかな響きをきいた。見ると蘆の葉末に夜のあいだ羽を休めていた多くの蚊《か》が、群立って耳もとに飛び交わしているのである。こんな高原にも蚊がいるのは、奇異な感じがする。しかしそれらは薄青で、ひよわそうで、人の血を吸うとは思われない。やがて朝の蚊柱はひそかに霧の中へ立去った。夫人は自分の白いサンダルが半ば水に浸されているのに気づいた。

……このとき湖畔で脳裡《のうり》にひらめいた考えは、戦争中の彼女の生活にいつもしつこくついてまわった。単なる贈与をお互いに愛と考えねばならぬことは、贈与という純粋な行為に対する不可避の冒瀆《ぼうとく》としか思われず、同じあやまちをくりかえすごとに、味わうのはいつも屈辱であった。戦争は瀆《けが》された贈与だった。戦争は巨大な血みどろの感傷だった。愛の濫費《らんび》、つまり合言葉の濫費、彼女はこの騒々しさに心底《しんそこ》からの嘲《ちょう》笑《しょう》で報いた。人目をかまわぬ派手な身装《みなり》と、ますます悪くなる身持とは、ある夜事もあろうに帝国ホテルの廊下で注意人物の外人と接吻をしているところを見つけられて、憲兵隊の取調べをうけ、新聞に名前を出される始末になるまで募った。鏑木家の郵便函《ばこ》には、無名の手紙が跡を絶たない。その多くは脅迫状で、伯爵夫人を売国奴《ばいこくど》と呼び、ある手紙のごときは、懇《ねん》ろ《ご》に夫人の自決を勧めていた。

鏑木伯爵は罪が軽かった。彼はただのぐうたらだった。ジャッキーがスパイ嫌疑で取調べをうけたとき、夫人の取調べの時よりも数倍動顛《どうてん》したが、この事件にも何ら累《るい》を及ぼされることなくすんだ。空襲の噂をきいただけで、夫人を伴《ともな》って軽井沢へ遁竄《とんざん》した。そこで先考の崇拝者であった長野管区防衛司令長官にわたりをつけ、月に一回、軍の豊富な食糧を運ばせた。

戦争がおわったとき、伯爵は無際限の自由を夢みた。道徳的紊乱《びんらん》の、朝の空気のような呼吸し易《やす》さ！　彼は無秩序に酔った。ところが今度は、経済的逼迫《ひっぱく》が、搦め手《からて》から彼の自由を奪ったのである。

戦争中、何のゆかりもないのに、水産加工業協同組合連合会会長に祭り上げられていた信孝は、役得を利用して、当時の皮革統制の枠外《わくがい》の海蛇の皮革を、袋物に製《つく》って売る小会社を設立した。それが東洋海産株式会社である。うつぼ《うつぼ》は鱓魚とも書く喉鰾《こうひょう》類の魚である。体形はうなぎに似て、鱗《うろこ》を被《かぶ》らず、体色は黄褐色《おうかっしょく》で横紋がある。身長五尺におよぶこの怪魚は、近海の岩礁《がんしょう》のあいだに棲息《せいそく》し、人が近づくとものうげな目をみひらいて、鋭い歯の並んだ口をかっとひらくのである。彼は組合の人の案内で、一日、海ぞいの洞窟《どうくつ》の、海蛇が夥しく棲《す》んでいる場所を見に行った。永いこと、波に揺られている小舟の上からこれを見入った。岩間にうずくまった一疋《ぴき》は、伯爵のほうへ口をかっとあけて威嚇《いかく》するような身振をした。この怪魚は信孝の気に入った。

戦後ただちに統制が撤廃され、東洋海産の事業は逼塞《ひっそく》した。彼は定款《ていかん》を変更して、北海道の昆布《こんぶ》、鰊《にしん》、三陸地方の鮑《あわび》、などの海産物を移入したり、あわせてこれらの中から支那《しな》料理の材料となるものを、在日華僑《かきょう》や対支密輸業者に売り捌《さば》くのを主だった仕事にした。一方、財産税の納入は、鏑木家の母屋の売却を余儀なくさせた。あまつさえ東洋海産は資金難であった。

このとき、先考が昔世話をしたことのある野崎《のざき》という男が、御恩返しと称して出資を申出た。頭山満《とうやまみつる》の子分の支那浪人だというだけで、信孝の父が家に置いてやっていたその質朴《しつぼく》な書生時代を除いては、前身も経歴も不詳である。ある者は中国革命のとき、日本の砲兵出身の浪人をあつめて革命軍に投じ、命中弾一発いくらの請負仕事をした男だと云《い》う。ある者は、革命後ハルピンから、二重底の鞄《かばん》に阿片《あへん》を入れて上海《シャンハイ》へ密輸をし、子分に売り捌かせた男だと云う。

野崎は自ら社長になり、信孝を会長に据《す》えて事業の運営から遠ざける代りに、月々十万円の給料を支払った。このときから東洋海産の実体は、得体の知れない曖昧模糊《あいまいもこ》たるものになった。信孝がドル買の方法を野崎に教わったのもこのころである。野崎は煖房《だんぼう》会社や梱包《こんぽう》会社のために進駐軍関係の契約をとってやり、自分の懐《ふとこ》ろにはコミッションを納め、ある場合は注文価格をごまかして漁夫の利を占めるのに、東洋海産の組織と信孝の名前とをまことに如才なく活用した。

あるとき進駐軍家族の多数の帰国に当って、某梱包会社のために契約をとる仕事が、当路の大佐の反対に会って頓挫《とんざ》した。野崎は鏑木夫妻の社交的手腕にたよろうと考えた。大佐夫妻を会食に招《よ》び、鏑木夫妻と野崎がこれを迎えた。大佐夫人は微恙《びよう》で欠席した。

野崎が私用と称して鏑木家を訪れ、夫人の説得にかかったのはその翌日のことである。良人と相談した上で御返事するわ、と夫人は答えた。仰天した野崎は常識で判断して、この失礼な申出が夫人を怒らせたのだと忖度《そんたく》した。しかし彼女は微笑を含んでいた。

「そんな御返事ってありません。ノオならノオと仰言《おっしゃ》って下さい。もし又、お怒りになったんなら、あやまりますから、水に流しておくんなさい」

「良人《たく》に相談するって、家《うち》はほかの家とはちがうのよ。良人はきっと『うん』というにきまっていましてよ」

「えっ」

「まあ、委せておきなさい。その代りね」——夫人は事務的な、侮蔑《ぶべつ》的な調子で言った。「……その代りね。もしも私が乗り出して、それで契約がまとまったら、あなたのお受け取りになるコミッションの二割をいただくわ」

野崎は目を丸くして、たのもしげに彼女を見た。永らく外地で稼《かせ》いで来た人間の、どこかしらニュアンスを欠いた東京弁でこう言った。

「へえ、よござんす」

——その晩、信孝の前で、夫人は読本《とくほん》を読むような調子で、淀《よど》みなく今日の商談を報告した。鏑木は半ば目をつぶってきいていた。それからちらと夫人を見て、何か口のなかでぶつくさ言った。この曖昧な逃げ腰が夫人を怒らせた。妻の怒っている顔を、今度は信孝は面白《おもしろ》そうに眺めて言った。

「俺《おれ》がとめないので怒っているんだね」

「何を今さら！」

夫人には信孝がこの計画を決してとめだてしないことがわかっていた。しかし心の一部が、良人の阻止と憤怒とを待ち望んでいたかというと、そうではない。彼女が怒ったのは、良人の鈍感さについてだけである。

良人が止《と》めても止めないでも同じことである。彼女自身の肚《はら》は決っている。ただこのとき夫人はわれながらおどろくほどの謙虚な気持で、この名前だけの良人と別れずにいるふしぎな紐帯《じゅうたい》を、彼女自身の中にある理解しがたい精神的紐帯を確かめたいと思っていたのである。妻を前にすると怠惰な感受性に自分を慣らしてしまう信孝は、妻のこんなにも高貴な表情を見のがした。決してみじめさを信じないこと、これこそは高貴の特性である。

鏑木信孝は怖れていた。妻が爆発しかかっている火薬のように思われた。わざわざ立って行って、妻の肩に手をかけた。

「わるかったね。あなたの好きなようにおし。それでいいんだ」

このとき以来、夫人は彼を蔑《さげす》んだ。

二日ののち、夫人は大佐の車に同乗して箱根へ行った。契約は成立した。

信孝の意識しない罠《わな》に引っかかってか、軽蔑感が却《かえ》って鏑木夫人を良人の共犯に仕立ててしまった。いつも二人は手を組んで行動した。後難のおそれのない鴨《かも》をつかまえて、美人局《つつもたせ》をたくらんだ。檜俊輔《ひのきしゅんすけ》がその被害者の一人である。

野崎の取引に関係のある進駐軍の要路の人は、つぎつぎと鏑木夫人の情夫になった。異動がしばしばある。新顔がまたたく間《ま》に籠絡《ろうらく》される。野崎はますます夫人を尊敬した。

『……でも貴下《あなた》にお目にかかってから』と夫人は書いていた。『私の世界は一変しました。自分の筋肉には随意筋しかないものと思っていたのに、私にも人並に不随意筋があったらしいの。貴下は壁でした。夷狄《いてき》の軍隊にとっての、万里《ばんり》の長城《ちょうじょう》でした。決して私を愛さない恋人でした。だからこそ私は貴下をお慕いしましたし、今もこんなにお慕いしております。

こう言うと、貴下は私にとって、もう一人万里の長城があった筈だと仰言るでしょう。鏑木をね。あれを見たとき、はじめて私にはわかりましたが、今まで私が鏑木と別れることができなかったのは、そのせいだったにちがいない。でも鏑木は貴下とはちがいます。鏑木は美しくありません。

貴下にお目にかかってから、私は娼婦《しょうふ》のまねごとをきっぱり止《や》めました。鏑木や野崎が、そういう私の決心を、どんなにだましたりすかしたりして翻《ひるが》えさせようと力《つと》めたか、想像がおつきになるでしょう。でもつい先達《せんだっ》てまで、私は言うことをきかずにとおして来ました。私あっての鏑木ですから、野崎は鏑木の月給を出し渋るようになりました。鏑木は私に懇願しました。これが最後という約束で、私はとうとう折れ、もう一度娼婦のまねごとをいたしました。私が迷信家だと云ったら、貴下はお笑いになるでしょうね。その収穫の書類をもちかえった日、私はたまたまあれを見てしまったのです。

わずかな宝石類をとりまとめて、私は京都へまいりました。当分この宝石を売って暮した上、まじめな勤め先でも探そうと思います。幸い大伯母は、いつまで居てもいいと言ってくれます。

鏑木は私がいなければ、当然職を失うことになるでしょう。洋裁学校なんぞからの些細《ささい》な収入では、暮してゆける人ではありません。幾晩もつづけて貴下の夢を見ます。本当にお目にかかりたい。でも当分お目にかからないほうがいいかもしれない。

この手紙をお読みになる貴下に、どうして下さい、と申上げているわけではありません。この先、鏑木を愛して下さいとも、鏑木を捨てて私を愛して下さいとも申しません。貴下は自由でいらしてほしいし、また自由でいらっしゃらなくてはいけない。貴下を自分のものにしようなどとどうして思えましょう。それは青空をわがものにしようとするのと同じことです。私に言えるのは、ただ貴下をお慕いしているということだけです。いつか京都へいらっしゃるおついでがあったら、ぜひ鹿ケ谷《ししがたに》へお寄りになってね。お寺は冷泉院《れいぜいいん》の御陵のすぐ北です。』

——悠一は手紙を読み了《お》えた。その口辺からは皮肉な微笑が消えた。思いがけないことだが、彼は感動していたのである。

午後三時に家へかえって、受取った手紙である。読みおわると、重要な個所をよみかえした。青年の頰《ほお》には血がのぼり、その手は心ならずもときどき慄《ふる》えた。何よりもまず、(実に不幸なことだが)、青年は自分の素直さに感動していた。自分の感動にすこしもわざとらしさのないことに感動した。その心は、大病が治った病人の心のように雀躍《こおどり》した。『僕は素直だ！』

まことに美しく燃えているその頰を、彼は手紙の上におしあてた。こんな狂おしい発作に有頂天になり、酒に酔うよりも酩酊《めいてい》に酔った。そのうちに自分の内部に、まだ発見されていない感情が芽生えているような気がしだした。論文を書き上げる一頁《ページ》手前でゆっくりと煙草をたのしむ哲学者のように、その感情の発見をわざと遅らせてたのしんだ。

机の上には父の遺品の、青銅の獅子《しし》に抱かれた置時計がある。自分の動悸《どうき》とその秒音とのたわむれ合いに耳を澄ました。不幸な習慣から、彼は何らかの感動に見舞われると、すぐ時計を見るくせがついていた。それがいつまでつづくか気がかりで、どんなうれしさも五分とつづかずに消え失《う》せると、却って安心するのが常である。

おそろしさに、彼は目をつぶった。すると鏑木夫人の顔がうかんで来た。それは実に明晰《めいせき》なデッサンである。あいまいな線はひとつもない。この目も、この鼻筋も、この唇《くちびる》も、どの部分もこんなにありありと思い出せると彼は思った。新婚旅行の車中で、当の康子《やすこ》を目の前に置きながら、あれほどデッサンを書き渋った悠一ではなかったか？　追憶の明確さは、主として欲望による喚起の力である。夫人の思い出の顔は実に美しく、彼は生れてからこんなに美しい女を見たことがないような気がした。

彼は目をみひらいた。庭の夕日が花ざかりの椿《つばき》の樹《き》にさしていた。八重椿の花々はかがやいた。わざと発見をおくらせていたあの感情に、青年は十分沈着に名を与えた。それだけでは足りずに、口に出して呟《つぶや》いた。「僕はあの人を愛している。これだけは本当だ」

口に出してしまうとすぐ嘘《うそ》になる感情があるものだが、そういう辛《つら》い経験に馴《な》れている悠一は、こうして自分の新しい感情に、辛辣《しんらつ》な試煉《しれん》を与えたつもりでいたのである。

『僕はあの人を愛している。もう嘘だと思いようがない。僕の力では、もうこの感情は否定できない。僕が女を愛しているんだ！』

もはや自分の感情を分析してみようともせず、平気で想像力と欲望を一しょくたにし、追憶と希望とをごっちゃにして、彼の喜びは狂おしかった。今や分析癖だの意識だの固定観念だの宿命だの諦念《ていねん》だのを十把《じっぱ》ひとからげに罵《ののし》り倒し、葬《ほうむ》り去ったつもりになった。知ってのとおり、これらは通常われわれが、近代病と呼ぶものの諸症状である。

悠一がこうした理不尽な感情の嵐《あらし》のなかで、ふいに俊輔の名を思い出したのが偶然だろうか？

『そうだ、檜さんに逸早《いちはや》く会うことだ。僕の恋の喜びを打明ける相手に、あの爺《じい》さん以上の適任者はありはしない。なぜって、僕はこんな唐突な告白をやらかして、自分の喜びを頒《わか》つと同時に、あの爺さんの陰気な策謀にこっぴどい復讐《ふくしゅう》をすることにもなるんだから』

彼は電話をかけに廊下をいそいだ。途中で厨《くりや》から来る康子にぶつかった。

「何をいそいでいらっしゃるの？　とてもうれしいことがありそうね」――そう康子が言う。

「君の知ったことか」

いつにない闊達《かったつ》な冷酷さで、悠一は晴れ晴れとこう言った。自分が鏑木夫人を愛し康子を愛さぬこと、これほど自然で公明正大な感情はありえない。

俊輔は在宅した。彼らはルドンで待合せた。

＊＊＊

悠一は外套《がいとう》のポケットに両手を入れ、待ち伏せているならず者のように、石を蹴《け》ったり、足踏みをしたりしながら、電車を待った。自分の傍《かたわ》らをすれすれにすぎる不作法な自転車へ、鋭い上機嫌《じょうきげん》な口笛を投げかけた。

都電の時代おくれの速度と動揺は、空想家の乗客には頃合《ころあい》のものである。いつものように、悠一は窓に凭《よ》った。そして窓外に暮れてゆく春先の町並を見ながら夢想に耽《ふけ》った。

彼は自分の想像力が独楽《こま》のすがたで非常にはやくまわっていると感じた。独楽が倒れないためには、まわりつづけていなければならない。しかし途中から、たゆみかかるその廻転《かいてん》を、手だすけすることができるだろうか？　最初に廻転を与えた力の、尽きるときが最後ではなかろうか？　こうして自分の喜びの原因の、たった一つしかないことは彼を不安にした。

『今になってみれば、僕もはじめから鏑木夫人を愛していたにちがいない』などと考える。『それならなぜ洛陽《らくよう》ホテルで、あの人を避けたりしたんだろう』――こういう反省には、何かぞっとさせるようなものがあった。青年はたちまちこの恐怖と臆病《おくびょう》を自ら難詰《なんきつ》して、洛陽ホテルで夫人を避けたりしたことを、みんなこの種の臆病のせいにした。

ルドンには俊輔はまだ来ていない。

悠一がこれほど待遠しい思いで老作家を待ち設けたことはなかった。その手は何度か内かくしの手紙に触れられた。それにさわれば護符のような効目《ききめ》があって、俊輔が来るまで悠一の情熱が少しも衰えずに保たれるような気がしたのである。

待遠しさがそう見せるのか、今宵《こよい》ルドンの扉《とびら》を押して入って来た俊輔は、多少、威風堂々たるところがあった。インバネスを着て、和服である。それさえも近頃の彼の派手好みとはちがっている。悠一は彼のとなりの椅子《いす》へ来るまでに、俊輔がそここの卓の少年と親しげに会釈《えしゃく》を交わすのにおどろいた。このとき店にいたなかで、俊輔に奢《おご》られたことのない少年はなかった。

「やあ、しばらくだ」

俊輔は若々しく握手の手をさし出した。悠一は口籠《くちごも》った。すると事もなげに俊輔は語をついだ。

「鏑木夫人が家出をしたそうじゃないか」

「御存知なんですか」

「鏑木が泡《あわ》を喰《く》って、身上相談にやって来たよ。私を失《う》せ物《もの》探しの占師だとでも思っているのかね」

「鏑木さんは……」——言いかけて、悠一はちょっと狡《ずる》そうに微笑した。しょっちゅう悪戯《いたずら》をたくらんでいる少年に見るような、心の熱中を裏切っている清潔な狡智《こうち》の微笑である。「……原因を言いましたか？」

「私には何もかも隠しているから、云わないね。しかし大方、奥さんに君との濡れ場《ぬれば》をのぞかれでもしたからだろう」

「よく当りましたね」――大そうおどろいて、悠一がそう言った。

「私の棋譜ではそうなる筈なんだ」――老作家は満足のあまり、退屈するほど永い、死にそうな咳《せき》をした。そこで悠一は、その背をさすってやったり、いろいろと介抱した。

咳が止《や》むと、上気した顔とうるんだ目を、俊輔はまともに悠一に向けてこうきいた。

「それで？……どうしたの？」

青年は黙って部厚な封書をさし出した。俊輔は眼鏡をかけ、手紙の枚数を手早くかぞえた。「十五枚ある」と怒ったように言った。そしてインバネスの中で着物の擦れ合う乾いた大仰《おおぎょう》な音を立てて、坐り直してから、読んだ。

それが夫人の手紙でありながら、悠一には自分の試験の答案を教師に面前で読まれているような気持がした。自信を失《な》くし、疑わしくなった。はやくこの刑罰の時間がすぎればいい。幸い、原稿を読み馴れている俊輔の読みの早さは、若い者にもおさおさ劣らない。しかし自分があれほど感動を以《もっ》て読んだ個所《かしょ》を、俊輔がおなじ無表情のまま読みすごすのを見ていると、悠一は自分の感動の正しさにいやつのる不安を感じた。

「いい手紙だ」——俊輔は眼鏡を外して玩具《おもちゃ》にしながらこう言った。「女には才能のないことはたしかだが、時と場合によっては才能の代りをするものをもっているといういい証拠になる。つまり執念をね」

「僕が先生にうかがいたいのは批評じゃないんです」

「私は批評なんぞしちゃいない。こんな見事に出来上ったものに批評なんぞ出来はしない。君は見事な禿頭《はげあたま》だの、見事な盲腸炎だの、見事な練馬大根なんぞを批評しますか？」

「でも、僕は感動したんです」と青年は哀願するように訴えた。

「感動だって？　これはおどろいた。年賀状だって多少相手の感動をねらって書くものだ。もしまちがって君を感動させているものがあるとすれば、それはこの手紙という、一番低級な形式ですよ」

「……ちがいます。僕はわかったんです。鏑木夫人を愛していることがわかったんです」

これをきくと、俊輔が笑い出した。店中の人がふりかえるほどの笑い声である。笑いはつぎつぎとその咽喉《のど》にこみ上げる。水を呑《の》んでむせながら又笑った。その笑いは黐《もち》のように、剝《は》がそうと思えばますます身に貼《は》りついた。

第二十章　妻の禍《わざわい》は良人《おっと》の禍

俊輔《しゅんすけ》の莫迦《ばか》笑いには、しかも嘲罵《ちょうば》もなければ朗らかさもなく、感動のどんな些細《ささい》な傾斜もなかった。端的な大笑いである。いわば運動競技や機械体操のような笑いである。これが今では、老作家にできる唯一《ゆいいつ》の行為と謂《い》ってよかった。咳《せき》の発作や神経痛とちがって、すくなくともこの爆笑だけは、強《し》いられたものではなかったからである。

それを聴く側の悠一《ゆういち》が、莫迦にされたと感じようが感じまいが、檜《ひのき》俊輔はこうしたとめどもない笑いによって、世界に対する連帯感を身内に感じた。

笑殺すること、笑い飛ばすこと、それによってはじめて世界が彼の目に現前した。十八番《おはこ》の嫉妬《しっと》や憎悪《ぞうお》は、たとえ悠一の生身《なまみ》を借りても、作品の制作を促す力でしかなかった。彼の存在が世界と何らかのつながりをもつこと、彼の目が地球の裏側の青空を瞥見《べっけん》すること、その笑いがもっている力はこういう力であった。

むかし俊輔は沓掛《くつかけ》に旅をして、浅間の噴火に出会ったことがある。深夜、宿の窓硝子《ガラス》が繊細に慄《ふる》えて、仕事に疲れた彼の浅い眠りをさました。三十秒ごとに起る小爆発である。起き上って、火口を眺《なが》めた。音というほどの音はなかった。山頂に微《かす》かな轟《とどろ》きがおこると、これにつづいて、紅《あか》い火の繁吹《しぶき》があがった。海の波打際《なみうちぎわ》のようだ、と俊輔は思った。舞い上った繁吹は柔かく崩れたが、その半ばはふたたび火口に零《ふ》り、半ばは暗赤色の煙になって空中に漂った。そのあたりは夕映えの残照を見るようである。

このとめどもない火山の笑いは、遠い轟きばかりで微かであった。しかし俊輔には、時たま自分を訪れる感情が、その火山の哄笑《こうしょう》の隠された比喩《ひゆ》のように思われた。

彼を屈辱的な青年時代から幾度かはげましたこの情緒、それは時たま、たとえばこうした深夜や、一人旅に味爽《まいそう》の峠を下りようとするとき、彼の心に訪れる世界に対する憐憫《れんびん》の情である。その時彼は自分を芸術家として感じ、「精神」にゆるされた一種の役得、精神がおのれの不測の高さを信ずる喜劇的な休息とこれを考えて、おいしい空気を吸うようにこの情緒を思うさま味わった。登山者が自分の投影である巨人の影におどろくように、彼は精神がゆるすこの巨大な情緒に率直におどろいた。

この情緒を何と呼ぼうか？　俊輔は名を付けずに、笑うだけである。この笑いには、たしかに敬意が欠けていた。自分自身に対する敬意でさえも。

そして笑いによって世界につながるとき、その憐憫による連帯感は、彼の心を、ほとんど人類愛と呼ばれるまやかしものの最たる愛にさえ近づけたのである。

――俊輔はやっと笑いおわった。懐《ふとこ》ろから手巾《ハンカチ》を出して涙を拭《ふ》いた。老いた下瞼《したまぶた》は、涙に湿った苔《こけ》のような皺《しわ》を畳んでいた。

「感動したとは！　愛しているとは！」と、大仰に言った。「そりゃ一体何のこった。感動という奴《やつ》は、器量のよい細君のように、誤ちを犯しやすい。それだから此奴《こいつ》はいつも下司《げす》な男の心をそそるように出来ている。

怒りたもうな、悠ちゃん。何も君を下司な男だと云《い》ってやしない。君は今折悪《おりあ》しく、感動に憧《あこが》れる状態にあったんだ。君の純一無垢《むく》な心に、たまたま感動の渇《かわ》きがあったんだ。それは単なる病気だ。年頃《としごろ》になった少年が恋を恋するように、君は感動に感動したにすぎないんだ。固定観念が治れば君の感動は雲散霧消するにちがいない。君ももう知っている筈《はず》だ。この世に肉感以外の感動はないことを。どんな思想も観念も、肉感をもたないものは、人を感動させない。人は思想の恥部に感動しているくせに、見栄坊《みえぼう》な紳士のように、思想の帽子に感動したようなことを言いふらす。むしろ感動というようなあいまいな言葉はやめたらいい。

意地悪なようだが、君の証言を分析してみよう。君ははじめ、僕《ぼく》は感動したと証言した。次に鏑《かぶら》木《ぎ》夫人を愛していると証言した。どうしてこの二つをくっつけたのか？ というのはつまり、君は心の中で、肉感を伴《ともな》わない感動が何ものでもないことを知っているんだ。そこであわてて、愛という追而書《おってがき》をつけたのだ。すると君は、愛を以《もっ》て肉感を代表させたことになる。この点、君は異存がないかしら。鏑木夫人が京都へ行ってしまって、もう肉感の問題に関する限り安心なわけだから、それで彼女を愛することを、君は君自身に許しはじめたのではないのかね」

悠一は以前のようには、こうしたお喋《しゃべ》りにたやすく屈しなかった。その深い憂《うれ》わしい目は、俊輔の情念のうごきを仔細《しさい》に眺め、彼の言葉をひとつひとつ裸かにして吟味する術《すべ》を学んでいた。

「それにしても、どうしてかな」と青年が口を切った。「先生が肉感と仰言《おっしゃ》るとき、世間の人が理性と言うときより、ずっと冷酷にきこえるのは。先生の仰言るような肉感より、僕が手紙を読んだときの感動のほうが、ずっと血が通っているような気がするんです。ほんとうにこの世界で、肉感以外の感動はみんな嘘《うそ》でしょうか？ それなら肉感だって嘘かもしれないじゃありませんか。あるものへ向ってゆく欲望による欠乏の状態だけが本物で、瞬間的な充実状態はみんな幻でしょうか？ 僕にはとてもそんなふうには思えないな。自分の容器《いれもの》に又あとから人が施物《せもつ》を投げ入れてくれるように、一杯になる前にいつも施物を隠してしまう乞食《こじき》みたいな生き方は、僕には賤《いや》しく見えるんです。僕は身を挺《てい》したい、と時々思うんです。それがどんな佯《いつわ》りの思想のためにでもいいんです。無目的のためにだっていいんです。高等学校時代、走高跳《ハイ・ジャンプ》や水泳の跳込をよくやりました。空中へ身を投げる、あれは本当にすばらしい。一瞬一瞬、空中に止っているんだな、と僕は思いました。フィールドの草の緑いろだの、プールの水の緑だの、ああいうものが僕のまわりにいつもあったんです。今、僕のまわりには何の緑色もない。しかし、佯りの思想のためだっていい。たとえば自己欺瞞《ぎまん》だけで義勇兵に応募して武勲を立てた男の行為は、武勲であることに変りはないじゃありませんか」

「いやはや君も贅沢《ぜいたく》になったもんだ。君はむかし自分の感動の所在を信じかねて、持てあまして苦しんでいた。そこで私が無感動の幸福を教えてやった。またぞろ不幸になりたいのかね。君の美しさと同様に、君の不幸もすでに完璧《かんぺき》な筈じゃないか。今まで露骨には言わなかったが、多くの女や男を片っぱしから不幸にすることのできる君の力は、ただ君の美しさばかりの力じゃない、それこそ君自身の誰《だれ》にも負けない不幸の天分から来た力なんだ」

「それはそうです」――青年の目の憂わしさは一層深まって、こう言った。「先生はとうとうそれを仰言った。先生の教訓はそれですっかり月並になってしまう。自分の不幸を見つめて暮すほかに、その不幸からのがれる道がないということを、教えて下さっただけになるものな。でも、先生は本当のところ、今まで一度も感動なすったことはなかったんですか？」

「肉感のほかの感動はね」

すると青年は半ばからかうような微笑を以て、こう訊《き》いた。

「じゃあ、……去年の夏海ではじめてお目にかかったときもですか？」

俊輔は愕然《がくぜん》とした。

夏の烈《はげ》しい日光を思い出した。その海の紺碧《こんぺき》を、一条の水脈《みお》を、耳朶《じだ》を打つ海風を、……かくて彼をあれほどまでに感動させた希臘《ギリシャ》風な幻影を、ペロポンネソス派青銅像の幻を思い出した。

あそこには何らかの肉感が、さもなければ肉感の予兆がなかったろうか？

あのとき、それまでの生涯《しょうがい》を思想と無縁に暮した俊輔が、はじめて思想を抱くにいたったのであるが、その思想には果して肉感がこもっていたか？　今日まで老作家のたえざる疑惑はそこに懸っていた。悠一の言葉は俊輔の虚を突いたのである。

ルドンのレコードの音楽は、このとき途切れていた。店は閑散で、主人はどこかへ出掛けていた。ゆきかう自動車の警笛ばかりがやかましく室内に響いた。町にはネオンが灯《とも》りはじめ、凡庸な夜がはじまっていた。

俊輔は意味もなく昔自分が書いた小説の一場面を思い出した。

『彼は佇《たたず》んでその杉《すぎ》を見た。杉は丈高く、樹齢も太《はなは》だ高い。曇天の一角が裂けて、そこから一条の滝の如《ごと》く落下する光りが、その杉を耀《かが》やかせている。耀やかせているけれども、杉の内部に立入ることはどうしてもできない。曠《むな》しく杉の周辺を伝わって、苔の敷きつめられた土の上に落ちるだけである。……彼は光りを拒みながらかくも天へ向って育ってゆく杉の意志を異様に感じた。生命の暗い意志を、そのままの姿で天へ伝達する使命を帯びているかのようである。』

また今しがた読んだ鏑木夫人の手紙の一節を思い出した。

『貴下《あなた》は壁でした。夷狄《いてき》の軍隊にとっての、万里《ばんり》の長城《ちょうじょう》でした。決して私を愛さない恋人でした。だからこそ私は貴下をお慕いしましたし、今もこんなにお慕いしております。』

……俊輔は悠一の軽くあいた唇《くちびる》の中に、その長城のように白く並ぶ歯列を見た。

『俺《おれ》はこの美しい青年に肉感を感じているのではないか』と彼はぞっとして考えた。

『そうでなければ、こんなに胸苦しい感動の生れるわけはない。いつのまにか、俺は欲望を抱いていたらしい。ありうべからざることだ。俺がこの若者の肉に恋をしている！』

老人は頭を微《かす》かに振った。疑うべくもなく彼の思想に肉感がこもって来ていた。その思想は、はじめて力を得た。俊輔は死人の身も忘れて、恋をしていたのである。俄《にわ》かに俊輔の心は謙虚になった。その目には傲岸《ごうがん》な光りがなくなった。翼を畳むように、インバネスの肩をすくめた。もう一度、あらぬ方を眺めている悠一の眉《まゆ》の流線にじっと見入った。若さがそのあたりに匂《にお》っていた。『俺がこの青年を肉感的に愛しているとすると』――こう考えた。『こんなありうべからざる発見がこの年になってありうるとすると、悠一が鏑木夫人を肉感的に愛していることだってないとは言えない』――そこでこう言った。

「なるほどねえ。もしかすると、君は本当に鏑木夫人を愛しているのかもしれない。君の口調をきいていると、私にもどうもそんな気がする」

俊輔がこの言葉を、どうしてこれほど辛《つら》い気持で言っているのか、彼自身にもわからない。自分の身から皮を剝《は》ぐような思いで言った。嫉妬していたのである。

檜俊輔は教育家たるには今少し正直だった。そこでそう言った。青年たちの教師は彼らの若さを知悉《ちしつ》しており、同じことを言うにも、逆の効果を考えて言ったろうと思われる。果して悠一は、こう素直に言われると逆転した。却《かえ》って人の助けを借りずに自分の内部を直視する勇気が出たのである。

『いやそんなことはない。やっぱり僕が鏑木夫人を愛しているなんてことはありえない。そうだ。僕はむしろ、夫人によってそれほど愛されている第二の僕、この世にありえないほど美しい一人の青年に恋心を抱いたのかもしれないんだ。あの手紙にはたしかにそんな魔力があったし、誰だってあんな手紙をもらったら、その手紙の対象を自分だと思うことは難しい。僕は決してナルシスじゃない』と彼は傲慢に弁解した。『もし僕に己惚《うぬぼ》れがあればあの手紙の対象を難なく自分と同一視するだろうが、己惚れがないばかりに、僕は《悠ちゃん》を好きになったんだ』

こんな反省の結果、悠一は俊輔にいくらか雑駁《ざっぱく》な親しみを感じた。なぜならこの瞬間、俊輔も悠一も、同じものを愛していたからである。『君は僕が好きだ。僕も僕が好きだ。仲良くしましょう』――これはエゴイストの愛情の公理である。同時に、相思相愛の唯一《ゆいいつ》の事例である。

「いや、そんなことはありません。僕にはやっぱりわかって来ました。僕は鏑木夫人を愛してなんかいないんです」

悠一がそう言った。俊輔の面《おもて》には喜色が溢《あふ》れた。

恋というものは、潜伏期の長い点でも、熱病によく似ており、潜伏期のあいだのさまざまな違和感は、発病を俟《ま》って、はじめてその兆候だったことがはっきりする。その結果、発病した男は、熱病という病因で割り切れない問題は世界中にないような気がするのだ。戦争がおこる。あれは熱病だよ、と彼は喘《あえ》ぎながら云う。哲学者たちが世界苦を解決しようとして悩んでいる。それは熱病だよ、と彼は高熱に苦しみながら云う。

檜俊輔は、一旦《いったん》自分が悠一を欲していることに気がつくと、たびたび心を刺したあの嫉妬も、悠一の電話の声を来る日来る日の生甲斐《いきがい》にして来たあの生活も、あの不思議な挫折《ざせつ》の痛みも、京都への旅立ちを決心させた悠一の永い無音《ぶいん》による悲しみも、あの京都旅行のたのしさも、すべての抒情《じょじょう》的な嗟嘆《さたん》の原因がそこに在ったことに気がついた。この発見はしかし不吉であった。もしそれを恋と考えれば、俊輔の生涯《しょうがい》の経験に照らしてみて、蹉跌《さてつ》は必至、希望は皆無だった。機会を待たなければならない、隠せるだけ隠さなければ、とこのいたって自信のない老人は自分に言いきかせた。

身を固く縛めていた固定観念から楽になって、悠一は又しても、気楽な打明け相手としての俊輔を見出した。些細《ささい》な良心の咎《とが》めからこう言った。

「さっき、僕と鏑木さんのことを、先生は知っていらしたようで、ふしぎでしたよ。僕はこれだけは先生に打明けまいと思っていたんです。どうして、いつから知っていらしたんです」

「京都のホテルで、鏑木がシガレット・ケースを探しに来た時からだよ」

「あの時はもう……」

「もういい。もういい。そんなことは、きいて面白《おもしろ》い話じゃない。それよりこの手紙の善後策を考えよう。君はこう考えなくちゃいけない。百万だらの弁解を並べようとも、あの女が君のために自殺しなかったのは、太《はなは》だ君に敬意を欠いた仕打だったと。その罪は報いらるべし、だ。君は返事を決して書かないことだ。そうして世間並な第三者の立場に立って、夫婦をもとの鞘《さや》に収めてやることだ」

「鏑木さんのほうは」

「この手紙を見せてやって」と俊輔はできるだけ手みじかに、苦々《にがにが》しく言い添えた。「そしてはっきり、絶交を申し渡したらいい。伯爵《はくしゃく》はがっかりして、行くところがなくなって、京都へ行くだろう。それで鏑木夫人の苦しみも完成されるというもんだ」

「僕も丁度今それを考えていたところなんです」青年は悪行への勇気をはげまされて、

うれしそうに言った。「でも、一寸《ちょっと》具合がわるいのは、鏑木さんがお金に困ったから、僕が放《ほう》り出すようで……」

「そんなことを君は考えているのか」——ふたたび意の儘《まま》になりそうな悠一を見て心うれしく、俊輔は威勢よく語を継いだ。「もし万一、君が鏑木の金目当で自由になったのなら別のこと、そうでなければ、金のありなしなんて、これとは無関係だ。どっちみち君の月給も今月あたりから払ってくれなくなるだろう」

「実は先月のをこの間やっと貰《もら》ったんです」

「それごらん。君はそれとも、鏑木を好きなのかね」

「冗談でしょう」と矜《ほこ》りを傷つけられて、殆《ほとん》ど叫んだ。「僕はただ身を任せただけなんです」

このはなはだ心理的に明瞭《めいりょう》さを欠いた返答は、俄《にわ》かに俊輔の心を重たくした。彼は青年に与えた五十万円と、それにかかわる青年の従順さを思い合せた。この経済的関係がある間は、意外なほどあっけなく悠一が自分に身を任せかねないことを惧《おそ》れたのである。又しても、悠一の性格は謎《なぞ》であった。

のみならず、今しがた立てた企らみと、それに対する悠一の共鳴とを、思い返すことは俊輔を不安にした。この企らみには余計な部分がある。はじめて俊輔がおのれの私情の恣意《しい》を許した余計な部分がある。……『俺は嫉妬にかられた女のように大童《おおわらわ》だ』——自分自身を今一層不快にするこうした反省を彼は好んだ。

……このときルドンに一人の身装《みなり》のいい紳士が入って来た。

五十恰好《かっこう》の年配で、無髯《むぜん》で、縁無眼鏡をかけていて、小鼻のわきに黒子《ほくろ》がある。独乙《ドイツ》人のような角張った立派で傲岸な顔である。顎《あご》をいつもしっかり引いており、目の光りは甚《はなは》だ冷たい。鼻下の溝《みぞ》の明瞭《めいりょう》な線が、殊更《ことさら》印象を冷たくしている。顔全体があまり俯向《うつむ》かないですむような造作に出来ている。顔に遠近法が備わっていて、頑《かたく》なそうな額が峨々《がが》たる背景をなしているのである。ただひとつの欠陥は、右半分に軽い顔面神経痛があることである。店内を立ったまま見まわしたとき、目と頰《ほお》に稲妻《いなずま》のような痙攣《けいれん》が走った。その一瞬がすぎると、顔全体が、何喰《く》わぬ顔をして元どおりになった。宛《あた》かもその一瞬に何ものかを空中から掠《かす》め取ったかのようである。

彼の目が俊輔の目と会った。するとほんのすこし困惑の翳《かげ》がさした。既《すで》に白《しら》を切ることはできなかった。親しげに微笑して「やあ、先生」と言った。垣《かき》の内の人だけにしか見せない、人の好《よ》さが面《おもて》にあらわれた。

俊輔が自分の傍《かたわ》らの椅子《いす》を示した。彼は坐った。ひとたび目の前の悠一に気がつくと、話は俊輔と交わしていても、目はいっかな悠一を離れない。何十秒かおきに稲妻の走るその目と頬に、悠一は少なからずおどろいた。気がついて俊輔が紹介した。

「こちらは河田さん、河田自動車の社長さんで、私の旧友だ。こちらは甥《おい》の南悠一です」

河田弥《や》一郎《いちろう》は、九州薩摩《さつま》の産で日本最初の国産自動車の事業を起した先代河田弥一郎の嫡子《ちゃくし》である。不肖の子で、小説家を志して、当時俊輔が仏蘭西《フランス》文学の講義を受持っていたK大学の予科に入った。俊輔が習作の原稿を読まされる。才能がありそうには思われない。当人も落胆する。この機に乗じて、父は彼を米国プリンストン大学へ送って、経済学を専攻させた。卒業後さらに独乙へ送って、自動車工業の実際を学ばせた。帰って来たとき、弥一郎は全く変っていた。実際家になっていたのである。戦後父が追放令に会うまで雌伏していて、それと同時に社長になって、父の死後は父以上の才腕をふるった。大型乗用車の製造が禁止されたので、直ちに小型の製造に転換して、アジア諸国への輸出を主眼にしたのも彼である。横須賀《よこすか》に子会社を設けて、ジープの修繕を一手に引受けしめて、莫大《ばくだい》な利益をあげたのも彼である。社長に就任して以来、ふとしたことから俊輔と旧交を温めた。彼の盛大な還暦祝賀会の勧進元は河田であった。

ルドンにおける奇遇は、無言の告白に他《ほか》ならない。二人は従って、この自明の話題には決して触れない。河田は俊輔を食事に誘った。誘っておいて、手帖《てちょう》を出して、眼鏡を額へずり上げて、日々の予定の隙間《すきま》を探した。宛《あた》かも厖大《ぼうだい》な字引の一頁《ページ》にしまいわすれた押花を探しているかのようである。

彼はやっとそれを見つけ出した。

「来週の金曜の六時、これっきりしかない。前からその日に決っていた会が延びたんです。何とか都合をつけていただけないかな」

これほど多忙な男が、自動車を一丁も先の街角へ待たせておいて、こっそりルドンへ来る暇はあるのだった。俊輔は承引した。河田は思いがけない申出をこれに付加えた。

「今井町の『くろはね』という鷹匠《たかじょう》料理はいかがですか？　甥御さんも勿論《もちろん》御一緒に。御都合はいいでしょうね」

「ええ」悠一は漠然《ばくぜん》と答えた。

「では三人予約しておきます。また改めてお電話しましょう。お忘れだといけないから」——そうして忙《せわ》しなく時計を見た。「では失礼、ゆっくりお話を伺えないのが残念だが、又その節」

この大御所は十分悠々と出て行ったのであるが、瞬時に掻《か》き消えたような印象を二人に与えた。

俊輔は不機嫌《ふきげん》に黙っていた。またたく間に悠一が目前で凌辱《りょうじょく》されたような気がしたのである。問わず語りに河田の経歴を話し了《おわ》ると、インバネスをざわめかせて立上った。

「先生、どこへ行くんです」

俊輔は一人でいたかった。しかし一時間あとには、翰林院《かんりんいん》会員同士の黴《かび》くさい会食の予定があった。

「会があるんだ。そのために私は出て来たんだ。来週の金曜の五時までに家へ来たまえ。河田は家へ迎えの車を寄越すだろう」

悠一は俊輔が、インバネスの複雑な袖口《そでぐち》から握手の手をさし出しているのに気づいた。黒羅紗《ラシャ》の重い堆積《たいせき》のかげからさし出された静脈の露出した衰えた手は、羞恥《しゅうち》の表情を湛《たた》えていた。もし悠一がもうすこし意地悪だったら、こんな奴隷《どれい》のようにへりくだった哀れな手をわざと見のがしてしまうことは造作もなかった。しかし彼はその手を握った。老人の手は細かく慄《ふる》えていた。

「じゃ、さようなら」

「今日はどうもありがとうございました」

「私に？……私に礼なんぞ言わぬものだ」

——俊輔がかえると、青年は都合をきくために鏑木信孝へ電話をかけた。「何だって？　あれから手紙が来たって？」——声は上ずってこう言った。「いや家へ来てもらわなくても、私が出向くよ。晩飯はまだかい？」——彼はとあるレストランの名を言った。

＊＊

料理を待つあいだ、鏑木信孝は貪《むさぼ》るように妻の手紙を読んだ。スープが運ばれても、読み了らない。読み了ったとき、冷め果てたコンソメの皿《さら》の底に、ふやけて読みにくくなったアルファベットのマカロニの細片が沈んでいた。

信孝は悠一の顔を見なかった。あらぬ方を見て、スープを啜《すす》った。悠一はこの無性に同情されたがっていて、しかも同情してくれるべき相手を見出《みいだ》すことのできない窮地に置かれた可哀想《かわいそう》な男が、日頃《ひごろ》のたしなみをも御破算にして、膝《ひざ》の上に一匙《さじ》のスープをこぼすような大芝居を打つにちがいないと、少なからぬ好奇心で眺めていた。しかしスープはこぼれずに空《から》になった。

「可哀想に……」と匙を置くと、信孝は独言《ひとりご》ちた。「……可哀想に……あんな可哀想な女はありはしない」

信孝の感情の誇張は、この場合、どんな些細なものでも、悠一の気にさわる理由があった。何と云おうが、それは悠一の鏑木夫人に対する倫理的関心とも云うべきものに照らして、そうなのである。

信孝は何度もくりかえした。「可哀想な女だ。……可哀想な女だ……。」――そうして妻を出しに使って、自分の上へ遠まわしに同情を惹《ひ》こうと試みた。悠一がいつまでも知らん顔をしているので、とうとう居たたまれずにこう言った。

「みんな俺が悪いんだ。誰の罪でもない」

「そうですか」

「悠ちゃん、君って一体それでも人間か。俺に冷たくするのはいい。罪のない家内にまで」

「僕にだって罪はありません」

伯爵《はくしゃく》は舌平目《したびらめ》の小骨を皿の端のほうへ丹念に片付けながら、黙っていた。軈《やが》て泣き出しそうな声でこう言った。

「……それもそうだ。俺はもうおしまいだ」

ここにいたって、悠一には我慢がならなかった。この中年の甲羅《こうら》経た男色家は、呆《あき》れるほど率直さを欠いていた。彼が今演じている醜態は、率直な醜態の十層倍も醜かった。彼は醜態を崇高なものに見せかけようと努力していたのである。

悠一はあたりの食卓の賑《にぎ》わいを窺《うかが》った。非常に取り澄ました若いアメリカ人の男女が、さしむかいで食事をしている。あまり喋《しゃべ》らない。殆《ほとん》ど笑わない。女が小さな嚔《くさめ》をして、ナプキンをいそいで口にあてて、excuse me と言った。一方では法事のかえりらしい日本人の親戚《しんせき》一同が、大きい円卓を囲んでいる。かれらは故人の悪口を言い合って大声で笑っていた。太った、藍鼠《あいねずみ》の喪服を着た、指にいっぱい指環《ゆびわ》をはめた五十恰好の未亡人らしい女の声が、一等甲高《かんだか》く耳に響いた。

「主人が買ってくれたダイヤの指環はみんなで七つあるのよ。そのうち内緒で四つ売って、硝子《ガラス》玉にとりかえておいたの。そうして戦争中献納運動があったとき、その四つを献納したって嘘《うそ》をついて、本物の三つを残しといたの。それがこれなのよ。(彼女は手をひろげて、甲のほうをみんなに見せた。) 主人は、私が全部申告しなかったのをとてもほめてくれたの。おまえは不正直でえらいって」

「はは。知らぬは亭主《ていしゅ》ばかりなりだな」

……悠一と信孝の食卓だけが、凡《あら》ゆるものから孤立しているように思われる。二人きりの小さな孤島のように思われる。花瓶《かびん》やナイフや匙の金属類が、冷淡に燦《きら》めいている。悠一は信孝に対する自分の憎悪《ぞうお》が、ただ単《ひと》えに、同類であるというそのことから来ているのではないかと疑った。

「京都へ行ってくれるか？」

突然、信孝がそう訊《き》いた。

「どうしてです？」

「どうしてって、あれを連れ戻《もど》すことのできるのは君だけだ」

「僕を利用するんですか？」

「利用って」――ポープはとりすました唇に、苦笑いをうかべた。「水くさいことを言うなよ、悠ちゃん」

「だめですよ。僕が行ったって、奥さんは決して二度と東京へは帰らないから」

「どうしてそんなことが言える」

「僕は奥さんという人を知っていますからね」

「これはおどろいた。俺のほうは二十年の夫婦だぜ」

「僕は奥さんとは、附合《つきあ》ってまだ半年です。でも会長より僕のほうが、奥さんという人をよく知っているつもりです」

「君は俺に向って恋敵《こいがたき》を気取るのかね」

「ふん、そうかもしれません」

「まさか、君……」

「大丈夫ですよ。僕は女は嫌《きら》いです。でも会長こそ、今頃になって、あの人の旦那様《だんなさま》を気取るんですか」

「悠ちゃん！」――彼はぞっとするような甘ったれた声を出した。「喧嘩《けんか》はよそう。おねがいだから」

それから二人は黙りがちに食事をした。悠一には多少の誤算があった。叱咤《しった》して患者をはげます外科医のように、別れを切り出す前に相手に愛想《あいそ》をつかせ、その苦悩を少しでも軽くしてやろうという仏気《ほとけぎ》なら、こんなに冷たくあしらうのは逆効果だったに相違ない。それなら嘘でも信孝に甘えたり親切にしたり妥協したりすべきだったに相違ない。ポープの惚《ほ》れているのは、悠一の精神的な残酷さにであり、それを見せればの見せるほど、彼の想像力は快く刺戟《しげき》され、その妄執《もうしゅう》はますます深められたからである。

レストランを出しなに、信孝は悠一の腕にそっと腕をからませた。軽蔑《けいべつ》から、悠一はするにまかせた。そのときすれちがった若い恋人同士も腕を組んでいた。学生風の男のほうが女の耳許《みみもと》にささやくのがきこえた。

「あれ、きっと同性愛だよ」

「まあ、いやらしい」

悠一の頬は羞恥と憤怒のために紅潮した。信孝の腕をふりきって外套《がいとう》のポケットに両手を入れた。信孝は訝《いぶ》からない。こういう仕打には慣れっこになっていたからである。

『あいつら！　あいつら！』――美青年は歯ぎしりした。『御休憩三百五十円の連れ込み宿で天下晴れて乳繰り合うあいつら！　うまく行けば鼠の巣のような愛の巣を営むあいつら！　寝ぼけ眼でせっせと子供をふやすあいつら！　日曜日に百貨店の大棚《おおたな》ざらえに子供連れで出かけるあいつら！　一生に一度か二度、せい一杯の吝《けち》くさい浮気《うわき》をたくらむあいつら！　死ぬまで健全な家庭と健全な道徳と良識と自己満足を売り物にするあいつら！』

しかしいつも勝利は凡庸さの側にある。悠一は自分のせい一杯の軽蔑が、彼等の自然な軽蔑に敵《かな》わないことを知っていた。

鏑木信孝が妻の生存の祝杯をあげるために悠一を誘ったナイトクラブへゆくにはまだ夙《はや》かった。二人は映画館で時間をつぶした。

映画はアメリカの西部劇である。黄褐色《おうかっしょく》の禿山《はげやま》の間を、騎馬の男が騎馬の悪漢の群に追跡される。主人公は間道をとおって達した山頂の岩の割れ目から、追跡者たちを狙撃《そげき》する。射たれた悪漢は斜面をころげ落ちる。かなた、仙人掌《サボテン》の群立つ空に、悲劇的な雲が輝《かが》やいている。……二人は黙って、うすく口をあけて、この疑いようのない、行為の世界に見呆《みほう》けた。

そこを出ると、春の午後十時の街は寒かった。信孝はタクシーをとめて日本橋へと命じた。今夜は日本橋の著名な文房具店の地下室で、朝の四時までの徹夜営業を看板にするナイトクラブの開店祝の催しがあった。

支配人はタキシードを着て、招待の客たちを、受付で出迎えて挨拶《あいさつ》していた。そこまで行って悠一が気がついたことは、支配人の昔馴染《なじみ》の信孝は、今夜の飲み放題の振舞に招かれていたのであった。今夜の祝杯は只《ただ》なのであった。

所謂《いわゆる》名士が大ぜい来ていた。鏑木信孝がふりまわす東洋海産の名刺が悠一をひやひやさせた。絵描《えか》きがおり、文士がいた。俊輔の会というのはこのことではないかと思われたが、当然その姿はなかった。音楽がしじゅう喧噪《けんそう》に奏《かな》でられ、多くの人が踊っていた。

開店のために狩り集められた女共は、新調のお仕着せを着てうきうきしていた。山小屋風の室内装飾にそれらのイヴニングはいかにも似合わなかった。

「夜明かしで呑もうじゃないの」と悠一と踊りながら美しい女が言った。「あんたあの人の秘書なんですって？　まいちまいなさい、何よ、会長なんてえらそうに。うちへ泊めてあげるから、お午《ひる》ごろ起きなさい。目玉をつくってあげるわ。あんた坊やだから、炒《い》り玉子《たまご》がいいの？」

「僕、オムレツが好きなんだ」

「オムレツ？　おお、可愛《かわい》いこと」

酔っている女は悠一に接吻《せっぷん》した。

席へ戻る。信孝が二杯のジン・フィーズを用意して待っている。そしてこう言った。

「さあ、祝杯だ」

「何の？」

「鏑木夫人の健在を祝して、だよ」

この意味ありげな乾杯を、女たちは好奇心にかられて詮索《せんさく》した。悠一はコップの中に砕氷と共に浮んでいる檸檬《レモン》を見た。輪切りにされたその薄い一片に、女のそれらしい髪の毛が一本絡《から》んでいた。目をつぶって、残りを呑み干した。鏑木夫人の髪のような気がしたのである。

鏑木信孝と悠一がそこを出たのは深夜の一時である。信孝はタクシーを拾おうとした。悠一はかまわずにずんずん歩いた。すねているな、と愛する者は思った。とどのつまりは一緒に寝ることはわかっている。さもなければここまでついて来る筈はない。妻がいないと、あいつを家へ泊めるのは天下御免だな。

悠一は振り返らずに日本橋の交叉点《こうさてん》のほうへ足早に歩いた。信孝は追いすがって来て、苦しげに息をついだ。

「どこへ行くんだ」

「家へかえるんです」

「我儘《わがまま》を言うもんじゃない」

「僕には家庭があるんです」

来かかった車があったので、信孝は止めて扉《とびら》をあけた。悠一の腕を引いた。膂力《りょりょく》は青年のほうが強かった。ひとりで帰ったらいいでしょう、と腕を引き離した悠一は遠くから言った。二人はわずかの間、睨《にら》み合っていた。信孝は諦《あき》めて、ぶつぶつ言っている運転手の鼻先に、再びその扉を閉じた。

「しばらく歩きながら話そう。歩いているうちには酔もさめてくる」

「僕も話があるんです」

愛する者の胸は不安な動悸《どうき》を打った。二人は深夜の無人の鋪道《ほどう》を、靴音《くつおと》を高くひびかせて、しばらく歩いた。

電車通りにはまだしも流しの自動車の往来《ゆきき》がある。一歩横丁へ入ると、都心の深夜の硬い静寂がそこを領している。二人はいつかしらN銀行の裏側を歩いていた。そのあたり、円球形の街灯の連なりは晃々《こうこう》と灯《ひとも》し、銀行の建築は暗い長大な稜線《りょうせん》を集めて聳《そび》えている。宿直をのぞくこの町の住人たちは立去って、住んでいるのは累積《るいせき》され秩序立てられた石だけである。窓という窓が鉄柵《てっさく》の中に暗澹《あんたん》と閉ざしている。曇った夜空には遠雷がして、稲妻が隣りの銀行の円柱列の側面を微《かす》かに照らした。

「話って何だ」

「別れたいんです」

信孝が答えなかったので、しばらく靴音だけがひろい路面の周囲に谺《こだま》した。

「何だって、急に」

「時期が来たんです」

「君が勝手にそう考えたのか」

「客観的に考えればね」

この「客観的」という言葉の子供らしさは、信孝を笑わせた。

「俺《おれ》のほうで別れないよ」

「勝手になさい。僕が会わないだけだ」

「……ねえ、悠ちゃん、君と附合ってから、あれほど浮気者《うわきもの》だった俺が一度も浮気をしていない。俺は君だけで生きてるんだ。寒い夜に君の胸にあらわれるあの蕁麻疹《じんましん》、君の声、ゲイ・パーティーの明け方の君の横顔、君のポマードの匂《にお》い、そういうものがなくなったら、……」

『それじゃあ、おんなじポマードを買って、しょっちゅう嗅《か》いでればいいじゃないか』

心にこう呟《つぶや》きながら、若者は自分の肩を押してくる信孝の肩にうるさい思いをした。気がつくと、二人の前には河があった。何艘《そう》も一緒に繋《つな》がれたボートが、たえず鈍い軋《きし》り音《ね》をあげていた。かなたの橋の上を、自動車のヘッドライトが交叉して大まかな影を投げるのが見えた。

二人は引返してまた歩いた。信孝は昂奮《こうふん》してたえず喋《しゃべ》っていた。彼の足が何かにつまずいたので、それが軽い乾いた音を立てて転がった。百貨店で春の大売出しの装飾に使っている造花の桜の一枝が、軒から落ちているのだった。汚れた紙の桜は、紙屑《かみくず》の音をしか立てなかった。

「本当に別れる気か？　本気なのか？　悠ちゃん、本当にもうわれわれの友情はおしまいなのか」

「友情なんて、おかしいな。友情なら、一緒に寝る必要はないじゃないか。これからも、ただ友達としてだけなら、附合いますよ」

「………………」

「ほら、それじゃあいやなんだ」

「……悠ちゃん、おねがいだから、俺をひとりぼっちにしないでくれ。……」——かれらは暗い横丁へ入った。「……何でも君の好きなようにしてあげる。俺は何でもする。ここで君の靴に接吻しろというなら、それもする」

「芝居がかりはよして下さい」

「芝居じゃない。本気だよ。芝居じゃない」

　ともするとこんな大芝居の中でだけ、信孝のような男は、本音に到達するのかもしれなかった。飾窓に鎧扉《よろいど》を下ろした菓子屋の店先で、彼は鋪道の上にひざまずいた。悠一の脚を抱いて、その靴に接吻した。靴墨の匂いが彼を恍惚《こうこつ》とさせた。埃《ほこり》を薄くかぶった爪先《つまさき》にも接吻した。さらに外套の釦《ボタン》を外して、若者のズボンに接吻しようとしかかったので悠一は罠《わな》のように自分の脛《すね》に喰い入っているポープの手を、かがみ込んで力ずくで振り解《ほど》いた。

或《あ》るおそろしさが若者をとらえた。彼は駈《か》け出した。信孝はもう追わない。立上って埃をはらう。白い手巾《ハンカチ》を引出す。唇を拭《ふ》く。手巾には靴墨の跡が擦《こす》れてついた。すでに信孝はいつもの信孝である。彼は例の、いちいち捩《ねじ》子を巻いてから動きだすような気取った歩き方で、歩きだした。

一つの街角で、タクシーをとめる悠一の小さな姿が見えた。車は動きだした。鏑木伯爵は夜の明けるまで一人で歩きたかった。心は悠一の名を呼ばずに、夫人の名を呼んだ。彼女こそ相棒である。彼の悪行の相棒である以上、彼女はまた、彼の禍《わざわい》の、絶望の、悲嘆の相棒である。信孝は一人で京都へ発《た》とうと思った。

第二十一章　老いたる中太

春はこのころから急に本調子になった。雨が多かったが、晴間は大そう暖かった。一度異様に冴返《さえかえ》った日があって、一時間ほど淡雪が降っただけである。

河田が俊輔《しゅんすけ》と悠一《ゆういち》を鷹匠《たかじょう》料理へ招いた日が近づくにつれ、俊輔の次第につのる不機《ふき》嫌《げん》を檜家《ひのきけ》の女中や書生は大そうもてあました。女中や書生ばかりではない。一夜のあるじもうけに呼ばれた例の料理人の崇拝者は、いつもなら客がかえったあと、親しく料理の腕前をほめそやし、その労をねぎらって酌《く》み交《か》わすことを忘れない俊輔が、一言の挨拶《あいさつ》もなしに二階の書斎へ引きこもってしまった仕打におどろいた。

鏑木《かぶらぎ》が来た。京都へ行く挨拶と、悠一への形見を託するために来たのである。俊輔は気の乗らない応対をして追い返した。

俊輔は河田へ電話をかけて、何度断ろうと思うかしれない。出来ない。何故《なぜ》出来ないのか、俊輔自身にも不可解である。

「僕《ぼく》はただ、身を任せただけなんです」

悠一のこの言葉が俊輔を追跡していたのである。

その前夜俊輔は、夜を徹して仕事をした。書斎の片隅《かたすみ》の小さなベッドに深夜疲れ果てて身を横たえた。老いた膝《ひざ》を折り曲げて眠ろうとして、ふいに激痛に襲われた。その右膝の神経痛は、このごろ頻繁《ひんぱん》な発作のために薬を要した。鎮痛剤のパビナール、即《すなわ》ち粉末のモルヒネである。ナイト・テーブルの水呑《みずの》みからそれを呑んだ。痛みが罷《や》むと却《かえ》って目が冴えて眠れない。

起き上って、また机の前へ行った。一度消した瓦斯《ガス》ストーヴに火を点じた。机は奇怪な家具である。小説家は一旦《いったん》机にむかえば、その奇怪な腕に擁せられ、締めつけられる。それから身を引離すことは容易ではない。

檜俊輔にはこのごろ返り花のように多少の創作衝動が蘇《よみがえ》っていた。彼は鬼気と巒気《らんき》を帯びた断片的な作品を二三書いた。それらは太平記の時代の再現であり、梟首《きょうしゅ》や炎上する伽藍《がらん》や般若院《はんにゃいん》の童《わらべ》の神託や大徳《だいとこ》志賀寺上人の京極御息所《きょうごくみやすどころ》に対する愛恋などのアラベスクをなした物語である。また古代の神楽歌《かぐらうた》の世界に還《かえ》って、総角《あげまき》を人に譲った男の断腸の悲しみに触れ、古代希臘《ギリシャ》の「イオニア的憂愁」にこれをなぞらえた『春日《はるび》すら』という長文の随想は、エムペドクレスのあの「禍《わざわ》いの牧場」に似た現実社会の逆説的な支持をも受けたのである。

……俊輔は筆を置いた。不快な妄想《もうそう》に脅《おび》やかされたためである。『何故俺《おれ》は拱手《きょうしゅ》傍観するのだ。何故……』と老作家は考えた。『卑怯《ひきょう》にもこの年で中太の役処《やくどころ》を気取るのか。何故断りの電話を掛けない。……それも思えば、あのとき悠一が、自分から承諾の返事をしたからだ。そればかりではない。すでに鏑木は彼と別れた。……結局俺には、悠一が誰のものでもないことが怖いのだ。……それならどうして俺が？　いや俺ではいけない。決して俺ではいけない。鏡をまともに見ることさえできない俺ではいけない。……それに……作品は断じて作者のものではない』

かなたこなたに雞鳴《けいめい》がきこえた。はりさけるような声である。暁闇《ぎょうあん》の中に雞《とり》たちの口の中の紅《あか》さが見えるような声である。犬どももおちこちに猛々《たけだけ》しく吠《ほ》えている。別々につながれた群盗が、縄目《なわめ》の汚辱に歯ぎしりしながら、仲間と呼び交わしているかのようである。

俊輔は出窓兼用の長椅子《ながいす》に腰を下ろし、煙草《たばこ》を喫《の》んだ。古陶や美しい俑《よう》の蒐集《しゅうしゅう》は、昧爽《まいそう》の窓を冷然と囲んでいた。彼は漆黒の庭樹《にわき》と紫の空を見た。芝生を見下ろしたとき、婢《はしため》がしまいわすれた籐《とう》の寝椅子が芝生の中央に斜めに横たわっているのを見出《みいだ》した。朝はこの古びた籐の、黄褐色《おうかっしょく》の矩《く》形《けい》の上から生れたのである。いたく老作家は疲れていた。朝靄《あさもや》の裡《うち》に次第に明るんで来る庭の寝椅子は、彼を嘲笑《ちょうしょう》して遠方に泛《うか》んでいる休息、彼に永い猶予を強いている死《し》のように見える。煙草が尽きようとする。冷気を冒して窓を展《ひら》いて、煙草を投げた。煙草は籐椅子には届かない。低い神代杉《じんだいすぎ》に落ちてその葉に止った。一点の火はしばらく杏子《あんず》いろに光っていた。彼は階下の寝室へ下りて眠った。

夕方、悠一が早目に俊輔の家へ行くと、鏑木信孝が数日前ここを訪れたという話をいきなり聴かされた。

信孝はあの家を母屋《おもや》の旅館へ別館として売る契約を結んだのち、匆々《そうそう》に京都へ発《た》ったのである。悠一にとって多少拍子抜けの感があったのは、彼は悠一について多くを語らず、会社が不況に陥ったので、京都で営林署にでも勤めると言ったそうである。俊輔が青年に信孝の形見を手渡した。それは青年が信孝のものになったあの朝のこと、ジャッキーから信孝がせしめた猫目石《ねこめいし》の指環《ゆびわ》であった。

「さあ」と俊輔は腰をあげた。寝不足から来る機械的な快活さである。「今夜は君の御相伴《おしょうばん》だ。主賓が私でなくって実は君だということは、この間の河田の目つきを見ればわかる。それにしてもこの間は愉快だったな。われわれの間柄《あいだがら》は見事に疑われたね」

「そういうことにしておいて下さい」

「どうもこの頃《ごろ》では人形が私で、人形遣いは君のほうらしい」

「でも鏑木夫妻は仰言《おっしゃ》るとおりに見事に片附《かたづ》けたじゃありませんか」

「偶然の恩寵《おんちょう》でね」

――河田の自動車が迎えに来ていた。二人が『くろはね』の一間で待っていると、ややあって河田が来た。

河田は座蒲団《ざぶとん》に坐るなり、いかにも打寛《うちくつろ》いだ風を見せた。この間のぎこちなさはさらになかった。職業のちがう人間の前へ出ると、われわれはこういう寛ろぎ方をしたがる。河田は俊輔の前に、旧師であるという縁故もさることながら、自分がすでに青年時代にもっていた文学的感受性を失ってその代りに得た実際家の野暮さ加減を誇張してみせたのである。そして昔習った仏蘭西《フランス》古典の記憶ちがいをわざとやらかして、ラシイヌのフェエドルとブリタニキュスの話をごっちゃにして、俊輔の裁定を仰いだりした。

彼は巴里《パリ》コメディ・フランセエズで見た「フェエドル」の話をした。仏蘭西古典劇の優雅なイポリィトよりも、希臘古伝説の女ぎらいのヒッポリュトスにむしろ近かったその若者の清純な美を追懐した。その自我的な意見の開陳が冗々《くどくど》と永かったのは、俺にはいわゆる文学的はにかみなんぞないんだというところを見せたのであろう。あげくに悠一へ向き直って、若いうちに是非一度外国旅行をしなければいけません、と言った。誰《だれ》がそれをさせてくれるのであろうか？　河田は悠一をしきりに甥御《おいご》さんという名で呼んだが、それは俊輔から先日とった言質《げんち》を利用したのであった。

ここの料理は一人一人の前に、炭火の上に鉄板を横たえた焙器《あぶりき》が置かれ、客たちは首から白い前垂を下げさせられて、手ずから肉を焙るのであったが、雉子酒《きじざけ》の酔にほの紅い俊輔の顔は、奇妙な前垂に首をしめられて、云《い》おうようなくおかしく見えた。

彼は悠一と河田の顔を見比べた。こんな成行を百も承知で、招かれるままに悠一と一緒に来た自分の気持がわからなかった。あの醍醐寺《だいごじ》の草紙を見たとき、老いた高僧に自分をなぞらえるのが大そう辛《つら》く、むしろ媒ちの中太《なかだ》の役を選びたく思った気持のあらわれだろうか。『美しいものはいつも俺を怯懦《きょうだ》にする』と俊輔は考えた。『そればかりではない。時には俺を卑劣にする。どうしてだろう。美が人間を高めるというのは、あれは迷信なのか？』

河田が悠一の就職の話をしだした。悠一は妻の里の厄介《やっかい》になると、一生里に頭が上らない、という返事を冗談まじりにした。

「あなたに奥さんがあるって？」

河田が悲痛な叫びをあげた。

「大丈夫だよ、河田君」――とわれにもあらず老作家が言った。「大丈夫だよ、この青年はイポリィトだ」この些《いささ》か乱暴な同義語《シノニム》の意味は河田にすぐ通じた。

「そりゃあ結構だ。イポリィトとは、たのもしい。あなたの就職問題については、及ばずながら私がお力になりたいな」

食事はすべて愉快に運んだ。俊輔でさえ陽気であった。奇妙なことだが、悠一を見る河田の目に欲望の潤《うる》んでいるのを見ることが誇らしいような気がしたのである。

河田は女中たちを遠ざけた。誰にも言わなかった過去を語りたく、俊輔を相手にそれを話す時機の来ることを心待ちにしていた由《よし》である。話というのはこうである。彼が今まで独身を通して来たのには並々ならぬ苦心がある。そのためには、伯林《ベルリン》で一芝居を打たねばならなかったほどである。

帰国が近づいたころ、彼は見るも下品な娼婦にわざと入れあげ、鼻をつまみながら同棲《どうせい》した。親許《おやもと》へ結婚許諾を乞《こ》う手紙を出した。先代河田弥一郎《やいちろう》は商用がてら、息子の女を検分するために独乙《ドイツ》へ渡った。そして女を見て喫驚《びっくり》した。

息子は一緒にしてくれなければ死ぬと愬《うった》え、拳銃《けんじゅう》を上着の内かくしからちらつかせて見せたりした。女はもとよりのことである。先代弥一郎は機敏に事を行う人である。この純情な独乙の「泥中《でいちゅう》の蓮《はちす》」には、金を与えて因果を含め、息子の手を引張るようにして、一緒に秩父丸《ちちぶまる》で日本へ帰った。息子がデッキを散歩するとき、苦労性の父親は側《そば》を離れなかった。その目はいつも息子のズボンのバンドのあたりへ遣《や》っていた。飛込もうとしたらそこを摑《つか》もうと身構えていたのである。

日本へかえってから、息子はどんな縁談にも耳を藉《か》さない。独乙女のコルネリアを忘れない。机にはいつもコルネリアの写真がある。仕事の上では独乙式の冷酷勤勉な実際家になり、生活の上ではこれまた純独乙式の夢想家を装った。装いつづけて独身を通したのである。

河田は自分の軽蔑《けいべつ》しているものに自分を装うことの快感を味わい尽した。浪曼《ローマン》主義とその夢想癖は、彼が独乙で発見した最もばかげたものの一つであったが、旅行者が気まぐれな買物をするように、彼は実は深謀遠慮から、この舞踏会用のやわな紙製の帽子とマスクを買い込んで来たのである。ノヴァリス流の感情の貞潔、内部世界の優位性、その反動から生れる実際生活の無味乾燥、非人間的な意志力、こういうものがついに似合わなくなる年齢まで、彼は身もかるがると演じとおし、決して身につく心配のない思想のかげで生活した。おそらく河田の顔面神経痛は、こうしたたえざる内心の裏切から生じたのである。結婚の話が出るたびに、彼は演じなれた悲傷の表情をしてみせた。誰しもこの時彼の目がコルネリアの幻影を追っていることを疑わない。

「私はこのへんを見たものです。丁度その長押《なげし》のへんを」と彼は盃《さかずき》をもった手で指し示した。「どうです、私の目は思い出を追っているようにみえるでしょうが」

「眼鏡が光って、残念ながら肝腎《かんじん》の目がみえないな」

彼はとうとう眼鏡を外して上目づかいをしてみせたので、俊輔と悠一は大そう笑った。

コルネリアはしかし二重の思い出だった。河田はまず思い出の役を演じてコルネリアをあざむいたのち、今度は自らコルネリアの思い出に成り代って、人をあざむいたからである。おのれに関する伝説を作るために、コルネリアは是非とも存在しなければならなかった。愛せられずに存在した女、この観念が彼の心に一種の虚像を投影し、そういう存在との終生の結びつきを、何とか理由づけずにはすまされなくなった。彼女は彼のかくもありうべかりし多様な生の総称になり、彼の現実の生活をつぎつぎと彼方《かなた》へ乗り超えさせる否定の力の権化になった。今は河田自身にも、彼女が醜く卑《いや》しかったということは信じられず、途方もない美しい女としか思えなくなった。そこで先考が死ぬとすぐ、思い立ってコルネリアの悪趣味な写真を焼いた。

……この物語は悠一を感動させた。感動と云《い》ってわるければ陶酔させたのである。コルネリアはたしかに存在する！　余計な註釈を附加えれば、青年は不在によってこの世ならず美しくなった鏑木夫人を想起していたのである。

……九時だった。

河田弥一郎は前掛を胸から外すと断乎《だんこ》たる身振で時計を見た。俊輔はかすかに戦慄《せんりつ》した。

この老作家が俗物にむかって卑屈になっていたと考えてはならない。彼の底知れない無力感が悠一に源《みなもと》していることを彼が感じていたのは前にも述べたとおりである。

「さて」と河田は言った。「今晩私は鎌倉へ行って泊ります。鴻風園《こうふうえん》に宿がとってある」

「そうですか」と俊輔は言って、黙った。

悠一は目の前で骰子《さい》が投げられていると感じた。女を求めるとき、あのように迂路《うろ》をとおる慇懃《いんぎん》の作法は、男の場合ではいつもちがった形をとった。異性愛のあの無限の曲折を伴《ともな》った偽善的な快楽は、男同士の間ではありえなかった。もし河田が悠一を欲すれば、今夜のうちに悠一の肉を求めることが、最も礼節に叶《かな》ったやり方と云わねばならない。このナルシスはいずれも彼にとって些少《さしょう》の魅惑ももたない中年と老境の二人の男が、彼の前で、あらゆる社会的な職分を忘れて彼のみに拘泥《かかずら》い、いささかも彼の精神を問題にせず、彼の肉体だけを至上の問題としていることに、そんな場合女が感じる官能的な戦慄とはさすが別個のもの、何か自分から独立した肉体をわれとわが第二の肉体が嘆賞し、精神は第一の肉体を蹂躙《じゅうりん》し潰《けが》しながら、嘆賞する肉体にすがって漸《よう》くバランスを保とうとする、世にまれな快楽を見出していたのである。

「私はなんでもはっきり言うたちで、お気にさわったらゆるして下さい。悠一君は本当の甥御さんではないでしょうね」

「本当の？　なるほど本当の甥じゃあない。しかし本当の友達というものがあっても、本当の甥なんてものがあるかどうかかね」――これが俊輔の作家的に誠実な返答である。

「もう一つ伺いますが、先生と悠一君はただのお友達ですか？　それとも……」

「恋人ですか、とお訊《き》きかね。あなた、私はもう恋をする年じゃない」

二人は殆《ほとん》ど同時に、畳んだ前垂を片手につかみ、あらぬ方を見て煙草を吹かしながら、胡床《あぐら》をかいている一人の青年の、美しい睫《まつげ》を瞥見《べっけん》した。いつのまにか悠一のその姿態には、無頼《ぶらい》の美しさが具《そな》わっていた。

「それだけうかがえば安心した」――河田は悠一のほうをわざと見ずに言った。この言葉に先の太い濃い鉛筆で乱暴に傍線を引くように、例の痙攣《けいれん》を頰《ほお》に走らせながら言ったのである。「それじゃあ、おひらきとしましょうか。今日はいろいろお話を伺えて本当に愉快だった。これから少くとも月に一回、この顔ぶれで秘密の会合を持ちたいですな。ほかにもっといい会場があるか、探しておきましょう。何しろルドンで会う連中と来たら、お話にもならない奴《やつ》らばかりだから、ついぞこんなにお喋《しゃべ》りをする機会がなかった。伯林の斯道《このみち》のバアには、一流の貴族、実業家、詩人、小説家、俳優が集まっていたものですがね」――この排列はいかにも彼らしかった。つまりこんな無意識の排列のうちに、彼自身は単なる演技だと信じ切っている独乙流の市民的教養が、かなり正直に露呈されていたのである。

料亭の門前の暗がりには、広からぬ坂道に二台の車が止っていた。一台は河田のキャディラック六十二である。一台はハイヤーである。

まだ夜風は寒く、空は曇っている。このあたりは戦災を蒙《こうむ》ったあとに建てられた家が多いので、壊れた一角を亜鉛の板で塞《ふさ》いだ石塀《いしべい》につづいて奇妙に真新らしい板塀があったりする。街灯におぼろげに照らされた白木《しらき》の板の色は、鮮やか、というよりは殆《ほとん》ど艶冶《えんや》である。

俊輔一人が手袋をはめるのに手間取った。厳《いか》めしい顔つきで革手袋をはめていること の老人を前に、河田の素手はそっと悠一の指に触れてそれを弄《もてあそ》んだ。あとは三人のうち、どの一人かが一方の車に孤独で残される番である。河田は挨拶をすると当然のことのように、悠一の肩に手をかけて自分の車のほうへみちびいた。俊輔は敢《あえ》て追わない。まだ期して待つところがあったのである。しかるに悠一は河田に促されるまま、すでにキャディラックの踏台に片ほうの靴《くつ》をのせてふりむいた。快活な声でこう言った。

「じゃあ先生、僕、河田さんに附合いますから、すみませんが家内へ電話をおねがいします」

「先生のお宅へ泊めていただいたことにするんですな」と河田が言った。

見送りに出ていた女将《おかみ》が、

「殿方の御苦労も大へんですこと」

こうして俊輔一人がハイヤーの客になった。

それはほとんど数秒の出来事である。そこへ辿《たど》りつく経過の必然は明瞭《めいりょう》なのに、さて起ってみると突発的な印象をしか与えない事件に似ていた。悠一が何を考えていたか、どんな気持で河田に従ったか、俊輔にはもはや何もわからない。もしかすると悠一はただ子供らしい気持から、鎌倉までドライヴをしたかっただけのことかもしれない。ただ一つ明瞭なのは、又しても彼が奪い去られたという一事である。

車が旧市内のさびれた商店街を通り抜ける。鈴蘭灯《すずらんとう》の連なりが目の端《はし》に感じられる。これほど烈《はげ》しく美青年の上を想《おも》いながら、老作家はなお美的なものの中だけに低迷していた。むしろ一そう深く。そこでは行為は失われ、すべては精神に、すべては単なる影・単なる比喩《ひゆ》に還元された。彼こそは精神そのもの、すなわち肉体の比喩であった。いつこの比喩から立上れるのか？　それともこの宿命に甘んじるべきなのか？　この世に在って死んでいなければならぬという信念を貫ぬくべきなのか？

……それにしても年老いた中太の心は、ほとんど苦悩に達していたのである。

第二十二章　誘　惑　者

我家へかえると俊輔《しゅんすけ》はすぐ悠一《ゆういち》に手紙を書いた。むかし仏文の日記をつけたときの情熱が蘇《よみがえ》って、その手紙の筆端には呪詛《じゅそ》が滴《したた》り、憎悪《ぞうお》が迸《ほとばし》った。もとよりそういう憎しみは美青年に向けられたものではない。俊輔は改めて女陰に対する尽きぬ怨《うら》みに、目前の怒りを転嫁《てんか》したのである。

そのうちにすこし冷静になると、こんな冗々《くだくだ》しい感情的な手紙が説得力を欠いていることに思いいたった。この手紙は恋文ではない。指令である。書き直して、封筒に入れ、封筒の山形の端《はし》に塗られた糊《のり》の部分を、濡《ぬ》らした唇《くちびる》の上に辷《すべ》らせた。固い西洋紙は唇を切った。俊輔は姿見の前に立って、手巾《ハンカチ》を唇に押しあてながら、呟《つぶや》いた。

『悠一はきっと俺《おれ》の言うとおりにする。きっとこの手紙のとおりにする。これだけは自明のことだ。だってこの手紙の指令は彼の欲望には干渉していないんだから。彼の「欲しない」部分は、まだ俺が握っている』

彼は深夜の室内を歩きまわった。一瞬でも立止ると、鎌倉の宿での悠一の姿態が想像されてならなかったからである。目をとじて三面鏡の前に蹲踞《つくば》うた。彼の目の見ない鏡は、白い敷布の上に仰向けに横たわり、枕《まくら》を外して、美しい重い頭部を畳の上に落している悠一の裸体の幻を映していた。そののけぞった咽喉《のど》の部分がおぼろげに白いのは、多分そこに落ちている月光のためである。……老作家は充血した目をあげて鏡を見た。エンデュミオーンの寝姿は消え去った。

***

悠一の春の休暇が終った。学生生活の最後の一年が始まろうとしていた。彼の級は旧制による最後の級である。

大学の池の周辺の鬱蒼《うっそう》とした森の外側に、競技場に面した芝山の起伏がある。まだ芝の青みは浅く、晴れていても風は冷たいが、中食の時間など、そここの芝の上に屯《たむろ》している学生たちの姿が見られるようになった。戸外で弁当をひらく季節が来たのである。

彼らはだらしなく、思うままの形で寝そべったり、胡床《あぐら》をかいたり、抜きとった一本の草の繊細な淡緑の芯《しん》を噛《か》みながら、競技場をかけめぐる勤勉な競技者たちの姿を眺《なが》めやったりしていた。競技者は跳躍した。一瞬その真昼の小さな影は砂の上に孤独にとり残され、困惑し、恥じ、動顛《どうてん》して、主《あるじ》の空中の肉体にむかって大声でこう呼び叫んでいるように見えた。「ああ！　早くかえって来て下さい。早くまた私の上に君臨していて下さい。恥かしくて私は死にそうです。すぐ！　今すぐです」……競技者は影の上に跳び還《かえ》った。その踵《かかと》は影の踵にしっかりと結ばれた。日はかがやきわたり、雲はなかった。

彼一人背広姿の悠一は草の上に上体を半ば起して、文学部で希臘《ギリシャ》語の研究に熱心な学生が、悠一の質問に答えてエウリピデースの「ヒッポリュトス」の筋を物語るのを聴いていた。

「ヒッポリュトスはそんな悲惨な最期をとげる。彼は童貞で、清浄潔白で、無実で、自分で無実を信じていながら、呪《のろ》いのおかげで死んじまうんだ。ヒッポリュトスの野心と云《い》ったら小さなもので、彼の希望は誰《だれ》にでも叶《かな》えられるようなものなんだ」

眼鏡をかけた若い衒学家《げんがくか》は、ヒッポリュトスの台詞《せりふ》を希臘語で暗誦《あんしょう》した。悠一がその意味をたずねると、訳してきかせた。

「……私は競技でギリシャの人々をうち破って第一人者となりたいのです。しかし市では二位にいて、善良な友と永く幸福に暮したいのです。そこにこそ真の幸福があるのですから。そして危険のないことが、王位に優《まさ》る喜びを与えてくれますから……』

彼の希望は誰にでも叶えられるものだろうか？　そうではあるまい、と悠一は考えた。しかしそれ以上は考えが進まなかった。俊輔なら、更にこう考えたろう。少くともヒッポリュトスにとっては、この極小の希望は叶えられなかった。そこで彼の希望は、純潔な人間的欲望の象徴になり、光彩陸離たるものになったのだ、と。

悠一は俊輔にもらった手紙のことを考えた。この手紙は魅力があった。たとえ偽物《にせもの》の行動にせよ、その指令は行動の指令だった。のみならず、(これは俊輔に対する信頼を前提とするが)、その行動には完全で皮肉で冒瀆《ぼうとく》的な安全弁がついていた。すべての計画が、少くとも退屈ではなかった。

『なるほど、思い出した』と若者は独言《ひとりご》ちた。『いつか先生に、僕《ぼく》が、どんな偽《いつわ》りの思想のためでも、無目的のためでもいい、何かに身を挺《てい》したいんだ、と言ったのを覚えていて、こんな計画を考え出したんだな。檜《ひのき》先生って一寸《ちょっと》した悪党だな』——彼は微笑した。丁度芝山の下を三々五々通って行った左翼の学生たちも、結局のところ、悠一と同じ衝動に動かされているんだと思ったのである。

一時である。時計台の鐘が鳴った。学生たちは腰をあげた。そして制服の背中についている土や枯芝を払い合った。悠一の背広の背には同じように春の軽い土埃《つちぼこり》やこまかい枯芝やむしられた草がついていた。それを払ってやる友だちは、彼がすこしも晴着と思わずに仕立のよい背広を着ていることに改めて感心した。

友人たちは教室へ行った。恭子と待ち合せていた悠一は、かれらと別れて校門のほうへ一人で歩いた。

……都電から下りて来る四五人の学生のなかに、美青年は学生服姿のジャッキーを見出しておどろいた。そのために乗ろうとした電車を逸してしまったほどである。

かれらは握手した。悠一はしばらくぼんやりしてジャッキーの顔のまんなかを眺めていた。傍目《はため》にはこの二人は同級の呑気《のんき》な学友同士としか見えなかったろう。この明るい真昼の光りの下で、ジャッキーは少くとも二十年間の年齢を隠し了《おお》せていた。

ジャッキーはやがて、悠一の驚愕《きょうがく》に大笑いをしながら、路傍の街路樹の木かげ、色とりどりの政治的なビラが雑多に貼《は》られた大学の塀《へい》のかたわらに青年をみちびいて、手みじかに変装の由来を説明した。彼の慧眼《けいがん》は一目でこの種族の若者を見抜いたが、却《かえ》ってそのために、なまなかの冒険には食傷していた。おなじ誘惑するにも、相手を欺《あざ》むきとおし、同年輩の友人の仮面の下に相手を安心させつづけて、お互いに親愛や無遠慮の好《い》い後味を残したくなったのである。そこでジャッキーは贋《にせ》学生の扮装《ふんそう》をこらし、この若者たちのハレムへと、わざわざ大磯《おおいそ》から漁に出掛けて来るのである。悠一が彼の若さに嘆賞の声をあげたので、ジャッキーははなはだ満足の面持《おももち》である。どうして大磯へ遊びに来ないのか、と責めるように云った。片手を街路樹に支え、両脚を小粋《こいき》に組み、無関心そのものと謂《い》った目つきで、塀のビラの上を指で叩《たた》いた。ふん、二十年前からおんなじことだ、とこの不老の青年は呟いた。

電車が来たので悠一はジャッキーに別れて乗った。

＊＊＊

恭子が悠一と待合せたのは、宮城の中にある国際テニス倶楽部《クラブ》のクラブ・ハウスである。恭子は正午までテニスをする。着物を着替える。食事をする。テニス友達と雑談をする。かれらがかえってのち、一人でテラスの椅子《いす》に残ったのである。汗の名残にまじった香水ブラック・サテンの香りは、運動のあとの甘い気倦《けだる》さ、風の止《や》んだ午《ひる》さがりの乾燥した空気の中で、彼女の上気した頰《ほお》のまわりに、軽い懸念《けねん》のように立迷った。少しつけすぎたかしら、と彼女は思った。紺の布地の手提《てさげ》から、手鏡をとり出して、見た。鏡は香水の匂《にお》いを映すことはできない。しかし彼女は満足してそれを蔵《しま》った。

春に薄いろのコートを着ず、粋好みからわざと恭子の着て歩くネイヴィ・ブルーのコートは、白漉《はくれき》青塗りの椅子にひろげられ、この移り気な持主の柔かい背を、椅子の背の粗い縞目《しまめ》から護《まも》っていた。手提と靴《くつ》はおなじ濃紺、服地と手袋は好みの鮭紅色《サーモン・ピンク》である。

穂高恭子は今ではちっとも悠一を愛していないと謂ってよかった。その浮薄な心には堅実な心も及ばぬ弾力があり、その感情の軽やかさにはどんな貞潔も及ばない優美があった。一度その心の深い部分で、かなり誠実な自己欺瞞《ぎまん》の衝動が、突然炎《も》え上ってまた掻《か》き消えたが、それは彼女自身にも気づかれずにすぎた。自分の心を決して見張らないこと、これこそ恭子が自ら課している唯一《ゆいいつ》の義務、不可欠の、しかも守るに易しい義務である。

『もう一ト月半も会っていない』と彼女は考えた。『それが昨日のようだ。その間一度もあの人のことを考えたことがない』

……一ト月半。恭子は何をして暮したろう。無数のダンス。無数の映画。テニス。無数の買物。良人《おっと》と一緒に出る外務省関係のいろんなパーティー。美容院。ドライヴ。若干の浮気《うわき》と恋愛に関する夥《おびただ》しい無用の議論。家事の中にみつけ出す無数の思いつきと無数の気まぐれ。……

たとえば階段の踊り場の壁に飾った油絵の風景画を、この一ト月半のあいだに、玄関の壁へ移し、さらに客間へもってゆき、また思い直してもとのとおり踊り場の壁に懸けた。台所を整理して、五十三本の空罎《あきびん》を発見して、それを屑屋《くずや》に売り、その金に小遣を足して、キュラソオの空罎に加工したスタンド・ランプを買い、すぐ気に入らなくなって友だちにやり、そのお返しにコアントロオを一罎もらった。そうだ、それから飼っていたシェパアドが、ジステンパアに脳を犯されて死んだ。口から泡《あわ》を吹き出し、四肢《しし》をわななかせ、ものも言わずに、笑ったような顔をしたまま死んだ。恭子は三時間泣いて、あくる朝は忘れた。

彼女の生活はこんな無数の小粋ながらくたに充《み》ちていた。安全ピンを蒐《あつ》める病気にかかって、大小各種の安全ピンで蒔絵《まきえ》の手文庫を一ぱいにした少女時代からそうである。貧しい女が生活の熱意と呼ぶであろうところのもの、それと殆《ほとん》ど同種の熱意が恭子の生活を動かしていた。あれが真剣な生活と呼ばれるなら、これにも不真面目《ふまじめ》さと毫《ごう》も矛盾しない真剣さがあった。窮迫を知らない真剣な生活は、あるいは一層、活路を見出しがたいものである。

部屋の中へとびこんで来て、窓がみつからなくなり、狂おしくとびまわる蝶《ちょう》のように、恭子も自分の生活のなかをおちつきなくとびまわっていた。偶然とびこんだ部屋を自分の部屋だと考えることは、どんな愚かな蝶にも不可能である。ともすると疲れ果てた蝶は森をえがいた風景画にぶつかって失神する。

……そのように、恭子をときどき訪れる失神状態、このぼんやりと目をみひらいている放心のさまを、正しく視《み》る人は一人もない。良人は「又はじまった」と思うだけである。友人や従姉妹《いとこ》たちは、「何かまた、永くて半日しかつづかない恋をしている」と思うだけである。

……倶楽部の電話が鳴った。大手門の守衛が南という人に通行札《ふだ》を渡してよいかを問い合せて来たのである。やがて彼方《かなた》の大石垣《おおいしがき》の外れに、恭子は松影の中を歩いてくる悠一の姿を見出した。

丁度頃合《ころあい》の自尊心を持っている彼女は、青年が時刻に遅れず、わざと決められたこんな不便な待合せの場所へやって来たのを見るだけで、すっかり満足して、悠一の不義理を恕《ゆる》すに十分な口実を見つけてしまった。しかし敢《あえ》て椅子から立たずに、艶《つや》やかに塗った五本の爪《つめ》を微笑した目もとにかかげて会釈《えしゃく》をした。

「あなた何だか、一寸見ないうちにお変りになったのね」

半ばは悠一の顔をまともに見る言訳にそう言った。

「どんな風に？」

「そうね。すこし猛獣みたいなところが出て来てよ」

これをきいた悠一は大そう笑い、恭子はその笑っている口に肉食獣の歯の白さを見出した。以前、悠一はもっと謎《なぞ》めいていて、もっと大人しく、どこか確信を欠いているように見えたものである。しかるに今、松影から日差の中へ彼がまっすぐに歩いてきたとき、その髪が光ってほとんど金色に見えたとき、それから二十歩ほど先で一寸立止ってこちらを見たとき、しなやかな活力を発条《ばね》のように折り畳み、若々しい猜疑《さいぎ》の目を光らせて、近づいて来る若い孤独な獅子《しし》のように見えたのである。

彼には何か突然目をさまして爽《さわ》やかな風の中を駈《か》けて来た人のような生々《いきいき》した印象があった。その美しい目は正面から恭子を見つめて、たじろがない。視線はたぐいないほどやさしく、しかも無礼に、簡潔に、彼の欲望を物語っていたのである。

『一寸見ない間に大した進歩だわ』と恭子は考えた。『鏑木夫人の御仕込にちがいない。でも夫人とはまずくなって、旦那《だんな》様《さま》の秘書も罷《や》め、夫人は京都へ行ってしまったということだから、収穫はみんな私のところへ来るわけだ』

石垣のむこうの濠《ほり》を隔てた自動車の警笛はきこえない。きこえるのは、たえず弾んでいる硬球のラケットにあたる響と、嬌声《きょうせい》や掛声や息を弾ませた短い笑い声だけである。それさえ大気のうちに蒸発して、粉をまぶしたような倦《だる》い不透明な音になって時折耳にひびくにすぎない。

「きょうは悠ちゃん、お暇なの？」

「ええ一日暇です」

「……何の御用だったの？　あたくしに」

「別に。……ただ逢いたくなったから」

「お上手」

二人は相談して、映画や食事やダンスの極く月並な計画を考え出し、その前にすこし散歩をして、遠廻《とおまわ》りではあるが平河門から皇居の外へ出ることにした。道は旧二の丸下の乗馬倶楽部のわきをとおって、厩舎《きゅうしゃ》の裏手から橋を渡り、図書《ずしょ》寮のある旧三の丸へ登って平河門にいたるのである。

歩きだすと微風が感じられ、恭子は軽い熱っぽさを頰に感じた。一瞬病気ではないかと心配したが、実はこれが春なのであった。

傍《かたわ》らを歩いている悠一の美しい横顔は恭子を誇らしい気持にさせた。彼の肱《ひじ》はときどき軽く恭子の肱に触れた。相手が美しいことは、自分たち一組が美しいということの最も直接な客観的根拠である。恭子が美しい青年を好きなのも、こういうわけで、自分の美しさの甚《はなは》だ安全な担保のような気がするからである。釦《ボタン》をかけずにいる彼女の優雅なプリンセス・スタイルの濃紺のコートの央《なか》には、一足毎《ひとあしごと》に、鮮やかな辰砂《しんしゃ》の鉱脈《こうみゃく》を思わせる鮭紅色の服地の一線がのぞかれた。

乗馬倶楽部の事務所と厩舎とのあいだに平坦な広場が乾いている。一個所《かしょ》にかすかに埃《ほこり》が舞っており、それが腰を折られたように崩れて消えた。この幻のような小さい旋《つむ》じ風《かぜ》に気をとられて、二人がそこを横切ろうとすると、旗を立てて広場を斜めにやってくる行列のざわめきに出会った。田舎の年寄ばかりの行列である。大戦の遺族たちが、宮城参観に招かれて来たのである。

それは歩みの緩慢な行列である。多くは下駄《げた》で、実直な羽織袴《はかま》に古い中折《なかおれ》をかぶっている。腰の曲った老婆《ろうば》たちは、首が前へ出るのではだけた胸もとに、丸めた手拭《てぬぐい》が落ちそうにはみ出している。あるいは春だというのに衿元《えりもと》から袋真綿の端がとび出して、その鄙《ひな》びた絹の光沢が、日に焦《こ》げた項《うなじ》の皺《しわ》を隈取《くまど》っている。きこえるのは下駄や草履のくたびれた地を擦《す》る音と、歩行に震動してかち合う入歯の音ばかりである。疲労と敬虔《けいけん》なよろこびとから、巡礼者たちは殆ど口を利《き》きあわない。

すれちがおうとしたとき、悠一と恭子は大そう困惑した。年寄たちの行列が一せいに二人のほうを見たのである。目を伏せていた者も、気配を察して目をあげて二人を見ると、視線はそこから離れなかった。

些《いささ》かも非難の色のない、しかもこの上もないほど露骨な眼差《まなざし》。皺と目脂《めやに》と涙と白い星と汚れた血管の中から狡猾《こうかつ》にじっとこちらを見つめている黒い礫《こいし》のような多くの瞳《ひとみ》。……悠一はわれしらず足を速めたが、恭子は平気であった。恭子のほうが単純に、また正しく現実を判断していた。事実かれらは恭子の美しさに愕《おどろ》いていただけだったのである。

巡礼者の行列は宮内庁《くないちょう》の方角へ、緩慢にうねりながら過ぎ去った。

……厩舎の傍らをすぎて影の濃い木下道へ入る。二人は腕を組んだ。目の前には軽い勾配《こうばい》をもって上り坂にかかる土橋があり、坂の周辺を城壁が囲んでいる。その頂きにちかいところに松の只中《ただなか》の一本の桜がある。すでに七分咲きである。

一頭立の宮廷用馬車が、坂を駈け下りて来て二人のかたわらを疾走してすぎた。馬の鬣《たてがみ》は風になびき、十六弁の金色《こんじき》の菊がまばゆく二人の眼前を擦過した。二人は坂を登った。旧三の丸の高台から、石垣の彼方に、はじめて街の景観を眺め渡した。

都会が何という新鮮さで目に映ったことか！　光る自動車の滑らかな往来《ゆきき》が、何という生活の潑剌《はつらつ》さを帯びていたことか！　濠を隔てた錦町河岸《にしきちょうがし》のビジネスライクな午後の殷賑《いんしん》、気象台の夥しい風見の廻転、何という愛らしい懸命さで、中空《なかぞら》をとおる多くの風に耳をすまし、あらゆる風に媚態《びたい》を呈して、それらがたゆみなく廻っていたことか！

二人は平河門を出た。まだ歩き足りなかったので、濠端《ほりばた》の歩道をしばらく歩いた。すると恭子はこの無為な午後の散歩の只中に、自動車の警笛とトラックの地響の只中に、いかにも生活の実感らしいものを味わうのであった。

……今日の悠一には、妙な言葉だが、たしかに「実感」があった。自分が希《ねが》うような姿に化身した人間の確信のようなものが、今日の彼には見られた。この実感は、いわばこの実質の賦与《ふよ》は、恭子にとってとりわけ重要だった。今までこの美青年は、官能性の断片から出来上っているように見えていたからである。たとえばその俊敏な眉《まゆ》、深い憂《うれ》わしい目、見事な鼻梁《びりょう》、初々《ういうい》しい唇《くちびる》は、恭子の目にいつも悦《よろこ》びを与えたが、ただこれらの断片の羅列《られつ》のうちには、主題の欠けているような感じがしていたのである。

「あなたって、どう見ても奥さんがいらっしゃるように見えないわね」

恭子が無邪気な愕きの目をみひらいて、突然そう言い出した。

「どうしてだろう。僕も自分がひとりぼっちのような気がするんだよ」

この頓狂《とんきょう》な答えに、二人は顔を見合せて笑った。

恭子も鏑木夫人のことには触れなかったが、悠一もいつぞや横浜へ一緒に行った並木のことには敢て触れなかった。こんな礼譲は二人の気持をしっくりさせ、心の中で恭子は悠一も、自分が並木に捨てられたように鏑木夫人に捨てられたのだと考えたが、そう考えることがこの青年に対する親しみを増すばかりであった。

しかし冗《くど》くも言うように、恭子はもはやちっとも悠一を愛していないと言ってよかった。こうして会っていることの、万遍のない快《こころよ》さ娯《たの》しさがあるだけである。彼女は漂っていた。風に運ばれる植物の種子のように、今まことに軽やかなその心は、白い冠毛を生やして漂っていた。誘惑者は必ずしも自分の愛している女を求めない。精神の重みを知らない、自分の内部に爪先《つまさき》で立っている、現実的であればあるほど夢のようなこの女は、誘惑者の好餌《こうじ》に他《ほか》ならない。

鏑木夫人と恭子との、これがおよそ対蹠《たいせき》的な点だったが、恭子はどんな不合理をも物ともせず、どんな背理にも目をつぶって、いつも自分が相手から愛されているという確信を忘れなかった。悠一がやさしく気を遣い、ほかの女には目もくれずに恭子一人を見飽かないその風情《ふぜい》を見ては、恭子は至極当然のような気持がした。つまり幸福だったのである。

二人が夜の食事を摂《と》ったのは数寄屋橋《すきやばし》近傍のM倶楽部である。

先頃大賭博《とばく》で手入のあったこの倶楽部には植民地崩れの米人やユダヤ人が屯《たむろ》していた。大戦や占領地行政や朝鮮事変を通じて、利鞘《りざや》をかせぐことに馴《な》れたこの連中は、仕立下ろしの背広の下に、アジア諸国の幾多の怪しげな港市の匂いを、二の腕と胸もとに彫られた薔薇《ばら》や錨《いかり》や裸婦や心臓や黒豹《くろひょう》や頭文字などの、さまざまな刺青《いれずみ》と一緒に隠していた。かれらの青い一見やさしげな目の奥には、阿片《あへん》取引の記憶が光っていたし、又どこかの港の、おびただしい叫喚《きょうかん》に充ちた錯雑した帆柱の風景が残っていた。釜山《ふざん》、木浦《もっぽ》、大連《だいれん》、天津《てんしん》、青島《チンタオ》、上海《シャンハイ》、基隆《キールン》、厦門《アモイ》、香港《ホンコン》、澳門《マカオ》、河内《ハノイ》、海防《ハイフォン》、マニラ、シンガポール……。

本国へかえったのちにも、かれらの経歴には、「東洋」という黒いインクの怪しげな汚点の一行がのこる筈《はず》だった。一生かれらは、神秘的な泥《どろ》の中に手をつっこんで砂金を探した男の、或《あ》る小さな醜い光栄の臭《にお》いを免《まぬ》がれない。

このナイトクラブの装飾は万事支那《しな》風で、恭子は支那服を着て来なかったことを残念がった。日本人の客は、外人に連れられて来た新橋の芸妓《げいぎ》が数人いるだけである。あとの客は西洋人ばかりである。二人の卓には緑の小さい竜《りゅう》をえがいた磨硝子《すりガラス》の円筒の裡《うち》に、紅《あか》い三寸蠟燭《ろうそく》が灯《とも》っていた。焔《ほのお》は周囲の喧噪《けんそう》のなかでふしぎに静かであった。

二人は呑《の》んだり、喰《た》べたり、踊ったりした。二人とも十分若くて、恭子はこの若さの共感に酔って良人を忘れた。こういう特別の理由がなくても、彼女にとって良人を忘れることは造作もなかった。目をつぶって忘れようと思うと、良人の前でさえそれができるのである。丁度自在に腕の関節を外してみせるあの見世物師のように。

しかし悠一がこんなに積極的に、喜ばしく愛の身振を示したことは、これがはじめてである。彼がこんなに雄々しく彼女に迫ろうとするのを見たのははじめてである。こういう態度に出られると却って熱のさめるのが恭子の常だが、今の恭子は、たまたま自分の漂うような状態に相手が忠実に応《こた》えてくれたのだと思っていた。『私が愛さなくなるときっと向うが夢中になるんだから』――彼女は少しも嫌悪《けんお》をまじえずにそう考えた。

恭子の呑んだ臙脂《えんじ》いろのスロウ・ジンは、その踊りに酩酊《めいてい》の滑らかさを与え、青年に凭《もた》れながら、羽毛よりも軽い自分の体が、ほとんど床に足をつけて踊っているとは思われなかった。階下の踊り場は三方を食卓に囲まれて、仄暗《ほのぐら》い中に緋《ひ》の幕を垂れた楽団の舞台に向っている。楽士は流行のスロウ・ポークを奏《かな》でる。ブルウ・タンゴを、タブウを奏でる。嘗《かつ》て競技会で三等をとった悠一のダンスは大そう巧《うま》く、その胸はまことに誠実に恭子の小さな柔い人工の胸を支えていた。……恭子はといえば若者の肩ごしに、食卓の人たちの暗い顔と仄かな円光に縁取られている金髪のいくつかを見た。それぞれの卓上の蠟燭の火にゆらいでいる、磨硝子の上の小さな緑や黄や紅や藍《あい》いろの竜を見た。

「あのとき、君の支那服に、大きな竜の模様があったね」──踊りながら悠一がそう言った。

こういう暗合は、ほとんど一つものになった感情の親近からしか生れない。この些《さ》細《さい》な秘密をとっておきたくなって、恭子は、今丁度私も竜のことを考えていた、とは打明けずに、こう応えた。

「白いサテンの地紋が竜だったのよ。よくおぼえていらしたわね。あのとき、五回つづけて踊ったの、おぼえていらして?」

「うん。……僕、君のちょっと笑った顔が大好きなんだ。あれから、女の人の笑うのを見ると、君と比べてみて、がっかりしたもんだ」

このお世辞は恭子の心琴《しんきん》に深く触れた。彼女は少女時代に無遠慮な従姉妹《いとこ》から、歯茎を出す笑い方について、いつもこっぴどく批評を蒙《こうむ》ったことを思い出した。それ以来、鏡を前にした十数年の研鑽《けんさん》を経て、彼女の歯茎はどこかへ消えてしまった。今では自分な無意識の笑いの裡にも、歯茎は心得て、身を隠すことを忘れなかった。

の笑顔の波紋のような軽やかさに、恭子は一方ならぬ自信を抱いていたのである。褒《ほ》められた女は、精神的に、ほとんど売淫《ばいいん》の当為を感じる。そこで紳士的な悠一は、ほかの外人のスポーティヴな仕方を模して、ふとした微笑の唇を女の唇に触れることを忘れなかった。

恭子は、軽やかなのであって、決してだらしがないのではない。ダンスと洋酒と、この植民地風な倶楽部の影響は、恭子をロマンチックにするには足りなかった。ただ彼女は少しばかりやさしくなりすぎ、涙脆《なみだもろ》いほど同情的になりすぎていたのである。

彼女はしんそこから世の男という男を、可哀想《かわいそう》な存在だと思っていた。それが彼女の宗教的偏見である。彼女が悠一の裡に発見しえた唯一《ゆいいつ》のものは、彼の「在《あ》り来《きた》りな若さ」であった。美というものは本来最も独創から遠いものである以上、この美青年のどこに独創的なものがありえたであろう！……恭子は胸苦しいほどの憐憫《れんびん》に慄《ふる》え、男の中の孤独、男の中の動物的な飢渇《きかつ》、すべての男をいくらか悲劇的に見せているあの欲望による束縛感に対して、多少赤十字風な博愛の涙を濺《そそ》ぎたい気持になった。

ところがこんな大げさな情感も、席にかえると大分静まった。二人はあんまり話すことがなかった。手持無沙汰《てもちぶさた》な顔をしていた悠一は、恭子の腕に触れる口実を見出したかのように、彼女の変り型の腕時計に目をとめ、それを見せてくれるようにとたのんだ。小さな文字盤はこの暗がりでは、目を近づけても、容易に読めない。恭子はこれを外して渡した。悠一がそれから瑞西《スイス》製腕時計のいろんな会社の話をしだしたが、その博識はおどろくべきものがあった。今何時、と恭子がきいた。二つの腕時計を見比べて、十時十分前、君のほうは十時十五分前と、悠一が答えて、時計を返した。シヨウを見るためには、なお二時間の余も待たなければならなかった。

「河岸を変えましょうか」

「そうね」――彼女はもう一度時計を見た。良人《おっと》は今夜は麻雀《マージャン》で午前零時にならなければ帰宅しない。それまでに帰っていればいいわけである。

恭子は立上った。すると軽いよろめきが酩酊をしらせた。悠一が気がついて、その腕をとる。恭子は深い砂の上を歩いているような心地《ここち》である。

自動車のなかで、恭子は莫迦《ばか》に寛大な気持になって、悠一の唇のすぐそばへ自分の唇をもって行った。これに応えた青年の唇には、快い無礼な力があった。

彼の腕に抱かれたその顔のうえに、窓外の高い広告灯の赤や黄や緑の光りが、彼女の眼尻を伝わって流れたが、その流れの迅《はや》さの中に動かない流れがあって、若者がそれを涙だと気がついたのは、彼女自身が顳顬《こめかみ》の冷たさにそれとはじめて気がついたのと、ほとんど同時である。すると悠一は唇をここに触れ、唇は女の涙を吸った。恭子は室内灯の灯《とも》らない暗い車内にほのかに白く光る歯を露《あら》わして、よくききとれない声で悠一の名を幾度か呼んだ。そのとき彼女は目をつぶっていた。かすかに動いていた唇はまた忽《たちま》ちあの無礼な力でふさがれようと待ち焦《こが》れ、そしてそれは忠実に塞《ふさ》がれた。しかし二度目の接吻《せっぷん》には、了解ずみのやさしさがあった。そのことがほんのすこし恭子の期待にそむき、「我に返った」ふりをする余裕を与えた。女は身を起して、悠一の腕をやさしく退《よ》けた。

恭子は椅子《いす》に浅く掛け、反《そ》り身《み》がちの姿勢で、片手にかざした手鏡に顔を映した。目はやや紅く潤《うる》んでいる。髪はやや乱れている。

顔を直しながら、

「こんなことをしていたら、どうなるかわかりゃしないわ。よしましょうね、もう、こんなこと」

彼女は硬《こわ》ばった項《うなじ》を向けている中年の運転手のほうを盗むように見た。この貞淑な世間並の心は、運転台の古びた紺の背広の背中に背を向けている世間の姿を見たのである。

築地の外人経営のナイトクラブで、恭子は口ぐせのように「早くかえらなくちゃ」と繰り返した。ここは先の支那風なクラブとちがって、諸事米国風のモダンな造作《ぞうさく》である。そう云《い》いながら、恭子はよく呑んだ。

とめどもないことをつぎつぎと考え、考えるそばから何を考えていたのか忘れてしまった。陽気になり踊っていると、ロオラア・スケートが靴の裏についているような心地がした。悠一の腕の中で、彼女は苦しげに息をついた。その酩酊の鼓動の急調子は、悠一の胸に伝わった。

彼女は踊っている米人の夫婦や兵士を見た。また急に顔を離して、悠一の顔をまともに見た。自分が酔っているかどうかとしつこく尋ねた。酔っていないと云われると、彼女は大そう安心した。それならば赤坂の家まで歩いて帰れると思ったのである。

席に戻《もど》る。至極冷静になった心算《つもり》になる。すると得体のしれない恐怖に襲われて、いきなり抱き緊《だ》《し》めてくれない悠一を不服そうに見る。見ているうちに、彼女は何か絆《いましめ》をのがれた暗い歓喜が自分の内部から昇ってくるのを感じた。

この美しい青年を、愛してなぞいないと固執する心は、まだ目ざめていた。しかるに、これほど深い受容の状態を、他のどの男に対しても感じたことがないような気がしたのである。西部音楽の勇ましい太鼓の擦打《すりうち》が、失神に近い快い虚脱を彼女に許した。

ほとんど自然そのものともいうべきこの受容の感情は、彼女の心を一種の普遍的な状態に近づけていた。野が夕日をうけいれるあの感情、多くの繁《しげ》みは長い影を引き、凹地《くぼち》や丘はそれぞれの影に涵《ひた》り、恍惚《こうこつ》と薄暮に包まれようとするあの感情、恭子はそういう感情に化身した。おぼろげに背光の中に動いている彼の若い雄々しい頭部を、彼女は自分の上にひろがる上げ潮のような影のうちに涵してしまえるとはっきり感じた。彼女の内部は外側へ溢《あふ》れ出《い》で、内部でもって直《じか》に外部に触れた。酪酊のさなかに襲われておののいたのである。

しかし彼女は自分が今夜、良人のもとへ帰るであろうことを信じていた。

『これが生活だわ！』とこの軽やかな心は叫んだ。

『これこそは生活だわ！　何というスリルと安堵《あんど》、何という冒険のきわどい模写、何という想像の満足でしょう！　今夜良人の接吻の味わいにこの青年の唇を思い出すこと、何という安全な、しかもこの上もない不貞の快楽でしょう！　私はここまでで止《や》めてしまえる。それだけは確実だ。ほかのことはどうあれ、手際《てぎわ》のよさにかけては……』

恭子は緋《ひ》の制服に金釦《きんボタン》をつらねた給仕を呼びとめて、ショウは何時からはじまるかと訊《き》いた。午前零時からと給仕は答えた。

「ここでもショウが見られないのね。十一時半になったら帰らなくちゃ。あと四十分ね」

そして悠一を促して又踊った。音楽がやみ、二人は席へかえった。米人の司会者が金いろの毛と緑柱石の指環《ゆびわ》のきらめく巨大な指で、拡声器の柱を鷲《わし》づかみにして、英語でもって口上をのべた。外人客たちは笑ったり拍手をしたりした。

楽手たちが迅《はや》いルムバを奏で出した。灯《ひ》が消える。ライトが楽屋の扉《とびら》を照らす。すると猫《ねこ》のような身振で、ルムバの男女の踊り手が、うすくひらいた扉から身を辷《すべ》らせて現われた。

かれらの絹の衣裳《いしょう》のまわりには大まかな襞《ひだ》が飜《ひるがえ》り、縫い取りをした金属の無数の小さな丸い鱗《うろこ》は、緑や金や橙色《だいだいいろ》に煌《きら》めいた。男女の絹に包まれた光る腰が、草間を走る蜥蜴《とかげ》のように、目の前を擦過《さき》する。相接近する。また離れる。

恭子は卓布に肱《ひじ》を支え、鼓動の連打する顳顬《こめかみ》に、塗った爪先を突き刺すように支《か》てて、それを見ている。爪先の与える痛みが薄荷《はっか》のように快かったのである。

不意に時計を見た。

「もう、そろそろね」――気がついて、時計を耳に宛《あ》てた。「どうしたんでしょう。

ショウが一時間早くはじまったなんて」

そして不安にかられて、卓の上に置いた悠一の左手の腕時計の上へうつむいた。

「おかしいのね、おんなじ時間ね」

恭子はまた踊りを見た。男の踊り手の嘲笑《ちょうしょう》しているような口許《くちもと》をじっと見た。彼女は何か或《あ》ることを一生懸命考えようとしている自分に気づいた。しかし音楽と足拍子がその邪魔をした。何も考えないで、立上った。よろめきがちに卓につかまりながら歩いたので、悠一も立上ってついて来る。給仕の一人を呼びとめて、恭子が訊いた。

「いま何時」

「零時十分すぎでございます」

恭子は悠一の顔のすぐ前に顔を向けた。

「あなた、時計を遅らしたのね」

悠一は悪戯《いたずら》っ児《こ》の微笑を口辺にうかべた。

「うん」

恭子は怒らなかった。

「今からでも遅くはないわ。帰ることよ」

青年は一寸真面目《ちょっとまじめ》な顔つきになった。

「どうしても？」

「ええ、帰るの」

外套《がいとう》置場で、

「ああ、あたくし今日は本当に疲れた。テニスをしたり、歩いたり、踊ったり」

うしろの髪をもちあげるようにして、恭子は悠一の着せかけるコートを着た。着るともう一度、髪を大まかに軽く振った。服地と同じ色の瑪瑙《めのう》の耳飾がはなはだ振れた。

恭子はしっかりしていた。悠一と一緒に乗った車で、自分勝手に住居の赤坂の町の名を命じたのである。車が走っているあいだ、彼女はクラブの入口の前で、外人客をひろうために網を張っていた街娼《がいしょう》たちの姿を思い出し、それからとりとめのないことを考えた。

『どうでしょう、あの悪趣味な緑いろのスーツ。あの染めたブルネット。あの低い鼻。それにしても堅気の女は、あんな風にほんとうに美味《おい》しそうに煙草《たばこ》を喫《の》むことはできない。あの煙草のおいしそうだったこと！』

車は赤坂へ近づいた。そこを左へ曲って頂戴《ちょうだい》、ええ、まっすぐ、と彼女は言った。

そのとき、それまで無言でいた悠一が、いきなり彼女を羽交《はが》い締《じ》めにして、頸筋《くびすじ》に顔を埋めてそこに接吻したので、恭子は以前幾たびか夢の中で匂《にお》ったのと同じポマードの匂いをかぐことができた。

『こんなとき、煙草が吸えればねえ』と彼女は考えた。『そういうポーズは一寸ばかり粋《いき》だろうに』

恭子は目をみひらいていた。窓外の灯《あか》りを見、曇った夜空を見た。突然、すべてをつまらなくしてしまう異様な空白の力を自分の裡《うち》に見た。今日も何事もなしに終る。不真面目な、断続的な、ともすると想像力の弱さに他ならないかもしれぬ無気力な気まぐれの記憶だけがあとに残る。日常生活だけが何か身の毛のよだつような奇妙な姿をしてあとに残る。……彼女の指先は、若者の剃《そ》り立ての項《うなじ》に触れた。その粗い触感と熱い肌《はだ》ざわりには、深夜の鋪道《ほどう》に燃えさかっている焚火《たきび》のような目ざましい色があった。

恭子は目をつぶる。車の動揺が、ところどころ穴のあいた惨澹《さんたん》たる道路の無限のつながりを空想させる。

又、目をあいて、悠一の耳もとに、この上もないやさしい言葉を囁いた。

「もういいのよ。家《うち》はとっくに過ぎてしまったの」

青年の目は歓喜にかがやいた。柳橋へ、と運転手に口迅《くちど》に命じた。Uターンをする車輛《しゃりょう》の軋《きし》りを恭子は聴いた。それはいわば、悔恨の快い軋り音《ね》とでもいうべきである。

恭子はこんなたしなみを外れた決心をしてしまうと、大そう疲れた。疲れと共に酔がまわって来て、眠るまいとするには少なからず努力が要った。若者の肩を枕《まくら》にして、彼女は自分を無理にも可愛《かわい》らしく感じる必要から、自分がまるで紅雀《べにすずめ》かなんぞの小鳥が目をつぶるように目をつぶっていると想像した。

待合吉祥《きっしょう》の入口で、こう言った。

「あなたどうしてこんなところを御存知なの」

言い了《おわ》ると、その足はすくんだ。女中の案内する廊下を、悠一の背に顔を隠して歩いた。際限もない長い曲りくねった廊下を、思いがけない一角に突然そそり立っている階段を、行った。靴下《くつした》をとおして夜の廊下の冷たさが頭に響いた。ほとんど立っていることが叶《かな》わない。部屋へ着けば身を崩して坐れるのが頼みである。

部屋へ着くと悠一がこう言った。

「隅田川《すみだがわ》が見えるよ。あのむこうの建物はビール会社の倉庫だな」

恭子は敢《あえ》て川景色を見なかった。凡《すべ》てが一刻も早く終ってくれることを心待ちにしていたのである。

＊＊

……穂高恭子は暗闇《くらやみ》の中に目がさめた。

何も見えない。窓には雨戸が立てられ、洩《も》る光りはどこにもない。冷気が迫ってきたと感じられたのは、露《あら》わな胸が冷えていたのである。手さぐりで、糊《のり》のよく利《き》いた浴衣《ゆかた》の襟《えり》を合せた。手をのばす。浴衣の下には何も着ていない。彼女はいつこのように何もかも脱ぎ捨てたかおぼえていない。いつこの硬《こわ》ばった浴衣を身に着けたかおぼえていない。そうだ。この部屋は川景色のみえる部屋の隣りである。悠一より先にここへ来て、自分で着物を脱いだのに相違ない。悠一はそのとき襖《ふすま》のむこうにいた。やがて隣りの部屋の灯りも全く消された。暗い部屋からもっと暗い部屋へ悠一は入ってきた。恭子は頑《かたく》なに目をつぶっていた。そうして、すべてが見事にはじまって、夢のなかに終った。すべてが紛《まご》う方《かた》ない完璧《かんぺき》さを以《もっ》て終ったのである。

部屋の灯りが消されてからというもの、悠一の面影《おもかげ》は、あまつさえ目をとじた恭子の思念のうちにあったので、今も彼女は、現実の悠一に触れようとする勇気がなかった。彼の映像は快楽の化身であった。そこには青春と巧智《こうち》、若さと熟達、愛と侮蔑《ぶべつ》、敬虔《けいけん》と瀆神《とくしん》の、えもいわれぬ融和があった。今では恭子にはいささかの後悔もうしろめたさもなく、酔いざめもこの明澄《めいちょう》なよろこびを妨げるに足りなかった。……ようやく彼女の手は、悠一の手を求めてさぐった。

彼女はその手に触れた。手は冷たく、骨は露わに、樹皮のように乾いていた。静脈がうつろな隆起を示し、心なしか小刻みに慄《ふる》えていた。恭子は竦然《しょうぜん》としてその手を離した。

そのとき彼は闇のなかで俄《にわ》かに咳《しわぶ》いた。永い暗澹たる咳《せき》である。混濁した尾を引いて縺《もつ》れる苦しげな咳である。死のような咳である。

恭子はその冷たい乾いた腕に触れて、ほとんど叫んだ。骸骨《がいこつ》と共寝をしていたと感じたのである。

起き上って、枕上《まくらがみ》にあるべき灯りを探した。指は冷たい畳の上を空しく辷《すべ》った。行灯《あんどん》型のランプは枕を遠く隔たった一隅《いちぐう》にあった。彼女は灯りを点じて、自分の空《から》の枕の傍《かたわ》らの枕に横たわっている老人の顔を見出だした。

俊輔《しゅんすけ》の咳は尾を引きながらすでに止《や》んでいた。眩《まぶ》しげに目をあげて、こう言った。

「消しなさい。眩しいじゃないか」

――言い了《おわ》ると、再び目をとじて、顔を影のほうへむけたのである。

恭子は何も事態を察せずに立上った。老人の枕上をとおって乱れ箱の中の衣類を探した。女が洋服を着了るまで、老人は眠ったふりをして狡猾《こうかつ》に黙っていた。帰ろうとする気配に、こう言った。

「帰るのかい」

女は黙って出ようとする。

「待ちなさい」

俊輔は起き上って、褞袍《どてら》を羽織りかけたまま、女を制した。なお恭子は黙って出ようとする。

「待ちなさい。今ごろ帰ったって仕様がない」

「帰るの。声をあげてよ、お止めになると」

「大丈夫、あなたに声をあげる勇気なんぞありはしない」

恭子は慄える声でこう訊いた。

「悠ちゃんはどこにいるんです」

「とっくに家へかえって、今ごろは奥さんのそばでぐっすり眠っているだろう」

「何でこんなことをなさったんです。あたくしが何をして？　あたくしに何の怨《うら》みがあるの？　どういうお心算《つもり》なの？　あなたに憎まれるようなことを何かして？」

俊輔が答えずに、川の見える部屋の灯りをつけた。その光りに射すくめられたように恭子は坐った。

「あなたはちっとも悠一を責めないんだね」

「だってあたくしにはもう何もわからないんです」

恭子は身を伏せて泣き出した。俊輔は泣くに任せた。すべては説明不能であり、俊輔もそのことを知悉《ちしつ》していた。恭子は事実これだけの辱《はずか》しめを受けるに値いしない。

女が落着くのを待って、老作家はこう言った。

「私は前々からあんたを好きだった。しかし昔あなたは私を拒んで嗤《わら》った。尋常なやり方ではここまで運べなかったのをあなたも認めるだろう」

「悠ちゃんはどうしたの」

「彼も彼一流の仕方であんたのことを思っている」

「あなた方はぐるなのね」

「どういたしまして。筋書を書いたのは私だ。悠一君は手助けをしただけだ」

「ああ、醜い……」

「何が醜い。あなたは美しいものを望んでそれを得たし、私も美しいものを望んでそれを得ただけだよ。そうじゃないか。今、われわれは全く同じ資格だ。あなたが醜いといえば自己撞着《どうちゃく》に陥るだけだ」

「私は死ぬか、訴えるか、どちらかします」

「立派なこった。あなたがそんな言葉を吐くようになったのは、この一夜の大した進歩だね。しかしもっと率直におなりなさい。あんたの考えている恥辱も醜さもみんな幻なんだ。われわれはともかく美しいものを見たんだ。虹《にじ》のようなものを、お互いに見たことは、確実なんだ」

「どうして悠ちゃんはここにいないんでしょう」

「悠一君はここにはいない。さっきまでいたが、もうここにはいない。何もふしぎはありません。われわれはここに残されているだけさ」

恭子は戦慄《せんりつ》した。このような存在の仕方は彼女の理解を超えていた。俊輔は構わずに語を継いだ。

「事はおわって、われわれはここに残されている。悠一君がたとえあなたと一緒に寝たとしても、結果は五十歩百歩だろう」

「あなた方ほど卑劣な人たちって、あたくし生れてはじめて見ました」

「何だって、あなた方なんて仰言《おっしゃ》る。悠一君は無辜《むこ》なんだ。今日一日、三人が、欲するままに行動しただけだ。悠一君は彼の流儀であなたを愛し、あなたはあなたの流儀で彼を愛し、私は私の流儀であなたを愛しただけだ。誰《だれ》しも自分の流儀で愛するほかに方法はなかろうじゃないか」

「悠ちゃんという人の気持がわからない。あの人は怪物だわ」

「あなたも怪物だ。怪物を愛したんだから。ところで悠一君には悪意の片鱗《へんりん》もなかったんだ」

「どうして悪意のない人にこんな怖《おそ》ろしい事ができるでしょう」

「つまりあなたがこんな目に会うだけの罪のないことを、彼はよく承知していた。悪意のない男と、罪のない女との間を、――お互いに頒《わ》け与えるものを何一つもたない二人の間を――、もし繋《つな》ぐものがあれば、それは他所《よそ》からの悪意、他所からもってきた罪だけに決っている。昔からのどんな物語もそういう風にして起る。御承知のとおり、私は小説家だ」――彼は大そう可笑《おか》しさにかられて、独り笑いをしかけて止めた。「悠一君と私とはぐ、る、なんかじゃありません。それはあなたの幻影だ。われわれは単に無関係です。悠一君と私とは……そうだ」――彼はとうとう微笑した。「……単なる友人なんだ。憎むんなら、私をたんとお憎み」

「でも……」――恭子は泣きながら、謙虚に身を撚《よ》った。「あたくし、今、まだ憎む余裕なんかありませんの。ただ、怖ろしいだけなんです」

……近くの鉄橋の上を渡る貨物列車の汽笛が夜を響《とよも》した。単調な音の躓《つまず》きの果てしない繰り返し。やがて渡り切った橋の彼方《かなた》で、遠い汽笛がひらめいて、消えた。

その実、「醜さ」を如実《にょじつ》に見ていたのは、恭子ではなくてむしろ、俊輔のほうであった。女が快楽の呻《うめ》きをあげたその瞬間にも、彼は自分の醜さを忘れていなかったのである。

檜《ひのき》俊輔は愛されない存在が、愛される存在を犯してしまったこのおそろしい瞬間を何度か知っていた。女が征服されるというのはあれは小説の作った迷信だ。女は決して征服されない。決して！　男が女に対する崇敬の念から凌辱《りょうじょく》を敢てする場合がままあるように、この上ない侮蔑の証《あか》しとして、女が男に身を任す場合もあるのだ。鏑木夫人はもとよりのこと、三人の妻の一人として、ただの一度も彼に征服されはしなかった。悠一の幻の麻酔のうちに身を任せた恭子にいたっては、殊更《ことさら》そうである。理由と云っては、一つしかない。俊輔自身が決して愛されないことを確信していたからである。

これらの慇懃《いんぎん》は奇怪なものであった。俊輔は恭子を苦しめた。そして今や異常な力で君臨していた。しかしこれは畢竟《ひっきょう》するに、愛されない者の身振にすぎない。はじめから絶望している彼の行為には、ほんのわずかなやさしさも、世間で謂《い》う「人間らしさ」もなかったのである。

恭子は黙っていた。端坐して、黙っていた。この軽やかな女が、こんなに永いあいだ黙っていたのは嘗《かつ》てないことである。一旦《いったん》この沈黙を学んだからには、これからはそれが彼女の自然な表情になるであろう。俊輔も口をつぐんだ。夜が明けるまで、二人はものを言わずにいられると信じる理由があった。夜が明ければ彼女は、手提《てさげ》の中の小さな道具で化粧をして、良人《おっと》の家へかえるだろう。……しかし川面《かわづら》が白みかかるのははなはだ遅く、二人はこの夜がいつまでつづくのかと疑った。

第二十三章　熟《う》れゆく日々

若い良人《おっと》が理由の不明な慌《あわただ》しい生活をつづけてゆき、登校するかと思えば深夜に帰ったり、家にいるかと思えば突然出かけたりする、母親のいわゆる「無頼漢《ならずもの》」の日常を送っているあいだも、康子《やすこ》の生活は今やまことに平穏で、ほとんど幸福といえるくらいであった。この安泰には謂《いわ》れがあった。彼女は自分の内部にしか興味を持たなくなっていたのである。

春の去来もさしたる関心をそそらない。外部は何の力をも及ぼさない。小さい足が彼女の内側を蹴《け》る感覚、この可愛《かわい》らしい暴力を養い育てているという感覚には、何かも自分からはじまって自分におわってしまう不断の陶酔があった。いわば「外部」は彼女の内側に具《そな》わりつつあり、彼女は世界を内側に抱いていた。外側の世界は単なる剰余だった！

小さな光る踝《くるぶし》、清潔な微細な皺《しわ》に満ちた小さい光る蹠《あしうら》が、深い夜のなかからさし出されて闇《やみ》を蹴っているさまを想像すると、彼女には自分の存在が、温かい、養分にみちた、血みどろの闇それ自体に他ならぬと思われた。蝕《むしば》まれてゆくというこの感じ、内部を深く犯されてゆくというこの感じ、もっとも深い強姦《ごうかん》の感じ、病気の感じ、死の感じ、……どんな不倫な欲望も感覚の放恣《ほうし》も、そこでは晴れがましく許されていた。康子は時々透明な笑い声を立て、時には声を立てずに、遠いところから来るような独りの微笑をうかべた。それはちょっと盲人の微笑のようで、自分にだけきこえる遠い響きに、耳をすましている人のうかべるものである。

ほんの一日、お腹《なか》の児《こ》が動かないと、心配でたまらない。死んだのではなかろうか。こんな子供らしい心配を打ち明けられたり、何かと事こまかな相談をもちかけられることは、気のいい姑《しゅうとめ》を大そう喜ばせた。

「悠一《ゆういち》もあれでなかなか感情を表てに出さない子だから」と慰め顔に嫁にむかっていうのであった。「生れる子供のことで、うれしさやら不安やらがごっちゃになって、呑《の》み歩いているのにちがいありませんよ」

「いいえ」と確信ありげな調子で嫁はこたえた。この自足した魂にとっては、慰めは余計であった。「……それより、生れる子が男の児か女の児かまだわからないのが、いちばんじれっとうございますの。それもほとんど男の児と決めていて、悠ちゃんにそっくりな児を考えていながら、あたくしにそっくりな女の児なんぞが生れたらどうしましょう」

「おや、私なら女の児を希《のぞ》みますね。男の児はもうこりごりだ。あんな育てにくいものはありません」

こうして二人はまことに仲が好《よ》く、康子が不恰好《ぶかっこう》な体を恥じて自分で出かけにくい用向きがあるときは、欣《よろこ》んで姑が代って出かけた。しかし女中のきよをお供につれたこんな腎臓《じんぞう》病の年寄が罷《まか》り出ると、相手方は目を丸くせざるをえなかった。

そういう一日、留守番をしていた康子は、運動のために庭へ出て、主にきよの丹精にかかる百坪ばかりの裏手の花壇を歩いた。手には花鋏《はなばさみ》をもっている。客間に飾る花を剪《き》ろうと思ったのである。

花壇のまわりを花ざかりの躑躅《つつじ》が囲んでおり、季節の花々、三色菫《さんしきすみれ》やスイートピイや、金蓮花《のうぜんはれん》や矢車草や金魚草と謂《い》った、ごく抒情《じょじょう》的な花々が咲いていた。どれを剪ろうかと彼女は考えた。ほんとうのところ、これらの花々に彼女はさほどの関心がなかった。選択の如意《にょい》なること、どれをえらんでもすぐ手に入ること、そんなものがどんなに美しかろうと何ほどのことがあろう。……しばらく鋏を鳴らしながら佇《た》っていた。空しくこすれ合う鋏の刃は、すこし錆《さ》びているために、彼女の指に軽い粘ついた抵抗を与えて鳴った。

ふと気がつくと、考えているのは悠一のことだったので、彼女は自分の母性愛に疑問を抱いた。今彼女の内部に閉じこめられ、さんざん我儘《わがまま》を言い、いかに乱暴を働いても時期が来るまではそこから脱《ぬ》け出せない可愛らしい存在は、悠一なのではあるまいか？　赤ん坊を見て自分が落胆しはすまいかという気懸りから、彼女は何年間でもこの不自由な妊娠がつづけばよいとさえ考えた。

無意識に康子は手もとの薄紫の矢車草の茎を剪った。手に残ったのは、指ほどの長さの茎につづいた一輪である。何故《なぜ》こんなに短く剪ったのかしら、と彼女は思った。

清らかな心！　清らかな心！　康子はその言葉のこんなに空しく、こんなにぶざまに見えることに、大人になった自分を痛切に描いた。復讐心《ふくしゅうしん》に近いような清純さとは一体何だろう。こうして清純の一枚看板で良人の目を見上げるとき、いつも良人のあの羞恥《しゅうち》に忸怩《じくじ》たる表情を待つことが、私の快楽だったではないか。あらゆる種類の快楽を良人から期待しないこと、そのためには自分の心の清らかさをさえ隠すこと、それを彼女は自分の「愛」だと考えたい気持になったのである。

しかしその静かな生《は》え際《ぎわ》や、美しい目や、巧緻《こうち》な線を蒐《あつ》めた鼻から口もとの繊細さは、軽い貧血の肌色《はだいろ》によってほとんど気高く、下半身の形を隠すために誂《あつら》えた寛《ゆる》やかな衣服の、古典的な襞《ひだ》とこの上もなく似合っていた。唇《くちびる》が風に乾くので、彼女の舌はそれを何度か濡《ぬ》らした。そのために唇のあでやかさは大そう加わった。

学校の帰途の悠一は裏手の道から帰って、たまたま花壇の木戸から入ろうとした。あけられた戸は、けたたましく鈴を鳴らす。鈴が鳴る前に、戸を手で押えて、身を辷《すべ》らして庭に入った。椎《しい》の並木の蔭《かげ》に身を隠して妻の姿を眺《なが》めた。無邪気な悪戯心《いたずらごころ》からそうしたのである。

『ここからなら』と若者は嘆息して心に呟《つぶや》いた。『ここからなら、僕《ぼく》は本当に妻を愛せる。距離が僕を自由にする。手の届かない距離にいるとき、僕がただ康子を見るとき、康子はなんて美しいんだろう。あの衣裳《いしょう》の襞、あの髪、あの目差《まなざし》、何もかも何という清らかさだろう。この距離が保たれさえすれば！』

しかしこのとき、康子は椎の木かげに、幹からはみ出している茶革の鞄《かばん》を見た。彼女は悠一の名を呼んだ。溺《おぼ》れかけた人が呼ぶように呼んだのである。彼が姿を現わしたので、彼女は少し急ぎ足でそちらへ歩いた。裾《すそ》が花壇の竹を撓《たわ》めた低い囲いにからんだ。滑りやすい土の上に康子は顚倒《てんとう》した。

悠一はこの時いいしれない恐怖に搏《う》たれて目をつぶったが、すぐに走り寄って妻を助け起した。裾が赤土に汚れていただけで、擦《かす》り傷《きず》一つ負ったのではない。

康子は息をせわしく吐《つ》いた。

「大丈夫だろうね」と悠一は気づかわしそうに言い、言ってから康子の倒れた瞬間の自分の恐怖が、或《あ》る期待につながっていたことを感じて、ぞっとした。

言われてはじめて康子は蒼《あお》ざめた。助け起されるまで彼女の心は悠一にかまけており、子供のことに思い及ばずにいたのである。

悠一は康子を床に寝かせ、医者に電話をかけた。間もなくきよと帰宅した母は、医者の姿を見ても意外におどろかず、悠一の話をききながら、自分も妊娠中に階段を二三段辷り落ちたが何事もなかった、という話をした。お母さまは本当に安心しているんですか、と悠一が思わず訊《き》くのであった。お前が心配するのは無理はないがね、と母親は目を細めて言った。悠一は自分の怖《おそ》ろしい期待を見破られたような気がして、たじたじとなった。

「女の体というものは」と母は講義口調で言った。「こわれやすいようで案外丈夫なものなんだよ。一寸《ちょっと》ころんだ位では、お腹の赤ん坊は、辷り台に乗ったような気がして面白《おもしろ》がっていたでしょうよ。むしろ脆《もろ》いのは男ですね。お父様があんなに脆くお亡《な》くなりになるとは誰《だれ》も思わなかったからね」

大抵大丈夫と思うが後《あと》の様子を見ようと言い置いて医者がかえってから、悠一は妻のそばを離れなかった。河田から電話がかかった。彼は居留守を使った。康子の目に感謝が溢《あふ》れたので、青年は自分が真面目《まじめ》なことに関わり合っているという満足を感ぜざるをえなかった。

明る日、胎児は又母の内側をその強い足で誇らしく蹴った。一家は大そう安心し、康子はその矜《ほこ》りにみちた足蹴《あしげ》の力が男の児のそれであることを疑わなかった。

こんな真面目な喜びが隠せなくなって、彼は河田にこの挿話《そうわ》を話した。きいている初老の実業家は、その傲岸《ごうがん》な頰《ほお》にありありと嫉妬《しっと》をうかべた。

第二十四章　対　話

二月経《ふたつきた》った。梅雨《つゆ》であった。俊輔《しゅんすけ》は鎌倉での会合に出るために、東京駅の横須賀《よこすか》線ホームへ上ったとき、ウエザア・コートのポケットに両手をつっこんで、困惑した表情で立っている悠一《ゆういち》を見出《みいだ》した。

悠一の前には派手な身装《みなり》の少年が二人いた。青いシャツのほうは悠一の腕をとり、臙脂《えんじ》のシャツのほうは袖《そで》を捲《まく》った腕を組んで、悠一に対していた。俊輔は迂回《うかい》して悠一の背後へまわり、柱のかげから三人の会話を聴いた。

「悠ちゃん、こいつと切れないなら、僕《ぼく》をすぐここで殺してくれ」

「見えすいた台詞《せりふ》はよせったら」と青シャツの少年が横から言った。「僕と悠ちゃんは切っても切れない仲なんだ。お前なんか、悠ちゃんにしてみたら、ちょっとした摘《つま》み喰《ぐ》いのお菓子だったのさ。砂糖の利《き》きすぎた安菓子って顔をしてやがらあ」

「よし、お前を殺してやる」

悠一は青シャツの少年の手から腕を抜き、年長者らしい落着いた声音《こわね》でこう言った。

「いい加減でよさないか。あとで話はゆっくりきいてやるよ。こんなところでみっともない」――青シャツのほうを向いて、更にこう言った。「お前もあんまり女房気取《にょうぼうきどり》がすぎるんだ」

青シャツの少年はふいに孤独な兇暴《きょうぼう》な目つきをした。

「おい、顔貸してくれ、外《そと》へ出よう」

臙脂のシャツの少年は、美しい白い歯列を露《あら》わして嘲笑《ちょうしょう》した。

「馬鹿野郎《ばかやろう》、ここだって外じゃないかよ。みんな帽子をかぶって靴《くつ》を穿《は》いて歩いていらあ」

その場の気配は只《ただ》ならぬものになったので、老作家はわざと迂回して、正面から悠一のほうへ近づいた。二人の目は大そう自然に会い、悠一は救われたような微笑をうかべて会釈《えしゃく》をした。これほど友愛に充《み》ちた彼の美しい微笑を見るのは久闊《きゅうかつ》の事である。

俊輔は仕立のよいツイードの服を着て、胸の隠しには派手な焦茶《こげちゃ》の格子《こうし》の手巾《ハンカチ》を挿《さ》していた。この老紳士と悠一の礼儀正しい芝居気たっぷりの挨拶《あいさつ》がはじまると、二人の少年はぽかんとしてこれを眺《なが》めた。一人が、目に媚《こ》びを籠《こ》めて、じゃあ悠ちゃん又ね、と言った。一人はものも云《い》わずに背《そびら》を反《かえ》した。二人の姿が消える。横須賀線の卵いろの車体が歩廊に沿うて轟《とどろ》いて入って来る。

「君は危険な附合《つきあい》があるんだね」

電車へ歩み寄りながら、俊輔がそう言った。

「だって先生だって僕なんかと附合があるじゃないですか」

悠一がそう応酬した。

「殺すとかどうとか言ってたようだが……」

「聴いていらしたんですか。あれはあいつらの口癖ですよ。弱虫で喧嘩《けんか》一つ出来やしないくせに。それにあのいがみ合っている奴《やつ》同士も、ちゃんと関係があるんですからね」

「関係って？」

「僕が居ないときは、あいつら二人が一緒に寝ているんです」

……電車は走りだし二等車の座席に差向いに坐った二人は、お互いに行先を尋ねることもせず、しばらく黙って車窓を眺めた。細雨の下の沿線の風景は悠一の心に触れた。

濡《ぬ》れた不機嫌《ふきげん》な灰色のビル街をすぎると、工場街の曇った黒い風景がこれに代った。湿地と荒れ果てた狭い草地のむこうに、硝子《ガラス》張の工場がある。硝子は何枚となく破《わ》れており、がらんどうの暗い煤《すす》けた屋内に、昼間から灯《とも》しているたくさんの裸電球がちらばって見える。……あるいはまた、やや高台の古い木造の小学校の傍《かたわ》らをとおる。コの字形の校舎は空《むな》しい窓をこちらへ向け、雨に濡れている人っ子一人いない校庭には、瀝青《れきせい》の剝《は》げた肋木《ろくぼく》が佇《たたず》んでいる。……それから、果てしもない広告板、宝焼酎、ライオン歯磨《はみがき》、合成樹脂、森永キャラメル……。

暑くなったので、青年はコートを脱いだ。彼の仕立卸しの洋服も、ワイシャツも、ネクタイも、ネクタイ留も、手巾も、腕時計にいたるまで、贅《ぜい》を尽して、目立たない色彩の調和を示していた。のみならず、かくしから出したダンヒルの新型のライターも、シガレット・ケースも、目を欹《そばだ》せるに足りたのである。何から何まで河田の趣味だ、と俊輔は思った。

「河田君とどこで待合せたんだ」と老作家は皮肉に訊《き》いた。青年は煙草《たばこ》につけかけていたライターの火を、ふと離して老作家をまともに見た。青い小さな焰《ほのお》は、燃え上っているというよりは、空中から危うく下りたったもののようである。

「どうしてわかるんです」

「私は小説家だ」

「おどろいたな。鎌倉の鴻風園《こうふうえん》で待っているんです」

「そうかい。私も会合があって鎌倉だ」

二人はしばらく黙った。悠一は窓外の暗い視界に、鮮明な朱いろの横切るのを感じてそのほうを見た。塗り直しの下塗りに朱《あか》く塗られた鉄橋の鉄骨の傍らを通ったのである。

卒然と俊輔がこう言った。

「君は何かい、河田を愛しているのかい」

美青年は肩を聳《そび》やかした。

「御冗談でしょう」

「どうして愛してもいない人間に逢いに行くんだ」

「僕に結婚しろとすすめたのは先生じゃありませんか、愛してもいない女と」

「しかし女と男は別だ」

「ふん、おんなじことです。どっちも助平でどっちも退屈ですよ」

「鴻風園……。贅沢ないい宿だ。しかし……」

「しかし？」

「あれは君、昔から実業家が新橋赤坂の芸妓《げいぎ》を連れ込む宿だよ」

美青年は傷つけられたように黙った。

俊輔は理解していなかった。青年が常日頃《つねひごろ》おそろしく退屈していることを。このナルシスを退屈させないものは、この世に鏡しかないことを。鏡の牢獄《ろうごく》にならこの美《び》貌《ぼう》の囚人を終生閉じこめておくことができるだろうことを。年輩の河田は少くとも鏡に化身する術《すべ》を心得ていることを。……

悠一が言い出した。

「あれからお目にかかりませんでしたね。恭子はどうでした。巧《うま》く行ったことは電話で伺ったけど。……ふふ」――彼は微笑したが、この種の微笑が俊輔を真似《まね》ているのに気づかなかった。「みんな巧い具合に片附きますね。康子、鏑木《かぶらぎ》夫人、恭子、……どうです、僕はいつも先生に忠実でしょう」

「忠実な君がなぜ居留守を使うんだ」――俊輔は思わず恨みがましく言った。こんなさりげない託言《かごと》がせいぜいであった。「ここ二月《ふたつき》、電話口へ君が出て来たのは二度か三度じゃないか。その上、会おうと云ってもいつも言を左右にする」

「用があったら手紙でも下さると思ったんです」

「私は滅多に手紙は書かないんだよ」

……擦過する二三の駅、屋根の外れの濡れた歩廊に孤独に立っている駅名の立札、屋根の下の歩廊の暗い混雑、多くの空《うつ》ろな顔と多くの雨傘《あまがさ》、……線路の上から車窓を見上げる濡れそぼった青服の工夫《こうふ》たち……何事もないこういう眺めが、二人の沈黙を重たくした。

それから身を引き離そうとするように、悠一が再び言った。

「恭子はどうでした」

「恭子かい。何と云おうか、欲しいものを獲たという感じは微塵《みじん》もなかった。……暗《くら》闇《やみ》の中で、君といれちがいにあの女の寝間へ入って行ったとき、酔った女が目をつぶったまま私のことを『悠ちゃん』と呼んだとき、私には回春の情がたしかに動いた。私は短い間だがたしかに君の青春の形を借りた。……それだけさ。目をさました恭子は、朝まで一言も口を利かなかった。それ以後何の音沙汰《おとさた》もない。私の見るところでは、あの女はこの事件を境にひどく身を持崩すだろう。可哀想《かわいそう》といえば可哀想だ。あんな目に会わせるだけの悪いことはしていない女なんだ」

悠一は何ら良心の咎《とが》めを感じなかった。悔恨がそこから生れてくるべき動機も目的ももたない行動だったからである。思い出のなかの彼の行為は晴朗だった。復讐《ふくしゅう》でも欲望でもないその行為、悪意の片鱗《へんりん》もなかったその行為、それは繰り返されぬ一定の時間を支配し、純粋な一点から一点へと及んだのである。

おそらくあのときほど悠一が俊輔の作品の役割を十全に果し、あらゆる倫理的なものを免《まぬ》かれたときはなかったのである。恭子は決して謀《たばか》られたわけではない。目をさました彼女の傍《かたわ》らに横たわっていた年老いた男は、昼の内から彼女の傍らに在った若い美しい分身と、同一人物だったのである。

おのれの創《つく》り出した作品の惹《ひ》き起す幻影と蠱惑《こわく》について、作者は当然無答責である。

悠一は作品の外面を、形態を、夢を、陶酔をもたらす酒の不感の冷たさを代表し、俊輔は作品の内面を、陰鬱《いんうつ》な計算を、無形の欲望を、制作という行為の官能の満足を代表したが、さて同じ作業に携わったこの同一人が、女の目には二人の別の人物に映ったにすぎなかった。

『あの思い出ほど完全で霊妙なものは類が少ないな』と青年は細雨に包まれた窓外に目を移しながら考えた。『僕は行為の意味からほとんど無限に離れながら、しかも行為のいちばん純粋な形に近づいたんだ。僕は動かなかった、しかも獲物を追いつめた。僕は対象を望まなかった、しかも対象は僕の望む形に姿を変えた。僕は射なかった、しかも憐《あわ》れな獲物は僕の弾丸に傷ついて斃《たお》れたんだ。……そうしてあのとき、あの昼から夜まで、僕は晴朗で翳《かげ》りなく、過去に僕を悩ました作り物の倫理的な義務から免かれ、今宵《こよい》のうちに女を寝床の上へ運ぼうという純粋な欲望に熱中していればよかったんだ』

『……しかしその思い出は俺《おれ》には醜い』と俊輔は考えていた。『……俺が悠一の外面にふさわしい俺の内面の美しさを、あの瞬間にも信じることができなかったとは！　ソクラテスが夏の或《あ》る朝、イリソス河畔のプラタノスの木かげに横たわり、美少年パイドロスと暑気の衰えるまで語り合ったのち、土地の神々に祈った言葉が、俺には地上の最高の教訓に思われる。

《わがパンはじめこの土地にまします限りの神々よ、私を内面的に美しくし、私が外面的に持ちます限りのものを私の内面的なるものに親和せしめたまえ……》

　希臘《ギリシャ》人は内面の美しさをも大理石彫刻のように造型的に見る稀有《けう》の才能を持っていた。精神は後代いかに毒され、官能をもたない愛によって崇《あが》められ、官能をもたない侮蔑《ぶべつ》によって瀆《けが》されてしまったことか！　若く美しいアルキビアデスは、ソクラテスの内面に対する官能の愛智《あいち》に駆られ、このシレノスのような醜い男の情慾《じょうよく》をかき立てて愛されようと、身をすりよせて同じマントに包まれて眠ったのだ。そのアルキビアデスの美しい言葉を、「饗宴《きょうえん》」篇《へん》中に俺が読んだとき、それはほとんど俺を驚倒させた。

《……僕は貴方《あなた》のようなお方に身を委《まか》せないと賢い人たちに恥かしいのです。身を委せたために無智な大衆に恥かしく思うよりもずっと、ずっと》……』

彼は目をあげた。悠一は彼のほうを見ていなかった。若者はごく小さな、とるに足らぬものを熱心に見ていた。沿線の一軒の小さな家の梅雨湿りの裏庭で、主婦がしゃがんで一心に焜炉《こんろ》を煽《あお》いでいる。その白いうちわの慌《あわただ》しい動きと、その小さな赤い火口が見える。……生活とは何だ？　それは多分解く必要のない謎《なぞ》のようなものだ、と悠一は思った。

「鏑木夫人は手紙をよこすかい？」

俊輔が、また唐突にそう訊いた。

「毎週一回、うんと長いやつをね」——悠一は軽く笑った。「それもいつも夫婦の手紙が同じ封筒に入って来るんです。旦那様《だんなさま》のほうは一枚、多くて二枚ですがね。どっちも呆《あき》れるほど手放しで、僕を愛していると言って来るんです。この間の奥さんの手紙には、こんな傑作な一行がありましたよ。『貴下《あなた》の思い出が私たち夫婦を仲良くさせます』ですって」

「奇妙な夫婦もあるものだね」

「夫婦ってみんな奇妙ですね」

そう悠一が子供らしく註《ちゅう》をつけた。

「鏑木君はよく営林署づとめなんぞで我慢していられるな」

「奥さんが自動車のブローカアをはじめたそうですよ。それで何とかやっているんでしょう」

「そうかね。あの女なら巧《うま》くやるだろう。……それはそうと康子さんはもう臨月だね」

「ええ」

「君が父親になる。これも奇妙だ」

悠一は笑わなかった。彼は運河に接した回船問屋の閉ざされた倉庫を見た。雨に濡れた桟橋《さんばし》と、繋《つな》がれている二三の舟の新らしい木の色を見た。白い屋号を描いた倉庫の錆《さ》びた扉《とびら》は、この動かない水の岸辺で、ぼんやりした期待の表情をうかべている。澱《よど》んだ水の中の倉庫の憂鬱な投影を攪《かきみだ》して、遠い海域から、何ものがここまでやって来るのか?

「君は怖がっているのか」

この揶揄《からか》うような口調は、青年の自尊心にまともにぶつかった。

「怖くなんかありません」

「君は怖がっている」

「何を怖がることがあるんです」

「十分にあるよ。怖くなかったら、康子さんのお産に立会うがいい。君の恐怖の正体をたしかめるがいい。……しかし君には出来まいな。君は周知のごとく愛妻家だから」

「先生は僕に何を仰言《おっしゃ》りたいんです」

「一年前私の言うなりに結婚した、あのとき君が一度は克服した恐怖の、いわば果実を今君は摘まなければならん。……君は結婚のとき立てたあの誓い、自己欺瞞《ぎまん》の誓いを守っているかね。君は本当に康子を苦しめて、自分だけ苦しまないでいられるかね。君は康子の苦しみと、それをしじゅう自分の傍らに感じ、自分の傍らに見る君の苦しみとを混同して、それを夫婦の愛情だなんぞと錯覚していはしないかね」

「何もかも御存知のくせに。僕がいつか人工流産の相談に上ったのを忘れたんですか」

「忘れるものかね。私は断乎《だんこ》反対したんだ」

「そうです。……そうして僕は仰言るとおりにしたんです」

電車は大船に着いた。二人は駅のむこうの山あいに、うつむいている高い観音像の項《うなじ》が、煙った緑の木々を抜きん出て、灰色の空に接しているのを見た。駅は閑散である。

発車すると間もなく、鎌倉まで中一駅《なかひとえき》の短いあいだに、言いたいだけのことを言ってしまおうとするかのように、俊輔が口迅《くちど》に言った。

「君は自分の無実をこの目ではっきり確かめてみたいとは思わないのかね。君の不安や恐怖や幾分の苦痛が、何の因《いわ》れもないものだということを、この目で確かめてみたいと思わないかね。……しかし君には出来そうもないな。それが出来れば、おそらく君には新らしい生活がはじまる筈《はず》だが、まあ無理だろう」

青年は反抗的に鼻先で笑った。「新らしい生活！」か。それから片手で、プレスの利《き》いたズボンの筋を丹念につまみ上げて、足を組みかえた。

「目で確かめるってどうするんです」

「康子さんのお産に君が立会うだけのことさ」

「何だ馬鹿馬鹿しい」

「君には無理さ」

俊輔は美青年の嫌悪《けんお》を射当てた。矢に傷ついた獲物を見るように、じっと見た。青年の口もとには、皮肉に見せかけた、戸惑った不快な苦笑いがしばらく泛《うか》んでいた。

他の人々にとって快楽が羞恥《しゅうち》であるところを、嫌悪が羞恥であるようなそういう夫婦関係、俊輔はいつも悠一を見る時に、それをさしのぞき、少しも愛されていない康子の存在を透《す》かし見て喜んだ。しかし悠一はいずれはその嫌悪に直面せねばならぬ。彼の生活は、いつも嫌悪から目を外《そ》らしつつ、嫌悪に溺《おぼ》れている。今まで彼がどんなに美味《おい》しそうなふりをしながら、嫌悪ばかりを好んで喰べて来たことか。康子を、鏑木伯爵《はくしゃく》を、鏑木夫人を、恭子を、河田を。

俊輔はまた、口あたりのいい嫌悪をすすめるこんな教訓的な親切気のなかに、いつも叶《かな》えられない愛着を隠して来た。何かが終らなければならない。それと同時に、何かが新たに始まる必要がある。

……もしかすると、悠一はその嫌悪から治るかもしれない。俊輔も……。

「僕はとにかく好きなようにします。そこまで御指図《おさしず》はうけません」

「結構……それで結構」

電車は鎌倉駅に近づいた。電車を降りれば悠一は河田のところへ行くのである。俊輔は痛切な感情に襲われた。しかし言葉は、心とうらはらに、冷淡に呟《つぶや》いた。

「しかし、……君には出来まいな」

第二十五章　転　身

そのときの俊輔《しゅんすけ》の言葉は永く悠一《ゆういち》の心に懸っていた。忘れようとする。忘れようとすればするほど、ますます目の前に確乎《かっこ》として、その言葉が立ちはだかっていたのである。

梅雨《つゆ》はいっかな上らなかったが、康子《やすこ》の出産も遅れていた。予定日から四日遅れたのである。そればかりではない。あれほど健やかな経過を経てきた康子の妊娠は、末期に及んで、いくばくの心配な兆候をあらわした。

血圧が百五十をこえ、足に軽い浮腫《ふしゅ》を見る。高血圧と浮腫とは、往々妊娠中毒症の前駆症状である。六月三十日の午後、最初の陣痛が起った。七月一日の深夜には、十五分おきに痛みが襲い、血圧は百九十に達し、あまつさえ彼女が愬《うった》えたはげしい頭痛は、医者をして子癇《しかん》の兆候を心配させた。

かかりつけの例の婦人科部長は、数日前康子を自分の大学病院へ入院させたが、陣痛は二日に亘《わた》っているのに、分娩《ぶんべん》は進行を見なかった。その原因がたずねられ、康子の恥骨の角度が人よりは小さいことが発見された。こうして婦人科部長の立会のもとに、鉗子《かんし》分娩が行われることになったのである。

七月二日は梅雨のあいだに時たま訪れることのある、あの盛夏の先達のような一日である。朝早く康子の実家の母が自動車で悠一を迎えに来たのは、悠一が前から分娩の当日には病院に詰めたいと言っていたからである。姻同士《あいやけ》は礼儀正しい挨拶《あいさつ》をとりかわし、悠一の母は、自分もついて行きたいが、病身で傍《はた》迷惑になることを慮《おもんぱか》って止《や》めたという言訳をした。康子の母は太った健康な中年の夫人である。自動車に乗ってからも、日ごろの癖で悠一を何かと手きびしくからかった。

「康子に云《い》わせると、あなたを理想的な旦那様《だんなさま》のように云うけれど、あたくしはこれでもなかなか目が肥えているのよ。あたくしが若かったら、奥さんがあろうとなかろうとあなたを放って置きはしないわ。ずいぶん持ちかけられて困るでしょうね。ただ一つお願いしておくことは、康子を上手にだまして頂戴《ちょうだい》ということなの。だまし方が下手なのは本当の愛情がないんですよ。尤《もっと》もあたくしは絶対に口が固いから、あたくしにだけは本当のことをお打明けなさいな。近ごろ何か面白《おもしろ》いことがあって？」

「だめですよ。その手には乗りません」

この日向《ひなた》に寝ている牛のような女に、もし「本当のこと」を打明けたら、どんな反応を生ずるかという危険な空想が、ふと悠一の心にうかんだが、そのとき目の前にさしのべられた夫人の指は、急に彼の額に垂れた髪に触れて青年をおどろかせた。

「あら、白髪かと思った。髪の毛が光っていたんだね」

「まさか」

「だから今あたくしもおどろいたのよ」

悠一は戸外が灼熱《しゃくねつ》にかがやいているのを見た。康子がこの午前の街の一隅《いちぐう》で今もなお陣痛に苦しんでいるのである。するとその明確な苦痛は悠一の目にありありと見え、その苦痛の重味は掌《てのひら》に権《はか》ることもできそうに思われた。

大丈夫でしょうね、と婿《むこ》は言ったが、康子の母は、この不安を軽蔑《けいべつ》するように、大丈夫よ、と答えた。全く女に属する事柄《ことがら》についてのこの楽天的な自負ほど、若い未経験な良人《おっと》を安心させるものはないことを心得ていたからである。

とある交叉点《こうさてん》で車が止ったとき、サイレンの唸《うな》りがきかれた。見ると灰色の煤《すす》けた街路を、朗らかな、ほとんど童話的な色彩と光沢を際立《きわだ》たせている真紅の消防自動車が、まっしぐらに来るのである。車体はほとんど跳躍して、車輪は軽く地に触れては、あたりを轟《とどろ》かして浮き上るかのようである。

悠一と康子の母の車をそれがかすめて過ぎると、二人は走り出す車の背窓から火事

こかに確実に存在していた。

があろうと、炎の見える筈《はず》はなかったにちがいない。それにしてもしかし、火事はど

康子の母がそう言った。こんな露《あら》わな白日の下では、たとえすぐ身近に燃え上る火

「ばかだね、今ごろ火を出すなんて」

の所在を探した。火事は見えなかった。

……………悠一は病室を訪れて、苦しんでいる康子の額の汗を拭《ぬぐ》ってやっては、こうして近づく分娩の時間を前にして、病院に来ている自分をふしぎに思った。何か危険を冒す快楽に似たものが、彼を誘惑してそうさせたのにちがいない。どこにいようと、彼は康子の苦痛を思うことから免れることができなかったから、彼女の苦痛に対するその親近感が、若者を駆って妻のそばへ赴《おもむ》かせたにちがいない。ふだんあれほど我家へかえりたがらない悠一が、「我家へかえるように」妻の枕頭《ちんとう》へ来たのであった。

病室は大そう暑い。露台に通じる引戸は開け放たれ、白い帷《とばり》が日差を覆《おお》うているが、その帷は時たまあるかなきかに風を孕《はら》むにすぎない。昨日まで雨と冷気がつづいたので、あまつさえ、扇風機の備えがなかったが、部屋へ入るとすぐ母はそのことに気づき、家から扇風機を届けさせる電話をかけに立った。看護婦は用事で部屋にいない。

悠一と康子は二人きりになった。若い良人が額の汗を拭ってやる。康子は深い吐息をして目をひらき、汗の手に強く握っていた悠一の手をすこし弛《ゆる》めた。

「又すこし楽になった。今は楽なのよ。これが十分あまりつづくわ」

彼女は今気がついたようにあたりを見廻《みまわ》した。――「何という暑さでしょう！」

康子が楽になるのを見るのが悠一には怖かった。楽になったときの彼女の表情には、悠一の何よりも怖《おそ》れている日常生活の片鱗《へんりん》が蘇《よみがえ》っていたからである。若い妻は手鏡をとってくれと良人にたのみ、苦痛に乱れた髪を掻《か》きやった。化粧をしていない蒼《あお》ざめてやや浮腫《むく》んだ顔には、彼女自身がそのなかにどうにも苦痛の崇高な性質を読みとることのできない醜さがあった。

「汚なくってごめんなさいね」と彼女は病人にしか自然でないいじらしさで言った。「もうじき、あたくし又きれいになるわ」

悠一はその苦痛にひしがれた子供のような顔を真上から見た。どう説明したものだろうと彼は考えた。彼がこの醜さと苦痛の故《ゆえ》にこそ、これほど妻の身近にいて、人間的な感情に涵《ひた》っていられることを。それを愛するのが自然であるような美しさと平和の中にいる時の妻は、却《かえ》って彼を人間的な感情から引き離し、彼自身の愛さない魂ばかりを思い出させることを。それがどうして説明できようか。しかし悠一の誤謬《ごびゅう》は、自分の現在のやさしさの中に、世の常の良人のやさしさもまじっていることを、頑固《がんこ》に信じない点にあった。

母が看護婦と一緒に入って来た。悠一は妻を女二人の手に委《ゆだ》ねて露台に出た。三階の露台は中庭を瞰下《みお》ろし、中庭を隔てた病室の多くの窓や、階段室の総硝子《そうガラス》の断面を目に映した。看護婦の白衣が階段を降りてゆくのがみえる。階段は大胆な斜めの平行線を硝子ごしに描いている。午前の日が反対の角度からその平行線を斜めに截《き》っている。

悠一ははげしい光線の中に消毒薬の匂《にお》いを嗅《か》ぎあて、そして俊輔の言葉を思い起した。君は自分の無実をこの目ではっきり確かめてみたいとは思わないのかね。『……いつもあの老人の言葉には、何と魅するような毒素があることだろう。……確実な嫌《けん》悪《お》の対象から自分の子が生れ出るところを見ろというんだ。あの人は僕《ぼく》ならそれができるということを見抜いている。あの残酷な甘い勧誘には、したり気《げ》な自信があった』

彼は露台の鉄の欄干に手を支《か》てた。すると錆《さ》びた銑鉄《せんてつ》の日に温《ぬく》められた生ぬるい感触は、ふいに新婚旅行のとき、彼が抜きとったネクタイでそれを打ち据《す》えたホテルの露台の欄干を思い出させた。

悠一の心には名状すべからざる衝動が起った。俊輔があのように彼の心の中にそそり立て、あのように鮮やかな苦痛と一緒によびさました思い出の嫌悪は、青年に魅入ったのである。それに反抗しようとすること、むしろそれに復讐《ふくしゅう》しようとすることは、それに身を委せることと、ほとんど同義であった。嫌悪の根源を見定めようとするこの情熱には、快楽の源を探り当てようとするあの肉の欲望、官能の命ずる探究の欲望と、見分けのつきにくいほどのものがあった。それを思うと、悠一の心は戦《おのの》いた。

康子の病室のドアがひらかれた。白衣の婦人科部長を先頭に、二人の看護婦が車のついた寝台を押して病室へ入ってきた。そのとき康子を又しても陣痛が襲った。走り寄ってその手を握った若い良人の名を、遠方の人を呼ぶように声高《こわだか》に呼んだ。

婦人科部長は莞爾《かんじ》たる微笑をうかべた。そしてこう言った。

「もうすこしの辛抱《しんぼう》、もうすこしの辛抱」

一目《ト》で人を信頼させるに足るものが、彼の美しい白髪にはあった。この白髪、この年功、この公明正大な国手の善意にも悠一は敵意を抱いた。妊娠への、多少常ならぬ困難な分娩への、生れるべき子供への、あらゆる気づかい、あらゆる関心が彼から消えた。ただ思うのは、それを見たいということだけである。

苦しんでいる康子は、移動寝台へ移されるときも目をつぶっていた。汗は夥《おびただ》しく額に滲《にじ》んだ。彼女のしなやかな手は、再び悠一の手を空《くう》に探した。青年がその手を握ると、色あせた唇《くちびる》は、うつむいた悠一の耳もとに寄せられた。

「ついて来て。そばにいて下さらないと、赤ちゃんを生む勇気が出ない」

これほど赤裸々な、心を動かす告白が他《ほか》にあろうか。悠一はあたかも妻が、彼の心の奥底の衝動を見抜いていて、それに手を貸そうとしているかのような奇怪な想像に襲われたが、その瞬間の感動は比類がなく、妻のこのような無私の信頼にいとしさを感じる良人にしては、傍目《はため》にも烈《はげ》しすぎる感動を面《おもて》にあらわした。彼は婦人科部長の目を見上げた。

「何ですって」

博士がそう訊《き》いた。

「家内がずっとついていてくれというんです」

博士はこの純情な未経験な良人の肱《ひじ》をつついた。耳もとで力のある低声《こごえ》で言った。

「そんなことを言う若い奥さんがたまにいます。本気で訊いちゃいけません。そんなことをしたら、あなたも奥さんも、あとで後悔するにきまっている」

「でも家内は、僕がいてやらないと……」

「奥さん思いはわかるが、母親になるということだけで、十分妊婦は鼓舞されておるのです。貴下《あなた》が立会うなんて、旦那様の貴下が立会うなんて、とんでもない話だ。第一今はその気持でも、きっと後悔しますよ」

「僕は決して後悔しません」

「しかしどの旦那様でも逃げてしまうのだ。貴下のような人は見たことがない」

「先生、おねがいします」

例の俳優の本能は、このときの悠一をして、妻を気遣うあまりに分別を失《な》くした若い良人の、説得しようのない好《い》い気《き》な妄念《もうねん》を演じさせた。博士は軽くうなずいた。二人の対話を小耳に入れた康子の母は大そうおどろいた。なんて酔興でしょう、あたくしは御免蒙《こうむ》りますよ、と彼女が言った。

「止《よ》したほうがいいのに。きっと後悔してよ。それに私一人を待合室に残しておくなんて、ひどい人ね」

悠一の手を康子の手は離れなかった。その手が突然強い力で引かれたと思ったのは、二人の看護婦が移動寝台を動かしはじめ、部屋附《つき》の一人は病室の扉《とびら》をひらいて、それを廊下へ導き出そうとしていたのである。

康子の寝台をとりまく行列は昇降機に乗って四階へ上った。廊下の冷たい反射の上を徐《しず》かに動いた。廊下の継目に寝台の車輪が小さくつまずくと、目をつぶっている康子の白い柔らかな頤《あご》は無抵抗にうなずいた。

分娩室の扉が左右にひらかれる。康子の母一人を室外にのこして、それが閉められる。母は閉め出されようとするときに、またこう言った。

「ほんとうに、悠一さん、後悔してよ。途中で怖くなったらすぐ出ていらっしゃい。いいこと。あたくしは廊下の椅子《いす》で待っていますから」

これに応《こた》えた悠一の笑顔が、まるで自ら危難に向おうとしている人の笑顔に似ていたのはおかしかった。このやさしい若者は自分の恐怖を確信していたのである。

備えつけの寝台のかたわらに、移動寝台が寄せられる。康子の体が移される。すると備えつけの寝台の両脇《りょうわき》に立てられた柱のあいだに、低いカーテンが看護婦の手で引かれたが、産婦の胸の上に引かれたこのカーテンは、器具やメスの残酷な光りから、彼女の目を護《まも》っていた。

悠一は康子の手を握ったまま、その枕上《まくらがみ》に立っていた。そこで彼は、康子の上半身と、低い帷を隔てて康子自身には見えないその下半身とを、ふたつながら見ることができた。

窓の向きは南であったので、風はさわやかに吹き通った。上着を脱いでワイシャツだけになった若い良人のネクタイは、ひるがえってその肩に貼《は》りついた。彼はネクタイのはじをシャツの胸のポケットに挿《さ》し込んだ。その動作を、あたかも多忙な職務に熱中していながらするような敏捷《びんしょう》さでしたのである。とはいえ悠一にできたのは、なすべもなく、汗ばんだ妻の掌《て》を握っていることだけである。この苦しんでいる肉体と、苦しまずに見つめている肉体との間には、どんな行為も繫《つな》ぐことのできない距離があった。

「もう少しの辛抱。もうじきですからね」

又しても婦長が康子の耳もとで、そう言った。康子の目はきつく閉じたままである。悠一は妻が彼を見ていないことに自由を感じた。

手を洗っていた婦人科部長は、白衣の袖《そで》をたくし上げたまま、二人の助手を従えてあらわれた。博士はもはや悠一には一瞥《いちべつ》も与えない。婦長に指で合図をする。二人の看護婦が、康子の寝ている寝台の下半分をとり外した。上半分の下端にとりつけられた、角《つの》のように左右に空中へ跳ね上った奇怪な器具に添うて、康子の足はその形にひろげられ、固定された。

胸の上の低い帷は、彼女自身の下半身がこうして一個の物質に、一個の客体に変貌《へんぼう》する無残なさまを、産婦に見せないためだったのである。しかし一方、上半身の康子の苦痛は、客体に変貌するよすがもしらぬ苦痛、ほとんど下半身の事件とかかわりのない純粋に精神的な苦痛になった。悠一の手を握っているその手力《たぢから》も、女の力ではなくて、康子自身の存在を抜きん出ようとするほど旺《さか》んな苦痛の、倨傲《きょごう》な力であった。

康子は呻吟《しんぎん》した。風の切れ目に温気《うんき》のこもる室内に、呻《うめ》きは無数の蠅《はえ》の羽音のように漂った。しきりに身を反らそうとして、果さずに、体を固いベッドの上に落し、目をつぶった顔を、いそがしく小刻みに左右へ向けた。悠一は思い出した。去年の秋、行きずりの学生と、昼日中を高樹町《たかぎちょう》の宿にすごしたとき、夢うつつに消防自動車のサイレンをきいた。そのとき悠一の思ったことは、こうである。

『……しかし僕の罪が、火に決して焼かれないほど純粋なものになるためには、僕の無辜《むこ》がまず火をくぐる必要があるのではなかろうか？　僕の康子に対する完全な無辜。……かつて僕は康子のために、生れ変りたいとねがったではないか？　今は？』

彼は窓外の風景に目を憩《やす》めた。夏の日は省線電車の線路のむこうの広大な公園の森にもえている。そこにみえる競技場の楕円《だえん》は光のプールのようである。そしてそこには人影は一つもない。

康子の手が再び美青年の手を強く引いたが、その手の力は、あたかも彼の注意を喚起するためかのようで、彼は看護婦が博士に渡したメスが、鋭い光りを飜《ひるが》えすのを見ざるをえなかった。そのときすでに、康子の下半身は、嘔吐《おうと》する口のような動きを示していたが、そこにあてがわれた布は、帆布に似たカンバス地で、カテーテルで導き出された尿や、一面に塗られたマーキュロのしたたりが、それにつたわって流れおちた。

マーキュロでもって真紅に塗られた裂け目にあてがわれたその帆布は、はげしい流出には音さえ立てた。局所麻酔の注射にはじまり、メスや鋏《はさみ》が、裂け目をさらにひろげて裂き、その血が帆布にほとばしって流れたとき、康子の真紅の錯綜《さくそう》した内部が、すこしも残忍なところのない若い良人《おっと》の目にあらわに映った。悠一はあれほど陶器のように無縁のものと思っていた妻の肉体が、こうして皮膚を剝《は》がされてその内部をあらわにするのを見ては、もはやそれを物質のように見ることができない自分におどろいた。

『見なければならぬ。とにかく、見なければならぬ』と彼は嘔吐を催おしながら、心に呟《つぶや》いた。『あの光っている無数の紅い濡《ぬ》れた宝石のような組織、皮膚の下のあの血に浸された柔かいもの、くねくねしたもの、……外科医はこんなものにはすぐ馴《な》れる筈だし、僕だって外科医になれない筈はないんだ。妻の肉体が僕の欲望にとって陶器以上のものではないのに、その同じ肉体の内側も、それ以上のものである筈はないんだ』
　こんな強がりを、彼の感覚の正直さはすぐ裏切った。妻の肉体の裏返しにされた怖《おそ》ろしい部分は、事実、陶器以上のものだったのである。彼の人間的関心は、妻の苦痛に対して感じていた共感よりもさらに深く、無言の真紅の肉に向けられ、その濡れた断面を見ることは、まるでそこに彼自身を不断に見ることを強《し》いられているかのようであった。苦痛は肉体の範囲を出ない。それは孤独だ、と青年は考えた。しかしこの露《あら》わな真紅の肉は孤独ではなかった。それは悠一の内部にも確実に存在する真紅の肉につながり、これをただ見る者の意識の裡《うち》にも、たちまち伝播《でんぱ》せずにはいなかったからである。
　悠一はさらに清潔にかがやいた銀いろの残忍な器具が、博士の手にうけとられるのを見た。それは支点の外れるようになっている大きな鋏形の器具である。鋏の刃にあたる部分は、彎曲《わんきょく》した一双の大きな匙形《さじがた》で、その一方がまず深く康子の内部に挿し込まれ、もう一方が交叉させて挿し込まれたのち、はじめて支点が留められた。鉗子である。
　若い良人は自分の手が触れている妻の肉体の遠い一端に、この器具があらあらしく闖入《ちんにゅう》して、何ものかをその金属の手に摑《つか》みとるために、まさぐっている動きを如実《にょじつ》に感じた。彼は下唇を嚙《か》んでいる妻の白い前歯を見た。こんな苦しみのさなかにも、世にもいとしい信頼の表情が妻の顔から消えずにいるのを認めながら、敢《あえ》て接吻《せっぷん》はしなかった。それは青年が、そんなやさしい接吻をさえ、衝動によって自然にする自信がもてなかったためである。

鉗子は肉の泥濘《ぬかるみ》のなかに、柔かい嬰児《えいじ》の頭をさぐりあてた。それを挟《はさ》んだ。二人の看護婦が、左右から康子の蒼白《そうはく》な腹を押した。

悠一は自分の無辜をひたすら信じた。むしろ念じたと謂《い》ったほうが適当である。しかしこのとき、苦しみの絶頂にいる妻の顔と、かつて悠一の嫌悪の源《みなもと》であったあの部分が真紅にもえ上っているのとを、見比べていた悠一の心は、変貌した。あらゆる男女の嘆賞にゆだねられ、ただ見られるためにだけ存在しているかと思われた悠一の美貌は、はじめてその機能をとりもどし、今やただ見るために存在していた。ナルシスは自分の顔を忘れた。彼の目は鏡のほかの対象にむかっていた。かくも苛烈《かれつ》な醜さを見つめることが、彼自身を見ることとおなじになった。

今までの悠一の存在の意識は、隈《くま》なく「見られて」いた。彼が自分が存在していると感じることは、畢竟《ひっきょう》、彼が見られていると感じることなのであった。見られることなしに確実に存在しているという、この新たな存在の意識は若者を酔わせた。つまり彼自身が見ていたのである。

何という透明な、軽やかな存在の本体！　自分の顔を忘れたナルシスにとっては、その顔が存在しないと考えることさえできた。苦痛のあまり我を忘れた妻の顔が、もし一瞬でも目をみひらいて良人を見上げたら、そこに自分と同じ世界にいる人間の表情を容易に見出《みいだ》したにちがいない。

悠一は妻の手を離した。新たな自分に触れようとするかのように、彼の両手は汗ばんでいる自分の額に触れた。手巾《ハンカチ》を出して、それを拭《ぬぐ》った。それから、空中に残された悠一の手の跡をなおも握りしめている妻の手に気がつくと、彼は鋳型《いがた》へまたおのが手をはめこむように、その手を握り返した。

……羊水がしたたりおちた。目をつぶった嬰児の頭はすでに出ていた。康子の下半身のまわりで行われている作業は、嵐《あらし》に抗する船の船員の作業のような、力をあわせた肉体労働に類していた。それはただの力であって、人力が生命を引き出そうとしていたのである。悠一は婦人科部長の白衣の皺《しわ》にも、働らいている筋肉のうごきを見た。

嬰児は桎梏《しっこく》から放たれて滑り出た。それは白いほのかな紫色をした半ば死んだ肉塊であった。何か呟いている音が湧《わ》いた。やがてその肉塊は泣き叫び、泣き叫ぶにつれて、すこしずつ紅潮した。

臍帯《さいたい》が切られ、看護婦の手に抱かれた嬰児は、康子に示された。

「お嬢さんですよ」

康子は、わからない風である。

「女の子ですよ」

そう言われると、軽くうなずいた。

このときまで、彼女は黙って目をあいていた。その目は良人をも、さし出された嬰児をも見ようとしない。見ても微笑をうかべるではない。この無感動な表情は、正《まさ》しく動物の表情で、人間がめったなことではうかべることのできなくなった表情である。それに比べると、人間のどんな悲喜哀歓の表情も、お面《めん》のようなものにすぎないと悠一の中の「男」は思った。

第二十六章　酔いざめの夏の到来

生れた児《こ》は渓子《けいこ》と名付けられ、一家のよろこびは限りもなかった。それにしても、康子《やすこ》の志とちがったのは、生れたのが女の子であったことである。産後一週間の入院中、康子の心はみち足りていたが、ときどき、生れたのがなぜ女の子で、男の子ではなかったかという、甲斐《かい》もない謎解《なぞと》きに熱中することがあった。『男の子を冀《ねが》ったのはまちがっていたろうか』などと思うのであった。『良人《おっと》と瓜二《うりふた》つの美しい嬰児《えいじ》を、捕虜にしてしまったと喜んだのは、はじめから空しい錯覚だったのだろうか』まだ定かではないが、しかし嬰児の顔立ちには、母親の面影《おもかげ》よりも、父親のそれのほうが立ちまさっているように思われた。渓子は毎日目方をはかられた。秤《はかり》は産褥《さんじょく》のかたわらに置かれ、産後の調子のいい康子自身が日々に上る目方をグラフに書いた。はじめ康子は自分の産んだ嬰児を、まだ人間の形を成さないうすきみのわるいものに思っていたが、最初の授乳の刺すような痛みと、それにつづくほとんど不道徳な快さを経ては、この奇妙な不機嫌《ふきげん》な顔つきの分身を、心から愛さずにはいられなかった。それには、まだ人間というには未《いま》だしの存在を、周囲のものや、見舞客たちが、無理にも人間扱いをして、通じる筈《はず》もない言葉であやしたりすることも与《あずか》っていた。

康子は二三日前まで味わったあの怖《おそ》ろしい肉体上の苦痛と、悠一《ゆういち》から与えられていたあの永い精神上の苦痛とを比べてみた。そして前者のすぎたあとの平和を知った心は、後者のほうがはるかに永く、はるかに治りの遅いことに、却《かえ》って希望を見出《みいだ》すまでになっていた。

悠一の変貌《へんぼう》に誰《だれ》よりも早く気づいたのは、康子ではなくて、悠一の母であった。この率直な飾らない魂は、持ち前の単純さで、息子の変貌をいちはやく見抜いた。お産の無事をきくと、彼女はきよを留守番にのこして、車を呼んで、ひとりで病院へ駈《か》けつけた。病室の扉《とびら》をあけた。康子の枕《まくら》もとにいた悠一は、駈け寄って母親に抱きついた。

「危いね。私が倒れてしまうよ」――彼女はもがきながら、小さい拳《こぶし》で悠一の胸を撲《ぶ》った。

「私が病人だということも忘れないでね。おや、あなた大そう目が赤いね。泣いたのかい」

「あんまり緊張して疲れたんです。お産のあいだもつきっきりだったから」

「つきっきりだって！」

「そうなんですよ」と康子の母が言った。「いくらとめても、悠一さんがきかないんですもの。康子は康子で悠一さんの手を離さないし」

悠一の母は産褥の康子を見た。康子は弱々しく笑っていたが、別に顔をあからめるではなかった。視線をめぐらして、母親は改めて息子を見た。その目はこう言っていた。

『妙な子だこと。そんな怖ろしいものを見たあとで、はじめて貴方《あなた》と康子は本物の夫婦らしい、たのしい秘密を頒《わか》ち合ったような表情を見せるなんて』

何よりも悠一は、母親のこの種の直感を怖れていた。同じものを康子はつゆ怖れていなかった。彼女は苦痛のおわったのちも、悠一を出産に立会わせたことに、何ら羞恥《しゅうち》を感じない自分に愕《おどろ》いていたのである。あすることによってしか彼女自身の苦痛を悠一に信じさせることができないのを、康子はおぼろげに感じていたのかもしれない。

悠一の夏休みは、七月に入ってからの数課目の補講をのぞいては、すでに始まっていると謂《い》ってよかったが、昼間はほとんど病院ですごして、夜はどこかへ遊びにゆくのが彼の日課になった。河田と会わない晩は、悪い習慣がぬけずに俊輔《しゅんすけ》のいわゆる「危険な附合《つきあい》」をたのしみに行った。

ルドンのほかのいくつかの斯道《このみち》の酒場で、悠一は常連になっていた。ある酒場は九割までが外人の客である。その中には女装をした現職の憲兵の客さえあった。彼はストールを肩に巻き、客の誰彼《だれかれ》に媚態《びたい》を呈して歩いていた。

酒場エリゼで、男娼《だんしょう》の数人が悠一に会釈《えしゃく》をした。彼は会釈を返して自ら嗤《わら》った。『これが危険な附合か！　これらにやけた柔弱な連中との附合が』

梅雨は渓子の誕生のあくる日から再び降りつづいたが、ある酒場は裏町の露地のぬかるみの奥にあった。客は多くはすでに酔を発して、跳ねの上ったズボンのまま出入りした。時には土間の一隅《いちぐう》を水が浸《おか》した。粗壁に立てかけられた数本の雨傘《あまがさ》のしたたりが、その水嵩《みずかさ》を増した。

美青年は粗末な肴《さかな》と、あまり上等でない酒を充《み》たした銚子《ちょうし》と、猪口《ちょこ》を前にして黙っていた。酒はうすい猪口の縁《ふち》に危うく支えられ、透明な薄黄に盛り上って慄《ふる》えていた。悠一はその盃《さかずき》を見た。それはどんな幻影の介入の余地もゆるさない一つの盃である。それは単に、盃である。そしてそれ以外の何ものでもない。

彼は奇異な思いがした。そういうものを、今まで見たことがなかったような気がしたのである。かつて同じ盃は、悠一のえがく幻影、悠一の心に起るあらゆる出来事の反映する距離にあり、いつもそれらの反映を属性の如《ごと》く伴《ともな》って眺《なが》められたが、今は盃はもっと遠くに在って、ただ一個の物象として存在していたのである。

せまい店には四五人の客があった。今もどこの斯道の酒場へ行っても、悠一は何らかの冒険を味わわずに帰ることはなかった。年上の者は甘言を弄して近づいた。年下の者は媚態を示した。今夜も悠一の傍《かたわ》らには、しきりに酒を注《つ》いでよこすほぼ同年輩の気持のよい青年がいた。彼が悠一を愛していることは、ときどき悠一の横顔へ向けるその目色でわかった。

青年の眼差《まなざし》は美しく、微笑は清潔だった。それが何だというのだ。彼は愛されることを希《のぞ》んでおり、それはさほど己れを知らぬ希みではない。自分の値打を知らせるために、いかに自分が多くの男に追いかけられたかという話をながながとする。多少うるさくはあるが、こういう自己紹介はgayの性癖であって、この程度のことなら咎《とが》めるに足りない。彼の身なりもいい。体つきも悪くはない。爪《つめ》はきれいに切っており、胸もとに見える白い下着の一線は清潔である。……しかしそれが何だというのだ。

悠一は暗い眼差を、酒場の壁に貼《は》られた拳闘《けんとう》選手の写真へ上げた。輝やきを失った悪徳は、輝やきを失った美徳よりも、何百倍か退屈だった。多分悪徳が罪悪と呼ばれる理由は、一刻の自己満足の偸安《とうあん》もゆるさない、この反復による退屈さの中にあるのだ。悪魔が退屈しているのは、悪行が要求する永遠の独創性に食傷しているからに他《ほか》ならない。悠一にはすべての成行がわかっていた。もし彼が、青年に合意の微笑を示す。二人は夜おそくまで落着いて酌《く》み交《か》わすだろう。二人は店が看板になるとそこを出るだろう。酩酊《めいてい》を装って、ホテルの玄関先に立つだろう。日本では、通例、男同士の泊り客もさほど怪しまれない。二人は深夜の貨物列車の汽笛を間近に聴く二階の一室の鍵《かぎ》をかけるだろう。挨拶《あいさつ》の代りの永い接吻《せっぷん》、脱衣、消された灯《ひ》を裏切って窓の磨《すり》硝子《ガラス》を明るくする広告灯、老朽したスプリングがいたいたしい叫びをあげるダブル・ベッド、抱擁とせっかちな接吻、汗が乾いたあとの裸の肌《はだ》の最初の冷たい触れ合い、ポマードと肉の匂《にお》い、はてしれぬ焦躁《しょうそう》にみちた同じ肉体の満足の摸索《もさく》、男の虚栄心を裏切る小さな叫び、髪油に濡《ぬ》れた手、……そしていたたましい仮装の満足、おびただしい汗の蒸発、枕《まくら》もとに手さぐる煙草《たばこ》と燐寸《マッチ》、かすかに光っているおたがいの潤《うる》んだ白目、堰《せき》を切ったようにはじまる埒《らち》もない長話、それから欲望をしばらく失《な》くしてただの男同士になった二人の子供らしい戯《たわむ》れ、深夜の力競《ちからくら》べ、レスリングのまねごと、そのほかさまざまの莫迦《ばか》らしいこと……。

『よしんばこの青年と一緒に出かけても』と悠一は盃を見つめながら、考えた。『何一つ新らしいものはなく、依然独創性の要求は充たされないことがわかっている。男同士の愛はどうしてこんなに果敢《はか》ないのか。それというのも、事の後に単なる清浄な友愛に終るあの状態が、男色の本質だからではないのか。情欲《じょうよく》がはてしてお互いが単なる同性という個体にかえる孤独な状態、あの状態を作りあげるために賦与《あた》えられたたぐいの情欲ではないのか。この種族は、男であるがゆえに愛し合う、と思いたがっているが、実は残酷にも、愛し合うが故《ゆえ》にはじめて男であることを発見するのではないのか。愛する以前のこの人たちの意識には、何かひどくあいまいなものがある。この

ろう？』欲望には、肉慾というよりも、もっと形而上学的《けいじじょうがく》欲求に近いものがある。それは何だ

ともあれ彼が、いたるところに見出すのは厭離《えんり》の心である。西鶴《さいかく》の男色物の恋人たちは、出家か心中にしかその帰結を見出さない。

「もう帰るんですか」

勘定をたのんでいる悠一に、青年はそう言った。

「ええ」

「神田駅からですか」

「神田駅です」

「じゃあ、駅まで御一緒に行きましょう」

二人はぬかるみの露地を抜けて、ガード下の錯雑した呑《の》み屋《や》の横丁を、駅のほうへゆっくり歩いた。午後十時である。その横丁の賑《にぎ》わいは酣《たけな》わである。止《や》んでいた雨はまた降りだした。大そう蒸暑かった。悠一は白いポロシャツを、青年は紺のポロシャツを着て書類鞄《かばん》を提《さ》げている。道が窄《せま》かったので、二人は一つ傘に入った。青年が冷たいものを飲もうと言った。悠一は賛成して、駅前の小さな喫茶店に入った。

青年は快活な口調で話した。自分の両親のこと、かわいい妹のこと、家の商売である東中野のかなり大きな靴屋《くつや》のこと、父が自分にどんなに属望《しょくぼう》しているかということ、彼自身がささやかな貯金をもっていること。……悠一は青年の可成《かなり》美しい庶民的な顔立ちを見ながら聴いた。こんな青年こそ凡庸な幸福のために生れついた男だった。そういう種類の幸福を支えるためなら、彼のもっている条件はほとんど完璧《かんぺき》だった。たった一つの、誰《だれ》も知らない、ごく罪のない、秘密の欠点を除いては！　この瑕瑾《かきん》が彼の凡《すべ》てを瓦解させ、皮肉なことにこんな凡庸な青春の顔立ちに、彼自身は意識していないが、まるで高級な思想上の悩みに疲れ果てたような、一種の形而上学的な陰翳《いんえい》を与えていたのである。一方もしこの瑕瑾がなかったら、彼は二十歳に達して最初の女が出来ると、もう四十男のように自分自身に満足して、そのまま死ぬまで同じ満足を反芻《はんすう》しつづける類《たぐ》いの男に育ったにちがいない。

扇風機は二人の頭上に、自堕落にまわっていた。冷たい珈琲《コーヒー》の氷は夙《はや》く溶けた。悠一の煙草は尽きたので、青年に一本貰《もら》ったが、彼はもし二人が愛し合って一緒に暮したらどんな成行になるだろうと想像して、おかしくなった。男同士が、掃除もせず、家事もなおざりにして、愛し合うほかは終日二人で煙草ばかりを吹かしている生活。……灰皿《はいざら》はすぐいっぱいになってしまうだろう……。

青年は欠伸《あくび》をした。大きな暗いつややかな口腔《こうこう》のひろがりを、並びのいい歯列がふちどった。

「失礼。……別に退屈したわけじゃないんです。……でもね、早くこの社会から足を洗いたいとしじゅう思いますね。(これは、gay であることをやめるという意味ではなくて、早く決った相手と堅固な生活に入りたいという意味だと悠一は思った。)……僕《ぼく》、そのおまじないをもっているんですよ。見せてあげましょうか」

彼は自分が上着を着ているつもりで、胸ポケットのあるべきところへ手をやった。それから思い出して、上着を着ないときは鞄に入れて持ち歩くんだと言訳をした。鞄は青年の膝《ひざ》のかたわらに、ややけば立った皮革のたるんだ横腹を見せて置かれていた。せっかちな持主が、あまりいそいで尾錠《びじょう》を外したので、逆さまになった鞄からは、中味がつぎつぎと床にころがり落ちて音を立てた。青年はあわてて身を崩して、これを拾った。悠一は手つだうでもなく、青年の手がひろいあげる品々を、蛍光灯《けいこうとう》の明りの下に隈《くま》なく見た。クリームがある。ローションがある。ポマードがある。櫛《くし》がある。オー・ド・コロンがある。何か又別のクリームの瓶《びん》がある。……泊りの場合を考えて、朝の身だしなみのために持ち歩いている品々である。

役者でもない男が鞄に入れて持ち歩く化粧道具は、たとえようもないほど悲惨で醜く、悠一のそんな印象に気がつかず、鬢《びん》が割れたかどうかをしらべるために、青年が灯火のほうへ高く掲げたオー・ド・コロンが、汚れた鬢の三分の一ほどしか残っていなかったのは、この印象の耐え難《がた》さを二倍にした。

青年は転がり落ちたものを鞄にしまいおわった。手つだおうとしなかった悠一を不審気に見た。それから、なぜ鞄をあけようとしたかを改めて思い出して、永くうつむきすぎたために耳まで赤く染った顔を又うつむけた。鞄の中の小物入れのポケットから、ごく小さな黄いろいものをとり出して、紅《あか》い絹糸の尖《さき》についているそれを、悠一の目の前で揺らしてみせた。

手にとってみる。それは黄いろい糸で編み紅い鼻緒をつけたごく小さな片方の草鞋《わらじ》である。

「これがおまじないですか」

「ええ、人に貰ったんです」

悠一は無遠慮に時計を見た。もう帰らなければならぬと言った。店を出た。神田駅の切符売場で、青年は東中野の、悠一はS駅の切符を買った。二人の乗る電車は同じ線である。電車がS駅へ近づいて、悠一が降り仕度をすると、彼がS駅の切符を買ったのを、二人して同じ行先へ行くことの照れかくしの意味だと考えていた青年は狼狽《ろうばい》した。彼の手は悠一の手をしっかり摑《つか》んだ。苦しんでいる妻の手を思い出した悠一は邪慳《じゃけん》に振切った。矜《ほこ》りを傷つけられ、こんな悠一の無礼な仕打を自ら冗談だと思い込もうとして、青年は無理に笑っていた。

「どうしてもここで降りるんですか」

「うん」

「それじゃあ、僕もついて行きます」

彼は閑散な夜更《よふ》けのS駅へ悠一と一緒に降りた。僕はついて行きますよ、と酩酊を誇張して、青年がしつこく言った。悠一は怒っていた。突然思い立って、行くべきところがあったのである。

「僕と別れてどこへ行くんです」

「君は知らないんだね」と悠一は冷たく言った。「僕には女房《にょうぼう》があるんだ」

「えっ」――青年は蒼《あお》ざめて立ちすくんだ。「それじゃあ今まで、僕をからかっていたんですね」

彼は立ったまま泣き出し、ベンチのところまで歩いて行って、腰かけて書類鞄を胸に抱えて泣いた。こんな喜劇的な結末を見とどけると、悠一は足早にその場をのがれて階段を登ったが、あとを追ってくる気配はなかった。駅を出て、雨のなかをほとんど駈《か》けた。目の前に寝静まった病院の建物が迫っていた。

『ここへ来たかったんだ』と彼は切に思った。『床にころげ落ちたあの男の鞄の中味を見た時から、俄《にわ》かにここへ来たくなったんだ』

本来ならば、一人で帰りを待っている母の家へ帰るべき時刻である。病院に泊ることはできない。しかし病院に立寄らないと、眠れないような気がしたのである。

玄関の宿直は将棋をさしてまだ起きていた。その朧《おぼ》ろげな黄いろい灯《あか》りは遠くからも見えた。受付の窓口に暗い顔がのぞいた。幸い悠一の顔は見憶《みおぼ》えられていた。妻の出産に立会った良人《おっと》というので、評判になっていたのである。悠一は辻褄《つじつま》の合わない口実であったが、妻の病室へ大事な忘れ物をしたと言った。もうおやすみでしょうが、と宿直は言った。しかしこの若い愛妻家の表情は彼の心を搏《う》った。悠一は暗い灯火の階段を三階へ上った。彼の靴音は深夜の階段にはなはだ響いた。

康子は眠れずにいたが、ガーゼを巻いたノッブのまわる音を夢の中の音かと聴いた。急に恐怖に襲われて、身を起しざま、スタンドの灯を点《つ》けた。その光りの及ばないところに立っている人影は、良人であったので、安堵《あんど》の溜息《ためいき》よりも先に、言いようもない過激な歓《よろこ》びの動悸《どうき》がその胸を打った。悠一のポロシャツの白い雄々しい胸部は、動いて来て康子の前に在った。

夫婦は二言三言さりげない会話をした。なぜそんな深夜に良人が訪れたかを、康子は持ち前の聡明《そうめい》さから、敢《あえ》て質《ただ》そうとはしなかった。若い良人は渓子《けいこ》の幼児用寝台へスタンドの明りを向けた。半透明の小さな清潔な鼻孔はきまじめな表情で寝息を立てていた。悠一は自分の凡庸な感情にうっとりした。この種の感情は、今まで彼の裡《うち》に眠っていたものが、その感情の向けられるのにこれほど安全確実な対象を見出しえて、彼を酔わすことさえできるにいたったのである。悠一は妻にやさしく別れを告げた。今夜彼には、眠るに足るだけの十分な理由があった。

＊＊＊

康子が退院して家へかえった明る朝、悠一が起きるとき、、きよが詫《わ》びを言った。いつも彼がネクタイをしめるときに使う壁鏡を、掃除の際に落して割ったのである。この小さな椿事《ちんじ》は彼を微笑《ほほえ》ませた。多分これは美青年が鏡の物語的な魔力から解放されたしるしである。彼は去年の夏、K町の宿で、俊輔の讃美《さんび》の毒に耳を犯されはじめたときかほど隠密《おんみつ》な鏡との親交の端緒をなしたあの漆黒の姫鏡台を思い起した。あれ以前の悠一は、男性一般の慣習に従って、自分を美しいと感じることを自ら禁じていた。今朝、鏡が割れてのち、彼はまた再びこの禁忌に戻《もど》るであろうか？

一夕、ジャッキーの家で、帰国する一外人の送別の会が催おされる。悠一のところへも人伝《ひとづ》てに招待がある。悠一の出席は、その晩の御馳走《ごちそう》の大きな部分である。彼が来れば多くの客に対してジャッキーの顔も立つのであった。このことを知っていた悠一は、何度かためらったが、結局招きに応じた。

すべてが去年のクリスマスの gay party と同じであった。招かれた若者たちはルドンに集まって待っていた。かれらはみんなアロハ・シャツを着、それは事実かれらによく似合った。去年にかわらぬ英《えい》ちゃんやオアシスの君《きみ》ちゃんの一党だったが、客の外人のほうの顔触れが一変しているので、この顔触れで結構新鮮なのである。なかには新顔もあった。健ちゃんというのがそうである。勝ちゃんがそうである。前者は浅草の大きな鰻屋《うなぎや》の息子である。後者は銀行の支店長をしている名代《なだい》の堅人《かたじん》の息子である。

一同は雨もよいの蒸暑さをこぼし合い、冷たい飲み物を前に他愛もない話をしながら、外人の迎えの車の到着を待っていた。君ちゃんが面白《おもしろ》い話をした。新宿のさる大きな果物屋の主人が、戦後のバラックをとりはらって、二階建の本建築を建てるにつけ、社長として地鎮祭に列席した。彼がとりすました顔つきで榊《さかき》を捧《ささ》げ、ついで若い美男の専務が榊を捧げた。余人は知らずこの何の他奇もない儀式は、実は衆人環視のうちに行われた「秘密の結婚式」であったので、それまで永らく恋仲であった二人は、一ヶ月前の社長の離婚の後始末が片附《かたづ》いたのち、その地鎮祭の晩から同棲《どうせい》生活に入ったのである。

色とりどりの派手なアロハを着た腕もあらわな若者たちは、来馴《きな》れた店の椅子《いす》に思い思いの姿態で腰かけていた。どの項《うなじ》もきれいに剃《そ》られ、どの髪も強い香油の匂《にお》いを放ち、どの靴も下ろしたてのようによく磨《みが》かれていた。一人はスタンドに深く肱を突き、流行のジャズを口吟《くちずさ》み、縫い目のほつれかけた古い革のコップを伏せてはあけて、黒地に赤や緑の点を刻んだ小さい骰子《さいころ》の二三を、大人びた倦怠《けんたい》を装いながら、転がした。

彼らの未来こそ刮目《かつもく》すべきものがあった！　孤独な衝動に追いまわされ、あるいは罪のない誘惑に乗ぜられ、この世界に入った少年たちのほんの数人は、順当な道を踏んでは思いもかけない外国留学の当り籤《くじ》を引き当てたが、のこされた大多数はやがて青春の濫費《らんぴ》の報いに、意外なほど早く老醜の籤を引当てるだろう。かれらの若い顔には、すでに好奇心の耽溺《たんでき》とたえまない刺戟《しげき》の欲求とが、掃《は》き荒して行った目に見えぬ荒廃の跡があった。十七歳が呑《の》みおぼえたジン、人にもらう外国煙草の味、恐怖を知らない無邪気さの仮面を保ったその放蕩《ほうとう》、悔恨の結実をさえ決して残すことのない種類の放蕩、大人からおしつけられる余分の小遣、その秘密の使途、働らかずに教え込まれた消費の欲望、身を飾りたいという本能の目ざめ、……しかもこの明るい堕落には影とてなく、どんな形にもあれ、青春は完全に自足して、かれらはどこまでも肉体の純潔から逃げ出すことができないのである。何故《なぜ》かというと、純潔を失うことは一種の完成と感じられるのが常であるが、完成感をもたないかれらの青春は、何一つ失ったような気持になれなかったからである。

「いかれた君ちゃん」と勝ちゃんが言った。

「ふうてんの勝ちゃん」と君ちゃんが言った。

「リツ屋の英ちゃん」と健ちゃんが言った。

「べらぼうめ」と英ちゃんが言った。

こんな庶民的な口喧嘩《くちげんか》は、犬屋の硝子張の檻《おり》のなかで、仔犬《こいぬ》たちがふざけているのに似ていた。

大そう暑かった。扇風機はぬるま湯のような風を運んだ。すでにみんなは今夜の遠出が億劫《おっくう》になりかけていたが、そのとき迎えに来た外人の車が、二台とも幌《ほろ》を畳んだコンバーチブル・セダンであったことは、大いに一同の気持を引立てた。これで大磯《おおいそ》まで二時間のあいだ、雨気を含んだ夜風に吹かれながら、お喋《しゃべ》りをたのしむことができたのである。

⁂

「悠ちゃん、本当によく来てくれたね」

ジャッキーは、持ち前の心からなる友情の身振で悠一と相擁した。帆船と鱶《ふか》と椰子《やし》と海の模様のアロハを着ているこの女よりも鋭い直感の持主は、悠一を海風の吹きめぐる広間に案内すると、早速耳もとへ口をよせてこう訊《き》いた。

「悠ちゃん、最近何かあったのかい？」

「女房が子供を生んだのさ」

「君の？」

「僕のさ」

「こいつはいい」

ジャッキーは大笑いをし、グラスの縁を打ち合わせて、悠一の娘のために乾杯した。しかしこの微妙な硝子の摩擦には、二人が今住んでいる世界の距離を一挙に感じさせる何かがあった。ジャッキーは依然、鏡の部屋、あの見られている人たちの領分に住んでいた。おそらく死ぬまで彼はそこの住人だろう。そこではたとえ彼の子が生れても、鏡の裏側に、鏡をへだてて父親と暮すことになるであろう。あらゆる人間的な事件が、彼にとっては全くその重要さを欠いている……。

楽団は流行の曲を奏《かな》で、男たちは汗ばみながら踊っていた。悠一は窓から庭を見下ろしておどろいた。芝生の庭のあちこちに、叢《くさむら》や灌木《かんぼく》のしげみがある。そのひとつひとつの影の中に、一組ずつ抱き合った影がある。影の中に煙草の火が点々とみえる。そして時たま擦られる燐寸は、外人の顔の高い鼻の一部分を遠目にもはっきりと泛《うか》ばせた。

悠一は庭の外れの躑躅《つつじ》の木かげに、船員風の横縞《よこじま》のTシャツが身を離して立上るのを見た。相手は黄の無地のシャツである。立上った二人は軽い接吻《せっぷん》をして、猫科《ねこか》の動物のようなしなやかな身のこなしで、おのおの別の方角へ駈け去った。

ややあって、横縞のTシャツの若者が、さっきからそこにいたような様子を装って、窓の一つに凭《もた》れているのを悠一は見出《みいだ》した。小さな精悍《せいかん》な顔、無表情な目、駄々っ児《だだっこ》の口もと、そして山梔《くちなし》の顔いろ……。

ジャッキーが立って、その傍《かたわ》らへ寄って、さりげなくこう訊《き》いた。

「ジャック、どこへ行ってた？」

「リッジマンが頭が痛いというんで、下の薬屋まで薬を買いにやらされたんです」

相手を苦しめるためでしかない、わざと嘘《うそ》らしく見せた嘘を吐《つ》くのに、いかにもふさわしい唇《くちびる》と酷薄な白い歯を持ったこの若者が、ジャッキーの思われ人であることは、かねて噂《うわさ》をきいていた悠一には、その源氏名を耳にするだけですぐわかった。ジャッキーはそれだけ訊くと、砕いた氷をたくさん入れたウイスキーのコップを両の掌に保ちながら、又悠一のかたわらへ来て、耳もとへ口をよせた。

「あの嘘つきが庭で何をしていたか見た？」

「………」

「見たね。あいつは平気で、場所もあろうに、僕の家の庭でああいう真似《まね》をするんだ」

悠一はジャッキーの額に苦悩を見出した。

「ジャッキーは寛大だね」と悠一が言った。

「愛する者はいつも寛大で、愛される者はいつも残酷さ。悠ちゃん、僕だって、僕に惚《ほ》れた男にはあいつ以上に残酷だよ」――そこでジャッキーは、この年になっても自分が年長の外人にいかにちやほやされるかという、にやけた自慢話をいくつかした。

「人間をいちばん残酷にするものは、愛されているという意識だよ。愛されない人間の残酷さなんて知れたもんだ。たとえば、悠ちゃん、ヒューマニストというやつはきまって醜男《ぶおとこ》だ」

悠一は彼の苦悩に敬意を表そうとしたところである。しかるにジャッキーは先廻《さきまわ》りをして、手ずからその苦悩に虚栄心の白粉《おしろい》でもって化粧をほどこし、それを何か中途半端な、あいまいな、一種グロテスクなものに仕立ててしまうのであった。二人はしばらくそこに立ったまま、京都の鏑木伯爵《かぶらぎはくしゃく》の近況について話し合った。伯爵は今でも時折、七条内浜界隈《かいわい》の斯道《このみち》の酒場へ、姿を現わす由《よし》だった。

ジャッキーの肖像画は、依然、一対の絵蠟燭《えろうそく》に侍《かしず》かれて、炉棚《ろだな》の上に模糊《もこ》たる橄欖《オリーブ》いろの裸体を泛ばせていた。裸かの頸《くび》に緑のネクタイをしどけなく巻いたこの若いバッカスの口辺には、何かしら逸楽の不朽、快楽の不滅、と謂《い》ったものを思わせる表情がある。その右手がかかげている三鞭酒《シャンパン》の盃は、たえて乾《ひ》ることがないのである。

その晩、悠一はジャッキーの思惑《おもわく》もかえりみず、彼に誘いの手をのばす多くの外人客をないがしろにして、一人の彼好みの少年と共寝をした。少年の目はつぶらで、髯《ひげ》のまだ生えない豊かな頰《ほお》は、果肉のように白い。事が終ると、若い良人は家へ帰りたくなった。夜中の一時である。その夜のうちにやはり東京へ帰らなければならない外人の一人が、自分の車で悠一を送ってゆくと申出た。悠一はこの申出を大いに多とした。

当然の礼儀で、彼は自ら運転する外人の隣りに坐った。中年の赭顔《あからがお》の外人は、独乙《ドイツ》系の米人である。悠一を慇懃《いんぎん》にやさしく扱い、フィラデルフィアの自分の郷里の話をする。フィラデルフィアの語源を説明する。古代希臘《ギリシャ》の小アジヤの町の名を踏襲したもので、そのフィルは希臘語のフィレーオで、「愛する」の意味である。アデルフィアは、アデルフォスで、「兄弟」の意味である。つまり自分の故郷は「兄弟愛」の国だと言った。そして深夜の無人の自動車道路を疾駆しながら、片手をハンドルから離して、悠一の手を握った。

再びハンドルに戻ったその手は、たちまちハンドルを左方へ大きく廻《まわ》した。車は暗い人通りのない小道へ折れた。さらに右折して、夜風にざわめいている林の木下道に停車した。外人の腕は悠一の腕をとらえた。金いろの毛におおわれた太い腕と、若者の引締った滑らかな腕は、お互いの目をみつめながら、しばらく引き合った。巨漢の膂力《りょりょく》はおどろくべきもので、悠一は到底敵ではない。

灯《ひ》の消された車内に、二人は組み合って倒れた。やがて先に身を起したのは悠一のほうである。先程力ずくで脱がされた白い下着と淡青のアロハ・シャツを身にまとおうとして、腕を延べたときである。美青年の裸の肩は、再び新たな情熱にかられた男の唇の力で覆《おお》われた。歓《よろこ》びのあまり、肉食に馴《な》れた鋭い巨大な犬歯が、若い光沢を帯びた肩の肉に喰《く》い入《い》った。悠一は叫び声をあげた。一条の血が若者の白い胸に伝わった。

彼は身をひるがえして立上った。しかし車の屋根はひくく、あまつさえ彼が背にしたフロント・グラスが傾いていて、すっかり立上ることはできない。片手で傷を押え、自分の無力と屈辱に蒼《あお》ざめて、前かがみに立ったまま、相手を見据《みす》えていただけである。

見据えられた外人の目は欲望から目ざめた。俄《にわ》かに卑屈になり、自分の行為のしるしを見て恐怖に搏《う》たれ、身をおののかせたあげくに泣き、もっとばかげたことには、胸もとに鎖で吊《つ》った銀の小さな十字架に接吻したり、裸のまま、ハンドルに身を凭せて祈ったりしたのである。そのあとでくどくどと悠一に嘆願し、自分の日頃《ひごろ》の良識と教養が、このような魔襲《オブセッション》の前にいかに非力であるかを愚痴っぽく説明した。この説明には独善的な滑稽《こっけい》さがあった。つまり彼がその怖るべき脅力で悠一を征服したとき、悠一の肉体的な非力が、その瞬間の相手の精神的な非力を正当化したのだ、とでも云《い》いたげだったからである。

悠一は、それより早くシャツを身につけるように、とすすめた。外人はようやく自分の裸に気がついて、身じまいをした。自分の裸に気がつくのにこれだけ暇がかかるのでは、自分の非力に気がつくのにも暇がかかった筈である。こんな気違いじみた事件のおかげで、悠一の帰宅は朝になった。肩のささやかな嚙《か》み傷はすぐ治った。しかしこの傷痕《きずあと》を見て嫉妬《しっと》にかられた河田は、どうして悠一の機嫌《きげん》をそこねずに、自分にもそういう傷をつけさせてもらえるかを、あれこれと思い迷った。

＊＊＊

悠一は河田の附合いにくさにおそれをなした。社会的矜持《きょうじ》と、愛の屈辱のよろこびとを峻別《しゅんべつ》する彼のやり方は、まだ社会というものを現実に知らない若者の心を惑わした。河田は愛する者の蹠《あしうら》に接吻することすらいとわないのに、愛する者が彼の社会的矜持に一指をふれることをも許さない。この点で彼は俊輔と対蹠《たいせき》的だったというべきである。

俊輔は青年の有益な師ではなかった。彼の骨がらみの自己嫌悪《けんお》と、獲得したすべてのものを侮蔑《ぶべつ》する遣口《やりくち》と、悔恨が深まれば深まるほど現在の一瞬を最高の時と考えざるをえないと説くあの教理とは、悠一の青春にいつも目前の満足を強《し》い、青春から変移する時の力を奪って、あたかも人生のこの激湍《げきたん》の時期を、死のように静止した、塑《そ》像《ぞう》のように不動な存在と思わせることにつとめたのである。否定は青年の本能である。しかし是認は決してそうではない。自分がかくあるところのものを、なぜ俊輔は否定し、悠一は肯定せねばならないか。俊輔が「美」と名付けたこの青春の空虚な人工的な特権は本当に存在するのか。

俊輔は青春の理想主義を奪ってわがものにし、その代りに、肉体の形で存在する悠一の青春に苦役を課した。それは通例青年にとって決して苦役とは考えられていない理想主義の反対のもの、そのためにはこの美青年が鏡の助けを借り、身自ら鏡の囚《とら》われ人《びと》となることを余儀なくさせられた、あの、感性がとらえるかぎりの現実に、ほかのあらゆるものの犠牲によって忠実たらんとする態度であった。たとえば感覚の放恣《ほうし》だとか、われらを落葉のようにかなたこなたに吹き迷わす官能の力だとか、相対性のうちに漂う現実のグロテスクな変易の種々相は、俊輔によれば、倫理の代りに人間の完全な形態と様式の美のみが、これを済度し規制しうるものであったが、我身に形態の完璧《かんぺき》さをそなえた悠一にとっては、それは鏡の助けを借りずしては目に見えぬもの、青春の否定の本能が時には自殺の形でもっとも直截《ちょくせつ》に否定しようと試みるもの、俊輔のいわゆる「生活に於《お》ける芸術行為」の不自然な介在なしにはその存在をさえ信じがたい或《あ》るものであった。それが悠一自身における彼の肉体の意味であった。これはまた一人の詩人における彼の詩才の如《ごと》き意味であったろう。

今悠一の目には、河田のあの滑稽な社会的矜持が、滑稽ではあるが、一種の必要欠くべからざる装飾という風に映った。一度辺幅を飾ることをおぼえた美青年は、男にとって、何が女にとっての宝石や毛皮の外套《がいとう》に匹敵するかを知るにいたった。この点でも河田の単純な虚栄心は、俊輔のそれよりも、はるかに直截に心に触れた。この種の虚栄心の愚劣と無意味とを、学生の身の悠一の心に吹き込んだのは俊輔だったが、迂闊《うかつ》にも老作家は、これを愚劣と思うことによって青春の潔癖を際立《きわだ》たせる力が、精神性の支柱のほかにはありえないことを見のがしていたのである。悠一に精神の蔑視を教えた彼は、精神を蔑視する本能や特権が、ひとり精神にだけそなわっていることを、故意に看過した傾きがあった。

悠一の若いまことに素直な心は、愚劣を知りながら愚劣を愛するという複雑な手続を、いともかるがるとやってのけた。この容易さは、精神のこみ入ったからくりが、肉体の単純な本能にかなわないところである。女が宝石をほしがるように、青年には社会的野心が芽生えた。ただ彼が女とちがっていたところは、認識の上だけでは、この世の凡《あら》ゆる宝石の無意味を知っていたことである。

認識の苦《にが》さ、青春を襲う認識のあのおぞましさに耐えるために、悠一には幸福な天《てん》賦《ぶ》があった。俊輔の手引によって、彼は名声や富や地位の虚《むな》しさだとか、人間の救うべからざる蒙昧《もうまい》と無智《むち》、なかんずく女の存在の無価値だとか、生の倦怠があらゆる情熱の本質をなすことだとか、それらさまざまな出来合の認識に目ざめたが、すでに少年期に人生をその醜さと共に発見していた彼の官能の傾きは、どんな醜さや無価値にも自明なものとして耐えることに馴れていたので、この平静な純潔のおかげで、認識はその苦さを免《まぬ》かれた。彼が見た生存のおそろしさや、生活の脚下にひらく暗い深淵《しんえん》の目くるめく感じは、康子の出産に際して彼が見者になるための、一種の健康な準備運動、青空の下における競技者の晴朗な肉体の鍛錬のごときものでしかなかった。

さて、悠一の抱いた社会的野心は、青年のそれらしく、多少好《い》い気《き》な、子供らしいものであった。彼に理財の才のあったことは、前にも述べたとおりである。悠一は河田の刺戟《しげき》をうけて、事業の人になろうと思った。

悠一の考えるところでは、経済学ははなはだ人間的な学問である。それが人間的欲望に直接深くつながるかつながらないかで、その一体系のもつ活力にも強弱を生ずる。かつて自由主義経済の発生期には、それは勃興《ぼっこう》する市民階級の欲望すなわち利己心に、緊密に結ばれることによって自律的機能を発揮したが、今日《こんにち》これが衰退期にあるのは、機構が欲望を離れて機械化し、欲望もまた衰弱するにいたったからである。新たな経済学体系は、新たな欲望を発見せねばならない。民衆の欲望の再発見は、全体主義と共産主義とが、おのおの別な形で意図したものであったが、前者は市民階級の衰弱した欲望にも、人為的な昂奮剤《こうふんざい》に似た哲学でもって火を点じ、これをよみがえらして結集しようとこころみた。ナチズムは深く衰弱を理解した。悠一はナチズムの人工的な神話、かくされた男色的原理、美青年をあつめた親衛隊や、美少年をあつめたヒトラー・ユーゲントの組織のうちに、この衰弱に関する該博《がいはく》な知識と深い知的共感を見出《みいだ》さざるをえなかった。一方、共産主義は衰弱した欲望の底にのこる一元化されたいという受動的欲望と、資本主義経済機構の矛盾がますますそれを尖鋭《せんえい》ならしむる貧困の新たな強烈な欲望に目をつけた。こうして経済学が種々の原始的欲望をたずねて遡《さかのぼ》る一傾向への恐怖心が、米国では、本能的に、やくざな精神分析学の流行をもたらした。この流行の自慰的な点は、欲望の源泉をたずねて、それを分析することによって、解消させたと信じることである。

しかし経済学部の学生としての悠一のこんな漠然《ばくぜん》とした思考には、彼の官能の宿命的な傾斜のおかげで、少なからず宿命論の匂《にお》いがにじんで来ていた。彼には旧《ふる》い社会の機構のさまざまな矛盾やそれから生ずる醜さが、生そのものの矛盾や醜さの投影としか見えず、機構の醜さの投影が生の醜さを形づくっているとは見えなかった。彼は社会の威力よりも、もっと生の威力を感じた。そのために彼には人間性の悪と信じられている諸部分と、本能的欲望とを、好んで同一物と見たがる傾きがあった。それがこの青年の、いわば逆説的な倫理的関心であったのである。

善や美徳が衰え、近代の発明した多くの市民的徳性が瓦礫《がれき》に帰し、民主社会の無力な偽善ばかりが跋扈《ばっこ》している今日では、諸悪がもう一度そのエネルギーを供給すべき好機が来ていた。彼は自分が見た醜さの力を信じた。多くの民衆的欲望のかたわらに、この醜さを置いてみた。共産主義の新たな道徳律は、民主社会の死んだ市民道徳のそばでは引立って見えたが、革命の無数の手段的な悪は、貧困の怒りが生む復讐《ふくしゅう》欲を除いては、かれらが正しいと信ずる目的意識にだけ倚《よ》りかかっている点で、最上のものではなかった。最上の悪は、無目的な欲望のなかに、理由のない欲望のなかにだけあるにちがいない。なぜなら、子孫の繁殖を目的とした愛、利潤分配を目的とした利己心、共産主義を目的とした労働階級の革命的情熱は、それぞれの社会において、善だからである。

悠一は女を愛さない。しかも女は悠一の子供を生む。あのとき彼は、康子の意志ではない、生の無目的な欲望の醜さを見たのであった。民衆もまた自ら知らずに、こうした欲望によって生み出されて来るのかもしれない。悠一の経済学は、こうして新たな欲望を発見し、彼は身自らそういう欲望に化身しようという野心を抱くにいたった。

悠一の人生観には、若さに似合わず解決を求めようという焦躁《しょうそう》がなかった。社会的矛盾と醜さを見ると、その矛盾と醜さ自体に成り変ろうとする奇態な野心を持った。生の無目的な欲望と、おのが本能とをごっちゃにし、彼は事業家としてのさまざまな天賦を夢み、俊輔がきいたら目をそむけそうな凡庸な野心のとりこになった。その昔、愛されることに馴《な》れた「美しきアルキビアデース」も、そのようにして虚栄の英雄になったのである。悠一は河田を利用しようと考えるにいたった。

＊＊＊

夏になった。一ヶ月にみたない嬰児《えいじ》は、眠っては泣き、泣いては乳を呑《の》むばかりで、何程のこともない。しかしその単調な日常は見れども飽かず、子供っぽい好奇心にかられた父親が、嬰児が後生大事に握りしめている糸屑《いとくず》の小さな固まりを見たさに、固く握った小さい拳《こぶし》をむりに開けようとして、たびたび母親に咎《とが》められた。

悠一の母も、望みに望んでいたものが見られた喜びから俄《にわ》かに元気になり、分娩《ぶんべん》前危ぶまれた康子の種々な症状も、産後跡方もなく消えてしまったので、悠一をとりまく一家の幸福は気味のわるいほどであった。

すでに康子の退院の前日、渓子《けいこ》の名が名付けられた御七夜《おしちや》の日に、里から祝着が贈られた。緋《ひ》の絽《ろ》縮緬《ちりめん》に、南家のかたばみの紋章を金糸で縫い取った祝着には、鴇《とき》いろの帯と、紋の刺繍《ししゅう》のついた赤錦の巾着《きんちゃく》が添えられていた。これが祝物の先駆であった。ほうぼうの親戚《しんせき》知友から、紅絹白絹が来る。ベビー・セットが来る。特に紋章を彫らせた銀の小匙《こさじ》が来る。これで渓子は、文字どおり、「銀のスプーンを口に」して育つことになるであろう。硝子《ガラス》のケース入りの京人形が来る。御所人形が来る。ベビー服が来る。幼児用の毛布が来る。

ある日、百貨店から、大きな臙脂《えんじ》いろの乳母車が届いて、そのまことに贅沢《ぜいたく》な造りが、悠一の母をおどろかせた。誰《だれ》だろうね、こんなものをくれたのは。まあ、知らない方だよ、と彼女は言った。悠一は送主の名前を見た。河田弥一郎《やいちろう》と書いてある。

母に呼ばれて、悠一が内玄関へ行ってそれを見たとき、ふいに不快な記憶が蘇《よみがえ》って彼を搏《う》った。去年妊娠の診断があってしばらくのち、夫婦で康子の父の百貨店へゆき、その四階の売場の前で康子が永いこと立止って見ていた乳母車にそっくりだったからである。

こんな贈物のおかげで、彼は母や妻に河田弥一郎との交際のあらましを、当りさわりのない範囲で話さねばならなかったが、母は河田が俊輔の教え子だというだけで納得し、悠一が高名の先輩に愛される人柄《ひとがら》であることに、改めて満足の態《てい》であった。そこで夏の訪れた最初の週末に、河田から葉山一色《いっしき》海岸の別荘への招きをうけると、むしろ行くようにすすめたのは母のほうである。奥さんや御家族の方々によろしくね、と彼女は言い、持ち前の義理堅さから、返礼の菓子を息子に持たせてやった。

二百坪ほどの芝生の庭を控えた別荘は、そう広い家というのではない。三時ごろそこへ着いた悠一は、硝子戸を開け放った縁先の椅子《いす》に、河田と差向いに坐っている年老いた人が、俊輔であることにおどろいた。悠一は汗を拭《ぬぐ》いながら、海風の吹きかよう廻り縁を、笑顔で二人のほうへ近づいた。

河田は人前では、おかしいくらい感情を抑制する。わざと悠一の顔を見ずに、ものを言う。しかし母の口上を添えてさし出した菓子包を、俊輔がからかったので、三人の心持はほどけて、常のようになった。

悠一は卓上の冷たい飲物のコップのかたわらに展《ひろ》げられた市松模様の盤を見た。西洋将棋《チェス》である。盤上には王の駒《こま》、女王の駒、僧正の駒、騎士の駒、城館の駒、兵卒の駒がある。

チェスをするかと河田が訊《き》いた。俊輔は河田からチェスを習っていたのであった。

悠一はしないと答えた。それでは風のいうちに、早速出かける仕度をしようと河田は提案した。悠一が来たら、三人で車で逗子《ずし》鐙摺《あぶずる》のヨット・ハーバアへゆき、河田のヨットに乗る約束が、俊輔とも出来ていたのである。

河田は若がって、派手な無地の黄のシャツを着ていた。老いた俊輔さえワイシャツに蝶《ちょう》ネクタイを結んだ姿である。悠一は汗に濡《ぬ》れたシャツを脱ぎ、卵いろのアロハに着換えた。

ヨット・ハーバアへゆく。河田の海馬《シーホース》五号のヨットは、「イポリイト号」というのである。この名は、もちろんそれまで言わずにいたのが河田のもてなしの一部であったが、大いに俊輔と悠一を興がらせた。そこには米人の所有にかかるGOMENNASAI号というヨットもあった。NOMO（呑もう）号というヨットもあった。

雲は多かったが、午後の日は大そうはげしく、海をへだてて見る逗子海岸には、週末の夥《おびただ》しい人出があった。

悠一の前後左右に在るのは、すでに疑いようのない夏の姿である。ヨット・ハーバアのコンクリートの眩《まば》ゆい斜面は、そのままの角度で水に没してゆき、しじゅう海水に浸っている部分は、あるものは半ば石化した無数の貝と微細な気泡《きほう》を含んだすべりやすい苔《こけ》におおわれていたが、碇泊《ていはく》している多くのヨットの檣《ほばしら》をかすかに揺らし、船腹に波紋の光りの反映をひろげる程度の、波ともいえないほどの波をのぞいては、外海から低い防波堤の間をとおって、この小さな港内の水面をさわがしに来る波はなかった。悠一は着ていたものを悉《ことごと》くヨットへ投げ入れ、水着ひとつになって、腿《もも》まで水に涵《ひた》って、イポリイト号を押し出した。彼は陸にいては感じられない低い海風が、海面をつたわって、顔に直《じか》に親しくぶつかるのを感じた。ヨットが港外へ出る。河田は悠一のたすけを借りて、船の中央に挿《はさ》まれている亜鉛鍍金《めっき》をした鉄の重いセンタア・ボードを水中に下ろした。河田はヨットの得手《えて》である。しかし操帆の際に、いつもよりひどい歪《ゆが》みをおこす顔面神経痛は、頑固《がんこ》にくわえているパイプをその口から海の中へ落しはすまいかと気遣われた。パイプは落ちずに、船は西へ向って江ノ島を志した。そのとき西空高く、荘厳《そうごん》な雲の眺《なが》めがあった。数条の光りが雲をつんざいて、古い戦争画中のそれのような光芒《こうぼう》の末端をこなたへ向けていた。そこで、自然に親しまないあまりに想像力のさかんな俊輔の目は、濃紺のうねりに充《み》ちた沖の海面に、死屍累々《ししるいるい》の幻を見たのである。

「悠一君は変ったね」

俊輔がそう言った。河田が答えた。

「いや、変ってくれればいいんですがね。相かわらずですよ。こうして海の上にいるあいだだけ、安心していられるようなものでして。……この間も、（まだ梅雨《つゆ》のうちでしたが）、一緒に帝国ホテルへ飯を食いに行って、あとでそこのバアで呑んでいると、一人の美少年が外人に連れられて入って来たのが、悠ちゃんと瓜二《うりふた》つの身装《みなり》をしているじゃありませんか。ネクタイから洋服から、あとでよく見ると、靴下《くつした》までおんなじなんです。悠ちゃんとその美少年とは、軽く目で挨拶《あいさつ》を交わしていましたが、二人とも具合の悪がっていることがはっきりわかりました。……ああ、悠ちゃん、風が変った。その索《シート》をそっちへ引張ってくれ。そうだ。……ところで、もっと具合の悪いのは、私とその知らない外人のほうでした。ちらと目が合って以来、お互いに気にしないではいられないのです。そのときの悠ちゃんの身装は、私の趣味ではなく、彼がどうしてもこれがほしいというので、仕方なしに誂《あつら》えたアメリカ趣味の洋服やネクタイでしたが、そのときから、悠ちゃんはあの美少年としめし合せて、二人で出かける折に同じ身装で歩けるように、計画していたらしいのです。それが妙な偶然で、具合わるく、それぞれの兄分と現われたときに会ってしまったので、悠ちゃんと美少年とは、自分たち同士の関係を自ら告白する形になったのです。美少年は色白の水際立《みずぎわだ》った美しい子で、その目の清純さや微笑の愛嬌《あいきょう》は、美貌《びぼう》にひとしお活々《いきいき》とした力を添えていました。御承知のとおりひどいやきもちやきの私は、それから一晩中、大そう機嫌を悪くしていました。だって、あなた、私とその外人とは、目前で裏切られたのも同様ですから。……悠ちゃんはというと、弁解をすればするだけ疑われることを知っていて、これも石のように黙ってしまいます。私ははじめのうちこそ激怒して苦情を並べますが、おしまいには根負けがして、逆にこちらから機嫌をとることになります。いつも同じ成行、いつも同じ結果です。時には仕事にも差支《さしつか》えて、冴《さ》えているべき判断が曇ったりすると、人がどんな目で見ているか怖《こわ》くなります。先生、おわかりですか。私のような事業家の、大きな機構、三つの工場、六千人の株主、五千人の従業員、トラックだけでも八千台にちかい年産能力、それらの全部に影響を与える私という人間が、私生活において一人の女の影響下にあるというなら、まだしも世間でわかってもらえるでしょう。しかし、この私が、二十二三の一学生の支配下にあると知ったら、こんな秘密の滑稽《こっけい》さに、世間は呵々大笑《かかたいしょう》するでしょう。われわれは、悪徳を恥じているのではありません。滑稽さを恥じているのです。自動車会社の社長が男色家であること、それはすぎし昔なら知らぬこと、今では百万長者に万引の癖があるとか、絶世の美人がおならをするとか、そういうことに類した滑稽なのです。人間は或《ある》程度までの滑稽さは、これを逆用して、人に愛されるための道具に供しますが、限度以上の滑稽さになると、他人がこれを笑うことをゆるしません。ドイツのクルップ鉄工所の社長の三代目クルップが前大戦前、どうして自殺したか、先生は御存知ですか。あらゆる価値を顚倒《てんとう》させてしまうこの愛が、彼の社会的矜持《きょうじ》を根こそぎにし、彼を社会の空中に支えておくバランスをぶちこわしてしまったのです。……」

こんな永ったらしい愚痴は、河田の口から出ると、まじめな訓示や演説のようになってしまい、俊輔は合槌《あいづち》を打つ暇も見つけることがむつかしかった。しかもこの破滅的な物語のあいだというもの、ヨットはたえず河田の操帆によって見るも軽《かろ》やかにその均衡を取り戻《もど》しては進んで行った。

一方、悠一は、裸かの身を舳《へ》先《さき》に横たえ、じっと船の志す方に瞳《ひとみ》を凝らし、どうせ悠一の耳にきかせる効果をねらっていることを知りながら、中年の語り手と初老の聴手とに身を背《そむ》けていた。その光沢のある背中の肌《はだ》には日光が映るかと思われ、まだ日に灼《や》けないその大理石の若い肉は夏草の香を放っている。

江ノ島が近づくにつれ、北のかた鎌倉市街のきらきらした遠望に背を向けて、河田はイポリイト号を南へめぐらした。二人の対話は終始悠一に関《かか》わりながら、悠一をよそに運んだ。

「ともかく悠一君は変りました」

と俊輔が言った。

「私には変ったとは思えない。変ったと仰言《おっしゃ》るのは何故《なぜ》ですね」

「何故ともいえない。とにかく変った。私の見る目には怖《おそ》ろしいほど」

「彼は今では父親です。しかも彼は子供です。本質的には何も変りません」

「これは議論にはならん。悠一君については私より貴下《あなた》のほうがよほどよく御存知だ」――俊輔は用心深く持参した駱駝《らくだ》の膝掛《ひざかけ》で、神経痛の膝を潮風から護《まも》りながら、狡猾《こうかつ》に話頭を転じた。「今貴下の言われた人間の悪徳と滑稽さの関係、私もそれには大いに興味がある。現代では、われわれの教養の中から、かつてはあれほど精細を極めていた悪徳に関する教養が、根こそぎ葬《ほうむ》り去られてしまった。悪徳の形而上学《けいじじょうがく》は死んでしまい、その滑稽さだけが残って、笑いものにされている。そういうわけですな。滑稽な病気は生活のバランスをめちゃめちゃにするが、悪徳が崇高である限り、生活のバランスを壊さない。この理窟《りくつ》は可笑《おか》しくはありませんかね。それは崇高なものが現代では無力で、滑稽なものにだけ野蛮な力があるという、浅墓《あさはか》な近代主義の反映ではありませんかね」

「私は別に、悪徳が崇高視されることを要求してはおりません」

「凡庸な、最大公約数の悪徳なんぞがあるとお思いかね」俊輔は何十年か前の教壇口調になった。「古代スパルタの少年たちは、戦場の敏捷《びんしょう》さの訓練のために、うまく仕《し》了《おお》せた窃盗《せっとう》は罰せられなかった。一人の少年が狐《きつね》を盗んだ。しかし仕損《しそこな》って捕えられた。彼は衣服の下に狐を隠し、犯行を否定した。狐が少年の腸《はらわた》を喰《く》い裂いた。彼はしかも、否定しつづけて、苦痛の叫びもあげずに死んだ。こんな話が美談とされるのは、克己のほうが窃盗よりも道徳的なので、すべてを償ったためだと云われるかもしれない。そうではない。彼は露見によって非凡な悪徳が凡庸な犯罪に堕することを恥として死んだのです。スパルタ人の道徳も、古代希臘《ギリシャ》の例に洩《も》れず審美的だった。精妙な悪は、粗雑な善よりも、美しいから道徳的なのです。古代の道徳は単純で力強かったから、崇高さはいつも精妙の側にあり、滑稽さはいつも粗雑の側にあった。ところが現代では、道徳が美学と離れた。道徳は卑賤《ひせん》な市民的原理によって、凡庸と最大公約数の味方をします。美は誇張の様式になり、古めかしくなり、崇高であるか、滑稽であるか、どちらかです。この二つは、現代では、同じものをしか意味しません。ところで、さっきも言ったように、無道徳な似非《えせ》近代主義と似非人間主義が、人間的欠陥を崇拝するという邪教を流布《るふ》した。近代の芸術は、ドン・キホーテ以来、滑稽崇拝のほうへ傾いています。自動車会社の社長としての貴下の男色癖が滑稽なのは、崇拝されていると思ってよろしいでしょう。つまり滑稽である以上、美的なのですから。貴下の教養もそれに抗し得ないということになれば、ますます世間をよろこばせます。

貴下がぶっこわれる、そうなれば正に尊敬に値いする近代的現象だ」

「人間的！　人間的！——」と河田は独りごちた。「われわれの唯一《ゆいいつ》の遁《のが》れ場所、唯一の弁明の根拠はそれですね。しかし人間性を引合いに出さなければ自分が人間であるというめども摑《つか》めないなんて、これこそ倒錯そのものじゃありますまいか。本当は、人間が人間である以上、世間でふつうそうしているように、人間以外のもの、神だとか、物質だとか、科学的真理だとかを援用したがるほうが、もっとずっと人間的ではありますまいか。おそらくすべての滑稽さは、われわれが自分を人間だと主張したり、自分の本能を人間的だと弁護したりするところにあるようです。ところがその聴手の筈《はず》の世間の人たちのほうは、てんで人間なんぞに興味を持っておりません」

俊輔が薄笑いをしてこう言った。

「私は大いに興味を持っておりますよ」

「先生は別格ですな」

「そうです。私は何しろ芸術家という猿《さる》だから」

舳先ではげしい水音が起った。見ると悠一が、多分彼を置きざりにした退屈な対話にうんざりして、海へとびこんで泳ぎだしたのである。滑らかな波間からは、滑らかな背の筋肉と形のよい腕とが、かわるがわる輝やいて露《あら》われた。泳ぎ手は目当《めあて》なしに泳ぎだしたのではない。ヨットの右手百米《メートル》突のところに、さっき鐙摺《あぶずる》からもその奇怪な形を沖にうかべているのが望まれた那島《なじま》がある。那島はまばらな岩の連なりが辛《かろ》うじて海に没せずにいる低い横長の島である。樹《き》と云っては、発育の悪い一本《ひともと》の曲った松があるにすぎない。そして無人の島のながめを一そう奇怪にしているのは、中央の岩の上に水平線を抜きん出て聳《そび》え立つ巨大な鳥居で、まだ仕上っていないその鳥居は、周囲から数本の大綱《おおづな》で支えられていたのである。

鳥居はさきほどの雲間の光芒の下に、その大綱の影をつらねた意味ありげな影絵をなして聳えていた。工人の姿はなく、鳥居のむこうにあるべき社《やしろ》も、まだ建造中とみえて、見られない。したがって、鳥居はどちらを向いているのか判然としない。鳥居自体もそのことには無関心のように見える。対象のない礼拝の形を模したかのように、海の上に静かに佇《たたず》んでいる。そしてその影は黒いが、あたりは西日にきらめき渡った海である。

悠一は一つの岩にとりついて、島へ上った。子供らしい好奇心から、鳥居のところまで行ってみたい衝動にかられたのであろう。彼は岩間にかくれ、また岩にのぼった。鳥居のところへ来ると、その美しい塑像の線は、西空の焔《ほのお》を背に、裸かの青年の見事な影絵をえがいた。彼は片手を鳥居に支《か》て、片手を高くあげて、ヨットの二人へ合図をした。

暗礁《あんしょう》に乗り上げない程度の近距離まで、そこへ泳ぎかえる悠一を待つために、河田はイポリイト号を那島へ近づけた。

俊輔は鳥居のかたわらの若者の影を指さして、こう訊《き》いた。

「あれは滑稽かね」

「いや」

「あれはどうなんだね」

「あいつは美しい。怖ろしいことだが、事実は仕方がない」

「それなら、河田君、滑稽さはどこに在るんだ」

河田は、決してうつむかない額を、ややうつむけて、こう言った。

「私は自分の滑稽さを救わねばならん」

これをきくと、俊輔が笑い出した。そのとめどのない笑いは海をこえて悠一の耳まで届いたのであるらしい。美青年が岩をつたわって、イポリイト号に近い汀《みぎわ》のほうへ駈《か》けて来るのが見えた。

一行は森戸海岸の前までゆくと、岸に沿うて鐙摺へ引返し、ヨットをしまってから、車で逗子海岸の海浜ホテルへ夕食をとりに行った。そこのホテルは小《こ》体《てい》な避暑用のホテルであるが、近ごろ接収を解除されたもので、接収中はヨット・クラブの多くの個人のヨットも、宿泊の米人の遊覧用に、挙げて接収されていたのである。ホテルが接収を解かれたので、その前の海岸も、今年の夏からは、永らく人の怨嗟《えんさ》を買った柵《さく》を取払われて、一般の用に供されるにいたっていた。

ホテルに着いたときはすでに夕景である。芝生の庭には五つ六つ、円卓と椅《い》子《す》が並べてあるが、卓を貫ぬいて立っている色とりどりの海浜傘《がさ》は、すでに糸杉《いとすぎ》のようにとざしている。海岸の人出はまだ少くない。Rチューインガムの広告塔の拡声器は、かまびすしく、流行歌のレコードをつたえる合間に、次のような抜目のない広告を織り込んだ迷児《まいご》の放送を繰り返していた。

「迷児でございます。迷児でございます。三歳ぐらいの男の子さんで、水兵帽には健二というネームが入っております。お心当りの方は、Rチューインガムの広告塔の下までおいで下さい」

食事がすむと三人はすでに暮色に包まれた芝生の卓を囲んだ。海岸の人出は俄《にわ》かに消え、拡声器は黙り、波音ばかりが高くなっている。河田が席を立った。残された老人と青年との間には、この二人がいつも陥りがちな、馴《な》染《じみ》深い沈黙があった。

ややあって、俊輔が口を切った。

「君は変ったね」

「そうですか」

「たしかに変った。私は怖ろしい。何か私には予感がしていたのだ。君が君でなくなる日が、いつか来なければならぬ、という予感がしていた。何故かといえば、君はラジウムだからだ。放射性物質だからだ。思えば私は、永いことそれを怖れていた。……しかしまだとにかく、君は幾分か、前どおりの君なんだ。今のうちに別れたほうがいいかもしれない」

『別れる』という言葉は青年を失笑させた。

「別れるなんて、まるで先生と僕との間に、今まで何かあったみたいですね」

「たしかに『何か』が在った。君はそれを疑うのか」

「僕には低級な言葉しかわからないんです」

「そら、そんな言い草が、もう昔の君ではない」

「それじゃあ、……黙っていましょう」

こんなさりげない会話が、老作家のどれほどの永い迷いと深い決断から語られたか、悠一にはわかっていなかった。俊輔は夕闇《ゆうやみ》の中で吐息をついた。

檜俊輔《ひのき》には、自ら創《つく》り出した深甚《しんじん》な迷いがあった。この迷妄《めいもう》は深淵《しんえん》を抱《いだ》き、広野を擁していた。青年なら一日も早くこんな迷妄から醒《さ》めるべきだろう。しかし俊輔の年齢では、すでに覚醒《かくせい》の価値が疑われていた。醒めることは、更に一層深い迷いではないのか。どこへ向って、何のために、われらは醒めようと望むのか。人生が一つの迷妄である以上、この錯雑した始末に負えない迷妄のうちに、よく秩序立ち論理づけられた人工的な迷妄を築くことこそ、もっとも賢明な覚醒ではないのか。醒めまいという意志が、癒《なお》るまいという意志が、今や俊輔の健康を支えていた。

彼の悠一に対する愛は、このようなものであった。彼は悩み、苦しんだ。作品の美的形成に関する周知のアイロニイ、平静な線をえがくために費される魂の苦悩と惑乱が、ついにはその描かれた平静な線の上にだけ、おのが苦悩と惑乱の真の告白を自ら見出すにいたるアイロニイは、この場合にも働らいた。彼は最初に意図した平静な線を固執することによって、告白の権利と機会を保有したのであった。もし愛が、この告白の権利を奪うにいたれば、告白されざる愛は、芸術家にとって存在しない。

悠一の変貌は、俊輔の敏感な目に、この種の危険の予感を描いてみせたのである。

「とにかく、辛《つら》いことだが……」――俊輔の皺《しわ》枯《が》れた声が、闇の中から言った。

「……私にとって、表現しようもないほど辛いことだが……、私は当分、悠ちゃん、君に会うまいと思う。今までだって、君は言を左右にして、私に会うまいとしてきた。それは君が会うまいとしたのだ。今度は私のほうで、会わないのだ。……しかし君に必要が生じたら、どうしても私に会う必要が生じたら、そのときは喜んで会おう。今の君は、そんな必要は生じないと信じるだろうが……」

「ええ」

「そう信じるだろうが……」

俊輔の手は、椅子の肱掛《ひじかけ》に置かれた悠一の手に触れた。夏のさなかというのに、その手ははなはだ冷たい。

「ともかくそれまで会うまい」

「そうしましょう。先生がそう仰言《おっしゃ》るなら」

沖には漁火《いさりび》がまたたきだし、二人は又、当分それも味わう機会のないであろう、気づまりな馴染深い沈黙に落ちた。

ビールとコップをのせた銀盆を捧《ささ》げて闇の中を来るボオイの白服を先立てて、河田のシャツの黄が近づいた。俊輔はさり気ない風をする。河田がむしかえす先程の議論のつづきに、皮肉屋の快活さを保って応酬する。胡乱《うろん》な議論は果てしもしれぬように思われたが、やがてつのった冷気が、三人を戸内のロビイへ呼び戻した。その晩、河田と悠一はホテルに泊ることになり、俊輔も河田がとった別室へ泊るようにすすめられたが、この親切な申出は固辞されたので、河田は運転手に命じて俊輔一人を、東京へ送り帰すことを余儀なくされた。車中、駱駝の膝掛に包んだ老作家の膝ははげしく痛んだ。運転手は呻《うめ》き声におどろいて車を止めた。俊輔はかまわず走るようにと命じた。内かくしから、持薬のモルヒネ剤パビナールを出して呑んだ。鎮痛剤の気のとおくなるような薬効は、老作家の精神的な痛みをもはぐらかし、何も考えなくなったその心は、沿道の街灯の数を無意味に数えた。ナポレオンが行進の際、馬上から沿道の窓の数を数えずにはいられなかったという奇妙な挿話《そうわ》を、このはなはだ非英雄的な心が、想起していたのである。

第二十七章　間　奏　曲

渡辺稔《わたなべみのる》は十七歳である。色白の、整った丸顔で、眉目《びもく》はやさしく、笑顔は笑窪《えくぼ》を伴《ともな》って美しい。彼は某新制高校の二年生である。終戦末期の三月十日の大空襲が、下町の雑貨商であった彼の家を烏有《うゆう》に帰せしめた。両親と妹は家と共に焼死し、彼一人が生残って、世田谷《せたがや》の親戚《しんせき》の家に引取られた。親戚の家の主人は、厚生省の属官で、決して富裕なくらしではない。稔一人の口がふえただけでも容易ではない。

稔が十六歳の秋、アルバイトのために、新聞広告をたよって神田の某喫茶店のボオイになった。放課後そこへ行って、十時の看板まで、五六時間勤めればよいのである。学期試験の前には、七時をまわると、帰宅が黙認される。給料もよく、稔はよい勤め口をみつけたと言わねばならない。

加之《のみならず》、稔は店の主人に大そう気に入られた。主人は四十がらみの、鋭く痩《や》せた無口で実直な男である。五六年前細君に逃げられたとかで、いまだに独り身をつづけて、店の二階に起居している。名を本多福次郎という。一日、この男が、世田谷の稔の伯父の家を訪れて、稔を養子にもらいたいという申出をした。この申出は渡りに船であった。ただちに養子縁組の手続がとられ、稔の姓は本多になった。

稔は今でもときどき店を手伝うことがある。しかしそれは趣味からするのである。毎日が気儘《きまま》な学生生活のほかには、たびたび養父に連れられて、食事をしに行ったり、劇場へ行ったり、映画館へ行ったりする。福次郎は旧派の芝居を好むが、稔と出かけるときには、稔の好きな騒がしい喜劇や、西部劇の映画を一緒に見る。稔は夏冬の少年らしい衣類を買ってもらう。スケート靴《ぐつ》を買ってもらう。こういう生活は、稔にとってはじめてのもので、時たま遊びに来る伯父の家の子供は羨《うらや》んだ。

そのうちに稔の性格に変化が生じた。

笑顔の美しさは変らないが、孤独を愛するようになったのである。たとえば、パチンコ屋へ行くにも一人で行く。勉強をすべき時間に、パチンコの機械の前に三時間も立ちつづけている。学校の友達ともあまり附合《つきあ》わない。

このまだ柔らかな感受性に、居たたまれない嫌悪《けんお》と恐怖が刻まれて、世のつねの少年が不良化するのとはむしろ逆に、自分の将来に堕落の幻影をえがいておののいていた。自分がいずれはだめになるという固定観念に熱中した。夜、ほのぐらい行灯《あんどん》を灯《とも》して、銀行の片蔭《かたかげ》などに坐っている人相見を見ると恐怖にかられ、自分の額に非運や犯罪や堕落の未来がうかんでいはしないかと考えて、いそぎ足でその前をゆき過ぎた。

しかし稔は、自分の明るい笑顔を愛しており、笑っている歯列の清潔な白さに希望をつないだ。あらゆる汚濁を裏切って、その目も清純で美しい。街角の思わぬ角度の鏡が映すうしろ姿も、涼しく刈り上げられた項《うなじ》も、清純で少年らしい。外見が崩れていないあいだは安心だとそのときは思うが、こんな安堵《あんど》も永くはつづかなかった。

彼は酒をおぼえ、探偵《たんてい》小説を耽読《たんどく》し、また煙草《たばこ》を喫《の》むことをおぼえた。香ばしい煙が胸にふかぶかと流れ込んでくるのは、まだ形を成さない未知の思念が胸底から何ものかを誘い出すように思われる。自己嫌悪でめちゃくちゃな日は、戦争がもう一度起ればよいがとねがい、大都会を包む劫火《ごうか》を夢みたりする。その劫火の中で、死んだ両親と妹にめぐり会えるような気がしたのである。

彼は刹那《せつな》的な昂奮《こうふん》と、絶望的な星空とを同時に愛した。三月《みつき》で靴がだめになるほど、夜は町から町へとさまよい歩いた。

学校からかえって、夕食をたべて、派手な少年らしい遊び着に着かえる。するとその姿は、夜半まで店には見えないのである。養父は心痛したが、あとをつけて出ると、どこまでも一人なので、嫉妬《しっと》を免《まぬか》れた安堵や、年の隔たった自分がよい遊び相手ではないという負目《ひけめ》から、叱言《こごと》をさしひかえて、するに任せた。

夏休みの一日、空は曇って海へ行くには涼しすぎる。稔は真紅に椰子《やし》の模様を白抜きにしたアロハを着て、世田谷の家へ行くと嘘《うそ》をついて外出した。このアロハの真紅は、少年の白い肌《はだ》によく似合った。

彼は動物園へ行きたいと思ったのである。地下鉄の上野駅で下りて、西郷さんの銅像の下まで来る。そのとき翳《かげ》っていた日は雲間にあらわれ、高い御影石《みかげいし》の石段が燦爛《さんらん》とした。

石段の途中で、光りのためにほとんど焔《ほのお》のみえない燐寸《マッチ》で煙草に火をつけると、彼は孤独な快活さにあふれて、のこりの石段を飛ぶように昇った。

この日、上野公園の人出は少なかった。色彩写真の獅子《しし》の寝姿を印刷した切符を買い、人のまばらな動物園の門をくぐった。稔は道順の矢印に頓着《とんちゃく》せず、足の赴《おもむ》くままに左方へ歩いた。暑熱の中に漂う獣の匂《にお》いは、自分の寝藁《ねわら》の匂いのように親しみぶかい。麒麟《きりん》の檻《おり》が目の前に見える。麒麟の瞑想《めいそう》的な顔から、首をつたわって背のほうへ、雲の翳が下りて来て、日がかげった。麒麟は尾で蠅《はえ》を払いながら歩いているが、一歩毎《ごと》にその長大な骨の組立細工がぐらつくかのように歩く。稔はまた、暑さにうだって、狂おしく水とコンクリートの陸地との間を、昇ったり降りたりする白熊《しろくま》を見た。

とある径《みち》をゆくと、不忍池《しのばずのいけ》を見渡す場所へ出た。

池《いけ》の端《はた》通りを自動車はきらめいて走り、西のかた東大の時計台から南のかた銀座の街衢《がいく》にいたるでこぼこな地平線は、ところどころ夏の日に映えて、燐寸箱ほどの白いビルディングが石英のように光っていたりする。それが不忍池の曇った水面や、瓦斯《ガス》が減ってゆがんだ球形をものうく空中にたゆたわせている上野某百貨店の広告気球や、その百貨店の沈鬱《ちんうつ》な建物と対比をなしている。

ここには東京があり、都会の感傷的な展望があった。少年は自分が丹念に歩きまわった幾多の街路が、この展望のなかに悉《ことごと》く身を隠しているのを感じた。そして幾多の夜の放浪が、この明るい展望のなかでは跡方もなく拭《ぬぐ》い去られ、自分が夢みたあの不可解な恐怖からの自由も、跡方のないものに感じられた。池の端七軒町のほうから池ぞいにまわってくる電車が、彼の足もとをゆるがせて、とおった。稔はまた動物を見に引返した。

動物の匂いは遠くからした。もっとも匂いのはげしいのは河馬《かば》の部屋である。河馬のデカ雄とザブ子は、濁った水の中から鼻だけをうかべて澱《よど》んでいる。左右に床《ゆか》の濡《ぬ》れた檻があって、主《あるじ》の留守のあいだの餌箱《えさばこ》をねらって、二疋《ひき》の鼠《ねずみ》が檻を出たり入ったりしている。

象は藁を一束ずつ鼻で巻いては口に入れ、まだ喰《く》いおわらぬうちに次のを巻く。ときどきたくさん巻きすぎて、臼《うす》のような前肢《まえあし》をあげて余計な分をはたき落した。

ペンギンたちは、カクテル・パーティーの人々のように、思い思いの向きに立ち、片羽をしばらく身から離したり、お尻《しり》をふったりしていた。

麝香猫《じゃこうねこ》は、餌の雞《にわとり》の赤い首がいっぱい散らかった床よりも、一尺ほど高い寝床の上に、二疋折り重なって、ものうげにこちらを見ていた。

ライオンの夫婦を見て満足した稔は、もう帰ろうかと思った。しゃぶっていたアイス・キャンデーもすでに溶けた。そのとき近くにまだ見ていない小館があるのに気づいて、近づくと、小鳥室であった。窓の模様化したカメレオンの色絵硝子《ガラス》が、少し割れている。

小鳥室には、背を向けている純白のポロ・シャツの男が一人いるきりである。稔はチューイン・ガムを嚙《か》みながら、顔より大きい白い嘴《くちばし》をもった犀鳥《さいちょう》をしげしげと見た。十坪たらずの室内は、がさつな、奇矯《ききょう》な啼声《なきごえ》にみち、ターザンの活動写真に出てくる密林の鳥の声にそっくりだと感じた稔が、その声の主をたずねると、鸚鵡《おうむ》であった。小鳥室には鸚鵡と鸚哥《いんこ》がもっとも多い。紅金剛鸚哥《べにこんごう》は羽根の彩色がひときわ美しい。白い鸚鵡たちは一せいにうしろを向き、その一羽は餌箱の裏を、ハンマアで叩《たた》くように固い嘴で一心不乱に叩いている。

稔は九官鳥の籠《かご》の前へ来た。汚れた黄いろい脚をとまり木にかけ、黒い羽根毛に頰《ほお》だけが黄の鳥が、茜《あかね》いろの嘴をひらいて、何を言うかと思ったら、「おはよう」と言う。

稔は思わず頰笑《ほおえ》んだ。となりにいた純白のポロ・シャツの青年も頰笑んで、稔のほうへ顔を向けた。稔の背丈は青年の眉《まゆ》の高さほどだったので、向けた顔は、少しうつむいていた。二人の目が会う。その目は離れない。お互いに相手の美しさに愕《おどろ》いたのである。チューイン・ガムを嚙むために動かしていた稔の口の動きは止《や》んだ。

「おはよう」と又しても九官鳥が言う。「おはよう」と青年が口真似《くちまね》をする。稔は笑った。

美青年は籠から目を離して、煙草に火をつけたので、稔も負けまいとして、ポケットから皺《しわ》くちゃになった外国煙草の包みを出して、それからあわてて、チューイン・ガムをはき出して、一本を口にくわえた。次の燐寸を点じた青年が、火をすすめた。

「君も煙草を喫むんですか」

と青年が愕いたように訊《き》いた。

「ええ、学校じゃ、いけないんですけど」

「学校はどこ?」

「N学院です」

「僕《ぼく》は」と美青年は著名な私立大学の名を言った。

「君の名前をきいてもいい?」

「稔っていいます」

「僕も名前だけにしておこう。悠一《ゆういち》って言うんだよ」

二人は小鳥室を出て、歩き出した。

「君は真赤なアロハが似合うね」

青年がそう言ったので、稔は赧《あか》くなった。

彼らはいろんなことを話し合い、稔は悠一の若さと気さくな会話と美貌《びぼう》とに魅せられた。悠一のまだ見ていない動物の檻へ、すでに見ている稔が案内した。十分もすると、二人は兄弟のようになった。

『この人もアレだな』と稔は思っていた。『でもこんなにきれいな人が、アレだということは、なんて嬉《うれ》しいんだろう。この人の声も、笑い方も、体の動かし方も、体全体も、匂いもみんな好きだ。早く一緒に寝てみたいな。この人にならく何でもさせてやるし、何でもしてやろう。僕のお臍《へそ》を、きっとこの人も可愛《かわい》いと思うだろう。』

——彼はズボンのポケットに手を入れて、突っ張って痛くなったものを、うまく向きをかえて、楽にした。そのポケットの底に、もう一片チューイン・ガムが残っていたのに気づいて、それを出して、口へ放り込んだ。

「貂《てん》を見た？　まだ見なかったの？」

稔は悠一の手を引いて、小動物の臭い檻のほうへ行った。かれらはつないだ手をそのままにした。

対馬《つしま》貂の檻の前には、この動物の習性を説明して、「朝早くか夜、椿《つばき》林の中を活動して、花の蜜《みつ》を吸う」などと誌《しる》した札が懸っている。小さな黄いろの貂が三匹、その一匹は口に真紅《まっか》な雞の首の雞冠《とさか》をくわえて、疑わしそうにこちらを見ている。見ている彼らの目とこの小動物の目は会ったが、こちらの目が見ているのは貂に他《ほか》ならないが、むこうの目が人間を見ているとは限らない。しかし悠一と稔は、二人とも人間たちの目よりも、貂の目のほうを愛していることを感じていた。

かれらの首筋はひどく暑くなった。日が射《さ》して来たのである。すでに傾いているが、その光りは大そう劇《はげ》しい。稔は背後を見た。あたりに人影はなかった。知り合ってから三十分後のかれらは自然に軽い接吻《せっぷん》をした。『僕は今すごく幸福だ』と稔は思った。この少年は官能的な幸福だけしか教えられていなかった。世界はすばらしくて、誰《だれ》もいなくて、しんとしていた。

獅子の吼《ほ》える声が、あたりにひびいた。悠一は目をあげて、こう言った。

「おや、夕立が来るらしいぞ」

かれらは空の半ばを領している黒い雲に気づいた。日は急速にかげり出した。地下鉄の駅へ着くころ、最初の黒い点滴が鋪道《ほどう》に落ちた。地下鉄に乗る。どこへ行くのと、置き去りにされそうな不安から、稔がたずねた。かれらは神宮前の駅で降りた。そして雨のけはいもない別の街路へ出て、いつか悠一が同じ大学の学生から教わった高樹町《たかぎちょう》の宿へ、都電で行った。

稔はその日の官能的な思い出に憑《つ》かれてしまい、口実を設けては、養父を遠ざけるようになった。福次郎には、この少年に幻影を抱かせるようなものが何一つなかった。町内の附合《つきあい》を大事にし、町内で不幸でもあると、仏性《ほとけしょう》の福次郎は、すぐに香奠《こうでん》を包んで飛んでゆき、仏前に永いこと物も言わずに坐っていて、ほかの弔問客に煙たがられているのに気がつかない。その上、愛嬌《あいきょう》に乏しいその痩身《そうしん》には、何か不吉な感じを起させるものがあった。帳場を他人に委《まか》せることがどうしてもできず、喫茶店のレジスタアに一日無愛想な親爺《おやじ》が坐っているのは、学生の町には賢明な商策ではなかったが、ましてや毎夜看板後の一時間、丹念にその日の売上を調べている姿を見たら、常連でさえ足が遠のいたにちがいない。

几帳面《きちょうめん》と吝嗇《りんしょく》が、福次郎の仏性と表裏をなしている。唐紙《からかみ》の閉《し》め具合が少しずれていたり、左右の引手が真央《まんなか》に来ていたりすると、すぐ立って、直さずにはいられない。福次郎の田舎の叔父というのが来て、夕食に天どんをとったことがある。稔は養父がかえりがけの叔父にむかって、天どんの代金を請求しているのを見ておどろいた。

若い悠一の肉体は、四十に近い福次郎の比ではない。それればかりではない。悠一は稔にとって、多くの活劇物の主人公や、冒険小説の果敢な青年の幻影と一つものになった。稔がなりたいと思っているものの総体を、彼は悠一の上に思いえがいた。俊輔《しゅんすけ》は悠一を素材にして一個の作品を夢みていたが、稔は多くの物語を素材にして悠一を夢みていたのである。

悠一が鋭い身振でふりかえる。少年の目は彼、若い冒険家がおそいかかる危難に対して身構えしたのだと見てしまう。稔自身は多くの主人公が必ずつれている少年の従者、主人の胆力に心から傾倒し、死ぬときは主人と一緒にと考えるあの純真な従者としての自分を空想した。だからこれは恋というよりも官能的な忠実、空想による献身と自己犠牲の快楽、少年にとってはきわめて自然な夢みがちの欲望のあらわれであった。或《あ》る夜の夢に、稔は戦場に在る悠一と自分の姿を見た。悠一は若い美貌の士官であり、稔は美少年の従兵である。二人は同時に胸に銃弾をうけ、抱き合って接吻しながら斃《たお》れるのであった。また時には悠一は若い船員になり、稔は少年の水夫になる。二人がとある熱帯の島に上陸しているあいだに、船は悪辣《あくらつ》な船長の命令で出帆し、島にのこされた二人は蛮族に襲われ、葉がくれに射かけてくる無数の毒矢から、大きな帆立貝の楯《たて》で身を護《まも》るのであった。

こういうわけで、二人がすごす一夜は神話的な夜になった。かれらの周囲には巨《おお》きな悪意ある都会の夜が渦巻《うずま》き、悪漢や仇敵《きゅうてき》や蛮族や刺客《しかく》や、いずれにせよ、かれらの悲運をねがい、かれらの死に快哉《かいさい》を叫ぶものどもの目が、暗い窓硝子《ガラス》の外部から窺《うかが》っていた。稔は枕《まくら》の下にピストルを隠して寝られないのを残念に思った。もしそこの洋服簞笥《だんす》の中に悪漢がひそんでいて、寝静まってのち簞笥の戸を薄目にあけて、二人の寝姿へ拳銃《けんじゅう》の狙《ねら》いを定めたら、どうすればよいのか？　こんな空想に頓着《とんちゃく》なく眠っている悠一は、人に秀《ひい》でた胆力の持主としか思えない。

稔があれほどそれから脱《のが》れ出たいと思っていた不可解な恐怖が、俄《にわ》かに変貌《へんぼう》して、今はそのなかに住むことにだけ喜びを感じさせる甘美な物語的な恐怖になったのである。彼は新聞紙上に阿片《あへん》密輸や秘密結社の記事を見るごとに、自分たちに関《かか》わりのある事件だと思って熱心に読んだ。

少年のこんな傾向は、悠一にも少しずつ伝染した。悠一がかつて怖《おそ》れ、今も怖れているあの頑迷《がんめい》な社会的偏見が、この空想家の少年にとっては、逆に夢想を鼓舞するもの、伝奇的な敵意、ロマネスクな危険、正義や高貴に対する俗衆の妨害、蛮族のもっている理由のない執拗《しつよう》な偏見でしかないのを見て、悠一の心は慰められた。しかも少年のこういう霊感の源泉が他《ほか》ならぬ悠一自身であることに思いいたると、彼は自分の無形の力におどろいた。

「やつら（これが少年の「社会」を呼ぶ唯一《ゆいいつ》の呼名であった）は、僕たちを狙っているんだからね。気をつけなくちゃ」と稔は口ぐせのように言った。「やつらは僕たちが死ねばいいと思ってるんだ」

「どうだかね。やつらは無関心なだけなんだ。一寸鼻《ちょっと》をつまんで、僕らのそばを通りすぎるだけなんだ」――五つ年長の兄貴分は、現実的な意見を述べた。しかしこんな意見は稔を承服させるには足りないのである。

「チェッ、女なんて」――ゆきすぎる女学生の群へ、稔は唾《つば》を吐いた。そして聞きかじりの性的な事柄《ことがら》に関する罵倒《ばとう》を、きこえよがしに投げかけた。「……女なんて、何だい。股《また》のあいだに不潔なポケットをしまい込んでやがるだけじゃないか。ポケットにたまるのは塵芥《ごみ》ばっかりさ」

妻のあることを無論隠している悠一は、微笑してこの罵倒をきいた。

前には一人でしていた夜の散歩を、稔は悠一と一緒にするようになる。暗い町角には、どこにも見えざる暗殺者が潜《ひそ》んでいた。暗殺者は足音も立てずに二人をつけて来る。それをまいてしまうことが、あるいはそいつをからかったり、罪のない仕返しをしたりしてやることが、稔の娯《たの》しい遊戯である。

「悠ちゃん、見ててごらん」

稔は自分たちが追われているのを尤《もっと》もと思わしめるに足る小さな犯罪を企てた。口から噛んでいたチューイン・ガムを出す。それを路傍にパークされているつややかな外人の自動車のドアの把手《とって》に、塗りつけた。そうしておいて、また、そしらぬ顔をして、悠一を促して歩き出した。

或る晩、悠一は稔を伴って、銀座温泉の屋上へビールを呑《の》みに行った。少年は平然とジョッキのお代りをした。屋上の夜風はまことに涼しく、汗のために背に貼《は》りついていたかれらのシャツは、たちまち母衣《ほろ》のように風を孕《はら》んだ。赤や黄や水いろの提灯《ちょうちん》は暗い踊りの床《ゆか》をめぐって揺れ、ギターの弾奏につれて、二三組の男女がかわるがわる立って踊った。悠一も稔も踊りたいと思わずにはいられなかったが、男同士のダンスはここでは難かしい。じっと人々のたのしみを見ていると、追いつめられるような気分になってくるので、二人は席を立って、屋上の暗い一角の手摺《てすり》に凭《よ》った。夏の夜の街の明りが遠くまで見渡される。南のほうに暗い影の聚落《しゅうらく》がある。何かと思うと、浜離宮公園の森である。悠一が稔の肩に手をまわして、その森のほうを漠然《ばくぜん》と眺《なが》めていたときである。森の只中《ただなか》から、するすると光りが上ったのである。はじめ大きな緑いろの円にひろがった花火は、轟音《ごうおん》を伴いながら、次に黄に、次に唐傘状《からかさなり》の淡紅に色変りをして、崩れるように消えて、静かになった。

「いいな、あんな風に」と探偵《たんてい》小説の一節を思い出した稔が言った。「人間をみんな花火に揚げて殺しちゃったら。世界中の邪魔なやつを、一人一人、花火にして殺しちゃってさ、世界中に悠ちゃんと僕と二人っきり残ったらいいだろうな」

「それじゃあ子供が生れないぜ」

「子供なんか要らないじゃないか。僕たちがもしだよ、もし結婚して子供が生れても、子供が大きくなったら、僕たちを馬鹿《ばか》にするか、そうでなければ、僕たちと同じになるか、どっちかしかないんだもの」

　この最後の言葉は悠一をぞっとさせた。康子の子が女であったことに神々の加護を感じた。青年は稔の肩をその掌《て》でやさしく摑《つか》んだ。

　稔の少年らしい柔かい頰や、その無垢《むく》な微笑の裏に、こんな叛逆《はんぎゃく》的な魂が隠されていることに、悠一のもともと不安な心は却《かえ》って慰めを見出すのが常だったので、こういう共感はまず二人の官能の絆《きずな》を固め、次いで友情のもっとも質実な部分、もっとも人聴きのわるくない部分をも培《つちか》う力になった。少年の強い想像力は、青年の懐疑を引きずって、勝手に進んだ。その結果、悠一までが子供らしい夢に夢中になり、ある晩などは、南米アマゾン河上流の秘境の探険へ出かけることを、本気で空想しているうちに眠れなくなってしまった。

夜おそくボートに乗りに、東京劇場の対岸のボート屋へゆく。ボートはすでに舟着場に舫《もや》ってあり、ボート屋の小屋には明りが消えて、南京錠《ナンキン》がかかっている。仕方なしに二人は舟着場の板に腰を下ろし、足を水の上にぶらぶらさせて、煙草を喫《の》んだ。対岸の東京劇場は閉場《はね》たあとである。右方の橋のむこうの新橋演舞場も閉場たあとである。水に映る明りは少なく、その澱《よど》んだ暗い水面を暑気の名残《なごり》がまだ去ろうとしない。

稔が額をつきだして、ほら汗疹《あせも》が出来たよ、と云《い》って、悠一に自分の額のまばらな仄赤《ほのあか》い汗疹を見せた。この少年は、手帖《てちょう》でも、シャツでも、本でも、靴下でも、新らしく身に着けたものは忘れずに恋人に見せるのである。

急に稔が笑い出した。悠一は彼の笑いを誘ったものを、東京劇場の前の川ぞいの暗い通りに見た。自転車の梶《かじ》をとりそこなって、乗っていた浴衣《ゆかた》の老人が、自転車もろとも路上に倒れたまま、腰かどこかを打ったかして、なかなか起き上ることができないのである。

「いい年をして、自転車なんかに乗るからさ。ばかだなあ。川の中へ落っこちりゃ、もっといいのに」

その快活な笑いは、夜目に白い残酷な歯ならびと共にいかにも美しく、このとき悠一は、稔が想像以上に自分に似ていることを感ぜずにはいられなかった。

「君には決った友達がいるんだろう。よくこんなに家を明けていて、何にも言わないな」

「惚《ほ》れた弱味なんだろう。それも僕の養父ということになってるんだぜ。法律上もさ」

『法律上』という言葉は、この少年の口から出ると、世にも滑稽《こっけい》なものにきこえた。稔はつづけて言った。

「悠ちゃんにも決った友達がいるんだろう」

「ああ、爺《じじ》いだけどね」

「僕、その爺いを殺しに行くよ」

「無駄《むだ》だよ。殺しても死なない奴《やつ》だから」

「何故《なぜ》だろう。若くてきれいなgayの人は、きっと誰《だれ》かの虜《とりこ》なんだね」

「そのほうが便利だからさ」

「洋服も買ってもらえるし、小遣もいくらだってくれるしね。それに、いやなくせに、情も移って来るしさ」

そう言うと、少年は川の上に、大きく白くみえるほどの唾を吐いた。

悠一は稔の腰を抱き、それから唇《くちびる》を頰に寄せて接吻した。

「いやだなあ」と稔は少しも拒まずに接吻しながら言った。「悠ちゃんとキッスすると、すぐ立っちゃうんだもの。そうすると、家へかえるのがいやになっちゃうんだもの」

しばらくして、あ、蟬《せみ》だ、と稔が言った。都電の轟音《ごうおん》が橋をすぎたあとの静けさを、もつれるように小刻みに啼《な》きすぎる夜蟬の声が縫ったのである。このあたりには目ぼしい繁《しげ》みがない。どこかの公園から迷い出てきたのにちがいない。蟬は川づらの上を低く飛び、右方の橋の袂《たもと》の多くの火取虫が舞いめぐっている街灯にむかって、飛びかかった。

こういうわけでその夜の空が、否応《いやおう》なしに二人の目に入ったが、街明りの照り返しにもめげないその夜の星空はすばらしかった。しかし悠一の鼻孔は、川の悪臭をかぎ、二人のぶらぶらさせている靴は、水面のすぐ近くにあった。悠一はこの少年がまことに好きだったが、われわれは溝鼠《どぶねずみ》のように恋を語っている、と思わざるをえなかった。

あるとき悠一は何気なく東京都の地図を見ていて、世にも奇妙な発見に奇声を発した。彼が稔と並んで見つめていたその川の水は、いつか彼が恭子と並んで平河門内の高台から見下ろしたお濠《ほり》の水と繋《つな》がっていたのである。平河門前の錦町《にしきちょう》河岸の水は、呉服橋のところで左折して、さらに江戸橋近傍で支流に注ぎ、木挽町《こびきちょう》に沿うて東劇の前へ抜けるのだった。

本多福次郎ははじめて稔《みのる》を疑うようになった。暑さがはげしく、寝苦しいある晩のこと、蚊帳《かや》の中で講談雑誌を読みながら、おそい稔のかえりを待っていた不幸な養父の頭は、狂おしい考えでいっぱいになった。午前一時、裏木戸のあく音がして、靴を脱ぐ音がつづいてきこえた。福次郎は枕《まくら》もとのあかりを消した。次の間のあかりがついて、稔は服を脱いでいるらしい。それからなかなか暇のかかるのは、裸になったまま窓に腰かけて、煙草を吹かしているのであるらしい。ほのかに灯《ひ》に照らされた稀《うす》い煙が、欄間に昇ってくるのが見えたからである。

裸の稔が寝室の蚊帳に入って、寝床にもぐり込もうとしたときである。とび起きた福次郎の体が稔の体を押えつけた。手には縄《なわ》をもっていて、稔の手は縛られた。まだ残っている長い縄のはじで、ついで胸のところを幾重にも縛られた。そのあいだ、稔は口に括《くく》り枕を押しつけられていて、叫ぶことができない。縛りながら、福次郎が額でもって、その枕を少年の口に押しつけていたのである。

やっと縛り了《お》えられると、稔は不分明な発音で枕の下から訴えた。

「苦しい。死んじゃうよ。大きな声を出さないから、枕だけ離して」

福次郎は養子が逃げないようにその体に馬乗りになり、枕は外して、叫びかけたらすぐ口をふさぐために、右手を少年の頬のところに置いた。左手で少年の髪をつかんで、小突きまわしながら、こう言った。

「さあ、白状しやがれ。どこの馬の骨と乳繰り合ってやがったか、さあ、とっとと白状しやがれ」

稔の髪は引きつり、露《あら》わな胸や手は縄に擦《す》られて、一方ならぬ痛さである。しかしこんな大時代《おおじだい》な責め言葉を耳にしながら、この空想的な少年は、ここへ彼を救《たす》けにあらわれる頼もしい悠一の姿を空想したりはせずに、世故《せこ》のおしえる現実的な術数を考えていた。髪を離してくれれば白状する、と稔は言った。福次郎の手が離れると、彼はぐったりして、死んだようなふりをした。狼狽《ろうばい》した福次郎が少年の顔を揺《ゆさ》ぶった。稔は縄が心臓に喰《く》い入って苦しい、縄を解いてくれれば白状する、と重ねて言った。福次郎は枕もとの灯をともした。縄は解かれた。稔は手首の痛いところへ唇をあてて、うつむいて黙っていた。

小心な福次郎の騎虎《きこ》の勢は、すでに半ば衰えていたのである。稔の口の固さを見て、今度は泣き落しの手を考え、あぐらをかいている裸の少年の前に、頭を下げて泣きながら、自分の暴行を詫《わ》びた。少年の白い胸には、斜めに淡紅の縄の痕《あと》がのこっていた。当然の成行で、これほど劇的な拷問《ごうもん》もあいまいな結果におわった。

福次郎は自分の素行を知られるのを怖れて、秘密探偵社に依頼する決心がどうしてもつかない。あくる日の晩から、店の仕事をよそに、また愛する者の尾行をはじめた。稔の行先はつかめない。店の腹心の給仕に、金を与えて、尾行をたのんだ。この小才のきいた忠義者は、稔の連れの人相や年齢や身装《みなり》から、彼が「悠ちゃん」と呼ばれていることまで、調べ上げてしたりげに報告した。

福次郎は久しく出入りしなかった斯道《このみち》の酒場のそこかしこへ行った。昔の知合が、今もこの悪癖から脱《ぬ》けられずに通っていたので、そういう知合を連れ出して、ほかの静かな喫茶店や酒場で「悠ちゃん」の身許《みもと》を質《ただ》した。

悠一自身は自分の素姓《すじょう》がほんの小さい範囲にしか知られていないものと信じていたが、実は他《ほか》に話題を持たない詮索《せんさく》好きなこの小社会では、彼に関する立入った知識までが行き渡っていたのである。

中年の斯道の男たちは、悠一の美貌《びぼう》を嫉視《しっし》している。かれらとて悠一を愛するに吝《やぶさ》かではないが、この青年のすげない拒み方が、かれらを嫉妬《しっと》に走らせたのである。悠一より美しくない若者たちもそうである。福次郎は容易に沢山の資料を獲た。彼らはおしゃべりで、女性的な悪意に富んでいた。自分の知らない資料については、偏執的な親切さを発揮して、福次郎のために、又別な新らしい資料の持主を紹介する。福次郎はその男に会う。すると、その男が、又別の世話好きでおしゃべりな男を紹介する。福次郎はわずかの間に十人もの未知の男に会った。

これを知ったら悠一は愕《おどろ》くだろうが、鏑木伯爵《かぶらぎはくしゃく》との関係はおろか、あれほど世間態《せけんてい》をつくろっている河田とのことまでが、洩《も》れなく伝わっていたのである。福次郎は悠一の姻戚《いんせき》関係から住所・電話番号にいたるまで、残る隈《くま》なく調べ上げて店にかえると、小心さが犯す卑劣《ひれつ》な手段をあれこれと思いめぐらした。

第二十八章　青天の霹靂《へきれき》

悠一《ゆういち》の父が生きていたころから、南家は別荘を持たなかった。それは避暑にしろ避寒にしろ、一つところに縛られることを父がきらったためで、いつも多忙な父は東京にのこり、母子《おやこ》が軽井沢・箱根などのホテルに夏をすごし、週末に父がたずねて来るのが恒例になっていたのである。軽井沢には知人の数も多く、そこですごす夏は賑《にぎ》やかな夏である。しかしこのころから母は悠一の孤独を愛する性癖に気づいていた。その年齢や健やかな体軀《たいく》に似合わず、美しい息子は交際に明け暮れる軽井沢よりも、なるべく知人に合わない夏の上高地《かみこうち》なんぞへ行きたがった。

戦争がはげしくなっても、南家は疎開をいそがなかった。一家の主人がそういうことに無頓着《むとんちゃく》だったのである。空襲のはじまる数ヶ月前、昭和十九年の夏に悠一の父は東京の自宅で急逝《きゅうせい》した。脳溢血《のういっけつ》である。気丈な未亡人は、周囲のすすめを耳にも入れず、亡夫の位牌《いはい》を護《まも》って、東京の家に踏みとどまった。この精神力には焼夷弾《しょういだん》もおそれをなしたか、家は焼け残って終戦を迎えた。

もし別荘があれば、それを高値に売って、戦後のインフレーションの切抜けに資することができたであろう。悠一の父の財産は、今の家を別にして、動産・有価証券・預金などで、昭和十九年に二百万円であった。あとにのこされた母は、急場凌《しの》ぎに処分する目ぼしい宝石類をブローカアに買い叩《たた》かれたりしておろおろしているばかりだったが、父の元部下でその途《みち》に明るい人の助力を得て、財産税もしかるべく有利に片づけ、また預金類をも、有価証券などによる巧妙な操作を通じて、通貨非常措置の難関をくぐらしめるのに成功したので、経済がほぼ安定したのちには、七十万円の銀行預金と、こんなごたごたの間《かん》に育って養われた悠一の理財の才能とを、二つながら残すことができたのである。のちに親切な助言者は、父と同じ病いで世を去った。悠一の母は安心して家計を古い女中に委《まか》せた。このお人よしな女中の会計に関する時代離れの無能ぶりと、その呑気《のんき》な危機に悠一が気づいておどろいたのは、前にも述べたとおりである。

こういうわけで戦後の南家はついぞ避暑の機会を持たなかった。軽井沢に別荘をもっている康子《やすこ》の里からの避暑の招待は、悠一の母をよろこばせたが、一日でも主治医のいる東京の土地を離れる恐怖が、このよろこびにやすやすと打ち克《か》った。子供をつれて、二人で行っていらっしゃい、などと若夫婦に言うのであった。こんな殊勝な自己犠牲の申出は、いかにも寂しそうな顔つきで言われたので、姑《しゅうとめ》思いの康子は、とても病身の姑を残しては行かれないという、思う壺《つぼ》の返事で以《もっ》て姑をうれしがらせた。来客があって、扇風機や冷しタオルや冷たい飲物のもてなしを康子がする。姑は口をきわめて嫁の孝心をほめそやし、康子を赤面させたのち、もしや来客がこんな成行をただ姑のエゴイズムの発露ととりはせぬかと怖《おそ》ろしくなって、初産《ういざん》の児《こ》は東京の烈《はげ》しい夏に馴《な》らさせたほうがいいなどという不合理な理窟《りくつ》を考え出して、それを言ったりした。渓子《けいこ》は汗をかいては汗疹《あせも》をこしらえるので、しじゅう天花粉《てんかふん》にまぶされて、晒《さら》し飴《あめ》のようになった。

悠一はというと、里の世話になることを嫌《きら》う例の独立不羈《ふき》の心から、避暑の招待に応じることは反対である。一家の中で、ささやかな政治的手腕に長じた康子は、良人《おっと》へのこの同意を、姑への孝心に擬装していたのである。

一家は安泰に夏の日々を送っていた。渓子の存在は、暑さをも忘れさせた。しかしまだ微笑《ほほえ》むことを知らない嬰児《えいじ》は、動物のように生《き》まじめな表情を崩さない。お宮詣《みやまい》りのころから、色とりどりの風車の動きやガラガラののどかな音に関心を示すようになる。祝い物のなかに、見事なオルゴールがあって、それが役に立った。

オルゴールは和蘭《オランダ》製のもので、チューリップのいっぱい咲いている前庭を控えた古雅な農家を象《かたど》った玩具《がんぐ》である。まんなかの扉《とびら》をひらくと、和蘭の服装をして、白いエプロンをかけ、手には如露《じょうろ》をもった人形が出て来て、扉の框《かまち》のところに立止る。こうして扉があいているあいだ、オルゴールが鳴っているが、それは和蘭民謡らしい耳馴れぬ鄙《ひな》びた曲である。

康子は風通しのよい二階にいて、渓子にオルゴールをきかせるのが好きである。夏の午後の滞りがちな勉強に倦《あ》きた良人が、この母子の娯《たの》しみに加わる。そういうときは庭木をつたわって来て、部屋を南北へ吹き抜ける風までが、ひときわ涼しく快く感じられた。

「わかるのね。ね、ほら、聴耳を立てているわ」

康子がそう言った。その嬰児の表情に、悠一はじっと見入った。『この赤ん坊には内部だけがあって……』と彼は考えた。『まだ外界はほとんどないんだ。外界と謂《い》ったって、それは腹が空《す》けば口に宛《あ》てがわれる母親の乳首だとか、夜と昼の漠然《ばくぜん》たる光線の変化だとか、風車の美しい運動だとか、ガラガラやオルゴールの単調な柔らかい音楽だとか、そんなものしかない。ところが彼女の内部と来たら、どうだ！　人類はじまって以来の女の本能と歴史と遺伝とが圧縮されていて、あとはこいつが水中花のように、環境の水の中で拡大され、花を咲かす仕事がのこっているだけなんだから。……僕はこいつを女の中の女、美女の中の美女に仕立ててやろう』

時間を決めて授乳する科学的育児法が近来下火になっているので、渓子がむずかって泣き出すと、康子はすぐ乳を与えたが、夏の薄い洋服の胸をはだけて露《あら》わにされる乳房は大そう美しく、その白い敏感な皮膚の丸みに走る静脈の青い一線は清冽《せいれつ》だった。しかしとりだされる乳房はいつも温室の熟れた果実のように汗ばんでいて、康子は乳首を稀硼酸水《きほうさんすい》を滲《し》ませたガアゼで消毒するまえに、タオルでその汗を拭《ぬぐ》わねばならなかった。幼児の唇《くちびる》がさし出されるのも待たずに乳は滲《にじ》んで、いつも乳房は過剰な豊かさに悩んでいた。

悠一はその乳房を見、窓にうかぶ夏雲の空を見た。蟬《せみ》が、ときどき聴く耳がそのやかましさを忘れるほど、間断なく啼《な》いていた。渓子は乳を呑《の》みおわると、母衣蚊帳《ほろがや》のなかで眠った。悠一と康子は目を見交わして笑った。

悠一は突然自分が突き飛ばされるような感じがした。これが幸福というものではないのか？ それともこれは、怖れていたことがのこらず到来し、成就《じょうじゅ》し、目の前に存在しているのを見ることの無力な安堵《あんど》にすぎぬのではなかろうか。衝撃を感じながら、彼はぼうっとしていた。すべての結果が現前している外見のたしかさと何気なさに愕《おどろ》いた。

数日のちに、母が急に加減が悪くなって、しかもそういう時、その場を移さず医者を呼びにやらせる彼女が、今度は頑固《がんこ》に医療を拒んだ。このお喋《しゃべ》りの老未亡人が、終日ほとんど口を利《き》かないのは、よほどの異変と云わなければならない。その晩、悠一は家で食事をした。そして母親の顔色の悪さと、無理に笑おうとするときのひきつった表情と、少しも進まない食慾《しょくよく》を見て、外出を差控えた。

「どうして今夜は出かけないの」と、いつまでも家に愚図愚図している息子に向って、わざと快活そうに言うのであった。「私の体なんか心配しないでおくれよ。病気なんかじゃないんだからね。それが証拠に、自分の体は自分がいちばんよく知っているんだし、へんだと思えばすぐ医者《せんせい》に来ていただくのに、誰《だれ》に遠慮も要らないんだからね」

それでも孝行息子は出かけようとしなかったので、明る朝になると、賢明な母親は戦法を変えた。朝から彼女は上機嫌《じょうきげん》であった。

「きのうはどうしたんだろうね」ときよにもたしなみを外れた大声で言った。「きのうのあれは、私がまだ更年期を卒業していない証拠にすぎなかったのかもしれないやね」

昨夜彼女は殆《ほとん》ど眠っていなかったのだが、不眠から来る昂奮《こうふん》状態と、一夜でいくらか呼びさまされた理性とは、このお芝居を巧《うま》く見せた。夕食のあとで悠一は安心して出かけて行った。ハイヤーを呼んでおくれ、と果敢な母親は腹心のきよに命じた。行先は車に乗ってから言うから、と附加《つけくわ》えた。お供の仕度をはじめるきよを制して、こう言った。

「お供はいいんだよ。私一人で行くから」

「だって、大奥様……」

きよは仰天していた。悠一の母は病んで以来、めったに一人で外出することはない。

「私が一人で出かけるのがそんなに珍らしいかい。皇太后《こうたいごう》陛下とまちがえないで下さいね。現《げん》に康子のお産のときも、一人で病院へ行って、何ともありませんでしたよ」

「だってあのときは留守番がございませんでしたし、それに大奥様御自身、もう二度と金輪際《こんりんざい》一人では出ないからと、私に約束をなさいましたのを、憶《おぼ》えておりますよ」

こんな女主《あるじ》と召使との諍《いさか》いをききつけて、康子が姑の部屋へ、心配そうな顔を現わした。

「お姑《かあ》さま、あたくしがお供いたしますわ。もしきよさんのお供でお都合の悪い御用でしたら」

「いいのよ、康子さん、心配しないでね」——こう言った声は感情に激してやさしく、殆ど本当の娘に言っているようであった。「亡くなったお父さまの財産のことで、ちょっと会わなければならない人が出来たの。こんなことは悠一にも言いたくないし、もし私が帰る前に、悠一がかえったら、昔のお友達が車で迎えに来たとでも言って頂《ちょう》戴《だい》。もしまた、私が帰ったあとで悠一が帰ったら、私も何も言うまいし、康子さんもきよも、私が外出したことを言わないように気をつけて下さいよ。これだけは約束してね。私にもちゃんと心づもりがあるんだから」

こうした有無を言わせぬ宣言をしたあとで、彼女はあわただしくハイヤーに乗って出かけて、二時間もすると同じ車でかえった。大そう疲れた様子で寝入った。悠一は深夜に帰宅した。

「お母様はどうだい？」と悠一が訊《き》いた。

「大分およろしいようよ。いつもより早く、九時半ごろおやすみになったわ」――姑に忠実な妻はそう答えた。

明る晩も悠一が出かけると、母はすぐハイヤーを命じて外出の仕度をした。二晩目《ふた》はすべてが人を寄せつけぬ無言で運ばれ、きよは銀の観世水《かんぜみず》の帯留をさし出して、それをはげしい手つきでつかみとる女主人を、おそろしそうに見上げた。しかし不幸な母親の目は、不吉な熱情にきらきらして、お人よしの無力な召使の存在などははじめからその視界の外《そと》に在った。

彼女は二晩にわたって有楽町のルドンへゆき、唯一《ゆいいつ》の証拠としてそこへ悠一が姿を現わすのを待ち構えていたのである。一昨日《おととい》うけとった怖ろしい匿名《とくめい》の手紙は、その密告が嘘《うそ》ではない証拠に、受取人自身が手紙の地図に示された怪しい店へゆき、そこで本人の姿をわが目に見ることを勧告していた。彼女は何もかも自分一人でやってのける決心をした。一家を襲った不幸の根ざしがどれほど深いものであろうと、それは母子の間で解決すべき問題であって、累《るい》を康子に及ぼしてはならなかった。

一方ルドンは、二晩つづいて迎える風変りな客におどろいていた。江戸時代には色子《いろこ》は衆道《しゅどう》の客のみならず、後家の客をも迎えるのを常としたが、現代ではそういう慣習はすでに忘られていたからである。手紙はその店の多くの奇異な風習や隠語について教えていた。限りのない努力を払ってではあるが、南未亡人ははじめから勝手を知った客のように装うことに成功した。少しもおどろいた風を見せずに、気さくに振舞った。そこで挨拶《あいさつ》に出たマスターは、品のよい老婦人の仁体《にんてい》と、その洒脱《しゃだつ》な応対とに魅せられて、気を許さざるをえなかった。何よりもこの初老の女客は、金離れがよかったのである。

「物好きなお客さんもあるもんだね」とルディーは少年たちに話した。「あの年配だし、何もかも心得ているし、気が置けない人柄《ひとがら》らしいし、他《ほか》のお客さんもあの人なら気にしないで遊んで行くからいいよ」

ルドンの二階は、はじめ女を置いている酒場であったが、のちにルディーは方針を変えて女を追い出した。今では宵《よい》の口から、その二階で男同士がダンスをしたり、女装した少年の半裸の踊りを見たりするのであった。

最初の晩、悠一はとうとう現われない。二日目の晩には悠一が現われるまで腰を据《す》える決心をして、酒を嗜《たしな》まない未亡人は、席に侍《はべ》る二三の少年に酒や好みのものを惜しげなく振舞った。三四十分待っても、悠一は現われない。ふと一人の少年が言った言葉に、彼女は聴耳を立てた。少年は朋輩《ほうばい》にこう言っていたのである。

「どうしたんだろう。ここ二三日悠ちゃんが来ないね」

「ばかに心配するんだね」と話しかけられた少年はからかった。

「心配なんかしないさ。悠ちゃんと僕とは、もう何でもないもの」

「口ではそう言うけどさ」

南未亡人はさりげなくこう訊いた。

「悠ちゃんって有名なんですってね。大そうきれいな人だって云《い》いますね」

「僕、写真持ってますよ。見せてあげましょうか」と口を切ったほうの少年が言った。

写真がとり出されるには大そう手間取った。彼が白い給仕服の内かくしからとりだしたのは、埃《ほこり》にまみれた薄汚ない一束である。それは名刺だの、折目のぼろぼろになった紙片だの、数枚の一円札だの、映画館のプログラムだのが雑然と重ねられた一束である。少年はスタンドの明りのほうへ身をかがめ、一枚一枚を丁寧にしらべた。その一枚一枚を一緒に検分する勇気が到底持てなかった不幸な母親は目をつぶった。そ
『写真の青年がどうか悠一と似ても似つかぬ男でありますように』と彼女は心に祈っ

た。『そうすればまだ幾分でも疑惑の余地がのこる。まだ一分《いちぶ》の偸安《とうあん》がたのしめる。あの不吉な手紙のどの一行をも、(証拠さえなければ)、人を陥《おとしい》れるために書いた嘘いつわりだと信じてしまえる。どうか写真が、見も知らぬ他人の絵姿でありますように』

「あった、あった」と少年が叫んだ。

南未亡人は老眼の目を離して、スタンドの明りのほうへ、うけとった名刺型の写真を向けた。写真の紙面は光りを反射して見えにくい。ある角度で、白いポロシャツを着て、笑っている美青年の顔がはっきりと見える。悠一である。

それはまことに息のとまるほど苦しい瞬間であったので、母親はここで息子と見《まみ》える勇気をすっかり失《な》くしてしまった。このときまで保っていた不抜の意志力も同時に挫《くじ》けた。写真はぼんやりと少年の手に返された。彼女には笑ったり、物を言ったりする気力が残っていない。

階段に靴音《くつおと》がする。新らしい客が上って来たのである。それが若い女であることに気づくと、ボックスの椅子《いす》で抱き合って接吻《せっぷん》していた男同士はいそいで離れた。女は悠一の母親を認めて、そのほうへ、真剣な面持《おももち》で近づいた。お姑《かあ》さま、と女は言った。南未亡人は色を失って、女を見上げた。康子である。

姑と嫁が口迅《くちど》に交わした会話はみじめであった。どうしてこんなところへ、と姑は言った。嫁は答えない。帰宅を促すだけである。

「でも、……こんなところであなたに会うなんて……」

「お姑さま、帰りましょう。お迎えにまいりましたのよ」

「どうして私の出先がわかったの」

「あとでお話しますわ。ともかくお帰りになって」

二人は匆々《そうそう》に勘定を払って店を出ると、町角に母が待たしておいたハイヤーに乗った。康子はタクシーで来たのである。

南未亡人はシートに身を延ばして、目をつぶった。車が走り出した。浅く腰掛けている康子が、姑の身を護っていた。

「まあ、お汗でびっしょり」

康子はそう言って、姑の額を手巾《ハンカチ》で拭った。未亡人はようやく薄目をひらいて、こう言った。

「わかりましたよ。私のところへ来ていた手紙を読んだんですね」

「そんなこと、あたくしはいたしません。あたくしのところへも今朝厚い手紙がまいりましたの。それでゆうべお姑《かあ》さまのお出《い》でになった先も見当がつきましたの。今夜もお供はできまいと思って、おあとを追ってまいりましたのよ」

「同じ手紙が、あなたのところへも」

未亡人は、苦悩に苛《さいな》まれた者の短かい叫びをあげた。康子さん、ごめんなさいね、と泣きながら言った。この何の理由もない詫《わ》び言《ごと》と嗚咽《おえつ》は、いたく康子の心を動かして、彼女までも泣かしてしまった。二人の女は家に車が着くまで、泣きながらいたわり合い、まだ要点に触れた会話は何一つ交わさずじまいであった。

家へかえると、悠一はまだかえっていない。未亡人が自分一人で事の解決に当ろうとした本当の動機は、嫁に累を及ぼすまいという健気《けなげ》な気持よりも、他人である嫁に対する顔向けならない恥かしさに在ったので、一度この恥かしさが涙と共に砕けてしまうと、唯一の秘密の頒《わか》ち手《て》になった康子は、同時に彼女のかけがえのない協力者になった。二人は早速きよを遠ざけた離れの一室で、二通の手紙の照合にかかったが、卑劣な匿名の差出人に対する憎悪《ぞうお》が、二人の心に生れてくるにはまだ時間がかかった。

二通の手紙は同じ手跡である。文面もまったく同じである。誤字が多く、文章は拙劣を極めている。ところどころ故意に自分の書体を歪《ゆが》めて書いたと思われるふしがある。

手紙は悠一の行状について報告することをさながら義務のように考えて書かれている。悠一は「真赤な贋物《にせもの》」の良人《おっと》であって、彼は「決して女を愛さない。」悠一は「家庭をあざむき、世間をいつわっている」のみならず、他人の幸福な結合を破ることをも意に介しない。彼は男でありながら男の弄び物《もてあそ》になり、かつて鏑木元伯爵《かぶらぎもとはくしゃく》のfavouriteであり、今は河田自動車社長の寵童《ちょうどう》である。そればかりではない。この美しい驕児《きょうじ》は、これら年長の愛人の恩顧をたえず裏切って、あぐるにたえない数の年少の愛人を愛しては捨てたのである。その数は百人より多くても、それより少ないということはない。「念のために申し添え」るが、年少の愛人というのは悉く《ことごと》同性である。

悠一はそのうちに、人の持物を盗んで快とするようになった。彼のために寵童を奪われた一人の老人は自殺した。この手紙の差出人も、同様の被害を蒙《こうむ》った者である。御《ご》こんな手紙をお手許《てもと》に届けた気持が、やむにやまれないものであることを察して、御諒承《りょうしょう》ねがいたい。

もしこの手紙に御不審を抱かれ、正確な証言に疑問を持たれるようであったら、左記の店を夕食後に訪ねて、私の申すような事実の有無を、御自身の目で確かめていただきたい。その店にもしばしば悠一は現われる筈《はず》であるから、そこで悠一に会われれば、右の報告の裏書となるわけである。

手紙の要旨は右のようであったが、これにつづいてルドンの所在を示す詳しい地図が書かれ、ルドンを訪れる客の心得がこまごまと書き列《つら》ねてあるのは、二通とも同じであった。

「お姑さまはあの店で悠ちゃんにお会いになりましたの」と康子が訊《き》いた。

写真のことをはじめ黙っているつもりだった未亡人は、思わずありのままに打明けてしまった。

「会わなかったけれど、写真を見ましたよ。あそこの育ちの悪そうな給仕が大事にもっていた悠一の写真をね」

言ったあとで、彼女は大そう後悔して言訳のように言い添えた。

「……でもとにかく、会ったわけじゃないんだから。この手紙が眉唾物《まゆつばもの》だということが、まだ引っくりかえったわけじゃないんだから」

こう言いながら、彼女の苛立《いらだ》った目は言葉を裏切って、手紙を少しも眉唾物だなどとは思っていない本心を語っていた。

南未亡人は、突然、自分と膝《ひざ》をつき合わせている康子の面上に、すこしも動揺の色のないのに気づいた。

「あなたって存外落着いているのね。ふしぎですね。当の悠一の奥さんのあなたが」

康子はすまなさそうな身振をした。自分の平気な様子が姑を悲しませたのではないかと惧《おそ》れたのである。姑は重ねて言った。

「この手紙がみんな嘘だというわけでもないだろうと私は思いますよ。もし本当だったとしても、平気でいられて？」

この矛盾にみちた詰問《きつもん》に、康子は途方もない返事をした。

「ええ。どうしてだか、あたくし、そんな気がいたしますの」

未亡人は永いこと黙っている。やがて目を伏せて、こう言った。

「あなたが悠一を愛していないからでしょうね。尤《もっと》も、悲しいことに、今では誰《だれ》にもそれを責める資格はなく、むしろそれを不幸中の幸いだと思わなければならないんだけれど」

「いいえ」と康子は殆《ほとん》ど喜ばしげにきこえる決断の調子で言った。「そうじゃございませんわ、お姑さま。反対なのよ。だから却《かえ》って……」

未亡人は若い嫁の顔の前にたじたじとなった。

葭障子《よししょうじ》をとおして寝間の渓子《けいこ》の泣声がきこえたので、康子は乳を与えに立った。悠一の母は離れの八畳に一人になった。蚊取《かとり》線香の香りは不安をつのらせ、もしここへ悠一がかえって来たら、母親のほうが身の置き処《ど》を失うように思われた。ルドンへゆくときは息子に会うことに勢《きお》い立っていた同じ母親が、今は息子に会うことを何よりも怖れていた。今夜はどこかのけがらわしい宿にでも泊って、帰って来てくれなければどんなにいいだろう、と彼女は冀《ねが》った。

南未亡人の苦悩が道徳的な苛責《かしゃく》に基づいていたかどうかは、疑わしいものがあった。人に決然たる態度を教える道徳上の判断や、厳《おごそ》かな相貌《そうぼう》をおのずと具《そな》える道徳上の悩みを他所《よそ》に、ありきたりの概念や世間智《せけんち》をくつがえされたにすぎぬこの心惑いには、持ち前のやさしささえ姿を見せず、嫌悪《けんお》と恐怖ばかりが先立っていた。

彼女は目をつぶって、この二晩に見た地獄の光景を思いうかべた。一通の拙《つた》ない手紙のほかには、かつて彼女が予備知識をもたなかった現象がそこに在った。たとえようもない気味の悪さ、怖ろしさ、いやらしさ、醜さ、ぞっとする不快、嘔吐《おうと》を催おすような違和感、あらゆる感覚上の嫌悪をそそる現象がそこに在った。しかも店の人たちも客たちも、人間のふだんの表情、日常茶飯事を行うときに平然たる表情を崩さぬことが、まことに不快な対比を形づくる。

『あの人たちは当り前だと思ってやっているんだわ』と彼女は腹立たしく考えた。『さかさまの世界の醜さはどうでしょう！　ああいう変態どもがどう思ってやっていようと、正しいのは私のほうだし、私の目に狂いはないんだ』

そう思っているときの彼女は骨の髄まで貞女で、こんなにその純潔な心が貞女らしく振舞ったことはなかった。誰しも自ら固く信じ、それに生活の支柱を置いている諸〻《もろもろ》の観念が、汚辱をうけるような目に合いそうになれば、決然立って悲鳴をあげるのは自明の理で、世間の大人しい男たちの十中八九も、こんな貞女型に属しているのである。

この時ほど彼女が動揺したこともなければ、この時ほど自分が送って来た数十年の歳月に自信を鼓舞されたこともなかった。判断はむしろ簡単である。あの怖ろしいと同時にすこぶる滑稽《こっけい》な、「変態性慾《せいよく》」という言葉がすべてをあからさまに解明する。しかもこの良家の子女が口にすべからざる毛虫のような言葉が、自分の息子に直接のつながりをもっていることを、哀れな母親は忘れたふりをした。

男同士の接吻を見てしまって、未亡人は吐気《はきけ》を催おして、目をそむけた。

『教養があったら、あんな真似《まね》ができる筈はない！』

「変態性慾」という言葉の滑稽さと何ら択《えら》ぶところのないほど滑稽なこの「教養」という言葉が心にうかぶと、南未亡人には永いこと眠っていた矜《ほこ》りが目ざめた。

彼女がうけた躾《しつけ》は、いわゆる良家の最高のものであった。明治時代の新興階級に属していた彼女の父は、勲章と同じくらい「上品さ」を愛していた。彼女の里の家では、すべてが上品で、犬まで上品な様子をしていた。一家は、家族だけで自分の家の食堂で食事をとる時さえ、遠くのソースをとってもらうのに、「恐れ入りますが」というのであった。南未亡人が育った時代は必ずしも安穏な時代ではなかったが、しかし偉大な時代であった。生れて匆々、日清《にっしん》戦役の勝利を見、十一歳で日露戦役の勝利に逢った。彼女が十九歳で南家の人となるまで、両親はこの可成《かなり》感受性の鋭敏な少女を護《まも》るのに、自分たちが生きている時代と社会の、きわめて安定度の高い「気品ある」道徳の力以外に、何ものにもたよる必要がなかったのである。

嫁に行ってから十五年も子供ができなかったので、そのころ生きていた姑の前に、彼女は肩身のせまい思いをせねばならなかった。悠一が生れて、ほっとした。ここまで来て彼女の信奉する「気品」の内容にも変化が生じた。なぜなら大学時代から女道楽であった悠一の父は、結婚してのちのこの十五年間をも、可成奔放に暮したからである。悠一が生れた時の何よりの安堵は、いかがわしい畑に蒔《ま》かれた良人の種子《たね》などを、籍に入れたりしないでよかったという一事であった。

彼女がまずぶつかったのはこういう人生だったが、良人に対するつきせぬ敬愛のこころと、生れつきの矜りとはたやすく折れ合い、忍従に代るに寛恕《かんじょ》を、屈辱に代るに包容力を以《もっ》てする新たな愛の態度を彼女に教えた。これこそ「気品ある」愛であった。少くとも彼女には自分の恕《ゆる》せないものはこの世にないような気がするのであった。「品のわるさ」を措《お》いては！

偽善が趣味上の問題にまでおよぶと、大きな事柄《ことがら》は洒落《しゃらく》にすりぬける一方、些細《ささい》な事柄に道徳的な気むつかしさを示すにいたるが、南末亡人がルドンの空気に抱いたたえがたい嫌悪も、それを単に趣味上の悪として軽《かろ》んずる態度と、すこしも矛盾するものではなかった。つまりそれが「下品」だったから、彼女には恕せなかったのである。

こんな経緯を見れば、ふだんはやさしいその心が、一向息子に対する同情に傾いて行かないのも理《ことわり》だったが、南未亡人はしかも、このような単に嫌悪に値いする無教養で下品な事柄が、自分自身のもっとも深い部分を震撼《しんかん》させる苦悩と涙とに、どうして直《じか》につながっているかを、訝《いぶか》らずにはいられなかった。

授乳をすませて、渓子を寝かしつけた康子が姑のところへかえってくると、「私、今夜はやはり、悠一に会わないことよ」と姑は言った。「話すべきことは、明日、私から話します。あなたもおやすみなさいな。くだくだ考えても仕様のないことですからね」

きよが呼ばれた。南未亡人はひどく急《せ》き立てて、就寝の用意をさせた。何ものかに追いかけられているような心地である。床《とこ》に入ってしまえば、今夜彼女は極度の疲労から、丁度泥酔者《でいすいしゃ》が酒の力で眠りを貪《むさぼ》るように、苦悩に酔いしれて熟睡できる自信があった。

＊＊＊

夏のあいだ、南家では食事の場所を、涼しい部屋を選んで移した。明る日も朝のうちから大そう暑かったので、母と悠一夫婦は、縁側の一角に張り出したヴェランダの椅子《いす》テーブルで、冷たい果汁や卵やパンの食事を摂《と》った。朝食のあいだ、いつも悠一は、膝にひろげた新聞に気をとられ、今朝もその上にトーストの粉を霰《あられ》のような音をさせて落した。

食事がすんだ。きよが茶を運んできて、卓上のものを取片附けて立去った。

あんまり思案に凝ると、人は却って不器用な行動に出るものだが、南未亡人が殆どはしたないと謂《い》ってよい態度で二通の手紙を悠一の前にさし出すのを見ると、康子は胸がはげしく波立ってうつむいた。手紙は新聞に遮《さえぎ》られて悠一の目に見えない。母が手にもった二通の手紙で、その新聞を裏からつついた。

「新聞はもう好加減《いいかげん》でお止《や》めなさい。私たちのところへこんな手紙が来たんだよ」

新聞をなおざりに畳んでかたわらの椅子に置いた悠一は、手紙をさし出している母の慄《ふる》えた手と、緊張のあまり薄笑いをうかべたようなその顔を見た。彼は母と妻の宛《あて》名《な》を見、封筒の裏を返して、差出人の名の記されない空白を見た。厚い手紙をとり出してひろげ、もう一通のほうからもとり出した。母がいらいらした口調で言った。

「どっちも全くおんなじですよ、私へ来たのも、康子さんへ来たのも」

手紙を読み出すと、悠一の手もまた慄えた。読みながら、色を失った額の汗を手巾《ハンカチ》でしばしば拭《ふ》いた。

彼は殆ど読んでいなかった。密告の内容は知れている。それよりこの場をどう取繕おうかと苦慮していたのである。

不幸な若者は、苦笑を装った笑いを口辺にうかべて、勇を鼓して、母の顔をまともに見た。

「何ですか、下らない。こんな根も葉もない下劣な手紙なんか。……僕は妬《ねた》まれているんで、こんな目に会うんです」

「いいえ、私はそこに書いてある下品な店へ自分で行ったんだよ。そうしてあなたの写真をはっきりこの目で見て来ましたよ」

悠一は言葉を失った。動顚《どうてん》した心は、母がこれほど烈《はげ》しい語気と思い乱れた表情にもかかわらず、実は息子の悲劇から程遠い地点に居て、むしろその怒りが、わるい趣味のネクタイをしている息子を咎《とが》める怒りに近いことを見抜かなかった。性急な彼は、母の目の中に「社会」を見た。

……康子がしめやかに泣き出した。

日頃《ひごろ》涙を見せたがらないこの愛の忍従に馴《な》れた女が、今少しも悲しくないのに、泣いている自分を訝っていた。そしていつも見せない涙は、良人《おっと》に嫌《きら》われることを慮《おもんぱか》ってだが、今の涙は、この場の良人を救うことを知っていて、流れていることに気附《きづ》かなかった。彼女の生理は愛のために訓練されて、愛のために功利的にさえ働らくにいたっていたのである。

「お姑《かあ》さま。あまり仰言《おっしゃ》らないで」

姑《しゅうとめ》の耳もとで、曇った声でこれだけのことを口迅《くちど》に言うと、康子は席を立った。廻《まわ》り縁《えん》を半ば駈《か》けるようにして、渓子の寝ている部屋へ行った。

悠一はなお言葉を失ったまま、身じろぎもしなかった。何にもまれ、今すぐとりかかれる行動が要った。卓上に不規則に重ねられている十数枚の便箋《びんせん》を、けわしい音を立てて、片端から破いた。白絣《しろがすり》の浴衣《ゆかた》の袖《そで》に、破いた手紙を丸めて落した。彼は母の反応を待っていた。しかるに母は卓上に肱《ひじ》をつき、うつむいた額に指を支《か》てて動かなかった。

しばらくして口を切ったのは、息子のほうである。

「お母さまにはわからないんだ。この手紙がみんな本当のことだとお思いになるなら、それでもいいです。しかし……」

南未亡人は叫ぶように言った。

「康子はどうなるの？」

「康子ですか？　僕は康子を愛しています」

「だってあなたは、女ぎらいなんじゃありませんか。あなたが愛するのは、育ちのわるい男の子だの、お金持のおじいさんや中年男だけなんですからね」

息子は少しもやさしさのない母親におどろいた。実は母親の激怒は、息子との血のつながりに、つまり半ばは自分に、向けられたものだったので、やさしい涙を自ら禁じているふしもあった。悠一は考えた。

『その康子と無理に結婚をいそがせたのは母ではないか。こんなにすべてを僕《ぼく》一人の責《せめ》に帰するのはずいぶんひどいな』

病弱の母への同情が、この抗弁を口には出させなかった。彼はきっぱりした口調で言った。

「ともかく僕は康子を愛しています。僕が女も好きだということが証明できればいいんでしょう」

この釈明をろくにきいていなかった母親は、脅迫《ゆすり》に近いような譫言《うわごと》で報いたのである。

「……ともかく、私、早速河田さんに会って来なければ」

「そんな品のわるい真似はなさるもんじゃありません。河田さんはゆすりだと思うでしょうよ」

息子の一言ははなはだ応《こた》えた。哀れな母親はわけのわからないことを呟《つぶや》きながら、悠一をそこに残して席を立った。

朝の食卓に悠一は一人になった。彼の前にはパン屑《くず》のすこしこぼれた清潔な卓布があり、木洩《こも》れ陽《び》と蟬《せみ》の声に充《み》たされた庭がある。右の袂《たもと》を重たくしている反故《ほご》を除いては、何事もない晴れやかな朝である。悠一は煙草《たばこ》に火を点じた。糊《のり》のよく利《き》いた浴衣の両袖をたくしあげ、腕を組んだ。自分の青年らしい腕を見るたびに、彼はいつも誇張した健康の誇りを感じた。胸には重い板を押しつけられているような息苦しさがあり、鼓動はいつもよりも急調子に拍《う》っている。しかしこの胸苦しさは、歓《よろこ》びの期待の胸苦しさと見分けがつかず、この不安には、むしろ晴れやかなものがあった。彼は一本の煙草の尽きるのを惜しんだ。こう思った。

『少くとも僕は、今、全然退屈していない！』

悠一は妻を探した。康子は二階にいた。例のオルゴールの音楽が二階からかすかにきこえたのである。

風通しのよい二階の一間で、渓子は母衣《ほろ》蚊帳《がや》に寝ていたが、機嫌よくみひらいた目は、オルゴールのほうへ向けられていた。康子は悠一を迎えて微笑したが、この不自然な微笑は、良人の気に入らなかった。二階へ上って来るときにひらかれていた悠一の心は、これを見て又とざされた。

永い沈黙のあとで、康子はこう言った。

「……あたくし、あの手紙のこと、何とも思っていませんわ」――彼女は不器用に敷《ふ》衍《えん》した。「あたくし、あなたをお気の毒だと思うだけだわ」

この同情の言葉は世にもやさしい調子で言われたので、それだけ深く若者を傷つけた。彼が妻に望んでいたものは、まじめな同情よりも気さくな軽蔑《けいべつ》であったので、傷つけられた矜りは、今しがたのきっぱりした証言とうらはらに、殆ど妻に対して故《ゆえ》ない復讐《ふくしゅう》を企《たく》らみかねないほどであった。

悠一は助力を欲した。すぐ思い浮んだのは俊輔《しゅんすけ》である。しかしこんな成行の責任の一斑《いっぱん》が俊輔に在ることに思い当ると、憎しみがこの名を消した。彼は机上に置かれている、つい二三日前に読んだ京都からの手紙を見た。鏑木《かぶらぎ》夫人に来てもらおう、今の僕を助けてくれるのは夫人だけだ、と悠一は思った。そしてすぐ浴衣を脱いで、電報を打ちに行く身仕度をした。

戸外へ出ると、人通りのすくない路面の照り返しがはなはだしい。悠一が出たのは、勝手口のほうである。門のところに、入ろうか入るまいかとためらっている人影が見える。一度門内に入る。また出て来る。家人の外出を待伏せているような調子である。

その小柄な男が顔をこちらへ向けたとき、悠一は稔《みのる》の顔を見出《みいだ》しておどろいた。二人は走り寄って握手をした。

「手紙が来たでしょう。へんな手紙が。あれ、うちのおやじが出したことがわかったんだよ。僕、悠ちゃんに済まなくて、家を飛び出して来たんだ。おやじがスパイに尾行させていたらしいんだ。僕たちのこと、すっかり調べ上げられちゃったんだ」

悠一は愕《おどろ》かなかった。

「僕もそんなことだろうと思ったよ」

「僕、悠ちゃんに話があるんだけど」

「ここじゃまずいな。近所に小さな公園があるんだ。そこで話そうよ」

年長者らしい冷静さを装って、悠一は少年の肱をとって促した。二人はお互いの身にふりかかった危難を口早に打明けながら歩を速めた。

近所のN公園はもとN公爵《こうしゃく》邸の庭園の一部である。二十数年前、公爵家が広大な地所を分譲するに当って、池をめぐる斜面の庭の一劃《いっかく》を公園として残して区に寄附したのである。

花ざかりの睡蓮《すいれん》におおわれた池のながめは美しかったが、蟬捕りの子供の二三をのぞいて、夏の午《ひる》ちかい公園には人影がない。二人は池に面した斜面の松かげに腰を下ろした。永らく手入れをしない斜面の芝には、いちめんに紙屑や夏蜜柑《なつみかん》の皮がちらばっている。新聞紙《がみ》が池の汀《みぎわ》の灌木《かんぼく》にひっかかっている。日が落ちたのちには、小公園は涼を求める人たちで混雑する。

「話って何だい?」——悠一がそう訊いた。

「ねえ、僕、こんなことがあった以上、もう一日でもあのおやじのところに居たくないんだ。家出するつもりなんだ。悠ちゃん、一緒に逃げてくれる?」

「一緒にって……」——悠一はためらった。

「お金のことかい? お金のことなら、心配要らないぜ。ほら、こんなにもっているんだから」

少年は口を薄くあけた真剣な面持《おももち》で、ズボンの尻《しり》のポケットの釦《ボタン》を手さぐりで外した。取り出したのは、入念に包んだ札束である。

「持ってごらん」と悠一の手に落して、言った。「持ちでがあるだろう。十万円あるんだぜ」

「この金、どうしたんだ」

「おやじの金庫をこじあけて、現金を洗いざらい持って来たんだよ」

悠一は一ト月というものこの少年と共に夢みてきた冒険の、みじめなけちくさい帰結を見た。彼らは社会を向うにまわして、不敵な行為や、探険や、英雄的な悪や、明日《あ》《す》の死を前にした戦友同士のパセティックな友情や、挫折《ざせつ》に終ることのわかっている感傷的なクウ・デタや、さまざまの悲劇的な青春を夢みたのであった。かれらは自分の美を知っていたから、自分たちが悲劇にしかふさわしくないことも知っていた。秘密結社の身の毛もよだつ残虐《ざんぎゃく》な私刑だとか、野猪《やちょ》に殺されたアドニスの死だとか、悪人の詭計《きけい》が、その中へかれらを陥らせる一刻一刻水位の上る地下の水牢《みずろう》だとか、洞窟《どうくつ》内の王国での生死を保証しない試煉《しれん》の儀式だとか、地球の滅亡だとか、身《み》を殺して数百の戦友の命を救う物語的な機会だとか、何にまれ危険に充ちた光栄が彼らを待っていることを信じていた。そういう破局《カタストローフ》こそは、青春にふさわしい唯一《ゆいいつ》の破局であり、そういう破局の機会をのがせば、その代りに青春そのものが死ななければならぬ。青春の死の耐えがたさに比べれば、肉体の死が何程のことがあろうか。多くの青春がそうであるように、(何故《なぜ》かというと青春を生きることはたえざる烈《はげ》しい死であるから)かれらの青春もいつも新たな破滅を夢みていた。死に臨んで美しい若者は莞爾《かんじ》たる筈であった。

……しかしこんな夢想の帰結が、現に悠一の目前にあるのであるが、それは光栄の匂《にお》いもなければ死の匂いもない市井《しせい》の一事件にすぎなかった。一疋《ぴき》の溝鼠《どぶねずみ》のような薄汚ないこの小事件は、新聞に出るかもしれない。角砂糖ほどの小さい記事に……。『やっぱりこの少年も、夢みているのは女のような安穏だ』と悠一は落胆して、思った。『もち出した金で駆落《かけお》ちして、どこかで二人っきりで暮そうというんだ。ああ、こいつにおやじを殺すだけの気力があったら！　そうしたら僕は、この少年の前に膝《ひざ》まずくだろうに』

悠一は、一家を構えた若い良人《おっと》としてのもう一人の自分を喚問した。彼のとるべき態度は忽《たちま》ち決った。あんなみじめな帰結に比べれば、偽善のほうがよっぽどましだと思われたのである。

「こいつ、預《あず》っといてもいいか」と悠一は札束を内かくしへしまいながら言った。少年は無垢《むく》な信頼を、兎《うさぎ》のようなその目にうかべて答えた。「いいよ」

「僕は一寸《ちょっと》郵便局に用があるんだ。一緒に来るかい？」

「どこへでも行くさ。僕の体も悠ちゃんに預けたんだもの」

「本当だな」

彼は確かめるように言った。

郵便局で、「急用あり、すぐお出《い》で乞《こ》う」という駄々《だだ》っ児《こ》のような電報を鏑木夫人へ打ってしまうと、悠一はタクシーを呼んで稔を乗せた。どこへ行くの、と稔は半ば期待を以《もっ》て訊《き》いた。タクシーをとめたとき悠一は運転手に低声《こごえ》で行先を言ったので、きこえなかった稔はこれから二人で豪勢なホテルへでも泊りにゆくのかと思ったのである。

車が神田へ近づくのを見ると、少年は柵《さく》をのがれた羊が又もとの柵の前へ連れて来られたようにじたばたした。僕に委《まか》せておけ、悪いようにはしないから、と悠一が言う。少年は悠一の断乎《だんこ》とした口調に、急に何事かを思いついたように、にっこりした。この英雄は今や膂力《りょりょく》をふるって、復讐をとげに行くつもりにちがいない、と思ったのである。

少年はおやじの醜い死相を想像すると、うれしさに体がふるえた。悠一が稔の上に夢みたことを、稔も悠一の上に夢みていたのである。悠一がナイフを揮《ふる》う。無表情におやじの頸動脈《けいどうみゃく》を切断する。その瞬間の殺人者の美しさを思うことで、稔の目に映る悠一の横顔は、神のように完璧《かんぺき》のものになった。

車が喫茶店の前に着く。悠一が降りる。つづいて稔が降りる。真夏の正午の学生街は、行人の影が少なくて、寂《せき》としている。道を横切る二人は、中天の日光にほとんど影を持たない。稔は得意気に目をあげて周囲の二階三階の窓を見まわした。そこから何の気なしに路上を見ている人が、二人をこれから人殺しにゆく若者たちだとはまさか思うまい。大きな行為というものは、いつもこんな露《あら》わな時刻に行われるのだ。

店の中は閑散である。戸外の光りに馴《な》れた目にははなはだ暗い。入ってゆく二人を見ると、レジスターの椅子に坐っていた福次郎は倉卒《そうそつ》と立上った。

「どこへ行っていた」

つかみかかるように、稔にそう言った。

稔は平然と悠一を福次郎に紹介する。福次郎の顔は蒼白《そうはく》になった。

「一寸《ちょっと》お話したいことがあるんですが」

「奥で伺いましょう。どうぞこちらへ」

福次郎はレジスターを他の給仕に委せた。

「君はここで待っていろ」と悠一は稔を戸口に待たせた。

悠一が大人しく内かくしからとり出した包を手渡したので、福次郎は呆気《あっけ》にとられた。

「稔君がお宅の金庫から持ち出したんだそうです。僕がうけとりましたから、そのままあなたにお返しします。稔君もよほど思い詰めてやったことだと思いますから、叱《しか》らないでやって下さい」

福次郎は黙ったまま、胡乱《うろん》げに美青年の顔を眺《なが》めた。このときの福次郎の打算は奇怪であった。あれほど卑劣な手段に訴えて傷つけた当の相手に、福次郎は最初の一瞥《いちべつ》で以て恋していたのである。そこで彼は咄嗟《とっさ》の間《ま》にばかげた手管《てくだ》を考え出し、ここのところはすべてを白状して相手の問責に委せ、世間にもまれな自分の「気の好《よ》さ」を理会してもらうのが早道だと考えた。まずあやまってしまうことである。その台詞《せりふ》は昔から講談や浪曲で、お誂《あつら》えむきのやつがそろっている。兄貴、ええ、負けました、兄貴の心のひろさに会って、こっちのちっぽけな了見がいやになった、どうか打つなり蹴《け》るなりして、お気のすむまで存分にやっておくんなさい、と謂《い》った類《たぐ》いである。

福次郎にはこの大芝居を打つ前に、片附けておかねばならぬことがあった。金をうけとれば、数えなければならぬ。金庫の在庫金はいつも諳《そら》んじているが、その帳尻が合わなくてはならぬ。しかし十万円の金は寸時には数えられない。彼は椅子を卓に引寄せて、悠一にちょっと軽く頭を下げて、それから包みを解いて、一心に札を数えはじめた。

悠一は小商人の札をかぞえる熟練した指のうごきを見た。このせせこましい指のうごきには、かれらの色恋や密告や盗難を超越する何かしら陰惨な真摯《しんし》があった。札は数え了《おえ》られて、福次郎は両手を卓に置いて、又悠一に一礼した。

「たしかにありますね」

「はい、たしかに」

福次郎は機を逸した。そのとき悠一はすでに立上っていたのである。彼は福次郎に目もくれずに戸口へ歩いた。稔は一部始終を、英雄の許すべからざる裏切りの行為を見てしまった。壁を背に蒼《あお》ざめた顔で悠一を見送った。出がけに悠一が会釈《えしゃく》をすると、目をそらして会釈を避けた。

悠一は真夏の街を一人でどんどん歩いた。誰も尾行《つ》けては来ない。口辺を押すように微笑が湧《わ》いた。笑うまいとして、青年は眉《まゆ》をしかめて歩いた。たとえようもない傲《ごう》慢《まん》な喜びでいっぱいになり、慈善のよろこびが人を傲慢にする成行が納得が行った。そして心に媚《こ》びる点では、どんな悪徳よりも偽善にまさるものはないことを知って、はなはだ愉快であった。こんな芝居のおかげで、若者の肩は今大そう軽く、今朝からの重い痞《つか》えも一時に下りたような気がしたのである。その喜びを完全にするために、何か馬鹿《ばか》げた無意味な買物をすることを思い立ち、悠一は小さな文房具店に立寄って、いちばん安いセルロイドの鉛筆削りとペン先を買った。

第二十九章　機械仕掛の神

悠一《ゆういち》の無為は完全だったし、この危機の間《かん》に在って、彼の平静さは比べるものとてなかった。啻《ただ》に孤独の深さから生れたこの平静にだまされた家族の者が、もしかすると密告の手紙は贋《にせ》手紙だったかもしれないと思いだしたほど、それほど悠一は落着いていた。

多くを言わずに、平然とその日を送った。自分の破滅を足下に踏まえ、綱渡り師のように悠容迫らぬ態度で、青年は朝の新聞をゆっくりと読み、日ざかりには午睡をした。一日を経ずして、一家はあの問題の解決の勇気を失い、あの話題から逃げまわることしか考えないようになってしまった。別してそれは「上品な」話題ではなかったからである。

鏑木《かぶらぎ》夫人の返電が来る。夜八時半着の特急「鳩《はと》」で上京するという電報である。悠一は東京駅へ迎えに行った。

小型の旅行鞄《かばん》一つを携えて汽車を降りた夫人は、薄青のワイシャツの腕捲《うでまく》りをして制帽をかぶった悠一の姿を見出《みいだ》したとき、その何気ない微笑をうかべた顔に、彼の母親よりもはるかにすばやくこの青年の苦悩をすぐさま直感した。もしかすると、苦悩を押し隠した悠一のこんな表情ほど、夫人が嘗《かつ》て待ちこがれていたものはなかったかもしれない。彼女は高い踵《かかと》の靴《くつ》でそのほうへ鋭く近づいた。悠一も走り寄って、目を伏せたまま、夫人の鞄を奪うようにしてうけとった。

夫人は息を弾ませていた。以前にかわらぬあのまっすぐに自分の顔を見る熱情ある視線を青年は目近《まぢか》に感じた。

「しばらくね。何事が起ったの？」

「あとでゆっくり話します」

「大丈夫よ。もう安心なさい、あたくしが来たからには」

事実、そう言っている時の夫人の目には、何事にもひるまない無敵な力があった。悠一はかつて彼がやすやすと彼の足下に膝《ひざ》まずかせた女に縋《すが》っていた。このときの美青年の力弱い微笑に、夫人は彼の経てきた辛酸を読んだ。そしてそれを彼女自身の与えた辛酸ではないと感じる夫人には、さびしさと表裏した途方もない勇気が生れていた。

「お宿はどこですか」と悠一が訊《き》いた。

「前にあたくしの居た家の母屋《おもや》の宿屋へ電報を打っておいたのよ」

二人はその宿へ行って大そうおどろいた。気を利《き》かせたつもりの宿の主《あるじ》は、別館の二階の洋間、つまり悠一と鏑木が夫人に隙見《すきみ》をされたあの部屋を、夫人のために準備しておいたのである。

宿の主が挨拶《あいさつ》に来る。この旧弊で抜け目のない男は、客をいまだに伯爵《はくしゃく》夫人の格で遇することを忘れない。主客の妙な立場を気にして、夫人の留守の間に住居《すまい》を横取りでもしたように恐縮し、自分の宿の一室を、人の家へ行ったように褒《ほ》めそやした。彼は守宮《やもり》みたいに壁につたわって歩いた。

「家具があんまりお見事でございますので、そのまま使わしていただいております。お客様皆様から、これだけ本格の、奥床しい家具はめったにないというので、御評判をいただいております。壁紙は、失礼でございますが替えさせていただきましたが、この桃花心木《マホガニー》の柱の光沢《つや》なんぞは、何ともいえない落着きのある佳《よ》いものでございまして……」

「ここはでも、もとは執事の家だったのよ」

「はい。さようで。そのように承《うけたまわ》っておりますです」

鏑木夫人はこの部屋を宛《あて》がわれたことに別段異議を唱えなかった。主《あるじ》が出てゆくと改めて椅子《いす》から立上って、白い蚊帳《かや》に包まれた寝台のために一そう窄《せま》く見える古風な部屋をしみじみと見まわした。この部屋を窺《うかが》い見た時から家を出た自分が、半年ぶりに訪れたのがまたこの部屋である。夫人はこんな偶然に、不吉な暗合を読む性格ではなかった。それに、部屋の壁紙は、すでに「張り替えられて」いたのである。

「暑いでしょう。シャワーを浴びていらしたら」

そう言われて悠一は、三畳ほどの細長い書庫に通ずる扉《とびら》をあけた。灯《ひ》を点《つ》ける。書庫の書物は悉《ことごと》く消え、一面に純白のタイルがうかび上る。書庫はあたかも手頃《てごろ》な広さの浴室に変っている。

旅人が久々に訪れた土地に、最初のあいだは昔の思い出をしか見出さぬように、自分の苦悩の思い出の摸写《もしゃ》にも似た悠一の平静な苦悩にばかり気をとられていた鏑木夫人は、彼の変貌《へんぼう》を察しなかった。彼はあたかも自分の苦悩の中で、なすすべもしらずにいる子供と見えた。彼自身が彼の苦悩を見ていることを、夫人は知らない。

悠一が浴室へ行く。水音がする。鏑木夫人は暑さにたえかねて、背中へ手をまわして、列をなした細かい釦《ボタン》を外し、胸もとをゆるめた。依然としてつややかな肩は、半ば露《あら》わになった。扇風機は、嫌《きら》って点けない。手提《てさげ》から銀の箔押《はくおし》をした京扇を出してあおいだ。

『あの人の不幸と、こうして久しぶりに会えた私の幸福と、何という残酷な対比でしょう』――と彼女は考えた。『あの人の感情と、あたくしの感情とは、桜の花と葉のように、お互いに顔を合わさないようにできているんだわ』

窓の網戸に蛾《が》がぶつかっていた。夜の大きな蛾の、鱗粉《りんぷん》を散らしている息苦しい焦《しょう》躁《そう》が彼女にはわかった。

『せめて、こう思うより仕方がない。少くとも今は、あたくしの幸福感があの人を鼓舞しているんだと。……』

鏑木夫人は何度か良人《おっと》と坐ったことのある昔のままのロココ風の長椅子を見た。成程良人と坐ったことはある。しかし夫妻は着物の端《はじ》さえ触れ合わないように、いつも一定の幅を置いて坐ったのである。……突然、その長椅子に、奇怪な姿で抱き合っている良人と悠一の幻が見えた。彼女の露わな肩は寒くなった。

あの時の隙見は、ふとした偶然の、しかも疑いなく無邪気なものであった。彼女自身の不在によってのみ確実に永続的に存在する幸福の形を、夫人は窺《うかが》い見ようとねがったのであったが、いつの場合もこんな大《だい》それた願事《ねぎごと》は、不吉な結果を惹《ひ》き起すものかもしれない。……そして今、鏑木夫人は悠一とその部屋にいる。彼女は正にそこに、幸福のありえたかもしれない場所に介在している。幸福の代りに、彼女が居るのだ。

……このまことに聡明《そうめい》な魂は、自分の幸福感には謂《いわ》れのないこと、悠一は決して女を愛さないこと、そういう自明の現実にすぐさま目ざめた。急に冷気を感じでもしたように、背に手をまわして、外した釦をまたのこらず掛けた。どんな媚態《びたい》も徒《あだ》なことに気づいたからである。昔の彼女なら、背中の釦が一つでも外れていれば、誰《だれ》かその釦をはめたがっている男の存在を、その場に意識してのことに決っていたが、そういう時代に彼女と附合《つきあ》い馴《な》れた男たちの一人がこのつつましさを見れば、われと我が目を疑ったにちがいない。

櫛《くし》で髪を調えながら、悠一が浴室を出て来た。その濡《ぬ》れてかがやいた若々しい顔は、いつぞや恭子とたまたま居合せた喫茶店での、驟雨《しゅうう》に濡れていた彼の顔を夫人に思い出させた。

思い出から自由になろうとして、彼女は奇矯な声をあげた。

「さあ、早く話して頂戴《ちょうだい》。あたくしを東京まで引張っておいて、またじらす心算《つもり》なの？」

悠一は一通りの話をして、助力を仰いだが、彼女に呑《の》み込めた筋は、どんな形にもあれ、あの手紙の信憑《しんぴょう》性をぐらつかせねばならぬという急務であったので、すぐさま夫人は果敢な決心を固め、明日南家を訪ねる約束をして、悠一を帰した。多少彼女には面白《おもしろ》くもあった。もともと鏑木夫人の性格の独自なところは、持前の貴族的な心と娼婦《しょうふ》の心とが、世にも自然に結びついている点にあった。

翌朝十時に、南家は突然の思いがけない客人《まろうど》を迎えた。二階の客間へ通す。悠一の母が出る。鏑木夫人は康子《やすこ》にも会いたいと言う。悠一だけは遠慮してほしいという客と口占《くちうら》を合せたように、若い良人は書斎にとじこもって現われなかった。

いくらか豊かになった体を藤《ふじ》いろの洋服に包んだ鏑木夫人は、あたりを払う風情《ふぜい》だった。たえず微笑を含み、落着いて、ねんごろで、話を切り出す前から、又も新らしい醜聞を聴かされるのではないかとおびえている憐《あわ》れな母親の気力を挫《くじ》いた。

「おそれ入りますが、扇風機は、あたくし、どうも……」

客がそう言ったので、団扇《うちわ》が運ばれた。客は団扇の柄《え》を倦気《たゆげ》に扱いながら、康子の顔をちらちら見た。去年の舞踏会以来、二人の女が対坐するのは今日がはじめてである。並の場合なら、私はこの女に嫉妬《しっと》を感じるのが自然な筈《はず》だ、と夫人は考えた。しかし猛々《たけだけ》しくなっていた夫人の心は、心なしか窶《やつ》れてみえるこの若い美しい女に、軽蔑《けいべつ》をしか感じなかった。こう切り出した。

「あたくし、悠ちゃんから電報で呼び出されましたの。ゆうべ、あの妙な手紙のことをすっかり伺いました。そのことで今日早速上りましたの。手紙の内容が、鏑木にも関《かか》わりのあることだそうでございますし……」

南未亡人はだまって項《うなじ》を垂れた。康子は今まで背《そむ》けていた目を、真当《まっとう》に鏑木夫人のほうへ向けた。そして、かすかな、しかし毅然《きぜん》とした声で、姑《しゅうとめ》にこう言った。

「あたくし、御遠慮していたほうがいいと存じますけど」

一人にされるのが怖さに、姑は遮《さえぎ》った。

「だって、あなた、折角鏑木さんが私たち二人に話したいと仰言《おっしゃ》るのに」

「ええ、でも、あの手紙のことなら、あたくし、もう伺いたくございませんから」

「その気持は私も同じですよ。でも伺うべきことは伺っておかなかったら、あとで後悔することになると思うからね」

女たちが、こうした礼儀正しい言葉遣いで、ただ一つの醜悪な言葉のまわりを、ごく婉曲《えんきょく》にめぐり歩いているさまは、皮肉以上のものがあった。

鏑木夫人がはじめてこう訊いた。

「どうして？　康子さん」

康子は、今、夫人と自分が、勇気を競い合っているのを感じていた。

「だって、あたくし、今はあんな手紙のことを、何とも思っておりませんのよ」

……このしたたかな返事に、鏑木夫人は唇《くちびる》を嚙《か》んだ。『まあこの人は、私を敵だと思って、戦いを挑《いど》んでいるんだ』そう思うと彼女のやさしさは涸《か》れ果てた。若い偏狭な貞女の頭に、夫人が彼女の良人の味方であることを、納得させる手続を、それが省かせた。夫人のほうも自分の役割の限度を忘れて、高飛車な物言いを憚《はばか》らなくなった。

「ぜひきいていただきたいの。あたくしの申上げに来たことは、吉《い》いおしらせなんですもの。もっとも聴く人によっては、一層凶《わる》いおしらせかもしれませんけれど」

「どうぞ、早く仰言ってね。待つあいだだけでも苦しゅうございます」

悠一の母が促してそう言った。康子は席を立たなかった。

「悠ちゃんはあの手紙を事実無根だといえる証人は、あたくしのほかにはないと思って、電報を打って寄越《よこ》しましたの。こんなことをお打明けするのは辛《つろ》うございます。でもあんな嘘《うそ》の不名誉な手紙よりも、あたくしが何もかもはっきり申上げたほうが、お気が休まると思いましてよ」——鏑木夫人は少し吃《ども》った。そしておどろくほどの熱情的な口調で言ってのけた。「あたくし、悠ちゃんとはずっと関係がございますの」

憐れな母親は、嫁と顔を見合わせた。この新たな衝撃で、気も失わんばかりであった。やっと我に返って、こう訊いた。

「……でも、此頃《このごろ》もずっとでございますか。春からは京都のほうでいらっしゃいましょう」

「鏑木が仕事に失敗いたしまして、それにあたくしと悠ちゃんの仲を怪しんでおりましたから、むりにあたくしを京都へ引張ってまいりましたのよ。でもあたくしは、しょっちゅう、東京へ来ておりますわ」

「悠一と……」――母親は言いかけて、表現に苦しんで、『仲の良い』というあいまいな言葉をみつけだし、辛《かろ》うじてそれを使った。「……悠一と仲の良いのは、あなただけでございましょうか」

「さあ」――夫人は康子のほうを見ながら答えた。「ほかにも女の人がいるでしょうけれど、お若いんだから、仕方がございませんわ」

悠一の母は、顔を真赧《まっか》にして、おずおずと訊いた。

「その他《ほか》の人というのは、男ではございますまいか」

「まあ」と鏑木夫人は笑った。彼女の貴族的な魂が頭をもたげて、下品な言葉をあからさまに口に出すことに愉楽を覚えた。

「……だって、あたくし、悠ちゃんの子供を堕《おろ》したという女の人を、二人まで存じておりますわ」

鏑木夫人が余計な身振をまじえずにした告白は、その率直さで以《もっ》て効果をゆたかにした。自分の当の相手の妻と母親を前にしたこの鉄面皮な告白は、聴手の涙に愬《うった》えるめそめそした告白よりも、この場にふさわしい真《まこと》らしさに於《おい》て優《まさ》っていた。

一方、南未亡人の心惑いは、何とも複雑で、手のつけようがなかった。すでに彼女の貞淑な観念は、あの「下品な」店で、生れてはじめての打撃を蒙《こうむ》ったので、その痛みに麻痺《まひ》した心は、鏑木夫人の惹《ひ》き起した異常な事態に、今度は自然さだけをしか見なかった。

未亡人はまず計算した。些《いささ》かでも冷静になろうと力《つと》めていたので、それだけ彼女の頑《かたく》なな固定観念が顔を出す始末であった。

『この懺悔《ざんげ》にはまず嘘がない。だって何よりの証拠に、殿方なら知らぬこと、かりにも女が、ありもしない自分の情事を人に白状することなんて有り得ないもの。それに女は男を救うとなれば、何をやりだすかわからないから、元伯爵夫人というほどの人でも、男の母親と細君のところへ乗り込んで、こんなはしたない告白をすることだって有り得るわけだ』

この判断には見事な論理的矛盾があった。つまり南未亡人が「男」といい「女」というとき、すでにその用語は相互の情事を前提としていたからである。

昔の彼女なら、有夫の女と有婦の男とのこんな情事に、目をおおい、耳をおおったことだろうが、今、鏑木夫人の告白を是認しかかっている自分を見て、彼女は自分の道徳観念が故障を起したらしいのにひどくうろたえた。そればかりではない。夫人の告白をありのままに信じ、手紙を一片の反故《ほご》にしてしまうという解決へ、一途《いちず》に傾いてゆこうとする自分の心に怖《おそ》れを抱いた彼女は、却《かえ》ってあの手紙の裏附をなす証拠を固執したい熱意にかられた。

「だって、私は写真を見ましたのよ。思い出すのもけがらわしいあの店で、育ちのわるそうな給仕が大事にもっていた悠一の写真を！」

「そのことも悠ちゃんから伺いましたわ。事実、あの人にはそういう趣味の学校友達がいて、写真をほしがってうるさいので二三枚やったのが流れたんだろう、と言っていました。悠ちゃんがそんな友達に連れられて、面白半分にそんな店へ行って、しつこく言い寄ってくる男をはねつけたのが、あんな手紙で仕返しをされただけのことですわ」

「まあ。悠一は何だって母親の私に、そういう筋の通った弁解をしてくれなかったものでしょう」

「きっとお母様が怖かったんでしょう」

「私はいけない母親ですね。……それはそうと、失礼なおたずねをいたしますが、鏑木さんと悠一のことも、事実無根でございましょうか」

この質問は予期されたところであった。それにもかかわらず、鏑木夫人は平静を保つことに努力を要した。彼女は見たのであった。見たものは写真ではなかった。われにもあらず夫人は傷ついた。偽証は決して恥じなかったが、あれを見た時からの生活の上に築かれた仮構の情熱、現《げん》にこの偽証の努力の源《みなもと》をなしている情熱を裏切ることは辛《つら》かった。今の彼女は英雄的に見えたが、彼女自身は、自分を英雄的だなどと思うことをゆるしていなかった。

「ええ。まるで想像もできない話でございます」

康子は終始うつむいて黙っていた。彼女が一言もものを言わないのが、鏑木夫人には気味がわるかった。その実、事態にいちばん正直に反応しているのは康子だったのである。夫人の証言の真偽は問うところではない。しかしこの他所《よそ》の女と自分の良人《おっと》との、水も洩《も》らさぬ連繋《れんけい》は何事なのか。

姑と夫人の話がすんだころを見計らって、康子は、何か夫人を当惑させる質問はないかと探した。

「あたくし、ふしぎに思っていることがございますの。悠ちゃんの洋服がどんどんふえますの。……」

「そのことなら」と鏑木夫人はやり返した。「何でもございませんわ。あたくしが作って上げているんですもの。何なら洋服屋を連れて来てもよございます。……あたくし、自分で働らいて、好きな人にそういうことをしてあげるのが好きなのね」

「まあ、あなたが働らいていらっしゃるの」

南未亡人は目を丸くした。この浪費の権化のような女が、働らいているとは思えなかった。鏑木夫人はあけすけに打明けた。

「京都へ行ってから、輸入自動車のブローカアをはじめましたの。このごろやっとあたくし、一人前のブローカアになれましてよ」

これが唯一《ゆいいつ》の正直な告白であった。最近の夫人は、外車を百三十万で仕入れて百五十万で売る商法に熟達していた。

赤ん坊を心配して、康子が席を外すと、それまで嫁の前に虚勢を張っていた悠一の母は、崩折《くずお》れた。目の前にいる女が、敵なのやら味方なのやらわからなくなって、誰へともなく、こう伺いを立てたのである。

「私は一体どうしたらよございましょう。私よりも、康子が可哀想《かわいそう》で……」

鏑木夫人は冷徹に言い放った。

「あたくしは今日、よほどの決心をしてまいりましたの。あんな手紙でおびやかされていらっしゃるよりは、本当のことをお知りになったほうが、あなたにも康子さんにも、お為《ため》になると思ったからですわ。悠ちゃんは二三日あたくしが旅にお連れします。あたくしも悠ちゃんも、まじめな恋愛をしているわけじゃありませんから、康子さんは心配なさることはないと思いますわ」

傍若無人《ぼうじゃくぶじん》なこの分別《ふんべつ》の明快さに、南未亡人は頭を下げた。鏑木夫人には、ともかく犯しがたい気品があった。未亡人は母親の特権を放棄した。そして夫人の中に、自分よりもっと母親らしいものを見出《みいだ》している彼女の直感は正しかった。彼女は自分が世にも滑稽《こっけい》な挨拶《あいさつ》をしているのに気づかなかった。

「悠一のことは、どうかよろしくお願いいたします」

康子は渓子《けいこ》の寝姿の上に顔を近づけた。ここ数日間に彼女の平和は音を立てて崩れたが、地震のときに本能的に身を以《もっ》て子供を覆《おお》う母親のように、この破滅、この瓦壊《がかい》が、渓子の上にだけは及ばぬことを心に念じた。康子は位置を失《な》くしていた。周囲から波濤《はとう》に浸蝕《しんしょく》されて、人の住めなくなった孤島のようである。

屈辱よりももっと複雑な大きなものにのしかかられ、屈辱感はほとんどなかった。

しかし息も止らんばかりの息苦しさは、あの手紙の事件のあと、手紙の内容を信じまいとする決心が堅固に保ってきた彼女の平衡を、押し壊した。鏑木夫人のあけすけな証言をきいているあいだ、たしかに康子の深い部分で変貌《へんぼう》が起っていたが、まだその変貌に自分では気がつかない。

康子は話しながら階段を降りてくる姑と客の声をきいた。夫人が帰るのかと思った康子は、見送りに立とうとした。夫人は帰るのではない。姑の声がして、廊下を悠一の書斎のほうへ案内されてゆく夫人のうしろ姿が、簾《すだれ》ごしにみえた。『あの人は私の家を自分の家のように歩いている』と康子は思った。

姑一人は、すぐ悠一の書斎から戻《もど》って来た。康子のかたわらに坐る。その顔は蒼《あお》ざめてはいず、却《かえ》って昂奮《こうふん》のために紅潮している。

戸外が日に炎《も》えているので、室内は暗い。

ややあって、姑はこう言った。

「あの人は何のために、あんなことを言いに来たんだろう。伊達《だて》や酔興でできることではありませんね」

「よっぽど悠ちゃんをお好きなんだわ」

「そうとしか言いようがないね」

この時、母親の心には、嫁に対する思い遣《や》りは別として、一種の安堵《あんど》と誇らしさが生れていた。あの手紙を信じるか、夫人の証言を信じるか、という段になれば、今の彼女は躊躇《ちゅうちょ》なく後者を撰《えら》んだであろう。美しい息子が女にもてることは、彼女の道徳観からすれば善であった。つまり彼女に快感を与えたのである。

康子は親切な姑でさえ自分と別の世界にいるのを感じた。一人で身を護《まも》るほかはない。しかし成行委《なりゆきまか》せのほかに苦悩を免《まぬか》れるすべのないことを経験上すでにわきまえていた彼女は、これほどのみじめさに置かれながら、聡明《そうめい》な小動物のようにじっと動かなかった。

「何もかもおしまいだね」

姑が捨鉢《すてばち》にそう言った。

「お姑《かあ》さま、まだおしまいじゃございませんわ」

康子がそう言ったのは、むしろ峻烈《しゅんれつ》な言葉であったが、それを自分へのいたわりだと解した姑は、涙ぐんでこんな決り文句を口走った。

「ありがとうよ、康子さん。あなたみたいないいお嫁さんを持って、私は何という仕合せ者でしょう」

……鏑木夫人は悠一の書斎に二人きりになると、森の中へ入った人がよくそうするように、部屋の空気をふかぶかと鼻孔に吸った。どんな森の空気よりも、この空気が美味《おい》しく、さわやかに思われた。

「いいお書斎ね」

「死んだ親父の書斎だったんです。家にいるときは、ここにとじこもっているときだけ、のんびりと呼吸《いき》ができるんです」

「あたくしもよ」

この合槌《あいづち》の自然さは、悠一にもわかった。他人の家のなかへ嵐《あらし》のように乗り込み、礼節も体面も思い遣りも羞恥《しゅうち》もかなぐり捨て、自他に対して心ゆくばかり残酷になり、ひたすら悠一のために超人的な力業《ちからわざ》を敢《あえ》てした夫人は、今や一息吐《つ》いていた。

窓は開け放たれていた。机上の古風なスタンドやインキ壺《つぼ》や積み重ねられた辞書や夏の花を飾ったミュンヘンのジョッキなどの暗い銅版画めいた細緻《さいち》な前景のむこうに、焼跡に建てられた多くの生々《なまなま》しい木造建築が却って荒涼たる感じを与えている残暑のはげしい街の風景がひろがっていた。電車通りの坂道を都電が下りてゆく。渡りかけていた雲がすぎると、その前後の線路も、まだ家の建てられていない焼跡の礎石も、塵芥《ごみ》捨場の硝子《ガラス》の破片も、一せいに苛《か》烈《れつ》な光りを放った。

「もう大丈夫よ。お母さまも康子さんも、わざわざ又確かめに、あの店へいらっしゃることはないでしょう」

「もう大丈夫だな」と青年は確信を以《もっ》て言った。「手紙は二度と来ないだろうし、おふくろはもう二度とあの店へ行く勇気はないし、康子は、多分勇気はあっても、決してあの店へは行きませんよ」

「あなたは疲れているわね。どこかで少し体を休めたほうがいいわ。あたくし、あなたに相談しないで、あなたを連れて二三日旅へ出ますって、お母さまに宣言してしまってよ」

悠一は愕《おどろ》いたように微笑した。

「今晩発《た》ってもよくってよ。汽車の切符は、あたくし、伝手《つて》があって手に入るから。……あとでお電話するわ。駅で待合せて大丈夫ね。あたくし京都へかえる序《つい》でに、志摩へ寄ってみたかったの。ホテルの部屋もとっておくわ」

夫人は悠一の表情をじっと測った。

「……心配なさらないでもいいのよ。何もかも知っているあたくしが、あなたを困らせたってはじまらないわ。あたくしたちの間にはもう何も起り様がないじゃありませんか。安心していらっしゃいな」

夫人がもう一度、悠一の意向をたしかめたので、悠一は行くと答えた。事実、彼はこの破局の息苦しさから二三日でも身を除《よ》けていたかった。夫人ほどやさしい安全な連れはなかった。青年の目が感謝を表わしそうになったので、それを怖れた夫人は、やさしい安全な連れはなかった。

「こんな小さなことで、あたくしに恩を感じたりしたら、あなたらしくないことよ。よくって。旅行のあいだ、あたくしを空気のように思って下さらなければいやよ」

夫人が帰る。見送りに出た母は、一人でまた書斎へかえる悠一のあとをついて来た。康子を見ているうちに、彼女自身の役割に目ざめたのである。

母親は書斎のドアを自分のうしろに物々しく閉めた。

「あなた、あの奥さんと旅行へ行くんですって」

「ええ」

「それだけはお止《や》めなさい。康子が可哀想です」

「それなら何故《なぜ》康子が自分で止めに来ないんです」

「あなたも子供だね。あなたがそれでも康子に向って旅行に行くと言い切ったら、康子の立場がなくなるじゃないの」

「僕はちょっと東京を離れたいんです」

「それなら康子と一緒に行ったらいい」

「康子と一緒じゃ休養になりません」

憐《あわ》れな母親は、上《うわ》ずった声を出した。

「少しは赤ん坊のことも考えて頂戴《ちょうだい》」

悠一は目を伏せて、黙っていた。最後に母親はこう言った。

「少しは私のことも考えて頂戴」

このエゴイズムが、手紙の事件のとき、少しもやさしさのなかった母親を悠一に思い出させた。孝行息子はしばらく黙っていてから、こう言った。

「僕、やっぱり行きます。こんな妙な事件であの人を煩《わずら》わしておいて、招待に応じないのは悪いと思いませんか」

「あなたって、男妾《おとこめかけ》のような考え方をするんですね」

「そうですよ。あの人の云《い》った通り、僕はあの人の男妾です」

悠一は計り知れないほど自分から遠くにいる母親に、意気揚々とそう言った。

第三十章　雄々しい恋

夫人と悠一《ゆういち》が発《た》ったのは、その晩十一時発の夜行である。この時刻になると暑気はよほど薄らいだ。旅立ちはふしぎな感情である。うしろに残して来た土地からはおろか、うしろに曳《ひ》いてきた時間からも、自由になったかの感に人はとらえられる。

悠一には後悔がなかった。奇怪なことだが、彼は康子《やすこ》を愛していたからである。表現の苦渋に形を歪《ゆが》められたこんな愛の見地に立てば、青年が旅へ出るために犯した無理のかずかずも、のこらず康子への餞《はなむ》けだと考えてよかった。この間《かん》、真剣になった彼の心のうごきは、偽善をすら怖《おそ》れていなかった。母親にむかって宣言した自分の言葉が思い出された。「ともかく僕は康子を愛しています。僕が女も好きだということが証明できればいいんでしょう」――してみれば、彼は自分を救うためではなく、康子を救うために鏑木《かぶらぎ》夫人を煩《わずら》わしたと考える十分な理由があった。

鏑木夫人には悠一のこういう新らしい心の動きがわからなかった。彼はただ非常に美しい、若さと魅力にあふれた、しかも決して女を愛さない青年だった。その青年を他《ほか》ならぬ彼女が救ったのであった。

東京駅の深夜の歩廊がかなたへ退くと、夫人はかるい吐息をついた。わずかでも愛の素振を見せれば、悠一の折角の安息も失われるにちがいない。列車の震動で、二人のあらわな腕は時折触れ合ったが、そのたびに彼女のほうがさりげなく腕を外した。かすかな戦《おのの》きからでも、夫人の愛に悠一が気がついて、それが悠一を退屈させる結果にしか終らないことを怖れたのである。

「鏑木さんはどうしてますか？　尤《もっと》もよく手紙をいただくけど」

「今ではあの人も、髪結いの亭主《ていしゅ》ね。昔からそうだと云《い》えばそうだけれど」

「あのほうも相かわらずですか」

「このごろは、あたくしが何もかも知っているから、気楽そうな顔をしているわ。町を一緒に歩いていても、あの子はきれいじゃないか、なんてよくあたくしをつつくのよ。それが決って男の子なの」

悠一が黙ってしまったので、ややあって、夫人はこう訊《き》いた。

「こんな話、おいや？」

「うん」と青年は女の顔を見ずに答えた。「僕《ぼく》、あなたの口から、そういう話題をきくのはいやなんだ」

敏感な夫人は、この我儘《わがまま》な若者の人目にかくされた子供らしい夢想を見抜いた。これはなかなか重要な発見で、悠一が猶《なお》なんらかの「幻影」を夫人に求めていることを意味していた。私はもっと知らないふりをしていなければならない、彼の目にいつも危険のない恋人と映っていなければならない、と夫人は多少の満足を以《もっ》て決心した。

大そう疲れていた二人はやがて眠った。朝、亀山《かめやま》で鳥羽《とば》行に乗り換えて、鳥羽から志摩線に乗って一時間足らずゆくと、本土と短い橋一つでつながった終点の島が賢島《かしこじま》である。空気ははなはだ澄み、未知の駅に下り立った二人の旅行者は、英虞《あご》湾の多くの島々をこえてくる潮風の匂《にお》いを嗅《か》いだ。

賢島の丘のいただきのホテルへ着くと、夫人は一室しかとらなかった。何かを期待したのではさらさらない。夫人はおのが困難な愛の位置づけに迷っていた。これを愛と呼ぶなら、正《まさ》しく未聞《みもん》の愛で、どんな芝居にも小説にもそのお手本は描かれてはいなかった。何もかも自分で決め、自分で試して行かなければならない。もしこれほど愛している男と一つ部屋に寝《やす》んで、何事も起ることをのぞまずに一夜が明ければ、この手厳しい試煉のおかげで、まだ柔らかな熱い愛も形を与えられ、鋼《はがね》に鍛《きた》えられるだろうと思ったのである。一室に案内された悠一も、二つ並んだ寝台《ねだい》を見て迷ったが、すぐさま少しでも夫人を疑う自分を恥じた。

その日は暑さのあまりきびしくないさわやかな快晴で、平日のホテルは滞在客が主《おも》であった。中食のあとで、二人は志摩半島御座岬《ござみさき》近傍の白浜へ泳ぎに行った。その浜へは、ホテルの裏手から英虞湾の入江づたいに大型のモータア・ボートで行くのである。

夫人と悠一は水着の上に、軽いシャツを着てホテルを出た。自然の静寧《せいねい》は二人を囲んだ。この四周のけしきは、島々が水に浮んでいるというよりは、島があまりに多く接近しており、海岸線は屈曲を極めているので、陸地のいたるところへ海がしのび入り陸を蝕《むし》ばんでいるとしか見えなかった。そして風景の異様な静けさは、そこかしこに広大な丘陵を残した洪水《こうずい》のさなかのような感を与えた。東にも西にも、指呼されるいたるところに、思いがけない山峡《やまかい》と見えるあたりにまで、燦《きら》めく海が散在した。

午前中に泳ぎからかえった客が多かったので、午後同じボートで白浜へ行くのは、悠一たちの外に四五人を数えるにすぎない。その三人は子供づれの若夫婦である。二人は米人の中年の夫婦である。ボートは深く湾入した静穏な海面を、一面にうかんだ真珠筏《いかだ》を縫って走った。養殖用の母貝の籠《かご》を海中に垂らした筏である。晩夏なので、すでに海女《あま》の姿はこのあたりに見えなかった。

船尾の甲板に折畳椅子《いす》を出させて二人は掛けたが、はじめて見る夫人のあらわな体に悠一は感心した。その肉体は優雅と豊かさを兼ねそなえていた。あらゆる部分が強靭《きょうじん》な曲線に包まれ、脚の美しさは子供のころから椅子の生活をつづけて来た人のそれである。わけても美しいのは肩から腕へかけての線である。すこしも衰えのみえない皮膚は太陽を映すかのようで、夫人はそのかすかに日に焦《や》けた肌《はだ》を日光から護《まも》ろうとはしなかった。海風になびく髪がそこに影を動かしている肩から腕へかけての丸みは、古代羅馬《ローマ》の貴女の寛衣から露《あら》われた腕のようである。欲望を抱かねばならぬというあの固定観念、あの自縄自縛《じじょうじばく》の義務感を免《まぬ》かれてから、悠一にはこの肉体の美しさがよくわかった。白い水着に胴だけを隠された鏑木夫人は、羽織っていたものを脱ぎすてて、太陽にかがやいて、応接に遑《いとま》ない許多《ここだ》の島々を眺《なが》めていた。島々は彼女の前に流れて来て、また立去った。無数の真珠筏が濃緑の海中に垂らしている籠の中では、この晩夏の太陽の下で、いくつかの真珠が熟れはじめているにちがいないと悠一は想像した。

英虞湾の一つの入江は、さらにいくつもの入江の枝葉をひろげている。その枝葉の一つから舟出をしたボートは、何度曲っても、依然として陸地に閉ざされているかに見える海面を辷《すべ》った。真珠業者たちの家々の屋根が望まれる周囲の島の緑は、こういうわけで、迷路の垣根《かきね》の作用をした。

「あれが浜木綿《はまゆう》だね」と船客の一人が叫んだ。

島の一つに点々と白い花の聚落《しゅうらく》が見えたのである。鏑木夫人は花期をすぎた浜木綿の花々を青年の肩のむこうに見た。

彼女は今まで自然を愛したことがなかった。体温と脈搏《みゃくはく》、肉と血、人間の匂《にお》いだけが夫人を魅したのである。が、目《ま》のあたりの明媚《めいび》な風光はこの猛々《たけだけ》しい心をとらえた。何故《なぜ》ならば、自然は拒絶していた。

夕方、海水浴からかえった二人は、夕食をとる前に、ホテルの西むきのバアへ行って、食前の酒を呑《の》んだ。悠一はマルチーニを注文する。夫人はバアテンダアに調合を教えて、アブサントと仏蘭西《フランス》ベルモットと伊太利《イタリヤ》ベルモットを混ぜて振らせて、ダッチェス・カクテルを製《つく》らせた。

二人は入江入江に遍照している夕焼けの凄惨《せいさん》な色におどろいた。卓上に運ばれた橙色《だいだいいろ》と薄茶色の二つの酒は、この光線に射貫《いぬ》かれて真紅《しんく》になった。

窓はあまねく展《ひら》かれているのに、そよとの風もなかった。伊勢志摩地方の名高い夕《ゆう》凪《なぎ》である。毛織物のように重く垂れた燃えさかる大気も、身も心ものびのびとした若者の健康な休息を、妨げてはいなかった。水泳と入浴のあとの全身の快さ、蘇生《そせい》の感覚、すべてを知ってすべてを恕《ゆる》している傍《かたわ》らの美しい女、適度の酩酊《めいてい》、……この恩寵にはまるで瑕瑾《かきん》がなく、傍らの者を不幸にしかねないほどであった。

『一体この人には体験というものがあるのかしら』——記憶の醜さをみじんも留《とど》めない、今も澄明《ちょうめい》な青年の瞳《ひとみ》を見ては、夫人はこう思わずにはいられない。『この人は、いつでもその瞬間、その空間に、無垢《むく》のままで立っているんだわ』

鏑木夫人は悠一をいつもうまく囲んでしまう恩寵《おんちょう》を、今ではよく承知していた。彼が恩寵にはまるその仕方は、罠《わな》にはまる人のようである。気分を楽に持たなければ、と夫人は思った。そうしないと、以前同様、不幸な重石《おもし》のような逢瀬《おうせ》の繰り返しにしかすぎなくなる。

此度《このたび》の上京と、それにつづく志摩への旅に際して、夫人が固めた自己放棄の決心は雄々しかった。単なる抑制でもない。克己でもない。悠一の住んでいる観念の中にだけ住み、悠一の見ている世界だけを信じ、彼女の希望がほんの一分《ぶ》でもそれを歪めることを自《みずか》ら戒めていたのである。こうしておのが希望に汚辱を与えることが、おのが絶望に汚辱を浴びせるのと、ほとんど同じ意味を持つまでには、永いむつかしい錬磨《れんま》が要った。

それにしても久闊《きゅうかつ》の二人には、何やかやと話題があった。夫人はこの間の祇園祭《ぎおんまつり》の話をしたし、悠一は檜俊輔《ひのきしゅんすけ》先生がおっかなびっくり河田のヨットに同乗した話をした。

「今度の手紙の事件、檜さんは御存知なの」

「いいえ。どうしてですか」

「だって、あなたは何でも檜さんに相談なさるんでしょう」

「まさかこんなことまで打明けませんよ」――悠一はまだ残っている秘密を口惜《くちお》しく思いながら言い継いだ。「あのことについては、檜先生は何も知らないんです」

「そうでしょうよ。昔から、あのおじいさんは無類の女好きですもの。それがふしぎに女に逃げられてばかりいた人ですけれど」

日没は畢《おわ》っていた。かすかに風が立ちはじめる。日が落ちても、水のかがやきはまだ明るく、山々の遠くにまで、水の光りが残っていることで、海の在処《ありか》が知られる。島々の岸に接した海面の影は深い。橄欖《オリーブ》いろの影の海面は、残照を映したきらびやかな海面と対比をなしている。二人はそこを立って、食事に行った。

人里離れたホテルでは、晩餐《ばんさん》がすむと何もすることがない。二人はレコードをかけたり、写真画報の綴込みをめくったりした。飛行機会社やよそのホテルの案内書を丹念に読んだ。こうして何もすることがないのにいつまでも起きていたがる子供のお相手を、乳母に身を落した鏑木夫人が勤めていた。

むかし勝利者の倨傲《きょごう》だと想像していたものが皆子供の気紛《きまぐ》れにすぎなかったことに気づいた夫人は、この発見がいやでもなければ、がっかりもしていなかった。今では、こんな悠一の自分一人たのしそうな夜更《よふ》かしが、彼の落着き方が、何もせずにいるときの一種独特の快活さが、悉《ことごと》くかたわらに夫人がいてくれるという意識にもとづいていることを、夫人自身心得ていたからである。

……ようやく悠一が欠伸《あくび》をした。不承不承にこう言った。

「そろそろ寝ましょうか」

「あたくしは眠たくて目がふさがりそうよ」

――ところが眠たい筈《はず》の夫人が、寝室へ行ってからお喋《しゃべ》りになった。自ら制馭《せいぎょ》しきれないほどのお喋りになった。別々の寝台《ねだい》の枕《まくら》に頭を落し、あいだの小卓の上のスタンドを消してからも、夫人はたのしげに、熱に浮かされたように喋っていた。話題は無邪気な、毒にも薬にもならぬ事である。悠一の闇《やみ》のなかから打つ合槌《あいづち》は間遠になった。やがて黙った。すこやかな寝息が代りにひびいた。夫人も突然黙った。三十分の余《よ》も、青年の規則正しい純潔な寝息を聴いた。目はますます冴《さ》えて、眠れない。スタンドを点《つ》ける。ナイト・テーブルの上に置いた書物をとる。彼女は、寝返りの夜具のざわめきに慄然《りつぜん》として、隣りの寝台を見た。

実はこの時まで、鏑木夫人は待っていたのである。待つことに疲れ、待つことに絶望し、それからあの奇怪な隙見《すきみ》以来、待つことの不可能を直視しながら、なお磁針が北へ向うように、彼女は待っていた。しかるに、この世に唯《ただ》一人安心して相共に語るに足る女を見出《みいだ》した悠一は、無上の信頼のうちに、快く疲れた体を横たえて眠ってしまった。寝返りを打った。裸のまま眠ったのが、そのとき暑さのあまり毛布を胸からはねのけたので、枕上《まくらがみ》の円形の灯《ひ》は、睫《まつげ》の影を深く刻んだ美しい寝顔と、美しく息づいている寛闊《かんかつ》な胸とを、古代の金貨の浮彫の胸像のように照らし出した。

鏑木夫人は自分の夢想に成り代った。もうすこし正確に言うと、夢想の主体から夢想の対象へ乗り移ったのである。この夢想における微妙な転位、夢のなかで一つの椅子から別の椅子に坐りかえること、わずかなこうした無意識の態度の変化が、夫人をして待つことを断念させた。寝間着の身を、蛇《へび》が細流《ささなが》れに橋をかけるように、隣りの寝台へ懸け渡した。手と肱《ひじ》は撓《しな》ろうとする身体《からだ》を支えて慄えた。彼女の唇《くちびる》は眠っている若者の顔のすぐ前にあった。鏑木夫人は目を閉じた。唇のほうがよく見ていたのである。

エンデュミオーンの眠りははなはだ深い。若者は自分の寝顔にあたっている光りを遮《さえぎ》ってどんな寝苦しい熱い夜が迫って来ているかを知らない。女の髪のほつれが頰《ほお》をくすぐっても気がつかない。云《い》おうようない美しい唇はうすくひらいて、白い歯列の潤《うる》んだきらめきを覗《のぞ》かせているだけである。

鏑木夫人は目をみひらいた。まだ唇は触れるにいたらない。例の雄々しい自己放棄の決心が彼女に目ざめたのは、このときである。『もし唇を触れたが最後、何かが羽音を立てて飛び去るだろう。二度と還《かえ》って来ないだろう。いつまでも終らない音楽のようなものを、この美しい青年との間に保つには、指一つうごかしてはいけないんだわ。夜も昼も息をひそめ、二人のあいだに塵《ちり》ひとつでも動かないように気をつけなければいけない』……女にあるまじき姿勢から我に返ると、彼女はまた自分の寝台に立《た》ち戻《もど》って、熱い枕に頰をおしあてて、金いろの円形の浮彫にじっと見入った。灯を消した。浮彫の幻はまだ泛《うか》んでいる。夫人は壁のほうへ顔を向け、あかつき近くなって眠りに落ちた。

この雄々しい試煉《しれん》は功を奏した。あくる日夫人はさわやかな頭で目をさました。悠一の朝の寝顔を見る彼女の目には、新たな、確乎《かっこ》たる力がある。精錬された感情がある。白い清潔な皺《しわ》だらけの枕を、夫人は戯《たわむ》れに悠一の顔にぶつけた。

「お起きなさい。いいお天気よ。今日一日が勿体《もったい》なくってよ」

——前日よりも一そうさわやかな晩夏の一日は、たのしい旅の思い出を大いに培《つちか》った。朝食をすますと、二人は飲物や弁当を携えて、ハイヤーを雇って、志摩半島突端までそこかしこを見物し、午後きのう泳いだ白浜から船でホテルへかえるプランを立てた。ホテル近傍の鵜方《うかた》村から、灼《や》けた赤土に小松や棕櫚《しゅろ》や鬼百合《おにゆり》の点々とした野を抜けて、波切《なきり》の港へ着く。巨大な松のそそり立った大王崎《だいおうざき》の眺望《ちょうぼう》はすばらしく、二人は潮風に吹きまくられながら、海のそこかしこに白い波頭のようにみえる白衣の海女《あま》たちのなりわいや、北方の岬《みさき》に一本の白墨を立てたようにみえる安乗《あのり》の灯台や、老崎《おいざき》の海女のたく火が汀々《なぎさなぎさ》にあげている煙を見た。

案内人の老婆《ろうば》は、つややかな椿葉《つばきば》で刻み煙草《たばこ》を包んで吸っている。その年齢と脂《やに》に汚れた指は、やや慄えて、遠くかすむ国崎の先端を指す。そこにむかし持統帝があまたの女官を引連れて舟遊びに来られ、七日のあいだ行宮《あんぐう》を営まれた由《よし》である。

——これらの古くもありまた新らしくもある旅の無益な知識の堆積《たいせき》に疲れて、午後二人がホテルへかえると、悠一が発《た》つべき時刻までは、一時間の余しかなかった。今夜京都へかえるのに好個の連絡をもたない夫人は、一人あとにのこって、明朝発つことになっていた。夕凪《ゆうなぎ》がはじまるころ、青年は宿を出た。夫人がホテルのすぐ下の電車の駅まで送りに来る。電車が来る。二人は握手をする。握手をすると、夫人は急に身を離して、駅のそとの柵《さく》のところへ行って、見送った。彼女は快活に、実に見事に何の感情もなく、永いこと手を振った。そのあいだ真紅の夕日は夫人の片頬を照らしていた。

電車が動きだす。行商人や漁夫の乗客の中に、全くの一人になる。すると悠一の心は、かくも高貴な、恬淡《てんたん》な友情の持主に対する感謝に充たされ、その感謝はいつしか昂《こう》じて、こんな完全な女を妻にしている鏑木という男に、嫉妬《しっと》を感ぜずにはいられなくなったくらいであった。

第三十一章　精神的及び金銭的諸問題

東京へかえった悠一《ゆういち》は、面倒な事態にぶつかった。短い留守のあいだに、母の腎臓《じんぞう》病が悪化していたのである。

何にむかって、何を以《もっ》て、抗議してよいかわからなくなっていた南未亡人は、半ばは自分を責めるために、大病になってしまうほかはなかった。うまい具合に、彼女は目まいを起し、ほんのわずかのあいだ気を失った。それから稀薄《きはく》な尿はひきもきらずに出て、萎縮腎《いしゅくじん》の症状が固定した。

朝の七時に我家へかえったとき、玄関の戸をあけたきよの顔いろで、悠一はすぐ母の病いの篤《あつ》いのを知った。戸をあけるなり、澱《よど》んでいた病気の匂《にお》いが鼻孔を搏《う》った。旅のたのしい思い出は忽《たちま》ち心の中で凍った。

康子《やすこ》はまだ起きて来ない。深更までの姑《しゅうとめ》の看護で疲れたのである。きよが風呂《ふろ》を立てに行く。手持無沙汰《てもちぶさた》になった悠一は、二階の夫婦の寝間へ上った。

涼を容《い》れるために夜じゅう開け放たれていた高窓からは、旭《あさひ》がさし入って蚊帳《かや》の裾《すそ》を明るませている。悠一の床《とこ》が敷かれている。麻蒲団《あさぶとん》が正しくかかっている。かたわらの床に康子が渓子《けいこ》の添寝をして眠っている。

若い良人《おっと》は蚊帳をかかげて入って、そっと自分の床の掛蒲団の上に伏した。嬰児《えいじ》は目をさましている。母親のあらわな腕《かいな》のなかで、おとなしく目をひらいて父親を見詰めている。低く乳の匂いが澱んでいる。

嬰児がふと微笑《ほほえ》んだ。その口辺に微笑の点滴がしたたったかのようである。悠一は嬰児の頰《ほお》を軽く指で押す。渓子は目を外《そ》らさずに微笑を保った。

康子は身悶《みもだ》えのような寝返りを半ば打ちかけて、目をさました。その目は思いがけない目近《まぢか》に良人の顔を見たのである。康子は少しも笑わなかった。

康子が目をさまそうとするその数秒のあいだ、悠一の記憶は迅速《じんそく》に動いた。何度か彼が見戍《みまも》った妻の寝顔、何度か彼が何一つ傷つけない殊勝な所有を夢みた寝顔に加えて、いつぞや深夜の病室を訪れたとき、愕《おどろ》きと歓喜と信頼にあふれたその顔を思い出した。妻を苦悩のなかに残して出た旅からかえって、悠一は妻の目ざめに何事を期待したわけではなかった。しかし彼の恕《ゆる》されることに馴《な》れた心は切望し、信じることに馴れた無辜《むこ》は夢みていた。この瞬間の彼の感情は、ほとんど何もねがわない、しかしねがうことより他《ほか》に術《すべ》を知らない乞食《こじき》の感情のようである。……康子は目をさました。眠りに重いその睫《まつげ》はひらいた。悠一はそこにいままで見たこともない康子を見出《みいだ》した。それは別の女だった。

康子は眠たげな、単調な、しかし一向紛らわしさのない口調でものを言った。いつお帰りになったの、朝ごはんはまだ？　お姑様《かあさま》が大そうおわるいのよ、きよからもうおききになった？　などと箇条書《かじょうがき》のように言った。そしてすぐ朝食の仕度をするから、階下のヴェランダで待っていてくれるようにと言った。

康子は髪を整えて、手早く着かえる。渓子を抱いて階下へゆく。朝食の仕度をするあいだ嬰児を良人に預けようとはせずに、良人が新聞を読んでいるヴェランダの前の部屋に横たえた。

朝はまだ暑くなかった。悠一は自分の不安を、暑さにほとんど眠れなかった夜汽車のせいにした。

『僕《ぼく》には不幸の足取の確実な速度、正確なテンポと謂《い》ったものが、今まるで時計みたいにはっきりわかる』こう思いながら、若者は舌打ちした。『ちぇっ寝不足の朝って、決ってこれだ。あれもこれもみんな鏑木夫人のおかげなんだ』

……極度の疲労の裡《うち》から目をさまして、目の前に良人の顔を見出したときの康子の変化に、おどろいていたのはむしろ康子自身のほうである。

目をつぶっていても細部まで思い描かれる自分の苦悩の肖像画を、目をひらけばいつも目前に見ることが、康子の生活の習わしになった。この肖像画は美しく、ほとんど壮麗だった。しかし今朝、目をさました彼女が見たものはそれではなかった。そこには一人の青年の顔の、蚊帳の一隅《いちぐう》にさし入った旭の照り返しで輪郭を与えられた、塑像《そぞう》のような物質的な印象があっただけである。

康子の手は珈琲《コーヒー》の缶をあけ、白磁の珈琲漉《こ》しに湯をそそいだ。手のうごきには無感動な敏活さがあり、いささかもその指は、「悲しみにふるえ」たりはしていなかった。

やがて康子は、朝食を大きな銀鍍金《めっき》の盆に載せて悠一の前に運んだ。

その朝食は悠一には美味《おい》しかった。庭にはまだ朝影がおびただしく、ヴェランダの白瀝《はくれき》青塗りの欄干がきらめいているのは、晩夏になって目に映りだした露である。若い夫婦はだまって水入らずの朝食を摂《と》った。渓子は大人しく寝《やす》んでいる。病気の母親はまだ眠っている。

「お姑《かあ》さまは今日中にも入院おさせしたほうがいいって医者《せんせい》が仰言《おっしゃ》るのよ。あなたがお帰りになるのを待って、入院の仕度をはじめるつもりでしたの」

「それがいいね」

若い良人は庭を顧みて、椎《しい》の梢《こずえ》を明るませている旭のほうへ目《ま》ばたきした。第三者の不幸が、この場合は他ならぬ彼の母親の病の悪化が、夫婦の心を近づけて、今やともすると康子の心が確実に彼の所有に帰したという幻想にこの刹那《せつな》とらわれた悠一は、月並な良人の媚態《びたい》を用いた。

「二人きりの朝飯って、いいもんだね」

「そうね」

康子は微笑した。微笑には手きびしい無関心があった。悠一は狼狽《ろうばい》した。その頬は羞恥《しゅうち》に赤らんだ。やがて不幸な青年は、おそらく最も見透かしやすい芝居気たっぷりの軽薄な告白であると同時に、彼が生れてから女にむかって言った言葉のなかで最も醇乎《じゅんこ》たる誠実な告白であったかもしれないところの、次のような台詞《せりふ》を言った。

「旅のあいだも、僕の考えていたのは君のことだけだった。この間からの、いろんなごたごたで、はじめて僕にははっきりしたんだが、僕がいちばん好きなのはやっぱり君なんだ」

康子は自若としていた。彼女は軽い、どうでもいいような笑い方をした。悠一の言葉は知らない国の言葉のようでもあり、硝子《ガラス》の厚い壁のむこうで話しているような唇の動きをしか、康子は悠一の唇の上に見なかった。要するに、もう言葉は通じなかった。

……しかるにすでに康子は自若としていて、生活の中に腰をおちつけ、渓子を育てながら、老醜の年齢まで、悠一の家を離れない覚悟を固めていたのである。絶望から生れたこんな貞淑には、どのような不倫も及ばない力があった。

康子は絶望的な世界を見捨てて、そこから降りて来ていた。その世界に住んでいたとき、彼女の愛はいかなる明証にも屈しなかった。悠一の冷たい仕打、彼のすげない拒否、彼の遅い帰宅、彼の外泊、彼の秘密、彼が決して女を愛さないこと、その明証の前には、密告状などは些々《ささ》たるものである。康子は動じなかった。その向う側の世界に住んでいたからである。

その世界から降りて来たのは、何も康子の発意ではない。彼女はその世界から引きずり下ろされたと謂《い》ったほうが適当である。良人として多分親切すぎた悠一は、わざわざ鏑木夫人の力を借りて、妻をそれまで住んでいた灼熱《しゃくねつ》した静けさの愛の領域から、およそ不可能の存在しない透明で自在な領域から、雑然とした相対的な愛の世界へ引きずり下ろしたのである。康子は相対的な世界の明証にとりまかれた。彼女にとって昔から既知のものでもあり、親しいものでもあった、あのおぞましい不可能の壁にとりまかれた。そこに処する方法は一つである。何も感じないことである。何も見ず、何も聴かないことである。

康子は、悠一の旅のあいだに、新たに住まなければならなくなった世界の処世術を身に着けた。自分に対してすら敢然と、愛さない女になった。この精神的な聾唖者《ろうあしゃ》になった妻は、一見はなはだ健やかに、派手な黄の格子縞《こうしじま》のエプロンを胸からかけて良人の朝食に侍《はべ》っていた。もう一杯珈琲はいかが、と彼女は言った。やすやすとそう言ったのである。

鈴が鳴った。病室の母の枕許《まくらもと》におかれている銀の振鈴の音である。

「お目ざめになったらしいわ」と康子が言った。二人は病室へ行き、康子が雨戸をあけた。おや、もう帰ったのかい、と未亡人は枕から頭を挙げずに言った。悠一は母親の顔に死を見た。浮腫《ふしゅ》がその顔を押し上げていた。

＊＊＊

その年の二百十日も、二百二十日も、大した颱風《たいふう》には見舞われなかった。もちろんいくつかの颱風が来る。しかしどれも辛《かろ》うじて東京を外《そ》れ、甚《はなは》だしい風水害を起すにはいたらなかった。

河田弥一郎《やいちろう》は多忙を極めていた。午前中は銀行へゆく。午後は会議をする。競争会社の販売網にどうして喰《く》い入るかを、重役たちが鳩首《きゅうしゅ》談合する。そのあいだに、電装会社などの下請会社との交渉がある。パテント使用料と歩合を条件にした技術提携の話合いを、来日中のフランス自動車会社の重役とする。夜は概《おおむ》ね、銀行関係を花柳界《かりゅうかい》に招待する。そればかりではない。労働課長がしばしばもたらす情報によると、会社側の切崩し策はうまく行かず、組合は争議の機が熟したことに勢いを得ている由《よし》である。

河田の右頰の痙攣《けいれん》はひどくなった。この堅固な外見を持った男の、唯一《ゆいいつ》の抒情《じょじょう》的な弱点が、彼を脅《おび》やかしていたのである。決して俯向《うつむ》かない独逸《ドイツ》風の傲岸《ごうがん》な顔、立派な鼻、鼻下の溝《みぞ》の明瞭《めいりょう》な線、縁無眼鏡、こういう道具立の蔭《かげ》にかくれて、河田の抒情的な心が血を流して、呻《うめ》いていた。夜、眠りに就く前、床の中でヘルデルリーンの若書《わかがき》の詩集の一頁《ページ》を、猥本《わいほん》をでものぞくように、こっそりとのぞいて誦《ず》した。「エーヴィッヒ　ムス　ディー　リープステ　リーベ　ダルベン……」それは『自然に』と題する詩の最終の節である。「ヴァス　ヴィア　リーベン　イスト　アイン　シャッテンヌア」『あいつは自由だ』と富裕な独り者は床の中で呻いた。『若くて美しいというだけの理由で、あいつは俺《おれ》に唾《つば》を引っかける権利があると思っているんだ』

年配の男色家の愛を耐えがたいものにするあの二重の嫉妬《しっと》が河田の独り寝を妨たげつづけた。男が浮気《うわき》女に抱く嫉妬と、盛りをすぎた女が若い美しい女に抱く嫉妬と、その二重の錯綜《さくそう》に加えるに、愛する者が同性であるという奇妙な意識が、女に対してなら大臣宰相も甘受する愛の屈辱を、許すべからざるものに拡大して見せたのである。男に対する愛の屈辱ほど、河田のような人物の男の自尊心を真向《まっこう》から傷つけるものはなかった筈だ。

河田は若かったころ、紐育《ニューヨーク》ウォルドルフ・アストリア・ホテルのバアで、さる紳商に誘惑された日のことを思い出した。また伯林《ベルリン》の或《あ》る夜会で知り合った紳士と、彼のイスパノ・スイザに乗って郊外の別荘へ赴《おもむ》いた夜を思い出した。二人の燕尾服《えんびふく》の男は、車内にさし入る外《よそ》の車の前灯の光りをも怖《おそ》れずに相擁した。香水の匂う彼らの烏賊胸《いかむね》は触れ合った。世界的恐慌《きょうこう》を前にしたヨーロッパの最後の繁栄。貴婦人が黒人と、大使が無頼漢と、王様が米国の剣劇俳優と、臥床《ふしど》を共にしたあの時代。……河田は水鳥のような白いつややかな隆起した胸を持ったマルセイユの少年水夫たちを思い出した。また羅馬《ローマ》ヴィア・ヴェネトオのカフェで拾った美少年を、またアルジェリアのアラビヤ少年アルフレッド・ジェミール・ムーサ・ザルザールの上《うえ》を憶《おも》った。

しかも悠一はこれら凡《すべ》ての思い出を凌駕《りょうが》していた！　あるときなどは、河田がやっと時間を割《さ》いて、悠一に会う。映画でも見ようかと河田が言う。映画は見たくないと悠一が言う。ふだんそんなものをやらない悠一が、ふとした気紛れから、通りがかりの玉突きの店に入った。河田は玉突きをしない。そこで悠一が三時間も撞球台《どうきゅうだい》のまわりをうろついているあいだ、褪《あ》せた桃色のカーテンの下の椅子で、多忙な実業家は愛する者の意地悪な気紛れがいつ終るかと待ちあぐねていたのである。河田は額に青筋を走らせ、頰を慄《ふる》わせて、心に叫んだ。『この俺《おれ》が玉突き屋の藁《わら》のはみ出た椅子で待たされている。決して人に待たされたことのないこの俺が！　客を一週間でも待たして憚《はばか》らないこの俺が！』

この世の破滅にはさまざまな種類がある。河田が予測したのは、傍目《はため》にはずいぶん贅沢《ぜいたく》だと思われる破滅であった。しかしそれだけが河田にとって当面のもっとも深刻な破滅である以上、彼がそれを避けようと苦慮するのは理《ことわり》である。

齢《よわい》五十にして、河田ののぞむ幸福は、生活を蔑視《べっし》することである。それは一見いかにも安直な幸福で、世間の五十男が皆無意識にやっていることだったが、決して仕事に隷属しようとしない男色家の生活の反抗はしぶとく、隙《すき》あらばこの感性の世界は氾《はん》濫《らん》して、男の仕事の世界を浸そうと窺《うかが》っていた。彼はワイルドのあの名高い揚言が、負け惜しみにすぎぬことを知っていた。

『私は自分の天才のすべてを生活に注いだが、作品には自分の才能しか用いなかった』

ワイルドはそうすることを余儀なくされたにすぎぬ。為《な》すある男色家は、誰《だれ》しも自分の内部の或《あ》る男らしさを認め、それに惚《ほ》れ、それを固執した人間だが、河田が自認していた男性的美徳は、お家の芸の十九世紀的勤勉だった。奇妙な自縄自縛《じじょうじばく》だ！　その昔尚武《しょうぶ》の時代に、女を愛することが女々《めめ》しい所業とされたように、河田にとっても、おのれの男性的美徳に背馳《はいち》する情熱は、女々しいものに思われた。武士と男色家の最醜の悪徳はこの女々しさである。意味合はそれぞれちがっても、武士や男色家にとって、「男性」とは、本能的存在ではなくて、むしろ倫理的努力の結果に他ならず、河田のおそれた破滅は、彼の道徳的破滅だったのである。河田が保守政党の支持者であったことはその政党が、河田の敵である筈の既成秩序や異性愛にもとづいた家族制度を擁護する立場にあったにもかかわらず、まことに理に叶《かな》っていた。

若いころは軽蔑していた独逸的一元論、独逸的絶対主義は、年配の河田を意想外に深く犯していて、ぽっと出の青年のようなその思案は、何事につけ忽《たちま》ち二律背反へもってゆき、生活を蔑視しうるか、しからずんば破滅か、という具合に好んで考える傾きがあった。もし悠一を愛することを止《や》めなければ、彼は自分の「男性」を回復することができないような気がしたのである。

悠一の影は彼の社会生活のあらゆる部分に揺曳《ようえい》していた。あやまって太陽を直視した者が、視線の移るいたるところに太陽の残像を見るように、河田は悠一の来る筈のない社長室のドアの音ないにも、電話の音にも、自動車の窓から瞥見《べっけん》される街の行人の若い横顔にも、悠一の影を見た。その残像は虚像にすぎず、悠一と別れようという最初の思案がうかんだ時から、この空虚はいよいよひどくなった。

実は河田は、彼の宿命論の空虚をこの心の虚《むな》しさと半ば混同していたのである。別れようという決心には、情熱の衰えをいつか自分の中に見出す恐怖よりも、むしろ情熱を苛《か》酷《こく》な手段で即座に殺してしまうほうがいいという選択があった。そして搢紳《しんしん》や名妓《めいぎ》の居並んだ夜会の席では、若い悠一さえ感じたあの多数決原理の圧力が、これに対する抵抗力をふんだんに備えている筈の河田の傲岸な心をも押しつぶした。彼の洒《しゃ》脱《だつ》な猥談《わいだん》のかずかずは、宴席の呼び物だったが、この永年に亘《わた》る心にもない芸は、今になって河田を自己嫌悪《けんお》でいっぱいにし、このごろの彼のむっつりした態度は、会社の宴会掛《がかり》の心胆を寒からしめた。こんなことなら、社長が出てくれないほうが、よほど饗応《きょうおう》の実があがると思われるのに、河田は義理がたく出るべきところへはきちんと出た。

河田がこういう心の状態に在った時である。ある夜、突然、久々に悠一が河田の自宅に姿を現わし、それがたまたま河田の在宅中であったので、別れようという決心はこの不意打の喜悦にくつがえされ、河田の目は悠一の顔を見飽かなかった。その目は狂おしい想像力によって醒《さ》まされるのが常なのに、今はその同じものに酔っていた。神秘な美青年。河田は目前の神秘に酔った。悠一にしてみれば今夜の訪問はほんの気まぐれだったが、そうかといって、格別自分の神秘の計算にうとい彼でもなかった。

夜はまだ浅かったので、河田は美青年を連れて呑《の》みに出た。あまり騒がしくない品のいい酒場《バア》、こんな場合として、もちろん斯道《このみち》のそれではない、女のいる酒場《バア》へ行ったのである。

そこには河田の昵懇《じっこん》な知人が、たまたま四五人で呑みに来ていた。著名な薬品会社の社長と重役たちである。社長の松村は、軽く片目をつぶって、笑って、スタンドの二人のほうへ手をあげた。

この若い二代目社長、まだ三十をいくつも越えない松村は、名代の伊達者《だてしゃ》で、自信たっぷりで、そうして同類であった。彼は自分の悪徳をふりまわして誇っていた。支配力の及ぶかぎりの人間を、この異端に改宗させるか、それができぬまでも、彼らをしてこの異端を容認させることが、松村の趣味である。松村の律儀《りちぎ》な老秘書は、お勤め柄《がら》、同性愛ほど高尚なものはない、と信じようと努め、いつしかそれを信じ込んでしまった今では、そういう高尚な素質をもたないおのれの卑賤《ひせん》を託《かこ》っていた。

皮肉な立場に置かれたのは河田である。この種の問題には殊更《ことさら》慎重な彼が美青年を連れてあらわれたのを、むこうは社の同僚と一緒に公然と見物しながら呑んでいた。

しばらくして河田が手洗いに立ったときに、松村はさりげなく席を立って河田の椅《い》子《す》に掛けた。悠一の左隣りにいるウェイトレスの前で、事務上の用件を装って、闊達《かったつ》にこう言った。

「ねえ南君、一寸《ちょっと》折入って話があるんだが、明日の晩一緒に飯でも喰《く》いませんか」

これだけのことを、顔を見つめたまま、一語一語碁石《ごいし》を置くように重々しく言ったのである。悠一は思わず、ええ、と言った。

「来てくれますね。それでは明日夕方の五時に帝国ホテルの酒場《バア》でお待ちしていますから」

喧騒《けんそう》の中で世にも自然に行われた早業は瞬時におわり、河田が席へかえったときは、すでに席へかえっていた松村は談笑していた。

しかし河田の鋭敏な嗅覚《きゅうかく》は、いそいで踏み消した煙草《たばこ》の残り香のようなものを嗅《か》いだのである。それに気づかぬふりをすることは大そう苦しく、その苦しさをつづけていれば不機嫌《ふきげん》にならざるをえず、相手にも感づかれ、自分もたまらなくなって不機嫌の原因を打明けそうになるのを惧《おそ》れた河田は、悠一を促して、松村にも格別に愛想《あいそ》のよい挨拶《あいさつ》をして、匆々《そうそう》にその酒場を出た。河田は車のところへ行き、もう一軒近所の酒場へ寄るから、ここで待つようにと申しつけて、次の酒場まで歩いた。

悠一が打明けたのはその時である。凸凹《でこぼこ》の多い歩きにくい鋪道《ほどう》を、美青年は灰白色のフラノのズボンのポケットに両手をつっこみ、うつむいて歩きながら、事もなげにこう言った。

「さっき松村さんが、あしたの五時に帝国ホテルのバアへ来てくれ、一緒に飯を喰いたいからって云《い》うんです。僕は、仕様がないから、はい、って云ったんです。面倒くさいな」――彼は軽い舌打ちをした。「すぐ言おうと思ったけれど、あそこの酒場にいるあいだは言いにくかったからな」

これをきいた河田の欣《よろこ》びは比べるものがなかった。世にも謙虚な欣びに溺《おぼ》れた傲岸な実業家は、しみじみと、ありがとうと言った。松村がそう云ってから、今君が打明けてくれるまでの間の時間の長短が、私にとって最も大きな問題だった。しかも向うの酒場にいるあいだはそれは云えまいから、つまり君は最短の時間に打明けてくれたのだ、と言った。これはずいぶん理論的な殺し文句でもあり、真率な告白でもあった。

次の酒場で、河田と悠一は、事務上の打合せをするように、こまごまと明日のはかりごとを練った。松村と悠一の間には何ら仕事の上の繋《つな》がりはない。しかも前から松村は悠一を欲している。この招待がいかなる含みをもつかは一目瞭然《いちもくりょうぜん》たるものがある。

『われわれは今、共謀しているんだ』と信じられぬうれしさを、河田はわが心に言いきかせた。『悠一と俺とは共謀しているんだ。何という急速な心の接近だろう』

ウェイトレスの前を憚《はばか》って、河田は社長室にいる時と何ら変りのない散文的な口調で、こう指図《さしず》をした。

「それでは君の気持もわかった。松村に電話をかけて断るのも億劫《おっくう》だという気持もわかった。……こうしよう。(河田は社では、「こうしたまえ」とこそ言え、「こうしよう」などとは決して言わない男である。)……松村も一国一城の主《あるじ》だから、疎略に扱ってはまずい。まして、たとえ行きがかり上にしろ、君も承諾を与えたことだ。……約束の場所へ行きたまえ。そうして食事に招《よ》ばれたまえ。そのあとで、御馳走《ごちそう》になったから今度は僕がお酒を差上げたい、と言うんだね。松村は安心してついて来るだろう。するとその酒場に私が偶然居合わせた、という段取にしよう。いいね。私は七時ごろから待っていよう。……酒場はどこがいいかね。私の行きつけの所では、松村は警戒して、来ないだろう。かと言って、私が一度も行かない酒場に私が偶然居るというのでは、不自然にすぎるだろう。すべてごく自然に運ばなくてはいけない。……そうだ。一緒に四五へん行ったジュレームという酒場がこのへんにあるだろう。あそこがいいよ。もし松村が警戒して二の足を踏むようだったら、河田と一緒に来たことのない酒場だ、ぐらいの嘘《うそ》はついてもいい。……この段取はどうだね。これなら三方に傷がつかない名案だろうね」

悠一は、そうします、と言い、河田は明晩の仕事の上の附合《つきあい》を、明朝早速断る手筈《てはず》について考えた。二人はその晩酒をほどほどに切りあげたが、それにつづく一夜の逸楽は限りもなく、河田は一瞬でもこの若者と別れようと思った自分の心を疑った。

明る日の五時、松村は帝国ホテルのグリルの奥の酒場《バァ》で悠一を待っていた。あらゆる官能的な期待で心をふくらませ、已惚《うぬぼ》れと確信に満腹して、社長のくせに間夫《まぶ》になりたいとばかり夢みているこの男は、両掌《りょうて》にあたためているコニャック・グラスを軽く揺らした。約束の時刻を五分すぎたとき、彼は待っている身の快楽をしみじみと味わった。バアの客はほとんど外人である。咽喉《のど》で低く吠《ほ》える犬のような英語で永々と話している。松村は五分をすぎても悠一が現われないのに気付くと、次の五分をも前の五分と同じように味わおうと試みたが、次の五分はすでに変質していた。これはいわば、掌のなかの金魚のような、ぴちぴちした、油断のならない五分間であった。悠一は戸口のところまでたしかに来ていて、入ることをためらっているように思われ、彼が存在しているという感じはあたりに充《み》ちた。その五分がすぎると、こうした感じは崩壊して、別の新鮮な不在の感じと入れかわり、まず五時十五分すぎまで、改めて待とうとする努力は実感をもち、松村の心は何度も心理的な換気作用をおこなった。しかしこんなやりくりも二十分をすぎると突然停滞し、不安と絶望感に打ちひしがれ、今度は今の苦痛の原因をなしているあれほどの期待の大きさを修正することにばかり忙しかった。『もう一分待ってみよう』と松村は思った。彼は金いろの秒針が六十をすぎるその緩《のろ》さに希望を繋いだ。こうして松村は、異例のことながら、四十五分間も徒《あだ》に待ったのである。

松村が諦《あきら》めてその場を去ってからほぼ一時間ののち、河田は仕事を匆々に切り上げて、酒場ジュレームへ赴いた。たまたま河田も、もっと緩慢にではあるが、松村とおなじ待つ者の苦悩を味わった。しかしこの刑罰の永さは松村に数倍し、苛酷《かこく》さは松村の蒙《こうむ》ったそれとは比較すべくもなかった。河田はとうとう閉店までジュレームにいたが、想像力によってますます鼓舞される苦悩は、時がたてばたつほど奥行と間口を増して、諦めも知らずに、募るばかりであった。

最初の一時間、河田の空想上の寛容ははてしがなかった。『食事に手間取っているんだ。どこか、日本料理の座敷へ招ばれたんだ』と河田は思った。おそらく芸妓《げいぎ》の侍る座敷かとも思われ、こんな想像は、芸妓の前ではさすがの松村も行いを慎しむだろうから、河田にとって都合がよかった。もう少しすぎる。少し遅すぎるようだという疑惑を、つとめて節約していた心は、突然爆発して、つぎつぎと別の疑惑に火を放った。『悠一は嘘をついたのではないか？　いや、そんなことはない。あいつの若さが松村の狡猾《こうかつ》さに抗しかねたんだ。あいつは純情だ。純真だ。俺に惚れていることはもう疑いようがない。ただあいつの力では、ここへ松村を引張って来ることができかねたんだ。あるいは多分、松村が俺の謀事《はかりごと》を見抜いて、その手に乗らなかったのにちがいない。悠一と松村は今ごろ別の酒場にいるにちがいない。悠一は折を見て、俺のところへ逃げて来るにちがいない。もう少しの辛抱だ』——こう思うそばから、河田は後悔に責められた。『何だって俺は、つまらない虚栄心から、悠一をわざわざ松村の陥穽《かんせい》にはめさせるようなことをしたのだろう。何だってきっぱり招待を断らせなかったんだろう。悠一が電話で断るのがいやだというなら、多少大人気なくても、俺自身が松村に断りの電話をかければよかったんだ』

突如として、一つの空想が河田の心を引裂いた。

『現在、どこかの寝床で、松村が悠一を抱いているのかもしれんのだぞ！』

それぞれの臆測《おくそく》のもつ論理はだんだん精緻《せいち》をきわめてきて、「純情な」悠一を形づくる論理も、「下劣きわまる」悠一を形づくる論理も、おのおの完全な体系をなすにいたった。河田は酒場のカウンターの卓上電話に救いを求めた。松村にかける。十一時すぎだというのに松村はかえっていない。禁を破って、悠一の家へかける。不在である。母の病院の電話番号をきいた河田は、常識も作法も追い散らして、病院の電話交換手に病室をしらべてくれるように嘆願したが、そこにも悠一はいなかった。
河田は気も狂わんばかりであった。帰宅してからどうしても眠れないので、深夜の二時すぎに悠一の家へまた電話をかけた。悠一は帰っていない。
河田は眠れない。あくる朝は初秋のさわやかな晴天で、朝九時にかけた電話口に悠一が出てくると、難詰《なんきつ》の言葉は少しも云わずに、十時半に会社の社長室へ来るようにと言った。河田が悠一を会社へ呼んだのは、これが最初である。会社へ着くまでの車中、河田の目には車窓の景色は少しも映らず、心は一夜のうちに到達した男性的な決断をくりかえし呟《つぶや》いた。『一度決めたことは決して枉《ま》げてはならん。どんなことがあろうと、枉げてはならん』
河田が社長室へ入ったのは定刻の十時である。秘書が挨拶に出る。昨夜の宴会へ代理で出た重役から報告をきくために、その重役を呼びにやると、まだ来ていない。代りに別の重役が漫然と社長室へ遊びに来た。河田弥一郎は煩《わず》らわしさに目をつぶった。

一睡もしないのに、頭痛がするではなく、昂《たかぶ》った頭は却《かえ》って冴えている。

重役は窓に凭《よ》ってブラインドの紐《ひも》の房をいじくっている。いつもの大声でこう言った。

「どうも二日酔で頭がずきずきする。ゆうべはとんだ人に附合わされて、今朝三時まで呑みつづけでさあ。二時に新橋を出て、それから神楽坂《かぐらざか》を叩《たた》き起すさわぎでね。誰《だれ》だと思います。松村製薬の松村君ですよ」——きいている河田は愕然《がくぜん》とした。

「ああいう若い人との附合はこっちの体が続きませんなあ」

河田はつとめて感興なげにこう訊《き》いた。

「松村君の連れはどんな連中でした」

「それが松村君一人なんですよ。あの人の親爺《おやじ》さんと私は懇意だったから、たまに親爺を引張り出すようなつもりで私を引張り出すんでしょう。きのうは折角早く家へかえって一風呂《ふろ》浴びようと思っていたところへ、呼び出しの電話がかかってね」

河田は喜びの呻きを洩《も》らしそうになったが、別の心が頑《かたく》なに引止めた。こんな吉報でゆうべの苦悩は償われない。それぱかりではない。松村が懇意の重役にたのんで、不在証明のために贋《にせ》の報告をさせることだって、ないとはいえない。一度決めたことは決して枉げてはならない。

重役はそれから仕事の雑談をいくらかし、河田は自分でも思いがけない果《はか》のゆく返事をした。秘書が入って来て来客を取次いだ。親戚《しんせき》の学生が就職をたのみに来たんだが、何しろ学校の成績がわるくてね、と河田は顔をしかめて言った。重役が遠慮をして席を外すと、悠一が入れかわりに入って来た。

初秋の朝のさわやかな光りのなかで、美青年の顔には若さがかがやくばかりであった。一点の雲もなく、一抹《いちまつ》の翳《かげ》りもなく、朝な朝な生れかわるその顔は河田の胸を搏《う》った。前夜の疲労も裏切りも、他人に負わせた苦悩も跡をとどめず、およそ報いを知らないこの青春の顔は、たとえ昨夜人を殺していても、変りがなかったにちがいない。彼は紺のブレイザ・コートに、灰色のフラノのズボンの筋をまっすぐに前へのばして、辷《すべ》りやすい床《ゆか》を少しも悪びれずに河田の机の前へ近づいた。

河田は自らもっとも拙劣《せつれつ》と思われる口火の切り方をした。

「ゆうべはどうしたんだ」

美青年は男らしい白い歯列をあらわして微笑した。すすめられた椅子にかけて、こう言った。

「面倒くさくなっちゃったから、松村さんのところへは行かなかったんです。だから河田さんのところへも行く必要はないと思ったんです」

河田はこんな明朗な矛盾だらけの弁明には馴《な》れていた。

「どうして俺《おれ》のところへ来る必要がなかったかね」

悠一はもう一度微笑した。そして大胆な生徒のように、かけている椅子をぎしぎし云わせた。

「だって一昨日《おととい》の昨日《きのう》じゃありませんか」

「俺は君の家へ何度も電話をかけた」

「うちの奴《やつ》からききました」

河田は敗《ま》けて追いつめられた者の蛮勇を振《ふる》った。急に飛躍して、母親の病気に話題を移し、入院費などの不自由はないか、とたずねた。別にありません、と青年は答えた。

「ゆうべ君がどこへ泊ったかはたずねまい。お母さんの見舞金を君に上げよう。いいか。君に納得のゆくだけの金をあげる。納得が行ったら、うなずいてくれ。……そうして」――河田はおそろしく事務的な口調で云った。「今後一切、私とは手を切ってもらいたい。私のほうも未練は決して見せない。私はこれ以上滑稽《こっけい》な目に会わされて、仕事の邪魔をされるのは御免蒙《ごめんこうむ》る。いいね」

念を押しながら小切手帳を取り出すと、河田は青年にここで何分間かの猶予《ゆうよ》を与えるべきかどうかという判断に迷い、そっと青年の顔をぬすみ見た。今まで目を伏せていたのは実は河田のほうであった。青年は目を挙げている。河田はこの一瞬に、悠一の弁明と謝罪と哀訴を待ちながら怖《おそ》れたが、若者は誇らしく項《うなじ》を立てたまま黙っていた。

河田の小切手を剝《は》がす音が沈黙の中にひびいた。悠一が見ると、二十万円と書いてある。彼は黙って、指先でそれを押し返した。

河田は小切手を引裂いた。次の一枚に金額を書き入れて、剝ぎとる。悠一の前へさし出す。悠一が又押し返す。このはなはだ滑稽で真剣な遊戯が数回くりかえされて、四十万円になると、悠一は俊輔《しゅんすけ》から借りた例の五十万円を思い出した。河田の振舞は悠一の軽蔑《けいべつ》をしか生まず、ぎりぎりまで吊《つ》り上げてから、もらった小切手を目前で引裂いて、別れを告げようという衒気《げんき》が若者の心に頭を擡《もた》げていたが、この五十万円の数字がひらめくと、我にかえった悠一は次の言い値を待った。

河田弥一郎は傲岸な額をうつむけずに、右頰に稲妻《いなずま》のような痙攣《けいれん》を走らせた。前の一枚を引裂き、新らしく書いた一枚を机上に辷らせた。五十万円と書いてある。

青年は指を伸ばして、これをゆっくり畳んで、胸のかくしに入れた。立上って、他意のない微笑と共に会釈《えしやく》をした。

「どうも……永いこといろいろお世話になりました。じゃあ……さようなら」

河田は椅子を立つ気力を失《な》くしていたが、漸《ようや》く握手の手をさしのべて、さようなら、と言った。握手をした悠一は、河田のひどく慄えている手を当然なことに思った。その部屋を出ると、一向憐憫《れんびん》の情の湧《わ》かなかったのを、憐《あわ》れみをかけられることが死ぬほどきらいな河田の幸運だと感じたが、この自然な感情にはむしろ友情の流露があった。彼は昇降機が好きだったので、階段を下りずに、大理石の柱の釦《ボタン》を押した。

＊＊＊

河田自動車への悠一の就職はおじゃんになり、彼の社会的野心は画餅《がべい》に帰した。一方、河田は、五十万円で、例の「生活を蔑視する」権利を買戻《かいもど》した。

悠一の野心はもともと空想的な性質のものだったが、同時にこの空想の挫折《ざせつ》は、彼が現実に立還《たちかえ》る邪魔をしたのである。傷つけられた空想は、無傷の空想よりも、一そう現実を敵にまわしたがるものらしい。彼の前には、自分の能力を夢みることと自分の能力の正確な計量との落差を埋める行為の可能性が、一応絶たれたように見えた。

しかし見ることを学んだ悠一は、それがはじめから絶たれていることを知っていた。

らである。

嘆かわしい現代社会では、かような計量がまず必須《ひっす》の能力に数えられるならわしだか

なるほど悠一は見ることを学んだ。しかし鏡を介さずに、青春のさなかに在って青春を見ることは至難であった。青年の否定が抽象的に終り、青年の肯定が官能的に傾くのは、この困難に根ざすらしかった。

昨夜彼はふとした賭《かけ》の気持から、松村と河田の約束を二つながらすっぽかし、学校友達の家で朝まで呑みつづけて、清浄な一夜を送ったのであった。しかしいわばこのいわゆる「清浄さ」も肉体の範疇《はんちゅう》を出なかった。

悠一はおのれの位置を望んだ。一度鏡の檻《おり》を破って出て、自分の顔を忘れ、それを存在しないものに思い做《な》して、それからはじめて、見る者の位置を探していたのである。彼は鏡が証明していたような肉体が確乎《かっこ》として占めるその位置に代るべき、何らかの位置を社会が与えてくれるだろうと夢みていた子供らしい野心から解き放たれた。今さらながら、青春の只中《ただなか》にこれを求めようとして、彼は自分に見えないものの上に存在の位置を据《す》えようとする困難な作業に焦《あせ》った。一昔前までは、彼の肉体がこの作業を楽々と果していたのである。

悠一は俊輔の呪縛《じゅばく》を感じた。五十万円をまず俊輔に返さなければならぬ。すべては

それからのことである。

数日後、秋の涼しい宵《よい》に、美青年は予告もなしに俊輔の家をたずねた。老作家はたまたま数週間前から携わっている原稿を書き継いでおり、この自伝的な評論を、檜俊輔は自ら「檜俊輔論」と題していた。悠一が彼を訪れようとしているとは知らずに、机上の灯《ともしび》の下で、その未完の原稿を読み返していた。彼はところどころに赤鉛筆で手を入れた。

第三十二章　檜俊輔《ひのきしゅんすけ》による「檜俊輔論」

退屈な天賦《てんぷ》、あるいは天賦の退屈さ、こういうものの中で退屈を衒《てら》うことが唯一《ゆいいつ》の退屈しのぎになってしまった作家がある。檜俊輔はそうではなかった。虚栄心がこの陥穽《かんせい》から彼を救ったのだ。もっとも退屈を衒うことも一種の虚栄心の逆説であれば、われわれを救うのは、いつも逆説に陥らない程度の或《あ》る正統的な浅さである。彼の平衡は、こうした浅さに対する信仰に負うところがあった。

幼年時代から、芸術は彼の胎毒のようなものであった。それを除いたら、彼の伝記には特記すべき何ものもない。兵庫県《ひょうご》の素封家《そほうか》の家系、日本銀行に三十年勤めて参事になった父親と彼が十五歳の年に歿《ぼっ》した母親とにかかわる家庭の記憶、順当な学歴、仏蘭西《フランス》語の優秀な成績、失敗に終った三度の結婚、この最後のものが幾分か伝記作者の耳目《じもく》を欹《そばだ》たしめる。しかし何ら作品はこの秘密に触れずに終った。

彼の随想の一頁《ページ》で、われわれは、幼時の彼がどこか思い出せない森を歩いていて、目くるめくような光りと歌と羽搏《はばた》きに会ったという一節を読む。それは蜻蛉《とんぼ》の大群であった。しかしこんな美しい一節は後《あと》にも前《さき》にも作品の中には見られない。

檜俊輔は死人の口腔《こうこう》から抜きとった金歯のような芸術を創始した。およそ実用的目的に対する嘲笑《ちょうしょう》を含まない価値を厳密に除外したこの人工楽園には、死人のような女と、化石のような花と、金属の庭と、大理石の寝床のほか何もない。貶《おと》しめられた凡《あら》ゆる人間的価値を檜俊輔は執拗《しつよう》にえがいた。明治以来の日本の近代文学の中に彼が占めている位置は何か不吉なものがある。

少年期に彼が影響を蒙《こうむ》った作家は泉鏡花であったが、明治三十三年に書かれた、「高野聖《こうやひじり》」は、その数年間、彼にとって理想の芸術作品であった。あの夥《おびただ》しい人間のメタモルフォーズ、唯《ただ》一つのこされた人間的形態であるところの肉慾《にくよく》的な美女、そしてこの唯一の人間から逃亡することによって辛《かろ》うじておのれの人間的形態を保つ僧の物語は、おそらく彼に彼自身の創作の根源的な主題を暗示した。しかし間もなく、彼は鏡花の情緒世界を見捨てて、無二の友であった萱野二十一《かやのはたかず》と共に、当時徐々に舶載せられていたヨーロッパ世紀末文学の影響下に身をさらした。

当時の多くの習作が、あたかも死後の全集における編纂《へんさん》の作法に倣《なら》ったかのように、輓近《ばんきん》の檜俊輔全集に収められている。筆は稚《おさな》くて素朴《そぼく》であるが、「仙人修業《せんにんしゅぎょう》」というごく短い一篇《ぺん》の寓話《ぐうわ》は、十六歳の時に書かれたもので、このほとんど無意識な制作のうちに、彼の後年の主題が悉《ことごと》く含まれているのを見て、われわれは愕《おどろ》くのである。

「私」は仙人たちの洞窟《どうくつ》に使われている侍童である。侍童はこの山岳地帯の生れで、幼時から霞《かすみ》以外のものを喰《た》べたことがない。したがって、無給で使うのに便利なところから、仙人たちは「私」を雇ったのである。仙人たちは霞だけしか喰べていないと世間に宣伝しているが、実は並の人間のように野菜や肉を喰わねば生きてゆかれない。「私」は「私たち侍童」の食料と称して、——実は侍童は「私」一人なのであるが、——いつも数人分の羊肉や野菜を、山麓《さんろく》の村里へ買いにやらされる。ある悪賢い村人が、悪疫《あくえき》にかかった羊の肉を売った。これを喰べた仙人たちは、毒に中《あた》って、次々と斃死《へいし》した。毒の肉の売られたことを知った善良な村人たちは、心配して山頂へ登ってきたが、霞だけしか喰わなかった不老不死の仙人たちが悉く死に、毒の肉を喰った侍童が元気でいるのを見て、かえって侍童を仙人として尊崇する。侍童は、仙人になった以上、爾後《じご》霞をだけしか喰べないと宣言し、一人山頂にやすらかな生を送るのである。

ここで語られているのは、云《い》うまでもなく、芸術と生活に関するサティールなのだ。侍童は芸術家の生活の詐術《さじゅつ》を知る。芸術を知るより先にその生活の詐術を学んだのだ。ところが侍童は生れながらに、この詐術の極意、生活の秘鑰《ひやく》を握っている。つまり彼は本能的に、霞をしか喰べないので、無意識の部分が芸術家の生活の最高の詐術であるという命題を体現しながら、同時に無意識なるが故《ゆえ》に、にせものの仙人たちに使役せられているのである。仙人たちの死によって、彼の芸術家の意識がめざめる。「私は今後霞をしかたべない。今まで喰べていた羊肉や野菜はもうたべない。私は仙人になったんだものな」と侍童は言う。この意識化、天賦の才を最高の詐術として利用すること、これによって彼は生活を蟬脱《せんだつ》して、芸術家になるのである。

檜俊輔にとっては、芸術はもっとも容易な道であった。容易さの自覚から、彼は芸術家としての苦痛の快楽を見出した。その雕虫《ちょうちゅう》の小技《しょうぎ》を、世間では刻苦勉励と呼びなした。

最初の長篇「魔宴《まえん》」（明治四十四年）は、文学史上孤独な位置を占める傑作である。

当時は白樺派《しらかばは》文学の興隆期で、同じ年に志賀直哉《しがなおや》が「濁った頭」を書いた。檜俊輔はその派の異端であった萱野二十一との交遊を例外として、白樺派とは終始無縁に過した。

「魔宴」で彼は彼の小説の方法と名声とを確立した。

檜俊輔の容貌《ようぼう》の醜さは、彼の青春のふしぎな天賦になった。彼が敵視した自然主義文学の作家富本青村が作中に彼をモデルにした青年を登場せしめているが、このデッサンはほぼ青年期の俊輔の風丰《ふうぼう》を伝えるものである。

「三重子は、この男の前におのれが坐っているだけで、こうも感じなければならぬ侘《わ》びしさは、何事かと考えて試《み》た。『貴郎《あなた》、そんなに執念《しつっ》こく仰言《おっしゃ》ったって、仕様がないじゃありませんか』と何度もくりかえした素気《そっけ》ない返事に対して、男はその都度、性懲《しょうこ》りもなく寂寞《さびしさ》に襲われた表情を繰返した。貧相な口もと、趣きを欠いたその鼻、ぺったりと両側に貼《は》りついた薄い耳、渋紙色の肌《はだ》から白目ばかりが爛々《らんらん》と光っているが、癩坊《かったいぼう》のように眉《まゆ》はあるかなきかというほど薄い。精気もなければ、若々しさというものが微塵《みじん》もない。侘びしさはこの男がおのれの醜さに気付いていないところから来るに相違ないと、三重子は勝手な忖度《そんたく》をした」（青村『鼠《ねずみ》の閨《ねや》』）

現実の俊輔は「おのれの醜さ」を知っていた。しかし仙人たちが生活に敗れるところで侍童は敗れない。容貌に関する深い屈辱感は、彼の青春の秘密な精神的活力の源となったが、最も皮相な問題から深遠な主題を展開する方法を、彼が会得《えとく》したのはこの体験からだと思われる。「魔宴」は氷のような女主人公が目の下にあった小さな一点の黒子《ほくろ》のために数奇《さっき》な運命に弄《もてあそ》ばれる物語だが、黒子はこの場合、運命の象徴のようであって、実は逆なのだ。檜俊輔は象徴主義に風馬牛である。作品における彼の思想は、この黒子のようなそれ自体としては無意味な外面性を執拗に保障され、「形式に化身し形式に姿を隠してしまわないような思想は、芸術作品の思想とは言い得ない」（譫語聚《せんごしゅう》）という彼の有名な箴言《しんげん》をみちびき出す。

彼にとって、思想とは、黒子のように偶発的な原因から生れ、外界との反応によって必然化する、それ自体の力は持たない或《あ》るものなのだ。思想はかくて過失、いわば生れながらの過失のようなものであり、まず抽象的な思想が生れてそれが肉体化されるということはありえず、思想ははじめから、肉体の何らかの誇張の様式なのだ。大きな鼻を持った男は、大きな鼻という思想の持主であり、ぴくぴく動く耳を持った男は、従ってまた、どう転んでみても、畢竟《ひっきょう》するに、ぴくぴく動く耳という独創的な思想の持主である。彼が形式と云う場合、ほとんどそれを肉体と云いかえても差支《さしつかえ》のないほど、檜俊輔は肉体的存在に似た芸術作品の制作を志したが、皮肉なことに、彼の作品はいずれも屍臭《ししゅう》を放ち、その構造は精巧な黄金の棺のように、人工の極という印象を与えるのである。

「魔宴」のなかで、女主人公が最愛の男に身を委《まか》すとき、燃え旺《さか》っている筈《はず》の二つの肉体は「陶器の触れ合うような音を立」てる。

「華子《はなこ》は何故《なぜ》かと思った。そうして気が附いたことは、強《きつ》く押しつけるあまり彼女の歯にこすれて動揺している高安《たかやす》の歯は、陶器をつらねた総入歯なのであった」

これは「魔宴」の中で滑稽《こっけい》な効果をねらって書かれた唯一の部分である。そこにはあまり気品のない誇張があり、卑俗な気味の悪さが、前後の甚《はなは》だしい美文の間に突如として顔を出しているのであるが、この一節は初老の男高安の死の伏線をなしており、死というものの突然の卑俗な恐怖を読者に与えるように仕組まれている。

多様な時代の変化を通じて、檜俊輔は頑固《がんこ》であった。生きようとしないで生きてきたこの男には、それ自体燃え尽きにくい活力であるところの無関心の天賦があった。しかも彼には、作家の個人的発展の定石ともいうべき、反抗から侮蔑《ぶべつ》へ、侮蔑から寛容へ、寛容から肯定へというあの歩みの跡は毫《ごう》も見られない。侮蔑と美文とは生涯《しょうがい》彼についてまわった痼疾《こしつ》である。

長篇小説「夢見ごこち」で、檜俊輔は最初の芸術的完成に到達した。これは甘美な題名にもかかわらず、残酷な恋愛の小説なのである。更級《さらしな》日記の女主人公のような夢想の少年時代を郷里の旧家に送った友雄は、上京したのちふとしたことから強烈な肉慾的な恋愛に遭遇し、しかも感性の過敏さと持続性のない性格の弱さから、年上の女の肉の絆《いま》しめを遁《のが》れることができず、十数年間も嫌悪《けんお》と倦怠《けんたい》のなかに苦しんだ末、急《きゅう》逝《せい》した女の遺骨を携えて、喜々として郷里の田園へかえるのであるが、五百頁中四百数十頁までが際限のない倦怠と嫌悪にみたされた生活のデタイユに充《あ》てられているのである。この主人公の微温的な生活態度の緩慢な描写が、ともかく不断の緊張で読者を引きずってゆく不思議さは、情熱を蔑視しているかにみえる作者の態度にひそむ、一種の方法論的な秘密であるように思われた。

小説の場合、作者が自ら蔑視するものに一度も感情移入を企てないということは、殆《ほとん》ど想像のつきかねる事柄《ことがら》である。それを企てることはむしろ有利な捷径《しょうけい》であって、さればこそフロオベルはあのように不朽なオメエ氏を書き、リラダンはトリビュラ・ボノメを書いたのである。檜俊輔には小説家に必須《ひっす》な能力、自他に対して偏見のない客観的な態度が却《かえ》ってひとたび現実を相手にするとその客観性自体が現実を自由に変改する情熱に化身するあの神秘な能力が欠けているとしか思えない。小説家をもう一度生活の渦中《かちゅう》へ投げ込もうとするあの怖《おそ》ろしい「客観的な情熱」実験科学者の情熱の如《ごと》きものが見られない。

檜俊輔は自分の感情を精撰《せいせん》し、自ら美《よ》いと思うものを芸術に、悪いと思うものを生活に、選《え》り分けて委ねた形跡があるのである。そこに彼の最良の意味において唯美《ゆいび》的であり、最悪の意味において倫理的であるような、奇妙な芸術が成立したが、彼は最初から美と倫理との困難な交配を放棄したとしか思えない。あの多くの作品を支えてきた情熱、というよりはむしろ単なる物理的な力の源泉は何だろう。単にそれは芸術家たることの容易《たやす》さと退屈さに耐えようというストイックな意志の力であるのか？

「夢見ごこち」は自然主義文学の一パロディーであったが、自然主義と反自然主義的な象徴主義とは、日本には逆の順序で輸入せられ、日本における反自然主義の発足の時代にあっては、檜俊輔は、谷崎潤一郎《たにざきじゅんいちろう》、佐藤春夫、日夏耿之介《ひなつこうのすけ》、芥川龍之介《あくたがわりゅうのすけ》などと共に、大正初期の芸術至上主義の担《にな》い手であった。象徴派に一向影響されず、専《もっぱ》ら趣味的に、マラルメの「エロディアード」や、ユイスマン、ロオデンバッハ、などを飜訳《ほんやく》した彼が、象徴派から獲たものはというと、その反自然主義的な側面ではなくて、単に反浪曼《ローマン》主義的な傾向そのものだけであったと思われる。

しかし近代日本文学の浪曼主義は、檜俊輔の正当な敵ではなかった。それは夙《つと》に明治の末葉に挫折《ざせつ》していたのである。檜俊輔は正当な敵手を自分の心に擁していた。彼ほど浪曼主義者の危険を一身上に感じていた男はなく、彼自身が討たれる者であり、又討つものであった。

この世の脆弱《ぜいじゃく》なもの、感傷的なもの、うつろいやすいもの、怠惰、放埒《ほうらつ》、永遠という観念、青くさい自我意識、夢想、ひとりよがり、極端な自恃《じじ》と極端な自卑との混合、殉教者気取、愚痴、時には、「生」それ自体、……こういうものに彼はすべて浪曼主義の翳《かげ》を認めた。浪曼主義は彼のいわゆる「悪」の同義語である。檜俊輔はおのれの青春の危機の病因を、ことごとく浪曼主義の病菌に帰していた。ここに奇妙な錯誤が起る。俊輔が青春の「浪曼派的な」危機を脱して、作品の世界で、反浪曼主義者として生き延びるにつれ、浪曼主義も亦《また》、彼の生活の裡《うち》に執拗に生き延びたのである。

生活を侮蔑することによって生活を固執すること、この奇妙な信条は、芸術行為を無限に非実践的なものにしてしまう。芸術によって解決可能な事柄は存在しない、というのが檜俊輔の飽くことを知らない信条だった。彼の無道徳は、ついには芸術上の美と、生活上の醜とを、同等の重みをもち、選択可能な、単に相対的な存在に陥れてしまうのである。芸術家はどこに位置するか？　芸術家はまるで奇術師のように、公衆を前にした冷たい詐術の頂点に立っていた。

青年時代に醜貌の自覚に苦しんだ俊輔は、芸術家という存在を、丁度梅毒患者の病菌が顔面をも犯すように、精神の毒に外面を犯された奇妙な不具者と考えることを好んだ。彼はその遠縁に、小児麻痺《しょうにまひ》にかかり、成人しても家の中を犬のように這《は》いまわり、そればかりか、顎《あご》が奇妙に発達して嘴《くちばし》のように突き出た不幸な怪物を持っていたが、この男が身すぎに作って好評を博している多くの手芸品を見るたびに、その異様な繊細さと美しさにぞっとした。

ある日、都心の華美な店で、俊輔はこの手芸品が店頭に飾られているのを見た。それは木彫の円い木片をつらねたネックレスや、オルゴールのついた精巧な白粉筥《おしろいばこ》であった。製品は清潔で、花やかで、美しい客の出入する店の内部に、いかにも所を得ていた。女客たちがそれを買っても、真の買手は、彼女たちの富裕な保護者にちがいない。多くの小説家はその方向へむかって人生を透視する。しかし俊輔は反対の方向へ透視の目を向けたのである。女たちの愛する華美なもの、異様に繊細な美しいもの、無為な装飾品、人工的な美の限りをつくしたもの、……こういうものには必ず翳がある。不幸な工人の、見えない醜悪な指紋が残っている。それらの製作者は、必ず、小児麻痺の怪物か、見るも忌《いま》わしい女性的な倒錯者か、乃至《ないし》は、それと似たようなものなのだ。

「西洋封建時代の諸侯は、正直でもあり、また健全でもあった。彼らはおのれの生活の奢侈《しゃし》と華美とが、どこかで必ず極度の醜悪と相携えていることを知っていて、その明証を天日の下にさらし、それをも慰みに供して人生の享楽《きょうらく》を完《まった》からしめんために、奇怪な道化の侏儒《しゅじゅ》たちを雇ったのである。私にはかのベートーヴェンですら、宮廷の愛顧を蒙った侏儒の一種に思われる。」（美について）

と俊輔は書いている。つづいてこう言う。

「……しかも醜悪な人間がいかにして繊細美麗な芸術品を作るかという説明は、ひとえにその人間の内面の心情の美しさに帰せられる。いつも問題は『精神』であり、いつもいわゆる無垢《むく》の魂である。しかも誰《だれ》一人として、それをわが目に見た者はいないのである。」（美について）

精神の役割とは、おのれの無力を崇拝する宗教を流布《るふ》するほかにはないように、俊輔には思われた。ソクラテスは古代希臘《ギリシャ》にはじめて精神を持ち込んだ。それまで希臘を支配したものは肉体と叡智《えいち》との平衡それ自体であって、破れた平衡の自己表現である「精神」ではなかった。アリストファネスがその喜劇で揶揄《やゆ》しているように、ソクラテスは青年たちをギュムナシオーンからアゴラへ、戦場にそなえる肉体の錬磨《れんま》から、愛智に関する論争とおのれの無力の崇拝へと、誘惑したのである。青年たちの「肩幅は窄《せま》く」なった。ソクラテスの死刑は至当であった。

大正末期から昭和にかけての社会変動と思想的混乱の時期を、檜俊輔は侮蔑を含んだ無関心のうちにやりすごした。彼は精神に何程の力もないことを確信していたのである。昭和十年に書かれた短篇小説「指」は、名作と呼ばれている。潮来《いたこ》の水郷めぐりの老いた船頭が、さまざまの乗客を載せながら年老いた仔細《しさい》を語り、ついに菩薩《ぼさつ》のような美女の客一人をのせて、秋霧のかかる水郷を案内し、とある水曲《みわだ》に思いがけない巫山《ふざん》の夢を結ぶ、という筋書は、この上もなく陳腐で古風であるが、作者は警抜な結末を附して、この現実をどうしても信じられない老船頭が、女が戯《たわむ》れに噛《か》んだ人差指の傷跡を一夜の唯一の証拠として、その傷が強《し》いて治らぬように努めるうち、ついに化膿《かのう》した指を切らねばならない始末になり、聴手に、根元から切断された不気味な人差指を見せるところで、物語を終っている。

簡潔で冷酷な文章と、上田秋成《うえだあきなり》を思わせる幻想的な自然描写は、日本的芸道にいわゆる名人の域に達しているが、この作品で俊輔が企てた笑いは、文学的現実を信奉する能力を失って、ついに一指を失った同時代人の滑稽さであった。

戦時中の俊輔は、ひとたび中世文学の世界、藤原定家《ふじわらのていか》の十体論や「愚秘抄」や「三五記」の美学的影響下にあった中世世界の再現を企てたが、やがて戦時検閲の不当な波が襲いかかると、親譲りの財産に生活を託して沈黙し、発表を意図しない異様な獣《じゅう》姦《かん》の小説を書きつづけていた。これが戦後に発表せられて、十八世紀のサド侯爵《こうしゃく》の作品に比せられた「輪廻《りんね》」である。

尤《もっと》も戦時中に、ただ一度、甲高い叫びに充《み》ちた時評の文を発表したことがある。当時、右翼的な青年文学者によって推進せられていた日本浪曼派運動に業《ごう》を煮やしたのである。

戦後、檜俊輔の創作力は衰えはじめた。たまに断片的な創作を発表することがあり、それらは名品の名に背かなかったが、戦後二年目に五十歳の妻が年若い恋人と心中してのちは、おのれの作品の美的な註釈を時折試みるだけになった。

檜俊輔はもう何も書かないように思われた。文豪と呼ばれる幾人かの頽齢《たいれい》の作家と共に、おのれの築いた作品の城深く閉じこもり、その死でさえ、城郭の石一つ動かすことはできぬような、堅固な生涯を終るように思われたのである。しかし世間の目の届かないところで、この作家の愚行の天分、永らく生活の内に抑圧されていた浪曼的衝動は、ひそかに復讐《ふくしゅう》を企てていた。

頽齢に達した作家を襲った何という逆説的な青春であろう！　この世には不可思議な出会がある。俊輔は霊感の存在を信じなかったが、この出会の霊妙さには心を搏《う》たれざるをえなかった。俊輔の青春が持たなかったもの凡てを持って海の波から現われた一人の若者、決して女を愛さない美青年の姿を見出したとき、檜俊輔は彼自身の青春の不幸な鋳型《いがた》が、おどろくべき塑像《そぞう》を出現させるのを見た。この大理石の肉でできている青年に托《たく》された俊輔の青春から、生活の畏怖《いふ》は消え去った。よし、老年の智謀を生かして、今度こそは鉄壁のような青春を生きてやろう。

悠一《ゆういち》の精神性の皆無は、精神に蝕《むしば》まれつくした俊輔の芸術という宿痾《しゅくあ》を癒《い》やした。女に対する悠一の欲望の皆無は、その欲望のために忌《い》み憚《はばか》られた俊輔の生活に対する怯懦《きょうだ》を治した。檜俊輔は終生果さなかった理想的な芸術作品の制作を企てた。肉体を素材にして精神に挑戦《ちょうせん》し、生活を素材にして芸術に挑戦するような、世にも逆説的な芸術作品……。この企てが、俊輔の生れてはじめて所有したと思われる形式に化身せざる思想の母胎になったのである。

はじめのうちこそ、制作は容易に捗《はかど》るかと見えた。しかし大理石といえども風化は免《まぬか》れず、生ける素材は刻々に変貌《へんぼう》する。

「僕《ぼく》はなりたいんです。現実の存在になりたいんです」

と悠一が叫んだとき、俊輔は最初の挫折の予感を感じた。

皮肉なことに、挫折は俊輔の内部からも兆《きざ》しており、このほうが数倍危険であった。彼は悠一を愛しはじめていたのである。

さらに皮肉なことだが、世にこれほど自然な愛はなかった。芸術家が素材に対する愛ほど、肉慾と精神的な愛との完璧《かんぺき》な結合、この二つのものの紛れやすい境界はなかった。素材の抵抗は魅惑を倍加する。俊輔は無限に遁《のが》れようとする素材に憑《つ》かれた。制作の行為における官能性のかくも偉大な力を、檜俊輔が感じたのはこれが最初であった。多くの作家はその自覚から青年時代の制作をはじめるのだが、彼はその道を逆に歩いて来たのである。あるいは、悠一に対する愛と肉慾に苛《さいな》まれるにいたって、この「文豪」ははじめて小説家になったのではなかろうか。あの怖るべき「客観的な情熱」がはじめて俊輔の体験に入って来たのではないか。

いくばくもなくして、俊輔は、現実の存在に化した悠一と離れ、数ヶ月も愛する青年に会うことなく、孤独な書斎の生活に立ち還《かえ》った。かつて何度となく試みた逃避とはちがって、それが決然たる行為であったというのは、これ以上「生」に委ねられた素材の変貌を黙視することに耐えず、現実とひとまず断絶し、あてどない肉慾が深まれば深まるほど、あれほどまでに蔑《さげ》すんできた「精神」を自ら深く恃《たの》むにいたったからである。

檜俊輔が、実のところ、かほど深い現実との断絶を味わったことは今までになかった。現実がこのような官能的な力で、その意識的な断絶をたえず深めてみせたことはなかった。彼が愛した淫奔《いんぽん》な女たちのもっていた官能的な力は、彼を拒絶しながらやすやすと彼女らの現実を売り渡し、この売買によって、俊輔は氷のような作品の数々を書いたのである。

俊輔の孤独は、それがそのまま深い制作の行為になった。彼は夢想の悠一を築いた。俊輔は生に煩《わずら》わされず、生に蝕まれない鉄壁の青春。あらゆる時の侵蝕に耐える青春。俊輔の座右には、モンテスキューの史論の一頁《ページ》がいつもひらかれていた。それは羅馬《ローマ》人の青春について書かれた一頁である。

「……ローマ人の聖文を見ると、タルクィニウスが神殿をたてようとしたとき、恰好《かっこう》の土地と思った場所には既《すで》に非常に多くの神々の像が祭られていた。そこで鳥卜《ちょうぼく》によると知識に照らし、その神々がイウピテルの神像に場所を譲るかどうか伺いを立てて見ると、マールスと青春の神とテルミーヌスの神々以外のすべての神々はそれに賛成した。これによって三つの宗教的な考え方が生まれた。そのひとつには、マールスの氏《うじ》子《こ》は一旦《いったん》占領した土地を断じて譲らぬということ、その二つには、ローマ人の青春は何ものにも決して征服されないということ、その三つには、ローマ人のテルミーヌスの神は絶対に撤退しないということである」

芸術ははじめて檜俊輔の実践倫理になった。生活の内に生き永らえてきた忌わしい浪曼主義を、浪曼主義自身の武器を以《もっ》て退治すること。ここにいたって、俊輔の青春の同義語ともいうべき浪曼主義は、大理石の中に封じ込められるのだ。永遠という浪曼的観念の犠牲になるのだ。……

俊輔は悠一に対する自分の必要を疑わなかった。青春は一人で生くべきものではない。モニュマンタルな一事件が歴史の記述を即刻必要とするように、貴重な美しい肉体に宿った青春は、傍《かたわ》らに記述者を持たねばならぬ。行為と記述と同一人が兼ねることは決してできない。肉体のあとに芽生える精神、行為のあとに芽生える記憶、これだけに頼った青春の回想録は、どれほど美しかろうと徒《あだ》の徒なるものである。

青春の一つの滴《しずく》のしたたり、それがただちに結晶して、不死の水晶にならねばならぬ。砂時計の上半部からこぼれ落ちる砂が、こぼれ尽したときに、かつて上半部に堆《うずたか》く溜《たま》っていたそれと同じ形を、下半部に築き上げているように、青春を生き終ったとき、漏刻の一滴一滴は悉《ことごと》く結晶して、かたわらに逸速《いちはや》く不死の像を刻み上げていなければならぬ。

造物主の悪意が、完全な精神と完全な青春の肉体とを同じ年齢に出会わせず、いつも青春の香《かぐ》わしい肉体には未熟な不出来な精神を宿らせると云《い》って、慨《なげ》くには当らない。青春とは精神の対立概念なのだ。精神はどれほど生きのびようとも、青春の肉体の精妙な輪廓をまずくなぞるにすぎないのである。
青春が無意識に生きることの莫大《ばくだい》な浪費。収穫《とりいれ》を思わぬその一時期。生の破壊力と生の創造力とが無意識のうちに釣合《つりあ》う至上の均衡。かかる均衡は造型されなければならぬ。……

第三十三章　大　団　円

俊輔《しゅんすけ》を夜になって訪れたその一日、悠一《ゆういち》は朝から無為にすごした。康子《やすこ》の里の百貨店の就職試験は一週間後に迫っている。就職は岳父の配慮ですでに決っている。しかし試験にだけは形式的に出なければならぬ。その打合せのために、挨拶旁〻《あいさつかたがた》岳父を訪ねる必要がある。もっと早く行くべきなのが、母の病状の悪化が、遅延の口実に役立っていたのである。

今日も悠一は、岳父を訪ねることに気が向かない。五十万円の小切手は内かくしの紙入れの中にある。悠一は一人で銀座へ出た。

都電が数寄屋橋《すきやばし》の停留所で止って、もはや先へ行こうとしない。見ると人々が車道にまで溢《あふ》れて尾張町《おわりちょう》のほうへ疾駆している。澄明《ちょうめい》な秋空に、黒煙が濛々《もうもう》と上っている。

悠一は電車を下りて、群衆にまじって、そのほうへ急いだ。すでに尾張町の交叉点《こうさてん》は人でいっぱいである。三台の真紅の消防自動車が人ごみの中に停《とま》って、細い数条の長大な噴水を、黒煙の昇ってくる個所《かしょ》へ向けていた。

火事は大きなキャバレエであった。こちらから見ると、手前の二階建の建物に遮《さえぎ》られ、時たま高く昇る焔《ほのお》の尖《さき》だけが黒煙の中に閃《ひら》めいて見える。夜ならば無数の火の粉を含んで見える筈《はず》の煙は、無表情な黒である。火はすでに周囲の商店に移っている。手前の二階建の建物は、二階が火に犯されていて、外廓だけを残しているらしい。しかし外廓の卵色の塗料は、鮮やかで、平静で、日常的な色彩を失わない。半ば火のまわった屋根に登って、鳶口《とびぐち》で破壊消防に力《つと》めている一人の消防夫の勇敢さを、群衆は口々に讃《ほ》めそやした。自然力と死を賭《と》して戦っている人間の小さな黒い影を見ることは、見られていることを意識していない真摯《しんし》な人間の姿態を覗《うかが》う快楽、あの卑猥《ひわい》な快楽と似たものを、群衆の心に与えるらしかった。

火事に近接したビルディングは、改築用の足場をめぐらしていた。その足場に立って、数人が類焼を警戒している。

火事は意外に音を発しないものである。爆《は》ぜる音、棟木《むなぎ》の燃え落ちる音などは、ここまではきこえない。倦《だる》い爆音が低く下りて来たのは、新聞社の赤い単発の飛行機が頭上を旋回していたのである。

　悠一は頰《ほお》にふりかかる霧のようなものを感じて、立退《たちの》いた。路傍の消火栓《しょうかせん》から引かれている消防自動車の老朽したホースが、つくろった穴から繁吹《しぶき》を上げ、路上に雨のように注ぎかけていた。その繁吹は呉服屋の飾窓を容赦なく濡《ぬ》らし、万一の類焼を慮《おもんぱか》って持ち出した手提《てさげ》金庫や身の廻《まわ》り品のまわりにうずくまっている店の人たちを、外《そと》からは見えにくくさせていた。

　消防の水はときどき途絶えた。沖天《ちゅうてん》の水がみるみる退却して、しなだれかかって来る。その間にも、風の方向で斜めの形を持している黒煙は衰えるけしきがなかった。

「予備隊だ！　予備隊だ！」

　と群衆が叫んだ。

　トラックが群衆を押しわけて止り、後尾から白い鉄兜《てつかぶと》の隊員が群立って降りて来るのが見えた。単に交通整理のために来た警官の一隊が、群衆にそれほどの恐怖を惹《ひ》き起したのは笑止である。群衆は予備隊の駈《か》けつけて来るに足る騒擾《そうじょう》の本能を、自分たちのうちに感じていたのかもしれない。隊員が警棒を振りあげない先から、車道に溢れていた人々は、敗北を知った革命の群衆のように、雪崩《なだれ》を打って後退した。

その盲目的な力は非常なものである。一人一人が意志を失い、他動的な力の伝播《でんぱ》に委《ゆだ》ねられている。歩道へ押し上ろうとする圧力は、店鋪《てんぽ》の前に立っていた人々を飾窓に押しつけた。

店の前では、若い衆が高価な飾窓の一枚硝子《ガラス》の前に、両手を大きくひろげて叫んでいた。

「硝子だよお！　硝子だよお！」

火蛾《ひが》のように、硝子も目に入らなくなった群衆に、こうして注意を喚起していたのである。

押されながら悠一は、花火のような音をきいた。子供が手から離した二三のゴム風船が、踏み破られた音であった。また悠一は、入り乱れる足もとに、青い木のサンダルの片方が、漂流物のように、あちらへ押しやられ、こちらへ押しやられているのを見た。

悠一がようやく群衆の支配を脱したときは、思わぬ方角に立っている自分を見出《みいだ》した。彼は乱れたネクタイを締め直して、歩き出した。もはや火事のほうは見なかった。しかしこの擾乱の異様なエネルギーは、彼の体内に移って、説明しにくい快活さを醸《かも》していた。

行くところがなかったので、悠一はそこからしばらく歩いて、あまり見たくもない映画のかかっている劇場へ入った。

＊＊＊

……俊輔は赤鉛筆を傍《かたわ》らに置いた。

肩が甚《はなは》だしく凝っている。彼は立って、肩を叩《たた》きながら、書斎のとなりの七坪の書庫へ行った。一ト月ほど前、俊輔は蔵書の半ば以上を整理した。世間の老人とは反対に、年をとればとるほど書物が無用に思われて来たからである。殊更《ことさら》愛着のある書物だけを残して、空いた書棚《しょだな》はとりこわし、永らく光りを遮っていた壁には窓を穿《うが》った。泰山木の葉《は》叢《むら》に接した今までのただ一つの北窓に、新たに二つの明るい窓が加わった。書斎に置かれていた仮睡用のベッドは書庫へ移された。そこで俊輔は体を楽にしながら、小机に置きならべた幾多の書物の頁《ページ》を気ままに飜《ひるが》えすことができた。

書庫に入った俊輔は、可成《かなり》上段の仏文学《ふつぶんがく》の原書の棚を探した。求める本はすぐに見つかった。日本紙を用いた特製版で、「寵童詩神《ムーサ・パイディケー》」の仏訳本である。「ムーサ・パイディケー」は、ハドリアーヌス時代の羅馬《ローマ》の詩人ストラトオンの詩集であって、彼はアンティノウスを寵愛《ちょうあい》したハドリアーヌス帝の復古趣味の顰《ひそ》みに倣《なら》って、美少年ばかりを詠《うた》ったのである。

「白皙《はくせき》こそ好《よ》けれ
蜂蜜色《はちみついろ》の肌《はだ》もてるも好し。
阿麻色《あまいろ》の髪こそ美《は》しけれ
黒髪《くろかみ》も心まどわす。
袖《そで》にすまじき褐色《かちいろ》の瞳《ひとみ》なれども
さわれ我、
燦《きら》めける漆黒の瞳をわきて愛《いとお》しむ」

蜂蜜色の肌と、黒髪と、漆黒の瞳の持主、これはおそらく名高い東方奴隷《どれい》アンティノウスの故郷であった小亜細亜《アジア》の産であろう。二世紀の羅馬人の夢みた青春の美の理想はアジア的であった。

俊輔はさらに、キーツの「エンディミオン」を書棚から抜きとって、ほとんど諳《そら》んじている詩句を目で辿《たど》った。

『……もう少しだ』と老作家は心に呟《つぶや》いた。

『すでに幻影の素材に何一つ欠けるものはなく、もう少しのところで完成する。金剛不壊《ふえ》の青春の塑像《そぞう》が出来上るのだ。作品の完成を前にしたこのようなときめきと、故《ゆえ》しれぬ恐怖とを、俺《おれ》は久しく味わったことがないな。完成の瞬間、その最高の瞬間に何が現われるか？』

俊輔は寝台に斜めにもたれて、すずろに書物の頁を繰った。耳をすます。庭いちめんに秋の虫がすだいている。

書棚の一角には、先月ようやく完結した檜俊輔全集二十巻が並んでいた。その捺金《なっきん》の文字の羅列《られつ》は鈍く単調に燦めいている。二十巻、退屈な嘲笑《ちょうしょう》の反復である。老作家は、人がほんの御愛想《おあいそ》に醜い子供の頤《あご》を撫《な》でるように、指の腹でその背文字の列を無感動に擦《こす》った。

寝台のまわりの二三の小卓には、読みさしのままの姿で、多くの書物が、死んだ翼のような白い頁をひろげて置かれていた。

二条派の歌人頓阿《とんあ》の歌集や、志賀寺の上人《しょうにん》の頁をひらいた太平記や、花山院退位の件《くだ》りの大鏡や、夭折《ようせつ》した足利義尚《あしかがよしひさ》将軍の歌集や、古いいかめしい装幀《そうてい》の記紀があった。記紀には、多くの若い美しい王子が、邪《よこし》まな恋や叛乱《はんらん》の謀事《はかりごと》の挫折と共に、青春のさかりに命を絶たれ、あるいは自ら命を絶つという主題が、執拗に反復される。軽王子《かるのみこ》がそうである。大津王子《おおつのみこ》がそうである。挫折した古代の多くの青春を俊輔は愛した。

……彼は書斎の扉《とびら》の音ないを聴いた。夜の十時である。こんなに遅く客があるわけはない。婢《はしため》が茶を運んできたのにちがいない。俊輔は書斎のほうをかえりみずに、応と言った。入って来たのは婢ではなかった。

「お仕事中ですか？ 僕《ぼく》がいきなりお部屋へ上って行くので、お宅の人はびっくりして僕を止めようがなかったんです」

と悠一が言った。俊輔は書庫から立って行って、書斎の只中《ただなか》に立っている悠一を見た。美青年は、その現われ方があまり唐突だったので、俊輔が今までひろげていた多くの書物の中から出現したように思われた。

二人は久闊《きゅうかつ》の挨拶を交わした。俊輔は悠一を安楽椅子《いす》にみちびき、自分はもてなしの洋酒の罎《びん》を書庫の戸棚へとりに行った。

悠一は書斎の一角で蟋蟀《こおろぎ》が啼《な》いているのに耳をすました。書斎は元見たとおりである。窓の三方を囲む飾棚には位置一つ変えぬ古陶の数々があり、古拙な美しい俑《よう》も元のところにある。季節の花はどこにも見られない。黒大理石の置時計が沈鬱《ちんうつ》に時を運んでいるばかりである。それさえ婢が巻くのを怠れば、日常性にまるで縁のない老主人は手をも触れまいから、数日のうちに時計は止ってしまうであろう。

悠一は今一度見廻《みまわ》して、この書斎は彼にとっても不可思議な因縁の部屋だと思った。彼が最初の快楽を知ったあとでこの家を訪れ、児灌頂《ちごかんじょう》の一節を俊輔に読み聞かされたのはこの部屋であった。また生の恐怖に打ち摧《くだ》かれ、康子の堕胎を相談に来たのもこの部屋であった。今、悠一は過度の歓《よろこ》びにも、悩みにもとらわれず、無感動な晴朗な心持でここにいる。やがて彼は俊輔に五十万円を返すだろう。重荷を免《まぬ》かれ、他人の支配から悉《ことごと》く自由になり、二度とここを訪れる必要をもたずに、この部屋から出て行くだろう。

俊輔は銀の盆に白葡萄酒《ぶどうしゅ》の罎とグラスを載せて若い客人の前に運んだ。自分は琉《りゅう》球染《きゅうぞめ》のクッションを置き並べた出窓兼用の長椅子に掛け、悠一の杯に酒を注いだ。その手は甚だしく慄《ふる》えて酒を零《こぼ》したので、若者はつい数日前に見た河田の手を思い出さざるをえなかった。

『この老人は僕が急に来たので有頂天になっているんだ』と悠一は思った。『のっけから金のことを切り出すには及ばない』

老作家と青年は乾杯した。俊輔はそれまでまともに見ることはできずにいた美しい若者の顔に、はじめて目を向けてこう言った。

「どうだい。現実はどうだったね。お気に召したかね」

悠一は曖昧《あいまい》な微笑を洩《も》らした。その若々しい唇《くちびる》は、習いおぼえた皮肉《シニシズム》のために歪《ゆが》んでいた。

返事を待たずに俊輔は言い継いだ。

「それは、何やかやあったろう。私に言えないことも、不快なことも、驚くべきことも、素晴らしいこともあったろう。が、所詮《しょせん》、一文《いちもん》の価値もないものだ。それは君の顔に書いてある。君の内面は変ったかもしれない。しかし君の外面は、はじめて私が見た時から少しも変っていない。君の外面は何の影響も受けていない。現実は鑿跡《のみあと》一つ君の頰に残すことはできなかった。君には青春の天賦がある。こいつは現実ごときに決して征服されるものじゃあない。……」

「河田さんとも別れましたよ」

と若者は言った。

「それはよかった。あいつは自分で作った観念論に喰《く》いつぶされる男だ。あいつは君の影響が怖かったのだよ」

「僕の影響ですって」

「そうだよ。君は現実には決して影響されないが、現実に対してはたえず影響を及ぼしている。あの男の現実を君の影響が、あの男の怖《おそ》るべき観念に変えてしまったんだ」

こんな御談義のおかげで、折角河田の名が出たにもかかわらず、悠一は五十万円のことを言い出す機会を失った。

『この老人は誰《だれ》に向って話しているのだろうか？　僕に？』と青年は訝《いぶか》った。『何も知らないころの僕だったら、檜さんの奇矯《ききょう》な理論を理解しようと骨折ることもできたんだ。しかし、この老人の人工的な熱情に触発されるような何の情熱ももたない今の僕に？』

思わず悠一は部屋の暗い一隅《いちぐう》をかえりみた。老作家が悠一の背後に立つ別の誰かに話しかけているような気がしたのである。

夜は静かである。虫の声のほかには何もきこえない。白葡萄酒が罎から注がれる音が、玉《ぎょく》のような滑らかな重みを以《もっ》て明瞭《めいりょう》にきかれる。切子《きりこ》硝子のグラスは煌《きら》めいている。

「さあ、呑《の》みたまえ」と俊輔が言った。「秋の夜、君がそこにいる、葡萄酒がここにある、この世に欠けたものは何一つない。……ソクラテスは、蟬《せみ》の声をききながら、朝の小川のほとりで、美少年パイドロスと語った。ソクラテスは問い且《か》つ答えた。問いによって真理に到達するというのが彼の発明した迂遠《うえん》な方法だ。しかし自然としての肉体の絶対の美からは、決して答は得られないのだよ。問答は同じ範疇《はんちゅう》の中でだけ交わされる。精神と肉体とは決して問答はできないのだ。

精神は問うことができるだけだ。答は決して得られない、谺《こだま》のほかには。私は問い且つ答えるような対象を選ばなかった。問うことが私の運命だ。……そこには君がいる、美しい自然が。ここには私がいる、醜い精神が。これは永遠の図式だ。どんな数学もお互いの項を換えることはできないのだ。尤《もっと》も今では、私は自分の精神を故意に卑下したりするつもりはない。精神にもなかなかいいところがある。しかし、悠一君、愛とは、少くとも私の愛とは、ソクラテスの愛ほどの希望をもたない。愛は絶望からしか生れない。精神対自然、こういう了解不可能なものへの精神の運動が愛なのだ。

それでは何のために問うのか？　精神にとっては、何ものかへ問いかけるほかに己れを証明する方法がないからだ。問わない精神の存立は殆《あやう》くなる……」

俊輔は語を絶って、体をめぐらして出窓をあけた。虫を禦《ふせ》ぐために張った網戸をすかして、庭を見下ろした。風の音がかすかにする。

「風が出て来たらしい。野分《のわき》だね、……暑いかね。暑かったら、あけておくが……」

悠一は首を振った。老作家は窓を再び閉ざすと、青年の顔へ向きなおって語り続けた。

「……そこでだ。精神はたえず疑問を作り出し、疑問を蓄えていなければならぬ。精神の創造力とは疑問を創造する力なんだ。こうして精神の創造の究極の目標は、疑問そのもの、つまり自然を創造することになる。それは不可能だ。しかし不可能へむっていつも進むのが精神の方法なのだ。

精神は、……まあいわば、零《ゼロ》を無限に集積して一に達しようとする衝動だといえるだろう。

『何故《なぜ》君はそんなに美しい？』

こう私は君に問う。君は答えられるだろうか？　精神はもとより答を予期しない。

……」

その目はじっと見ていた。悠一は見返そうとした。悠一の見る者としての力は、しかし呪縛《じゅばく》に会ったように失われていた。

美青年は、抗《あらが》うべくもなく、見られていた。無礼きわまるその目附《めつき》。それは相手を石にし、相手の意志をうばい、相手を自然に還元してしまう。

『そうだ、この視線は僕に向けられたものじゃない』と悠一は慄然《りつぜん》として思った。『檜さんの視線は紛《まご》う方《かた》なく僕に向けられているが、檜さんが見ているのは僕ではない。この部屋には、僕ではない、もう一人の悠一がたしかにいるのだ』

自然そのもの、完璧《かんぺき》さに於《おい》て古典期の彫像にも劣らぬ悠一、その不可視の美青年の彫像を悠一ははっきりと見た。もう一人の美青年がその書斎には明確に存在した。俊輔が「檜俊輔論」の中で書いたように、砂時計の下半部に溜《たま》った砂の堆積《たいせき》の彫像が佇《たたず》んでいた。精神をもたない大理石に還元され、正《まさ》しく金剛不壊《ふえ》になり、いかほど見つめられてもたじろがない青春の像である。

……グラスに注がれる白葡萄酒の音が悠一を目覚《おどろ》かした。彼は目を見ひらいたまま、夢想に耽《ふけ》っていたのである。

「呑みたまえ」と俊輔は杯を口に運びながら、語を継いだ。

「……そうして、美とは、いいかね、美とは到達できない此岸《しがん》なのだ。そうではないか? 宗教はいつも彼岸《ひがん》を、来世を距離の彼方《かなた》に置く。しかし距離とは、人間的概念では、畢竟《ひっきょう》するに、到達の可能性なのだ。科学と宗教とは距離の差にすぎない。六十八万光年の彼方にある大星雲は、やはり、到達の可能性なのだよ。宗教は到達の幻影だし、科学は到達の技術だ。

美は、これに反して、いつも此岸《しがん》にある。この世にあり、現前しており、確乎《かっこ》として手に触れることができる。われわれの官能が、それを味わいうるということが、美の前提条件だ。官能はかくて重要だ。それは美をたしかめる。しかし美に到達することは決して出来ない。なぜなら官能による感受が何よりも先にそれへの到達を遮《さまた》げるから。希臘人《ギリシャ》が彫刻でもって美を表現したのは、賢明な方法だった。私は小説家だ。近代の発明したもろもろのがらくたのうち、がらくたの最たるものを職業にした男だよ。美を表現するにはもっとも拙劣で低級な職業だとは思わないかね。此岸《しがん》にあって到達すべからざるもの。こう言えば、君にもよく納得がゆくだろう。美とは人間における自然、人間的条件の下に置かれた自然なんだ。人間の中にあって最も深く人間を規制し、人間に反抗するものが美なのだ。精神は、この美のおかげで、片時も安眠できない。……」

悠一は耳傾けた。彼は美しい青年の彫像が自分の耳もとで同じように耳傾けているのを感じた。部屋には奇蹟《きせき》がすでに起っていた。しかし奇蹟が起ったあとには、日常的な静けさがあたりを占めているだけであった。

「悠一君、この世には最高の瞬間というものがある」――と俊輔は言った。「この世における精神と自然との和解、精神と自然との交合の瞬間だ。

その表現は、生きているあいだの人間には不可能という他《ほか》はない。生ける人間は、その瞬間をおそらく味わうかもしれない。しかし表現することはできない。それは人間の能力をこえている。『人間はかくて超人間的なものを表現できない』と君は言うのか？　それはまちがいだ。人間は真に人間的な究極の状態を表現できないのだ。人間が人間になる最高の瞬間を表現できないのだ。

芸術家は万能ではないし、表現もまた万能ではない。表現はいつも二者択一を迫られている。表現か、行為か。愛の行為でも、人は行為を以てしか人を愛しえない。そしてあとからそれを表現する。

しかし真の重要な問題は、表現と行為との同時性が可能かということだ。それについては人間は一つだけ知っている。それは死なのだ。

死は行為だが、これほど一回的な究極的な行為はない。……そうだ、私は言いまちがえた」と俊輔は莞爾《かんじ》とした。

「死は事実にすぎぬ。行為の死は、自殺と言い直すべきだろう。人は自分の意志によって生れることはできぬが、意志によって死ぬことはできる。これが古来のあらゆる自殺哲学の根本命題だ。しかし、死において、自殺という行為と、生の全的な表現との同時性が可能であることは疑いを容《い》れない。最高の瞬間の表現は死に俟《ま》たねばならない。

これには逆証明が可能だと思われる。

生者の表現の最高のものは、たかだか、最高の瞬間の次位に位するもの、生の全的な姿から α《アルファー》 を差引いたものなのだ。この表現に生の α が加わって、それによって生が完成されている。なぜかといえば、表現しつつも人は生きており、否定しえざるその生は表現から除外されており、表現者は仮死を装っているだけなのだ。

このα、これを人はいかに夢みたろう。芸術家の夢はいつもそこにかかっている。生が表現を稀《うす》めること、表現の真の的確さを奪うこと、このことには誰しも気がついている。生者の考える的確さは一つの的確さにすぎぬ。死者にとっては、われわれが青いと思っている空も、緑いろに煌めいているかもしれないのだ。ふしぎなことだ。こうして表現に絶望した生者を、又しても救いに駈《か》けつけて来るのは美なのだ。生の不的確に断乎《だんこ》として踏みとどまらねばならぬ、と教えてくれる者は美なのだ。

ここにいたって、美が官能性に、生に、縛られており、官能性の正確さをしか信奉しないことを人に教えるという点で、その点でこそ正に、美が人間にとって倫理的だということがわかるだろう」

檜俊輔は語り終ると、穏やかに笑って言い添えた。

「さあ、これでおしまいだ。君が眠ってしまうと困る。今夜は急ぐことはないだろう。久々に来てくれたのだから。……酒が飽きたら……」

俊輔は悠一の杯が充《み》たされたままになっているのを見た。

「……そうだチェスでもしようじゃないか。君は河田に教わって知っているだろう」

「ええ、少し」

「私の先生も河田だ。……彼はまさか、こうして秋の夜更《よふ》けに、君と私が二人で勝負を戦わすために、チェスを教えてくれたわけではあるまい。……この盤は」

と彼は古雅な盤と、黒白の駒《こま》を示した。

「私が骨董屋《こっとうや》で見つけて来たんだ。チェスは今の私のおそらく唯一《ゆいいつ》の道楽だろうね。チェスはいやかね」

「いいえ」

悠一は拒まなかった。すでに例の五十万円を返しにここを訪れたことは忘れていた。

「君には白の駒をあげよう」

悠一の前に、城館や僧正や王や騎士の十六の駒が並べられた。西洋将棋《チェス》の盤の左右には、呑みさしの白葡萄酒のグラスが煌めいていた。それから二人は沈黙し、象牙《ぞうげ》の駒のぶつかる微《かす》かな音だけが沈黙のなかに響いた。

黙っていると、書斎の中のもう一人の存在の感じは顕著になった。悠一は盤上の駒の動きを見戍《みまも》っている見えざる彫像のほうを幾度か振向こうとした。

こうしてすぎた時間のほどは測り知れなかった。永いのか、短かいのか、わからない。最高の瞬間と俊輔の名付けたものが、もし到来するとしたら、こういう気付かれない時間に来て、気付かれずに立去るに相違ない。一勝負がおわった。悠一の勝である。

「やあ、負けたか」と老作家は言った。その顔にはしかし喜悦が溢《あふ》れ、これほど和やかな俊輔の表情を悠一ははじめて見た。

「……多分私のほうが呑みすぎて、負けたのだ。雪辱戦を試みよう。すこし酔をさまさなくては……」

こう言うと、レモンの薄片を浮かした水差から水を注《つ》いだコップを手にして立上った。

「一寸《ちょっと》失礼」

彼は書庫へ行った。ややあって寝台に横たわった足が見えた。その朗らかな声が、書庫のほうから悠一に呼びかけた。

「少しうとうとすれば酔いがさめる。二三十分したら起してくれたまえ。いいね。起きたら、早速雪辱戦をやろう。待っていてくれるね」

「ええ」

悠一はそう答えた。そして自分も出窓の長椅子《いす》に移って、のびやかに足を伸ばし、黒白の駒を手に弄《もてあそ》んだ。

悠一が起しに行ったとき、俊輔は答えなかった。死んでいたのである。枕許《まくらもと》のテーブルに、外した腕時計を重石《おもし》にした走り書の紙片があった。

「さようなら。君への贈物が机の右抽斗《ひきだし》に入っている」と書いてある。

悠一が忽《たちま》ち家人を起したので、電話で主治医の粂村《くめむら》博士が呼ばれた。すでに手を施すすべはなかった。博士はその場の状況をきき、原因は不明だが、日頃右膝《みぎひざ》の神経痛の発作の際に鎮痛剤として用いていたパビナールの致死量の嚥下《えんか》による自殺だと言った。何か遺書はなかったかと訊《き》かれた悠一は、さきほどの紙片を渡した。書斎の机の右抽斗をあけてみる。二人は包括遺贈の公正証書を見出《みいだ》した。それによると一千万円に近い不動産・動産その他の財産一切が、南悠一に遺贈せられている。二人の証人は、全集の出版元の、俊輔と懇意な社長と出版部長で、俊輔は一ヶ月前に二人を伴《ともな》って、霞ヶ関《かすみがせき》の公証人役場へ出かけたのである。

悠一が五十万円の負債を返そうとした企ては徒《あだ》になった。そればかりか一千万円に表現された俊輔の愛に、一生縛られることを思うと憂鬱《ゆううつ》になったが、この場にこうした感情は相応《ふさ》わなかった。博士は警察署へ電話をかけ、刑事と監察医を帯同して、捜《そう》査《さ》主任が検視に来たのである。

検視調書のための訊問《じんもん》に悠一ははきはきと答え、博士も厚意ある口添えをしたので、自殺幇助《ほうじょ》の疑いは少しもかけられなかった。しかし遺贈の公正証書を見た警部補は、死者との関係を何やかとしつこく訊《き》いた。

「死んだ父の友人で、僕が今の家内と一緒になるについて、父代りに面倒を見て下さった方です。僕を大へん可愛《かわい》がって下さいました」

この唯一の偽証を述べ立てたとき、悠一の頰《ほお》には涙が流れ落ちたが、捜査主任はその無垢《むく》な美しい涙を職業的に冷静に判断して、あらゆる点に於《お》ける彼の無辜を認めた。

早耳の新聞記者がかけつけて来て、悠一を同じ質問で責め立てた。

「包括遺贈をなさったくらいだから、先生はよほど貴下《あなた》を愛しておられたんですな」

少しも他意のないこの言葉のうちに、愛という一語が悠一の心を刺した。

若者は生まじめな顔つきで答えなかった。そしてまだ自宅に告げていないことを思い出して、康子に電話をかけに行った。

その夜が明けた。悠一は疲労も感ぜず、睡気《き》にも襲われなかったが、早朝から立てこんで来た弔問客や新聞記者に耐えられなかったので、条村博士に断って散歩に出かけた。

よく晴れた朝である。坂を下りると、都電の線路がさわやかに光った二条を、まだ人通りのすくない街の、迂廻《うかい》する街路のかなたへ延べている。店はまだ大方閉まっている。

一千万円、と若者は電車通りを横切りながら思った。よせやい、今自動車に轢《ひ》かれたら型無しだぞ。……飾窓の覆《おお》いを外したばかりの花屋の中では、多くの花がしとどに濡《ぬ》れて鬱陶しく凭《もた》れ合っている。一千万円、花が何本買えるだろう、と若者は心に呟《つぶや》いた。

名状しがたい自由は、夜じゅうの憂鬱よりも、さらに重たく胸にかかり、その不安が足取を不器用に速めた。こういう不安は、むしろ徹夜のせいだと考えたほうがよかったろう。省線の駅が近づき、早い勤め人が改札口をめざして集まるのが見えた。駅の前には二三人の靴磨《くつみが》きがすでに並んでいる。『まず靴を磨いて……』と悠一は思った。

――一九五三年六月廿七日――強羅《ごうら》にて

解説

野口武彦

『禁色《きんじき》』は、処女長編『盗賊』から数えて三島由紀夫氏の五番目の長編小説である。『盗賊』を作者自身の呼称にしたがって「試作」、『仮面の告白』を戦後文壇への登場作であるとすれば、この『禁色』は質量ともに戦後文学の世界の中で三島氏の作家的地位を不動のものにした作品であるということができるだろう。

『禁色』の第一部は昭和二十六年一月から同年十月まで雑誌『群像』に連載され、その年の十一月に単行本として新潮社から刊行された。この文庫の第十八章「見者《けんじゃ》の不幸」までがそれに該当する。また第二部は、『秘楽《ひぎょう》』と題されて昭和二十七年八月から翌二十八年八月まで雑誌『文学界』に連載されている。同年九月、新潮社から刊行。同じく第十九章「わが相棒」が『秘楽』の第一章にあたるわけである。第一部と第二部との間には作者の外国旅行をはさんでおよそ十カ月の休止期間があることになるが、前者の連載の末尾に「第一部——完」と記《しる》しているところから、作者は当初から第二部をも含めたかたちで『禁色』全編を構想していたものと思われる。

発表当時、『禁色』は出世作の『仮面の告白』(昭和二十四年)と同様に賛否こもごものセンセーションを文壇にまきおこした。その事情については本多秋五氏の『続・物語戦後文学史』の叙述がよく的を射ていると思うので引用する。曰《いわ》く、「この作品を迎えた当時の世評には、客観的にそれ(『禁色』の趣好への好みをさす――引用者)が妥当する以上の熱っぽさがあった。それは、この作品の前提にあるものへの共鳴からきていたように思える。つまり、あらゆる既成の観念、既成の価値、いわゆる正常なるものに対する偶像破壊の、高らかな弦音への共鳴である」しかし、われわれは昭和三十五年になってから書かれたこの評言を、すでに戦後文学に対する一定の遠近感が成立した後のものとしてある程度割り引きして読まなければならないだろう。発表直後の月評などについてみれば、賛否両論とは言いながら、多くの批評家は概してこの作品に否定的な口吻《こうふん》、というよりもむしろ理解の埒外《らちがい》にあるといった感想を洩《も》らしているのである。特に平野謙氏や椎名《しいな》麟三《りんぞう》氏など当時のいわゆる「戦後派」の理念の代表者たちの反応の冷淡さが印象的である。好意的な評価を寄せているのはわずかに花《はな》田《だ》清輝《きよてる》氏・大井広介氏ぐらいのものであった。花田氏の「いや、僕《ぼく》の言ってるのは、男色というものが一つのプロテストとして出されているということです」(『群像』昭和二十六年十一月号の合評）という発言は、当時の『禁色』擁護論のいわば、最大公約数をいとも簡明に要約している。「いわゆる正常なるものに対する偶像破壊の、高らかな弦音」という本多氏の批評もその延長上に出て来たはずで、要するに世評は『禁色』の主人公、男色家の美青年南悠一《みなみゆういち》の「異常」さに、市民社会の正常な秩序に対する反逆の証《あか》し、その頃《ころ》の流行語でいえば、「アプレ・ゲール」という同時代的精神の刻印を見出《みいだ》していたのである。

たしかに、昭和二十年代の三島由紀夫氏には「戦後派」文学の最後の旗手といった趣きが強い。『盗賊』はしばらく措《お》くとしても、『仮面の告白』の同性愛者、『愛の渇《かわ》き』の殺人を犯す若い未亡人、『青の時代』の高利貸しの青年というふうに初期長編の主人公たちをつなげて来ると、そこには一連の背徳者、というよりも現存秩序への道徳的復讐者とでも呼ぶべき種属の系譜ができあがる。従来の日本文学が知らなかった題材や文体に辟易《へきえき》しながらも本多秋五氏が三島氏を「戦後派ならぬ戦後派」（前掲書）と命名した理由も納得されるのである。三島氏自身もこの時代を回想して「当時の空気は、かりにも『戦後派』的レッテルがはられていなくては、時代おくれの旧文学と目されるほかなく、その中間形態、あるいは独自の存在などというものは、少なくとも新進作家の間ではみとめられていなかった」（『私の遍歴時代』）と記している。

戦後という旧秩序の解体と渾沌《こんとん》の時代にあっては、「異常」ささえもが市民権を獲得しており、三島氏というある意味ではきわめて時代にオポチュニスティックな作家がその好尚《こうしょう》に叶《かな》った側面からこの小説を賞揚されたとしても当然のことであった。今日のわれわれには同性愛や近親相姦《そうかん》のテーマはなんら新奇なものではない。したがって『仮面の告白』やこの『禁色』が社会的禁忌《タブー》を真向《まっこ》うから素材にし、男色者の主人公を登場させた点にもっぱら既存道徳に対する挑戦《ちょうせん》を見出した前掲の評価だけでは、この作品への光の当て方が不充分であることはいうまでもないだろう。私見では『禁色』の小説としての面白《おもしろ》さは、それが一方では（当時の作者自身の用語を借りれば）「ルネッサンス的なヘレニズムの理想」を造型しようとし、また他方「フランスの十七世紀以来の心理小説の伝統」を模した虚構を作って、しかもそれらがたがいに相手をそれぞれのパロディにしていることにある。一生を女に裏切られつづけてきた老作家檜《ひのき》俊輔《しゅんすけ》が、「決して女を愛さない美青年」南悠一と邂逅《かいこう》し、そのギリシャ的男性美を囮《おとり》にして次々と女たちに復讐してゆくというプロットを辿《たど》りながら、作者は俊輔と悠一という二人の分身に、作者自身の深奥《しんおう》にひそめた二つの主題を託《たく》するのである。その主題が何であるかについては、三島氏がみずからの作品に加えている自家解説を参照することにしよう。

その第二部が完結した昭和二十八年八月に氏は『堂々めぐりの放浪』と題する一文で、「私は年齢と共に可也《かなり》自分の感受性を整理してきたと思っているが『禁色』二部作は、その総決算の意味で、もっとも感性的な主題を『手を濡《ぬ》らさずに水のなかからとりだして』みようと試みた試作である」といい、さらに三十四年になってからも「私は自分の気質を徹底的に物語化して、人生を物語の中に埋めてしまおうという不《ふ》逞《てい》な試みを抱いた」（『十八歳と三十四歳の肖像画』）と書いている。これらの言明を信ずるとすれば、『禁色』執筆の真の動機は自分の「感受性」ないしは「気質」をいかに文学的に処理するかということにあったことになる。その後十数年間の三島文学の航跡を見ているわれわれは、それがさしあたりはパイドロス的な同性愛志向をも内に蔵したヘレニズム的感性として表出されてはいるが、やがて現存するもの一般の形而上《けいじじょう》的否定というロマン主義美学のかたちをとって顕在化してゆくことを知っている。しかし、すでにこの時期の三島氏の感性、戦時中に「日本浪曼《ローマン》派」に育《はぐく》まれた作家気質は、早くも俗悪な現実への復讐と「美」の征覇《せいは》によるその成就《じょうじゅ》という二つの契機《モメント》を抱懐している。それはもはや『仮面の告白』のような自叙伝の形式をとらない。南悠一は明らかに『仮面の告白』の「私」、あの一人称主人公の同性愛者の後身であるけれども、現実への復讐者である檜俊輔、この悠一という「作品」の創作者であり、その劇の演出者である老作家によって独自の「生」を与えられるのである。かくして「ヘレニズムの理想」を体現した美青年は、俊輔が構図するラクロ風の心理幾何学の世界で生活しはじめることになる。「現実の存在」としての資格を欠いた悠一が俊輔の復讐のパトスによって生きさせられることで生きることを開始するという設定は巧妙であり、作者はこの器用に「物語化」された虚構の中に私《ひそ》かに『仮面の告白』以来の主題、戦後社会で不適格者である自分の「感受性」と「気質」との救済の問題を盛り込むのである。そしてまた同時に、戦後の現実に対する兇暴《きょうぼう》な復讐の意欲をも。

檜俊輔の女たちへの報復が着々と功を奏してゆくプロットの展開は、心理小説としてと同時に心理小説のパロディとして面白い。しかも作者は、筋書の進行をとおして現実への報復という第一主題から、「美」のナルシスティックな勝利という第二主題へと狡猾《こうかつ》にも移行してゆくのである。かつて俊輔を拒んだ三人の女がそれぞれに傷つけられ、モンテクリスト伯爵《はくしゃく》のように復讐がなしとげられたところで第一部が終る。檜俊輔の劇はこうして完結するのである。それから十カ月後、初めての外遊からの帰還後に書き継がれた第二部のことを作者はみずから「第一部と截然《せつぜん》とちがっている」（『私の遍歴時代』）といって自負している。外遊中に滞在した「あこがれのギリシャ」から得た「美しい作品を作ることと、自分が美しいものになることとの、同一の倫理基準の発見」が『禁色』第二部に何らかの新しいモチーフを与えたことは事実だろう。

それかあらぬか第二部の主要な事件は、悠一が男色家でありながら、、、、妻との家庭生活を堅持し、もはや「作品」ではなく「現実の存在」と化することによって構成される。もののみごとな社会復帰《リハビリテーション》。俊輔はこの美青年を愛しはじめたことに気づき、自分の最後の敗北をみとめて莫大《ばくだい》な遺産を贈って自殺する。『ヴェニスに死す』のアッシェンバッハを想わせるこの結末は、しかし、この作品世界の文脈では作者三島氏が『仮面の告白』のおずおずした自己模索からヘレニズム的感性への居直り、といって悪ければ、そうした「感受性」と「気質」への一種倨傲《きょごう》にみちた自信に到達したことを暗示している。こうした主題の転移、もしくは重点移動が行われ痕跡《こんせき》をとどめているのが第一部を単行本にするに際してなされた修正であろう。『群像』の昭和二十六年十一月号は、作者の「改訂公告」を載せて、第一部の結末で自殺した鏑木《かぶらぎ》夫人をまた生きかえらせている。この変更によって檜俊輔の復讐はいちだんと影が薄くなるし、のみならず、第二部では悠一はこの鏑木夫人を愛しはじめて自己の社会復帰への一助とするように作者は筋書を設定するのである。そのための伏線としてもこの変更は重要であり、『禁色』の構想の微妙な建て直しのあとがうかがわれよう。

『禁色』は、このようにヘレニズム的感受性を謳歌《おうか》した男色小説であるとともに心理小説であり、それらがたがいに相対化しあって小説虚構を維持している作品であるが、またその内奥の動機においては仮面による告白でもあることは否定できない。悠一が俊輔の遺産相続人になるという、皮肉ではあるが幸運でオプティミスティックな結末は、作者が戦後文学の世界の中に、うちに「異常」さを秘めたままでそれなりに定位されたこととひそかに対応するようにわたしには思われる。かくして『禁色』は、三島氏の昭和二十年代の自己確立期に終止符《ピリオド》を打ち、多産な三十年代の活動に向って途《みち》をひらくのである。

（昭和四十三年八月、作家）

気絶するほど悩ましい、小説

森井良

「感動」の小説というものがある。「感」を「動」かされる、という意味である。十八歳の頃の私にとってそれは、三島由紀夫の『禁色』であった。

いやな感じがした。初夏の炎天下、JR松戸駅から日暮里《にっぽり》駅へと向かう乗車率二〇〇パーセントの常磐《じょうばん》快速の車内で朱色の背の厚い文庫本を読みすすめていた学ラン姿の私は、自分でもよくわからぬまま途中の三河島《みかわしま》駅で下車し、吐いた。

それまで三島作品は『金閣寺』『愛の渇き』『豊饒《ほうじょう》の海』など夢見心地に読みしたしんでいたのだが、『仮面の告白』と本書だけは別格、決して夢など見させてくれない、きつい小説だった。『仮面の告白』でいえば、若い糞尿汲取人《ふんにょうくみとりにん》のぴちぴちした股引《ももひき》、不良の同級生のおびただしい腋毛《わきげ》の茂り、磯《いそ》でのオナニーの果てに波にさらわれていく無数の精虫、そして、それらに向けられた羨望《せんぼう》と愛情の入り混じった二重の視線。つづく『禁色』もまた、あまりにナマナマしい箇所が多すぎた——

〔…〕とはいえ競技部の部屋で下級生が汗にまみれたシャツを脱ぐとき、あたりにただよう若者の肉の香りは彼を悩ました。悠一《ゆういち》は再び戸外へとび出して、薄暮のフィールドの草生の上に、うつぶせに伏して硬い夏草に顔をおしあてた。〔…〕悠一は自分の裸かの肩に崩れおちてくるものがあるのを感じた。それはバス・タオルだった。真白な粗い糸目の棘《とげ》が彼の肌《はだ》を火のように刺した。

感覚がうるさいのだ。おまけに、タオルを投げてきた下級生の「暗い笑顔」と二重のまなざし。こういう箇所にいちいち胸を掻《か》きまわされたわけだが、とりわけ決定的だったのは次のような呪《のろ》いめいたナレーション――

男色家の顔立には一種拭《ぬぐ》いがたい寂寥《せきりょう》があるといわれている。また彼らの視線には媚《び》態《たい》と冷たい検査の視線とが二つながら共在している。即《すなわ》ち女は異性にむけられる媚態の眼差《まなざし》と同性に向けられる検査の眼差とを使いわけるのが、男色家にあっては同時に相手に注がれるのである。

これだけで、当時の私をうろたえさせるには充分だった。咀嚼《そしゃく》した瞬間、吐き気をもよおし、ダッシュで駅のトイレへ駆けこむと、えづきながら鏡のなかの「顔」と「眼」を必死に覗《のぞ》きこんだのを覚えている。自分で自分を売りこみ・検分してどうする！　それに耐えうる美貌《びぼう》など持ちあわせてもいないくせに！　今ならいくらでもツッコミが入るところだが、当時はガチに純情でこのうえなく物知らずな私であった。

たかが小説でここまで「感」を「動」かされるとは。作家の異能、小説の恐ろしさ。吐くほどに魅力的で、気絶するほど悩ましい――そんなふうに今度は俗っぽく「感動」したものだが、これでは美化しすぎ、真実の半分もいっていないことになるだろう。たしかに作品じたいの力があずかっているとはいえ、この件には当時の常磐線の異常な乗車率と、十八歳の私の個人的な問題が深くかかわっていたのだから。

正直に言おう、あまりに実存的に読んでいたのだ。後にフランスの作家ジャン゠ポール・サルトルの『嘔吐《おうと》』という小説を知り、そこで存在のむき出しの気持ち悪さ（＝「不条理」）が主題になっていること、引きこもり気味の主人公がそうしたナマモノの毒にあたって盛大に吐き気をもよおしていること、実存主義を標榜《ひょうぼう》するこの小説の影響下にどうやら三島もあるらしいことに気づくのだが、そういった理屈であの時のあの感覚を説明しきれるはずもない。

あれは「大人になることへの不安」、つまるところ性への過剰な恐れであったと今では素直に認めることができる。ジェンダーとかセクシュアリティとかいう「正しい」言葉を獲得する以前の、他者や自分自身の実存を受け入れることへの無知なためらいであった。

とくに『禁色』は、自分が登場人物たちと同じ「種族」であると認識しかけていただけに、畏怖《いふ》と魅惑が強かった。やがて決心してそれを受け入れ、今度は自分を受け入れてくれるはずの道へおずおずと足を踏み入れていくとき、『禁色』が驚くほど予示に満ちた小説であったことに気づく。新宿のゲイバーの重い扉をこじあけたときの、ギラッといっせいに向けられるあの視線に三島のいう二重の強度を感じないわけにはいかなかったし、ミックスルームの暗闇《くらやみ》のなかビクついていると、「こわいことなんかないんだよ」とどこかで聞いた優しい台詞《せりふ》をかけられることもあった。

「ううん、今悠ちゃんが入って来たときから、僕にはわかったよ。でも仕方がないんだ。この道の人たちは、どうしてだか、ほとんどワン・ステップなんだもの。僕も馴《な》れてるから諦《あき》めるよ。……でも悠ちゃんだけは一生お兄さんになってほしかったけど、僕が最初のお相手だったということを一生自慢できるからいいや。

……僕のこと、でも忘れないでね」

いつしか作中の少年たちと同じく、本音と嘘《うそ》が掛けあわされてゼロになったような「甘ったるい哀訴」も吐けるようになっていた。そして次のステップへいそいそと駆けだしていく私のまわりでは、三島の話題が折にふれて出た。私と同じく十代の仲間たちは、江國《えくに》香織の『きらきらひかる』と『禁色』を並行して読んでいたのである。前者を片手にひらかれた未来の夢を語り、後者を胸に抜きがたい背徳の悦《よろこ》びをうそぶきながら。

――そんな青臭い記憶を思い出しながら、いま、『禁色』を本当に久しぶりに読み返す。あいかわらず罪や背徳の記号がこれでもかと詰めこまれ、三島がその最期《さいご》によって盛大にまき散らかした死の匂《にお》いもいまだプンプンだ。

それでも少しはラフに、エンタメとして読める余地もふんだんにある。悠一と少年たちの交情は美と悲劇性に縁どられたヨーロッパ直伝の「耽美《たんび》BL」そのものだし、強気になった悠一に振りまわされる鏑木《かぶらぎ》の言動もコミカルで、「ヘタレ攻め×誘い受け」の究極といっても過言ではない。悠一のオムレツ好きというまさかのオチを際立《きわだ》たせるための、あのやたら長い美文調のお品書きのフリは、本当は俗っぽくてお茶目な三島の面目躍如といったところか。

今回なんといっても魅せられたのは、後半のめくるめく展開、人物たちのふたたびの空転、そして圧倒的な虚無だった。あれだけ火花を散らした現実と虚構の対立も、それらを止揚するような虚無へと否応《いやおう》なく回収されてしまう。「現実の存在」になったはずの悠一も、「芸術至上主義」を豪語していた檜《ひのき》も、ナマナマしい肉感とゴテゴテの修辞で築かれた物語じしんも、ただむなしく回転をつづけ、空中分解するほかない。ただ、終息は決して暗いものではない。ラストが「よく晴れた朝」のいわば明るい、虚無へとひらかれていることこそ、三島が許した唯一《ゆいいつ》の救いなのだろう。

あれから十五年以上が経《た》ち、ナイーヴな文学青年の成れの果てがなんとか曲がりなりに大学教員になっている。ある大学の文学部に勤めていたとき、こんなことがあった――コース室によく遊びにくる学生たちがそろって本書を読んでいたのだ。

「何、『禁色』が流行《はや》ってるの？」

「はい。みんなで読んでるんです」

どお？　面白い？　うーん、面白いけど、ちょっと長いですね……そう言いあっているそばから違う学生が入ってきて、鞄《かばん》から朱色の背の厚い文庫本を取り出したので、思わず笑ってしまった。

「ねぇ、どこまでいった？　てか、悠一、カッコよすぎじゃね？」たがいに読みすすめたページを確認しあうさまを教師らしく見守っていると、急に水を向けられた。

「先生、悠一ってQくんに似てると思いませんか？」

「え？」

Qとはギリシャ神話から出てきたような風貌の、ちょっとミステリアスな男子学生だった。昭和風のレトロな装《よそお》いで、ヘビースモーカーで、いつも退屈そうな暗い眼をしているが、じつは礼儀正しく、「まっとうなクズ」であることは私も承知していた。しかし、諾《うべな》うことはためらわれた。言いよどんでいると、わかる、超似てる、ともう一人のお調子者の学生が合いの手を入れている。

「たしかに似てるかもだけど、本人には言っちゃダメよそれ……」

それだけやっと言ったのだが、たしかにわかる気もしていた。しかしその後、授業の合間にキャンパス脇の喫煙所へ赴いたら、当のQにばったり出くわしてしまったのである。あ、と虚を突かれていると、礼儀正しい彼は挨拶《あいさつ》にやってくる。

「元気？　どうしてんの？」授業にはめったに来ないので、喫煙所でしか遭遇しないのだ。

「いや、それが……」

いつもより気持ち暗い眼で就活の苦労などを朴訥《ぼくとつ》と口にする。社会からは逃れられないぞ、と先輩にきつく言われ、落ち込み気味だという。年貢《ねんぐ》の納めどきなんすかね、と珍しく弱音を吐くので、うーむ、こちらとしても慰めようがなかった。明るい虚無に引きこむつもりで、話題を変えてみる。

「ところで最近、なんか面白いの読んだ?」

「はい、いま三島の『禁色』を読んでます」

またしても虚を突かれていると、案の定、鞄からブツを出してくる。面白いけど、ちょっと長いっすね。あまりにも偶然がつづくので、思わず、禁を破ってしまった。

「……じつはさっき君のこと噂《うわさ》してたんだよ。悠一と君が似てるって……」

「え、そうなんすか」

一瞬、びっくりしたように眼をあげる。やっぱり言うべきじゃなかった、そう思い、詫《わ》びようとオタオタ口を開きかけると、Qは察したように先んじてこう言った。

「いや、むしろ光栄っすね」

光栄……そう言ってくれるのがなんだか嬉《うれ》しい一方で、ニヤッとやや明るくなった眼で笑うその姿に、昔日《せきじつ》の不安がまた蘇《よみがえ》ってくる気がしていた。もし、いまここに鏡があったら、自分はそれを覗きこまずにいられるだろうか。現実になった悠一を前にして、いったいどんな「顔」と「眼」をしているのだろう？

わからない。わかったとしても、檜のように破滅するのがオチだろう。虚実の境は、「心々《こころごころ》」のこと。踏み出す心をうながすように、『禁色』の世界が口を開けて待っている。

ゲロって済むならどんなに楽か。気絶するほど悩ましいのだ、いつだってこの小説は――。

（令和二年七月、フランス文学者）

この作品の第一部は昭和二十六年十一月、第二部は昭和二十八年九月新潮社より刊行された。

表記について

新潮文庫の文字表記については、原文を尊重するという見地に立ち、次のように方針を定めました。

一、旧仮名づかいで書かれた口語文の作品は、新仮名づかいに改める。
二、文語文の作品は旧仮名づかいのままとする。
三、旧字体で書かれているものは、原則として新字体に改める。
四、難読と思われる語には振仮名をつける。

なお本作品中、今日の観点からみると差別的ととられかねない表現が散見しますが、作品自体のもつ文学性ならびに芸術性、また著者がすでに故人であるという事情に鑑み、原文どおりとしました。

（新潮文庫編集部）

三島由紀夫著
仮面の告白
女を愛することのできない青年が、幼年時代からの自己の宿命を凝視しつつ述べる告白体小説。三島文学の出発点をなす代表的名作。

三島由紀夫著
花ざかりの森・憂国
十六歳の時の処女作「花ざかりの森」以来、巧みな手法と完成されたスタイルを駆使して、確固たる世界を築いてきた著者の自選短編集。

三島由紀夫著
愛の渇き
郊外の隔絶された屋敷に舅と同居する未亡人悦子。夜ごと舅の愛撫を受けながらも、園丁の若い男に惹かれる彼女が求める幸福とは？

三島由紀夫著
潮（しおさい）騒
新潮社文学賞受賞
明るい太陽と磯の香りに満ちた小島を舞台に海神の恩寵あつい若くたくましい漁夫と、美しい乙女が奏でる清純で官能的な恋の牧歌。

三島由紀夫著
金閣寺
読売文学賞受賞
どもりの悩み、身も心も奪われた金閣の美しさ——昭和25年の金閣寺焼失に材をとり、放火犯である若い学僧の破滅に至る過程を抉る。

三島由紀夫著
手長姫　英霊の声
—1938-1966—
一九三八年の初の小説から一九六六年の「英霊の声」まで、多彩な短篇が映しだす時代の翳、日本人の顔。新潮文庫初収録の九篇。

三島由紀夫著

宴《うたげ》のあと

政治と恋愛の葛藤を描いてプライバシー裁判でかずかずの論議を呼びながら、その芸術的価値を海外でのみ正しく評価されていた長編。

三島由紀夫著

真夏の死

伊豆の海岸で、一瞬に義妹と二児を失った母親の内に萌した感情をめぐって、宿命の苛酷さを描き出した表題作など自選による11編。

三島由紀夫著

春の雪
（豊饒の海・第一巻）

大正の貴族社会を舞台に、侯爵家の若き嫡子と美貌の伯爵家令嬢のついに結ばれることのない悲劇的な恋を、優雅絢爛たる筆に描く。

三島由紀夫著

奔馬
（豊饒の海・第二巻）

昭和の神風連を志した飯沼勲の蹶起計画は密告によって空しく潰える。彼が目指したものは幻に過ぎなかったのか？　英雄的行動小説。

三島由紀夫著

暁の寺
（豊饒の海・第三巻）

〈悲恋〉と〈自刃〉に立ち会った本多繁邦は、タイで日本人の生れ変りだと訴える幼い姫に出会う。壮麗な猥雑の世界に生の源泉を探る。

三島由紀夫著

天人五衰
（豊饒の海・第四巻）

老残の本多繁邦が出会った少年安永透。彼の脇腹には三つの黒子がはっきりと象嵌されていた。〈輪廻転生〉の本質を劇的に描いた遺作。

三島由紀夫著

午後の曳航《えいこう》

船乗り竜二の逞しい肉体と精神は登の憧れだった。だが母との愛が竜二を平凡な男に変えた。早熟な少年の眼で日常生活の醜悪を描く。

三島由紀夫著

盗　賊

死ぬべき理由もないのに、自分たちの結婚式当夜に心中した一組の男女――精緻微妙な心理のアラベスクが描き出された最初の長編。

三島由紀夫著

鏡子の家

名門の令嬢である鏡子の家に集まってくる四人の青年たちが描く生の軌跡を、朝鮮戦争直後の頽廃した時代相のなかに浮彫りにする。

三島由紀夫著

美徳のよろめき

優雅なヒロイン倉越夫人にとって、姦通とは異邦の珍しい宝石のようなものだったが……。魂は無垢で、聖女のごとき人妻の背徳の世界。

三島由紀夫著

近代能楽集

早くから謡曲に親しんできた著者が、古典文学の永遠の主題を、能楽の自由な空間と時間の中に〝近代能〟として作品化した名編8品。

三島由紀夫著

サド侯爵夫人・わが友ヒットラー

獄に繋がれたサド侯爵をかばい続けた妻を突如離婚に駆りたてたものは？　人間の謎を描く「サド侯爵夫人」。三島戯曲の代表作2編。

三島由紀夫著
絹と明察
家族主義的な経営によって零細な会社を一躍大紡績会社に成長させた男の夢と挫折を描く。近江絹糸の労働争議に題材を得た長編小説。

三島由紀夫著
音楽
愛する男との性交渉にオルガスムス＝音楽をきくことのできぬ美貌の女性の過去を探る精神分析医——人間心理の奥底を突く長編小説。

三島由紀夫著
岬にての物語
夢想家の早熟な少年が岬の上で出会った若い男と女。夏の岬を舞台に、恋人たちが自ら選んだ恩寵としての死を描く表題作など13編。

三島由紀夫著
鍵のかかる部屋
財務省に勤務するエリート官吏と少女の密室の中での遊戯。敗戦後の混乱期における一青年の内面と行動を描く表題作など短編12編。

三島由紀夫著
ラディゲの死
〈三日のうちに、僕は神の兵隊に銃殺されるんだ〉という言葉を残して夭折したラディゲ。天才の晩年と死を描く表題作等13編を収録。

三島由紀夫著
小説家の休暇
芸術および芸術家に関わる多岐広汎な問題を、日記の自由な形式をかりて縦横に論考、警抜な逆説と示唆に満ちた表題作等評論全10編。

三島由紀夫著

殉教

少年の性へのめざめと倒錯した肉体的嗜虐の世界を鮮やかに描いた表題作など9編を収める。著者の死の直前に編まれた自選短編集。

三島由紀夫著

葉隠入門

〝わたしのただ一冊の本〟として心酔した「葉隠」の濶達な武士道精神を現代に甦らせ、乱世に生きる〈現代の武士〉たちの心得を説く。

三島由紀夫著

鹿鳴館

明治19年の天長節に鹿鳴館で催された大夜会を舞台として、恋と政治の渦の中に乱舞する四人の男女の悲劇の運命を描く表題作等4編。

小池真理子著

欲望

愛した美しい青年は性的不能者だった。決してかなえられない肉欲、そして究極のエクスタシー。あまりにも切なく、凄絶な恋の物語。

小池真理子著

恋

直木賞受賞

誰もが落ちる恋には違いない。でもあれは、ほんとうの恋だった――。痛いほどの恋情を綴り小池文学の頂点を極めた直木賞受賞作。

小池真理子著

望みは何と訊かれたら

殺意と愛情がせめぎあう極限状況で生れた男女の根源的な関係。学生運動の時代を背景に愛と性の深淵に迫る、著者最高の恋愛小説。

津村記久子著

とにかくうちに帰ります

うちに帰りたい。切ないぐらいに、恋をするように。豪雨による帰宅困難者の心模様を描く表題作ほか、日々の共感にあふれた全六編。

津村記久子著

この世にたやすい仕事はない

芸術選奨新人賞受賞

前職で燃え尽きたわたしが見た、心震わすニッチでマニアックな仕事たち。すべての働く人の今を励ます、笑えて泣けるお仕事小説。

津野海太郎著

最後の読書

読売文学賞受賞

目はよわり、記憶はおとろえ、蔵書は家を圧迫する。でも実は、老人読書はこんなに楽しい！　稀代の読書人が軽やかに綴る現状報告。

平野啓一郎著

葬送

第一部（上・下）

ロマン主義全盛十九世紀中葉のパリ社交界を舞台に繰り広げられる愛憎劇。ドラクロワとショパンの交流を軸に芸術の時代を描く巨編。

平野啓一郎著

葬送

第二部（上・下）

二月革命が勃発した。七月王政の終焉、共和国の誕生。不安におののく貴族、活気づく民衆。時代の大きなうねりを描く雄編第二部。

平野啓一郎著

顔のない裸体たち

昼は平凡な女教師、顔のない〈吉田希美子〉の裸体の氾濫は投稿サイトの話題を独占した……ネット社会の罠をリアルに描く衝撃作！

平野啓一郎著

日蝕・一月物語

芥川賞受賞

崩れゆく中世世界を貫く異界の光。著者23歳の衝撃処女作と、青年詩人と運命の女の聖悲劇。文学の新時代を拓いた2編を一冊に！

平野啓一郎著

決壊（上・下）

芸術選奨文部科学大臣新人賞受賞

全国で犯行声明付きのバラバラ遺体が発見された。犯人は「悪魔」。'00年代日本の悪と赦しを問うデビュー十年、著者渾身の衝撃作！

平野啓一郎著

透明な迷宮

異国の深夜、監禁下で「愛」を強いられた男女の数奇な運命を辿る表題作を始め、孤独な現代人の悲喜劇を官能的に描く傑作短編集。

石井遊佳著

百年泥

新潮新人賞・芥川賞受賞

百年に一度の南インド、チェンナイの洪水で溢れた泥の中から、人生の悲しい記憶が掻き出され……。多くの選考委員が激賞した傑作。

重松　清著

きみの友だち

僕らはいつも探してる、「友だち」のほんとうの意味——。優等生にひねた奴、弱虫や八方美人。それぞれの物語が織りなす連作長編。

重松　清著

エイジ

山本周五郎賞受賞

14歳、中学生——ぼくは「少年A」とどこまで「同じ」で「違う」んだろう。揺れる思いを抱き成長する少年エイジのリアルな日常。

重松清著

舞姫通信

教えてほしいんです。私たちは、生きてなくちゃいけないんですか？　僕はその問いに答えられなかった――。教師と生徒と死の物語。

重松清著

見張り塔からずっと

3組の夫婦、3つの苦悩の果てに光は射すのか？　現代という街で、道に迷った私たち。新・山本周五郎賞受賞作家の家族小説集。

重松清著

ナイフ

坪田譲治文学賞受賞

ある日突然、クラスメイト全員が敵になる。私たちは、そんな世界に生を受けた――。五つの家族は、いじめとのたたかいを開始する。

重松清著

ビタミンF

直木賞受賞

もう一度、がんばってみるか――。人生の〝中途半端〟な時期に差し掛かった人たちへ贈るエール。心に効くビタミンです。

重松清著

きよしこ

伝わるよ、きっと――。少年はしゃべることが苦手で、悔しかった。大切なことを言えなかったすべての人に捧げる珠玉の少年小説。

重松清著

くちぶえ番長

くちぶえを吹くと涙が止まる。大好きな番長はそう教えてくれたんだ――。懐かしい子どもも時代が蘇る、さわやかでほろ苦い友情物語。

恩田陸著

球形の季節

奇妙な噂が広まり、金平糖のおまじないが流行り、女子高生が消えた。いま確かに何かが大きく変わろうとしていた。学園モダンホラー。

恩田陸著

六番目の小夜子

ツムラサヨコ。奇妙なゲームが受け継がれる高校に、謎めいた生徒が転校してきた。青春のきらめきを放つ、伝説のモダン・ホラー。

恩田陸著

ライオンハート

17世紀のロンドン、19世紀のシェルブール、20世紀のパナマ、フロリダ……。時空を越えて邂逅する男と女。異色のラブストーリー。

恩田陸著

図書室の海

学校に代々伝わる〈サヨコ〉伝説。女子高生は伝説に関わる秘密の使命を託された——。恩田ワールドの魅力満載。全10話の短篇玉手箱。

恩田陸著

夜のピクニック

吉川英治文学新人賞・本屋大賞受賞

小さな賭けを胸に秘め、貴子は高校生活最後のイベント歩行祭にのぞむ。誰にも言えない秘密を清算するために。永遠普遍の青春小説。

恩田陸著

中庭の出来事

山本周五郎賞受賞

瀟洒なホテルの中庭で、気鋭の脚本家が謎の死を遂げた。容疑は三人の女優に掛かるが。芝居とミステリが見事に融合した著者の新境地。

村田沙耶香著

タダイマトビラ

帰りませんか、まがい物の家族がいない世界へ……。いま文学は人間の想像力の向こう側に躍り出る。新次元家族小説、ここに誕生！

村田沙耶香著

地球星人

あの日私たちは誓った。なにがあってもいきのびること――。芥川賞受賞作『コンビニ人間』を凌駕する驚愕をもたらす、衝撃的傑作。

川端康成
三島由紀夫著

川端康成
三島由紀夫 往復書簡

「小生が怖れるのは死ではなくて、死後の家族の名誉です」三島由紀夫は、川端康成に後事を託した。恐るべき文学者の魂の対話。

橋本治著

「三島由紀夫」とはなにものだったのか

三島の内部に謎はない。謎は外部との接点にある――。諸作品の精緻な読み込みから明らかになる、〝天才作家〟への新たな視点。

D・キーン
松宮史朗訳

思い出の作家たち
―谷崎・川端・三島・安部・司馬―

日本文学を世界文学の域まで高からしめた文学研究者による、超一級の文学論にして追憶の書。現代日本文学の入門書としても好適。

新潮文庫編

文豪ナビ 三島由紀夫

時代が後から追いかけた。そうか！ 早すぎたんだ――現代の感性で文豪の作品に新たな光を当てる、驚きと発見に満ちた新シリーズ。

禁《きん》色《じき》

新潮文庫　み－3－5

昭和三十九年四月三十日　発　行
令和　二　年　五　月十五日　八十八刷
令和　二　年十一月　一　日　新版発行
令和　五　年　十　月十五日　五　刷

著　者　三《み》島《しま》由《ゆ》紀《き》夫《お》
発行者　佐藤隆信
発行所　株式会社　新潮社
郵便番号　一六二―八七一一
東京都新宿区矢来町七一
電話　編集部(〇三)三二六六―五四四〇
　　　読者係(〇三)三二六六―五一一一
https://www.shinchosha.co.jp

価格はカバーに表示してあります。

乱丁・落丁本は、ご面倒ですが小社読者係宛ご送付ください。送料小社負担にてお取替えいたします。

印刷・錦明印刷株式会社　製本・錦明印刷株式会社

ISBN978-4-10-105043-0 C0193